中华人民共和国成立70周年优秀文学作品精选

戏剧卷

主编　傅谨

北京出版集团公司
北京十月文艺出版社

出版说明

习近平总书记在中国文联十大、中国作协九大开幕式上的讲话中指出：“一个时代有一个时代的文艺，一个时代有一个时代的精神。任何一个时代的经典文艺作品，都是那个时代社会生活和精神的写照，都具有那个时代的烙印和特征。”为庆祝中华人民共和国成立70周年，展现我国70年来文学事业的光辉成就，回顾我国当代文学发展的历史道路，北京十月文艺出版社特编辑出版《中华人民共和国成立70周年优秀文学作品精选》。检视中华人民共和国成立70周年以来的经典文学作品，汇集成卷，既是为中国当代文学的70年立一历史存照，也便于我们的文学工作者和广大读者从中萃取精华、汲取能量，不忘本来、继往开来，使文学成为新时代实现中华民族伟大复兴的重要精神力量。

《中华人民共和国成立70周年优秀文学作品精选》按文学体裁分为8种12卷，各分卷主编为“中篇小说卷”洪治纲，“短篇小说卷”贺绍俊，“报告文学卷”李朝全，“散文卷”王必胜，“诗歌卷”李少君、张德明，“儿童文学卷”李东华，“戏剧卷”傅谨，“文学评论卷”白烨。编选工作坚持“二为”方向，贯彻“双百”方针，从当代文学发展的实际出发，兼顾不同题材、不同创作风格、不同地区（包括港澳台）

和不同作家的作品，力求全面准确地反映中华人民共和国成立70周年来文学发展的风貌。

本次编辑工作，我们秉承尊重作品原貌的原则，对于旧版中明显的讹误之处均予以更正，以弥补缺憾；但各部作品因创作年代、作者风格、地域特点等不同，在相关词语用法、儿化音表达方面也存在一定差异，本次编辑处理未作统一，力求最大程度上保持作品的本来面貌。相较于中国当代文学70年来的厚重博大、成就斐然，本套丛书的编辑出版囿于规模及篇目有限，尽管各卷主编在遴选过程中编选的作品均是经过时代淬炼与读者检验的文学佳作，但也难免有遗珠之憾。在编辑出版过程中，我们得到了作者、作者亲属及有关专家学者的大力支持与帮助，在此一并谨致谢意。因部分作品年代久远，我们未能取得相关作者及版权继承人的联系方式及授权，提前收录作品尚希见宥。本书出版后，我们将继续开展联系工作。如作者及版权继承人得知信息，也请及时与我们联系。再次致意。

北京十月文艺出版社

2019年8月1日

目　录 Contents

当代戏剧文学的卓越成就

——写在《中华人民共和国成立70周年优秀文学作品精选　戏剧卷》前面

傅　谨

中国戏剧从两宋年间进入成熟阶段。在戏剧文学领域，先有元杂剧和明清传奇的辉煌，涌现出大批卓越的戏剧文本；地方剧种勃兴的年代，艺人主导的创作为戏剧开出了新路向，创作了大量更具民间文化特色的经典。20世纪以来既有商业剧场的迅猛发展，又遇东西方文化交流的新语境，中国戏剧格局发生明显变化，20世纪50年代的“戏改”更对戏剧文学产生决定性影响。1949年至2019年的当代戏剧文学，就是在这样的基础上产生并演进的。

因此，看待中国当代戏剧须时时关注这些因素。中国戏剧漫长历史进程的复杂性，为当代戏剧文学提供的不仅是本土化的美学框架，还有现代性的挑战和跨文化的尺度，更有当代政治社会之变迁所赋予的时代特征，这使当代戏剧具有历史上任何时代都不具备的极为鲜明的特点。不过历史既有阶段性也有连续性，有悠久历史和深厚积淀的戏曲，终究要以民族化叙事为基础，而优秀的话剧作品，其文本亦不可避免地与西方话剧传统有千丝万缕的联系。

按照这样的基本理念，本书选择了十三部作品，视它们为中国当代戏剧文学的代表。这些作品包括八个剧种，题材和体裁各有特点，从中可以基本看到当代戏剧的类型、取向和所达到的文学高度。

中国当代戏剧从20世纪40年代末的“解放新戏”拉开序幕，评剧《刘巧儿》是其中传唱范围最广的作品。在全国各地上演“解放新戏”的小高潮中，《刘巧儿》无疑更具持久的生命力。该剧以婚姻自主为主题，体现了女性的独立意识和对幸福生活的向往，切合了当时社会的普遍需求；对评剧生动朴实的民间语言的娴熟运用，当年质朴得还很青涩的新凤霞清灵的声腔，都是该剧传遍千家万户的原因。

20世纪50年代初的“戏改”，对传统剧目和古装戏形成巨大压力，而戏剧市场的修复却需要依赖传统剧目和古装戏。戏剧文学创作要回归传统题材和传统叙事，戏剧观念更新的呼声同样强烈。越剧《红楼梦》就是戏剧界这两种不同理念的汇聚。有民间唱本《露泪缘》作为文学名著改编的中介，它用典型的民间叙事重构小说，从原著散漫的结构和复杂的人物关系中，抽出了宝黛爱情这条主线，成功地让这部文学经典转化成为戏剧经典。

19世纪末话剧进入中国，在20世纪上半叶已经小有成就。20世纪50年代中国话剧经历了艰难而痛苦的蜕变，曾经在欧美接受过相对完整的戏剧教育，至少对西方话剧接触较多的一代剧作家几乎全面引退，原本以小说见长的老舍却在话剧创作领域脱颖而出。话剧《茶馆》民族风格浓郁，生动的北京方言与性格化的京城人物相表里，该剧尤其是它的第一幕是如此成熟，让人很难想象话剧这种戏剧形式传入中国只有半个世纪。它就像是在北京这块土地里自然生长出来的一样，将语言的智慧潜藏于质朴的表达之中。作者从最平凡的日常生活细节中发现戏剧性的能力，让话剧找到了和中国的文化基因及普通民众的欣赏趣味相融合的特殊方式。

几乎是在同时，杨兰春创作了豫剧《朝阳沟》，这是杨兰春只花七天半时间写出的剧本，却成为豫剧史乃至中国当代戏剧史上最知名的现代戏。“解放新戏”退潮后的戏剧舞台上，传统戏一直是演出市场中的主体，文化部门大力推动现实题材剧目创作实现了量的急剧提升，却不可避免地导致质的崩落，各地数以万计应时创作的现代戏成功者只有《朝阳沟》等寥寥无几的作品。豫剧《朝阳沟》开了农村题材现代戏的先河，作者把城乡之间的文化冲突写得趣味横生，并且第一次把农民视角引入戏剧，他既熟悉民间社会，又擅长口语化的韵文表达，因此才有剧中那些家喻户晓、流传至今的优美唱段。

现实题材剧目创作虽然包含强烈的政治诉求，但是只有精湛的艺术表达才能催生杰出的现代戏作品。20世纪60年代，此前一直对现代戏敬而远之的京剧名家们终于放下身段，京剧深厚的艺术积淀因此有了展示其魅力的新天地。1964年北京举办的京剧现代戏观摩演出大会，足以证明现代戏已经进入成熟阶段，京剧《红灯记》就是其中最具代表性的作品。翁偶虹丰富的编剧经验在其中得到充分发挥，他让该剧每个场次都极具戏剧张力，和音乐唱腔、舞台调度及京剧名家的表演，堪称珠联璧合。

改革开放为戏剧文学打开了新的视界。话剧《狗儿爷涅槃》是这一时期思想解放运动的艺术果实，它生动地表现了中国农民与土地血脉相连的生活，借此表达对民族命运的思考；京剧《曹操与杨修》用另一种方式呼唤着时代前行，它在曹操和杨修之间重新建构了人物关系，将故事引至权力与智慧的冲突引发的悲剧，将戏剧史上早已经定型了的曹操形象的精神内涵提升到新高度，因而成为重新书写历史故事的范例。

20世纪90年代戏剧市场的突然崩塌，让当代戏剧文学经受严峻考验。在戏剧传统和古典美学几乎遭遇灭顶之灾的逆境中，更能体现出坚守者的价值和力量。梨园戏《董生与李氏》在这样的背景下出现，它不仅是戏剧文学的精彩华章，更代表了崇敬古典美学和精致文化的坚毅信念。同样的文化理念，在海峡对面的台湾京剧界也产生呼应，京剧《三个人儿两盏灯》以大唐盛世为背景，主人公却是后宫里的三位宫女，作者用幽婉深沉的笔触，写出她们寂寞、清冷、枯燥乏味的生活与内心深处偶尔涌动的情愫，意象清灵跳脱。这种特殊的戏剧冲突体现的是崭新的女性立场，因此在海峡两岸均引起强烈共鸣。

从传统文化脉络中寻找思想与艺术资源，重建当代社会和民族传统之间的血肉联系，是21世纪初中国思想文化领域最重要的价值转向。话剧《知己》让我们意识到传统文化和当下社会的关系远比人们想象的更密切，该剧从清词名篇《金缕曲》衍化而出，描写清代两位著名诗人刻骨铭心的交往和他们在极端情境中的煎熬和挣扎，既有悲悯，更有反思，处处映照着当代知识分子的精神处境。晋剧《傅山进京》是对知识分子的生存方式更为冷峻的观照，它以清初遗民傅山拒不入朝为官的史实为题材，然而增添了统治者的视角，尤其是通过“雪夜对谈”一场傅山和平民装束的康熙充满机锋的对话，让知识与权力间的张力得到升华，拓展了戏剧书写重要历史人物的渠道。

于当代戏剧文学无所不在的宏大叙事中，秦腔《西京故事》直面普通人日常生活的酸辛，思考人生的意义，多层次地描写社会急剧转型时平民阶层必须面对的机遇与挑战，表现出剧作家的底层关切和人文情怀。

豫剧《焦裕禄》在当代戏剧文学领域有特殊的重要性和思想价值。该剧把焦裕禄这位模范县委书记放在特殊年代中，通过他艰难的政治选择，塑造了这位具有坚定意志和人格魅力的基层干部，他的坚定信仰是与主体性融为一体的，所以不再只是某种观念的化身或传声筒。

这些作品的入选，既因为它们分别在题材选择、人物塑造、戏剧结构和文学描写等方面的典范性，也是由于它们在当代戏剧文学领域所具备的代表性。诚然，当代戏剧文学领域还有更多优秀作品，其中因篇幅所限不得不割爱的杰作，至少还包括：田汉改编的京剧《白蛇传》，南薇、宋之由和徐进改编的越剧《梁山伯与祝英台》，陆洪非、班友书等改编的黄梅戏《天仙配》，唐涤生的粤剧《帝女花》，马健翎改编的秦腔《游西湖》，李亚如等编剧的扬剧《夺印》，沈西蒙等创作的话剧《霓虹灯下的哨兵》，汪曾祺的京剧《沙家浜》，王树元的京剧《杜鹃山》，顾锡东的越剧《五女拜寿》，魏明伦的川剧《易胆大》，佘笑予、谢鲁、习志淦编剧的京剧《膏药章》，过士行的话剧《厕所》，赖声川的话剧《宝岛一村》，李莉的京剧《成败萧何》，罗怀臻的甬剧《典妻》，温方伊的话剧《蒋公的面子》，李莉的沪剧《挑山女人》等等。它们虽然未能收录进这部选集，却丝毫不减其文学价值和戏剧魅力。

本书遴选的剧本既是文学佳作，更在舞台演出中深受欢迎。在实际演出中，剧本不断改动是常见现象，很难有所谓“定本”。书中的戏曲剧本就多取自《中国当代百种曲》，并根据其他版本做了校对，在某种意义上，它们只是同一剧目无数演出本之一，其间的差异未必是优劣，校对时择善而从，也只不过是顺从当时的感觉而已。

最后，要对北京十月文艺出版社韩晓征编辑和中国戏曲学院图书馆表示诚挚谢意，本书编选工作如果没有她们以及戏曲学院研究所李华裔的协助，就不会如此顺利完成。至于编选是否得当，本是见仁见智之事，还望前辈、同行及读者朋友不吝赐教。

评　剧

刘　巧　儿

王　雁

根据袁静剧本《刘巧告状》和

韩起祥说书《刘巧团圆》改编

人物表

刘巧儿——女，十九岁。

刘彦贵——男，四十岁，巧儿的父亲。

刘媒婆——女，四十岁，媒人。

王寿昌——男，四十八岁，老财。

赵金才——男，五十岁，老农民。

赵柱儿——男，二十岁，变工队长，赵金才的儿子。

锁　儿——男，十五六岁，变工队员。

栓　子——男，二十岁，变工队员。

老　马——男，三十多岁，变工队员。

李大婶——女，四十多岁，妇女主任。

石裁判员——男，三十岁。

马专员——男，五十多岁。

老　胡——男，五十多岁。

妞　子——女，变工队员。

助理员——男，区政府工作人员。

乡　长——男，四十多岁。

张金魁——男，县政府警卫员。

小　香——女青年。

石　头——男青年。

长青婆——农村老婆婆。

第一场

〔时间：抗日战争时期某一年的春天，一天夜里。

〔地点：陕甘宁边区的一个村子里，刘媒婆的家。

〔幕启：二道幕前。王寿昌手提灯笼，鬼鬼祟祟地上。

王寿昌 （数板）自幼儿，自幼儿生来我的嘴头馋，

吃喝嫖赌抽大烟。

见了女人我嬉皮笑脸，

看见穷人我把眼瞪圆。

我祖上可真露过脸，

几辈子在朝做大官。

家有田地十几顷，

房产也有几十间。

那一天大街上闲游逛，

看见刘巧儿站在门前。

只见她漆黑的头发似墨染，

眼大嘴小脸蛋儿圆。

我刚要张嘴跟她说话，

不料想她小脸一绷把门关。

自从那天见过一面，

我茶不思来饭懒咽。

急得我直劲打转转，

常言道，有钱能买鬼推磨，

灶王上天也能把好话言。

不怕她刘巧儿不乐意，

架不住大爷我肯花钱。

去找刘媒婆想主意，

不娶刘巧儿我心不甘，心不甘。

我王寿昌，本村的财主。现在八路军抗日，实行减租减息，我们这儿变成边区了。唉！我今年都快五十岁了，打我老婆一死，一直就打着光棍，高不成，低不就，就凭我这么大的家业，居然会没人愿意跟我，愣说不上一房媳妇，你说气人不气人。那一天我在大街上闲逛，看见刘彦贵的闺女刘巧儿站在门口。这孩子长得甭提多俊了。我有心把她娶过来，可又怕人家不乐意。我们东街有个刘媒婆，这娘儿们舌尖嘴巧，能说会道，死人她都能给说活了，我不免找她去想个主意。

（唱）王寿昌我暗暗喜在心，

去找那刘媒婆前去提亲。

低头不语朝前进——

〔刘媒婆低着头上，把王寿昌撞倒。

刘媒婆 （唱）一边摔倒一个大活人。

谁呀？谁这么走道不长眼睛？（划火柴一照）哟！这不是王财东吗？

王寿昌 是你呀。快点着灯！我的拐棍哪？

〔刘媒婆拾起拐棍。

王寿昌 怎么这么巧，就跟你撞上了呢？

刘媒婆 哟，王财东，没碰着啊？

王寿昌 不要紧，不要紧，没撞疼了你呀？

刘媒婆 不要紧，这要是别人，我非骂他个狗血喷头不可！走道都不长眼睛，愣往我们妇道人家身上走，不定安着什么坏心眼儿哪！撞上您王财东，那是我刘媒婆的福气。

王寿昌 什么话一到你嘴里，就听着那么顺耳朵。

刘媒婆 黑灯瞎火的，您要上哪儿去呀？

王寿昌 我呀，我就是要找你去。

刘媒婆 您找我？您瞧，这十字路口说话不方便，先到我家里去吧。来！

〔圆场，二道幕启。刘媒婆开门，两人进屋。

刘媒婆 我跟您说，我们这茅屋草舍的可比不上您那府上，您可多包涵点呀！

王寿昌 老街旧邻的，还客气什么！你也坐下呀。

刘媒婆 行啦，我站着吧。您瞧我们这儿什么都不方便。

王寿昌 行啦，我这儿叼着烟卷呢。（取出纸烟）来，你也抽一根。

刘媒婆 哟，这是怎么说的，哪有礼从外来的呀。

王寿昌 别客气啦。

刘媒婆 那我谢谢啦。（点烟）

王寿昌 你这是要上哪儿去呀？

刘媒婆 我去给人家说媒去。咱们这地方，哪年我不说他几十个呀！哪儿有大姑娘、小寡妇，我肚子里都背得滚瓜烂熟的，谁找我说媒，准保一说一个成。

王寿昌 你这套本事，我早就知道，要不今天我就找你来啦？可是不知道你肯不肯给我办。

刘媒婆 哟，您瞧您说到哪儿去啦！我办不到的甭说，只要我能办到的，我一定尽力给您办。

王寿昌 我想叫你给我办办刘巧儿。

刘媒婆 （语气加重）刘巧儿？

王寿昌 啊，就是刘彦贵的闺女刘巧儿。你看这门亲事怎么样？

刘媒婆 （笑）哟，您都这么大岁数了，子孙满堂的，怎么还娶个十八九岁的小媳妇呀？站在一块，您不怕儿媳妇、孙子笑话吗？哟！（大笑）

王寿昌 （唱）听一言来把话发，

叫一声刘妈妈细听根芽。

你先别嫌我的岁数大，

你不会说我是二十七八？

刘媒婆 （唱）就算我说您不大也不行，

人家刘巧儿已经有了婆家。

王寿昌 （唱）听说刘巧儿有了婆家，

急得我眼前发黑浑身发麻。

刘巧儿的丈夫是哪一个？

但不知许给了哪一家？

刘媒婆 （唱）就是那离咱们这儿不远的赵家庄的老赵家。

赵金才的儿子叫赵柱儿，

人家年轻又漂亮，

还是个积极分子，人人都夸。

人家小两口从小把亲定，

听说最近要结亲成家。

王寿昌 （唱）一盆凉水迎头浇下，

急得我王寿昌没有办法。（低头寻思）

刘媒婆 （唱）一见王财东把头低下，

我趁热打铁把他拿。

这件事情我倒能办。

王寿昌 你怎么办？

刘媒婆 啊……

王寿昌 你倒是说呀……

刘媒婆 嗯……

王寿昌 你倒是快说呀！

（唱）你吞吞吐吐所为什么？

刘媒婆 （唱）就是那刘巧儿她爹是个老财迷，

爱喝酒，爱把钱花。

要想办妥这门亲事，

除非多把彩礼钱花。

王寿昌 （唱）花钱多少我不怕，

只要把刘巧儿娶到我的家。

赵刘两家把亲定下，

你说抓瞎不抓瞎？

刘媒婆 （唱）就是这事不大好办哪，

直急得刘媒婆汗往下滴答。

王寿昌 哎，我问你：他们是从小订婚，后来长大了，见过面没有哇？

刘媒婆 听说没有见过面。

王寿昌 好，只要没有见过面，这件事情就还有救。

刘媒婆 怎么有救哇？

王寿昌 你来，我告诉你，（耳语）你瞧我这个主意怎么样？凭你这两片子嘴，再多许给刘巧儿他爹两个钱，就不怕拆不散他们两家的婚事。

刘媒婆 哟，那够多缺德呀！

王寿昌 得啦，别“老虎戴念珠——假充善人”了。只要你给办好了，我一定重谢你。

刘媒婆 好。咱们可是丑话说在前头，这档子事要办妥了，您可得多破费点呀！

王寿昌 没说的。（取出钱来）这是一点小意思，你先收着，事成之后，我再给你。

刘媒婆 不用，不用，这不是显着我太小气了吗？

王寿昌 你就先收着吧，别客气啦。

刘媒婆 那我就先借您点花，事，我一定尽力给您办，您先回府听信吧。

王寿昌 好。我可全托付你啦，越快越好。

刘媒婆 您放心吧，我马上就去。

〔王寿昌下。刘媒婆送出。二道幕闭。

刘媒婆 （唱）这件事我一定尽力去办，
赚的钱准够我花半年。
我先花俩钱打上两瓶好酒，
去找那刘彦贵谈一谈。
干什么也要先把本钱下，
没有大食想钓大鱼也枉然。
我东家走来西家串，
专管说媒把线牵。
配好配坏我不管，
混吃混喝混些个洋钱。（下）

第二场

〔时间：前场后一日的中午。

〔地点：刘巧儿的家。

〔二道幕启。刘巧儿的家。阳光照在窗子上，刘巧儿正坐在炕上纺线。

刘巧儿 （唱）巧儿我生来手儿勤，

织布纺线都认真。

养蚕抽丝搞生产，

线子纺得细又匀。

我的爹不该从小儿给我把亲定，

我跟柱儿不认识怎能够遂我的心？

思前想后主意拿稳，

等爹爹回家来叫他去退亲。

坐在房中我把线纺——

〔刘彦贵挑着杂货担子上。

刘彦贵 （唱）一溜歪斜转回家门。

这几瓶白干酒真有劲，

喝得我，头重脚轻脑袋发晕。

刘媒婆请我吃的饭，

她劝我跟赵家去退婚。

把女儿嫁给王财主，

多少彩礼都随我的心。

王寿昌虽然岁数大，

家里头有钱日子省心。

巧儿若是把头点，

从今后我就是财主的老丈人。（进门）

刘巧儿 爹，您回来了。

刘彦贵 （唱）进门放下了杂货担，（放下货担）

坐在一旁假作伤心。

唉！

刘巧儿 （唱）您往日回来微微笑，

今日为何恼在心；

莫非说做买卖赔了本？

莫非说在外边得罪人？

〔刘彦贵摇摇头。

刘巧儿 （唱）您有什么为难事，

快对女儿我说原因。

刘彦贵 （唱）未曾说话我假掉眼泪，

孩子！

你爹我实在不是人。

唉，孩子，我可把你给害苦了！

刘巧儿 什么事您把我害苦了？

刘彦贵 唉，甭提了！我这一辈子就养你这么一个，从你妈一死，我就把你许给赵家庄赵老汉的儿子赵柱儿了。实指望你们夫妻年貌相当，结亲成家，也了却我一档子心愿。那孩子小时候还蛮好的，谁知道他长大了……

刘巧儿 他长大了怎么啦？

刘彦贵 孩子，你就别问啦，你听了也是堵心。

刘巧儿 爹，他长大了到底怎么啦？您快说呀！

刘彦贵 你听了可不许着急！

刘巧儿 瞧您这啰唆劲！

刘彦贵 你听我说：那赵柱儿长大了，嘴歪腿瘸眼还斜。他长得好坏还在其次，他好吃懒做，人家都叫他二流子！你想，我这不是害苦了你了吗？

刘巧儿 爹，您也不用难过，您不说，我也要跟您提了。这门亲事从小儿是您给我定的，我跟他没见过面，根本我就不同意。咱们边区，现在实行婚姻自主，我要跟他家退亲！

刘彦贵 退亲？

（唱）我跟那赵老汉有交情，
红口白牙把亲许，
退亲的话儿叫我怎么提？

刘巧儿 （唱）这样的包办婚姻我就是不同意，
我不管，什么是交情，什么是亲戚，
您要是怕伤了交情啊！
娶我的那一天，除非是您去！

反正我不去。

刘彦贵 我去？那像话吗？

（唱）你从小死了妈，爹我拉扯你，
什么事都由你我没有不依。
要不然我就到赵家庄上去，
见了那赵老汉再做商议。

刘巧儿 还商量什么，非退不可！

刘彦贵 你说退，咱就退！

刘巧儿 爹！您看天还早哪，您现在就去一趟吧。

刘彦贵 现在就去？

刘巧儿 啊！

刘彦贵 （唱）急忙走出房门外。

刘巧儿 爹！到了那儿慢慢跟他们说，千万别着急。

刘彦贵 嗳，我不着急！

（唱）心里头喜欢，面带着急。（下）

刘巧儿 （唱）但愿他去退亲一帆风顺，

也免得我为此事日夜担心。（下）

第三场

〔时间：紧接前场。

〔地点：赵家庄村外和区政府。

〔二道幕前，赵家庄村外。刘彦贵上。

刘彦贵 （数板）没费三言并两语，

巧儿催我去退亲。

常言道养儿养女防备老，

巧儿应该嫁给个有钱的人。

我聘闺女为的是图彩礼，

王财东有钱正对我的心。

见着赵老汉就这么讲，
我就说我女儿她不愿意跟你们。
赵老汉是个火性子，
见火就着准犯犟劲。
叨叨念念走得快，
不觉来到赵家村。
那旁正来了赵老汉，
迎上前去我喊一声。

喂，赵亲家，你好哇？

赵金才 （内声）谁呀？

刘彦贵 你连我都不认识了？我是刘彦贵。

〔赵金才上。

赵金才 呦，原来是亲家。你瞧我这份眼力，真是越老越不中用了。今天怎么有工夫到我们庄上来啦？

刘彦贵 买东西转到这儿了。

赵金才 好，咱们找个地方坐坐吧。

刘彦贵 对，咱们老哥俩坐下聊聊。

赵金才 亲家，你看，就在这大树下面吧，这儿还凉快点。

刘彦贵 你比我岁数大，你先坐下吧。

赵金才 （坐下）亲家，我新装的烟，你来一袋尝尝。

刘彦贵 行了。我这也带着哪。

赵金才 亲家，你的买卖不错呀？

刘彦贵 托你的福，反正动弹着点，总比闲着强。你今年的庄稼怎样啊？

赵金才 不错。我打算着，今年秋收打下粮食来，好好地给孩子们把喜事办了，也就了却咱们一档子心愿啦。

刘彦贵 唉，亲家。我早就想跟你说，贵贱见不着你，今天你也提到这儿了，提起这件事，总觉得对不起你。

赵金才 咳，亲家，你这是说到哪儿去了？虽然孩子们还没过门，可是咱们也是亲家呀！咱们还有什么对得起对不起的？

刘彦贵 你越是这么说，我就越觉得对不起你，你刚才不是提要办喜事吗？

赵金才 啊。

刘彦贵 这事不提是一肚子气，要提就得两肚子气！

赵金才 这话是什么意思？

刘彦贵 你想，当初咱们做亲，是两厢情愿。你有个儿子，我呢，有个闺女，年貌相当，这周围都说这是一门子好亲事。

赵金才 是呀，要不我就说今年秋收，咱们得热热闹闹地办个喜事啦。

刘彦贵 不是我拦亲家你的高兴，“雨水下大，事情变卦”。常言说：“儿大不由爷，女大不由娘。”没想到这闺女大了，就不服管了，她这会闹起不愿意来了，说是婚姻自主，她看不起柱儿。

赵金才 嗯？我们柱儿不瞎不瘸，生产劳动样样积极，哪一点惹她不满意了呢？

刘彦贵 就是呀，我也是这么说。我说：柱儿这孩子可是个好孩子，真是打着灯笼都找不着。再说，你也可以自己到赵家庄去看看，虽不能包你满意，也绝不会落你的包涵。就这么一说，你猜怎么着，亲家？

赵金才 怎么着，她还说什么呀？

刘彦贵 好，她就闹死闹活，说我不民主，非到区上去自己办退婚手续不可！我狠狠地骂了她一顿。我说：你活着是赵家人，死也是赵家鬼。可是我又一想，我要是硬逼她到你家来，她不好好地跟你们过日子，今天抛米，明天撒面，今天抬杠，明天拌嘴，万一把亲家你气个好歹的，我不是把你们这一家挺火爆的日子给搅了吗？唉！亲家，所以这两天急得我吃不能吃，喝不想喝。你看，夜里睡不着觉，把眼都急红了。你说，这可怎么办？唉！

赵金才 亲家，你也用不着这么大急。既然你女儿说什么也不愿意跟我们柱儿，就别勉强了。再说我们柱儿又不是除了她再说不上媳妇！

刘彦贵 亲家！（数板）

亲家的脾气也太大，
这件事情还由不了她。
你跟我到我家里去，
咱们哥儿俩劝劝她。

赵金才 （数板）听一言怒气发，

再叫亲家细听根芽。
既然你闺女瞧不起我们赵柱儿，
我们柱儿也瞧不起她。
当初订婚是咱们俩，
不必合计，亲事算吹啦！

刘彦贵 （唱）我就知道你得埋怨，

我着急比你在先，
咱们都是这种脾气，
就是能折不能弯。
亲事退了也倒好，
省得给你找麻烦。

区政府去办退婚证，

交给她，叫她远走高飞别把我沾。

闺女我算不要了，

咱们的交情还像从前。

你儿子要把媳妇娶，

有什么困难跟我谈。

多了我可办不到，

小小不言我能添。

赵金才 得了，你别说了，咱们快到区上去吧！

刘彦贵 好！

赵金才 （唱）两人说罢区上去，

刘彦贵 （唱）刘彦贵紧紧地后面跟。

赵金才 （唱）赵老汉我越想越有气，

刘彦贵 （唱）刘彦贵暗暗地喜在心。

赵金才 （唱）心中有事脚下快，

刘彦贵 （唱）不觉来到区政府的门。

〔二道幕启，区政府办公室，助理员正在写字。

赵金才 助理员，助理员！

助理员 你们老哥俩有什么要紧的事，跑得这么急呀？快坐下，快坐下休息休息。

赵金才 给我开个退婚证。

助理员 谁跟谁退婚呀？

赵金才 我俩退婚！

助理员 啊？你俩退的什么婚哪？

赵金才 我给家里的人退婚。

助理员 赵老汉，你这么大岁数了，还退的哪门子婚呢？刘掌柜的，你怎么也不劝劝他？

赵金才 唉！满不对。我这么大岁数还退的哪门子婚？我是给我儿子赵柱儿退婚来了。

助理员 啾，我说呢，你儿子退婚，怎么不叫他本人来呀？

刘彦贵 助理员，他们没过门的小两口，有点磨不开，不好意思来，所以我俩来了。我们这次退婚是干干脆脆，绝没有什么问题，是吧，亲家？

赵金才 对了，都同意，给退婚证吧！

助理员 赵老汉，你先别着急，刘掌柜，当初你两家定亲是怎么定的？

赵金才 我们是从小做的娃娃亲。

助理员 他们长大了以后见过面没有哇？

赵金才 没见过。

助理员 这就难怪了。这种从小由老人包办定的亲事就是不合理，退了正好，不然结了亲，夫妻感情也不会好。

赵金才 助理员，你别说啦，亲事不是已经吹了吗？你就快开退婚证吧！

助理员 好。

（唱）我忙把退婚手续办，
退婚证霎时就写完。
这次退婚两情愿，
手印印在纸上边。

啊，刘掌柜，赵老汉，你们按个手印吧。

〔赵金才、刘彦贵按手印。

助理员 （唱）一张交给刘彦贵，

一张交给赵老汉。

今天手续办完毕，

回家好好种庄田。（下）

〔赵金才、刘彦贵接退婚证，走出区政府，二道幕闭。

赵金才 （唱）退婚证据接在手，

刘彦贵 （唱）刘彦贵才把心放宽。

赵金才 （唱）有道是人争一口气，

刘彦贵 （唱）手续办好心里喜欢。

亲家，虽说咱们两家退了婚，咱们哥俩还是二两棉花絮个眼镜，只厚不薄。闲着的时候，到我家去串个门儿，咱们喝二两。

赵金才 咱们穷庄稼人高攀不上！（下）

刘彦贵 就照你那话说去吧，打算镚子不花，娶个大姑娘呀？你真是做梦娶媳妇，想了一个美！这婚也退了，我去找刘媒婆，商量商量跟王财主要彩礼去。

（唱）刘彦贵心中喜洋洋！

我养女儿沾了光。

赵老汉上了我的当，

他怎知刘彦贵两副心肠。

急急忙忙往前走，

见了那刘媒婆细做商量。（下）

第四场

〔时间：前场后一日的白天。

〔地点：村外。

〔二道幕前，刘媒婆上。

刘媒婆 （数板）赶脚，赶脚的仗着两条腿，

说媒的全仗一张嘴。

傻小子我能说他灵，

丑闺女我能说她美。

只要你认头肯花钱，

好姑娘嫁个大烟鬼，大烟鬼。

没想到，刘巧儿这档子事这么容易，三言两语，不但跟赵家退了婚，跟王财主的婚事也说妥了。这回我给王财主办了这件大事，往后的日子就不着急了。王财主还是急茬儿，今天下定，后天就要娶亲。今天是下定之期，我把这彩礼给老财迷送一半，我先闹他一半花花再说。

（唱）说媒全仗着这两片嘴，

吃喝穿戴不费难。

这一匹绸来一匹缎，

红红绿绿青与蓝。

从今后四季的衣服不缺少，

吃喝穿戴有了靠山。（下）

第五场

〔时间：前场的翌日早晨。

〔地点：村外小桥旁。

〔二道幕启，王寿昌上。

王寿昌 （唱）王寿昌村前闲游逛，

想不到我年迈人又做新郎。

明天就把巧儿娶，

怎不叫人喜笑非常。

欢天喜地把小桥上，

看看四外的好风光。

我这里抬头用目望，

那边正来了巧儿姑娘。

她左手拿着一缕线，

右手挎着一个小竹筐。

一定是合作社前去交线，

等她到来问端详。

明天就要把她来娶，

问问她爱穿啥衣裳。

下了小桥把她等，

等她到来叙叙家常。

〔刘巧儿手挎竹篮上。

刘巧儿 （唱）巧儿我自幼儿许配赵家，

我和柱儿不认识我怎能嫁他呀。

我的爹在区上已经把亲退呀，

这一回我可要自己找婆家呀。

上一次劳模会上我爱上人一个呀，

他的名字叫赵振华。

都选他做模范，人人都把他夸呀。

从那天看见他我心里就放不下呀，

因此上我偷偷地就爱上了他呀！

但愿这个年轻的人呀，他也把我爱呀，

过了门儿，他劳动，我生产，又织布，纺棉花。

我们学文化，他帮助我，我帮助他，

争一对模范夫妻立业成家呀。

来到了桥下边我用目观看哪，

河边的绿草配着大红花呀。

河里的青蛙它呱呱呱地叫哇，

树上的鸟儿它是叽叽喳喳呀。

我挎着小筐儿忙把桥上呀，

合作社交线我再领棉花。

王寿昌 巧儿！

刘巧儿 真倒霉。又碰上这个烟鬼！（想往回走，又一想，还是过桥）

王寿昌 （拦住）巧儿，你上哪儿去呀？

刘巧儿 你管得着吗！

王寿昌 听说你纺线纺得很好，拿来我看一看。（动手）

刘巧儿 放下！狗爪子，别脏了我的线！

王寿昌 巧儿，纺线有什么用啊？这也发不了财。你看我！

（唱）不下地来不流汗，

家里的粮食就堆成了山。

你看我穿的是绫罗绸缎，

腰里头装的是大洋钱。

刘巧儿 （听不顺耳，调皮地讽刺）当然喽，你们是财东家，有的是吃喝，可以吃了睡，睡了吃，跟臭母猪一样，踢你一脚都不动弹！

王寿昌 巧儿，你们年轻女孩子，懂得什么！这才叫享福哪！

刘巧儿 哼，抽大烟，耍大钱，好吃懒做，就没个好下场。到后来你连稀粥都喝不上！（调皮地）我看你连二流子都不如，简直就是饭桶！

王寿昌 怎么？巧儿，你说我是饭桶？哈……你别走，咱们谈谈。巧儿，我要是饭桶，你不成了饭桶的老婆了吗？

刘巧儿 （气愤地抢着说）王寿昌，你别胡说八道的！

王寿昌 怎么胡说？你还不知道哪，你爹已经把你许给我了，刘媒婆保的媒，昨天过的礼，明天就要娶到我家去啦。

刘巧儿 （晴天霹雳，万万出乎意料，气极）啊。原来这几天刘媒婆到我家是给你保媒呀！

王寿昌 不错，就是我！哈……

刘巧儿 呸！（打了王寿昌一个嘴巴）

（唱）闻听此言好气恼，

巧儿心中似火烧。（急下）

王寿昌 巧儿，这丫头真厉害呀，明天把你娶到我家，就由我由不了你了。

（唱）巧儿这丫头太无情，

怕的是夜长噩梦生。

乱麻要用快刀斩，

早早下手不留情。（下）

第六场

〔时间：紧接前场。

〔地点：村外。

〔二道幕前。

刘巧儿　（内唱）一口气跑出了五六里，（悲愤焦急地上）

（唱）浑身颤抖泪淋淋。

王寿昌的臭名谁不晓，

大利放账坑害穷人。

我的爹怎能把我来卖，

难道说他生成的铁石心。

回家去把爹爹问。

〔李大婶上，两人撞在一起。

李大婶　这不是巧儿吗？

刘巧儿　李大婶！（哭）

李大婶　巧儿，你哭得像泪人似的，谁欺负你啦？跟大婶说，我一定给你做主。

刘巧儿　李大婶。

（唱）巧儿我越想越伤心，

李大婶听我呀说原因。

方才我见着王寿昌的面，

他说我爹背着我跟他定了亲。

大婶呀我的亲妈死得太早，

李大婶您疼我比亲妈还要亲。

没想到我爹他要把我卖，

眼看着大祸临在了我的身。

李大婶 （唱）刘彦贵做事心肠狠，

巧儿呀，你不必着急，不要伤心。

我一定找你爹把他责问，

决不叫王寿昌如意称心。

刘巧儿 （唱）我不能让我爹把我卖，

我不能嫁给这样人。

要是我爹不应允，

巧儿我一定跟他拼。

我爹要是逼我嫁人，我就不活了！

李大婶 姑娘家寻死，那是过去旧社会的事。现在有咱们边区政府给咱们做主，你要再有这个心思，可就傻了。

刘巧儿 那我可怎么办呢？

李大婶 唉，你不用着急，大婶我是这个乡的妇女主任，你们村里的事我也该管。今天正好，乡长到地里来开会，你跟大婶一块儿去。当面跟乡长把这件事说说，问乡长该怎么办！

刘巧儿 跟乡长当面谈？

李大婶 啊！

刘巧儿 您跟乡长说吧，我先回去。

李大婶 你回到家里，爷儿俩见了面，准得吵架，来！你帮助大婶，把饭给变工队送到地里，咱们娘儿俩一块儿去找乡长，怎么样？

刘巧儿 好！我跟您去。

李大婶 哎！这多痛快。到了地里，找着乡长，咱俩跟他说。（同下）

第七场

〔时间：紧接前场。

〔地点：麦地里。

〔二道幕启，赵柱儿、栓子、锁儿，老马、小香正在麦地里锄草。

众　人 （唱）一把把锄头闪银光，

锄倒了野草麦苗儿强。

变工队，锄草忙。

锄草莫把麦苗儿伤。

说说笑笑，

说说笑笑又把歌儿唱。

〔向远方锄草，隐去。

〔妞子跑上。

妞　子 喂，柱儿队长！

赵柱儿 （从地里走出来）什么事呀，妞子？

妞　子 我们女组跟你们男组挑战，你们敢应战吗？

赵柱儿 锁儿、栓子，女组跟咱们男组挑战，咱们怎么样？

〔内应声：“跟他们应战。”

赵柱儿 好，我们应战！

妞　子 好啦。（跑下）

〔内声："喂！柱儿队长跟咱们应战了！咱们干哪！"

〔赵柱儿跑下。

〔李大婶、刘巧儿担水随上。

李大婶 （唱）李大婶到村外前来送饭，

刘巧儿 （唱）巧儿我肩挑水跟在后边。

李大婶 （唱）青年的歌声连连不断，

刘巧儿 （唱）人家高兴我心酸。

李大婶 巧儿，到了，放下歇一歇。喂，赵柱儿！

〔赵柱儿应声上，锁儿随上。

赵柱儿 嗳，大婶！您给送饭来啦？

李大婶 啊，累不累啊？

赵柱儿 不累！

李大婶 可别累着！

锁　儿 大婶，您放心吧，您瞧我们柱儿队长壮得小牛似的，一个就顶仨。

李大婶 先吃饭吧！

赵柱儿 这就来！（喊）喂！李大婶给咱们送饭来啦，咱们先吃饭吧！

〔老马、栓子、妞子、小香等上。

刘巧儿 （唱）巧儿我心中暗惊讶，

却原来赵柱儿就是赵振华。

恨我爹他不该说假话，

把一段好姻缘阴错阳差。

跟赵家我已然退了亲事，

到如今我怎能再说爱他？

若不然跟大婶说了实话。

大婶，您来。

李大婶 有事吗？

刘巧儿 我……

李大婶 你怎么啦？

刘巧儿 （唱）话到口难出唇羞羞答答。

李大婶 （唱）叫我来为什么又不说话？

吞吞吐吐为什么？

刘巧儿 大婶，我认识他！

李大婶 你说的是赵柱儿呀？

刘巧儿 他不是叫赵振华吗？怎么又叫赵柱儿呀？

李大婶 是呀，他学名叫赵振华，小名叫柱儿。巧儿！

（唱）你怎么知道他叫赵振华？

刘巧儿 （唱）劳模会上我看见过他！

那一天他身穿蓝布裤、白布褂，

在胸前戴着一朵大红花。

响应变工是他讲的话，

李大婶 （唱）你怎么啦？

刘巧儿 没怎么。

李大婶 （唱）为什么你这样把他夸？

巧儿呀！你跟大婶说句老实话，

是不是你心里爱上了他？

刘巧儿 （唱）怎么能说退就退说嫁就嫁，

李大婶 （唱）那怕什么？

包办的婚姻根本不合法，

这一次是你们自己当家。

你愿意我叫他你们谈谈话，

又何必这样的羞羞答答。

刘巧儿 我……

李大婶 愿意不愿意？你倒是说句痛快话呀！

刘巧儿 大婶，要是他不愿意……

李大婶 咳。干吗这么前怕狼后怕虎的？他不愿意，就算咱们没说，你在这儿再好好地想想，我先把你们的事，跟乡长商量商量去，你听我的回话。

刘巧儿 大婶，您可快回来啊！

李大婶 我一会儿就来。（下）

〔众人吃饭，栓子、锁儿看看巧儿，低声议论。

老　马 柱儿，你看那个女的是谁？

赵柱儿 我不认识。

锁　儿 是谁家的姑娘长得这么俊？

老　马 她就是刘巧儿。

众　人 啊？是巧儿？你怎么不早说呀？

赵柱儿 什么？是她？

栓　子 听说你们退了婚啦？

老　马 据说，他爹要把她嫁给王寿昌——那个老东西！

赵柱儿 什么？她要跟王寿昌？

锁　儿 没出息的东西！

老　马 别说了，叫她听见不好。

锁　儿 怕什么的？我还要说！

赵柱儿　锁儿，别耍你那三青子脾气啦！快吃吧，吃完好干活。

老　马　走啦，走啦，干活去啦！

〔老马、赵柱儿、锁儿、栓子、小香陆续下地干活。

刘巧儿　（唱）众乡亲冷言冷语地把我议论，

臊得我刘巧儿无处容身。

一霎时只觉得面红耳热，

满腹的委屈有口难分。（欲走）

〔李大婶上。

李大婶　巧儿，你上哪儿去呀？

刘巧儿　大婶，我要回去啦。

李大婶　嗳，你瞧你这丫头，大婶刚跟乡长商量好，他说叫我问问你俩是不是愿意。

刘巧儿　大婶，咱们别提这个了。

李大婶　咳，这怕什么的！新社会主张婚姻自主，你怎么还是这样的封建哪？

刘巧儿　大婶，不是我封建，是他们……

李大婶　他们怎么啦？

刘巧儿　他们都在说我……

李大婶　我当为了什么呢。原来是你怕他们说你呀。咳，那有什么！结婚是你俩的事，碍着他们什么相干啦！

刘巧儿　我……

李大婶　行了，别你呀我呀的啦。年轻轻的人，干什么一点不痛快，还不如我这半大老婆子呢。

刘巧儿　不是，大婶。

李大婶　唉，别这不是那不是的啦！你不愿意过去，我叫他过来。

〔刘巧儿向李大婶耳语。

李大婶 唉，这么两句话，大婶还不会说？你就放心吧。

（喊）柱儿，你过来！大婶有要紧的事跟你商量，来！

〔栓子拉赵柱儿上。

栓　子 柱儿哥，李大婶叫你哪。看样子，巧儿要跟你当面锣对面鼓，快过去吧！

赵柱儿 大婶，你叫我有事吗？

李大婶 大侄子！你知道她是谁吗？

赵柱儿 听老马说她就是刘巧儿。

李大婶 对！大侄子，你听我说：

（唱）退婚的那个柱儿她不爱，

她心中爱上了劳模会上的赵振华。

赵柱儿 （唱）听说巧儿爱我赵振华，

我也喜欢她，叫我怎么回答？

大婶！她不是要嫁王寿昌吗？

李大婶 大侄子！

（唱）刘彦贵贪财卖女心毒辣，

这件事怎能怪巧儿她！

巧儿她心里有数眼力不差，

她喜爱勤劳的小伙子，

不贪图王家的富贵荣华。

她的爹做买卖整天不在家，

家里的事情全靠巧儿她！

挑水做饭养猪垫圈一有空儿就学文化，

缝缝补补洗洗涮涮养蚕织布纺棉花。

全村的人提起她，
都说她是个好女娃。

赵柱儿（唱）我听说巧儿劳动是好手，
怕的是……

李大婶（唱）怕什么？

赵柱儿（唱）怕的是我有点配不上她。

李大婶（唱）你们两个今天见了面，
好好谈谈话。
过去的婚姻，父母包办，根本不合法，
愿你们重打朵儿重开花。
巧儿，你说话呀。

刘巧儿（唱）上一次本是父母包办，
这一次是咱们自己当家。
过去的婚约不能算……

李大婶 说，你愿意不愿意呀？

刘巧儿（唱）我愿意不愿意……（推李大婶）

李大婶 柱儿，你愿意不愿意呀？

赵柱儿（唱）我愿意不愿意……（推李大婶）

李大婶 巧儿，你说呀！

刘巧儿（唱）您去问问他！

李大婶 柱儿，你说呀！

赵柱儿（唱）您去问问她！

李大婶 唉！我也是老糊涂啦！有什么话你俩当面说吧！我有点事，一会儿就回来。

赵柱儿 大婶，您别走！

刘巧儿　大婶！

〔李大婶下，赵柱儿、巧儿追，转身碰面。

赵柱儿　（唱）一见大婶扬长去，

刘巧儿　（唱）巧儿……

赵柱儿　（唱）柱儿……

刘巧儿
赵柱儿　（合唱）暗着急。

刘巧儿　（唱）眼前的事儿叫我怎么说？

今后的话儿叫我怎么提？

赵柱儿　（唱）悔不该说话太无理，

悔不该对她瞎猜疑，

走向前叫巧儿太对不起你！

刘巧儿　（唱）咱们是谁跟谁何必太客气。

赵柱儿　（唱）我和你重订婚约你可愿意？

刘巧儿　（唱）我要是不愿意也不叫大婶提。

赵柱儿　（唱）你愿意来我愿意，

刘巧儿　（唱）两厢情愿配夫妻。

赵柱儿　（唱）一言为定坚持到底，

刘巧儿　（唱）风吹浪打志不移。

自己的事情可要自己拿主意，

旁人要干涉宁死也不依。

王寿昌明天就要把我娶，

赵柱儿　（唱）去找乡长来处理。

刘巧儿　（唱）最好是你赶快把我接出去，

也免得事变卦后悔来不及。

赵柱儿 好。

〔栓子、锁儿走了过来。

栓　子 （唱）只顾你们小两口把情话叙。

锁　儿 （唱）不知道我俩多么着急。

巧　儿 （唱）羞羞答答急忙躲避。（羞下）

赵柱儿 （唱）这件事情真是问题。

〔李大婶上。

李大婶 巧儿哪去了？

栓　子 我俩一露面就把她羞跑了。

李大婶 谁叫你们搅和来着，那么明天的事怎么办呢？

赵柱儿 是呀，刚提到王寿昌，这俩冒失鬼就把巧儿给臊跑了。

李大婶 柱儿呀！

（唱）既然你俩人都乐意，

这件事不能再迟疑。

明天我就到巧儿家里去，

去找那老酒鬼讲讲道理。

男队员 （唱）你一言来我一语，

都替巧儿抱委屈。

女队员 （唱）咱们见着老东西的面，

抽他筋来剥他的皮！

〔赵金才上。

赵金才 （唱）乡长说刘彦贵要把巧儿卖，

不由得赵金才把脸气白，

似这样欺负人谁能忍耐，

这一次我定要给他个厉害！

巧儿在哪儿哪？巧儿在哪儿哪？

李大婶 我刚才回来，她就走了。你怎么知道她在这儿？

赵金才 我听乡长说的。刘彦贵太不是东西了，竟敢卖起女儿来了！不揍他一顿，简直出不了这口气！

李大婶 巧儿跟我说，明天王寿昌就要娶她，那怎么办哪？

赵柱儿 巧儿说，最好赶快想法子先把她救出来。

赵金才 她大婶，巧儿这次怎么会愿意跟我们柱儿？

李大婶 她在上次劳模会上就看上柱儿，今天见了面，就叫我跟柱儿提了。

赵金才 柱儿你怎么样？

栓　子 他早乐意了，小两口连亲都定了。

赵金才 既然你俩愿意，今儿个晚上，我上巧儿家去，我说什么也得把巧儿救出来。

锁　儿 对！

李大婶 老大哥，那可不行啊，还是先找乡长商量商量吧。你这个火性脾气，半夜三更地跑到刘家去，闯出祸来，那可怎么办呢？

赵金才 唉，你放心吧。

（唱）巧儿柱儿有感情，

我前去救她能成功。

刘彦贵敢把巧儿卖，

不把他揍蒙我的气不平！

走，锁儿、栓子、石头跟我准备准备去。（下）

锁　儿 走，走！

〔锁儿、栓子、石头要走，被赵柱儿阻止。

李大婶 嗳，他大叔，赵大叔！你先别着急，咱们再商量商量！咳，这么大岁数，怎么还是炮筒子脾气呀！

赵柱儿 李大婶，您先劝劝他去。（向众人）咱们先把地里的活儿收拾完了再说不行吗？

众　人 对，收拾完了再说。

〔二道幕闭。

第八场

〔时间：前场的当天晚上。

〔地点：刘彦贵家外边的路上。

〔二道幕前，刘彦贵上。

刘彦贵 （唱）心神不定朝前走，

越想越觉得不对头。

慢着。今儿巧儿回来，一句话不说，不知道她心里存着什么主意。明天就要出门子了，我还是小心为妙。正是：

（念）为当财主老丈人，

费尽老刘一片心。

千万今晚别出事，

小心谨慎我得早关门。（下）

第九场

〔时间：同前场。

〔地点：村外大路上。

〔赵金才手拿灯笼上。

赵金才 栓子、锁儿，走哇。

〔栓子、锁儿、石头上。

赵金才 （唱）黑夜之间出了村，

锁　儿 （唱）一路奔跑脚步轻。

赵金才 （唱）进村之后要谨慎，

栓　子 （唱）莫要惊动众乡亲。

〔众下，老胡上。

老　胡 （唱）忽听门外有人声，

有几个人影看不清。

赵老汉拿着灯一个，

半夜出来为何情？

三更半夜的，赵金才这伙人，这是上哪儿去呀？欸，听说赵老汉跟刘彦贵为儿女亲事闹过别扭，别是找碴打架去了吧。不行，我得去找乡长去。

（唱）边区里的老百姓，

维持地方有责任。

事到跟前不过问，

闹出人命事不轻。（下）

第十场

〔二道幕启，刘彦贵的家，露出房一角，窗上有灯光。

刘彦贵 （内声）巧儿，天不早了，该睡了！明天你还得早起哪。

〔赵金才领锁儿、栓子、石头同上。

赵金才 来，来，到了，就是这家。

栓　子 小心有狗。

锁　儿 不要紧，我带着馒头哪，有狗我就扔给它一个。

赵金才 锁儿，你跳进去，把门开开。

〔锁儿跳墙，开门，众人进内。

赵金才 （向石头）你瞧着人！栓子，你到窗户下叫巧儿出来！

栓　子 （到窗下）巧儿，巧儿！

刘巧儿 （内声）谁呀？

栓　子 我是栓子，是李大婶叫我来的。

刘巧儿 （内声）李大婶叫你来干什么呀？

栓　子 怕你明天叫王寿昌给娶了去，我跟赵大叔来接你到李大婶家去。

刘巧儿 （内声）好，我收拾收拾就来。

刘彦贵 （内声）巧儿，你跟谁说话啦？

栓　子 快走！

〔刘巧儿拿包袱上。

赵金才 快走吧！

〔栓子、石头拉刘巧儿下，刘彦贵上。

刘彦贵 那是谁？啊？啊？你们抢人？来人啦！

〔刘彦贵扯住赵金才，两人厮打，锁儿推倒刘彦贵拉赵金才下。

刘彦贵 哎哟，打死人喽！

〔乡长、老胡同上，见刘彦贵在地上挣扎。

老　胡 咦？老刘？

乡　长 （扶起刘彦贵）刘彦贵，你这是怎么啦？

刘彦贵 乡长，你来得好，咱们村里闹出人命啦。

乡　长 怎么回事？你慢慢说。

刘彦贵 （夸大其词地）赵金才那个老混蛋，带着一伙人前来抢亲，他把我老头子按在地上拳打脚踢，差点没打死。乡长，快把我闺女追回来，我拿菜刀去。

乡　长 刘彦贵，赵金才不对，咱们批评他！有事咱们好好商量着办。

刘彦贵 （不满意，气势汹汹地）乡长，你是给公家办事的，心眼可得搁在当中，你看我叫人打了个半死，你还护持他。你不把巧儿给我追回来，我就碰死在你这儿！（故作要撞的姿态）

老　胡 你这是做什么？乡长又没得罪你。

刘彦贵 （耍赖不过，变了口气）好，你们不管就算了，我到政府告他去！这还了得，简直成了土匪了！

乡　长 打官司，你卖女儿就不犯法了！

老　胡 老刘，我看你们两家就结了亲吧。他们小两口又都乐意，够多好哇！你说老赵打了你两下，我看叫他当着众人给你赔个礼也就是了。

刘彦贵 哼，我看你说的倒比唱的还好听！谁跟他结亲？他给老子来了这么一手，这亲事越发做不成了！我要不到政府告他去，我刘

彦贵就不是人养的！（下）

老　胡　老刘，老刘！这人真没办法！

乡　长　老胡，算了！让他告去吧。我看咱们要紧的还是多找些乡亲们，了解了解情况，也好帮助政府解决这个问题。

老　胡　好吧。

乡　长　来，咱们把屋门替他锁上。（与老胡同下）

第十一场

〔时间：接前场。

〔地点：县政府裁判员办公室。

〔二道幕启，石裁判员手拿一张状子上。

石裁判员　（唱）看状子不由人心中生气，

这一件抢亲案真是稀奇。

似这样胡乱行目无法纪，

简直是耍野蛮不讲道理。

在边区居然会发生这样的事情，这简直是扰乱地方，目无法纪！张金魁！

张金魁　（内声）有。

石裁判员　把刘彦贵叫进来。

张金魁　（内声）刘彦贵！

〔刘彦贵上，见了石裁判员恭恭敬敬地一鞠躬。

石裁判员　你是刘彦贵？

刘彦贵 （力装恭顺有礼）是。

石裁判员 你把赵金才抢人的事情，从头到尾说一遍，不要害怕，咱们边区抗日民主政府是给老百姓办事的。

刘彦贵 裁判员，我可是个老实人，不会说话，你听我说：

（唱）半夜三更天未明，
赵金才跳墙开了门，
几个强盗把门进，
就在院里抢走人。

石裁判员 赵金才和抢亲的人拿什么武器？你们两个怎样打起来的？

刘彦贵 （唱）有的手拿棍和棒，
别的家伙看不真。
我刚出门来探望，
一棍子打在我的身，
脚又踢来拳又打，
打得我浑身血淋淋。

石裁判员 手拿武器，抢人打人，真是违法乱纪！你们两家原来有什么仇恨吗？

刘彦贵 咳，全是我女儿不愿意跟他儿子结亲，他怀恨在心，就下了毒手。

（唱）我女儿不愿意和柱儿结亲，
区政府已经退了婚，
谁想那赵金才心中怀恨，
带邻居和亲友前来抢人。

石裁判员 前次在区上解除婚约是不是双方同意？办过手续没有？

刘彦贵 怎么没办过！赵金才亲自认可的，退婚证还在我身上装着哩。

石裁判员 让我查查。（查案卷）不错，既然同意退了婚，现在又以武力强迫成亲，这就是破坏政府婚姻自主的法令。

刘彦贵 对，简直跟土匪一样。（带哭腔）裁判员，我这么一辈子，就守着这一个女儿，我女儿要是有个三长两短，可就要了我的老命了。

石裁判员 你也不要难过，现在咱们边区抗日民主政府主张婚姻自主，绝不会让赵家把你女儿霸占去。（向外）张金魁，把赵金才叫进来！

张金魁 （内声）赵金才！

〔赵金才上。

石裁判员 你是赵金才吗？

赵金才 啊。

石裁判员 抢人的事是怎么一回事？

赵金才 （硬邦邦的态度）就是那么一回事。刘彦贵把我儿媳妇卖了，我就带着人又把她救回来了。

石裁判员 你知道，深更半夜，跳进别人家里打人，还抢了人家的女儿，是犯法的吗？

赵金才 打人是我的不对，刘巧儿她愿意做我家的儿媳妇怎么能算抢呢？

刘彦贵 赵金才，咱们可是散了亲的，你看，这是退婚证。我有一份，你也有一份，咱们是“有文不斗口”，你可不能胡赖。

赵金才 什么？这回巧儿她愿意跟我们柱儿。过去的退婚证管什么用？

石裁判员 就是巧儿愿意，你也应该到政府来讲道理，你不来政府，半夜三更领着一伙人去抢，这不是违反法令吗？

赵金才 我没抢。

石裁判员 你没抢，干什么刘彦贵告你行抢呢？

赵金才 他狗嘴里还吐得出象牙来？他包办巧儿亲事，你们就不管吗？

石裁判员 （向刘彦贵）你是不是包办了巧儿的亲事？你老老实实地说。

刘彦贵 我的好裁判员！现在的女子都开通了，我包办管什么用？这都是他抢人理屈了，才编了这么一套瞎话。要是我包办巧儿的婚姻，叫天打雷击！

石裁判员 赵金才，过去解除婚约的时候你也同意了，你怎么又动武抢人呢？这是你亲手画的押，你自己看看。

赵金才 裁判员，你听着：

（唱）上次退亲事我承认，

这一次巧儿柱儿自己定亲。

刘彦贵贪财又把女儿卖，

因此我才去救人。

如果这样把案子判，

谁是谁非还分不分？

明明是刘彦贵把巧儿卖给地主王寿昌，我去救人。你怎么非说我是抢人！还讲理不讲理？

刘彦贵 （从旁煽动）咳！看，看，对裁判员说话，还是这个态度！（向石裁判员）你想想，抢人的时候，打我轻得了吗？

赵金才 （气势汹汹地）我打你，你没打我？哼，没把你的腿打瘸了就是便宜！

（唱）我打你来你也打了我，

光说一面之词与理不合。

你怎样贪图彩礼把女儿卖，

当着裁判员快把实话说。

石裁判员 （厉声制止）赵金才，你违犯了法令，犯了罪，怎么到了政府，还这么气势汹汹？

赵金才 我打了人是我不对，别的罪我没犯，他拿女儿做买卖，政府就不办他吗？

石裁判员 他也有罪，不过比你轻。（一停）现在你们两个都不要吵，先到下边去，等我把柱儿、巧儿传来问明之后，再判决，你们先下去吧。

〔刘彦贵、赵金才下。

石裁判员 （向外）张金魁，把赵柱儿叫来！

张金魁 （内声）赵柱儿！

〔赵柱儿上。

石裁判员 你是赵柱儿吗？

赵柱儿 是。

石裁判员 你知道夜里去别人家抢人，还打了人，是违反政府法令吗？

赵柱儿 你听我说！

（唱）我爹本是烈火性，

一听说卖巧儿怒气冲。

夜里救人他要去，

这件事我也不赞成。

好说歹说把他劝，

苦苦劝他他不听。

虽说打人犯法令，

全怪那刘彦贵卖他的亲生。

石裁判员 不管赵金才抢人这事你同意不同意，你们总是动武了，强迫巧儿，这在法律上是不允许的。

赵柱儿 怎么是强迫的？她愿意嫁给我嘛。

石裁判员 （摇头）她愿意？为什么你们过去还要退婚呢？

赵柱儿 （生气地）裁判员，上次那件亲事是父母包办的，当然应该退。这回是我们自己做主定的亲，你问问巧儿，要是她不愿意跟我，就算我强迫她，杀了我的头我也情愿。

石裁判员 好，你先下去。

〔赵柱儿下。

石裁判员 （向外）张金魁，把刘巧儿叫来。

张金魁 （内声）刘巧儿。

〔刘巧儿上。

石裁判员 你是刘巧儿呀？

刘巧儿 是。

石裁判员 你不是和赵柱儿退过亲吗？怎么赵柱儿还口口声声说你愿意嫁给他呢？

刘巧儿 唉，裁判员！

（唱）当初的婚姻是父母包办，

因此我才跟他退了亲。

这一次本是我们当面定，

他愿意我愿意就应该结婚。

石裁判员 可是你是被抢来的，你要知道。

刘巧儿 （强硬地）不管是不是抢来的，反正我愿意嫁给他，他愿意娶我，就是裁判员也不能给我们断散。

石裁判员 就是你愿意了，这样的亲事我也不能批准，都这么抢起亲来，还成什么样子。你被抢之后住在哪里？

刘巧儿 怕我爹卖我，那天晚上就住在李大婶家里。

石裁判员 好，你还住在那儿，听候传讯，你先下去吧。（向外）张金魁，带赵金才、刘彦贵。

刘巧儿 裁判员！反正跟柱儿我是跟定了，裁判员你不能给我们断散！（下）

张金魁 （内声）赵金才、刘彦贵！

〔刘彦贵、赵金才上。

石裁判员 听候宣判：赵金才，你深更半夜聚众抢人，判你监禁三个月。刘彦贵出卖亲女，判你苦工三个月。赵柱儿、刘巧儿的婚约，过去既然早在区政府自愿退过婚，这次又用武力把人抢走，既不合法律手续，又违反政府法令，应归无效。要是人人都像你们这样子，那成了什么体统了。

赵金才 （急了，抗议地）你这是怎么断的？巧儿愿意跟我们柱儿嘛！这怎么叫强迫的？判我监禁，我不服！

石裁判员 这还是从轻处理呢！至少巧儿，这种强迫成婚在法律上是不能批准的，你要是不同意，可以上诉，这也不是最后判决。（向刘彦贵）你有什么意见？

刘彦贵 我没什么意见。只要裁判员把我的巧儿断回来，你说怎么办，就怎么办。

〔张金魁上。

张金魁 裁判员，这是群众送来的意见书。

石裁判员 啾。（在桌上开条子）先把他俩带下去。

张金魁 是。（带赵金才、刘彦贵下）

石裁判员 嗯？……分明是赵家聚众抢亲，怎么这些群众纷纷写意见书，要求政府批准巧儿和柱儿结婚呢？这到底是怎么回事？

张金魁 裁判员，马专员来了。

石裁判员 马专员来了，那太好了。

〔马专员上。

马专员 石裁判员。

石裁判员 马专员您来了！路上辛苦了。

马专员 没什么，你们很忙吧。

石裁判员 忙倒不算怎么忙，就是李县长出去开会，我们这里发生了一件抢亲案，闹得满城风雨，很不好处理。

马专员 我就是为这件事跑来的，事情的经过怎么样呢？

石裁判员 其实，事情谈起来也很简单。刘巧儿和赵柱儿，从小由父母包办定了亲，后来双方同意，在区上又办了退婚手续。没想到，赵金才仗着人多，黑夜之间，打了刘彦贵，抢走刘巧儿，分明是强迫成亲，这样的做法，政府当然不能允许。可是部分群众，又写来意见书，要求政府批准巧儿和柱儿的婚姻。您说，这案子该怎么断才好？

马专员 你问过巧儿和柱儿本人的意见吗？（看意见书）

石裁判员 巧儿倒是一口咬定非跟赵柱儿不可，可是，要是政府批准他俩结婚，那不等于承认抢亲是合法的吗？所以，我宣布巧儿和柱儿的婚约无效了。

马专员 裁判员！

（唱）婚姻问题不一般，
终身大事非等闲。
本人的态度是关键，
怎么能够轻易宣判拆散姻缘。

石裁判员 那，您说该怎么办？

马专员 （唱）既然是群众纷纷提意见，
那我们就应该去到群众中间。
正面反面都听都看，

分析研究，寻根求源。

经过调查再做判断，

才能够避免错判防止简单。

石裁判员 啾。

马专员 （唱）要牢记我党的群众路线，

相信群众依靠群众才能万全。

偏听偏信有偏见，

就容易简单武断犯主观。

这案件既然是轰动全县，

就应该发动群众广泛动员。

召开大会公开裁判……

石裁判员 什么？还要召开群众大会，公开裁判？

马专员 对！

（唱）教育群众，把政策宣传。

石裁判员 那好吧！专员说怎么办，就怎么办，明天咱们就到群众中去。

马专员 既然你同意这样做，那我们马上就到群众中去！

石裁判员 您一路辛苦，也该休息休息，再……

马专员 我们是人民的勤务员，应该及时解决群众的问题，这样，我马上到赵庄去先找干部群众开开调查会！

石裁判员 那我到李庄去。

马专员 好！我们分头调查，然后一块儿分析研究！

〔马专员、石裁判员下。

第十二场

〔时间：前场后一两天。

〔地点：村头和老胡家。

〔二幕外。

〔栓子、锁儿上。

栓　子　（唱）听说来了马专员，

锁　儿　（唱）百姓人人心喜欢。

栓　子　（唱）但愿案子重新审判，

锁　儿　（唱）巧儿柱儿得团圆。

〔老马上。

锁　儿　老马大叔，你怎么这么闲在呀？

老　马　麦子割完了，刚吃完饭，出来转转。

锁　儿　你没听说呀？

老　马　听说什么？

柱　子　马专员上咱们村来了。

老　马　什么？马专员来了？

锁　儿　今天晚上到老胡家去。

老　马　找老胡干什么？

栓　子　为了巧儿和柱儿的事。

老　马　是吗？

锁　儿　我俩想去听听，看能不能把巧儿断给柱儿。我们柱儿哥，为了这件事，整天无精打采，话都不想说。

老　马　那咱们一块儿去，马专员来了，我可得见见。

栓　子　走。

〔二幕启。

锁　儿　到了。大爷，大爷！

老　胡　（内声）谁呀？（迎出来）

锁　儿　专员来了。

〔马专员、李乡长同上。

老　胡　哟，专员来了，快进屋里坐下。乡长、老马、栓子，你们来了，里面坐，里面坐。（收拾地下的活儿，掏钱）锁儿，你到合作社买盒纸烟来，要好的。

马专员　不用买烟，我有这个。（掏烟袋）

老　胡　专员，到我们这里来，又没个好招待。（推锁儿）快去，快去。

马专员　等一等，先不忙着去买烟。你看谁家和巧儿熟哇，找来一块儿谈谈。

老　胡　（和老马商量）找谁好？

栓　子　就找李大婶吧。

乡　长　好。

锁　儿　那我买完烟就去找李大婶。（下）

马专员　我们有个别干部，有时候处理问题可能犯主观，断案子不一定能使大家满意。我今天来，就是想把巧儿这件事情的前因后果弄清楚，咱们随便谈谈。

乡　长　专员，老百姓的眼睛是亮的，大家知道个一清二楚，你听我说：

（唱）刘彦贵做事实可恨，

贪图彩礼太狠心。

勾结媒婆卖亲女，

把巧儿卖进地主门。

栓　子　这里面是王寿昌那个老家伙出的坏，刘媒婆给跑的腿。

〔锁儿、李大婶、小香上。

锁　儿　大婶，快点走哇。

栓　子　咳，小香。你干什么来啦？

小　香　你管哪！不许我们来吗？

李大婶　这虽是巧儿和柱儿的事，大家都很关心，所以小香和妞子都想来听听。专员，您好哇！

老　胡　快坐下，快坐下，抽烟，抽烟，专员，抽这个。

马专员　一样嘛。

老　胡　抽吧。

马专员　当初刘家和赵家怎么退的亲呢？

栓　子　这事李大婶知道，叫李大婶说吧。

李大婶　专员，这事我倒是知道。

（唱）他们两人自幼儿定下亲，

巧儿她反对包办才退了婚。

刘彦贵做事太可恨，

贪图彩礼把巧儿卖给旁人。

老　胡　老醉鬼，一下子就钻在钱眼里，把巧儿卖给老财王寿昌了，专员，您听我说：

（唱）财主从中暗捣乱，

媒婆穿针两头瞒。

醉鬼财迷心窍变，

哪管巧儿受艰难。

锁　儿　专员，王寿昌这老家伙，他上面是这个（做抽大烟状），下面是这个（做拐腿状）。

乡　长　别乱说。

栓　子　那还不说他。专员，这个老家伙，心眼可坏透了。以前对我们租户大斗进，小斗出，可叫他把人害苦了。

李大婶　专员，你想想，巧儿怎么愿意跟这样的人呢？

（唱）王寿昌今年四十八，

毛扎扎的胡子一大掐。

巧儿今年十九岁，

青春少女一枝花。

巧儿她要把王寿昌嫁，

好比那粪上插鲜花。

她的爹贪财心毒辣，

这事难坏巧儿她。

马专员　那么，后来怎么又发生了抢人的事呢？巧儿的态度怎么样？

李大婶　这事也是凑巧，那天正赶上柱儿领着变工队来我家锄草，这样他俩在地里见着面啦。

栓　子　巧儿在劳模会上见过柱儿，柱儿早就听说巧儿劳动好，小两口一见面就中了意，巧儿说，我死也要嫁给他。

〔众人笑。

老　马　那是当然喽。人么，好吃懒做，流里流气，谁不讨厌！像柱儿年轻力壮，又精明又能干，他和巧儿配成对，可正是金娃配银娃，西葫芦配南瓜，再好也没有了。

锁　儿　（调皮地）不怕不识货，就怕货比货！

马专员　巧儿跟柱儿，两个人感情怎么样？

栓　子　可好着哪！

（唱）柱儿本是好劳动，

巧儿纺线也出名。

锁　儿　（唱）男耕女织同劳动，

牛郎配了个织女星。

栓　子　（唱）无情的天河中间隔，

小两口恩爱不能相逢，

乡　长　专员！

（唱）刘彦贵不该卖亲女！

老　胡　（唱）赵金才打人也理屈。

李大婶　（唱）老子不对该处理，

不该拆散小夫妻。

裁判员断案我们不同意，

老百姓个个气不息。

意见书写了十几张，

要求专员重新处理。

小　香　（唱）要支持刘巧儿婚姻胜利！

这件事跟妇女全有关系。

请专员要慎重多加考虑，

让他们成一对美满夫妻。

马专员　根据刚才大家说的，巧儿跟柱儿上次退婚是经双方同意的。后来巧儿见着柱儿之后，两个人定亲也是出于双方自愿？

众　人　对啦。

马专员　妇女主任，你要注意这个问题，父母给女儿定亲是不合理的，这样的婚姻当然应该退，因为父母包办的婚姻，夫妻之间的感情是不会美满的。要想使婚姻美满，首先就要婚姻自主。这一次，巧儿跟柱儿是自己定的亲，这才是婚姻自主。另外，还要告诉大家，不要认为巧儿这次见了柱儿也喜欢，就觉得父母给定的亲碰巧了也有好的，就认为用不着反对父母包办自己的婚姻，那就错了。

李大婶 这话我早就跟她们说过了。

小　香 专员，您就放心吧。李大婶跟我们都提了，我们自己的婚姻大事，绝不叫别人包办，一定要争取婚姻自主。

马专员 好。今天有劳你们众位，我回去开个会讨论这个问题。

锁　儿 专员，你是专员嘛，你还做不了主？你说把巧儿该断给谁，就断给谁，还开会做什么呀？

马专员 （笑）现在是民主政权，希望大家多提意见，一块儿商议，这件事也不能只让我一个人做主。

栓　子 专员叫我们提意见，这个案子一定能断好。

老　马 对，有专员做主，你们还不放心？

马专员 你们在吧，我回去了。

〔众人送出。

马专员 咱们明天再谈吧。巧儿住在哪儿？我还想和她本人谈谈。

李大婶 巧儿住在我家。

马专员 那明天我再找她去谈吧。

乡　长 明天我领您去。

〔马专员下。

老　胡 专员慢走。（向众人）嗳，咱边区到底是民主政府，看咱们专员为了咱老百姓的事多辛苦，大热天还东跑西跑的，来向咱们调查，这要是旧社会呀，“个个衙门朝南开，有理无钱难进来”，谁有这么大的耐心管这些闲事？

老　马　（唱）民主政府为人民，

乡　长　（唱）处理问题费苦心。

众　人　（唱）但愿案子重新审，

巧儿柱儿结成亲。

老　胡　你们都走啦？

众　人　咱们明天听信。（下）

老　胡　（自语）这件事有马专员出来，就好办了。（下）

第十三场

〔时间：前场第二天。

〔地点：桑园。

〔二道幕启，一棵棵绿油油的桑树，后面衬着红色的晚霞，刘巧儿围着一条浅蓝的围裙，提着一个小篮子在采桑叶。

刘巧儿　（唱）巧儿我采桑叶来养蚕，

蚕作茧儿把自己缠。

恨我爹他不该把婚姻包办，

怨只怨断案不公拆散了姻缘。

那一日裁判员错断了案，

为什么还不见政府来传？

愁得我饭到口难往下咽，

急得我睡梦里心神不安。

众乡亲全怕我们夫妻离散，

意见书十几张送给了专员。

但愿得马专员按公而断……

〔乡长、马专员上。

乡　长　（唱）巧儿采桑在那边。

巧儿，马专员来啦。

刘巧儿　专员，我爹爹可把我害苦了！

（唱）我日日夜夜把您盼，

见了您好似拨云见青天。

裁判员断案我不服判，

因此上求专员来成全。

乡　长　巧儿，有什么话，你就跟马专员说吧。

马专员　巧儿，我来了，你有什么话，就痛痛快快说吧。

刘巧儿　专员哪，我爹可把我给害苦了。

（唱）我的爹，他不该包办婚姻，

狠心肠图钱财无有人情。

我跟柱儿从小把亲定，

因此上我才跟他退了婚。

马专员　现在你为什么又要嫁给赵柱儿呢？

刘巧儿　（唱）我爱他身强力壮能劳动，

我爱他下地生产真是有本领，

我爱他能写能算他的文化好，

回家来他能给我做先生。

我爱他会说会笑会歌唱，

他要是唱起歌来呀，大人小孩全都爱听。

我爱他来他也爱我，

我们两个相爱不愿离分。

马专员您可不能够给我们断散，

您若是断散了那可不行。

马专员 巧儿，这婚姻大事可不是闹着玩的，你可要多考虑考虑。

刘巧儿 （痛苦地，唱）

我这三番四次表过心，

为什么马专员还是不认真？

我暗地里怨来暗地恨，

为什么退了婚再不能成亲？

我对专员再发誓愿，

巧儿我至死不嫁旁人。

专员，我话也说尽了，反正无论如何不能给我们断散了。

马专员 你刚才说的话都是真心话吗？

刘巧儿 都是真的，一句也没撒谎。

马专员 要是当着大伙儿你也这么说吗？

刘巧儿 再有多少人我也敢这样说。

马专员 不会翻悔吗？

刘巧儿 就是死了也不变心。

马专员 （愉快地）好，我们今天就谈到这里吧。

刘巧儿 专员，我跟您把话全说了，您倒是给我个回话呀。

马专员 不要着急，到时候我会告诉你！

刘巧儿 您今儿告诉我行不行？

马专员 明天开个群众大会，开会的时候，我会派人来叫你的。（下）

刘巧儿 （叹了一口气，唱）

盼星星，盼月亮，盼来了马专员，
为什么他不信我的肺腑之言。
莫不是退了婚哪难以美满？
莫不是打了人哪再不能够团圆？
莫不是意见书他还未见？
莫不是怕对不起呀糊涂的裁判员？
莫不是我的爹他暗地里捣乱？
噢，莫不是怕邻居们说些个闲言？
左也思右也想啊难遂心愿，
我只得耐着性儿等到明天。（下）

第十四场

〔时间：前场的第二天。

〔地点：乡政府的院落。

〔二道幕启，乡长和栓子、锁儿等正匆忙地搬着凳子，布置会场。

栓　子 乡长，今天开会，人准少不了吧？

乡　长 那可不是。

〔老胡上。

老　胡 哎，乡长，我来搬吧。

乡　长 行了，行了。

栓　子 锁儿，别聊了，快帮忙搬搬凳子。

锁　儿　好。（搬凳子）没有了吧？

栓　子　够了吧。

乡　长　够了，差不多了。

〔老马上。

老　马　乡长。

乡　长　老马，你早来了。

老　胡　专员来了吗？

乡　长　早来了，在屋里等着哪。

〔李大婶同长青婆上。

老　胡
乡　长　妇女主任、长青大妈都来啦？

李大婶
长青婆　来啦，你们早来啦？

锁　儿　哟，长青大妈也来啦？

长青婆　你小猴崽子能来，我就不能来吗？

李大婶　这是咱们老百姓的事，大家都想听听专员断案子呢。

〔刘媒婆上。

刘媒婆　哟，什么事这么吱吱喳喳的，真热闹哇。好像三月八娘娘庙赶会似的。咦，妇女主任和长青婆你们都来啦？

李大婶　哼！（厌恶地不理她）

刘媒婆　（拉着栓子）喂，栓子你过来，我问问你：专员今天真的要来吗？

栓　子　怎么不来呀？咱们专员又不拿架子。

刘媒婆　哟，这可是一件大事，我还没看见过专员是什么样儿呢？你瞧我把这件新衣服都穿来了。

锁　儿　哼，老妖精！

〔刘媒婆追着锁儿跑，众人大笑。王寿昌上，大家都不理。

王寿昌　刘妈妈也来啦？

刘媒婆　啾，王财东你来得早哇，快到这边坐吧。

王寿昌　好好，你也坐下。

〔群众上，互相招呼。赵金才上，众人热烈招呼。刘彦贵上，众人冷冷地对他。马专员、石裁判员上。

乡　长　专员来了，专员来了！

〔众人热烈地鼓掌欢迎。

乡　长　专员，这里坐。

石裁判员　（向乡长）人都来齐了吗？咱们开会吧。

乡　长　齐了。老乡们听说专员亲自来审案子，都要来听听！

石裁判员　好，大家讨论，现在就开会吧。

乡　长　（大声地）乡亲们安静一点，听裁判员讲话。

石裁判员　赵金才，你可以坐到这儿来。乡亲们，今天我们开个群众大会来处理赵刘两家的婚姻纠纷，这个案子经过专员调查研究，在专员指示下，要重新断得公平合理。今天这个会是群众大会，谁有意见，都可以发表，刘彦贵、赵金才，有意见可以说。

刘彦贵　专员，您听我说：

（唱）尊声专员您听真，

赵金才做事太欺人，

深更半夜把人抢，

抢去我的女儿罪不轻。

裁判员罚他他不服判，

判他五年才算公平。

赵金才 （唱）黑夜打人我不该，

只为你嫌贫爱富贪钱财。

谁不说你的心眼坏？

竟拿女儿做买卖。

栓　子 （唱）你这醉鬼没理性，

前后包办她婚姻。

贪财卖女无情分，

你脸比城墙厚几分。

刘媒婆 （唱）你这小猴崽子少主见，

今天会上少发言。

巧儿不爱穷光蛋，

嫁给王家有吃穿。

这件事情她情愿，

与你有得什么相干？

李大婶 （唱）谁说巧儿愿意嫁给他，

都是你胡言乱语瞎喳喳。

你们大家看看他，（指王寿昌）

今年已经四十八。

好吃懒做不务正，

腿又瘸来脸又麻。（指刘媒婆）

你巴结财主真不假，

勾结醉鬼欺骗了巧儿她。

颠倒是非把财主捧，

今天会上你少把言发。

刘彦贵 （唱）媒婆说话并不差，

柱儿从小是个傻瓜。

不会写来不会算，

呆头呆脑不懂啥。

巧儿不愿嫁给他，

就嫌他光会种地务庄稼。

李大婶 你说巧儿不愿嫁给他？好，你等着我把巧儿找来跟你对证对证！（下）

赵金才 你说我们柱儿傻？柱儿，你过来！

栓　子 柱儿哥，过来！（对刘彦贵）你看看他哪一点傻？

赵柱儿 （唱）小看劳动才是傻，

不种庄稼吃什么？

栓　子 （唱）柱儿本是好劳动，

变工队内人人夸。

妞　子 （唱）巧儿纺线真不假，

这对婚姻好配搭。

王寿昌 （数板）众位听我说句话，

娶媳妇的道理我全背下。

奉送彩礼老规矩，

这件事情我可没做差。

所有的彩礼和绸纱，

刘彦贵他可全收下。

前世的姻缘早已定，

巧儿应该断与咱。

老　胡 （唱）什么叫前世姻缘早有定？

王寿昌说话理不通，

封建迷信要打倒，

捆人的绳子埋人的坑。

锁　儿　王寿昌，你还要脸不要？仗着你有钱，就想买人哪？

栓　子　看把你美的什么像！

长青婆　癞蛤蟆想吃天鹅肉！

刘媒婆　狗拿耗子多管闲事！

刘彦贵　（唱）儿女的亲事由爹妈，

哪容旁人乱把话搭。

巧儿与王家把亲定，

有婚有证我当家。

众　人　（唱）刘彦贵封建脑筋实可恨，

贪图彩礼卖女娃。

反对拿儿女做买卖，

打倒包办婚姻的老章法。

石裁判员　乡亲们！

（唱）乡亲们讲得句句真，

婚姻自主靠本人。

快把巧儿叫来问，

众人面前说原因。

众　人　巧儿怎么还不来呀？

妞　子　巧儿来啦！

众　人　巧儿来啦，巧儿来啦！

〔刘巧儿随李大婶上。

李大婶　巧儿，这婚姻大事可不能害臊，俗话说得好：收不下好庄稼一季子，嫁不着好丈夫一辈子。你自己可得拿定主意呀！

妇女们 （齐唱）巧儿呀，巧儿呀，

咱们都是女儿家。

过去的苦楚受得够，

生死婚姻自己不能当家。

如今妇女解放了，

铲除封建靠大家，

谁要把婚姻自主来侵犯，

坚决斗争反对他。

刘巧儿 （唱）姐妹说话我听真，

句句金石记在心。

婚姻自主要争取，

自己事怎能够靠别人。

我爹他贪财卖女心肠狠！

众　人 （唱）要求政府来处分。

刘巧儿 （唱）回身我再把王寿昌叫，

你本是封建的老祸根。

把妇女不当人随便买卖，

多少人葬送在强迫婚姻。

这样的人就该受政府审判！

众　人 （唱）铲除掉封建根莫要放松。

刘巧儿 （唱）刘媒婆东撞西骗害妇女，

众　人 （唱）彻底改造做新人。

刘巧儿 （唱）我跟柱儿两情愿，

他愿意我喜欢恩重情深。

赵柱儿，劳动好，
我坚决要跟他配成婚姻。

赵柱儿 （唱）男女都要齐劳动，
巧儿说的是真情。
她不再把旁人嫁，
没有巧儿我不成亲。

马专员 乡亲们，今天根据大家的意见，要重新裁判。（向石裁判员）请你裁判吧。

石裁判员 （唱）赵金才不该把人打，
旁人解劝你不听。
深刻检讨去反省，
以后做事要慎重。
刘彦贵出卖亲生女，
贪图钱财太狠心。
劳动当中去改造，
所收彩礼要完全退清。
王寿昌不该把人买，
狠心拆散好婚姻。
彩礼没收归公用，
罪恶查明再定刑。
媒婆素日不劳动，
乡长督促她去务农。
巧儿柱儿两情愿，
自然应该把亲成。
婚后男女去劳动，

做一对模范夫妻劳动英雄。

这样裁判对不对?

大家赞成不赞成?

众　人　（齐唱）公平公平实公平，

大家赞成都赞成!

马专员　巧儿、柱儿，我祝你们婚姻美满，斗争胜利!

众　人　（齐唱）对对对，祝你们成一对模范夫妻，

男和女齐劳动努力学习。

婚姻事要自主靠自己争取，

新社会新妇女不受人欺。

巧儿和柱儿斗争得胜利，

要感谢共产党，

感谢毛主席!

（北京首都实验评剧团于1950年首演）

越　剧

红　楼　梦

徐　进

根据曹雪芹同名小说改编

人物表

贾宝玉——贾政的儿子。

林黛玉——宝玉的姑表妹。

薛宝钗——宝玉的姨表姐。

紫　鹃——黛玉最亲密的婢女。

贾　母——宝玉的祖母。

贾　政——宝玉的父亲。

王夫人——宝玉的母亲。

王熙凤——宝玉的二嫂子。

袭　人——宝玉婢女。

晴　雯——宝玉婢女。

傻丫头——贾母婢女。

雪　雁——黛玉婢女。

长府官——忠顺亲王府长府官。

薛姨妈——宝钗的母亲。

焙　茗——宝玉的书童。

周妈妈——贾府女管事。

莺　儿——宝钗的婢女。

珍　珠——贾母的婢女。

绣　鸾——王夫人的婢女。

喜娘
老婆子
仆人数人

第一场　黛玉进府

〔残冬时节。贾母正房内室。丫鬟珍珠和紫鹃等着远道而来的贾母的外孙女林黛玉，她俩正张望着。

珍　珠　林姑娘来了没有？

紫　鹃　还没有来呢。

珍　珠　还没有来？

紫　鹃　（戏弄地）嗳，姐姐你快来看，林姑娘来了！

珍　珠　啊！

紫　鹃　来，来，来，快来看呀。

珍　珠　在哪里呀？

紫　鹃　喏。（大笑）

珍　珠　死丫头，看我不打你！

紫　鹃　好姐姐，你就饶了我吧。（稍停，忽远见林黛玉真的来了）哎呀，姐姐你快来看呀，林姑娘真的来了呢！你们快来看呀，林姑娘来了！

〔内声："林姑娘来了！"

〔傻丫头的声音："老太太，林姑娘来了。"

〔林黛玉由老婆子扶着，从一排玻璃窗后走过。

〔只听周妈妈说："林姑娘走好"，"林姑娘请进来"。后面跟着林黛玉从家里带来的一个小丫鬟雪雁。

（幕后合唱）

乳燕离却旧时窠，

孤女投奔外祖母。

〔林黛玉入室，老婆子为她脱去披风。室内时钟声鸣，她好奇地注视了一下。

林黛玉 （自语）外祖母家确与别家不同。

（幕后合唱）

记住了不可多说一句话，

不可多走一步路。

紫　鹃
珍　珠 （笑迎）林姑娘，刚才老太太还挂念呢，可巧就来了。

（又争着打起帘了）老太太，林姑娘来了。

〔傻丫头扶着鬓发如银的贾母从内走出，绣鸾扶着王夫人随着出来。

贾　母 我的外孙女来了。我的外孙女在哪里？……（看到林黛玉，悲喜交集地哭唤）外孙女儿！

林黛玉 外祖母！

贾　母 我的心肝宝贝！……

〔众人陪着拭泪。林黛玉扶贾母坐了，按礼拜见了贾母。

贾　母 （拉着黛玉坐在自己身边）

（唱）可怜你年幼失亲娘，

孤苦伶仃实堪伤，

又无兄弟共姐妹，

似一枝寒梅独自放。

今日里接来娇花倚松栽，

从今后，在白头外婆怀里藏。

王夫人 是啊！

贾　母 （指着王夫人）这是你二舅母，快去见过。

林黛玉 （跪拜）拜见舅母。

王夫人 （扶起）不消了，外甥女儿，快起来，这旁坐下。

贾　母 （细视林黛玉）外孙女儿，看你身体单薄，弱不胜衣，却是为何？

王夫人 是呀。

林黛玉 外孙女自小多病，从会吃饭时起，便吃药到如今了。

王夫人 常服何药？如何不治好了？

林黛玉 经过多少名医，总未见效，如今正吃人参养荣丸。

贾　母 正巧，我这里正配丸药呢，叫他们多配一料就是了。

〔丫鬟们献上茶果，在严肃的气氛里，忽听外面有笑语声："啊呀！林姑娘来了，真的来了，我来迟了，来迟了。"随着笑语声，进来了王熙凤，林黛玉忙起身迎接。

王熙凤 老祖宗，我来迟了。

（唱）昨日楼头喜鹊噪，

今朝庭前贵客到。

贾　母 （笑语）你不认得她，她是我们这里有名的一个"泼辣货"，南京人所谓"辣子"，你只叫她"凤辣子"就是了。

王夫人 （笑着告诉林黛玉）她就是你琏二嫂子，学名唤作王熙凤。

林黛玉 见过二嫂子。

王熙凤 （忙上前携林黛玉手，仔细地上下打量）啊呀！好一个妹妹。

（唱）休怪我一双凤眼痴痴瞧，
似这般美丽的人儿天下少！
哪像个老祖宗膝前外孙女，
分明是玉天仙离了蓬莱岛。
怪不得我家老祖宗，
在人前背后常夸耀。
咳！只是我妹妹好命苦，
姑妈偏就去世早。（故作掩袖伤感）

贾　母　嗳！
（唱）我一天愁云方才消，
你何必又招我烦恼。

王熙凤　（忙转悲为喜）哎呀正是！我一见了妹妹，一心都在她身上，又是喜欢，又是伤心，竟忘了老祖宗了。老祖宗，喏，该打！该打！（接着，十分体贴地对林黛玉说）
妹妹，坐下。妹妹，你如今来到这里——
（唱）休当作粉蝶儿寄居在花丛，
这家中就是你家中，
要吃要用把嘴唇动，
受委屈告诉我王熙凤。

林黛玉　多谢嫂子费心。

王熙凤　（问周妈妈）林姑娘的东西可搬进来了？

周妈妈　都搬进来了。

王熙凤　你们赶早打扫屋子，让林姑娘带来的人歇息去。

老婆子　见过老太太、太太。

王夫人　起来。

周妈妈 妈妈、姑娘随我来。

〔周妈妈领老婆子、雪雁下。

贾 母 （看了雪雁一眼）黛玉带来的这个小丫头太稚嫩了，把我身边的那个……（环视众丫鬟后，看到紫鹃）那个紫鹃给了黛玉，好使唤。

王夫人 老太太想得周到。

紫 鹃 见过林姑娘。

王夫人 （向王熙凤）凤丫头，你也该拿几个缎子来，给你妹妹裁衣裳啊！

王熙凤 我猜想妹妹这两日必到，我已经预备好了，等太太回去过了目，好送来。

王夫人 （含笑点头）唔！

王熙凤 老祖宗，林妹妹的屋子，我也预备了……

贾 母 这个倒不必了，就让她暂时住在这里，和我靠得近一些。等过了残冬，到了明年春天再另作安置吧。

王熙凤 哎呀！啧啧啧……林妹妹一来，老祖宗就离不开她了。

贾 母 （笑向林黛玉）你听听她这张嘴。（稍停）怎么，宝玉到家庙去还愿，这时候还不回来，也让他和妹妹见个礼。

王夫人 绣鸾，你去看看宝二爷回来了没有。

绣 鸾 是，太太。（下）

王夫人 （向林黛玉）外甥女儿，我有句话要告诉你，我家里的三个姐妹倒都极好，以后可一处念书，学做针线，只是我有一件不放心，就是我那个宝玉……

〔一个丫鬟来报：“宝二爷回来了！”

〔贾宝玉手里挥舞着一串佛珠，从玻璃窗后走过，上场。

贾宝玉　（向贾母请安）老祖宗安。（又向王夫人）太太安。

贾　母　（笑语）宝玉，家里来了客人，还不快过来见你林妹妹。

王夫人　快去见过林妹妹。

〔贾宝玉注视林黛玉。

贾　母　是啊。

贾宝玉　林妹妹。

〔贾宝玉与林黛玉互相打量。

贾宝玉　（唱）天上掉下个林妹妹，

似一朵轻云刚出岫。

林黛玉　（唱）只道他腹内草莽人轻浮，

却原来骨骼清奇非俗流。

贾宝玉　（唱）闲静犹似花照水，

行动好比风拂柳。

林黛玉　（唱）眉梢眼角藏秀气，

声音笑貌露温柔。

贾宝玉　（唱）眼前分明外来客，

心底却似旧时友。

（满脸含笑）这个妹妹，我好像曾见过的。

贾　母　（笑）又胡说了，你何曾见过。

贾宝玉　虽没见过，却看着面善，心里倒像是认识的一般。

贾　母　好，好，（拉双方手）这样，以后在一起就和睦了，坐下，坐下。

贾宝玉　妹妹，你读过书吗？

林黛玉　读过一年书，认得几个字。

贾宝玉　（走向林黛玉身边）妹妹尊名？

林黛玉　名唤黛玉。

贾宝玉　表字呢？

林黛玉　无字。

贾宝玉　（笑）无字，好，我送妹妹一字，唤作“颦颦”甚妙！

王熙凤　（插嘴）什么叫“颦颦”呀？

贾宝玉　《古今人物通考》上说，西方有石名黛，可作画眉之墨，妹妹眉尖若蹙，取这个字，岂不甚美？

王熙凤　（笑）只怕又是杜撰的！

贾宝玉　除了四书，杜撰的也太多呢。

贾　母　真聪明。

贾宝玉　妹妹，你可有玉没有？

林黛玉　我没有玉。你那块玉也是件稀罕之物，岂能人人都有。

贾宝玉　（摘下身上佩戴的那块玉，狠命地向地上摔去）什么稀罕东西，人的高下不识，还说灵不灵呢，我也不要这个！

〔丫鬟们慌了，急去拾玉，交给王熙凤。

王夫人　宝玉，你……

贾　母　（急得搂住了宝玉）孽障！你生气，要打骂人容易，何苦去摔你那命根子呵！

贾宝玉　（哭了起来）家里姐姐妹妹都没有，只有我有，我说没趣；今天来了这个神仙似的妹妹也没有。可知这不是个好东西！

王熙凤　宝兄弟，快戴上。

〔贾宝玉挥手拒绝。

王夫人　宝玉，宝玉，当心你爹知道。快戴上。

王熙凤　（温柔地替贾宝玉戴上了玉）宝兄弟，老祖宗不是常说的吗？这富贵家业就指望着你这个命根子呢！

第二场　识金锁

〔第二年的春天，在林黛玉室内。

〔周妈妈捧着个小锦匣儿叫着“林姑娘”上。雪雁随上。

雪　雁　周妈妈。

周妈妈　你们姑娘呢？

雪　雁　出去散步了，妈妈有什么事么？

周妈妈　（从匣中取出两枝宫花）这是宫里头做的堆纱花，薛姨太太叫我给姑娘们戴，这是送林姑娘的两枝，你收下了，告诉你们姑娘吧。

雪　雁　（接过花）周妈妈，是不是新来的那位薛姨太太送的么？

周妈妈　是啊，去年冬天，来了你们家姑娘，如今又来了薛姨太太这家亲戚，家里可热闹了。哦，小丫头，你可曾见过薛姨太太身边的那位姑娘么？

雪　雁　你说的是那新来的宝姑娘么？

周妈妈　是宝姑娘啊。

雪　雁　我还没有见过呢！

周妈妈　可生得好人品哩！

雪　雁　（问得天真幼稚）长得比我家姑娘还好么？

周妈妈　（笑）都是天仙美女一般，也说不上谁好谁差，只是那宝姑娘家里是有产有业的名门大族，舅舅在京里做官，真是好福分！哎呀，我这个人一说就唠叨了，我走了，还要去别的姑娘那里送呢！

雪　雁　妈妈坐一会。

周妈妈　不用了。（下）

雪　雁　（看着宫花，自语）来了个宝姑娘……家里有产有业的……是呀，人家可不比我们姑娘这样无依无靠投奔来的！……我家姑娘怎么还不回来，我找找她去。（下）

〔一会儿，只听外面有贾宝玉与薛宝钗的声音。

贾宝玉　（内声）宝姐姐请！

薛宝钗　（内声）宝兄弟请！

〔贾宝玉、薛宝钗、莺儿同上。

薛宝钗　（唱）老太太跟前请罢安，

把林家妹妹来探望。

贾宝玉　林妹妹，林妹妹，宝姐姐来看你了……（笑对薛宝钗）

（唱）这正是上庙不见土地神。

薛宝钗　（唱）略等片刻又何妨。

〔贾宝玉与薛宝钗同坐榻上，相对笑视，半晌。

薛宝钗　宝兄弟，你颈上挂的那块玉，虽曾听说，却未曾细细地赏鉴过，今天倒要见识一下。（挪近身子）

〔贾宝玉凑了过去，摘下玉，递与薛宝钗。

薛宝钗　（欣赏着，念着玉上刻的字）“莫失莫忘，仙寿恒昌。”（复一句）

薛宝钗　（回头笑向莺儿）你也看得发呆做什么？

莺　儿　（笑）我听这两句话倒像和姑娘金项圈上的两句话是一对呢！

贾宝玉　好姐姐，你金锁项圈上也有几个字，我也赏鉴赏鉴。

薛宝钗　你不要听她，没有什么字。

贾宝玉　（央求）好姐姐，你怎么看了我的，却不让人看你的呢？

薛宝钗　我这个没有什么好看的，只是上面也有两句吉利话罢了。（摘下金锁，递与贾宝玉）

〔林黛玉暗上。

贾宝玉　（也念着上面刻的字）“不离不弃，芳龄永继。”这两句话，真像和我的是一对呢！（递还，忽闻薛宝钗身上香气）姐姐的衣裳熏得好香啊！

薛宝钗　我最怕熏香，好好的衣裳为什么要熏呢？

贾宝玉　那是什么香呢？

薛宝钗　（想了想）哦，想是我早起吃了“冷香丸”的香气。

贾宝玉　冷香丸？那么好闻，给我一丸尝尝吧！

薛宝钗　（笑）又混闹了，药怎么能瞎吃呢。

贾宝玉　这香气好闻来。

薛宝钗　怎么林妹妹到这般时候还没有回来？宝兄弟，我不等她了，我改日再来望她。

贾宝玉　（也起身）也好，我送宝姐姐出去。

〔贾宝玉和薛宝钗同下，莺儿随下。林黛玉目送他们。

〔林黛玉默然地、懒散地和衣斜卧榻上，合上了眼。半晌，贾宝玉复上，悄步行至榻边。

贾宝玉　林妹妹，方才宝姐姐来看过你呢，你到哪里去了？……（林黛玉没理他，故意把手帕遮住脸）怎么睡着了，（推林黛玉）嗳，嗳，嗳，早饭刚刚吃好又睡觉了。

林黛玉　（开眼）你吵我做什么？

贾宝玉　好妹妹！你看呀！

（唱）春色如锦不去赏，

合起眼皮入睡乡，

饭后贪眠易积食，

来！我替你解闷寻欢畅。（拉林黛玉起来）

林黛玉 你到别处去玩嘛。

贾宝玉 我上哪里去？我看见他们怪腻的。

林黛玉 （笑了）你既愿在这里——

（唱）就老老实实端正坐，

休像那蜜糖黏在人身上。

贾宝玉 好，我也躺着吧！

林黛玉 你就躺着吧。

贾宝玉 没有枕头啊，我们两个合用一个枕头吧。

林黛玉 啐！外面屋子里有的是枕头。

贾宝玉 我不要，外面枕头都是肮脏的老婆子们用的。

林黛玉 （指点其额）你啊，真是我命中的魔星！（就把自己的枕头给了他，自己又换了一个）

〔贾宝玉与林黛玉对着脸儿躺下。

林黛玉 （见贾宝玉脸腮上有一块红迹，于是拉他坐起来，抚之细看）咦！你脸上又是谁的指甲划破了？

贾宝玉 （笑，躲开）不是，方才擦了点胭脂膏。（用手抚脸）

林黛玉 （用自己的手绢替贾宝玉揩去）你又在做这些事了，要是传到舅舅耳朵里，大家都不得安心了。

贾宝玉 （拉住林黛玉衣袖，闻香）好香，这香气奇怪，又不是香饼子的香，也不是香袋儿的香，这是什么香呀？

林黛玉 （冷笑）难道我有什么奇香不成？好，就算我有奇香，我问你：你可有暖香没有？

贾宝玉 什么暖香？

林黛玉 （点头笑叹）蠢材！蠢材！你有“玉”，人家就有“金”来配你；人家有“冷香”，你就没有“暖香”去配她！

贾宝玉 好，我说一句，你就拉上这么许多，今天不给你个厉害……（将手呵了两口，来林黛玉胳肢下乱挠）

林黛玉 （一面躲开，一面笑得喘不过气来）……

〔林黛玉笑着逃下，贾宝玉追下。

第三场　读《西厢记》

〔某年春天三月中旬，大观园的沁芳桥畔。远处楼阁峥嵘，树木葱蔚，青溪泻玉，山石穿云，大观园全景在望。这一天的早饭后，贾宝玉怀兜落花，走至沁芳桥上，把花瓣抖落在流水中，看着落花随流水漂去。他下桥，欲再收拾残英时，忽然看见了彩蝶在花丛飞舞，于是他天真地、蹑着足尖去捉蝴蝶，他扑了个空，立起来时，小厮焙茗悄悄上，抱住宝玉。

贾宝玉 谁呀？

〔焙茗大笑。

贾宝玉 你到这里来做什么？

焙　茗 二爷，你叫人家找得好苦呀！

贾宝玉 做什么？

焙　茗 你上次叫我弄的书，我给你拿来了。

贾宝玉 好，拿来。（接过书来看）《西厢记》！

焙　茗　二爷，对不对呀？

贾宝玉　（高兴地）对，对。

焙　茗　二爷，昨日你在老爷面前作了诗，人人都说你那些诗作得好，亏得老爷也喜欢了，二爷昨日得了彩头，该赏赏我们了吧？

贾宝玉　（心已在书上，随口说）好，明天赏你一吊钱。

焙　茗　谁没有见过一吊钱，二爷，把这象牙雕刻的，赏给我吧！

〔焙茗不容分说，将贾宝玉身上佩物都解了去。

焙　茗　这个荷包也赏给我了吧。（解荷包）

贾宝玉　（夺住）嗳，别的你都拿去；这荷包是林妹妹送给我的，谁也不准拿！

〔焙茗一溜烟地跑了。贾宝玉珍藏好了荷包，拿着《西厢记》悄然四顾后，知道这儿没旁人了，于是坐在假山石上，展开《西厢记》来读。他全神贯注地读着，看到神妙处，禁不住手舞足蹈地笑起来。忽听袭人叫着："宝二爷！宝二爷！"宝玉自语"袭人来了"，他忙躲了起来。袭人上，一路叫着寻过去了，宝玉又出来看《西厢记》。

贾宝玉　像这样的好书，老爷却不许我读，我今日偏要背地里读它一个爽快呵！

（唱）书斋读遍经与史，

难得《西厢记》绝妙词。

羡张生，琴心能使莺莺解，

慕莺莺，深情更比张生痴。

唉！叹宝玉身不由己圈在此，

但愿得，今晚梦游普救寺。

〔贾宝玉正看得出神，这时，只听背后有人说道："你在这里做什么？”贾宝玉吓了一跳，急把书藏好。一回头，见是林黛玉。

林黛玉 咦，你在这里做什么？哦，原来躲在这里用功。（故作讽嘲）这一来呀，可要“蟾宫折桂”了呢！

贾宝玉 你取笑我做什么？你又不是不知道我最讨厌那些诳功名、混饭吃的八股文章，你还提这些呢！

林黛玉 不是那些书，那又是什么书呢？不要在我面前弄鬼了，趁早给我看看。

贾宝玉 妹妹，我在这里看这个书，除了花鸟以外，别无一人知道，给你看我是不怕的，好歹不要告诉人。（兴奋地）真是好文章！你要是看了，连饭也不想吃呢。

〔贾宝玉故意逗她，不给看，林黛玉生了气，贾宝玉连忙把书递过去。

林黛玉 （接过书，念）《西厢记》。

〔于是林黛玉坐下来，从头看起，越看越爱。贾宝玉侧依在她身边共看，一会儿又立在她身后。

〔林黛玉看得出神。

贾宝玉 （笑）好妹妹，真是好文章！你说好不好？

〔林黛玉笑着点头。贾宝玉情不自禁地学做书中张生之态，轻摇折扇，走向林黛玉。

贾宝玉 妹妹！

（唱）我是个多愁多病身，

你就是那倾国倾城的貌！

林黛玉 （面红耳赤带怒含嗔地站起来指着贾宝玉）该死的！

（唱）胡说八道，

弄出这淫词艳曲来调笑，

混账话儿欺侮人，

我可要舅舅面前将你告。

〔林黛玉转身欲走，贾宝玉急了，忙上前拦住。

贾宝玉 好妹妹，

（唱）我无非过目成诵顺口念，

好妹妹，千万饶我这一遭，

我若有心欺侮你，

好，明朝让我跌在池子里，

让癞头鼋把我吞吃掉。

林黛玉 （扑哧一笑）

（唱）那张生，一封书敢于退贼寇，

那莺莺，八行笺人约黄昏后，

那红娘，三寸舌降伏老夫人，

那惠明，五千兵陷作肉馒头。

我以为你也胆如斗，

呸，原来是个银样镴枪头！

贾宝玉 （笑）你说说，你这个呢？好，我也告诉去。

林黛玉 （拉住贾宝玉）你说你能过目成诵，难道我就不能一目十行么！（又故意推他）你去呀，你去呀！

贾宝玉 好了，好了，我们不谈这个了。好妹妹，我们坐下谈别的好吗？

〔贾宝玉袖藏了《西厢记》，与林黛玉坐在石山上。

贾宝玉 妹妹，我上回到你房里来，看见你又在做针线了，好妹妹，明天你替我做个香袋，好不好？

林黛玉 那可要看我高兴不高兴。

贾宝玉 你送我香袋，我也送你件东西。（摸出一个鹡鸰香串来）这是北静王送我的，是皇上赐下来的呢！

林黛玉 （站起来拿过香串轻蔑地掷在地上）什么臭男人拿过的，我可不要这东西！

贾宝玉 （只得拾起来收好了）你不要这东西，我可要你的香袋。要，我要香袋。

林黛玉 你要一个香袋那很容易，横竖今后有人会替你做了，人家比我又会做，又会写，又有什么金的玉的……

贾宝玉 你又来了！（忙上前凑近她，悄悄地说）你这个人，难道连"亲不间疏，后不僭先"也不知道？第一件，我们是姑舅姐妹，宝姐姐是两姨姐妹，论亲戚，也比你远。第二件，你先来，我们两个一桌吃，一床睡，从小一起长大，她是才来的，岂有个为了她而疏远你的呢？

林黛玉 啐！我难道叫你疏远她？那我成了什么人了呢？（双手按心）我为的是我的心。

贾宝玉 我也为的是我的心。你难道就知道你的心，不知道我的心不成？

〔林黛玉低头不语，在山石上坐下，贾宝玉也跟着坐下。

林黛玉 天气分明冷了一些，你穿得这样单薄，回头冷了，怕又要伤风了。

贾宝玉 看你自己也穿得这样单薄。

〔贾宝玉把《西厢记》递给林黛玉，两人又共读起来。

第四场　“不肖”种种

〔怡红院，时届初夏，贾宝玉正被逼读八股文。晴雯出，见他摇头晃脑之状，不禁掩口而笑。

贾宝玉　（念）“事君以忠，事父以孝。

圣人云：忠孝人之本也。事君不可以不忠，事父不可以不孝也。

三纲五常乃人立身之大经，为人臣子，不可以不知。是以忠臣出于孝子之门也。”

〔晴雯忍不住笑出声来。

贾宝玉　人家在苦恼，你还笑呢！（弃书）唉！

（唱）每日里送往迎来把客陪，

焚香叩头祭祖先，

垂手恭敬听教诲，

味同嚼蜡读圣贤，

这饵名钓禄的臭文章，

读得我头晕目眩实可厌！

晴　雯　孙悟空套上了金箍，没法子。再读一会吧，我替你打扇子。

（晴雯为贾宝玉打扇）

贾宝玉　咳！八股八股，把人害苦呵！（心不在焉地读了两行，看晴雯）呀，晴雯，晴雯，看你的眉毛，是谁替你画成这个样子？

晴　雯　我自己画的。

贾宝玉　画得一点不美，我来替你改画一下。

晴　雯　小祖宗，读书要紧呢！

贾宝玉　让我解解闷吧！

晴　雯　好，就让你画。（取画眉笔等物，让贾宝玉替她画眉，正欲画时）二爷，你画便画，可千万不要把我的眉毛画得和林姑娘一样。

贾宝玉　那是为什么？

晴　雯　太太不喜欢。

贾宝玉　哦……

晴　雯　有一天，太太到园中来，见了我就虎着脸，皱着眉头问袭人，她说：

（唱）眉尖若蹙，眼波如水，

　　眉眼好像林妹妹，

　　水蛇腰，削肩膀，

　　这一个丫头她是谁？

贾宝玉　不要管她！

晴　雯　二爷，你若画得我晴雯呵，

（唱）眉眼更像那林姑娘，

　　岂不是，碍了太太的眼，添了晴雯的罪！

贾宝玉　真奇怪！难道眉眼生得好看一点，也就会得罪人了么？我偏要画得像林妹妹一样。

〔袭人捧着个果盒上。

贾宝玉　（笑问袭人）

（唱）你看我画得美不美？

袭　人　（不满地）

（唱）去问你家的林妹妹！

晴　雯　（正收拾画眉笔等物，闻言，讥讽）唷！

（唱）是谁家，香醋辣椒一起炒，

我闻到酸辣辣的一股辣椒味！

袭　人　（放下果盒，赶去打晴雯）看我不撕了你这张嘴！

〔晴雯笑着逃下。

贾宝玉　（笑）满屋里就是她会磨牙齿。

袭　人　（止步，向贾宝玉）这是二爷宠着她的缘故。二爷呀！

（唱）常言道，热心人总爱多张嘴，

休怪我要把二爷劝一回。

你怎可凤凰混在乌鸦队，

主子替奴婢去画眉，

你放下正经书不念，

老爷知道定责备。

二爷，就是退一万步说，

纵然你不是真心爱读书，

也应该装出个读书样子来。

贾宝玉　又是读书！（愤然坐下，胡乱翻书，又不耐烦地挥扇）

袭　人　看天时热了，来，脱下一件衣服吧。（替贾宝玉换衣，忽发现他身上一条鲜艳的汗巾）咦，这条汗巾是哪里来的？我怎么从来没有见过？说啊，二爷，是哪里来的？

〔贾宝玉急掩藏汗巾，晴雯复上。

贾宝玉　这……是个朋友送我的。

袭　人　是什么朋友？竟送这样的东西？

贾宝玉　哎呀，你就少管一些好不好？

袭　人　（摇头叹息）咳！你又不知结交上什么三教九流的人物了。（收拾换下的衣服，入内）

晴　雯　（走向贾宝玉）好鲜艳的一条汗巾！不知我家二爷又做了些什么瞒着人的事了。若有些风风雨雨，被上头知道又免不得把红萝卜算在蜡烛账上，叫我们做奴婢的晦气！

贾宝玉　你怕什么，我做的全是正经事，又没去为非作歹。不瞒你说，忠顺亲王府里有个唱戏的戏子名叫琪官，这条汗巾，是他送我留作纪念之物。

晴　雯　唱戏的戏子？……

贾宝玉　（唱）那琪官，从小爹娘双亡故，

十一岁，卖到戏班学歌舞，

十三岁，一入侯门深如海，

进了忠顺亲王府。

到如今，他名满天下艺超群，

谁能知台下泪比台上多！

他是侍曲陪酒心不甘，

心不甘伶人当作王爷奴。

我有缘相识豪侠友，

又蒙他赠我汗巾“茜香罗”。

〔袭人由内出，听到贾宝玉和晴雯的谈话，不觉大惊。

袭　人　哎呀！二爷竟和戏子结交朋友，做这种事情！二爷呀，

（唱）平日里，你不分，上下贵贱，

与下人，共奴婢，平起平坐。

今日里，又与戏子结朋友，

岂不防品行名声被玷污！

若被老爷来知晓，

家法如何饶得过。

晴　雯　（听不入耳，挺身而出）啃，与戏子交个朋友，这难道就犯了什么大罪了么？人家唱戏的难道命里注定就比别人低一头，贱一些？

〔窗外出现了薛宝钗。

晴　雯　（唱）皇帝也有草鞋亲，

与戏子往来有什么错？

〔薛宝钗上。贾宝玉与晴雯回头发现薛宝钗怔怔地听着，不觉一呆。

薛宝钗　宝兄弟。

袭　人　是宝姑娘来了，宝姑娘请坐。

薛宝钗　怎么，不欢迎客人么？

贾宝玉　宝姐姐，来，来，宝姐姐请坐。

薛宝钗　你们刚才讲得这样热闹，在谈讲些什么？

袭　人　宝姑娘，你看，他竟和戏子结交了朋友。

薛宝钗　戏子？……

袭　人　那还得了么！

薛宝钗　是啊，宝兄弟要是真和戏子结交，那倒是叫人担心呢……

贾宝玉　宝姐姐，不要听这些话。哦，我新近作了几首诗，请你看看。（焙茗上）

焙　茗　二爷，老爷吩咐我来传话。说贾雨村老爷明日一早要来拜访，老爷要二爷准备准备，明日好会客。

贾宝玉　又是会客！

焙　茗　（无可奈何地）这是老爷吩咐的嘛。（下）

贾宝玉 宝姐姐，老爷每逢接待宾客，总要我也陪着，你说这为的是什么呢？

薛宝钗 （摇着扇子，笑着）自然你能迎宾接客，所以才叫你呢。

贾宝玉 我不过是个俗中又俗的俗人罢了，并不愿与这些“禄蠹”们来往。

袭　人 宝姑娘，你听听，他就是这个改不了。世界上哪有个不愿和做官的人往来，却愿和戏子交朋友的道理！

薛宝钗 这倒真要改一改才好，宝兄弟，

（唱）常言道“主雅客来勤”，

　　谁不想高朋到盈门，

　　如今你尚未入仕林。

　　也该会会做官的人，

　　谈讲些仕途经济好学问，

　　学会些处世做人真本领，

　　正应该百尺竿头求上进，

　　怎能够不务正业薄功名。

贾宝玉 （大为逆耳，把对薛宝钗的美感都消失了）宝姐姐，老太太要玩骨牌，正没人，你去玩骨牌去吧。

薛宝钗 （羞红了脸，笑）我难道是专陪人家玩骨牌的么？

袭　人 （忙劝解）姑娘不要理他这些，上回史大姑娘也劝过他一回，他也不管人家脸上过不去，咳了一声，提起脚来就走了。人家劝他上进，他总是骂人家什么“禄蠹”，你想怎么怨得老爷不生气呢。

薛宝钗 （只好笑了笑）我走了。

袭　人 宝姑娘再坐一会吧。

薛宝钗 不用了，我看看姨娘去。

袭　人 宝姑娘走好。

〔袭人使手势要贾宝玉送薛宝钗，贾宝玉不理。

〔袭人送走薛宝钗后，又回来。林黛玉上，闻声止步不前。

袭　人 宝姑娘真是心地宽大，有涵养。幸而是宝姑娘，要是换了林姑娘，又不知会怎么样呢！提起这些来，宝姑娘真叫人敬重，可是你倒和人家生分了。

贾宝玉 林姑娘从来没说过这些混账话。

袭　人 这难道是混账话吗？

贾宝玉 真想不到琼楼闺阁之中，也会染上了这种风气！（拂袖而入）

〔袭人取书随下。

〔林黛玉听了这话，不觉又惊又喜，又悲又叹。

（幕后合唱）

万两黄金容易得，
人间知己最难求。
背地闻说知心话，
但愿知心到白头。

第五场　笞宝玉

〔荣国府厅上。贾政正在训贾宝玉。

贾　政 好端端的，你垂头丧气做什么？方才贾雨村来了，要见你，等你半天才出来。既出来了，又无慷慨潇洒的谈吐，显得委委琐琐的！

（唱）陪贵客你作委琐状，

　　陪丫头你倒脸生光。

　　自古道：世事洞明皆学问，

　　人情练达即文章。

　　可叹你，人情世故俱不学，

　　仕途经济撇一旁。

　　只怕是庸才难以成栋梁，

　　于家于国都无望！

近日来是谁跟着你上学？

焙　茗　（忙进来请安）就是小的焙茗。

贾　政　他到底读了些什么书？一定是读些流言混话在肚子里，学了些精致的淘气！嘿，等我空了，先剥了你的皮，再和这不上进的算账！

焙　茗　（吓得忙跪地）是，是。

贾　政　还在这里做什么，还不下去读书？

〔贾宝玉如逢大赦，和焙茗急奔下。

〔仆人上。

仆　人　禀老爷，忠顺亲王府里有人来见老爷。

贾　政　吩咐有请！

〔忠顺亲王府长府官上。

贾　政　不知大人驾到，有失远迎，望请恕罪。

长府官　岂敢，岂敢。

贾　政　大人请。

长府官　请。

〔贾政与忠顺亲王府长府官又彼此见礼，入座。

〔仆人献上茶。

贾　政　大人请坐。

长府官　请坐。

贾　政　请问大人……

长府官　下官奉王命而来，有一事相烦，请老先生做主。

贾　政　望大人宣明，学生好遵谕承办。

长府官　（冷笑）也不必承办，只用老先生一句话就完了。

贾　政　哪里，哪里。

长府官　我们府上有一戏子，名叫琪官，乃是我王爷心爱的，如今三五日不见回去，四处寻找无着。城内众人传说琪官与令郎宝玉相交甚厚，听说逃出府去，也是令郎的主意。故此求老先生转致令郎，请将琪官放回，一则可慰王爷奉恳之意，那二来么也免下官求觅之苦。（作揖）

贾　政　（又惊又气）请大人稍待。来人！

〔仆人上。

贾　政　唤宝玉来！

〔仆人下，贾宝玉上，与长府官对视了一下。

贾宝玉　老爷。

贾　政　你这该死的奴才！

（唱）在家里，你行为乖僻背训教，

在外边，无法无天又招摇，

那琪官是王爷驾前承奉人，

你胆敢引逗他出府逃。

小奴才，你不替祖宗增光彩，

却祸及于我添烦恼！

贾宝玉 什么琪官，我实在不知此事。

长府官 （冷笑）

（唱）白纸难把烈火包，

公子你何苦瞒得牢！

贾宝玉 恐是讹传，亦未见得。

长府官 讹传？

（唱）现有真凭实据在，

他赠你汗巾还系你腰。

贾　政 你讲！你讲！

贾宝玉 （唱）那琪官，厌倦台上鬻歌舞，

厌倦台下卖欢笑，

再不愿厕身优伶，

他愿做个闲乐渔樵。

长府官 如此说来，他人在哪里呢？

贾宝玉 ……

贾　政 你讲！

贾宝玉 我却不知。

长府官 他避居东郊，可有此事？

贾宝玉 大人既知底细，又何必问我！

长府官 好，我且去找一回，找着了便罢，若没有，还来请教，告辞了。（下）

贾　政 （回头向贾宝玉）不许走开，回来有话问你！（送长府官出）大人慢走，大人慢走。（下）

贾宝玉 啊，琪官啊琪官。

（唱）可叹你纵有行者神通广，

只怕是难逃如来五指掌。

〔贾政回来。

贾　政　站住，（脸色铁青，逼视贾宝玉，掴了他一个巴掌）来人！

〔进来几个仆人。

贾　政　（手指贾宝玉对仆人大声地）把宝玉绑了！取大板来，取绳子来！把门都关上，有人传信到里面去立刻打死！拖下去！拖下去！重重地打！

〔贾宝玉焦急四顾，求救无人，仆人等照命令执行，捆绑了贾宝玉，拖下。

贾　政　天啊！天哪！想我贾府诗礼簪缨之族，富贵功名之家，竟出了个不忠不孝的逆子！（泪流满面）

（唱）他不能光灿灿胸悬金印，

他不能威赫赫爵禄高登，

却和那丫头戏子结朋友，

做出了玷辱门楣丑事情。

不如今日绝狗命，

免将来弑父又弑君，

今日打死忤逆子，

明日我，情愿剃度入空门。

快与我活活打死休留情！

〔仆人们架着贾宝玉进内室后，此时只听见一阵阵笞挞声、呼叫声。

贾　政　（直挺挺地坐在椅上）

（接唱）免将来辱没祖宗留祸根。

替我拖出来！打！打！打！与我打。

〔仆人们架着面白气弱、遍体鳞伤的贾宝玉出来，置放在地上。贾政一脚踢开掌板子的，自己夺过板子来打，他举起板子，被扶着绣鸾、丫头急奔而入的王夫人夺住了。

王夫人　宝玉！宝玉！（哭着）老爷，宝玉虽然该打，老爷也要保重，打死宝玉事小，倘若把老太太气坏了，岂不事大了？

贾　政　（冷笑）夫人休提此言，我养了孽子，我已不孝，趁今日结果了他，以绝后患。

王夫人　（抱住贾宝玉）老爷也该看夫妻分上，我年已五十，只有这一孽障。我们娘儿俩不如一同死了，在阴司里也得个依靠。宝玉，我的苦命的儿呀！

贾　政　（长叹一声）都是你，都是你把他宠成这样，我今天非勒死他不可，拿绳子来。

王夫人　（大哭）老爷！老爷！要是我的珠儿还活在世上的话，休说你打死一个宝玉，就是打死一百个宝玉，我也不管了。只是如今只有这一个儿子，老爷你就饶了他吧，饶了他吧。

贾　政　你与我放手！

王夫人　你要勒死他，还是把我先勒死了吧。

〔外面一片声地“老太太来了”，话未完，只听外面贾母颤巍巍的声音：“先打死我，再打死他，就干净了！”只见珍珠丫头扶着贾母，摇头喘气地进来，后面跟着王熙凤。

贾　政　（躬身赔笑）老太太有什么吩咐，何必自己走来，唤儿子进去吩咐便了。

贾　母　（厉声）你原来和我讲话……我倒有话吩咐，只是我一生没养个好儿子，却叫我和谁说去！

贾　政　（忙跪下）老太太，做儿子管教他，也为的是荣宗耀祖，老太太说这话，我做儿子的如何当得起。

贾　母　呸！我只讲了一句话，你就禁不起，你那样的板子，难道宝玉就禁得起了？（看贾宝玉）

贾宝玉　（抱住贾母双膝）老祖宗……

贾　母　宝玉！（老泪纵横）你这不学好不争气的孙子呵！（紧紧抱住）

第六场　闭门羹

〔怡红院内外。

〔贾宝玉的伤才愈，这一天晚饭后，在榻上睡着了。袭人坐在榻边，手中做着针线，旁边放着一柄蝇拂，偶尔拿起拂子替他拂赶飞虫。这时，薛宝钗上。

薛宝钗　（唱）**饭后闲步到怡红院，**

嘘寒问暖把宝玉探。

〔薛宝钗叩门上铜环。晴雯开门。

晴　雯　宝姑娘。

薛宝钗　宝二爷在吗？

晴　雯　二爷他已经睡了呀。

袭　人　（猛抬头，见是薛宝钗，忙放下针线，起身笑迎入屋）宝姑娘来了。

〔晴雯嘟着嘴下。

薛宝钗　你在做什么？（说着，一面看她做的针线）哎呀！好漂亮的针线活儿！

（唱）这白绫兜肚好鲜艳，

上绣着蝶戏牡丹舞翩翩，

如此殷勤费工夫，

为谁忙碌拈针线？

〔袭人向榻上努嘴，表示是给贾宝玉做的。

薛宝钗 （笑）他这么大了，还要戴这兜肚么？

袭　人 他的伤刚好，夜里睡觉翻来覆去的，哄他戴上这兜肚，夜里落了被，也不会冻着他。

薛宝钗 真亏你想得周到。

（唱）你是又细心，又耐烦，

事事想得多周全，

不愧唤你贤袭人，

宝兄弟，身边有你福不浅。

袭　人 （羞喜）姑娘，你又拿我取笑了。宝姑娘请坐。

薛宝钗 这是真话，宝兄弟要是没有你这样细心照料，只怕身上的伤就不能好得那么快了。

〔袭人叹了口气。

薛宝钗 （笑）好端端的怎么叹气了？

袭　人 宝姑娘，你哪里知道？

（唱）老爷是毒打二爷家规严，

为的是望子成龙把名显，

谁知他好了疮疤忘了痛，

未见本性改半点。

我叹的是燕子做窠空劳碌，

枉有这知寒送暖心一片！

薛宝钗 你又何必这样灰心呢。

（唱）你是知心识意将他待，

忠肝义胆人共见，

非是我当面夸你好，

也常听太太说你贤。

常言道：急水尚有回头浪，

宝兄弟，总有一日性情变，

青云有路他终须到，

飞黄腾达待来年。

袭　人 宝姑娘说得是。你也常为二爷费许多心思，你再帮我们劝劝他吧。

薛宝钗 （笑）好，只要用得着我，我决不推辞。（略顿，忽想及）哦，上次我听人说，你丢了个戒指是不是？

袭　人 姑娘真好记性。也不知是我粗心，还是晦气，竟把太太赏给我的一个好值钱的戒指弄丢了，再也找它不着，真叫人心疼。

薛宝钗 丢了也就算了。（脱下自己手上的戒指，塞在她手里）我这个倒用不着，你把我这个拿去戴吧，只是恐不及太太送给你的那个好。

袭　人 （受宠若惊）宝姑娘，这我怎么受得起呢？

薛宝钗 这值得了什么？你就留着用吧。

袭　人 （感激不尽地）咳！也只有你宝姑娘总是这般体贴人。

薛宝钗 以后你要是缺少点什么，只管问我要好了，用不着这么客气的。

袭　人 是，我知道。（略顿）宝姑娘来了半天，我茶都没有倒一杯，

你坐一下，我去倒茶来。（下）

薛宝钗 不用了。

〔袭人走了出去。薛宝钗只顾看那针线活，便不留心，一蹲身，刚刚也坐在袭人方才坐的所在。因见那个活计可爱，就随手拿了起来，替她做了。

贾宝玉 （翻腾了一下，在梦里喊骂起来了）什么，什么话！和尚道士的话如何信得？什么金玉良缘？我偏要说木石姻缘！

〔薛宝钗放下针线活，怔住了。

贾宝玉 （醒来）宝姐姐是你啊！（忙起身）

薛宝钗 宝兄弟，身体可大愈了？

贾宝玉 多谢你牵记着，我已经全好了。宝姐姐想必是来了许多时候。

薛宝钗 （笑）坐了一会儿，就听见你在梦中骂人，想不到我是来听你骂人的。

贾宝玉 （笑了）是真的？我一点都不知道。

薛宝钗 好了，梦里之言不足为信，就不谈它吧。我一来是望望你，二来听说你近来又作了几首新诗，倒想来拜读一番呢。

贾宝玉 诗倒是作了几首，只是总及不得你和林妹妹，（拉着薛宝钗的手）你来了，正好请你评论一下。

〔袭人上，关好了院门。

袭　人 那么请到里面来吧。

〔贾宝玉、薛宝钗同下。袭人随下。

〔林黛玉由院外上。晴雯由内出。

晴　雯 （发泄）什么宝姑娘，贝姑娘的，有事没事跑了来坐着，叫我们半夜三更的不得睡觉！

林黛玉 （唱）宝玉被笞身负伤，

荣国府多的是无情棒！
他是皮肉伤愈心未愈，
我是三朝两夕勤探望。

（叩院门铜环）

晴　雯　（听到敲门声，没好气的）谁呀？都睡着了，有事明天再来吧！

林黛玉　是我呀！还不开门么？

晴　雯　（听不出是谁，使性子）凭你是谁，二爷吩咐的，一概不许放进入来！（转身入内去了）

林黛玉　（又气又惊，欲高声问，忽听内室传来薛宝钗呼唤"宝兄弟"声，又缩了回来）

（幕后合唱）

一声呼叱半身凉，
独立花径心凄惶。

林黛玉　（唱）人说是，大树底下好遮阴，
我却是寄人篱下气难扬，
只因我，无依无靠难自主，
才受他，薄情薄面冷如霜。
我是草木人儿被作践，

（幕后合唱）

低头忍吃闭门羹。

第七场　葬花、试玉

〔数天后的一个早晨，大观园沁芳桥畔。只听王熙凤的声音“老祖宗走好”，王熙凤和薛宝钗扶着贾母，后面跟着珍珠，旁边陪着薛姨妈和王夫人，同上。

薛宝钗　（唱）四月天气雨乍晴，
　　陪着老太太来游春。

贾　母　（笑向薛宝钗）我的儿，难为你陪着我们老一辈来游园，这才添了我们不少兴致呢！

薛宝钗　（唱）宝钗理该共做伴，

王熙凤　（唱）龙女应当陪观音。（众笑）

薛姨妈　（唱）人说四月春将去，
　　我看是正当美景和良辰。

薛宝钗　老太太你累了，到那边坐一会儿吧。

贾　母　好呀，
（唱）老年虽有惜春意，
　　怎奈是白发已非赏花人。

王熙凤　老祖宗讲到哪里去了。
（唱）说什么白发已非赏花人，
　　依我看老太太越活越年轻，
　　长生不老活下去，
　　赛过南极老寿星。

贾　母　（笑）凤丫头，就凭你这张巧嘴！

薛宝钗　（笑）这几年，我留心看起来，二嫂子凭她怎样巧，总巧不过老太太。

贾　母　我的儿，我如今老了，还巧什么，当年我像凤丫头一般年纪，倒是比她还强呢。

王夫人　是啊，是这样的。

贾　母　姨太太，不是我当着姨太太的面奉承，千真万真，从我们家里四个女孩儿算起，要说巧，要说好，都不及宝丫头。

王夫人　对，对，老太太说得真对。

薛姨妈　（笑）这话是老太太说偏了。

王熙凤　这倒是真的，我听老太太时常在背后说宝姑娘好。

贾　母　凤丫头，等会你去准备一些好吃的东西，娘儿们今天索性就乐一乐。（向薛姨妈）姨太太，想什么吃，都只管告诉我，我有本事叫凤丫头办了来吃。

薛姨妈　老太太总是给她出难题，时常叫她弄了东西来孝敬。

王熙凤　姑妈休说了，我们老太太只是嫌人肉酸，要是不嫌人肉酸，早就把我也吃了呢！

〔众大笑，边笑边走，同下。

（幕后合唱）

看不尽满眼春色富贵花，
说不完满嘴献媚奉承话，
谁知园中另有人，
偷洒珠泪葬落花。

〔远处传来清幽的笛声，在笛声里，林黛玉肩担花锄，锄上挂着纱囊，缓步行来。

林黛玉 （唱）绕绿堤，拂柳丝，穿过花径。
听何处，哀怨笛，风送声声？
人说道，大观园，四季如春，
我眼中，却只是，一座愁城。
看风过处，落红成阵，
牡丹谢，芍药怕，海棠惊，
杨柳带愁，桃花含恨，
这花朵儿与人一般受逼凌。
我一寸芳心谁共鸣？
七条琴弦谁知音？
我只为，惜惺惺，怜同病，
不教你陷落污泥遭蹂躏，
且收拾起桃李魂，
自筑香坟埋落英。

（葬落花，吟出了《葬花词》）

花落花飞飞满天，
红消香断有谁怜？
一年三百六十天，
风刀霜剑严相逼，
明媚鲜妍能几时？
一朝漂泊难寻觅。
花开易见落难寻，
阶前愁煞葬花人，
花魂鸟魂总难留，
鸟自无言花自羞，

愿侬此日生双翼，

随花飞到天尽头！

天尽头，何处有香丘？

未若锦囊收艳骨，

一抔净土掩风流，

质本洁来还洁去，

不教污淖陷渠沟。

〔贾宝玉正走到这里，看到林黛玉在葬花，听到《葬花词》，不觉站立在山坡上听呆了。

林黛玉 （唱）侬今葬花人笑痴，

他年葬侬知是谁？

一朝春尽红颜老，

花落人亡两不知。

〔贾宝玉不觉恸倒在山坡上，把怀里兜着的落花撒了一地。他哭起来了。

林黛玉 人说我痴，难道还有一个痴的不成？（回头见是贾宝玉）我打量是谁，原来是这个狠心短命……（叹了一声，躲开他走去）

贾宝玉 妹妹慢走。

〔林黛玉站住了。

贾宝玉 我知道你不理我，见了我就躲开，我只和你说一句话，从今后就撂开手。

林黛玉 你说吧！

贾宝玉 说两句，你听不听呢？

〔林黛玉回头就走。

贾宝玉 （长叹）唉！既有今日，何必当初！

林黛玉　（回过身来）当初怎么样？今日又怎么样？

贾宝玉　嗳！

（唱）想当初，妹妹从江南初来到，

宝玉是终日相伴共欢笑，

我把那心上的话儿对你讲，

心爱的东西凭你挑，

还怕那丫鬟服侍不周到，

我亲自桩桩件件来照料。

你若烦恼我担忧，

你若开颜我先笑。

我和你同桌吃饭同床睡，

像一母所生亲同胞，

实指望亲亲热热直到底，

才见得我俩情谊比人好。

谁知道妹妹人大心也大，

如今是斜着眼睛把我瞧，

三朝四夕不理我，

使宝玉失魂落魄担烦恼。

我有错，你打也是，骂也好，

为什么远而避之将我抛？

你有愁，诉也是，说也好，

为什么背人独自常悲号？

你叫我不明不白鼓里蒙，

我就是为你死了，

也是个屈死鬼魂冤难告。

〔林黛玉又感激，又难受，淌下泪来。

贾宝玉 怎么你哭了？

林黛玉 我何曾哭来？

贾宝玉 你看，泪珠还滚着！（禁不住抬起手为林黛玉拭泪）

林黛玉 （退了几步）你要死了，动手动脚的。

贾宝玉 （笑）说话忘了情，不觉动了手，也就顾不得死活。

林黛玉 你这么说，我来问你，那天我到怡红院来，你为什么不叫丫头开门呢？

贾宝玉 此话从哪里说起，怪不得你不理我，我若敢这样对待妹妹，叫我立刻就死好了。

林黛玉 啐！那一天呀，

（唱）我不顾苍苔滑，天色昏，

来访你秉烛共谈心，

谁知道受了你丫鬟言欺凌，

尝了你怡红院里的闭门羹！

撇下我满目凄凉对院门，

遍体生寒立花径，

那一日你蒙着耳朵不理人，

今日何必指着鼻子把誓盟？

贾宝玉 好妹妹，我实在不知道你来过，那天只有宝姐姐来坐过一回。定是丫头们干出来的好事，等我回去问出是谁，定要教训教训她们。

林黛玉 是要教训教训才好，得罪了我倒是小事，要是以后宝姑娘来，贝姑娘来，把她们得罪了事情就大了。

贾宝玉 （赶上前）你还说这些话，到底是气我还是咒我呢？

林黛玉　（自悔不该这样说）这有什么要紧，筋都暴起来了，还急得一脸汗！（边说边近前替他拭汗）

贾宝玉　（瞅了她半天，握住她的手，说出一句话）你放心。

林黛玉　（怔了半晌，离开身子）我又有什么不放心的？我真不明白你的意思，你倒说说，什么放心不放心的？

贾宝玉　（叹了口气）你果然不明白这话么？难道我平日在你身上的心都用错了？若连你的意思都体贴不着，就难怪你天天为我生气了。

林黛玉　我真不明白。

贾宝玉　好妹妹，你不要骗我，你若真不明白这话，不但我平日白用了心，而且连你对待我的心都辜负了，你总是因为不放心的缘故，才多了心，才弄了一身的病，好妹妹，若能宽慰些，你的病就好了。

〔林黛玉听了这话，如轰雷掣电一般，细思之，比自己肺腑中掏出来的还恳切，一时有千言万语要说，却半字也吐不出来，只是瞅着他。

〔贾宝玉也怔怔地看着林黛玉。

〔林黛玉回身走去。

贾宝玉　（拉住她）妹妹慢走，你再让我说一句话再走好不好？

林黛玉　（非常恳切地）还有什么可说的？你的话，我都明白了。

贾宝玉　你可知道了，好妹妹，我这个心从来也不敢说，今日大胆说出来，就是死了也情愿的。我为你也弄了一身的病，又不敢告诉人，只好挨着……

〔林黛玉轻轻地推开他的手走去，贾宝玉出神地咀嚼着林黛玉的话。袭人走来，怕贾宝玉热，拿扇子来给他，她看到他们的情景，待林黛玉走了，便走近贾宝玉。

贾宝玉 （出了神，未察觉是谁，只以为是林黛玉）等你的病好了，只怕我的病才会好呢。我睡里梦里也忘不了你，好妹妹。

袭　人 （又惊、又急、又臊，忙推开他）二爷，这是哪里的话？你怎么了？

〔贾宝玉猛醒过来，才觉察是袭人，满面紫涨，接过扇子来，一声不语。

袭　人 二爷，看你神色不好，还是回家去歇歇吧。

〔灯暗。

〔灯明。若干日后。这天，贾宝玉闷闷不乐地在园中背立着。紫鹃上。

紫　鹃 宝二爷，你一个人在这里做什么？可曾看见我们姑娘吗？

贾宝玉 不曾见过。

〔紫鹃听完就走。

贾宝玉 （叫住她）紫鹃慢走，我正有话问你呢。（叫紫鹃走近，坐下了）近来林妹妹身子怎么样？夜里咳嗽得可好一些吗？

紫　鹃 咳嗽倒好一些了。

贾宝玉 （双手合十）阿弥陀佛！

紫　鹃 （也笑了）奇怪，你这个不相信僧道的人，怎么也念起佛来了。真是新闻！

贾宝玉 这叫作“病急乱投医”了。紫鹃，妹妹吃燕窝了没有？

紫　鹃 我正要问你，这燕窝是谁给我们的呀？

贾宝玉 是我上次在老太太面前略漏了一个风声。

紫　鹃 原来是你说了，我们正疑惑老太太怎么忽然想起来，叫人每日送一两燕窝来呢？原来是这样。

贾宝玉　燕窝吃惯了，吃上两三年，妹妹的病就好了。

紫　鹃　这又多谢你费心。

贾宝玉　紫鹃，天气不好，忽冷忽热的，你身上穿得这样单薄，妹妹已经病了，要是你再病了，那怎么得了？（爱抚着她）

紫　鹃　（立起身来）从此我们只可说话，不能动手动脚的，一年大二年小，叫人看着不尊重。那些混账人背后都会说你的，你总不留心，还和小时候一般行为，这如何使得？况且姑娘也吩咐过我们，不要和你说笑，你看她近来远着你还恐远不及呢！

〔贾宝玉身上如泼了盆冷水。

紫　鹃　怎么你生我的气了？

贾宝玉　不曾生你的气。你的话说得有理，怪不得妹妹常常不理我了！唉！（坐在石凳上）死的死了，嫁的嫁了，走的走了……将来你们渐渐地也都不理我了，一想到这些，我才伤心起来。（拭泪）

紫　鹃　（忽有了个念头）呀！

（背唱）看宝玉虽是有情人，

是真是假还难分，

他和姑娘好一阵，又歹一阵，

不知道究竟安的什么心，

我紫鹃今日倒要试一试，

放一把火，炼他一炼，

看他是黄铜还是金。

贾宝玉　紫鹃，你在想什么？

紫　鹃　我在想，若每日一两燕窝，在这里吃惯了，明年家里去，哪里有钱吃得起这个？

贾宝玉 （吃惊地站起来）谁回家里去？

紫　鹃 （故作肯定地）你妹妹回苏州自己家里去。

贾宝玉 （终于笑了）你啊！你啊！你说什么谎呵！

（唱）你红嘴白牙胡乱云，

妹妹苏州原籍早无亲，

老太太怜惜外孙女，

千里接归伴晨昏，

她离不开潇湘馆中千竿竹，

怎能去姑苏城内旧墙门？

紫　鹃 （冷笑）你太小看人了！

（唱）你以为贾府族大人丁旺，

难道说别人族中就无靠傍？

你可知水流千里要归大海，

燕子总有它旧画梁，

等姑娘将来出阁时，

自然要送她还故乡。

姓林的，不能在贾府住一世，

听说是，林家明春来接姑娘。

〔贾宝玉怔住了。

〔紫鹃掩口而笑，正试着贾宝玉怎么回答，等了半天，见他只不作声，细看时，他神色大变，眼也直了，拉他时，手也冷了，紫鹃着了慌，只是叫着“宝二爷……”园中走来一个丫头，看呆了，这丫头忽发觉袭人在那边，忙叫：“袭人姐姐快来，二爷不好了！”袭人急忙赶过来，这丫头急奔而下，去禀告太太。

袭　人　（惊慌失措）二爷！二爷！这是怎么了！（埋怨紫鹃）你闯下什么祸了？

紫　鹃　我只不过和他说了几句话，他就变成这样。

袭　人　（哭了）这怎么好呢！

〔袭人想扶贾宝玉回怡红院，但他动也不动。这时，只见远远有几乘竹轿，抬着贾母、王夫人与王熙凤飞奔而至，贾母、王夫人、王熙凤下轿走来，围住宝玉叫着“宝玉”！

贾　母　（怒气冲冲）袭人！你们是怎样侍候的！把宝玉弄成这样？

袭　人　（跪下）不知紫鹃“姑奶奶”说了些什么话，二爷就眼也直了，手脚也冷了，话也不会说了。

王夫人　（慌乱）这可不中用了！

贾　母　（对紫鹃怒目而视）你这小丫头和他说了些什么？

王熙凤　死丫头，你与他说了些什么？

紫　鹃　我并不敢说什么，只是和他说句玩笑。（向贾宝玉）宝二爷，你可不能当真呀！

〔贾宝玉见了紫鹃，“哇”地哭出声来，众人才放心。

王熙凤　死丫头，得罪了二爷，还不过去赔罪！

贾宝玉　（一把拉住紫鹃）紫鹃，你们不能走！你们不能走！

（唱）要去连我也带了去。

贾　母　这是怎么回事？

紫　鹃　我只是和他开玩笑，说是林姑娘要回苏州自己家里去。

贾　母　咳！我当有什么事！

〔正说着，一个老婆子上报：“林妈妈他们都来看宝二爷来了。”

贾　母　你叫林妈妈客堂坐一会。

贾宝玉　（听了个“林”字便大嚷）不得了！不得了！林家的人接妹妹

来了！快打出去！

贾　母　（忙顺着说）快打出去吧。

王熙凤　打出去！打出去！

贾宝玉　除了林妹妹，

（唱）凭是谁，不许他姓林。

贾　母　（吩咐众人）对呀，以后你们不准提到林字，不要叫姓林的进来，都听见了吧？

王熙凤　你们听见了没有，不许姓林的进来。

贾宝玉　（忽望桥畔河上，指着说）你们看，那边有一只船来接林妹妹。

（唱）你看船在那边等。

贾　母　（又忙吩咐）来人哪！快把船摇走！（扶着贾宝玉）宝玉，那你总该放心了吧。

贾宝玉　（紧紧地拉住紫鹃，脸上充满笑容）

（唱）林妹妹她从今以后去不成！

〔贾母、王夫人愕然相视。

第八场　王熙凤献策

〔某年的一个秋天黄昏。贾母房中。贾母呆呆地捧着茶盅，心情沉重。王夫人坐在下首。傻丫头随侍在侧。

贾　母　我看宝玉病得奇怪，那黛玉又忽然病忽然好的，以前小孩子们搁在一起，也不怕什么，如今……你看怎么样？

〔王熙凤悄悄进来。

王夫人 （呆了一呆）林姑娘是个有心的人，至于宝玉，不避嫌疑是有的。但此时若把他们隔开了，岂不倒露了痕迹？

贾　母 唉！像我们这样人家，女孩子断不能存一点心思，若叫外人知道，脸上都没光彩。

王夫人 老太太，依我看“男大当婚，女大当嫁”。还是赶着给宝玉成了亲，也免得闯出什么祸来，说不定冲一冲喜病也就好了。

贾　母 我也正想到这一层。我们娘儿俩先合计合计，再与政儿商量。

王熙凤 （插了进来）老祖宗，太太，要替宝兄弟成亲么？不是我当着老祖宗和太太的面说句大胆的话，眼面前放着天配的姻缘哩！

贾　母 （笑问）在哪里？

王熙凤 一个“宝玉”，一个“金锁”，老祖宗怎么忘了？

贾　母 如此说来，倒是我悖晦了。

王夫人 老太太，我的心里也是这样想，依我看来……

（唱）林姑娘虽是有貌又有才，

　　只恐怕多愁多病福分浅，

　　宝丫头德容皆备有福相，

　　品格端方十分贤。

（袭人上）

王熙凤 可不是么，林姑娘好虽好，只是像盏美人灯儿，禁不起风吹就破，那宝姑娘啊，

（唱）更有金锁配宝玉，

　　是一对天生的并蒂莲，

　　能使家和万事兴，

　　助得宝玉富贵全。

贾　母　宝丫头倒是合人心意的。咳！黛玉这孩子，就是身体单薄，性情外露，不像宝丫头那样宽厚福相。

王夫人　老太太，我还替宝玉算过命，那先生好灵验，

（唱）说宝玉今年交晦运，

冲喜才能解灾星，

若娶一个金命人，

长命富贵福盈门。

王熙凤　老祖宗，依我看这是姻缘簿上早注定了。

贾　母　对呀，既然你们都说宝丫头好，我的主意也就定了。

王夫人　老太太，我们心里虽说好，但林姑娘也要给她说了人家才好。倘若这女孩儿真与宝玉有些私心，若知道宝玉定下宝钗，倒防生出什么事来呢。

贾　母　自然先给宝玉娶亲，然后再给林丫头找婆家，再没有先是外人，后是自己的。至于宝玉定亲的话，就不许叫她知道罢了。

王熙凤　（吩咐在屋的傻丫头）你听见了，可不准传出去，若漏了一个字，当心打断两条腿！

〔傻丫头呆呆地点着头。

〔袭人忽然站了出来，哭跪在地。

袭　人　老太太，太太……

王夫人　好端端的有什么委屈了，起来说吧。

袭　人　（起立）这话，奴才本是不敢讲的，现在没法子只好讲了。

（唱）宝二爷若娶宝姑娘，

这真是天造地设配成双，

二爷得了百年福，

奴婢也沾一线光，

怎奈是，金玉配，恐生风浪，
我知道他心里只有个林姑娘。
曾记得，沁芳桥畔事一桩，
他曾经把我错当作林姑娘，
说什么，为你弄成一身病，
睡里梦里不相忘。
曾记得，紫鹃一句玩笑话，
他掀起黄河千层浪。
如今若知娶亲事，
只恐怕天大的祸事也会闯。
倒不如，未曾落雨先带伞，
老太太，能提防处且提防。

〔这番话把贾母弄得哑口无言。

王夫人 老太太。

贾　母 （半晌，长叹一声）唉！别的事都好说，若宝玉真这样，这倒叫人难了！

王熙凤 （胸有成竹地）难倒不难，我想到了一个主意。（示意傻丫头退下，傻丫头下。袭人亦退下）但不知姑妈肯不肯？

王夫人 你只管说来。

王熙凤 依我看，这件事只有一个“调包”的法子。

贾　母 调包？

王熙凤 是啊，调包的法子。只是外头一概不准提起。（与王夫人耳语）

王夫人 （点头笑了笑）也罢了。

贾　母 你们娘儿两个捣什么鬼，也该让我听听。

王熙凤 （又与贾母耳语）老祖宗……

贾　母 （点头）只是能瞒得过么？

王熙凤 老祖宗。

（唱）这换斗移星又何难，

宝玉他病中怎识巧机关？

到时候红盖头遮住新奶奶，

扶新人可用紫鹃小丫鬟。

等到那酒阑人也散，

生米煮成熟米饭，

管保他销金帐内翻不了脸，

鸳鸯枕上息波澜。

〔贾母与王夫人只是点头。

第九场　傻丫头泄密

〔已是深秋季节。这天，林黛玉早饭后带着紫鹃在园里散闷，走到沁芳桥畔这里忽忘了带手绢，遂叫紫鹃去取。

林黛玉 紫鹃，我一时出来，忘了带块手帕，你替我回去取一下，我在这里等着你。

紫　鹃 好，我就去拿来。

〔紫鹃走了，林黛玉倚着栏杆，看秋风萧瑟，景物凋谢，不禁感触。

林黛玉 （低吟起来）

风萧萧兮秋气深，

忧心忡忡兮独沉吟，

望故乡兮何处？

倚栏杆兮涕沾襟……

〔林黛玉未曾吟完，忽听那边山石旁有人在哭，便走了过来，只见一个浓眉大眼的丫头坐在那里哭，那丫头见是林黛玉，便不敢再哭，站起来拭着泪。

林黛玉 你好好的为什么在这里啼哭，受什么人的气了？

傻丫头 林姑娘，你评评这个理，他们说话我又不知道，我就说错了一句话，我姐姐也不该打我呀！

林黛玉 你姐姐是哪一个？

傻丫头 就是珍珠姐姐。

林黛玉 你叫什么？

傻丫头 我叫傻大姐。

林黛玉 你姐姐为什么要打你？你说错什么话了？

傻丫头 为什么？还不是为宝二爷娶宝姑娘的事情。

林黛玉 （以为听错了，拉她近身问）你说什么？

傻丫头 就是为宝二爷娶宝姑娘的事情。

〔好像是一个疾雷打在林黛玉的心上，她心头乱跳，坐倒在石凳上。

傻丫头 （接着诉说下去）

（唱）老太太和太太奶奶商量着，

要娶宝姑娘做媳妇，

第一件可给宝玉来冲喜，

第二件……（瞅着林黛玉，傻笑了一下）

赶着办了，还要给你林姑娘说婆家呢！

我们家真是喜事多。（接着，又委屈地哭了）

今日里我在袭人姐姐房中坐。

我只不过说了一句话，我说："将来更热闹了，又是宝姑娘，又是宝二奶奶，这可怎么叫呢？"

那珍珠姐姐就打我，

她说我不听上头曾吩咐，

她骂我舌头长，嘴巴多。（抹了把鼻涕，诉苦）

林姑娘，我可真受冤枉呀！

自古来，哪个姑娘不出阁，

哪个少爷不娶媳妇，

为什么不许人家说一句？

为什么装神弄鬼瞒着做？

〔傻丫头见林黛玉不理自己，又看到林黛玉转过身来，神色不对，叫了声"林姑娘"，惊奇地退下。

（幕后合唱）

好一似塌了青天，沉了陆地，

魂如风筝断线飞！

眼面前，桥断、树倒、石转、路迷，

难分辨，南北东西。

〔林黛玉脸色苍白，身子晃荡，脚步斜软，似若迷失方向，在园中转东转西地走，紫鹃取了手帕回来，见这情形惊疑地赶了过来，扶住她。

紫　鹃　（轻声地）姑娘，你究竟要往哪里走呀？

林黛玉　（半晌，迸出一句）我……我问问宝玉去！

〔林黛玉急向桥上走去，未走几步，她身子往前一栽，回过头来，靠着栏杆，“哇”的一声，一口血直吐了出来，紫鹃急扶住她。

紫　鹃　姑娘，姑娘……

第十场　黛玉焚稿

〔悄无人声的潇湘馆，在冬日的黄昏愈益显得落寞。风摇动着窗外的竹子，竹子在风中挣扎。

〔林黛玉病卧榻上，紫鹃守候在榻边，她端过药来。

紫　鹃　姑娘，起来吃药吧。

〔林黛玉摇头。

紫　鹃　（泣声）你就吃一点吧。

〔林黛玉推开药碗。紫鹃一阵心酸，禁不住哭泣起来。

〔林黛玉挣扎坐起，又喘成一片，紫鹃忙用软枕替她靠住坐了。

林黛玉　妹妹你哭什么，（苦笑）我哪里能够死呢！

紫　鹃　姑娘！

（唱）与姑娘情如手足长厮守，

这模样，教我紫鹃怎不愁？

端药给你推开手，

水米未曾入咽喉，

镜子里只见你容颜瘦，

枕头边只觉你泪湿透，

姑娘啊！想你眼中能有多少泪，
怎禁得冬流到春，夏流到秋？
姑娘啊！你要多保养，莫哀愁，
把天大的事儿放开手，
保养你玉精神，花模样，
打开你眉上锁，腹中忧。

林黛玉 （感激地对紫鹃笑了笑）

（唱）你好心好意我全知，
你曾经劝过多少次，
怎奈是，一身病骨已难支，
满腔愤怨非药治，
只落得，路远山高家难归，
地老天荒人待死。

紫　鹃 姑娘，

（唱）姑娘你身子乃是宝和珍，
再莫说这样的话儿痛人心，
世间上总有良药可治病，
更何况府中都是疼你的人，
老祖宗当你掌上珍，
众姐妹贴近你的心……

林黛玉 （生气，忙止住她）不要说了。

（唱）紫鹃休提府中人，
这府中，谁是我知冷知热亲！

（满腔悲愤地喘气，然后注视紫鹃）妹妹，只有你是我最知心的了。

难为你，知冷知暖知心待，
问饥问饱不停闲，
你为我，眼皮儿终夜未曾合，
你把我，骨肉亲人一样待。
老太太派你服侍我这几年，
我将你当作我的亲妹妹。

紫　鹃　姑娘！……

林黛玉　（支撑住身子，用劲地说）把我的诗本子拿来！

紫　鹃　姑娘，等身体好了再看吧。

〔林黛玉摇头，紫鹃取诗稿给她，见她又咯了血，忙用手绢替她揩拭，林黛玉指指手绢，紫鹃知是又要手绢，遂又去取。

林黛玉　（使劲地说）有字的！

〔紫鹃知是要那块诗帕，便取来给她。林黛玉接过诗帕，狠命地想撕碎它，但无力的手只有打战的份儿。

紫　鹃　姑娘，姑娘，何苦自己又生气呢！

〔林黛玉指指火盆。

紫　鹃　（以为她冷了）姑娘多盖上一件吧！那火盆有炭气，只怕受不住。

〔林黛玉只是摇头，紫鹃只得端火盆来，放在榻边。

林黛玉　（拿起诗稿，无限感慨。）

（唱）我一生与诗书做了闺中伴，
与笔墨结成骨肉亲。
曾记得菊花赋诗夺魁首，
海棠起社斗清新，
怡红院中行新令，

　　潇湘馆内论旧文，
　　一生心血结成字，
　　如今是记忆未死，墨迹犹新。
　　这诗稿不想玉堂金马登高第，
　　只望它高山流水遇知音，
　　如今是知音已绝，诗稿怎存？（焚稿）

紫　鹃　姑娘，这又何苦呢！

林黛玉　（唱）把断肠文章付火焚。

（接着又取诗帕来无限伤心地看了一阵）

　　这诗帕原是他随身带，
　　曾为我揩过多少旧泪痕，
　　谁知道，诗帕未变人心变，
　　可叹我真心人换得个假心人。
　　早知人情比纸薄，
　　我懊悔留存诗帕到如今，
　　万般恩情从此绝……（焚帕）

〔紫鹃欲阻，又不敢阻。

林黛玉　（唱）只落得一弯冷月葬诗魂。（昏迷）

紫　鹃　姑娘，你醒一醒。

〔林黛玉醒了过来。

紫　鹃　快躺下吧。

〔林黛玉睡了下去，紫鹃服侍她睡了，潇湘馆又是一片死寂。正在这时，雪雁掀帘而入。

紫　鹃　（忙问）雪雁你告诉了老太太、太太，林姑娘病重，她们怎样说？

雪　雁　姐姐不要问了，宝二爷真的娶宝姑娘了！（看了一下病榻，然后轻声说）就在今夜做亲，新房都另外收拾了，上头吩咐了，不叫我们知道。

紫　鹃　（呆了一下，然后咬着牙）这些人怎么竟这样狠毒冷淡啊！

（唱）怪不得病榻边只有孤灯陪，

　　却原来鹁鸪鸟都拣那旺处飞，

　　铁心肠哪管人死活，

　　来探望的人儿却有谁！

宝玉！我看她明朝死了，你拿什么脸来见我！真想不到，你也是——

　　骨如寒冰心似铁，

　　摘了新桃忘旧梅！

〔周妈妈入。

雪　雁　周妈妈来了。

周妈妈　林姑娘怎样了？（看到林黛玉病状）咳……

雪　雁　周妈妈有什么事么？

周妈妈　我和紫鹃姑娘说几句话。（向紫鹃）紫鹃姑娘，方才老太太和二奶奶商量过，那边要用你使唤呢。

紫　鹃　（一抹眼泪，切齿地）周妈妈你先请吧！等人死了，我们自然是出来听候使唤的，只是林姑娘还有一口气呢！

周妈妈　（很不受用）姑娘！你这话对我说倒是使得，我可怎么去回禀上头呢？

紫　鹃　（愤懑一齐迸发）周妈妈，你只管去回禀上头！

（唱）宝二爷娶亲瞒不了谁，

　　又何必未断气把命催！

那边是一片喜气人如蚁，

聪明能干的一大堆，

要我紫鹃有何用？

锦上添花我又不会！

我紫鹃今日里，

只愿听这病榻旁边断肠话，

决不捧那洞房宴上合欢杯，

但等姑娘断了气，

该把我粉身碎骨我也不皱眉！（拂袖）

周妈妈　（无可奈何地）紫鹃姑娘，我也是上命差遣，概不由己呀。好吧，那就让雪雁跟我走吧。怎么，一个也不去，上头是饶不过人的！（拉雪雁）

〔雪雁只得跟着周妈妈走了。

〔传来鼓乐声，榻上的林黛玉渐渐地睁开眼睛，挣扎着要坐起来，紫鹃忙扶住她。

林黛玉　你听……

紫　鹃　姑娘，姑娘，没有什么……

林黛玉　（唱）笙箫管笛耳边绕，

一声声犹如断肠刀，

他那里花烛面前相对笑，

我这里长眠孤馆谁来吊？

紫　鹃　姑娘！（哭泣）

林黛玉　（紧握住紫鹃的手）妹妹……我是不中用的人了。

（唱）多承你伴我月夕共花朝，

几年来一同受煎熬，

到如今浊世难容我清白身，

与妹妹永别在今宵，

从今后你失群孤雁向谁靠？

紫　鹃　姑娘！（扑向林黛玉怀痛哭）

林黛玉　（唱）只怕是寒食清明，梦中把我姑娘叫。

〔紫鹃哽咽。

林黛玉　我在这里没有亲人，我的身子是干净的，你好歹叫他们送我回去。

（唱）我质本洁来还洁去，休将白骨埋污淖。

紫　鹃　姑娘，姑娘你怎么啦！

〔又一阵从远处传来的喜乐声。

林黛玉　（直着声）宝玉！宝玉！你好……

〔林黛玉终于在“一年三百六十日，风刀霜剑严相逼”下死去。

紫　鹃　（伏倒在林黛玉身上，哭呼）姑娘！姑娘！……

〔喜乐声愈来愈高，掩盖了紫鹃的哭声。

第十一场　“金玉良缘”

〔在喜乐声中，一对新人被送入洞房，喜娘披着红扶着蒙上盖头的新娘，下首扶新娘的便是雪雁，跟着进来了穿着喜服的贾母、王夫人、王熙凤和袭人。新人坐了帐。雪雁愤愤地看了贾宝玉一眼，退了出去。喜娘给新郎、新娘奉上合欢酒，然后向贾母等道喜后也退了出去。在红烛和喜服相互辉映下，洞房似乎是满室生春。

〔贾宝玉满脸堆笑，挨近新娘。

贾宝玉 林妹妹！

〔新娘的身子颤动了一下。

贾宝玉 你身子好了没有？我们好久不见面了，现在可盼到了这一天！妹妹……

〔贾宝玉欲揭开红盖头，王熙凤忙推开他。袭人扶新娘坐向花烛前。

王熙凤 宝兄弟！

贾　母 宝玉！你要稳重点呵。

贾宝玉 妹妹，今天真是从古到今天上人间第一件称心满意的事啊！

（唱）我合不拢笑口将喜讯接，

数遍了指头把佳期待。

总算是，东园桃树西园柳，

今日移向一处栽。

此生得娶林妹妹，

心如灯花并蕊开，

往日病愁一笔勾，

今后乐事无限美。

从今后，与你春日早起摘花戴，

寒夜挑灯把谜猜，

添香并立观书画，

步月随影踏苍苔；

从今后，悄语娇音满室闻，

如刀断水分不开。

这真是，银河虽阔总有渡，

牛郎织女七夕会。

（问周围的人）咦，方才只见雪雁，却为何不见紫鹃呢？

王熙凤 （连忙回答）她的生肖冲了，因此不来。

贾宝玉 原来如此。林妹妹你盖着这个东西做什么？我们何必用这些俗套呢？

〔贾宝玉欲去揭盖头，这使贾母等人急出了一身冷汗。

王熙凤 （阻住他）宝兄弟。

〔贾宝玉住手，但歇了一歇，耐不住又要去揭。

王熙凤 （又阻止）宝兄弟！（拉他至一边）

（唱）做新郎总该懂温柔，

休惹得新娘气带羞，

多生欢喜少痴傻，

随缘随分莫贪求，

老祖宗都是为你好，

须懂孝顺乃是第一筹。

贾宝玉 （好笑）你说我傻，我看你倒是真傻呢，我把我的心都交给了她，我还能对她不温柔么？

（唱）我爱她敬她都来不及，

怎会使她气带羞？

今日我十分喜减去一身病，

百炼钢早化作绕指柔。

王夫人 宝玉，我的儿，

（唱）愿你俩相敬如宾到白头，

这才是父母之心不辜负。

贾宝玉 那还用说么？

贾 母 宝玉，来！你母亲的话可要记住。这是为你好呀！

贾宝玉 知道。（又走向新人）妹妹，虽然这红盖头啊，

（唱）遮住你面如桃李眉如柳，

却遮不住心底春光往外透。

〔贾宝玉蹲下身子看新娘，众人提心吊胆地亦随着看。

贾宝玉 但叫我如何能不揭开它呢？……（按捺不住，终于揭开了盖头。他睁眼一看，像是薛宝钗，但心中不信，急持灯来照看，可不是薛宝钗又是谁呢？发愣）我是在哪里呢？袭人，你来咬咬我的手指头，看我是不是在做梦？

〔众人忙接过灯去，扶贾宝玉坐了，贾宝玉发着呆。

王熙凤 什么做梦不做梦，不要胡说！老祖宗在这里坐着，老爷也在外面坐着呢。

贾宝玉 （问袭人）方才这床上坐的美人儿是谁啊？

袭 人 是新娶的二奶奶。

贾宝玉 你真糊涂，那新娶的二奶奶是谁？

袭 人 （在王熙凤的示意下，肯定地）是宝姑娘。

贾宝玉 林姑娘呢？

袭 人 怎么混说起林姑娘来，老爷做主娶的是宝姑娘。

贾宝玉 （大惊失色）是宝姑娘……

王熙凤 是呀，就是宝姑娘。

王夫人 宝玉，是娶的宝姑娘。

袭 人 是宝姑娘。

贾宝玉 宝姑娘？……老祖宗，这到底是怎么一回事？到底是怎么一回事？

贾 母
王夫人 是娶的宝姑娘。

贾宝玉 我方才明明与林妹妹成的亲，雪雁还扶着她呢！怎么？怎么一霎时都变了，都变了！这是为什么？……为什么？为什么？

王熙凤 （安慰坐立不安的贾母）老祖宗，船到桥门总会直的，你坐下。

〔王熙凤一言方毕，贾宝玉放声大哭，贾母等手足无措。

贾宝玉 （哭呼）林妹妹！（伏桌，痛心疾首）

（唱）我以为百年好事今宵定，

为什么月老系错了红头绳？

为什么梅园错把杏花栽？

为什么鹊巢竟被鸠来侵？

莫不是老祖宗骗我假做亲，

宝姐姐赶走我心上人！

贾　母 宝玉，你听我讲，听我讲。

贾宝玉 （不理）林妹妹！

（唱）你定是气息奄奄十分病，泪似滚水煎着心。

你们听，你们可听到林妹妹的哭声？（向袭人）袭人你告诉我，你可曾听见她哭声呀？

王夫人 你听娘说，宝玉……

贾宝玉 （扑跪贾母面前，捶着胸）老祖宗，我要死了。

贾　母 （与王夫人同安慰他）宝玉你怎么样？你怎么样？

贾宝玉 我有一句心里的话要说。

（唱）林妹妹与我都有病，

两个病原是一条根，

望求你，把我们放在一间屋，

也好让同病相怜心靠心，

活着也能日相见，

死了也好葬同坟！

贾　母　宝玉……

贾宝玉　老祖宗啊！

（唱）天下万物我无所求，

只求与妹妹共死生。

老祖宗！你依了我吧！（连连叩拜）

贾　母　（捶着心，老泪纵横）宝玉，今天是你大喜的日子，你竟病得这样，好叫我心痛，你呀，你呀……

〔王夫人呆若木鸡，能说惯道的王熙凤也束手无策，薛宝钗心内又痛又乱，垂头无语，洞房一片沉寂，方才满室生春的气象已烟消云散。

贾宝玉　我知道求你们也没有用！（立起身来，不顾一切地）我找林妹妹去！

王熙凤　（急上前）宝兄弟……

贾宝玉　（推开她）我找林妹妹去！

贾　母　（拦阻他）宝玉！你……

贾宝玉　（推开贾母）我找林妹妹去！

薛宝钗　宝玉，林妹妹她已经死了。

〔贾宝玉闻言昏了过去，洞房乱了秩序，众人扶着他一片声地呼“宝玉”，贾母颓然地倒在椅子上。

（幕后合唱）

好一条调包计偷柱换梁，

只赢得惨红烛映照洞房。

第十二场　哭灵、出走

〔冬日黄昏，潇湘馆林黛玉灵前。

紫　鹃　（内声）宝二爷！老太太不准你进来，你进来做什么，快回去吧！宝二爷！宝二爷！

贾宝玉　（奔上，一呆）林妹妹……我来迟了！我来迟了！……

（唱）金玉良缘将我骗，

害妹妹魂归离恨天，

到如今，人面不知何处去，

空留下，素烛白帏伴灵前。

林妹妹！林妹妹……

如今是千呼万唤唤不归，

上天入地难寻见，

可叹我，生不能临别话几句，

死不能扶一扶七尺棺！

妹妹啊！

想当初，你孤苦伶仃到我家来，

只以为暖巢可栖孤零燕，

我和你，情深犹如亲兄妹，

那时候两小无猜共枕眠。

到后来，我和妹妹都长大，

共读《西厢记》在花前，

宝玉是剖腹掏心真情待，
妹妹是心里早有口不言。
到如今，无人共把《西厢》读，
可怜我伤心不敢立花前。
记得你怡红院尝了闭门羹，
你是日不安心夜不眠，
妹妹呀，你为我是一往情深把病添，
我为你，睡里梦里常想念。
好容易盼到洞房花烛夜，
总以为美满姻缘一线牵，
想不到林妹妹变成宝姐姐，
却原来，你被逼死我被骗！
实指望，白头到老多恩爱，
谁知晓，今日你黄土垄中独自眠！
林妹妹，自从你居住大观园，
几年来，心头愁结解不开，
落花满地伤春老，
冷雨敲窗不成眠。
你怕那，人世上风刀和霜剑，
到如今，它果然逼你丧九泉。

紫　鹃　宝二爷，夜深了，你不便多留，快回去吧。

贾宝玉　紫鹃，我知道，妹妹恨我，你也恨我，我就是死了也是个屈死鬼。

紫　鹃　这些话我已经听惯了，人死了，还说个什么呢！

贾宝玉　紫鹃，妹妹临死时，她讲点什么？

紫　鹃　唉！

（唱）想当初，姑娘病重无人理，

床前只有我知心婢，

她这边是冷屋鬼火三更泣，

你那边是洞房春暖一天喜，

只听她恨声呼宝玉，

这辛酸的事儿我牢牢记。

（指着贾宝玉）

宝二爷，你来迟了！来迟了！

人死黄泉难扶起。

贾宝玉　（痛哭）你不能怪我，这是父母做主，并不是我负心！

紫　鹃　（伏桌哭泣）姑娘……

贾宝玉　（环视四周后）

（唱）问紫鹃，妹妹的诗稿今何在？

紫　鹃　（唱）如片片蝴蝶火中化。

贾宝玉　（唱）问紫鹃，妹妹的瑶琴今何在？

紫　鹃　（唱）琴弦已断休提它。

贾宝玉　（唱）问紫鹃，妹妹的花锄今何在？

紫　鹃　（唱）花锄虽在谁葬花？

贾宝玉　（唱）问紫鹃，妹妹的鹦哥今何在？

紫　鹃　（唱）那鹦哥，叫着姑娘，学着姑娘生前的话。

贾宝玉　（唱）那鹦哥也知情和义，

紫　鹃　（唱）世上的人儿不如它！

贾宝玉　（哭呼）林妹妹，我被人骗了，被人骗了。

（唱）九州生铁铸大错，

一根赤绳把终身误。

天缺一角有女娲，

心缺一块难再补。

你已是质同冰雪离浊世，

我岂能一股清流随俗波！

从今后，你长恨孤眠在地下，

我怨种愁根永不拔。

人间难栽连理枝，

我与你世外去结并蒂花。

（远处传来寺院晚钟声声，贾宝玉若有所悟。他愤然摘下了颈项上所挂的那块“宝玉”，痴视着）

紫　鹃　（低头泣语）宝二爷，你快回去吧！

贾宝玉　回去吧……回去吧。

（贾宝玉弃玉于地，在晚钟声和合唱声中，默默向灵前告别。向外走去）

（幕后合唱）

他抛却了莫失莫忘通灵玉，

挣脱了不离不弃黄金锁，

离开了苍蝇竞血肮脏地，

〔贾宝玉已走得无影无踪了，这时只听幕后一片声地呼唤着“宝二爷”……紫鹃闻声，在灯光下，发现弃在地上的那块“宝玉”，她拾了起来，木立出神，只听幕后袭人、周妈妈等声音。

袭　人　（内声）找到宝二爷没有？

周妈妈　（内声）看来是找不到他了，找不到了！

（幕后合唱）

撇掉了黑蚁争穴富贵窠。

〔晚钟声愈来愈远。

（上海越剧院二团于1958年首演）

话剧

茶馆

老舍

人物表

王利发——男。最初与我们见面，他才二十多岁。因父亲早死，他很年轻就作了裕泰茶馆的掌柜。精明、有些自私，而心眼不坏。

唐铁嘴——男。三十来岁。相面为生，吸鸦片。

松二爷——男。三十来岁。胆小而爱说话。

常四爷——男。三十来岁。松二爷的好友，都是裕泰的主顾。正直，体格好。

李　三——男。三十多岁。裕泰的跑堂的。勤恳，心眼好。

二德子——男。二十多岁。善扑营当差。

马五爷——男。三十多岁。吃洋教的小恶霸。

刘麻子——男。三十来岁。说媒拉纤，心狠意毒。

康　六——男。四十岁。京郊贫农。

黄胖子——男。四十多岁。流氓头子。

秦仲义——男。王掌柜的房东。在第一幕里二十多岁。阔少，后来成了维新的资本家。

老　人——男。八十二岁。无倚无靠。

乡　妇——女。三十多岁。穷得出卖小女儿。

小　妞——女。十岁。乡妇的女儿。

庞太监——男。四十岁。发财之后，想娶老婆。

小牛儿——男。十多岁。庞太监的书童。

宋恩子——男。二十多岁。老式特务。

吴祥子——男。二十多岁。宋恩子的同事。

康顺子——女。在第一幕中十五岁。康六的女儿。被卖给庞太监为妻。

王淑芬——女。四十来岁。王利发掌柜的妻。比丈夫更公平正直些。

巡　警——男。二十多岁。

报　童——男。十六岁。

康大力——男。十二岁。庞太监买来的义子，后与康顺子相依为命。

老　林——男。三十多岁。逃兵。

老　陈——男。三十岁。逃兵。老林的把弟。

崔久峰——男。四十多岁。作过国会议员，后来修道，住在裕泰附设的公寓里。

军　官——男。三十岁。

王大拴——男。四十岁左右，王掌柜的长子。为人正直。

周秀花——女。四十岁。大拴的妻。

王小花——女。十三岁。大拴的女儿。

丁　宝——女。十七岁。女招待。有胆有识。

小刘麻子——男。三十多岁。刘麻子之子，继承父业而发展之。

取电灯费的——男。四十多岁。

小唐铁嘴——男。三十多岁。唐铁嘴之子，继承父业，有作天师的愿望。

明师傅——男。五十多岁。包办酒席的厨师傅。

邹福远——男。四十多岁。说评书的名手。

卫福喜——男。三十多岁。邹的师弟，先说评书，后改唱京戏。

方　六——男。四十多岁。打小鼓的，奸诈。

车当当——男。三十岁左右。买卖现洋为生。

庞四奶奶——女。四十岁。丑恶，要作皇后，庞太监的四侄媳妇。

春　梅——女。十九岁。庞四奶奶的丫鬟。

老　杨——男。三十多岁。卖杂货的。

小二德子——男。三十岁。二德子之子，打手。

于厚斋——男。四十多岁。小学教员，王小花的老师。

谢勇仁——男。三十多岁。与于厚斋同事。

小宋恩子——男。三十来岁。宋恩子之子，承袭父业，作特务。

小吴祥子——男。三十来岁。吴祥子之子，世袭特务。

小心眼——女。十九岁。女招待。

沈处长——男。四十岁。宪兵司令部某处处长。

茶客若干人，都是男的。

茶房一两个，都是男的。

难民数人，有男有女，有老有少。

大兵三五人，都是男的。

公寓住客数人，都是男的。

押大令的兵七人，都是男的。

宪兵四人。男。

第一幕

人　物　王利发、刘麻子、庞太监、唐铁嘴、康六、小牛儿、松二爷、黄胖子、宋恩子、常四爷、秦仲义、吴祥子、李三、老人、康顺子、二德子、乡妇、茶客甲、乙、丙、丁、马五爷、小妞、茶房一二人。

时　间　一八九八年(戊戌)初秋，康梁等的维新运动失败了。早半天。

地　点　北京，裕泰大茶馆。

〔幕启：这种大茶馆现在已经不见了。在几十年前，每城都起码有一处。这里卖茶，也卖简单的点心与菜饭。玩鸟的人们，每天在遛够了画眉、黄鸟等之后，要到这里歇歇腿，喝喝茶，并使鸟儿表演歌唱。商议事情的，说媒拉纤的，也到这里来。那年月，时常有打群架的，但是总会有朋友出头给双方调解；三五十口子打手，经调人东说西说，便都喝碗茶，吃碗烂肉面（大茶馆特殊的食品，价钱便宜，做起来快当），就可以化干戈为玉帛了。总之，这是当时非常重要的地方，有事无事都可以来坐半天。

〔在这里，可以听到最荒唐的新闻，如某处的大蜘蛛怎么成了精，受到雷击。奇怪的意见也在这里可以听到，像把海边上都修上大墙，就足以挡住洋兵上岸。这里还可以听到某京戏演员新近创造了什么腔儿，和煎熬鸦片烟的最好的方法。这里也可以看到某人新得到的奇珍——一个出土的玉扇坠儿，或三彩的鼻烟壶。这真是个重要的地方，简直可以算作文化交流的所在。

〔我们现在就要看见这样的一座茶馆。

〔一进门是柜台与炉灶——为省点事，我们的舞台上可以不要炉灶；后面有些锅勺的响声也就够了。屋子非常高大，摆着长桌与方桌，长凳与小凳，都是茶座儿。隔窗可见后院，高搭着凉棚，棚下也有茶座儿。屋里和凉棚下都有挂鸟笼的地方。各处都贴着“莫谈国事”的纸条。

〔有两位茶客，不知姓名，正眯着眼，摇着头，拍板低唱。有两三位茶客，也不知姓名，正入神地欣赏瓦罐里的蟋蟀。两位穿灰色大衫的——宋恩子与吴祥子，正低声地谈话，看样子他们是北衙门的办案的（侦缉）。

〔今天又有一起打群架的，据说是为了争一只家鸽，惹起非用武力解决不可的纠纷。假若真打起来，非出人命不可，因为被约的打手中包括着善扑营的哥儿们和库兵，身手都十分厉害。好在，不能真打起来，因为在双方还没把打手约齐，已有人出面调停了——现在双方在这里会面。三三两两的打手，都横眉立目，短打扮，随时进来，往后院去。

〔马五爷在不惹人注意的角落，独自坐着喝茶。

〔王利发高高地坐在柜台里。

〔唐铁嘴趿拉着鞋，身穿一件极长极脏的大布衫，耳上夹着几张小纸片，进来。

王利发 唐先生，你外边遛遛吧！

唐铁嘴 （惨笑）王掌柜，捧捧唐铁嘴吧！送给我碗茶喝，我就先给您相相面吧！手相奉送，不取分文！（不容分说，拉过王利发的手来）今年是光绪二十四年，戊戌。您贵庚是……

王利发 （夺回手去）算了吧，我送给你一碗茶喝，你就甭卖那套生意口啦！用不着相面，咱们既在江湖内，都是苦命人！（由柜台内走出，让唐铁嘴坐下）坐下！我告诉你，你要是不戒了大烟，就永远交不了好运！这是我的相法，比你的更灵验！

〔松二爷和常四爷都提着鸟笼进来，王利发向他们打招呼。他们先把鸟笼子挂好，找地方坐下。松二爷文绉绉的，提着小黄鸟笼；常四爷雄赳赳的，提着大而高的画眉笼。茶房李三赶紧过来，沏上盖碗茶。他们自带茶叶。茶沏好，松二爷、常四爷向邻近的茶座让了让。

松二爷
常四爷 您喝这个！（然后，往后院看了看）

松二爷 好像又有事儿？

常四爷 反正打不起来！要真打的话，早到城外头去啦；到茶馆来干吗？

〔二德子，一位打手，恰好进来，听见了常四爷的话。

二德子 （凑过去）你这是对谁甩闲话呢？

常四爷 （不肯示弱）你问我哪？花钱喝茶，难道还教谁管着吗？

松二爷 （打量了二德子一番）我说这位爷，您是营里当差的吧？来，坐下喝一碗，我们也都是外场人。

二德子 你管我当差不当差呢！

常四爷 要抖威风，跟洋人干去，洋人厉害！英法联军烧了圆明园，尊家吃着官饷，可没见您去冲锋打仗！

二德子 甭说打洋人不打，我先管教管教你！（要动手）

〔别的茶客依旧进行他们自己的事。王利发急忙跑过来。

王利发 哥儿们，都是街面上的朋友，有话好说。德爷，您后边坐！

〔二德子不听王利发的话，一下子把一个盖碗搂下桌去，摔碎。翻手要抓常四爷的脖领。

常四爷 （闪过）你要怎么着？

二德子 怎么着？我碰不了洋人，还碰不了你吗？

马五爷 （并未立起）二德子，你威风啊！

二德子 （四下扫视，看到马五爷）喝，马五爷，您在这儿哪？我可眼拙，没看见您！（过去请安）

马五爷 有什么事好好地说，干吗动不动地就讲打？

二德子 嗻！您说得对！我到后头坐坐去。李三，这儿的茶钱我候啦！（往后面走去）

常四爷 （凑过来，要对马五爷发牢骚）这位爷，您圣明，您给评评理！

马五爷 （立起来）我还有事，再见！（走出去）

常四爷 （对王利发）邪！这倒是个怪人！

王利发 您不知道这是马五爷呀？怪不得您也得罪了他！

常四爷 我也得罪了他？我今天出门没挑好日子！

王利发 （低声地）刚才您说洋人怎样，他就是吃洋饭的。信洋教，说洋话，有事情可以一直地找宛平县的县太爷去，要不怎么连官面上都不惹他呢！

常四爷 （往原处走）哼，我就不佩服吃洋饭的！

王利发 （向宋恩子、吴祥子那边稍一歪头，低声地）说话请留点神！

（大声地）李三，再给这儿沏一碗来！（拾起地上的碎瓷片）

松二爷 盖碗多少钱？我赔！外场人不作老娘儿们事！

王利发 不忙，待会儿再算吧！　（走开）

〔纤手刘麻子领着康六进来。刘麻子先向松二爷、常四爷打招呼。

刘麻子 您二位真早班儿！（掏出鼻烟壶，倒烟）您试试这个！刚装来的，地道英国造，又细又纯！

常四爷 唉！连鼻烟也得从外洋来！这得往外流多少银子啊！

刘麻子 咱们大清国有的是金山银山，永远花不完！您坐着，我办点小事！（领康六找了个座儿）

〔李三拿过一碗茶来。

刘麻子 说说吧，十两银子行不行？你说干脆的！我忙，没工夫专伺候你！

康　六 刘爷！十五岁的大姑娘，就值十两银子吗？

刘麻子 卖到窑子去，也许多拿一两八钱的，可是你又不肯！

康　六 那是我的亲女儿！我能够……

刘麻子 有女儿，你可养活不起，这怪谁呢？

康　六 那不是因为乡下种地的都没法子混了吗？一家大小要是一天能吃上一顿粥，我要还想卖女儿，我就不是人！

刘麻子 那是你们乡下的事，我管不着。我受你之托，教你不吃亏，又教你女儿有个吃饱饭的地方，这还不好吗？

康　六 到底给谁呢？

刘麻子 我一说，你必定从心眼里乐意！一位在宫里当差的！

康　六 宫里当差的谁要个乡下丫头呢？

刘麻子 那不是你女儿的命好吗？

康　六　谁呢？

刘麻子　庞总管！你也听说过庞总管吧？侍候着太后，红得不得了，连家里打醋的瓶子都是玛瑙作的！

康　六　刘大爷，把女儿给太监作老婆，我怎么对得起人呢？

刘麻子　卖女儿，无论怎么卖，也对不起女儿！你糊涂！你看，姑娘一过门，吃的是珍馐美味，穿的是绫罗绸缎，这不是造化吗？怎样，摇头不算点头算，来个干脆的！

康　六　自古以来，哪有……他就给十两银子？

刘麻子　找遍了你们全村儿，找得出十两银子找不出？在乡下，五斤白面就换个孩子，你不是不知道！

康　六　我，唉！我得跟姑娘商量一下！

刘麻子　告诉你，过了这个村可没有这个店，耽误了事别怨我！快去快来！

康　六　唉！我一会儿就回来！

刘麻子　我在这儿等着你！

康　六　（慢慢地走出去）

刘麻子　（凑到松二爷、常四爷这边来）乡下人真难办事，永远没有个痛痛快快！

松二爷　这号生意又不小吧？

刘麻子　也甜不到哪儿去，弄好了，赚个元宝！

常四爷　乡下是怎么了？会弄得这么卖儿卖女的！

刘麻子　谁知道！要不怎么说，就是一条狗也得托生在北京城里嘛！

常四爷　刘爷，您可真有个狠劲儿，给拉拢这路事！

刘麻子　我要不分心，他们还许找不到买主呢！（忙岔话）松二爷（掏出个小时表来），您看这个！

松二爷 （接表）好体面的小表！

刘麻子 您听听，嘎噔嘎噔地响！

松二爷 （听）这得多少钱？

刘麻子 您爱吗？就让给您！一句话，五两银子！您玩够了，不爱再要了，我还照数退钱！东西真地道，传家的玩意儿！

常四爷 我这儿正咂摸这个味儿：咱们一个人身上有多少洋玩意儿啊！老刘，就看你身上吧：洋鼻烟，洋表，洋缎大衫，洋布裤褂……

刘麻子 洋东西可是真漂亮呢！我要是穿一身土布，像个乡下脑壳，谁还理我呀！

常四爷 我老觉乎着咱们的大缎子，川绸，更体面！

刘麻子 松二爷，留下这个表吧，这年月，戴着这么好的洋表，会教人另眼看待！是不是这么说，您哪？

松二爷 （真爱表，但又嫌贵）我……

刘麻子 您先戴两天，改日再给钱！

〔黄胖子进来。

黄胖子 （严重的沙眼，看不清楚，进门就请安）哥儿们，都瞧我啦！我请安了！都是自己弟兄，别伤了和气呀！

王利发 这不是他们，他们在后院哪！

黄胖子 我看不大清楚啊！掌柜的，预备烂肉面，有我黄胖子，谁也打不起来！（往里走）

二德子 （出来迎接）两边已经见了面，您快来吧！

〔二德子同黄胖子入内。

〔茶房们一趟又一趟地往后面送茶水。老人进来，拿着些牙签、胡梳、耳挖勺之类的小东西，低着头慢慢地挨着茶座儿走；没人买他的东西。他要往后院去，被李三截住。

李　三　老大爷，您外边遛遛吧！后院里，人家正说和事呢，没人买您的东西！（顺手儿把剩茶递给老人一碗）

松二爷　（低声地）李三！（指后院）他们到底为了什么事，要这么拿刀动杖的？

李　三　（低声地）听说是为一只鸽子。张宅的鸽子飞到了李宅去，李宅不肯交还……唉，咱们还是少说话好，（问老人）老大爷您高寿啦？

老　人　（喝了茶）多谢！八十二了，没人管！这年月呀，人还不如一只鸽子呢！唉！（慢慢走出去）

〔秦仲义，穿得很讲究，满面春风。走进来。

王利发　哎哟！秦二爷，您怎么这样闲在，会想起下茶馆来了？也没带个底下人？

秦仲义　来看看，看看你这年轻小伙子会做生意不会！

王利发　唉，一边做一边学吧，指着这个吃饭嘛。谁叫我爸爸死得早，我不干不行啊！好在照顾主儿都是我父亲的老朋友，我有不周到的地方，都肯包涵，闭闭眼就过去了。在街面上混饭吃，人缘儿顶要紧。我按着我父亲遗留下的老办法，多说好话，多请安，讨人人的喜欢，就不会出大岔子！您坐下，我给您沏碗小叶茶去！

秦仲义　我不喝！也不坐着！

王利发　坐一坐！有您在我这儿坐坐，我脸上有光！

秦仲义　也好吧！（坐）可是，用不着奉承我！

王利发　李三，沏一碗高的来！二爷，府上都好？您的事情都顺心吧？

秦仲义　不怎么太好！

王利发 您怕什么呢？那么多的买卖，您的小手指头都比我的腰还粗！

唐铁嘴 （凑过来）这位爷好相貌，真是天庭饱满，地阁方圆，虽无宰相之权，而有陶朱之富！

秦仲义 躲开我！去！

王利发 先生，你喝够了茶，该外边活动活动去！（把唐铁嘴轻轻推开）

唐铁嘴 唉！（垂头走出去）

秦仲义 小王，这儿的房租是不是得往上提那么一提呢？当年你爸爸给我的那点租钱，还不够我喝茶用的呢！

王利发 二爷，您说得对，太对了！可是，这点小事用不着您分心，您派管事的来一趟，我跟他商量，该涨多少租钱，我一定照办！是！嘛！

秦仲义 你这小子，比你爸爸还滑！哼，等着吧，早晚我把房子收回去！

王利发 您甭吓唬着我玩，我知道您多么照应我，心疼我，决不会叫我挑着大茶壶，到街上卖热茶去！

秦仲义 你等着瞧吧！

〔乡妇拉着个十来岁的小妞进来。小妞的头上插着一根草标。李三本想不许她们往前走，可是心中一难过，没管。她们俩慢慢地往里走。茶客们忽然都停止说笑，看着她们。

小　妞 （走到屋子中间，立住）妈，我饿！我饿！

〔乡妇呆视着小妞，忽然腿一软，坐在地上，掩面低泣。

秦仲义 （对王利发）轰出去！

王利发 是！出去吧，这里坐不住！

乡　妇 哪位行行好？要这个孩子，二两银子！

常四爷 李三，要两个烂肉面，带她们到门外吃去！

李　三　是啦！（过去对乡妇）起来，门口等着去，我给你们端面来！

乡　妇　（立起，抹泪往外走，好像忘了孩子；走了两步，又转回身来，搂住小妞吻她）宝贝！宝贝！

王利发　快着点吧！

〔乡妇、小妞走出去。李三随后端出两碗面去。

王利发　（过来）常四爷，您是积德行好，赏给她们面吃！可是，我告诉您：这路事儿太多了，太多了！谁也管不了！

（对秦仲义）二爷，您看我说得对不对？

常四爷　（对松二爷）二爷，我看哪，大清国要完！

秦仲义　（老气横秋地）完不完，并不在乎有人给穷人们一碗面吃没有。小王，说真的，我真想收回这里的房子！

王利发　您别那么办哪，二爷！

秦仲义　我不但收回房子，而且把乡下的地，城里的买卖也都卖了！

王利发　那为什么呢？

秦仲义　把本钱拢在一块儿，开工厂！

王利发　开工厂？

秦仲义　嗯，顶大顶大的工厂！那才救得了穷人，那才能抵制外货，那才能救国！（对王利发说而眼看着常四爷）唉，我跟你说这些干什么，你不懂！

王利发　您就专为别人，把财产都出手，不顾自己了吗？

秦仲义　你不懂！只有那么办，国家才能富强！好啦，我该走啦。我亲眼看见了，你的生意不错，你甭再耍无赖，不涨房钱！

王利发　您等等，我给您叫车去！

秦仲义　用不着，我愿意溜达溜达！

〔秦仲义往外走，王利发送。

〔小牛儿搀着庞太监走进来。小牛儿提着水烟袋。

庞太监 哟！秦二爷！

秦仲义 庞老爷！这两天您心里安顿了吧？

庞太监 那还用说吗？天下太平了：圣旨下来，谭嗣同问斩！告诉您，谁敢改祖宗的章程，谁就掉脑袋！

秦仲义 我早就知道！

〔茶客们忽然全静寂起来，几乎是闭住呼吸地听着。

庞太监 您聪明，二爷，要不然您怎么发财呢！

秦仲义 我那点财产，不值一提！

庞太监 太客气了吧？您看，全北京城谁不知道秦二爷！您比做官的还厉害呢！听说呀，好些财主都讲维新！

秦仲义 不能这么说，我那点威风在您的面前可就施展不出来了！哈哈哈！

庞太监 说得好，咱们就八仙过海，各显其能吧！哈哈哈！

秦仲义 改天过去给您请安，再见！（下）

庞太监 （自言自语）哼，凭这么个小财主也敢跟我斗嘴皮子，年头真是改了！（问王利发）刘麻子在这儿哪？

王利发 总管，您里边歇着吧！

〔刘麻子早已看见庞太监，但不敢靠近，怕打搅了庞太监、秦仲义的谈话。

刘麻子 喝，我的老爷子！您吉祥！我等了您好大半天了！（搀庞太监往里面走）

〔宋恩子、吴祥子过来请安，庞太监对他们耳语。

〔众茶客静默了一阵之后，开始议论纷纷。

茶客甲 谭嗣同是谁？

茶客乙 好像听说过！反正犯了大罪，要不，怎么会问斩呀！

茶客丙 这两三个月了，有些做官的，念书的，乱折腾乱闹，咱们怎能知道他们捣的什么鬼呀！

茶客丁 得！不管怎么说，我的铁杆庄稼又保住了！姓谭的，还有那个康有为，不是说叫旗兵不关钱粮，去自谋生计吗？心眼多毒！

茶客丙 一份钱粮倒叫上头克扣去一大半，咱们也不好过！

茶客丁 那总比没有强啊！好死不如赖活着，叫我去自己谋生，非死不可！

王利发 诸位主顾，咱们还是莫谈国事吧！

〔大家安静下来，都又各谈各的事。

庞太监 （已坐下）怎么说？一个乡下丫头，要二百银子？

刘麻子 （侍立）乡下人，可长得俊呀！带进城来，好好地一打扮、调教，准保是又好看，又有规矩！我给您办事，比给我亲爸爸办事都更尽心，一丝一毫不能马虎！

〔唐铁嘴又回来了。

王利发 铁嘴，你怎么又回来了？

唐铁嘴 街上兵荒马乱的，不知道是怎么回事！

庞太监 还能不搜查搜查谭嗣同的余党吗？唐铁嘴，你放心，没人抓你！

唐铁嘴 嗻，总管，您要能赏给我几个烟泡儿，我可就更有出息了！

〔有几个茶客好像预感到什么灾祸，一个个往外蹭。

松二爷 咱们也该走啦吧！天不早啦！

常四爷 嗻！走吧！

〔二灰衣人——宋恩子和吴祥子走过来。

宋恩子 等等！

常四爷 怎么啦！

宋恩子 刚才你说“大清国要完”？

常四爷 我，我爱大清国，怕它完了！

吴祥子 （对松二爷）你听见了？他是这么说的吗？

松二爷 哥儿们，我们天天在这儿喝茶。王掌柜知道：我们都是地道老好人！

吴祥子 问你听见了没有？

松二爷 那，有话好说，二位请坐！

宋恩子 你不说，连你也锁了走！他说“大清国要完”，就是跟谭嗣同一党！

松二爷 我，我听见了，他是说……

宋恩子 （对常四爷）走！

常四爷 上哪儿？事情要交代明白了啊！

宋恩子 你还想拒捕吗？我这儿可带着“王法”呢！（掏出腰中带着的铁链子）

常四爷 告诉你们，我可是旗人！

吴祥子 旗人当汉奸，罪加一等！锁上他！

常四爷 甭锁，我跑不了！

宋恩子 谅你也跑不了！（对松二爷）你也走一趟，到堂上实话实说，没你的事！

〔黄胖子同三五个人由后院过来。

黄胖子 得啦，一天云雾散，算我没白跑腿！

松二爷 黄爷！黄爷！

黄胖子 （揉揉眼）谁呀？

松二爷 我！松二！您过来，给说句好话！

黄胖子 （看清）哟，宋爷，吴爷，二位爷办案哪？请吧！

松二爷 黄爷，帮帮忙，给美言两句！

黄胖子 官厅儿管不了的事，我管！官厅儿能管的事呀，我不便多嘴！

（问大家）

是不是？

众 嗻！对！

〔宋恩子、吴祥子带着常四爷、松二爷往外走。

松二爷 （对王利发）看着点我们的鸟笼子！

王利发 您放心，我给送到家里去！

〔常四爷、松二爷、宋恩子、吴祥子同下。

黄胖子 （唐铁嘴告以庞太监在此）哟，老爷在这儿哪？听说要安份儿家，我先给您道喜！

庞太监 等吃喜酒吧！

黄胖子 您赏脸！您赏脸！ （下）

〔乡妇端着空碗进来，往柜上放。小妞跟进来。

小　妞 妈！我还饿！

王利发 唉！出去吧！

乡　妇 走吧，乖！

小　妞 不卖妞妞啦？妈！不卖啦？妈！

乡　妇 乖！（哭着，携小妞下）

〔康六带着康顺子进来，立在柜台前。

康　六 姑娘！顺子！爸爸不是人，是畜生！可你叫我怎办呢？你不找个吃饭的地方，你饿死！我不弄到手几两银子，就得叫东家活活地打死！你呀，顺子，认命吧，积德吧！

康顺子 我，我……（说不出话来）

刘麻子　（跑过来）你们回来啦？点头啦？好！来见见总管！给总管磕头！

康顺子　我……（要晕倒）

康　六　（扶住女儿）顺子！顺子！

刘麻子　怎么啦？

康　六　又饿又气，昏过去了！顺子！顺子！

庞太监　我要活的，可不要死的！

〔静场。

茶客甲　（正与乙下象棋）将！你完啦！

——幕落

第二幕

人　物　王淑芬、报童、康顺子、李三、常四爷、康大力、王利发、松二爷、老林、难民数人、宋恩子、老陈、巡警、吴祥子、崔久峰、押大令的兵七人、公寓住客二三人、军官、唐铁嘴、刘麻子、大兵三五人。

时　间　与前幕相隔十余年，现在是袁世凯死后，帝国主义指使中国军阀进行割据，时时发动内战的时候。初夏，上午。

地　点　同前幕。

〔幕启：北京城内的大茶馆已先后相继关了门。“裕泰”是硕果仅存的一家了，可是为避免被淘汰，它已改变了样子与作风。现在，它的前部仍然卖茶，后部却改成了公寓。前部只卖茶和瓜子什么的；“烂肉面”等已成为历史名词。厨房挪到后边去，专包公寓住客的伙食。茶座也大加改良：一律是小桌与藤椅，桌上铺着浅绿桌布。墙上的《醉八仙》大画，连财神龛，均已撤去，代以时装美人——外国香烟公司的广告画。“莫谈国事”的纸条可是保存了下来，而且字写得更大。王利发真像个“圣之时者也”，不但没使“裕泰”灭亡，而且使它有了新的发展。

〔因为修理门面，茶馆停了几天营业，预备明天开张。王淑芬正和李三忙着布置，把桌椅移了又移，摆了又摆，以期尽善尽美。

〔王淑芬梳时行的圆髻，而李三却还带着小辫儿。

〔二三学生由后面来，与他们打招呼，出去。

王淑芬 （看李三的辫子碍事）三爷，咱们的茶馆改了良，你的小辫儿也该剪了吧？

李　三 改良！改良！越改越凉，冰凉！

王淑芬 也不能那么说！三爷你看，听说西直门的德泰，北新桥的广泰，鼓楼前的天泰，这些大茶馆全先后脚儿关了门！只有咱们裕泰还开着，为什么？不是因为拴子的爸爸懂得改良吗？

李　三 哼！皇上没啦，总算大改良吧？可是改来改去，袁世凯还是要作皇上。袁世凯死后，天下大乱，今儿个打炮，明儿个关城，改良？哼！我还留着我的小辫儿，万一把皇上改回来呢！

王淑芬 别顽固啦，三爷！人家给咱们改了民国，咱们还能不随着走吗？你看，咱们这么一收拾，不比以前干净，好看？专招待文明人，不更体面？可是，你要还带着小辫儿，看着多么不顺眼哪！

李　三　太太，你觉得不顺眼，我还不顺心呢！

王淑芬　哟，你不顺心？怎么？

李　三　你还不明白？前面茶馆，后面公寓，全仗着掌柜的跟我两个人，无论怎么说，也忙不过来呀！

王淑芬　前面的事归他，后面的事不是还有我帮助你吗？

李　三　就算有你帮助，打扫二十来间屋子，侍候二十多人的伙食，还要沏茶灌水，买东西送信，问问你自己，受得了受不了！

王淑芬　三爷，你说得对！可是呀，这兵荒马乱的年月，能有个事儿做也就得念佛！咱们都得忍着点！

李　三　我干不了！天天睡四五个钟头的觉，谁也不是铁打的！

王淑芬　唉！三爷，这年月谁也舒服不了！你等着，大拴子暑假就高小毕业，二拴子也快长起来，他们一有用处，咱们可就清闲点啦。从老王掌柜在世的时候，你就帮助我们，老朋友，老伙计啦！

〔王利发老气横秋地从后面进来。

李　三　老伙计？二十多年了，他们可给我涨过工钱？什么都改良，为什么工钱不跟着改良呢？

王利发　哟！你这是什么话呀？咱们的买卖要是越做越好，我能不给你涨工钱吗？得了，明天咱们开张，取个吉利，先别吵嘴，就这么办吧！All right？

李　三　就怎么办啦？不改我的良，我干不下去啦！

〔后面叫：“李三！李三！”

王利发　崔先生叫，你快去！咱们的事，有工夫再细研究！

李　三　哼！

王淑芬　我说，昨天就关了城门，今儿个还说不定关不关，三爷，这里的事交给掌柜的，你去买点菜吧！别的不说，咸菜总得买下点呀！

〔后面又叫："李三！李三！"

李　三　对，后边叫，前边催，把我劈成两半儿好不好！（愤愤地往后走）

王利发　拴子的妈，他岁数大了点，你可得……

王淑芬　他抱怨了大半天了！可是抱怨得对！当着他，我不便直说；对你，我可得说实话：咱们得添人！

王利发　添人得给工钱，咱们赚得出来吗？我要是会干别的，可是还开茶馆，我是孙子！

〔远处隐隐有炮声。

王利发　听听，又他妈的开炮了！你闹，闹！明天开得了张才怪！这是怎么说的！

王淑芬　明白人别说糊涂话，开炮是我闹的？

王利发　别再瞎扯，干活儿去！嘿！

王淑芬　早晚不是累死，就得叫炮轰死，我看透了！（慢慢地往后边走）

王利发　（温和了些）拴子的妈，甭害怕，开过多少回炮，一回也没打死咱们，北京城是宝地！

王淑芬　心哪，老跳到嗓子眼里，宝地！我给三爷拿菜钱去。（下）

〔一群男女难民在门外央告。

难　民　掌柜的，行行好，可怜可怜吧！

王利发　走吧，我这儿不打发，还没开张！

难　民　可怜可怜吧！我们都是逃难的！

王利发　别耽误工夫！我自己还顾不了自己呢！

〔巡警上。

巡　警　走！滚！快着！

〔难民散去。

王利发　怎样啊？六爷！又打得紧吗？

巡　警　紧！紧得厉害！仗打得不紧，怎能够有这么多难民呢！上面交派下来，你出八十斤大饼，十二点交齐！城里的兵带着干粮，才能出去打仗啊！

王利发　您圣明，我这儿现在光包后面的伙食，不再卖饭，也还没开张，别说八十斤大饼，一斤也交不出啊！

巡　警　你有你的理由，我有我的命令，你瞧着办吧！

（要走）

王利发　您等等！我这儿千真万确还没开张，这您知道！开张以后，还得多麻烦您呢！得啦，您买包茶叶喝吧！（递钞票）您多给美言几句，我感恩不尽！

巡　警　（接票子）我给你说说看，行不行可不保准！

〔三五个大兵，军装破烂，都背着枪，闯进门口。

巡　警　老总们，我这儿正查户口呢，这儿还没开张！

大　兵　屌！

巡　警　王掌柜，孝敬老总们点茶钱，请他们到别处喝去吧！

王利发　老总们，实在对不起，还没开张，要不然，诸位住在这儿，一定欢迎！（递钞票给巡警）

巡　警　（转递给兵们）得啦，老总们多原谅，他实在没法招待诸位！

大　兵　屌！谁要钞票？要现大洋！

王利发　老总们，让我哪儿找现洋去呢？

大　兵　屌！揍他个小舅子！

巡　警　快！再添点！

王利发　（掏）老总们，我要是还有一块，请把房子烧了！（递钞票）

大　兵　屌！（接钱下，顺手拿走两块新桌布）

巡　警　得，我给你挡住了一场大祸！他们不走呀，你就全完，连一个茶碗也剩不下！

王利发　我永远忘不了您这点好处！

巡　警　可是为这点功劳，你不得另有份意思吗？

王利发　对！您圣明，我胡涂！可是，您搜我吧，真一个铜子儿也没有啦！（掀起褂子，让他搜）您搜！您搜！

巡　警　我干不过你！明天见，明天还不定是风是雨呢！（下）

王利发　您慢走！（看巡警走去，跺脚）他妈的！打仗，打仗！今天打，明天打，老打，打他妈的什么呢？

〔唐铁嘴进来，还是那么瘦，那么脏，可是穿着绸子夹袍。

唐铁嘴　王掌柜！我来给你道喜！

王利发　（还生着气）哟！唐先生？我可不再白送茶喝！（打量，有了笑容）你混得不错呀！穿上绸子啦！

唐铁嘴　比从前好了一点！我感谢这个年月！

王利发　这个年月还值得感谢！听着有点不搭调！

唐铁嘴　年头越乱，我的生意越好！这年月，谁活着谁死都碰运气，怎能不多算算命、相相面呢？你说对不对？

王利发　Yes，也有这么一说！

唐铁嘴　听说后面改了公寓，租给我一间屋子，好不好？

王利发　唐先生，你那点嗜好，在我这儿恐怕……

唐铁嘴　我已经不吃大烟了！

王利发　真的？你可真要发财了！

唐铁嘴 我改抽“白面儿”啦。（指墙上的香烟广告）你看，哈德门烟是又长又松，（掏出烟来表演）一顿就空出一大块，正好放“白面儿”。大英帝国的烟，日本的“白面儿”，两大强国侍候着我一个人，这点福气还小吗？

王利发 福气不小！不小！可是，我这儿已经住满了人，什么时候有了空房，我准给你留着！

唐铁嘴 你呀，看不起我，怕我给不了房租！

王利发 没有的事！都是久在街面上混的人，谁能看不起谁呢？这是知心话吧？

唐铁嘴 你的嘴呀比我的还花哨！

王利发 我可不光耍嘴皮子，我的心放得正！这十多年了，你白喝过我多少碗茶？你自己算算！你现在混得不错，你想着还我茶钱没有？

唐铁嘴 赶明儿我一总还给你，那一共才有几个钱呢！

（搭讪着往外走）

〔街上卖报的喊叫：“长辛店大战的新闻，买报瞧，瞧长辛店大战的新闻！”报童向内探头。

报　童 掌柜的，长辛店大战的新闻，来一张瞧瞧？

王利发 有不打仗的新闻没有？

报　童 也许有，您自己找！

王利发 走！不瞧！

报　童 掌柜的，你不瞧也照样打仗！（对唐铁嘴）先生，您照顾照顾？

唐铁嘴 我不像他，（指王利发）我最关心国事！（拿了一张报，没给钱即走）

〔报童追唐铁嘴下。

王利发　（自言自语）长辛店！长辛店！离这里不远啦！（喊）三爷，三爷！你倒是抓早儿买点菜去呀，待一会儿准关城门，就什么也买不到啦！嘿！

（听后面没人应声，含怒往后跑）

〔常四爷提着一串腌萝卜，两只鸡，走进来。

常四爷　王掌柜！

王利发　谁？哟，四爷！您干什么哪？

常四爷　我卖菜呢！自食其力，不含糊！今儿个城外头乱乱哄哄，买不到菜；东抓西抓，抓到这么两只鸡，几斤老腌萝卜。听说你明天开张，也许用得着，特意给你送来了！

王利发　我谢谢您！我这儿正没有辙呢！

常四爷　（四下里看）好啊！好啊！收拾得好啊！大茶馆全关了，就是你有心路，能随机应变地改良！

王利发　别夸奖我啦！我尽力而为，可就怕天下老这么乱七八糟！

常四爷　像我这样的人算是坐不起这样的茶馆喽！

〔松二爷走进来，穿得很寒酸，可是还提着鸟笼。

松二爷　王掌柜！听说明天开张，我来道喜！　（看见常四爷）哎哟！四爷，可想死我喽！

常四爷　二哥！你好哇？

王利发　都坐下吧！

松二爷　王掌柜，你好？太太好？少爷好？生意好？

王利发　（一劲儿说）好！托福！（提起鸡与咸菜）四爷，多少钱？

常四爷　瞧着给，该给多少给多少！

王利发　对！我给你们弄壶茶来！（提物到后面去）

松二爷　四爷，你，你怎么样啊？

常四爷 卖青菜哪！铁杆庄稼没有啦，还不卖膀子力气吗？二爷，您怎么样啊？

松二爷 怎么样？我想大哭一场！看见我这身衣裳没有？我还像个人吗？

常四爷 二哥，您能写能算，难道找不到点事儿做？

松二爷 嗻，谁愿意瞪着眼挨饿呢！可是，谁要咱们旗人呢！想起来呀，大清国不一定好啊，可是到了民国，我挨了饿！

王利发 （端着一壶茶回来。给常四爷钱）不知道您花了多少，我就给这么点吧！

常四爷 （接钱，没看，揣在怀里）没关系！

王利发 二爷，（指鸟笼）还是黄鸟吧？哨得怎样？

松二爷 嗻，还是黄鸟！我饿着，也不能叫鸟儿饿着！（有了点精神）你看看，看看，（打开罩子）多么体面！一看见它呀，我就舍不得死啦！

王利发 松二爷，不准说死！有那么一天，您还会走一步好运！

常四爷 二哥，走！找个地方喝两盅儿去！一醉解千愁！王掌柜，我可就不让你啦，没有那么多的钱！

王利发 我也分不开身，就不陪了！

〔常四爷、松二爷正往外走，宋恩子和吴祥子进来。他们俩仍穿灰色大衫，但袖口瘦了，而且罩上青布马褂。

松二爷 （看清楚是他们，不由得上前请安）原来是你们二位爷！

〔王利发似乎受了松二爷的感染，也请安，弄得二人愣住了。

宋恩子 这是怎么啦？民国好几年了，怎么还请安？你们不会鞠躬吗？

松二爷 我看见您二位的灰大褂呀，就想起了前清的事儿！不能不请安！

王利发 我也那样！我觉得请安比鞠躬更过瘾！

吴祥子 哈哈哈哈！松二爷，你们的铁杆庄稼不行了，我们的灰色大褂反倒成了铁杆庄稼，哈哈哈！（看见常四爷）这不是常四爷吗？

常四爷 是呀，您的眼力不错！戊戌年我就在这儿说了句“大清国要完”，叫您二位给抓了走，坐了一年多的牢！

宋恩子 您的记性可也不错！混得还好吧？

常四爷 托福！从牢里出来，不久就赶上庚子年；扶清灭洋，我当了义和团，跟洋人打了几仗！闹来闹去，大清国到底是亡了，该亡！我是旗人，可是我得说公道话！现在，每天起五更弄一挑子青菜，绕到十点来钟就卖光。凭力气挣饭吃，我的身上更有劲了！什么时候洋人敢再动兵，我姓常的还准备跟他们打打呢！我是旗人，旗人也是中国人哪！您二位怎么样？

吴祥子 瞎混呗！有皇上的时候，我们给皇上效力，有袁大总统的时候，我们给袁大总统效力；现而今，宋恩子，该怎么说啦？

宋恩子 谁给饭吃，咱们给谁效力！

常四爷 要是洋人给饭吃呢？

松二爷 四爷，咱们走吧！

吴祥子 告诉你，常四爷，要我们效力的都仗着洋人撑腰！没有洋枪洋炮，怎能够打起仗来呢？

松二爷 您说得对！嗻！四爷，走吧！

常四爷 再见吧，二位，盼着你们快快升官发财！（同松二爷下）

宋恩子 这小子！

王利发 （倒茶）常四爷老是那么又倔又硬，别计较他！（让茶）二位喝碗吧，刚沏好的。

宋恩子 后面住着的都是什么人？

王利发 多半是大学生，还有几位熟人。我有登记簿子，随时报告给“巡警阁子”。我拿来，二位看看？

吴祥子 我们不看簿子，看人！

王利发 您甭看，准保都是靠得住的人！

宋恩子 你为什么爱租学生们呢？学生不是什么老实家伙呀！

王利发 这年月，做官的今天上任，明天撤职，做买卖的今天开市，明天关门，都不可靠！只有学生有钱，能够按月交房租，没钱的就上不了大学啊！您看，是这么一笔账不是？

宋恩子 都叫你咂摸透了！你想得对！现在，连我们也欠饷啊！

吴祥子 是呀，所以非天天拿人不可，好得点津贴！

宋恩子 就仗着有错拿，没错放的，拿住人就有津贴！走吧，到后边看看去！

吴祥子 走！

王利发 二位，二位！您放心，准保没错儿！

宋恩子 不看，拿不到人，谁给我们津贴呢？

吴祥子 王掌柜不愿意咱们看，王掌柜必会给咱们想办法！咱们得给王掌柜留个面子！对吧？王掌柜！

王利发 我……

宋恩子 我出个不很高明的主意：干脆来个包月，每月一号，按阳历算，你把那点……

吴祥子 那点意思！

宋恩子 对，那点意思送到，你省事，我们也省事！

王利发 那点意思得多少呢？

吴祥子 多年的交情，你看着办！你聪明，还能把那点意思闹成不好意思吗？

李　三　（提着菜筐由后面出来）喝，二位爷！（请安）今儿个又得关城门吧！（没等回答，往外走）

〔二三学生匆匆地回来。

学　生　三爷，先别出去，街上抓伕呢！（往后面走去）

李　三　（还往外走）抓去也好，在哪儿也是当苦力！

〔刘麻子丢了魂似的跑来，和李三碰了个满怀。

李　三　怎么回事呀？吓掉了魂儿啦！

刘麻子　（喘着）别，别，别出去！我差点叫他们抓了去！

王利发　三爷，等一等吧！

李　三　午饭怎么开呢？

王利发　跟大家说一声，中午咸菜饭，没别的办法！晚上吃那两只鸡！

李　三　好吧！（往回走）

刘麻子　我的妈呀，吓死我啦！

宋恩子　你活着，也不过多买卖几个大姑娘！

刘麻子　有人卖，有人买，我不过在中间帮帮忙，能怪我吗？（把桌上的三个茶杯的茶先后喝净）

吴祥子　我可是告诉你，我们哥儿们从前清起就专办革命党，不大爱管贩卖人口、拐带妇女什么的臭事。可是你要叫我们碰见，我们也不再睁一眼闭一眼！还有，像你这样的人，弄进去，准锁在尿桶上！

刘麻子　二位爷，别那么说呀！我不是也快挨饿了吗？您看，以前，我走八旗老爷们、宫里太监们的门子。这么一革命啊，可苦了我啦！现在，人家总长次长，团长师长；要娶姨太太讲究要唱落子的坤角，戏班里的女名角，一花就三千五千现大洋！我干瞧着，摸不着门！我那点芝麻粒大的生意算得了什么呢？

宋恩子 你呀，非锁在尿桶上，不会说好的！

刘麻子 得啦，今天我孝敬不了二位，改天我必有一份儿人心！

吴祥子 你今天就有买卖，要不然，兵荒马乱的，你不会出来！

刘麻子 没有！没有！

宋恩子 你嘴里半句实话也没有！不对我们说真话，没有你的好处！王掌柜，我们出去绕绕；下月一号，按阳历算，别忘了！

王利发 我忘了姓什么，也忘不了您二位这回事！

吴祥子 一言为定啦！（同宋恩子下）

王利发 刘爷，茶喝够了吧？该出去活动活动！

刘麻子 你忙你的，我在这儿等两个朋友。

王利发 咱们可把话说开了，从今以后，你不能再在这儿做你的生意，这儿现在改了良，文明啦！

〔康顺子提着个小包，带着康大力，往里边探头。

康大力 是这里吗？

康顺子 地方对呀，怎么改了样儿？（进来，细看，看见了刘麻子）大力，进来，是这儿！

康大力 找对啦？妈！

康顺子 没错儿！有他在这儿，不会错！

王利发 您找谁？

康顺子 （不语，直奔过刘麻子去）刘麻子，你还认识我吗？（要打，但是伸不出手去，一劲地颤抖）你，你，你个………（要骂，也感到困难）

刘麻子 你这个娘儿们，无缘无故地跟我捣什么乱呢？

康顺子 （挣扎）无缘无故？你，你看看我是谁？一个男子汉，干什么吃不了饭，偏干伤天害理的事！呸！呸！

王利发 这位大嫂，有话好好说！

康顺子 你是掌柜的？你忘了吗？十几年前，有个娶媳妇的太监？

王利发 您，您就是庞太监的那个……

康顺子 都是他（指刘麻子）做的好事，我今天跟他算算账！（又要打，仍未成功）

刘麻子 （躲）你敢！你敢！我好男不跟女斗！（随说随往后退）我，我找人来帮我说说理！（撒腿往后面跑）

王利发 （对康顺子）大嫂，你坐下，有话慢慢说！庞太监呢？

康顺子 （坐下喘气）死啦。叫他的侄子们给饿死的。一改民国呀，他还有钱，可没了势力，所以侄子们敢欺负他。他一死，他的侄子们把我们轰出来了，连一床被子都没给我们！

王利发 这，这是……？

康顺子 我的儿子！

王利发 您的……？

康顺子 也是买来的，给太监当儿子。

康大力 妈！你爸爸当初就在这儿卖了你的？

康顺子 对了，乖！就是这儿，一进这儿的门，我就晕过去了，我永远忘不了这个地方！

康大力 我可不记得我爸爸在哪里卖了我的！

康顺子 那时候，你不是才一岁吗？妈妈把你养大了的，你跟妈妈一条心，对不对？乖！

康大力 那个老东西，掐你，拧你，咬你，还用烟签子扎我！他们人多，咱们打不过他们！要不是你，妈，我准叫他们给打死了！

康顺子 对！他们人多，咱们又太老实！你看，看见刘麻子，我想咬他几口，可是，可是，连一个嘴巴也没打上，我伸不出手去！

康大力 妈，等我长大了，我帮助你打！我不知道亲妈妈是谁，你就是我的亲妈妈！

康顺子 好！好！咱们永远在一块儿，我去挣钱，你去念书！（稍愣了一会儿）掌柜的，当初我在这儿叫人买了去，咱们总算有缘，你能不能帮帮忙，给我找点事做？我饿死不要紧，可不能饿死这个无倚无靠的好孩子！

〔王淑芬出来，立在后边听着。

王利发 你会干什么呢？

康顺子 洗洗涮涮、缝缝补补、做家常饭，都会！我是乡下人，我能吃苦，只要不再作太监的老婆，什么苦处都是甜的！

王利发 要多少钱呢？

康顺子 有三顿饭吃，有个地方睡觉，够大力上学的，就行！

王利发 好吧，我慢慢给你打听着！你看，十多年前那回事，我到今天还没忘，想起来心里就不痛快！

康顺子 可是，现在我们母子上哪儿去呢？

王利发 回乡下找你的老父亲去！

康顺子 他？他是活是死，我不知道。就是活着，我也不能去找他！他对不起女儿，女儿也不必再叫他爸爸！

王利发 马上就找事，可不大容易！

王淑芬 （过来）她能洗能做，又不多要钱，我留下她了！

王利发 你？

王淑芬 难道我不是内掌柜的？难道我跟李三爷就该累死？

康顺子 掌柜的，试试我！看我不行，您说话，我走！

王淑芬 大嫂，跟我来！

康顺子 当初我是在这儿卖出去的，现在就拿这儿当作娘家吧！大力，来吧！

康大力 掌柜的，你要不打我呀，我会帮助妈妈干活儿！（同王淑芬、康顺子下）

王利发 好家伙，一添就是两张嘴！太监取消了，可把太监的家眷交到这里来了！

李　三 （掩护着刘麻子出来）快走吧！（回去）

王利发 就走吧，还等着真挨两个脆的吗？

刘麻子 我不是说过了吗，等两个朋友？

王利发 你呀，叫我说什么才好呢！

刘麻子 有什么法子呢！隔行如隔山，你老得开茶馆，我老得干我这一行！到什么时候，我也得干我这一行！

〔老林和老陈满面笑容地走进来。

刘麻子 （二人都比他年轻，他却称呼他们哥哥）林大哥，陈二哥！（看王不满意，赶紧说）王掌柜，这儿现在没有人，我借个光，下不为例！

王利发 她（指后边）可是还在这儿呢！

刘麻子 不要紧了，她不会打人！就是真打，他们二位也会帮助我！

王利发 你呀！哼！（到后边去）

刘麻子 坐下吧，谈谈！

老　林 你说吧！老二！

老　陈 你说吧！哥！

刘麻子 谁说不一样啊！

老　陈 你说吧，你是大哥！

老　林 那个，你看，我们俩是把兄弟！

老　陈 对！把兄弟，两个人穿一条裤子的交情！

老　林　他有几块现大洋！

刘麻子　现大洋？

老　陈　林大哥也有几块现大洋！

刘麻子　一共多少块呢？说个数目！

老　林　那，还不能告诉你咧！

老　陈　事儿能办才说咧！

刘麻子　有现大洋，没有办不了的事！

老　林
老　陈　真的？

刘麻子　说假话是孙子！

老　林　那么，你说吧，老二！

老　陈　还是你说，哥！

老　林　你看，我们是两个人吧？

刘麻子　嗯！

老　陈　两个人穿一条裤子的交情吧？

刘麻子　嗯！

老　林　没有耻笑我们的交情吧？

刘麻子　交情嘛，没人耻笑！

老　陈　也没人耻笑三个人的交情吧？

刘麻子　三个人？都是谁？

老　林　还有个娘儿们！

刘麻子　嗯！嗯！嗯！我明白了！可是不好办，我没办过！你看，平常都说小两口儿，哪有小三口儿的呢！

老　林　不好办？

刘麻子　太不好办啦！

老　林　（问老陈）你看呢？

老　陈　还能白拉倒吗？

老　林　不能拉倒！当了十几年兵，连半个媳妇都娶不上！他妈的！

刘麻子　不能拉倒，咱们再想想！你们到底一共有多少块现大洋？

〔王利发和崔久峰由后面慢慢走来。刘麻子等停止谈话。

王利发　崔先生，昨天秦二爷派人来请您，您怎么不去呢？您这么有学问，上知天文，下知地理，又做过国会议员，可是住在我这里，天天念经；干吗不出去做点事呢？您这样的好人，应当出去做官！有您这样的清官，我们小民才能过太平日子！

崔久峰　惭愧！惭愧！做过国会议员，那真是造孽呀！革命有什么用呢，不过自误误人而已！唉！现在我只能修持，忏悔！

王利发　您看秦二爷，他又办工厂，又忙着开银号！

崔久峰　办了工厂、银号又怎么样呢？他说实业救国，他救了谁？救了他自己，他越来越有钱了！可是他那点事业，哼，外国人伸出一个小指头，就把他推倒在地，再也起不来！

王利发　您别这么说呀！难道咱们就一点盼望也没有了吗？

崔久峰　难说！很难说！你看，今天王大帅打李大帅，明天赵大帅又打王大帅。是谁叫他们打的？

王利发　谁？哪个混蛋？

崔久峰　洋人！

王利发　洋人？我不能明白！

崔久峰　慢慢地你就明白了。有那么一天，你我都得做亡国奴！我干过革命，我的话不是随便说的！

王利发　那么，您就不想想主意，卖卖力气，别叫大家做亡国奴？

崔久峰　我年轻的时候，以天下为己任，的确那么想过！现在，我可看透了，中国非亡不可！

王利发 那也得死马当活马治呀！

崔久峰 死马当活马治？那是妄想！死马不能再活，活马可早晚得死！好啦，我到弘济寺去，秦二爷再派人来找我，你就说，我只会念经，不会干别的！（下）

〔宋恩子、吴祥子又回来了。

王利发 二位！有什么消息没有？

〔宋恩子、吴祥子不语，坐在靠近门口的地方，看着刘麻子等。

〔刘麻子不知如何是好，低下头去。

〔老陈、老林也不知如何是好，相视无言。

〔静默了有一分钟。

老　陈 哥，走吧？

老　林 走！

宋恩子 等等！（立起来，挡住路）

老　陈 怎么啦？

吴祥子 （也立起）你说怎么啦？

〔四人呆呆相视一会儿。

宋恩子 乖乖地跟我们走！

老　林 上哪儿？

吴祥子 逃兵，是吧？有些块现大洋，想在北京藏起来，是吧？有钱就藏起来，没钱就当土匪，是吧？

老　陈 你管得着吗？我一个人揍你这样的八个。（要打）

宋恩子 你？可惜你把枪卖了，是吧？没有枪的干不过有枪的，是吧？（拍了拍身上的枪）我一个人揍你这样的八个！

老　林 都是弟兄，何必呢？都是弟兄！

吴祥子 对啦！坐下谈谈吧！你们是要命呢？还是要现大洋？

老　陈 我们那点钱来得不容易！谁发饷，我们给谁打仗，我们打过多少次仗啊！

宋恩子 逃兵的罪过，你们可也不是不知道！

老　林 咱们讲讲吧，谁叫咱们是弟兄呢！

吴祥子 这像句自己人的话！谈谈吧！

王利发 （在门口）诸位，大令过来了！

老　陈
老　林 啊！（惊惶失措，要往里边跑）

宋恩子 别动！君子一言，把现大洋分给我们一半，保你们俩没事！咱们是自己人！

老　林
老　陈 就那么办！自己人！

〔“大令”进来：二捧刀——刀缠红布——背枪者前导，手捧令箭的在中，四持黑红棍者在后。军官在最后压队。

吴祥子 （和宋恩子、老林、老陈一齐立正，从帽中取出证章，叫军官看）报告官长，我们正在这儿盘查一个逃兵。

军　官 就是他吗？（指刘麻子）

吴祥子 （指刘麻子）就是他！

军　官 绑！

刘麻子 （喊）老爷！我不是！不是！

军　官 绑！（同下）

吴祥子 （对宋）到后面抓两个学生！

宋恩子 走！（同往后疾走）

——幕落

第三幕

人　物　王大拴、明师傅、于厚斋、周秀花、邹福远、小宋恩子、王小花、卫福喜、小吴祥子、康顺子、方六、常四爷、丁宝、车当当、秦仲义、王利发、庞四奶奶、小心眼、茶客甲、乙、春梅、沈处长、小刘麻子、老杨、宪兵四人、取电灯费的、小二德子、小唐铁嘴、谢勇仁。

时　间　抗日战争胜利后，国民党特务和美国兵在北京横行的时候。秋，清晨。

地　点　同前幕。

〔幕启：现在，裕泰茶馆的样子可不像前幕那么体面了。藤椅已不见，代以小凳与条凳。自房屋至家具都显着暗淡无光。假若有什么突出惹眼的东西，那就是“莫谈国事”的纸条更多，字也更大了。在这些条子旁边还贴着“茶钱先付”的新纸条。

〔一清早，还没有下窗板。王利发的儿子王大拴，垂头丧气地独自收拾屋子。

〔王大拴的妻周秀花，领着小女儿王小花，由后面出来。她们一边走一边说话儿。

王小花　妈，晌午给我做点热汤面吧！好多天没吃过啦！

周秀花　我知道，乖！可谁知道买得着面买不着呢！就是粮食店里可巧有面，谁知道咱们有钱没有呢！唉！

王小花　就盼着两样都有吧！妈！

周秀花 你倒想得好，可哪能那么容易！去吧，小花，在路上留神吉普车！

王大拴 小花，等等！

王小花 干吗？爸！

王大拴 昨天晚上……

周秀花 我已经嘱咐过她了！她懂事！

王大拴 你大力叔叔的事万不可对别人说呀！说了，咱们全家都得死！明白吧？

王小花 我不说，打死我也不说！有人问我大力叔叔回来过没有，我就说：他走了好几年，一点消息也没有！

〔康顺子由后面走来。她的腰有点弯，但还硬朗。她一边走一边叫王小花。

康顺子 小花！小花！还没走哪！

王小花 康婆婆，干吗呀？

康顺子 小花，乖！婆婆再看你一眼！（抚弄王小花的头）多体面哪！吃得不足啊，要不然还得更好看呢！

周秀花 大婶，您是要走吧？

康顺子 是呀！我走，好让你们省点嚼谷呀！大力是我拉扯大的，他叫我走，我怎能不走呢？当初，我刚到这里的时候，他还没有小花这么高呢！

王小花 看大力叔叔现在多么壮实，多么大气！

康顺子 是呀，虽然他只在这儿坐了一袋烟的工夫呀，可是叫我年轻了好几岁！我本来什么也没有，一见着他呀，好像忽然间我什么都有啦！我走，跟着他走，受什么累，吃什么苦，也是香甜的！看他那两只大手，那两只大脚，简直是个顶天立地的男子汉！

王小花 婆婆，我也跟您去！

康顺子 小花，你乖乖地去上学，我会回来看你！

王大拴 小花，上学吧，别迟到！

王小花 婆婆，等我下了学您再走！

康顺子 哎！哎！去吧，乖！（王小花下）

王大拴 大婶，我爸爸叫您走吗？

康顺子 他还没打好了主意。我倒怕呀，大力回来的事儿万一叫人家知道了啊，我又忽然这么一走，也许要连累了你们！这年月不是天天抓人吗？我不能做对不起你们的事！

周秀花 大婶，您走您的，谁逃出去谁得活命！喝茶的不是常低声儿说：想要活命得上西山（北京西山一带当时是八路军的游击区）吗？

王大拴 对！

康顺子 小花的妈，来吧，咱们再商量商量！我不能专顾自己，叫你们吃亏！老大，你也好好想想！（同周秀花下）

〔丁宝进来。

丁　宝 嗨，掌柜的，我来啦！

王大拴 你是谁？

丁　宝 小丁宝！小刘麻子叫我来的，他说这儿的老掌柜托他请个女招待。

王大拴 姑娘，你看看，这么个破茶馆，能用女招待吗？我们老掌柜呀，穷得乱出主意！

〔王利发慢慢地走出来，他还硬朗，穿得可很不整齐。

王利发 老大，你怎么老在背后褒贬老人呢？谁穷得乱出主意呀？下板子去！什么时候了，还不开门！

〔王大拴去下窗板。

丁　宝　老掌柜，你硬朗啊？

王利发　嗯！要有炸酱面的话，我还能吃三大碗呢，可惜没有！十几了？姑娘！

丁　宝　十七！

王利发　才十七？

丁　宝　是呀！妈妈是寡妇，带着我过日子。胜利以后呀，政府硬说我爸爸给我们留下的一所小房子是逆产，给没收啦！妈妈气死了，我作了女招待！老掌柜，我到今天还不明白什么叫逆产，您知道吗？

王利发　姑娘，说话留点神！一句话说错了，什么都可以变成逆产！你看，这后边呀，是秦二爷的仓库，有人一瞪眼，说是逆产，就给没收啦！就是这么一回事！

〔王大拴回来。

丁　宝　老掌柜，您说对了！连我也是逆产，谁的胳臂粗，我就得侍候谁！他妈的，我才十七，就常想还不如死了呢！死了落个整尸首，干这一行，活着身上就烂了！

王大拴　爸，您真想要女招待吗？

王利发　我跟小刘麻子瞎聊来着！我一辈子老爱改良，看着生意这么不好，我着急！

王大拴　您着急，我也着急！可是，您就忘记老裕泰这个老字号了吗？六十多年的老字号，用女招待？

丁　宝　什么老字号啊！越老越不值钱！不信，我现在要是二十八岁，就是叫小小丁宝，小丁宝贝，也没人看我一眼！

〔茶客甲、乙上。

王利发 二位早班儿！带着叶子哪？老大拿开水去！（王大拴下）二位，对不起，茶钱先付！

茶客甲 没听说过！

王利发 我开过几十年茶馆，也没听说过！可是，您圣明：茶叶、煤球儿都一会儿一个价钱，也许您正喝着茶，茶叶又涨了价钱！您看，先收茶钱不是省得麻烦吗？

茶客乙 我看哪，不喝更省事！（同茶客甲下）

王大拴 （提来开水）怎么？走啦！

王利发 这你就明白了！

丁　宝 我要是过去说一声：“来了？小子！”他们准给一块现大洋！

王利发 你呀，老大，比石头还顽固！

王大拴 （放下壶）好吧，我出去遛遛，这里出不来气！（下）

王利发 你出不来气，我还憋得慌呢！

〔小刘麻子上，穿着洋服，夹着皮包。

小刘麻子 小丁宝，你来啦？

丁　宝 有你的话，谁敢不来呀！

小刘麻子 王掌柜，看我给你找来的小宝贝怎样？人才、岁数、打扮、经验，样样出色！

王利发 就怕我用不起吧？

小刘麻子 没的事！她不要工钱！是吧，小丁宝？

王利发 不要工钱？

小刘麻子 老头儿，你都甭管，全听我的，我跟小丁宝有我们一套办法！是吧，小丁宝？

丁　宝 要是没你那一套办法，怎会缺德呢！

小刘麻子　缺德？你算说对了！当初，我爸爸就是由这儿绑出去的；不信，你问王掌柜。是吧，王掌柜？

王利发　我亲眼得见！

小刘麻子　你看，小丁宝，我不乱吹吧？绑出去，就在马路中间，咔嚓一刀！是吧，老掌柜？

王利发　听得真真的！

小刘麻子　我不说假话吧？小丁宝！可是，我爸爸到底差点事，一辈子混得并不怎样。轮到我自己出头露面了，我必得干得特别出色。（打开皮包，拿出计划书）看，小丁宝，看看我的计划！

丁　宝　我没那么大的工夫！我看哪，我该回家，休息一天，明天来上工。

王利发　丁宝，我还没想好呢！

小刘麻子　王掌柜，我都替你想好啦！不信，你等着看，明天早上，小丁宝在门口儿歪着头那么一站，马上就进来二百多茶座儿！小丁宝，你听听我的计划，跟你有关系。

丁　宝　哼！但愿跟我没关系！

小刘麻子　你呀，小丁宝，不够积极！听着……

〔取电灯费的进来。

取电灯费的　掌柜的，电灯费！

王利发　电灯费？欠几个月的啦？

取电灯费的　三个月的！

王利发　再等三个月，凑半年，我也还是没办法！

取电灯费的　那像什么话呢？

小刘麻子　地道真话嘛！这儿属沈处长管。知道沈处长吧？市党部的委员，宪兵司令部的处长！你愿意收他的电费吗？说！

取电灯费的 什么话呢，当然不收！对不起，我走错了门儿！（下）

小刘麻子 看，王掌柜，你不听我的行不行？你那套光绪年的办法太守旧了！

王利发 对！要不怎么说，人要活到老学到老呢！我还得多学！

小刘麻子 就是嘛！

〔小唐铁嘴进来，穿着绸子夹袍，新缎鞋。

小刘麻子 哎哟，他妈的是你，小唐铁嘴！

小唐铁嘴 哎哟，他妈的是你，小刘麻子！来，叫爷爷看看！（看前看后）你小子行，洋服穿得像那么一回事，由后边看哪，你比洋人还更像洋人！老王掌柜，我夜观天象，紫微星发亮，不久必有真龙天子出现，所以你看我跟小刘麻子，和这位……

小刘麻子 小丁宝，九城闻名！

小唐铁嘴 ……和这位小丁宝，才都这么才貌双全，文武带打，我们是应运而生，活在这个时代，真是如鱼得水！老掌柜，把脸转正了，我看看！好，好，印堂发亮，还有一步好运！来吧，给我碗喝吧！

王利发 小唐铁嘴！

小唐铁嘴 别再叫唐铁嘴，我现在叫唐天师！

小刘麻子 谁封你作了天师？

小唐铁嘴 待两天你就知道了。

王利发 天师，可别忘了，你爸爸白喝了我一辈子的茶，这可不能世袭！

小唐铁嘴 王掌柜，等我穿上八卦仙衣的时候，你会后悔刚才说了什么！你等着吧！

小刘麻子 小唐，待会儿我请你去喝咖啡，小丁宝作陪，你先听我说点正经事，好不好？

小唐铁嘴 王掌柜，你就不想想，天师今天白喝你点茶，将来会给你个县知事做做吗？好吧，小刘你说！

小刘麻子 我这儿刚跟小丁宝说，我有个伟大的计划！

小唐铁嘴 好！洗耳恭听！

小刘麻子 我要组织一个“拖拉撕”。这是个美国字，也许你不懂，翻成北京话就是“包圆儿”。

小唐铁嘴 我懂！就是说，所有的姑娘全由你包办。

小刘麻子 对！你的脑力不坏！小丁宝，听着，这跟你有密切关系！甚至于跟王掌柜也有关系！

王利发 我这儿听着呢！

小刘麻子 我要把舞女、明娼、暗娼、吉普女郎和女招待全组织起来，成立那么一个大“拖拉撕”。

小唐铁嘴 （闭着眼问）官方上疏通好了没有？

小刘麻子 当然！沈处长作董事长，我当总经理！

小唐铁嘴 我呢？

小刘麻子 你要是能琢磨出个好名字来，请你作顾问！

小唐铁嘴 车马费不要法币！

小刘麻子 每月送几块美钞！

小唐铁嘴 往下说！

小刘麻子 业务方面包括买卖部、转运部、训练部、供应部，四大部。谁买姑娘，还是谁卖姑娘；由上海调运到天津，还是由汉口调运到重庆；训练吉普女郎，还是训练女招待；是供应美国军队，还是各级官员，都由公司统一承办，保证人人满意。你看怎样？

小唐铁嘴　太好！太好！在道理上，这合乎统制一切的原则。在实际上，这首先能满足美国兵的需要，对国家有利！

小刘麻子　好吧，你就给想个好名字吧！想个文雅的，像"柳叶眉，杏核眼，樱桃小口一点点"那种诗那么文雅的！

小唐铁嘴　嗯——"拖拉撕"，"拖拉撕"……不雅！拖进来，拉进来，不听话就撕成两半儿，倒好像是绑票儿撕票儿，不雅！

小刘麻子　对，是不大雅！可那是美国字，吃香啊！

小唐铁嘴　还是联合公司响亮、大方！

小刘麻子　有你这么一说！什么联合公司呢？

丁　宝　缺德公司就挺好！

小刘麻子　小丁宝，谈正经事，不许乱说！你好好干，将来你有做女招待总教官的希望！

小唐铁嘴　看这个怎样——花花联合公司？姑娘是什么？鲜花嘛！要姑娘就得多花钱，花呀花呀，所以花花！"青是山，绿是水，花花世界"，又有典故，出自《武家坡》！好不好？

小刘麻子　小唐，我谢谢你，谢谢你！（热烈握手）我马上找沈处长去研究一下，他一赞成，你的顾问就算当上了！（收拾皮包，要走）

王利发　我说，丁宝的事到底怎么办？

小刘麻子　没告诉你不用管吗？"拖拉撕"统办一切，我先在这里试验试验。

丁　宝　你不是说喝咖啡去吗？

小刘麻子　问小唐去不去？

小唐铁嘴　你们先去吧，我还在这儿等个人。

小刘麻子　咱们走吧，小丁宝！

丁　宝　明天见，老掌柜！再见，天师！　（同小刘麻子下）

小唐铁嘴　王掌柜，拿报来看看！

王利发　那，我得慢慢地找去。两年前的也许有几张！

小唐铁嘴　废话！

〔进来三位茶客：明师傅、邹福远和卫福喜。明师傅独坐，邹福远与卫福喜同坐。王利发都认识，向大家点头。

王利发　哥儿们，对不起啊，茶钱先付！

明师傅　没错儿，老哥哥！

王利发　唉！“茶钱先付”，说着都烫嘴！（忙着沏茶）

邹福远　怎样啊？王掌柜！晚上还添评书不添啊？

王利发　试验过了，不行！光费电，不上座儿！

邹福远　对！您看，前天我在会仙馆，开三侠四义五霸十雄十三杰九老十五小，大破凤凰山，百鸟朝凤，棍打凤腿，您猜上了多少座儿？

王利发　多少？那点书现在除了您，没有人会说！

邹福远　您说得在行！可是，才上了五个人，还有俩听蹭儿的！

卫福喜　师哥，无论怎么说，你比我强！我又闲了一个多月啦！

邹福远　可谁叫你跳了行，改唱戏了呢？

卫福喜　我有嗓子，有扮相嘛！

邹福远　可是上了台，你又不好好地唱！

卫福喜　妈的唱一出戏，挣不上三个杂合面饼子的钱，我干吗卖力气呢？我疯啦？

邹福远　唉！福喜，咱们哪，全叫流行歌曲跟《纺棉花》给顶垮喽！我是这么看，咱们死，咱们活着，还在其次，顶伤心的是咱们这点玩意儿，再过几年都得失传！咱们对不起祖师爷！常言道：

邪不侵正。这年头就是邪年头，正经东西全得连根儿烂！

王利发 唉！（转至明师傅处）明师傅，可老没来啦！

明师傅 出不来喽！包监狱里的伙食呢！

王利发 您！就凭您，办一二百桌满汉全席的手儿，去给他们蒸窝窝头？

明师傅 那有什么办法呢，现而今就是狱里人多呀！满汉全席？我连家伙都卖喽！

〔方六拿着几张画儿进来。

明师傅 六爷，这儿！六爷，那两桌家伙怎样啦？我等钱用！

方　六 明师傅，你挑一张画儿吧！

明师傅 啊？我要画儿干吗呢？

方　六 这可画得不错！六大山人、董弱梅画的！

明师傅 画得天好，当不了饭吃啊！

方　六 他把画儿交给我的时候，直掉眼泪！

明师傅 我把家伙交给你的时候，也直掉眼泪！

方　六 谁掉眼泪，谁吃炖肉，我都知道！要不怎么我累心呢！你当是干我们这一行，专凭打打小鼓就行哪？

明师傅 六爷，人总有颗人心哪，你还能坑老朋友吗？

方　六 一共不是才两桌家伙吗？小事儿，别再提啦，再提就好像不大懂交情了！

〔车当当敲着两块洋钱，进来。

车当当 谁买两块？买两块吧？天师，照顾照顾？（小唐铁嘴不语）

王利发 当当！别处转转吧，我连现洋什么模样都忘了！

车当当 那，你老人家就细细看看吧！白看，不用买票！（往桌上扔钱）

〔庞四奶奶进来，带着春梅。庞四奶奶的手上戴满各种戒指，打扮得像个女妖精。卖杂货的老杨跟进来。

小唐铁嘴 娘娘！

方　六
车当当 娘娘！

庞四奶奶 天师！

小唐铁嘴 侍候娘娘！（让庞四奶奶坐，给她倒茶）

庞四奶奶 （看车当当要出去）当当，你等等！

车当当 嗻！

老　杨 （打开货箱）娘娘，看看吧！

庞四奶奶 唱唱那套词儿，还倒怪有个意思！

老　杨 是！美国针、美国线、美国牙膏、美国消炎片。还有口红、雪花膏、玻璃袜子细毛线。箱子小，货物全，就是不卖原子弹！

庞四奶奶 哈哈哈！（挑了两双袜子）春梅，拿着！当当，你跟老杨算账吧！

车当当 娘娘，别那么办哪！

庞四奶奶 我给你拿的本钱，利滚利，你欠我多少啦，天师，查账！

小唐铁嘴 是！（掏小本）

车当当 天师，你甭操心，我跟老杨算去！

老　杨 娘娘，您行好吧！他能给我钱吗？

庞四奶奶 老杨，他坑不了你，都有我呢！

老　杨 是！（向众）还有哪位照顾照顾？（又要唱）美国针……

庞四奶奶 听够了！走！

老　杨 是！美国针、美国线，我要不走是浑蛋！走，当当！（同车当当下）

方　六 （过来）娘娘，我得到一堂景泰蓝的五供儿，东西老，地道，也便宜，坛上用顶体面，您看看吧？

庞四奶奶 请皇上看看吧！

方　六 是！皇上不是快登基了吗？我先给您道喜！我马上取去，送到坛上！娘娘多给美言几句，我必有份人心！（往外走）

明师傅 六爷，我的事呢？！

方　六 你先给我看着那几张画！（下）

明师傅 你等等！坑我两桌家伙，我还有把切菜刀呢！（追下）

庞四奶奶 王掌柜，康妈妈在这儿哪？请她出来！

小唐铁嘴 我去！（跑到后门）康老太太，您来一下！

王利发 什么事？

小唐铁嘴 朝廷大事！

〔康顺子上。

康顺子 干什么呀？

庞四奶奶 （迎上去）婆母！我是您的四侄媳妇，来接您，快坐下吧！（拉康顺子坐下）

康顺子 四侄媳妇？

庞四奶奶 是呀，您离开庞家的时候，我还没过门哪。

康顺子 我跟庞家一刀两断啦，找我干吗？

庞四奶奶 您的四侄子海顺呀，是三皇道的大坛主，国民党的大党员，又是沈处长的把兄弟，快做皇上啦，您不喜欢吗？

康顺子 快做皇上？

庞四奶奶 啊！龙袍都做好啦，就快在西山登基了！

康顺子 在西山？

小唐铁嘴 老太太，西山一带有八路军。庞四爷在那一带登基，消灭八路，南京能够不愿意吗？

庞四奶奶 四爷呀都好，近来可是有点贪酒好色。他已经弄了好几个小老婆！

小唐铁嘴 娘娘，三宫六院七十二嫔妃，可有书可查呀！

庞四奶奶 你不是娘娘，怎么知道娘娘的委屈！老太太，我是这么想：您要是跟我一条心，我叫您作老太后，咱们俩一齐管着皇上，我这个娘娘不就好做一点了吗？老太太，您跟我去，吃好的喝好的，兜儿里老带着那么几块当当响的洋钱，够多么好啊！

康顺子 我要是不跟你去呢？

庞四奶奶 啊？不去？（要翻脸）

小唐铁嘴 让老太太想想，想想！

康顺子 用不着想，我不会再跟庞家的人打交道！四媳妇，你作你的娘娘，我作我的苦老婆子，谁也别管谁！刚才你要瞪眼睛，你当我怕你吗？我在外边也混了这么多年，磨炼出来点了，谁跟我瞪眼，我会伸手打！（立起，往后走）

小唐铁嘴 老太太！老太太！

康顺子 （立住，转身对小唐铁嘴）你呀，小伙子，挺起腰板来，去挣碗干净饭吃，不好吗？（下）

庞四奶奶 （移怒于王利发）王掌柜，过来！你去跟那个老婆子说说，说好了，我送给你一袋子白面！说不好，我砸了你的茶馆！天师，走！

小唐铁嘴 王掌柜，我晚上还来，听你的回话！

王利发 万一我下半天就死了呢？

庞四奶奶 呸！你还不该死吗？（与小唐铁嘴、春梅同下）

王利发 哼！

邹福远 师弟，你看这算哪一出？哈哈哈！

卫福喜 我会二百多出戏，就是不懂这一出！你知道那个娘儿们的出身吗？

邹福远 我还能不知道！东霸天的女儿，在娘家就生过……得，别细说，我看这群浑蛋都有点回光返照，长不了！

〔王大拴回来。

王利发 看着点，老大。我到后面商量点事！（下）

小二德子 （在外边大吼一声）闪开了！（进来）大拴哥，沏壶顶好的，我有钱！（掏出四块现洋，一块一块地放下）给算算，刚才花了一块，这儿还有四块，五毛打一个，我一共打了几个？

王大拴 十个。

小二德子 （用手指算）对！前天四个，昨天六个，可不是十个！大拴哥，你拿两块吧！没钱，我白喝你的茶；有钱，就给你！你拿吧！（吹一块，放在耳旁听听）这块好，就一块当两块吧，给你！

王大拴 （没接钱）小二德子，什么生意这么好啊？现大洋不容易看到啊！

小二德子 念书去了！

王大拴 把"一"字都念成扁担，你念什么书啊？

小二德子 （拿起桌上的壶来，对着壶嘴喝了一气，低声说）市党部派我去的，法政学院。没当过这么美的差事，太美，太过瘾！比在天桥好得多！打一个学生，五毛现洋！昨天揍了几个来着？

王大拴 六个。

小二德子 对！里边还有两个女学生！一拳一拳地下去，太美，太过瘾！大拴哥，你摸摸，摸摸！（伸臂）铁筋洋灰的！用这个揍男女学生，你想想，美不美？

王大拴 他们就那么老实，乖乖地叫你打？

小二德子 我专找老实的打呀！你当我是傻子哪？

王大拴 小二德子，听我说，打人不对！

小二德子 可也难说！你看教党义的那个教务长，上课先把手枪拍在桌上，我不过抡抡拳头，没动手枪啊！

王大拴 什么教务长啊，流氓！

小二德子 对！流氓！不对，那我也是流氓喽！大拴哥，你怎么绕着脖子骂我呢？大拴哥，你有骨头！不怕我这铁筋洋灰的胳臂！

王大拴 你就是把我打死，我不服你还是不服你，不是吗？

小二德子 喝，这么绕脖子的话，你怎么想出来的？大拴哥，你应当去教党义，你有文才！好啦，反正今天我不再打学生！

王大拴 干吗光是今天不打？永远不打才对！

小二德子 不是今天我另有差事吗？

王大拴 什么差事？

小二德子 今天打教员！

王大拴 干吗打教员？打学生就不对，还打教员？

小二德子 上边怎么交派，我怎么干！他们说，教员要罢课。罢课就是不老实，不老实就得揍！他们叫我上这儿等着，看见教员就揍！

邹福远 （嗅出危险）师弟，咱们走吧！

卫福喜 走！（同邹福远下）

小二德子 大拴哥，你拿着这块钱吧！

王大拴 打女学生的钱，我不要！

小二德子 （另拿一块）换换，这块是打男学生的，行了吧？（看王大拴还是摇头）这么办，你替我看着点，我出去买点好吃的，请

请你，活着还不为吃点喝点老三点吗？（收起现洋，下）

〔康顺子提着小包出来。王利发与周秀花跟着。

康顺子 王掌柜，你要是改了主意，不让我走，我还可以不走！

王利发 我……

周秀花 庞四奶奶也未必敢砸茶馆！

王利发 你怎么知道？三皇道是好惹的？

康顺子 我顶不放心的还是大力的事！只要一走漏了消息，大家全完！那比砸茶馆更厉害！

王大拴 大婶，走！我送您去！爸爸，我送送她老人家，可以吧？

王利发 嗯——

周秀花 大婶在这儿受了多少年的苦，帮了咱们多少忙，还不应当送送？

王利发 我并没说不叫他送！送！送！

王大拴 大婶，等等，我拿件衣服去！（下）

周秀花 爸，您怎么啦？

王利发 别再问我什么，我心里乱！一辈子没这么乱过！媳妇，你先陪大婶走，我叫老大追你们！

大婶，外边不行啊，就还回来！

周秀花 老太太，这儿永远是您的家！

王利发 可谁知道也许……

康顺子 我也不会忘了你们！老掌柜，你硬硬朗朗的吧！（同周秀花下）

王利发 （送了两步，立住）硬硬朗朗的干什么呢？

〔谢勇仁和于厚斋进来。

谢勇仁 （看看墙上，先把茶钱放在桌上）老人家，沏一壶来。（坐）

王利发 （先收钱）好吧。

于厚斋　勇仁，这恐怕是咱们末一次坐茶馆了吧？

谢勇仁　以后我倒许常来。我决定改行，去蹬三轮儿！

于厚斋　蹬三轮一定比当小学教员强！

谢勇仁　我偏偏教体育，我饿，学生们饿，还要运动，不是笑话吗？

〔王小花跑进来。

王利发　小花，怎这么早就下了学呢？

王小花　老师们罢课啦！（看见于厚斋、谢勇仁）于老师，谢老师！你们都没上学去，不教我们啦？还教我们吧！见不着老师，同学们都哭啦！我们开了个会，商量好，以后一定都守规矩，不招老师们生气！

于厚斋　小花！老师们也不愿意耽误了你们的功课。可是，吃不上饭，怎么教书呢？我们家里也有孩子，为教别人的孩子，叫自己的孩子挨饿，不是不公道吗？好孩子，别着急，喝完茶，我们开会去，也许能够想出点办法来！

谢勇仁　好好在家温书，别乱跑去，小花！

〔王大拴由后面出来，夹着个小包。

王小花　爸，这是我的两位老师！

王大拴　老师们，快走！他们埋伏下了打手！

王利发　谁？

王大拴　小二德子！他刚出去，就回来！

王利发　二位先生，茶钱退回，（递钱）请吧！快！

王大拴　随我来！

〔小二德子上。

小二德子　街上有游行的，他妈的什么也买不着！大拴哥，你上哪儿？这俩是谁？

王大拴　喝茶的！（同于厚斋、谢勇仁往外走）

小二德子　站住！（三人还走）怎么？不听话？先揍了再说！

王利发　小二德子！

小二德子　（拳已出去）尝尝这个！

谢勇仁　（上面一个嘴巴，下面一脚）尝尝这个！

小二德子　哎哟！（倒下）

王小花　该！该！

谢勇仁　起来，再打！

小二德子　（起来，捂着脸）喝！喝！（往后退）喝！

王大拴　快走！（扯二人下）

小二德子　（迁怒）老掌柜，你等着吧，你放走了他们，待会儿我跟你算账！打不了他们，还打不了你这个糟老头子吗？（下）

王小花　爷爷，爷爷！小二德子追老师们去了吧？那可怎么好！

王利发　他不敢！这路人我见多了，都是软的欺，硬的怕！

王小花　他要是回来打您呢？

王利发　我？爷爷会说好话呀。

王小花　爸爸干什么去了？

王利发　出去一会儿，你甭管！上后边温书去吧，乖！

王小花　老师们可别吃了亏呀，我真不放心！（下）

〔丁宝跑进来。

丁　宝　老掌柜，老掌柜！告诉你点事！

王利发　说吧，姑娘！

丁　宝　小刘麻子呀，没安着好心，他要霸占这个茶馆！

王利发　怎么霸占？这个破茶馆还值得他们霸占？

丁　宝　待会儿他们就来，我没工夫细说，你打个主意吧！

王利发　姑娘，我谢谢你！

丁　宝　我好心好意来告诉你，你可不能卖了我呀！

王利发　姑娘，我还没老糊涂了！放心吧！

丁　宝　好！待会儿见！（下）

〔周秀花回来。

周秀花　爸，他们走啦。

王利发　好！

周秀花　小花的爸说，叫您放心，他送到了地方就回来。

王利发　回来不回来都随他的便吧！

周秀花　爸，您怎么啦？干吗这么不高兴？

王利发　没事！没事！看小花去吧。她不是想吃热汤面吗？要是还有点面的话，给她做一碗吧，孩子怪可怜的，什么也吃不着！

周秀花　一点白面也没有！我看看去，给她做点杂合面疙瘩汤吧！（下）

〔小唐铁嘴回来。

小唐铁嘴　王掌柜，说好了吗？

王利发　晚上，晚上一定给你回话！

小唐铁嘴　王掌柜，你说我爸爸白喝了一辈子的茶，我送你几句救命的话，算是替他还账吧。告诉你，三皇道现在比日本人在这儿的时候更厉害，砸你的茶馆比砸个砂锅还容易！你别太大意了！

王利发　我知道！你既买我的好，又好去对娘娘表表功！是吧？

〔小宋恩子和小吴祥子进来，都穿着新洋服。

小唐铁嘴　二位，今天可够忙的？

小宋恩子　忙得厉害！教员们大暴动！

王利发　二位，“罢课”改了名儿，叫“暴动”啦？

小唐铁嘴　怎么啦？

小吴祥子　他们还能反到天上去吗？到现在为止，已经抓了一百多，打了七十几个，叫他们反吧！

小宋恩子　太不知好歹！他们老老实实的，美国会送来大米、白面嘛！

小唐铁嘴　就是！二位，有大米、白面，可别忘了我！以后，给大家的坟地看风水，我一定尽义务！好！二位忙吧！（下）

小吴祥子　你刚才问，“罢课”改叫“暴动”啦？王掌柜！

王利发　岁数大了，不懂新事，问问！

小宋恩子　哼！你就跟他们是一路货！

王利发　我？您太高抬我啦！

小吴祥子　我们忙，没工夫跟你费话，说干脆的吧！

王利发　什么干脆的？

小宋恩子　教员们暴动，必有主使的人！

王利发　谁？

小吴祥子　昨天晚上谁上这儿来啦？

王利发　康大力！

小宋恩子　就是他！你把他交出来吧！

王利发　我要是知道他是哪路人，还能够随便说出来吗？我跟你们的爸爸打交道多少年，还不懂这点道理？

小吴祥子　甭跟我们拍老腔，说真的吧！

王利发　交人，还是拿钱，对吧？

小宋恩子　你真是我爸爸教出来的！对啦，要是不交人，就把你的金条拿出来！别的铺子都随开随倒，你可混了这么多年，必定有点儿底！

〔小二德子匆匆跑来。

小二德子　快走！街上的人不够用啦！快走！

小吴祥子 你小子管干吗的？

小二德子 我没闲着，看，脸都肿啦！

小宋恩子 掌柜的，我们马上回来，你打主意吧！

王利发 不怕我跑了吗？

小吴祥子 老梆子，你真斗气儿！你跑到阴间去，我们也会把你抓回来！（打了王利发一掌，同小宋恩子、小二德子下）

王利发 （向后叫）小花！小花的妈！

周秀花 （同王小花跑出来）我都听见了！怎么办？

王利发 快走！追上康妈妈！快！

王小花 我拿书包去！（下）

周秀花 拿上两件衣裳，小花！爸，剩您一个人怎么办？

王利发 这是我的茶馆，我活在这儿，死在这儿！

〔王小花挎着书包，夹着点东西跑回来。

周秀花 爸爸！

王小花 爷爷！

王利发 都别难过，走！（从怀中掏出所有的钱和一张旧相片）媳妇，拿着这点钱！小花，拿着这个，老裕泰三十年前的相片，交给你爸爸！走吧！

〔小刘麻子同丁宝回来。

小刘麻子 小花，教员罢课，你住姥姥家去呀？

王小花 对啦！

王利发 （假意地）媳妇，早点回来！

周秀花 爸，我们住两天就回来！（同王小花下）

小刘麻子 王掌柜，好消息！沈处长批准了我的计划！

王利发 大喜，大喜！

小刘麻子 您也大喜，处长也批准修理这个茶馆！我一说，处长说好！他呀老把“好”说成“蒿”，特别有个洋味儿！

王利发 都是怎么一回事？

小刘麻子 从此你算省心了！这儿全属我管啦，你搬出去！我先跟你说好了，省得以后你麻烦我！

王利发 那不能！凑巧，我正想搬家呢。

丁　宝 小刘，老掌柜在这儿多少年啦，你就不照顾他一点儿吗？

小刘麻子 看吧！我办事永远厚道！王掌柜，我接处长去，叫他看看这个地方。你把这儿好好收拾一下！小丁宝，你把小心眼找来，迎接处长！带点香水，好好喷一气，这里臭烘烘的！走！（同丁宝下）

王利发 好！真好！太好！哈哈哈！

〔常四爷提着小筐进来，筐里有些纸钱和花生米。他虽年过七丨，可是腰板还不太弯。

常四爷 什么事这么好哇，老朋友！

王利发 哎哟！常四哥！我正想找你这么一个人说说话儿呢！我沏一壶顶好的茶来，咱们喝喝！（去沏茶）

〔秦仲义进来。他老得不像样子了，衣服也破旧不堪。

秦仲义 王掌柜在吗？

常四爷 在！您是……

秦仲义 我姓秦。

常四爷 秦二爷！

王利发 （端茶来）谁？秦二爷？正想去告诉您一声，这儿要大改良！坐！坐！

常四爷 我这儿有点花生米，（抓）喝茶吃花生米，这可真是个乐子！

秦仲义 可是谁嚼得动呢？

王利发 看多么邪门，好容易有了花生米，可全嚼不动！多么可笑！怎样啊？秦二爷！（都坐下）

秦仲义 别人都不理我啦，我来跟你说说：我到天津去了一趟，看看我的工厂！

王利发 不是没收了吗？又物归原主啦？这可是喜事！

秦仲义 拆了！

常四爷
王利发 拆了？

秦仲义 拆了！我四十年的心血啊，拆了！别人不知道，王掌柜你知道：我从二十多岁起，就主张实业救国。到而今……抢去我的工厂，好，我的势力小，干不过他们！可倒好好地办哪，那是富国裕民的事业呀！结果，拆了，机器都当碎铜烂铁卖了！全世界，全世界找得到这样的政府找不到？我问你！

王利发 当初，我开得好好的公寓，您非盖仓库不可。看，仓库查封，货物全叫他们偷光！当初，我劝您别把财产都出手，您非都卖了开工厂不可！

常四爷 还记得吧？当初，我给那个卖小妞的小媳妇一碗面吃，您还说风凉话呢。

秦仲义 现在我明白了！王掌柜，求你一件事吧：（掏出一二机器小零件和一支钢笔管来）工厂拆平了，这是我由那儿捡来的小东西。这支笔上刻着我的名字呢，它知道，我用它签过多少张支票，写过多少计划书。我把它们交给你，没事的时候，你可以跟喝茶的人们当个笑话谈谈，你说呀：当初有那么一个不知好歹的秦某人，爱办实业。办了几十年，临完他只由工厂的土堆里捡回来这么点小东西！你应当劝告大家，有钱哪，就该吃喝嫖赌，胡作非为，可千万别干好事！告诉他们哪，秦某人七十多岁了才明白这点大道理！他是天生来的笨蛋！

王利发 您自己拿着这支笔吧，我马上就搬家啦！

常四爷 搬到哪儿去？

王利发 哪儿不一样呢！秦二爷，常四爷，我跟你们不一样：二爷财大业大心胸大，树大可就招风啊！四爷你，一辈子不服软，敢作敢当，专打抱不平。我呢，作了一辈子顺民，见谁都请安、鞠躬、作揖。我只盼着呀，孩子们有出息，冻不着，饿不着，没灾没病！可是，日本人在这儿，二拴子逃跑啦，老婆想儿子想死啦！好容易，日本人走啦，该缓一口气了吧？谁知道，（惨笑）哈哈，哈哈，哈哈！

常四爷 我也不比你强啊！自食其力，凭良心干了一辈子啊，我一事无成！七十多了，只落得卖花生米！个人算什么呢，我盼哪，盼哪，只盼国家像个样儿，不受外国人欺侮。可是……哈哈！

秦仲义 日本人在这儿，说什么合作，把我的工厂就合作过去了。咱们的政府回来了，工厂也不怎么又变成了逆产。仓库里（指后边）有多少货呀，全完！哈哈！

王利发 改良，我老没忘了改良，总不肯落在人家后头。卖茶不行啊，开公寓。公寓没啦，添评书！评书也不叫座儿呀，好，不怕丢人，想添女招待！人总得活着吧？我变尽了方法，不过是为活下去！是呀，该贿赂的，我就递包袱。我可没做过缺德的事，伤天害理的事，为什么就不叫我活着呢？我得罪了谁？谁？皇上，娘娘那些狗男女都活得有滋有味的，单不许我吃窝窝头，谁出的主意？

常四爷 盼哪，盼哪，只盼谁都讲理，谁也不欺侮谁！可是，眼看着老朋友们个个的不是饿死，就是叫人家杀了，我呀就是有眼泪也流不出来喽！松二爷，我的朋友，饿死啦，连棺材还是我给他化缘化来的！他还有我这么个朋友，给他化了一口四块板的棺材；我自己呢？我爱咱们的国呀，可是谁爱我呢？看，（从筐中拿出些纸钱）遇见出殡的，我就捡几张纸钱。没有寿衣，没有棺材，我只好给自己预备下点纸钱吧，哈哈，哈哈！

秦仲义 四爷，让咱们祭奠祭奠自己，把纸钱撒起来，算咱们三个老头子的吧！

王利发 对！四爷，照老年间出殡的规矩，喊喊！

常四爷 （立起，喊）四角儿的跟夫，本家赏钱一百二十吊！（撒起几张纸钱）

秦仲义
王利发 一百二十吊！

秦仲义 （一手拉住一个）我没的说了，再见吧！（下）

王利发 再见！

常四爷 再喝你一碗！（一饮而尽）再见！（下）

王利发 再见！

〔丁宝与小心眼进来。

丁　宝 他们来啦，老大爷！（往屋中喷香水）

王利发 好，他们来，我躲开！（捡起纸钱，往后边走）

小心眼 老大爷，干吗撒纸钱呢？

王利发 谁知道！（下）

〔小刘麻子进来。

小刘麻子 来啦！一边一个站好！

〔丁宝、小心眼分左右在门内立好。

〔门外有汽车停住声，先进来两个宪兵。沈处长进来，穿军便服；高靴，带马刺，手执小鞭。后面跟着二宪兵。

沈处长 （检阅似的，看丁宝、小心眼，看完一个说一声）好（蒿）！

〔丁宝摆上一把椅子，请沈处长坐。

小刘麻子 报告处长，老裕泰开了六十多年，九城闻名，地点也好，借着这个老字号，作我们的一个据点，一定成功！我打算照旧卖茶，派（指）小丁宝和小心眼作招待。有我在这儿监视着三教九流，各色人等，一定能够得到大量的情报，捉拿共产党！

沈处长 好（蒿）！

〔丁宝由宪兵手里接过骆驼牌烟，上前献烟；小心眼接过打火机，点烟。

小刘麻子 后面原来是仓库，货物已由处长都处理了，现在空着。我打算修理一下，中间作小舞厅，两旁布置几间卧室，都带卫生设备。处长清闲的时候，可以来跳跳舞，玩玩牌，喝喝咖啡。天晚了，高兴住下，您就住下。这就算是处长个人的小俱乐部，由我管理，一定要比公馆里更洒脱一点，方便一点，热闹一点！

沈处长 好（蒿）！

丁　宝 处长，我可以请示一下吗？

沈处长 好（蒿）！

丁　宝 这儿的老掌柜怪可怜的。好不好给他做一身制服，叫他看看门，招呼贵宾们上下汽车？他在这儿几十年了，谁都认识他，简直可以算是老头儿商标！

沈处长 好（蒿）！传！

小刘麻子　是！（往后跑）王掌柜！老掌柜！我爸爸的老朋友，老大爷！（入。过一会儿又跑回来）报告处长，他也不知怎么上了吊，吊死啦！

沈处长　好（蒿）！好（蒿）！

——幕落·全剧终

（北京人民艺术剧院于1958年首演）

豫　剧

朝　阳　沟

杨兰春

人物表

拴　保　银　环　拴保娘

银环妈　支　书　二大娘

拴保爹　巧　真　老小孩

伶　歌　男女群众

第一场

〔一九五八年的春末夏初。一阵欢快的音乐催开前幕，露出公园一角。一道围墙横贯舞台，墙外新建的工厂、楼房隐约可见。台中有一小花坛，坛中有几朵盛开的月季、牡丹。花坛前放一张连椅。

〔匆匆跑来一位姑娘，她不停地东张西望，好像有什么心事在怀。

〔人样长得也很漂亮，脸蛋白中透红，一对大眼水灵灵，不用打扮自来俊，上下匀称好齐整。上穿大方格外套，内套雪白大翻领衬衣，下穿一条果绿裤。留着两条长辫子，挎一书包，拿一本《中国青年》，给人一种急躁之感。她坐在长椅上，乱翻了几页《中国青年》，若有所思……

银　环（唱）

桃花谢梨花落春回冬去，
一转眼又半年又愁又急。
祖国的大建设一日千里，
看不完数不尽胜利消息。
农村是青年人广阔天地，

同学们走一批又一批毫不犹豫。

妈呀妈，你何时同意让我去，

恨不能插上翅膀飞。

你呀你，我写信催你不见你，

我人在城市心在山区。

莫非是你在生我的气，

难道说你县里没有邮局？（心事重重地下）

〔拴保上。拴保家住朝阳沟，他是银环的未婚夫，扬场摇耧是能手，干活像头小牤牛。他是一位老实厚道的青年，但也有点不大不小的脾气。他一手提一帆布兜，一手拿一小喇叭，东张西望向四周环视了一圈。口喊：“银环！”（一顿足）

拴　保　（唱）王银环你太不该。

〔银环上。

银　环　（唱）我左等右盼你不来。

拴　保　（唱）我来找你你不在。

银　环　（唱）见了面我看你怎把口开。

〔两人碰面。

拴　保　银环，你等急了吧？

银　环　信你收到了？

拴　保　不接到信大忙天还能来？你看，我买了个小喇叭，白天一块劳动，晚上一块听听新闻，欣赏欣赏歌曲。给，我把相片也取出来了。（把照片递给银环）你娘批准你了没有？（见银环坐在长椅上擦泪）哎呀，我就怕你这一手，要去就走，有话就……那是哭啥哩？

银　环　（唱）昨夜晚我一提起下乡劳动，

俺娘俩来了场激烈斗争。
她指着我脑门对着我脸，
高一声低一句骂破喉咙。
她骂你："狗肉上不了大席面，
萤火虫变不成探照灯。"
她骂我："死丫头越变越不争气，
白白供你上高中。"
她说得轻了我不搭理，
我说得重了她骂得更凶。
开口骂我不孝顺，
闭口骂我是糊涂虫。
一晚上没有关电灯，
脚踩着门台骂到天明，
她一直骂我到七点钟。

拴　保　我早就说，叫你娘一块搬到农村去，不能干重活干点轻活，不能干轻活，看看庄稼敲敲钟。一来给农业帮点忙，二来也给城市减轻点负担。

银　环　我给她说够一百回了，我一张嘴她就说："我还怕狼吃了我咧！"

拴　保　那俺老几辈都在那儿等着喂狼哩？我去给她说。（欲走）

银　环　你去？她不把你骂死。

拴　保　你说咋办哩？

银　环　我也没办法。

拴　保　到底自己有决心没有啊？

银　环　没有决心，一封信一封信地给你写？

拴　保　去信还不是光听打雷不下雨。

银　环　哎呀，你才参加几天劳动，说话就这么气粗！当初你才回家参加劳动，不和我现在一样，也怕你爹妈说你丢人。

拴　保　我总算斗争胜利了，你哩？

银　环　我就不能斗争胜利了？

拴　保　你啥时候才能斗争胜利呀？

银　环　啥时候斗争胜利啥时候算！

拴　保　哦，你要斗争二十年，我也等你二十年？

银　环　咦，还没结婚哩，说话就光想教训个人。我要是和你结了婚，你还喝口凉水把我咽了咧！

拴　保　银环，咱都冷静点好吧。

银　环　别理我！

拴　保　银环！

（唱）自从你写信要到家乡，
俺全家天天都为你忙。
俺的爹为你修房子，
俺的娘为你做衣裳。
小妹妹听说你要往家去，
她给你腾了一张床。
你早上不来等晌午，
晌午不来等后晌。
今天等来明天盼，
等你盼你想你念你，
谁知道你的心比那冰棍还凉。

银　环　（唱）我是去也难来不去也难，
为这事愁得我整夜失眠。

中学生去劳动有成千上万，
谁愿意待在家游手好闲。
不怨天不怨地光怨我自己，
有钱难买后悔药，
我后悔也枉然。

拴　保　今儿我还得赶回去，等你娘啥时候批准你了，我再来接你。

银　环　唉！我真后悔。

拴　保　你后悔啥？

银　环　去年暑假党号召同学们参加农业生产，你是头一个报名，我是第二个报名，女同学中间谁也没有我坚决，我一心把青春献给农业建设。谁知等了半年也没有等通我妈的思想，后悔没有跟你一块下去。

拴　保　现在去也不晚。

银　环　她要不叫去呢？

拴　保　给她来个先斩后奏，一碗水泼到地上，她想收也收不起来。

银　环　她要是撵到路上呢？

拴　保　撵到路上再说。挪一步总比站着强吧。

银　环　（斗争片刻）走就走，早晚少不了这一回。

拴　保　走吧，走吧，夜长梦多。

〔两人走了几步，银环犹豫。

银　环　拴保，我看还是跟俺妈商量商量。

拴　保　商量，再商量第三个五年计划就快完成了。

银　环　哪儿还在乎这几天。

拴　保　全国都像你，“大跃进”就变成大慢进了，这个洋工我一天也不磨了。把相片给我。

银　环　给你？

拴　保　给我。

银　环　咋啦，也不是光照的你一个人，还有我一份呢。

拴　保　把我那一半撕掉。

银　环　你敢！

拴　保　你看我敢不敢！

银　环　好、好，你撕吧，你撕吧！

拴　保　（抢过挎包，从里面拿出照片，后从纸袋中抽出照片藏在兜里，将纸袋撕碎扔在地上）你看我敢不敢。好、好！跟你娘守着那个纸烟摊，坐着吃一辈子吧！（下）

〔银环气急地坐在长椅上。同学甲、乙、丙上。

同学丙　银环，

（唱）咱们如同亲姐妹，

志同道合寸步不离。

党号召咱到农村去，

你表示态度也积极。

今天拴保来接你，

希望你不要再犹豫。

同学甲　（唱）光说去，你不去，

同学乙　（唱）雷声大来雨点稀。

同学甲　（唱）钢精锅里来炒菜，

同学乙　（唱）热得快来冷得疾。

同学甲　（唱）我也不怕你生气，

同学乙　（唱）最后一次对你提。

同学甲　（唱）请你考虑再考虑，

同学乙　（唱）我为你着急真着急。

同学丙　（制止两人，唱）

同学们提意见都是好意，

银　环　（唱）我的苦处对谁提。

毕业后升大学我没争取，

剧团里来联系我原信退回。

下决心要走上农业战线，

您走一步我跟一步决不犹豫。

同学丙　好，俺该走了，希望你和拴保同志并肩前进。再见！（和银环握手）

同学甲　王银环，到地方给你来信，再见！（握手）

同学乙　再见！（握手，三人同下）

〔银环望着他们去远。传来欢送下乡学生的锣鼓声。

银　环　（唱）红旗飘锣鼓催我坐立不定，

忘不了同学们一片真情。

我又想哭又想笑又急又闷，

王银环你究竟算哪一行人？（坐在长椅上落泪）

〔拴保上。

拴　保　又哭了不是？

银　环　我还笑哩！

拴　保　我只问你一句话，你去不去？

银　环　那说不定。

拴　保　你要去我欢迎，你不去咱各奔前程。

银　环　我就是去也是为了建设社会主义，也不是为了你。

拴　保　好，但愿如此。

银　环　一个人的思想变化，连他自己也掌握不住。昨天还是欢天喜地，说不定今天就目瞪眼翻。

拴　保　你是说我咧？

银　环　不吃辣椒心不发烧，你何必心虚呢？

拴　保　银环，你不去就把俺娘急死了。

银　环　你明白，我要去了就把俺妈愁死了。

拴　保　俺娘跟你娘不一样啊！

银　环　咋，你娘是娘，俺娘就不是娘？

拴　保　银环！

（唱）你娘愁俺娘也愁，

两个娘愁的不相投。

俺娘盼你回家去，

变成生产劳动能手。

你娘盼你留城市，

拉住后腿死不丢。

跟你找个有钱户，

大把票子顺手流。

两条道路由你走，

你要是不愿去我不强求。（把照片扔给银环，跑下）

银　环　（发现照片完整无损，急站起）拴保——（追下）

第二场

〔紧接前场。

〔山清水秀，百鸟齐鸣，果树成行，梯田层层。一条水渠绕山蜿蜒而过。

（幕后女声合唱）

走一道岭来翻过一架山——

〔拴保领银环上。

〔银环顿感满眼新鲜，兴奋异常，摘了一朵小红花儿夹在本子里……

银　环　（唱）走一道岭来翻过一架山，

山沟里空气好实在新鲜。

这架山好像狮子昂首立站，

那道岭丹凤朝阳两翅扇。

清凌凌一股水春夏不断，

往上看通到跌水岩，

好像珍珠倒卷帘。

漫坡的野花一片又一片，

梯田层层把山腰缠。

小野兔东蹦西跑穿山跳涧，

这又是什么鸟点头叫唤？

牛爬坡羊登山羊快牛慢，

一对羊乱抵头牛在撒欢，

小牧童喊一声甩了个响鞭。

一行行果树一道道堰，

花红李果像蒜瓣把树枝压弯。

油菜花随风摆蝴蝶飞舞，

麦苗儿绿油油好像绒毡。

朝阳沟好地方名不虚传，

在这里，在这里一辈子我也住不烦。

拴　保　又激动了不是？

银　环　太激动了！

拴　保　咱们走吧。

银　环　（兴高采烈地）走！

拴　保　（唱）翻过了一架山走过一道洼。

银　环　（唱）这块地种的是什么庄稼？

拴　保　（唱）这块种的是谷子，

那块种的是倭瓜。

银　环　（唱）这一片我知道是玉米，

不用说那片是蓖麻。

拴　保　（唱）它不是蓖麻是棉花。

银　环　（唱）我认识这块是荆芥，

拴　保　（唱）它不是荆芥是芝麻。

希望你到咱家，

知道啥再说啥，

别光说那外行话，

街坊邻居听见了，

不笑出眼泪也笑掉牙。

〔银环咯咯大笑。巧真担水桶上。巧真，拴保的妹妹，十四五岁，她聪明伶俐爱说爱笑，不管在什么场合对什么人，也心不怯胆不怵。虽然是一小角色，但她却起到如同味精调味的作用。

巧　真　哥——咦，来了！（放下水桶扭头就跑，边跑边喊）来了，来了！（跑下）

〔拴保担水桶与银环同下。

第三场

〔紧接前场。

〔拴保家。

〔墙上挂有毛主席像。贴有一副对联。上联：翻身不忘共产党，下联：幸福不忘毛主席。横批：毛主席万岁。

〔一张上带两个抽屉，下带半节柜的桌子，一把罗圈椅和一张床。桌子上放着一个小镜框，装着银环一张放大照片。

〔拴保娘夹着一条新被子上。她是一位能忍则忍，能让则让，待人诚实，心地善良厚道之人，但她今天带有一种很不耐烦的情绪，将被子往床上一摔。

拴保娘　（唱）看见了新被子实在难过，

骂一声亲家母你个老妖婆。

你的女俺的儿把亲定过，

为什么你不让她来看我？

俺家也不是阎王殿，
也没有安着那宰人锅。
你不来俺家俺不恼，
好不该骂俺是老山窝。
深山野沟自古长有，
俺的个子也不比你长得矬。
你说俺山高路又远，
俺计划明年就通汽车。
只要是俺的儿好好劳动，
想寻个媳妇也不难说，
离了你闺女也能活，
我看你的老脸往哪儿搁。
昨夜晚，我老婆儿做了个好梦，
梦见俺媳妇前来看我，
一进门来就笑呵呵，
先叫娘，后叫爹，
说话和气又利索，
帮助我做饭又刷锅，
高兴得我心里没法说。
老头子在一旁推推我：
老东西，你呀你，
几辈子没有当婆婆？
猛醒来听见了鸡叫三遍，
一晚上两只眼再也没有合。

〔二大娘走了进来。二大娘是：你敬她一小指，她敬你一大拃，心里是啥就说啥，从不拐弯说假话，有名的心直口快热心肠之人。

二大娘 哈哈哈……又在那想媳妇哩不是？

拴保娘 他二大娘来了，坐吧！

二大娘 （拿过银环的照片）人样长得是不赖呀，那咋还不来哩？

拴保娘 谁知道人家为啥不来呀！

二大娘 真比那三请诸葛还难。城里学生啊，你算摸不透他那脾气。你要叫他来这儿游山逛景啊，他看见这儿说美极了，看见那儿说好得了不得，拾个石头蛋也装起来，见个黄蒿叶也夹在本子里，说，这个可以送朋友，那个可以作纪念。你要叫他来咱这儿长住，他又说，山高了，路远了，这儿脏了，那儿臭了，到处都成毛病了。

拴保娘 来不来由她吧，人家要真不愿意，就是来了也留不住。

二大娘 离了她朝阳沟也塌不了天。俺那个暖水瓶叫我拿走吧，我给队里送瓶水去。

拴保娘 哎呀，你看看我都忘了。

〔拴保娘打开柜门拿暖水瓶，二大娘往柜里看了一眼。

二大娘 咦，你这真成了瓷器店杂货铺了。

拴保娘 这不都是为了迎接媳妇准备的呀，我听人家说，城里人好喝水。你看，我还给她攒了一罐鸡蛋，都快放坏了。

二大娘 你先吃了吧，等她来了再说。我走啦。（下）

〔钟声。

〔巧真急急忙忙地边喊边上。

巧　真 娘，娘，娘！

拴保娘 哎！给我叫魂哩！

巧　真　娘，俺嫂子来了。

拴保娘　嗯，你当我还信你哩。

巧　真　咋？

拴保娘　你诓我不止一回两回啦。

巧　真　嘻嘻嘻……

拴保娘　嘿嘿嘿……

巧　真　娘，这回可是真来了。

拴保娘　好啦，干你的活儿去吧。

巧　真　娘……你准备准备，我接俺嫂子去了。（下，复上）

娘……哎呀……

〔巧真拉拴保娘向屋外走，和跑进来的拴保爹碰了个满怀。

拴保爹　嘿嘿……

拴保娘　你笑啥哩？

拴保爹　拴保娘，这回可是真来了。

巧　真　看，我说来了吧。

拴保娘　巧真，快去接接去。拴保爹，快收拾收拾。

〔巧真下。老两口忙着收拾东西。

〔巧真、拴保引银环上。

巧　真　娘，你看，（对银环）这是咱娘。

银　环　你就是……

拴保娘　哎……我就是拴保他娘。

巧　真　这是咱爹。

〔银环向拴保爹鞠躬。

拴保爹　知道了就算啦。

拴保娘　快坐下。巧真，快倒水去。

巧　真　哎！

拴保娘　别忘了把咱那糖放上。

巧　真　中！（下）

拴保娘　快坐呀。

银　环　娘，你老人家好吧？

拴保娘　好！一年难生一回气，人家干部都说我啥——哦，乐观主义。

银　环　爹，你也好吧？

拴保爹　好！庄稼人可结实，成年在地里，你那识字人说啥，空气新鲜，成年论辈子也不害个病。

银　环　娘，听拴保说你生我的气啦？

拴保娘　哪生你的气了，不过也常念叨你。

银　环　咱这儿的收成好吧？

拴保娘　好，可是好。

（唱）银环儿你不要多操心，

咱这每年都是好收成。

棉花白，白生生，

萝卜青，青凌凌，

麦籽个个饱盈盈，

白菜长得瓷丁丁。

你爹爹长年能劳动，

你妹子生来就勤谨，

全家人连你整五口，

你又是城里头下来的学生。

咱队里一敲钟，

你妹妹，你公公，

你两口前头走，

他爷俩随后行，

我在家里来做饭，

咱全家拧成一股绳，

为改变穷山沟咱各显本领。

银　环　（唱）我是城里长来城里生，

十几年从没有进过农村，

五谷杂粮难分辨，

麦苗韭菜我分不清，

犁耧锄耙我不会用，

我的爹呀，我的娘啊，

还得要您二老为儿多操心。

拴保娘　银环，只要肯下力，没有学不会的哩！

拴保爹　没啥，庄稼活说难学也好学，人家咋着咱咋着。

拴保娘　你坐啊。拴保，快去你二大娘家，把她那个暖水瓶借来。

拴　保　咱家不是有一个吗？

拴保娘　叫你去你就去呗！

拴　保　自己人还客气啥？

拴保娘　你看这孩子……

拴　保　好，我去。（下）

拴保娘　（又想起了什么）巧真，再到你二大娘家借几个鸡蛋。

巧　真　咱家不是还有哩？

拴保娘　你忘了，都快放坏了。

巧　真　哦！哈哈……（下）

拴保爹　拴保娘，你们先说话吧，我到队里去一趟。

拴保娘 拴保爹等等。（下）

银　环 爹，您坐吧。

拴保爹 我不累，你坐吧。

〔拴保娘拿瓶子上。

拴保娘 拴保爹，路过供销社打点酱油。

拴保爹 中，中！（下）

银　环 娘，咱们这里还有卖酱油的？

拴保娘 咋没卖酱油哩呀，银环哪，现在跟从前可不一样，如今山沟里别说吃的东西了，就是那京广杂货，也是样样俱全，就连你城里人用的东西也是件件不缺。像那笔记本，钢笔水，牙膏牙刷洗脸盆，解放式水车双铧犁，要啥有啥，你歇着吧，我去给你做饭去。

银　环 娘，我帮你烧火去。

拴保娘 不用，我一个人忙过来了，跑这么远啦，累啦，坐下歇会。（走了两步）你喝水，我给你倒。

〔拴保娘给银环倒水，只顾看银环，不注意开水溢出来。

银　环 娘，烫着了没有？

拴保娘 没有。（吹着手下）

〔银环看着屋里的摆设，表示满意，坐在椅子上。

〔二大娘和几个姑娘、媳妇同上。

二大娘 来，叫我看看，看跟照片一样不一样。（拉住银环）咦，比照片上还漂亮哩。

（唱）俺是白天盼来夜里等，

朝阳沟盼来了你这个新兵。

脸蛋白，白透红，

两道眉，弯如弓，

本人更比那照片俊，

一对大眼水灵灵。

早听说你想把山沟进，

一心来山沟当农民。

你婆婆去掉一块病，

她喜在脸上笑在心。

俺全村老少都高兴，

我代表娘们家来欢迎。

〔银环羞得垂头不语。

二大娘 咋了，你城里人见了俺山沟里的人还害羞哩？

拴保娘 这是你二大娘。

银　环 二大娘。

二大娘 哎！巧真她娘，你别做饭了，晌午叫她去俺家，我给她包饺子吃。

拴保娘 改天去吧。

二大娘 看看，你的媳妇就不能到俺家吃顿饭了？闺女，俺家离这儿可近啦，出了门上个坡，下个坎，过了小河拐个弯就到了。（欲走又回）哎，闺女，你叫个啥呀？

拴保娘 叫银环。

二大娘 哦，银环哪，你可一定去，你不去我可不依你。我走了。（和群众同下）

〔巧真慌忙跑上。

巧　真 娘，俺嫂她娘撵来了。

拴保娘 真哩？

巧　真　可不，她一进村就问咱在哪儿住哩，你看咋办哪？

拴保娘　老天爷，这咋办哪！

巧　真　娘，先把俺嫂子藏到屋里吧。

拴保娘　巧真，藏啥哩，你嫂子是自己来的，又不是咱抢来的。陪你嫂子在这儿，我去做饭去。（欲下）

〔银环妈上。银环妈，四十多岁。从她对银环“脚踩着门台骂到天明，一直骂到七点钟”，即可想象出她是一个恶老婆，并且又死不讲理。一不高兴什么伤人的话都能说出来，但她并不是坏人，还有她可爱的一面。

〔银环妈气冲冲地一蹦三尺高，顺手拿起一把笤帚向银环打去，拴保娘急忙拦挡。

银环妈　（唱）短命丫头你气死我，

你不顾羞耻找公婆。

任凭你丫头跑天外，

我也要追上往回拖。

恨上来把我肚子气破，

一巴掌打死你不能活。

打死你我再不生闲气，

省得跟你丫头把嘴磨。

拴保娘　亲家母。

银环妈　谁是你亲家母！

拴保娘　你看，有话慢慢说。

银环妈　我的嘴不由我，我的闺女你不叫我说！

拴保娘　急啥哩，吃罢饭再说。

银环妈　我不是跟你要饭哩！

拴保娘 别着急，先住下明天再说。

银环妈 住下，我怕狼吃了我咧！

拴保娘 好吧，你娘俩先说话吧。（下）

银环妈 你说，你回去不回去？

银　环 不回去！

银环妈 小银环，我好不容易把你拉扯这么大，你就舍得离开我了。啊？（取出烟，巧真把火柴送到她面前，她用手拨开，后摸摸兜里没带火柴，又猛地从巧真手里抢过火柴，擦火吸烟）小银环，你要不回去，我就碰死在你跟前。

银　环 （唱）妈呀妈消消气我求求你，

咱有话慢慢讲不要着急。

在城里你也曾参加开会，

听读报听宣传不断学习。

全国人民都知道农业重要，

为农业大发展谁不积极。

我不怕苦不怕累，

我情愿为农业流汗出力。

银环妈 （唱）我把你养来我把你生，

你掉根头发我也心疼。

自从你和拴保交朋友，

妈妈我心里满赞成。

星期天你领他到咱家去，

我鸡蛋白糖把茶冲。

他衣服脏了我替他洗，

鞋袜破了我替他缝。

我只想一个女婿半个儿，

给我养老又送终。

我只想你两个毕业当干部，

谁知道由初中升高中，

升来升去升到农村，

功不成来名不就，

你不怕丢人我怕丢人。

银　环　（唱）你说丢人，我说光荣，

咱娘俩拧不成一股绳。

银环妈　（唱）死丫头你越变越不成器，

高中生你当了农民的儿媳。

银　环　（唱）你说农民没出息，

是你思想有问题。

银环妈　（唱）我今天拖也要把你拖回去，

你不回我碰死在你手里。

银　环　（唱）来农村我已经拿定主意，

说破天道破地决不犹豫。

银环妈　（唱）你的妈我算白养你，

蛋也打来鸡也飞，

一没名来二没利，

怎不叫为娘我又气又急。

巧　真　（旁白）急死你。

银环妈　你说，你回去不回去？

银　环　不回去！

银环妈　好啊，小银环！（拾起笤帚打银环）

巧　真　（上前拦住）不回去就是不回去，有本事你上法院告去吧。

银环妈　你……

巧　真　咋？

银环妈　（举起手掌在巧真脸前晃了两晃）咦、咦、咦！

巧　真　（毫不示弱）咦、咦、咦！

〔拴保娘、老小孩和群众上。老小孩已五十多岁了，以河南的土话说，他是个“二货”，对老少都能说上话，哪热闹他到哪去。他的话并不成事但也不坏事，虽没人把他的话当回事，可他的嘴还好说。

拴保娘　巧真，你疯了？快请支书来。

巧　真　（嘴里嘟噜着）看你厉害哩！（下）

银环妈　你叫支书来，就是县长来了也得讲理，他也不能把我闺女拴住。山里人恁野蛮！

群众甲　咦，俺山里人咋啦？在你身上有啥短处？俺是偷你的了，俺是抢你的啦？

群众乙　俺诓你啦，骗你啦？

老小孩　是呀，诓你啦，骗你啦？

银环妈　我给你说话了？我给你说话了？这山里人真野蛮！

二大娘　哟嗨！县长省长毛主席还看起俺山沟哩，你有啥了不起呀？

银环妈　你有啥了不起呀？

〔群众齐向银环妈发出质问。

〔支书上。来青，不过五十岁。身为党支书但从来没人称他的职衔。同辈人共喊他“老来青”，晚辈人同称他叔叔、伯伯。他普普通通，平平常常，从不说大话、空话，更不说人人皆知标语口号的话。他是时时事事不忘从工作需要和从实际出发的基层干部。

支　书　咦，这是咋了，是赶会哩，是瞧戏哩？少说两句吧。老嫂子，你来了？

银环妈　你是谁呀？

支　书　我是老李。

银环妈　你就是老“外”我也不怕。

拴保娘　支书，这是银环她妈。

支　书　我知道。

银环妈　啊，你就是支书啊，你工作忙吧？

支　书　不忙。

银环妈　支书你抽烟。

支　书　我不会吸烟。

银环妈　你不会呀。支书，银环来的时候，袜子也没有带，衣服也没拿，我是说叫她回去把东西拿了再来。

支　书　银环来了就跟我说了，一来是为了建设社会主义才来到农村……

银环妈　是啊，是啊，都是为了革命工作嘛。

支　书　二来和拴保家又有这样的亲戚，一举两得，为大家好呀。别说现在还没结婚，就是结了婚，她想走谁也不会用个绳把她拴住，就是拴住她的人，也拴不住她的心哪！我看就叫她住这儿吧，以后想走还可以走。你放心，她来俺欢迎，她走俺欢送。

银环妈　要想来这山沟里，我有一百个闺女也嫁出去了。

老小孩　咋，光兴你城里人娶俺山里的闺女，就不兴你城里的闺女嫁到俺山里一个？

二大娘　您那城里人比俺山里人多长个头啊是咋的！

支　书　你们都回去，有意见开会对我提。

〔群众下。

文　书　老嫂子，走，到俺家坐一会。（银环妈欲下又返回）

银环妈　（取出五块钱给银环）给，先给你这五块钱，跟你说，你就是结了婚我也不来看你。（哭着下）

第四场

〔以第二场景为背景，偏右台露出一道堰首，堰首有一棵小果树，树杈上挂着银环一件花衣服。树下有一块长方台。

〔层层梯田晨雾缭绕，从山尖冒出一片朝霞。

（幕后男女合唱）

一年之计在于春，

一日之计在于晨。

庄稼人想的是那深耕细种，

五谷苗不亏待出力人，出力人。

〔一群男女随着伴唱的节奏，以整齐的步伐，舞蹈式的姿势锄地而过场。

〔银环也用尽全身之力不想落后。紧赶慢追跟大伙而过。

〔拴保爹上。

拴保爹　（看着银环锄过的一垄麦子，拾起银环锄掉的一把麦苗）保儿！保儿！

〔拴保上。

拴　保　爹。

拴保爹 能下来就算不赖，你给她说说，别新官上任三把火，看那锄得像猫盖屎一样。要学，到咱自留地去，哪怕把它锄光哩，别把队里的庄稼糟蹋了。

拴　保 我知道。

拴保爹 你知道啥，你看看！

〔拴保把银环锄过的地重锄一遍，两人同下。

〔银环上。

银　环 （坐下记日记，唱）

难忘我今日里初次上阵，

战场上分不出新兵老兵。

有文化能劳动人人尊敬，

一滴汗能换来一份光荣。（合起笔记本，欣赏四周的景色）

〔拴保上。

拴　保 银环。

银　环 拴保，刚才爹给你说啥哩？

拴　保 爹说你下来得好，劳动也好。累了吧？

银　环 （把写的日记给拴保）提提意见吧。

拴　保 银环，才下来，要是累了就干半天歇半天，先干轻活后干重活。

银　环 你算了吧，我恨不得把我十二万分的劲都使上，你还叫我歇半天哩。

拴　保 干庄稼活可不比咱在学校打球，得有个耐劲，细水长流。这种地也像打仗，得先练兵练武艺，待会去自留地，我教教你。

银　环 你咋恁自私啊，放着队里的活儿不想，光想着你那自留地，要练，在这儿就不能练？

拴　保 好，就在这儿练。（把锄交给银环，给银环做示范动作，边锄

边唱）

那个前腿弓，

那个后腿蹬。

把脚步放稳劲使匀，

那个草死苗好土发松。

嘚儿哟嘚儿哟土发松。

银　环　来，叫我锄。（毫不服气地锄起来）

拴　保　（在一旁指点着，唱）

你前腿弓，你后腿蹬，

心不要慌来手不要猛，

好，好！（见银环又锄掉麦苗）

又叫你把它判了死刑。

银　环　这个锄不好使。（和拴保换了锄再锄，又把麦苗锄掉）

拴　保　这不是锄的问题。

银　环　（唱）看起来庄稼活非常简单，

谁知道干起来这样难。

两只手就不听自己使唤，

挪一步一身汗东倒西偏。

心有余力不足眼迟手慢，

拴　保　（唱）勤劳动才能够突破这一关。

银　环　唉！

（唱）咳！难呀，难呀难！

拴　保　怕困难了不是？

银　环　困难，困难，还有一点青年的朝气没有了？

拴　保　好，但愿如此。

〔内声："干活了。"

〔拴保、银环扛锄同下。

第五场

〔距前场近一个月的时间，各种庄稼一天一个样，好像暗暗在比高低。银环也和刚下乡时大不相同，热劲已经过去。

〔还是四场背景，换了另一处角度。几枝垂柳从台右方垂下。

〔幕启：太阳渐渐落西山，牛羊哞咩鸟叫唤，河边一棵大柳树，社员正在把水担。拴保挑一担水，巧真挑空桶和拴保走了个碰面。

巧　真　哥！

（唱）刚才我把俺嫂子叫，

她翻起白眼把我瞧。

我心里不笑假装着笑，

她两眼一瞪像个狸猫。

是不是你又跟俺嫂子吵？

咱娘要知道了不把你饶。

哥，你跟俺嫂子吵架了？

拴　保　没有。

巧　真　那是咋啦？

拴　保　你不知道。

巧　真　你要跟俺嫂子吵架，看我不跟娘说。

拴　保　我帮助还帮助不了咧，还能跟她吵。

巧　真　到底是咋啦？

拴　保　你别管，担你的水去吧。（下）

〔巧真担桶下。

〔银环担水一歪一扭地上，拴保迎面赶来。

拴　保　银环，（唱）不能多担，你少担，

不能干一天你干半天。

哪怕是地边去看看，

也算给山区把力量添。

庄稼活要经过艰苦锻炼，

一天两天学不完。

银环，要是累了就先歇会吧！

银　环　谁跟你说我累了，我跟你说我累了？

拴　保　别急嘛！

银　环　咋，跟你说话还得笑脸迎着你？

拴　保　你看这……

银　环　啥？

拴　保　那好，你慢慢担吧。（脱下外衣）给，用这垫着。

〔银环把衣服打落在地。

〔二大娘担桶上。

二大娘　吔吼，这小两口，干着活还说体己话哩！

拴　保　大娘，别说笑话啦。（担桶下）

二大娘　银环，一回担不了一桶先担半桶，别看你的个子比巧真大，干起活来可没有她的腰板硬。干活可不是一天半天的事，俺这肩膀可是磨出来的。你要是累了，就到树底下歇会再干。（下）

〔银环欲担水，两条辫子直往扁担上缠，她气急地把辫子盘在头上。

〔伶歌担桶上。

伶　歌　都来看哪，银环想上头哩！

〔传来群众的笑声。银环狠狠地把辫子推下来，担起水，一摇三晃地走了几步，不料，咣当一声担子掉了，水桶也摔了，跑下。伶歌见状吃惊，追下，复上。二大娘由另一方向上。

伶　歌　二大娘，你看。

二大娘　她摔谁哩？

伶　歌　我说了一句，你笑了一声，那谁知道她摔谁哩。

二大娘　这不用说是摔咱俩哩！真没见过。（下）

〔群众三三两两地上。

群众甲　吔，透了，透了！（拿着水桶出洋相）

〔支书上。

支　书　哟，咦、咦，这是咋啦？

群众丙　支书，你看多娇气。

支　书　这算咱有本事？

群众丁　她担不动能怨咱。

支　书　这算咱有能耐？

群众乙　担不动就少担点呗！

支　书　要是把银环说跑了，就算银环不光荣，可咱能体面？

群众戊　人家才来嘛。

支　书　对呀！平哥，要是叫三乡五里的人知道了，叫人家说："朝阳沟的人多有本事，说跑了个女学生！"看看，看看。

〔二大娘上。

二大娘 琉璃咯嘣还吹三吹哩！（下）

支　书 哎！咋恁大气呀？

伶　歌 俺给她说着玩哩呀！

支　书 我知道，年轻人。

〔伶歌哭。

支　书 那是哭啥哩，我是打你了，我是骂你啦？都看看，还说人家银环娇气哩，看看咱自己。城里的学生跟咱不一样，咱当一句笑话说，人家心里不知道转多少圈哩。

老小孩 对，人家的脾气咱摸不着，咱的脾气人家也猜不透。

群众乙 识字人跟咱不一样，能下来就算不赖。

支　书 对呀进哥，也许咱这儿的好处人家一时看不出来，也许人家真有本事，一时在这儿还用不上。

小黑旦 也许呀就没啥本事！

支　书 哎呀，咱都少趁热闹吧，干活去！

老小孩 对，家有千口主事一人，咱去干咱的活儿去！（下）

〔群众下。

支　书 小黑旦！

小黑旦 （在幕内答应）哎！（上）

支　书 你说的是啥话？对不对呀？

小黑旦 不对。

支　书 真不对假不对呀？

小黑旦 真不对。

支　书 人家刚出学校门，就来咱山沟里，人生地不熟，还是个女孩子，手上磨了泡，身上也出了汗。咱光东一句西一句往外撂哩，没替人家想想。哦，就比人家多挑两挑水就骄傲啦？时候长哩，咱能办到的事人家就办不到？要是叫你到个生地方，求人家办点事帮个忙，人家对你说两句难听话，你心里啥味？你好受不好受？

小黑旦 那……我去给她赔个不是去。（下）

伶　歌 （哭）……

支　书 哎！你是又哭啥哩？

伶　歌 来青叔，我也错了，我也去给她赔个不是。银环姐！（跑下）

支　书 拴保！

〔拴保上。

支　书 老侄子，我看还非你去不行咧！去，好好劝劝她。

拴　保 她想哭就叫她哭吧。

支　书 你这叫啥话？咱是叫人家来参加劳动哩，是叫人家来哭哩？

拴　保 太娇气了。

支　书 听我的，去，好好劝劝她。

〔拴保下。二大娘担桶上。

二大娘 老来青，这我还不知道哩，就犯了个大错误。谁知道就跟人家说了两句笑话，她就咣当一声，一副水桶摔了俩底朝天。

支　书 老嫂子，你是哪把壶不开偏提哪把壶哇。人家就怕说劳动不好，你偏说还没巧真的腰板硬哩。

二大娘 是啥就是啥，我不能卷着舌头说假话。

支　书 不怕百样会，万事起头难。人家刚下来不满三个月，放下笔杆拿起锄杆，一心一意地建设社会主义的新农村，我看这就不赖啦。你知道，咱从前使的啥玩意，现在用的啥家具，喷雾器、双铧犁，解放式水车、锅驼机。咱不能光想着那一张锨两把锄，三头毛驴四头牛啊。得走一步看两步，心里想着第三步，得往前看看，不能火烧眉毛且顾眼下。以后到机械化电气化，哪一样能少了识字人？山沟里量不住来多少学生哩！说话也得看看茬口，讲讲方式，你那脾气也得改改。

二大娘 不用说，这是我错了。

支　书 事不大，你看着办呗。

二大娘 那妥了，我去给她赔个不是。

支　书 那可有一条，你可不能用刚才那态度。

二大娘 我知道。（担桶下）

〔拴保爹扛锄头上。

拴保爹 老弟，你看看！

支　书 她才下来，没啥。

拴保爹 没干一个钱活，就要俩人工钱，我就知道长不了。（挑桶下）

支　书 那就看咱啦。

第六场

〔前场后的第二天上午。

〔银环的室内。放有一张床，一张桌子，一把椅子，一个小书架，还有一个洗脸盆架。在靠床的墙上贴一张女青年下乡的招贴画。

〔在一阵沉静的音乐声中拉开前幕。

〔拴保娘一手托着给银环洗好的衣服，一手提一暖瓶上。将衣服放在床上的被子上，将暖瓶放在桌子上。

〔二大娘匆匆而来。

二大娘 巧真她娘！我来给你赔不是来啦。

拴保娘 咋啦她二大娘？

二大娘 我就是不说你也知道，昨天银环在地里担水哩，我看她一担起担子一扭一扭像扭秧歌一样。我说，别看你的个子比巧真大，干起活来可没有她的腰板硬，就这，咣当一声，一副水桶摔了俩底朝天，跑到那柿树底下哭去了。你说，我恁大岁数了，咋恁没材料啊！

拴保娘 光因为你说那两句笑话，她也不会哭。人家是……

二大娘 咋？

拴保娘 人家嫌咱这山窝里苦，想走哩。

二大娘 真的吗？

拴保娘 可不。

二大娘 你看看，你看看，我说城里那学生，你摸不透她的脾气吧，你就是摸不透人家的脾气。巧真她娘——

（唱）墙上画马不能骑，

镜子里的烧饼不能充饥。

她人在农村心在城市，

她眼里就没有看上咱山区。

我劝你不要着急，

愿走愿留由她去。

对她也不能太客气，

光客气也不能解决问题。

那好牛不调不能拉犁，

杨柳树不剪长不直。

你不能光说她好不说她坏，

有意见也可以当面提。

年轻人不知道天高地厚，

不批评她不能改变主意，

我的老嫂子！

现在这青年人哪，没有吃过旧社会的苦，一生下来就掉在蜜糖罐里了，就这，还嫌不甜哩。这不，刚才老来青还叫我来团结团结人家哩。等银环回来，叫巧真去叫我一声。（下）

〔拴保娘长叹一声，下。

〔银环手里拿朵花，没精打采地上，用手巾擦了一把脸，躺在床上腰疼腿酸得不舒服，咬着牙坐起来。

银　环　（唱）全村人并没有把我错待，

下乡是我自愿来。

我若是今天回家去，

从今后见了人怎把头抬？

我若是今天不回去，

一辈子当农民有点屈才。

左难右难难坏了我，

这件事可叫我怎样安排？

〔拴保娘端饭上。

拴保娘　银环，你上哪儿去啦？

银　环　上山转了一圈。

拴保娘　累了吧？

银　环　不累。

拴保娘　来，趁热喝碗汤。

银　环　不喝。

拴保娘　喝口，再喝口，再少抿一点。

（唱）银环儿你虽然说不是我亲生，

我待你跟巧真一样亲。

十个指伸出来有长有短，

我口咬哪一个也心疼。

自从你来咱村参加劳动，

全村人哪一个不欢迎？

东院你大娘，

西院你婶婶，

见面就夸奖，

说你伶俐又聪明，

说话又好听，

眼明手快心眼灵，

能写会算样样能。

全村人都夸你有志气，

我盼你当一个劳动英雄。

你看，我只顾啰唆哩，你娘还给你捎来点东西哩，我去给你拿来。（下）

〔二大娘上。

二大娘　我见了她先说个啥哩，（思索）银环同志！

银　环　二大娘来了，请坐。

二大娘　咱都坐。（两人坐下）俺这乡下人哪，吃饭不知饥饱，睡觉不知明黑，说话颠三倒四，我这个嘴呀！

银　环　我水平不高，修养太差，举止言谈更不讲方式。

二大娘　我知道，你生我的气啦！

银　环　没有。

二大娘　那就请你原谅我吧。

银　环　二大娘，还是你原谅我吧！

二大娘　那……咱都原谅。银环，你真没生我的气？

银　环　真没有。

二大娘　你要真没有生我的气，我求你给我帮个忙。

银　环　二大娘，你也学会客气啦，你能让我给你帮啥忙，我又能给你帮啥忙哩？

二大娘　这回可点着你的拿手戏了，俺外甥在部队给我来信了，想叫你给我写封回信。

银　环　行啊。

二大娘　那我先谢谢你了。

银　环　大娘你又客气啦。

二大娘　那咱写吧。

〔银环坐下，展纸写信。

二大娘　（唱）俺外甥在部队给我来信，

来了一封又一封，

他对咱生产时常关心。

你写上：山沟一年更比一年好，

千人喜万人笑如意称心。

干起活也像他在前线打仗，

决心大干劲足风雨不停。

野草湾的苹果开花结果，

水库里养的鱼呀一条五斤。

绳坡峪核桃树遮天盖地，
大青庄牧畜场牛羊成群。
县里的刘书记领着勘探队，
从东山到西山，
从山根到山顶，
红旗插遍“阳坡垴”，
他说咱山沟里是个聚宝盆。
你写上：三年来我从没有害过病，
老小孩他说我是钢骨铁筋。
你写上：李支书他给我开玩笑，
他说我去掉了两条皱纹。
再写上：你也来咱村落户，
高中生来山沟你当了农民。

银　环　你外甥叫啥？

二大娘　叫个有良。（见银环把信递过来）完了？

银　环　嗯。

二大娘　你给我念念。

银　环　好吧。（念信）有良外甥儿：来函尽悉。我的身体三年许微病皆无，众称我老当益壮。社员们生产情绪异常高涨，丰收在望，望勿悬念。

二大娘　完了？

银　环　完了。

二大娘　你写上，我的身体可结实。

银　环　这上面有啊，你看，我的身体三年许微病皆无。

二大娘　哦。咱野草湾的苹果也给他写上。（银环写）他可想知道咱水库的鱼哩，也写上。（银环不耐烦地写上）对了，你写上，你也来咱村落户啦。

银　环　这不值一提，就这吧。

二大娘　那中啊，我走啦。（旁白）我这和尚听不懂你念的经，离了杀猪的也不能连毛吃肉。（下）

银　环　你那经我这和尚也念不了，够啰嗦啦。

〔拴保上。

拴　保　走吧，吃饭去！

银　环　不吃。

拴　保　我给你端去。

银　环　不用。

拴　保　喝点水吧。

银　环　不喝。

拴　保　那你先歇会儿吧。

银　环　不用你管。

拴　保　银环，一句笑话就值得这样？

银　环　（委屈地）我妈的意愿，我个人的前途，我的远大理想，我的一切一切完全放弃，一心一意来为你们服务……

拴　保　那俺爹俺娘俺妹妹，全县全省全国农民又是为谁服务哩？

银　环　你爹先进，你娘进步，你妹子光荣，你伟大，我跟你比啥哩！

拴　保　你这是啥话嘛！

银　环　啥话，我想过啦，我还是去考剧团去。

拴　保　你是这山望着那山高。

银　环　芥末拌凉菜，各人有心爱。

拴　保　银环，你到底有啥想法也说说，别净叫人猜心事好不好？

银　环　我不是说了，你伟大，我渺小，你一家人都进步，全国就数我落后。

拴　保　你还叫我说话不叫？

银　环　我又没把你的嘴糊住。

拴　保　你……

银　环　咋？

拴　保　亲爱的银环同志！

银　环　咦，咦，无聊。

拴　保　银环！

（唱）咱两个在学校整整三年，
相处之中无话不谈。
我难忘你叫我看《董存瑞》，
你记得我叫你看《刘胡兰》。
董存瑞为人民粉身碎骨，
刘胡兰为人民热血流干。
咱看了一遍又一遍，
你蓝笔点来我红笔圈。
我也曾感动得流过眼泪，
你也曾写诗词贴在床边。
咱两个抱定有共同志愿，
要决心做一个有志青年。
你说过党叫干啥就干啥，
决不能挑肥拣瘦讲价钱。
你说的话你讲的话，
你一字一句全忘完，

想想烈士比比咱，

有什么苦来有什么难。

你要愿走你就走，

我坚决在农村干它一百年。

银　环　你少给我来这一套！（把拴保推出去）

拴　保　我再说一句。

银　环　半句也不听。

拴　保　要在解放前，就凭咱这点家底，连高中的门边也沾不上。在学校，你也常说："服从组织分配，党叫干啥就干啥。"现在呢？我明白，你清楚，你好好想吧。

〔拴保娘上。

拴保娘　这高一声低一声的，是咋了？

拴　保　干农业不光荣！（下）

拴保娘　小拴保！银环，你俩都是年轻人，他有哪不对，你担待担待他，你有哪儿不对，他也担待担待你。给，你娘给你捎来的东西。（下）

〔银环拆信，看信。

银环妈　（内唱）银环儿，你的妈回家我有了病，

一天到晚想念你。

我的儿你虽说无情无义，

妈妈我有口气不忘闺女。

给你个手电筒你好照路，

给你双胶鞋好踏泥。

银　环　（唱）我的妈若有好和歹，

天长日久心有愧。

恨不能一步跑回去，
恨不能插上翅膀飞。
亲亲娘祖奶奶，
谁叫我到这里来。
上午挑下午抬，
累得我腰疼脖子歪。
趁俺娘来信叫我走，
不如动身早离开。

〔巧真上。

巧　真　嫂子，你再教我唱歌吧！

银　环　还没结婚哩，嫂子、嫂子，叫得真讨厌。

巧　真　银环同志，不教算了嘛，你急啥哩？

〔拴保娘上。

拴保娘　巧真，又多嘴多舌，快出去。

〔巧真下。

拴保娘　银环，

（唱）有什么不顺心你明说直讲，
愿在乡愿回城可以商量。

银　环　（唱）看起来我辜负了您全家希望，
进退两难意乱心慌。

拴保娘　（唱）在山沟可不是一时半晌，
或是去或是留你拿好主张。

银　环　（唱）我心里有话不好讲。

拴保娘　（唱）你明说直讲不要隐藏。

银　环　（唱）我怎么说，

拴保娘 （唱）你想一想。

银　环 （唱）我，我，我……

拴保娘 （唱）你讲、讲、讲。

银　环 （唱）我还是先回去看看俺娘。

拴保娘 那中啊！

银　环 那我把东西拿走吧？

拴保娘 中！

银　环 你看，我在这儿住了这么多天了，给你撇下几块钱吧。

拴保娘 我又不是开店哩！你就是吃一年，我也不要钱。银环，孩子，你好好想想，走遍全国千家万户，谁不吃谁不喝，谁不穿谁不戴。天大的本事，地大的能耐，也不能把脖子扎起来。南京到北京，工农商学兵，县干部省干部，就连北京的大干部还看起俺庄稼人哩。孩子，你说说，啥叫光荣，啥叫屈才？我实说一句话吧，你年轻轻的别拿错了主意！你等等，我给你烙点干粮带着。（下）

银　环 （唱）老人家讲的话我句句听见，

一句苦来一句甜。

我眼不掉泪心掉泪，（看看妈给带来的手电筒和胶鞋）

在这深山野沟我住到哪年？（心事一定，背起挎包冲出门去）

第七场

〔紧接前场。

〔下山路上。

〔秋高气爽，一片丰收景象。公路旁竖有弯道路标。

银　环　（内唱）**我大步跑来小步走，**

一辈子再不来朝阳沟。

〔银环一头冲了出来，她深一步浅一脚，一口气跑到她来时走的那条路上，看着弯道路标，瞧瞧地，望望天，岭连岭，沟套川，庄稼节节长，牛羊乱叫唤，小牧童喊一声打了个响鞭。来时的情景，浮现在眼前。她心里一阵苦，一阵甜，脸发烧，腿发软，滴滴眼泪洒胸前……

银　环　（唱）**走一道岭来又一道沟，**

山水依旧气爽风柔。

（幕后合唱）

东山头牛羊咩咩乱叫，

银　环　（唱）**挪一步我心里头添一层愁。**

刚下乡野花迎面对我笑，

至如今见了我皱眉摇头。

强回头再看看拴保门口，

忘不了您一家把我挽留。

您的娘为留我把心操够，

好心的李支书为我担忧，
小妹妹为留我跑前跑后，
拴保你为留我，
又批评又鼓励明讲暗求。
这是咱手拉手走过的路，
在这里学锄地我把师投。
那是咱挑水栽上的红薯，
那是我亲手锄过的早秋。
那是你嫁接的苹果梨树，
一转眼它变得枝肥叶稠。
刚下乡庄稼苗才出土不久，
到秋后大囤尖来小囤流。
社员们发愤图强，艰苦奋斗，
我好比失舵的船顺水漂流。
走一步看一眼我看也看不够，
挪一步一滴泪气塞咽喉。
回家去见了我的同学朋友，
我有何言去应酬。
走一步退两步不如不走，
千层山遮不住我满面羞。
我往哪里去呀，
我往哪里走?
好难舍好难忘的朝阳沟，
我口问心，心问口，
满眼的好庄稼我难舍难丢，

（幕后合唱）

朝阳沟，朝阳沟，朝阳沟今年又是大丰收。

银　环　（唱）人也留来地也留。

　　哎，我呀……我……哎……

〔拴保内喊：“银环！”提一竹篮跑上。

拴　保　（唱）银环同志你慢去我再说几句话，

　　我祝你顺利到达你家。（从竹篮内拿出一个笔记本）

　　这是你笔记本掉在床下，（将笔记本放入竹篮内，又拿出一红布袋）

　　这是你下乡来爱吃的芝麻。

　　送你个竹篮作纪念，（又拿一纸包）

　　带几块零钱坐车喝茶。

　　希望你早走上工作岗位，

　　代我问候你的妈妈。

　　银环同志啊，咱再见吧。（欲下）

〔支书边喊边上。

支　书　（唱）我到县里去开会，

　　带回来几样好东西。

　　这一瓶名叫一滴旺，

　　这一包名叫朝阳肥。

　　完全都是咱本地造，

　　用的是柏油黑檀皮。

　　庄稼一闻节节长，

　　瓜果一闻像气吹。

　　这可是点着您的拿手戏，

您研究研究啥道理。

拴　保　来青叔，你给我吧，银环同志要走。

支　书　咋啦？

拴　保　在农村屈材料，干农业不光荣。

支　书　真哩？银环……

银　环　我……

支　书　哎哟，银环哪，可不能那样想啊！你没想想，新社会谁家孩子不上几年学，谁家的闺女不读几天书，我的老天爷，都上几年学读几天书就不想种地啦，那地叫谁种哩？人还咋活哩？我那个老二也上学啦，我早给他说清啦，毕了业还得种地，老三也得种地，辈辈都得种地。银环，你没想想，如今这城市镇店，水旱码头，这个行，那个业，哪一行，哪一业跟农业没亲戚？谁能说干农业不光荣。

拴　保　党把咱培养恁几年，咱真该为社会主义流身汗出把力啦。说干农业苦，那其他行业都躺在床上睡觉哩？

支　书　要说现在苦啊，要在解放前非把你吓死不行。老侄子你不记得，你爹可知道解放前朝阳沟除了两家地主三家富农，哪一家不是穷得叮叮当当哩！哪一家不是五月端午连给孩子缝个香布袋的布都没有！

拴　保　我听俺爹说解放前没有穿过一件新棉袄。

支　书　我不是老王婆卖瓜自卖自夸，如今这大姑娘新媳妇，谁没几件新衣服？穿了细布想斜纹，穿了斜纹还想灯芯绒哩。毛主席叫咱走三化，咱才走了一化，还有两化没实现。别说到电气化，就是到机械化，咱也不能光抱着一张锨两把锄啊！咱这山沟里，生漆桐油，牧畜药材，山桃梨果，也得用个新法生产。哪一样不需要识字人来研究研究啊！

拴　保　这能说识字人在山沟屈材料？

支　书　对！我跟您说：县政府有通知，今年咱村还要来几个学生，参加生产。到时候他们要有思想问题，我还得要你们帮助解决咧。

银　环　来青叔，不是……

〔拴保娘拿干粮上。

拴保娘　给！

银　环　娘！（扑到拴保娘身上）

〔二大娘上。

二大娘　银环，我就说了你两句，你就哭起来没完没够啦！

拴保娘　（耳语）孩子想过来了。

二大娘　这……怨我多嘴。

银　环　来青叔，俺娘知道，拴保知道，二大娘也清楚，不用说你也明白。我这一辈子也洗不尽这一层黑灰。

支　书　又说傻话，一个高中生，愿意下来，还愿意长住下去，不能说不是进步。

银　环　来青叔，你别表扬了，你越表扬，我越难过。

支　书　我是有啥说啥，可不是给你戴高帽子哩！

银　环　来青叔，俺妈有病，我原想回去看看她，这一来，我不回去了。

支　书　你娘有病？谁说哩？

银　环　来信说哩。

支　书　那你得回去看看。

银　环　我不回去。

二大娘　银环，回去看看吧！你妈就你这一个闺女，你不回去，她不难受啊？

支　书　回去可有一条，不能跟你娘吵嘴。你虽说是她的亲闺女，可是这一回回去，是代表咱山里人呢。

二大娘　银环，回家替我问你妈好。

拴保娘　是呀，回去吧。拴保，把咱家的苹果摘点给你娘带去。

（拴保下）

银　环　娘，来青叔，二大娘，你们回去吧。（下）

（拴保上）

拴　保　银环！（追上）

拴保娘　拴保！多往前送送。（与二大娘下）

〔老小孩急急慌慌跑上，看着银环去的方向。

老小孩　拴保媳妇跑啦！

支　书　她娘有病，回去看看。

老小孩　妥了，她本来不愿在咱这个窝，你这一撒手，像放鹰一样，再别想叫她回来了。

支　书　咋不回来？

老小孩　回来？她正瞌睡哩，你给她个枕头，她还能回来？

支　书　回来了。

老小孩　回来了？！那咱看着吧，嘻嘻嘻，她要能回来，我头朝下走。嘻嘻嘻……（与支书边说边下）

第八场

〔幕启：银环家里。两间房子分成里外间，里间门上挂着一个印花门帘，外间的床头放着一个纸烟篮。床上叠着两条新被子，桌上放着暖水瓶、醋瓶，还有一口小锅。桌上放着银环和银环妈的放大照片，镜框上夹着两个蝴蝶。银环妈端起一碗捞面条，用筷子抄起一撮，刚放到嘴边，银环推门进来。

银　环　妈！

银环妈　环，你回来啦？快坐那歇歇。（跑下）

〔银环看着妈精神那么好，带气地坐下。

〔银环妈端脸盆上。

银环妈　来，洗洗脸。

〔银环不动。

银环妈　咦，也瘦了，也晒黑了，真变成土人啦。妈就知道你要回来，给你做了身衣裳，来，穿上试试。

〔银环不语。

银环妈　你咋不洗呀？

〔银环不语。

银环妈　咋啦？病了？

银　环　没有！

银环妈　哦，我明白了，是拴保娘那个老东西，又给你气受了吧？看看，看看！

（唱）儿呀儿你年轻没长心，
好歹香臭你辨不真。
至如今你才知道锅是铁铸，
你再别把烂砖头当成黄金。
（那个）朝阳沟，路不平，
山又高，沟又深，
多见石头少见人，
在那里出气也出不匀。
男女老少不讲理，
个个都是愣头青。
你妈我还受他们的气，
难道说他们能对你发善心？

银　环　妈，你到底有病没病？

银环妈　说有病也没病，说没病也有点小病，反正你一回来，我百病都好啦。

银　环　你没病我走啦。

银环妈　那为啥？

银　环　我看不惯，听不惯，这个家我一天也不想待。（欲走）

银环妈　好啊，你走吧，你走吧！

银　环　（压住火气）妈！

（唱）全村人并没有错待你我，
千不该万不该胡讲乱说。
老支书听说你有了病，
催我回来照顾你吃喝。
俺的娘听说你有了病，

她叫我给你拿来点苹果。
二大娘催我快回来，
怕你难过把泪落。
山沟里人亲地可爱，
姐姐妹妹都很热合。
你思一思来想一想，
为什么添枝加叶信口开河。
更不该写信欺骗我。

银环妈 （唱）就算你妈我说错，
以后再不这么说。
你妈我一心为了你，
怕你在山沟受折磨。
儿呀儿，叫你当演员你不干，
偏要去把牛腿磕。
既然今天你回来，
明年再给我考大学，
就是当个服务员，
也比农民强得多。

银　环 （唱）没有农民来种地，
全国人民吃什么？
没有农业大发展，
社会主义怎建设？

银环妈 （唱）就算你妈我说错，
光咱娘俩偷偷地说，
你干农业我拥护，

可就是母女长年两分隔。

银　环　（唱）虽隔山又隔河，

明年计划通汽车。

你要想我我来看看你，

我要想你你去看看我。

妈呀妈，再不然，长途电话把话说。

银环妈　（唱）你人变心变主意变，

处处向着老山窝。

银　环　（唱）依我说，

银环妈　（唱）你说什么？

银　环　（唱）妈呀妈，

银环妈　（唱）你少啰唆。

银　环　（唱）好妈妈，

银环妈　（唱）你气死我。

银　环　（唱）你也搬到农村去，

咱母女一块过生活。

银环妈　（唱）小拴保一家是什么人，

你妈我亲自去会过。

他爹那个土地爷，

他娘那个土地婆。

银　环　（唱）娘把我当成亲闺女，

她的优点比你多。

爹是生产多面手，

我要虚心向他学。

银环妈　（唱）想起那个啥真野丫头，

还有那啥娘高老婆，

野丫头长个辣椒嘴，

高婆娘活像个鈹头鹅。

银　环　（唱）不许你侮辱俺山里人！

银环妈　（唱）我说啦，你敢把我的头来割？

银　环　（唱）妈你讲理不讲理？

银环妈　（唱）我不讲理该如何？

银　环　（唱）你不讲理我就走。

银环妈　（唱）一辈子不要来看我。

银　环　（唱）说走我就马上走！

银环妈　（唱）你给我火上把油泼，

离了你丫头也能活。

〔银环冲出门去，下。银环妈追至门口。

银环妈　（唱）我的儿回家来看我，

一口冷水也没有喝。

我一步差来百步错，

事到如今我可该如何，

银环我的儿啊！（把照片贴在脸上，好像抱着银环，大哭起来）

第九场

〔在一阵欢快的音乐声中拉开前幕。

〔斜贯舞台一条渠正在继续修建。渠壁上书有“朝阳渠”三个字。一面红旗迎风飘扬。两张铁锨头插在地里，两根锨把当作黑板架，架着一块小黑板，黑板上写着：“鼓足干劲，力争上游。”巧真刚写完这八个字，往后退了两步，在仔细端详。

〔老小孩上。

老小孩 巧真，你嫂子这回回来啥样？

巧　真 小孩伯伯！

（唱）俺这个嫂，是个好嫂，

个子不低又不高。

家里来地里去不知疲劳，

她又能抬来又能挑。

俺的娘见她就抿嘴笑，

俺爹他心里高兴不当面瞧。

俺嫂她对我越来越好，

每天帮我把歌教。

老小孩 嘻嘻。巧真，你大伯不瞒你说，你嫂子想走那时候，全村都说她长得怪漂亮，我倒咋看咋不顺眼。可她这回回来，我看人家是绱鞋不拿锥子，针（真）中！

巧　真 小孩伯，你不是说俺嫂要能回来，你就头朝下走吗？

老小孩 你这个死妮子，嘻嘻……

巧　真 （咯咯放声大笑）

老小孩 （甚为尴尬）巧真，你可不敢对你嫂子说。

巧　真 说也不怕。（又咯咯笑着跑下）

〔老小孩笑眯眯地下。

〔银环换了一身农民服，长辫剪成了短发，挑一担开水，提一串搪瓷茶杯上。放下茶杯，倒上几杯开水在地上凉着，拿出笔记本边唱边写。

银　环 （唱）自古道山难移来性难改，

知人知面心难猜。

我只说这两句话有道理，

不料想下乡来我才明白。

老支书好比是望远镜，

二大娘好比是气象台，

思想变化他知道，

风雨阴晴她能测出来。

我越思想越害怕，

想起来那一天，

我不该不该万不该。

〔拴保娘扛一张铁锨上。

拴保娘 银环，刚歇一会，你又写啥哩？

银　环 娘！

拴保娘 （发现挂在树上的衣服）这衣服可脏了，我给你洗洗。

银　环 （唱）我的娘再也不要这样做，

你这样我心里实在难过。

下乡来我不能侍候你，
一天到晚你侍候我。
若叫别人知道了，
一定说没过门的儿媳妇我难为婆婆。

拴保娘 （唱）银环儿你不要这样说，
我帮你洗衣服你多做工作。
现在本是新社会，
说什么婆婆不婆婆。
我帮你，你帮我，
咱能干什么就干什么，
哪一个敢把闲话扯，
我拉到队里把理说。

银　环 娘，可只准这一回啦。

拴保娘 咋，给我下命令哩？往后队里的活儿越来越忙了，我还能老在家干自己的活儿？歇着吧，我回家做饭了。（欲下又上）银环！

银　环 哎。

拴保娘 娘想给你提个意见。

银　环 娘，啥意见，坐这儿说。

拴保娘 你也不小啦，拴保也那么大啦，选个日子把你俩的事办了吧？（见银环笑）这闺女，笑啥哩？

银　环 娘，我是一心一意地来建设社会主义的新农村，没想到思想上拐了恁大个弯，给队里出力不大，找的麻烦不少。娘，再过个三年五载，等我在生产上学点技术了，你不说，俺该办也就办啦。（羞涩地跑下）

拴保娘 哈哈哈……

（唱）银环儿真是个年轻人，
说变就变安下心，
起五更打黄昏，
一心建设新农村。
俺要是还在旧社会，
像俺这，山又高沟又深，
多见石头，少见人，
高中生绝不会来当农民。（乐呵呵地下）

〔二大娘上。

二大娘 巧真！巧真！

〔巧真上。

二大娘 你嫂子她娘又来了。

巧　真 真哩呀？嫂！

〔银环上。

巧　真 您娘她又来了。

银　环 真的？巧真，我去看看，先别告诉咱娘。（下）

二大娘 巧真，还不快叫你娘去！（巧真欲走）翻山，翻山。

〔巧真跑下。二大娘跑下。

〔银环和银环妈上。

银　环 妈，你咋来这么早？

银环妈 我昨天晚上歇到芦店啦。咦，这才几天啦，朝阳沟可变样了，这庄稼长得这么好啊！

〔拴保娘上。

拴保娘 亲家母！

银环妈 （窘迫地）我也没啥好东西，这点心你收下吧。

拴保娘 来就来吧，还让你花钱。

银环妈 收下吧。

拴保娘 好，收下。

〔二大娘上。

二大娘 老嫂子，还认识我吧？

银环妈 认识，认识，咱老姊妹俩不是还抬过两句杠哩吗？

二大娘 唉！我早忘光了。想闺女哩吧？

银环妈 我来看看她。（掏出一封信递给银环）李桂兰还叫我给你带封信哩！

拴保娘 亲家母快坐。

（唱）亲家母你坐下，

咱俩说说知心话。

银环妈 （唱）亲家母咱都坐下，

咱俩随便拉一拉。

二大娘 （唱）老嫂子你到俺家，

尝尝俺山沟的大西瓜。

拴保娘 （唱）自从孩子离开家，

知道你心里常牵挂！

银环妈 （唱）她出门没有带被子，

事急慌忙离开家。

二大娘 （唱）你到家里看一看，

铺的什么盖的什么？

拴保娘 （唱）做了一套新铺盖，

新里新表新棉花。

银环妈 （唱）在家没有种过地，

她一次锄把没有拿。

拴保娘 （唱）家里地里都能干，

十人见了九人夸。

二大娘 （唱）又肯下力又有文化，

不愁当个啥啥啥……

巧　真 （唱）当一个农业科学家！

二大娘 （唱）对，当一个农业科学家。

银环妈 （唱）针线活她不会，

端碗还嫌手腕麻。

拴保娘 （唱）吃穿不用她沾手，

现有巧真俺娘俩。

二大娘 （唱）老嫂子你放心吧，

婆婆不会难为她。

银环妈 （唱）在家生来好喝水，

她一天三遍不离茶。

拴保娘 （唱）一天到晚有开水，

茶壶暖瓶有俩仨。

二大娘 （唱）婆婆是个忠厚人，

姑嫂亲得像一个妈，

女婿是个好社员，

公公种地是老行家。

银环妈 （唱）虽说吵过两句嘴，

怨我的水平态度差。

二大娘 （唱）狗皮袜子没反正，

谁家舌头不磨牙？

拴保娘 （唱）一家人不说两家话。

银　环 （唱）俺的娘待我像亲妈。

银环妈 对了。她来信说的啥？

银　环 人家选上模范了，也上了报纸了，来信和我挑战哩。

银环妈 吔，那李桂兰不是出了名了？

银　环 你还说哩，要不是你，我也不会恁落后。

银环妈 你看，咋又怪起我来啦，我咋不叫你下来啦？我又没把你装到罐里，扣到碗里！你要真愿意下来，我也不会拦住不叫你来呀，是不是？

拴保娘 亲家母，咱那孩子也不落后啊！

巧　真 大娘，俺嫂子也不落后。

拴保娘 亲家母，早前县里报社来了个同志，说咱那孩子下来得好，下来劳动得也好。

银环妈 真的？

拴保娘 可不，那个人还挎了个照相机，说要给咱那孩子照个相，放到报纸上哩。

银环妈 照了没有？

拴保娘 好说歹说她也不照，后来支书说，不照就不照吧，再过俩月再照。

银环妈 你呀，你呀，你真是那狗肉不上桌呀！你要是照了，不是和人家一样也出了名啦？

银　环 我又不是为出名才下来的。

银环妈 你还犟哩，我看你哪辈子还能照。

巧　真 大娘，老鼠拉木锨，大头在后边哩！

〔支书和群众上。

拴保娘 亲家母，你看这是谁来了。

银环妈 这不是老李哥嘛！

支　书 是我。

银环妈 你好吗？你忙吧？支书，我又来啦。

支　书 来了好嘛！老嫂子，这回来多住几天。

银环妈 不，我要搬来住，也要参加劳动。

支　书 好啊，我们欢迎！欢迎！（众鼓掌）老嫂子，今天先歇歇，以后有你干的活儿，先去看看俺新修的水渠吧。

银环妈 我不累。

〔众下。

（幕后合唱）

老风俗旧习惯随人改进，
年年改月月换万象更新。
有文化当农民情通理顺，
要当成传家宝留给子孙。

〔男女社员分成三组，头一组抡着镢头刨土；第二组手执铁锨铲土；第三组是一群姑娘，银环也在其内，随着第二组打夯。银环妈跑上跑下，想给他们帮点忙，又帮不上，然后站在一旁看看那些生龙活虎的小伙子，又看看银环，好像有点惭愧。三个组有节奏地顺着渠道而过。

〔在歌声中，大幕缓闭。

（河南省豫剧三团于1958年首演）

京 剧

红 灯 记

翁偶虹 阿 甲

根据同名沪剧改编

人物表

李玉和——铁路扳道工人。中国共产党党员。

铁梅——李玉和的女儿。

李奶奶——李玉和的母亲。

交通员——八路军松岭根据地交通员。

磨刀人——八路军柏山游击队排长。

慧　莲——李玉和家的邻居。

田大婶——慧莲的婆婆。

八路军柏山游击队队长

游击队员若干人

卖粥大嫂

卖烟女孩

劳动群众甲、乙、丙、丁、戊

鸠　山——日寇宪兵队队长。

王连举——伪警察局巡长。原为秘密共产党员，后叛变投敌。

侯宪补——日寇宪兵队宪补。

伍　长——日寇宪兵队伍长。

假交通员——日寇宪兵队特务。

皮　匠——日寇宪兵队特务。

日寇宪兵、特务若干人

第一场　接应交通员

〔抗日战争时期。初冬之夜。

〔北方某地隆滩火车站附近。铁道路基可见。远处山峦起伏。

〔幕启：北风凛冽。四个日寇宪兵巡哨过场。

〔李玉和手提号志灯，朝气蓬勃，从容镇定，健步走上。

李玉和　（唱〔西皮散板〕）手提红灯四下看……

上级派人到隆滩，

时间约好七点半，

等车就在这一班。

〔风声。铁梅挎货篮迎风而上。

铁　梅　爹。

李玉和　哦。铁梅！（觉得孩子冷，摘下围巾给她围上）今天买卖怎么样？

铁　梅　哼！宪兵和狗腿子，借检查故意刁难人，闹得人心惶惶，谁还顾得上买东西呀。

李玉和　这一群强盗！

铁　梅　爹，您也得多留点神哪！

李玉和　好。铁梅，你回去告诉奶奶，说表叔就要来了。

铁　梅　表叔？

李玉和　对。

铁　梅　爹，今儿这个表叔是个什么样儿呀？

李玉和　小孩子，别老问这个啊。

铁　梅　回去问奶奶。

李玉和　这孩子！

〔铁梅下。

李玉和　（望着铁梅背影，高兴地）好闺女！（唱〔西皮原板〕）

提篮小卖拾煤渣，

担水劈柴也靠她。

里里外外一把手，

穷人的孩子早当家。

栽什么树苗结什么果，

撒什么种子开什么花。

〔王连举上。

王连举　老李，我找你半天……

〔李玉和机警地制止王连举讲话，观察四周。

王连举　老李，鬼子的岗哨，今天布置得很严密，看样子好像有什么事！

李玉和　我知道。老王，以后我们尽量少见面，有事我临时通知你。

王连举　好吧。

〔王连举下。

〔远处火车汽笛声。李玉和下。灯暗。

〔火车轰鸣，飞驰而过。枪声。

〔灯亮。交通员从坡上“抢背”下来，晕倒。

〔李玉和急上。

李玉和 （见状自语）左手戴手套……

〔枪声。王连举返回。

王连举 这是谁？

李玉和 自己人。我背走，你掩护！

王连举 好。

〔李玉和背交通员下。

〔日寇宪兵追喊声、枪声。王连举朝李玉和走的相反方向放了两枪。日寇宪兵将至，王连举为保自己，畏缩颤抖地朝胳膊打了一枪，倒地。

〔伍长带日寇宪兵追上。

伍　长 （问王连举）嗨！跳车的有？

王连举 啊？

伍　长 跳车的有？

王连举 哦！（手指李玉和下场的相反方向）在那边。

伍　长 （惊慌地）卧倒！

〔众日寇宪兵慌忙卧倒。

〔灯暗。

第二场　接受任务

〔紧接前场。

〔李玉和家内外：门外是小巷。屋内正中放着桌椅，窗户上贴着一只“红蝴蝶”。右后方是里屋，挂着门帘。

〔幕启：北风呼啸，四壁昏暗，李奶奶捻灯，屋中转明。

李奶奶　（唱〔西皮散板〕）打鱼的人经得起狂风巨浪，

打猎的人（〔原板〕）哪怕虎豹豺狼。

看你昏天黑地能多久！

革命的火焰一定要大放光芒。

〔铁梅挎货篮进屋。

铁　梅　奶奶！

李奶奶　铁梅！

铁　梅　奶奶，我爹说：表叔马上就要来了。（放下货篮）

李奶奶　（自语，盼望地）表叔马上就要来了！

铁　梅　奶奶，我怎么有那么多的表叔哇？

李奶奶　哦。咱们家的老姑奶奶多，你表叔就多呗。

（李奶奶补衣服）

铁　梅　奶奶，那今儿来的是哪个呀？

李奶奶　甭问。来了你就知道了。

铁　梅　嗯。奶奶，您不告诉我，我也知道。

李奶奶　知道？你知道个啥？

铁　梅　奶奶，您听我说！（唱〔西皮流水〕）

我家的表叔数不清，

没有大事不登门。

虽说是，虽说是亲眷又不相认，

可他比亲眷还要亲。

爹爹和奶奶齐声唤亲人，

这里的奥妙我也能猜出几分：

他们和爹爹都一样，

都有一颗红亮的心。

〔李玉和背交通员急上，推门进屋，示意铁梅关门，注意外边。关切地扶交通员坐下，递水给他喝。

交通员 （苏醒）请问你此地可有个扳道的李师傅？

李玉和 我就是。

〔李玉和、交通员对暗号。

交通员 我是卖木梳的。

李玉和 有桃木的吗？

交通员 有。要现钱。

李玉和 好，你等着。

〔李玉和示意李奶奶拿灯试探。

李奶奶 （举煤油灯看交通员）老乡……

交通员 （见暗号不对）谢谢你们救了我，我走啦！

李玉和 （高举号志灯）同志！

交通员 （激动地）我可找到你啦！

〔铁梅接过号志灯，看到了它的作用，惊悟。

〔李奶奶示意铁梅提货篮出门巡风。

交通员 老李，我是松岭根据地的交通员。（从鞋底取出密电码）这是一份密电码。

〔李玉和郑重地接受。

交通员 你把它转送柏山游击队，明天下午在破烂市粥棚，有个磨刀的人和你接头。暗号照旧。

李玉和 暗号照旧。

交通员 老李，这个任务很艰巨呀！

李玉和 放心吧，我一定完成任务！

交通员 好。老李，时间紧迫，我得马上回去。

李玉和 同志，你的身体……？

交通员 刚才是摔晕了，现在我能走了。

李玉和 好。等一等，我给你换件衣服。

〔李玉和拿衣服给交通员换上。

李玉和 （郑重叮嘱）敌人正在到处搜查，情况很紧，路上你要多加小心！

交通员 老李，你放心吧！

李玉和 同志……（唱〔二黄快三眼〕）

一路上多保重——山高水险，

沿小巷过短桥僻静安全。

为革命同献出忠心赤胆——

〔送交通员下，铁梅进屋。

李玉和 （接唱）烈火中迎考验重任在肩。

决不辜负党的期望我力量无限，

天下事难不倒共产党员！

〔警车声响，李玉和机智果断，示意李奶奶吹灯。

〔李玉和持密电码“亮相”。

〔灯暗。

第三场　粥棚脱险

〔次日下午。

〔破烂市粥棚。

〔幕启：群众丙坐着喝粥。群众甲、乙走进坐下喝粥。

〔粥棚近处，坐着卖烟的女孩。群众丁买烟下。

〔李玉和一手提号志灯，一手提饭盒，沉着机警地走上。

李玉和 （唱〔西皮摇板〕）**破烂市我把亲人访，**

饭盒里面把密件藏。

千万重障碍（〔垛板〕）**难阻挡，**

定要把它送上柏山岗。

群众丙 （站起）李师傅！

李玉和 哦。（关心地）老张啊，你的伤好了吗？

群众丙 好多了。

李玉和 哦。往后可要多加小心哪！

群众丙 嗳。（自语）这年头，碰上日本鬼子，坐车不给钱，还打人！这是什么世道！

〔群众丙下。

〔李玉和走进粥棚，把号志灯挂在柱子上。

群众甲
群众乙 李师傅来了，这边坐。

李玉和 （亲切地）你们坐。

卖粥大嫂 李师傅您喝碗粥啊？

李玉和 好。大嫂，近来你的买卖怎么样啊？

卖粥大嫂 咳！凑合着吧。（盛粥递李玉和）

〔群众戊上。

群众戊 掌柜的，给我来碗粥。（接过粥刚要喝）掌柜的，这粥什么味？都发了霉啦！

群众甲　嘿！这是配给的混合面！

卖粥大嫂　没法子！

群众乙　哎哟！（沙子硌牙，啐出）硌着了我啦！

群众甲　这里头尽是沙子！

群众乙　哼！真拿咱们不当人呐！

群众甲　小声点，别找倒霉呀！

群众乙　这怎么吃？没法活呀！

李玉和　（感同身受，唱〔西皮流水〕）

有多少苦同胞怨声载道，

铁蹄下苦挣扎仇恨难消。

春雷爆发等待时机到，

英勇的中国人民岂能够俯首对屠刀！

盼只盼柏山的同志早来到——

〔磨刀人上。

磨刀人　（唱〔西皮摇板〕）为访亲人我四下瞧。

红灯高挂迎头照，

我吆喝一声："磨剪子来戗菜刀！"

李玉和　（接唱）磨刀人盯住红灯注意看，

又对我扬起左手要找话谈。

我假作闲聊对暗号——

〔正要与磨刀人接关系，突然警车声响，日寇宪兵冲上，磨刀人为掩护李玉和，故意把磨刀凳碰倒，将敌人引向自己。

李玉和　（〔散板〕）他引狼扑身让我过难关。

〔机智而镇定地边唱边把喝剩的粥倾倒在饭盒里。

李玉和　大嫂，再来一碗。

〔李玉和让卖粥大嫂把粥盛在饭盒里。

第四场　王连举叛变

〔下午。

〔鸠山办公室。

〔幕启：鸠山正接电话。

鸠　山　哦，哦！……怎么，掐断了？……哦，请你放心，密电码一定会弄到手里……限期破案！是！是！（放下耳机。自语）好厉害的共产党啊！司令部刚刚找到一点线索，很快地就被他们掐断了！共产党厉害呀！

〔伍长、侯宪补上。

伍　长　报告！各处搜查，跳车的没有。抓来一些可疑分子。

鸠　山　哼！抓了一些可疑分子又有什么用处？那个跳车人是共产党的交通员，他身上带有一份极其重要的密电码，如果这份密电码落到柏山游击队手里，于我们帝国是大大的不利！

伍　长　是！

鸠　山　王巡长？

侯宪补　他来了。

鸠　山　叫他进来。

侯宪补　是。（向内）王巡长！

〔王连举捋着一只受伤的胳膊走进。侯宪补下。

王连举　队长阁下！（敬礼）

鸠　山　哦！勇敢的年轻人，你吃苦了！我代表司令部授给你一枚三级勋章。（给王连举戴上勋章）

王连举　多谢队长。

鸠　山　（唱〔西皮原板〕）只要你忠心为帝国卖力气，

飞黄腾达有时机。

有道是：苦海无边回头是岸，

就看你知趣（冷笑）不知趣！

王连举　队长阁下，您的话我不明白。

鸠　山　哼！你应该明白！我问你：那个跳车人能够距离你三公分开枪吗？

王连举　队长阁下……

鸠　山　年轻人，快说实话吧。谁是你的同党？

王连举　（脱口而出）同党！

鸠　山　对！事情很清楚，那个跳车人如果没有他的同党接应、同党掩护，他能长翅膀飞走吗？

王连举　队长阁下，当时我中了枪弹，跌倒在地，跳车人怎么走的，我怎么能知道啊？

鸠　山　你当然知道。如果说你不知道，为什么自己打自己一枪？

〔王连举一惊。

鸠　山　（步步逼近）年轻人，快讲实话，谁是地下共产党？谁是同党接应人？交通员藏在哪里？密电码又落到谁的手里？统统地讲出来，我这里勋章和奖金是大大的有啊！

王连举　队长阁下，您的话我怎么越听越糊涂。

鸠　山　哼……！这么一说你应该清醒清醒啦！来！

伍　长　有。

鸠　山　带下去清醒清醒！

伍　长　是。来人！

〔两日寇宪兵上。

伍　长　带下去！

王连举　（怕死求活）队长阁下……

伍　长　（狰狞地）嘿！（踢倒王连举）

〔两日寇宪兵揌住王连举。

王连举　我……冤枉！

鸠　山　打！

伍　长　带走！带走！

〔王连举喊“冤枉”，被两日寇宪兵拉下。伍长随下。

鸠　山　哼！用重刑撬开他的嘴，定叫他招出同党人！

〔伍长上。

伍　长　报告队长，他招了！

鸠　山　同党人是谁？

伍　长　扳道夫李玉和。

鸠　山　（似曾见过）李玉和！？……

〔灯暗。

第五场　痛说革命家史

〔黄昏。

〔李玉和家内外。

〔幕启：李奶奶在屋内，盼望李玉和。

李奶奶 （唱〔西皮摇板〕）时已黄昏，玉和儿未回转。

〔铁梅从里屋出。警车声响。

铁　梅 （唱〔垛板〕）街市上乱纷纷，惦念爹爹心不安。

〔李玉和提着饭盒和号志灯上，敲门。

李玉和 铁梅。

铁　梅 我爹回来啦！

李奶奶 快开门去！

铁　梅 （开门）爹！

李奶奶 玉和。

李玉和 妈！

李奶奶 可回来啦！接上了吗？（接过号志灯和饭盒）

李玉和 没有。（脱下大衣）

李奶奶 出什么事了？

李玉和 妈！（唱〔西皮流水〕）

在粥棚正与磨刀师傅接关系，
警车叫跳下来鬼子搜查急。
磨刀人引狼扑身掩护我，
抓时机打开饭盒藏秘密。
密电码埋藏粥底搜不去——

铁　梅 磨刀叔叔可真好！

李奶奶 玉和，密电码哪？

李玉和 妈！（亲切、秘密地接唱）

防意外我把它安全转移。

铁　梅 爹，您可真有办法呀！

李玉和 铁梅，这件事你都知道了，这可比性命还要紧，宁可掉脑袋，也不能露底呀！懂吗？

铁　梅 我懂！

李玉和 嗬！懂！瞧这丫头！

铁　梅 爹……

李玉和 呵……

〔天色渐黑，李奶奶拿过煤油灯。

李奶奶 呵……瞧你们这爷儿俩……

李玉和 妈，我有事再出去一趟。

李奶奶 可要小心。早点回来！

李玉和 嗳，您放心吧！

铁　梅 爹，给您戴上围巾。（给李玉和围好围巾）爹，您可要早点回来！

李玉和 （爱抚地）放心吧，啊。（出门）

〔李玉和下。

〔铁梅关门。

〔李奶奶虔诚地擦着号志灯。铁梅凝神注视。

李奶奶 铁梅，来，奶奶把红灯的事讲给你听听。

铁　梅 嗳！（高兴地走到桌旁，坐下）

李奶奶 （郑重地）这盏红灯，多少年来照着咱们穷人的脚步走，它照着咱们工人的脚步走哇！过去，你爷爷举着它；现在是你爹举着它。孩子，昨晚的事你知道，紧要关头都离不开它。要记住：红灯是咱们的传家宝哇！

铁　梅 哦。红灯是咱们的传家宝？

〔李奶奶满怀信心地望着铁梅，走进里屋。

〔铁梅拿起号志灯，端详，深思。

铁　梅　（唱〔西皮散板〕）听罢奶奶说（〔摇板〕）红灯，

言语不多道理深。

为什么爹爹、表叔（〔原板〕）不怕担风险？

为的是救中国，救穷人，打败鬼子兵。

我想到：做事要做这样的事，

做人要做这样的人。

铁梅呀！（〔垛板〕）年龄十七不算小，

为什么不能帮助爹爹操点心？

好比说：爹爹挑担有千斤重，

铁梅你应该挑上八百斤。

〔李奶奶从里屋出。

李奶奶　铁梅，铁梅！

铁　梅　奶奶！

李奶奶　孩子，你在想什么哪？

铁　梅　我没想什么。

〔隔壁孩子哭声。

李奶奶　是龙儿在哭吧？

铁　梅　可不是吗！

李奶奶　唉，又没吃的了！咱们家还有点玉米面，快给他们送去。

铁　梅　嗳！（盛面）

〔慧莲上，敲门。

慧　莲　李奶奶！

铁　梅　慧莲姐来了。

李奶奶　快给她开门去！

铁　梅　嗳！（开门。慧莲进）慧莲姐。

李奶奶　（关切地）慧莲哪！孩子的病怎么样了？

慧　莲　唉！哪儿顾得上给孩子瞧病啊！这年头，找我来缝缝补补、洗衣服的人越来越少了，家里老是吃了上顿没下顿，现在又揭不开锅了。

铁　梅　慧莲姐，给你这个。（递面）

慧　莲　（十分激动……）

李奶奶　快拿着。正要叫铁梅给你送去哪！

慧　莲　（接面）您待我们太好啦！

李奶奶　别说这个。有堵墙是两家，拆了墙咱们就是一家子。

铁　梅　奶奶，不拆墙咱们也是一家子。

李奶奶　铁梅说得对！

〔孩子的哭声又大了。

田大婶　（内喊）慧莲！慧莲！

〔田大婶上，进屋。

铁　梅　大婶。

李奶奶　她大婶，这边坐。

田大婶　不啦。孩子又哭啦，慧莲，回家看孩子去。（见慧莲手中面，感动）……

李奶奶　先给孩子做点儿吃的。

田大婶　可你们家也不富裕呀！

李奶奶　咳！（热情地）咱们两家不分你我，就不要说这些了！

田大婶　我们回去啦。

李奶奶　别着急，慢走。

〔田大婶、慧莲下。

铁　梅　（关门）奶奶，慧莲姐一家可真够苦的！

李奶奶　是啊。当初，她公爹是铁路上的搬运工人，叫火车给轧死了！日本鬼子不给抚恤金，还把她丈夫抓了去做苦力。铁梅，咱们两家是同仇共苦的工人，要尽力照顾他们。

〔假交通员上。敲门。

铁　梅　谁呀？

假交通员　李师傅在这儿住吗？

铁　梅　找我爹的。

李奶奶　开门。

铁　梅　嗳！（开门）

〔假交通员进屋，急忙关门。

李奶奶　你是……

假交通员　我是卖木梳的。

李奶奶　有桃木的吗？

假交通员　有。要现钱。

铁　梅　好，你等着！

〔假交通员转身放下“捎马子”。

〔铁梅要拿号志灯，李奶奶急拦，拿起煤油灯，试探对方，铁梅恍然大悟。

假交通员　（回身见灯）哎呀，我可找到你们了！谢天谢地，可真不容易呀！

〔铁梅由吃惊变为愤慨，怒不可遏。

李奶奶　（识破奸计，镇静地）掌柜的，快把木梳拿出来，让我们挑挑哇！

假交通员　哎！老奶奶，我是来取密电码的！

李奶奶　丫头，他说的是什么？

假交通员　哎！您别打岔呀！老奶奶，这密电码是共产党重要文件，有关革命的前途，您快给我吧！

铁　梅　（怒逐之）哎呀，你啰嗦啥？你快走！

假交通员　咳，别别别……

铁　梅　你走！

〔铁梅推假交通员出门，狠狠地把“捎马子”扔到他怀里，猛地将门关上。

铁　梅　奶奶！

〔李奶奶急忙制止铁梅说话。

〔假交通员招来两便衣特务，示意监视李家，分下。

铁　梅　奶奶，我差点上了他的当！

李奶奶　孩子，一定是出了叛徒，泄漏了机密！

铁　梅　奶奶，那怎么办哪？

李奶奶　（秘密地）快把信号揭下来！

铁　梅　什么信号啊？

李奶奶　玻璃上那个“红蝴蝶”！

铁　梅　（惊悟）哦！（欲揭）

李奶奶　铁梅！开开门，用门挡住亮，你揭信号，我扫地掩护你。快，快！

〔铁梅开门，李玉和一步跨进屋里，关门。铁梅震惊，李奶奶手中笤帚落地。

李玉和　（察觉发生意外）妈，出事啦？

李奶奶　外面有狗！

〔李玉和一无所惧，对敌情作出判断。

李奶奶 孩子！孩子……

李玉和 妈，我可能被捕！（郑重叮嘱）密电码藏在西河沿老槐树旁边的石碑底下。您要想尽一切办法，把它交给磨刀师傅！暗号照旧！

李奶奶 暗号照旧！

李玉和 对。您要多加小心哪！

李奶奶 孩子，放心吧！

铁　梅 爹……

〔侯宪补上，敲门。

侯宪补 李师傅在家吗？

李玉和 妈，他们来了。

铁　梅 爹！您……

李玉和 铁梅，开门去！

铁　梅 嗳！

侯宪补 开门哪！

〔铁梅开门，趁机揭去“红蝴蝶”。

侯宪补 （进门）哦，你就是李师傅吧？

李玉和 是啊。

侯宪补 鸠山队长请你去喝酒。（递请帖）

李玉和 哦！鸠山队长请我赴宴？

侯宪补 哎！

李玉和 哎呀，好大的面子！（蔑视地掷请帖于桌）

侯宪补 交个朋友嘛。李师傅，请吧！

李玉和 请！（对李奶奶，坚定而庄重地）妈，您多保重！我走啦！

李奶奶 等等！铁梅，拿酒去！

铁　梅　嗳！（进里屋取酒）

侯宪补　唔！老太太，酒席宴上有的是酒，足够他喝的啦。

李奶奶　呵……穷人喝惯了自己的酒，点点滴滴在心头。（接过铁梅拿来的酒，对着李玉和，庄严、深情地为李玉和壮别）孩子，这碗酒，你，你把它喝下去！

李玉和　（庄重接酒）妈，有您这碗酒垫底，什么样的酒我全能对付！（一饮而尽）谢——谢——妈！

（雄伟地，唱〔西皮二六〕）

临行喝妈一碗酒，
浑身是胆雄赳赳。
鸠山设宴和我交“朋友”，
千杯万盏会应酬。
时令不好风雪来得骤，
妈要把冷暖时刻记心头。

铁　梅　爹！（扑向李玉和，哭）

李玉和　（亲切地、含义深长地接唱）

小铁梅出门卖货看气候，
来往“账目”要记熟。
困倦时留神门户防野狗，
烦闷时等候喜鹊唱枝头。
家中的事儿你奔走，
要与奶奶分忧愁。

铁　梅　爹！（扑在李玉和怀里哭）

侯宪补　李师傅，走吧！

李玉和　孩子，不要哭，往后要多听奶奶的话。

铁　梅　嗳！

李奶奶　铁梅，开开门，让你爹“赴宴”去！

李玉和　妈，我走啦！

〔李玉和与李奶奶紧紧握手，相互鼓舞坚持斗争。

〔铁梅开门。一阵狂风。李玉和昂首阔步，迎风而去。

〔侯宪补跟出。

〔铁梅拿围巾追出，喊：“爹！”

〔特务甲、乙、丙冲上，拦住铁梅。

特务甲　站住！回去！

〔将铁梅逼回。众特务进门。

铁　梅　奶奶！……

特务甲　搜！不许动！

〔众特务搜查，四处乱翻。一特务从里屋搜出一本黄历，翻看，扔掉。

特务甲　走！

〔众特务下。

铁　梅　（关好门，放下“卷窗”，环视屋内）奶奶！（扑到奶奶怀里痛哭。少顷）奶奶，我爹……他还能回来吗？

李奶奶　你爹……

铁　梅　爹……

李奶奶　铁梅，眼泪救不了你爹！不要哭。咱们家的事应该让你知道了！

铁　梅　奶奶，什么事啊？

李奶奶　坐下，奶奶跟你说！

〔李奶奶眼望围巾，革命往事，闪过眼前；新仇旧恨，涌上心头。

〔铁梅搬小凳傍坐在奶奶身边。

李奶奶 孩子，你爹他好不好？

铁　梅 爹好！

李奶奶 可是爹不是你的亲爹！

铁　梅 （惊异）啊！您说什么呀？奶奶！

李奶奶 奶奶也不是你的亲奶奶！

铁　梅 啊！奶奶！奶奶，您气糊涂了吧？

李奶奶 没有。孩子，咱们祖孙三代本不是一家人哪！（站起）你姓陈，我姓李，你爹他姓张！（唱〔二黄散板〕）

十七年风雨狂怕谈以往，

怕的是你年幼小志不刚，几次要谈我口难张。

铁　梅 奶奶，您说吧。我不哭。

李奶奶 （唱〔慢三眼〕）看起来你爹爹此去难回返，

奶奶我也难免被捕进牢房。

眼见得革命的重担就落在了你肩上。

（〔垛板〕）说明了真情话，

铁梅呀，你不要哭，

莫悲伤，

要挺得住，

你要坚强。

（唱〔原板〕）学你爹心红胆壮志如钢！

铁　梅 奶奶，您坐下慢慢地说！

〔铁梅扶李奶奶坐下。

李奶奶 咳！提起话长啊！早年你爷爷在汉口的江岸机务段当检修工人。他身边有两个徒弟：一个是你的亲爹叫陈志兴。

铁　梅　我的亲爹陈志兴？

李奶奶　一个是你现在的爹叫张玉和。

铁　梅　哦！张玉和？

李奶奶　那时候，军阀混战，天下大乱哪！后来，（站起）毛主席共产党领导着中国人民闹革命！民国十二年二月，京汉铁路工人在郑州成立了总工会，洋鬼子走狗吴佩孚硬不让成立！总工会一声号令，全线的工人都罢了工。江岸一万多工人都上大街游行啊！就在那天的晚上，天也是这么黑，也是这么冷。我惦记着你爷爷，坐也坐不稳，睡也睡不着，在灯底下缝补衣裳。一会儿，忽听得有人敲门，他叫着："师娘，开门，您快开门！"我赶紧把门开开，啊！急急忙忙地走进一个人来！

铁　梅　谁呀？

李奶奶　就是你爹！

铁　梅　我爹？

李奶奶　嗯，就是你现在的爹。只见他浑身是伤，左手提着这盏号志灯！

铁　梅　号志灯？

李奶奶　右手抱着一个孩子！

铁　梅　孩子？

李奶奶　未满周岁的孩子……

铁　梅　这孩子……

李奶奶　不是别人！

铁　梅　他是谁呀？

李奶奶　就是你！

铁　梅　我？

李奶奶　你爹把你紧紧地抱在怀里，他含着眼泪，站在我的面前。他叫着："师娘！师娘！"他两眼直瞪瞪地望着我，半晌说不出话来。我心里着急，催着他快说。他……他说："我师傅跟我陈师兄都……牺牲了！这孩子是陈师兄的一条根，是革命的后代。我要把她抚养成人，继承革命！"他连叫着："师娘啊！师娘！从此以后，我就是您的亲儿子，这孩子就是您的亲孙女。"那时候，我……我就把你紧紧地抱在怀里！

铁　梅　奶奶！（扑在奶奶怀里）

李奶奶　挺起来！听奶奶说！（唱〔二黄原板〕）

闹工潮你亲爹娘惨死在魔掌，

李玉和为革命东奔西忙。

他誓死继先烈红灯再亮，

擦干了血迹，葬埋了尸体，又上战场。

到如今日寇来烧杀掠抢，

亲眼见你爹爹被捕进牢房，

记下了血和泪一本账。

（〔垛板〕）你须要：立雄心，树大志，

要和敌人算清账，

血债还要血来偿！

铁　梅　（唱〔二黄原板〕）听奶奶讲革命英勇悲壮，

却原来我是风里生来雨里长，

奶奶呀！十七年教养的恩深如海洋。

（〔垛板〕）今日起志高眼发亮，

讨血债，要血偿，

前人的事业后人要承当！

我这里举红灯光芒四放——

爹！

（唱〔快板〕）我爹爹像松柏意志坚强，

　　顶天立地是英勇的共产党，

　　我跟你前进决不彷徨。

　　红灯高举闪闪亮，

　　照我爹爹打豺狼。

　　祖祖孙孙打下去，

　　打不尽豺狼决不下战场！

〔铁梅和李奶奶高举号志灯，“亮相”。红光四射。

〔灯暗。

第六场　赴宴斗鸠山

〔紧接前场。

〔鸠山会客室。桌上摆着酒席。

〔幕启：侯宪补上。

侯宪补　李师傅请吧。

〔李玉和从容镇静，坚定走上。侯宪补下。

李玉和　（唱〔二黄原板〕）一封请帖藏毒箭，

　　风云突变必有内奸。

　　笑看他刀斧丛中摆酒宴，

　　我胸怀着革命正气，从容对敌，巍然如山。

〔鸠山上。

鸠　山　哦，老朋友，你好啊？

李玉和　哦，鸠山先生，你好啊？

〔鸠山要与李玉和握手，李玉和视若无睹，鸠山尴尬地将手缩回。

鸠　山　哎呀！好不容易见面哪！当年在铁路医院我给你看过病，你还记得吗？

李玉和　噢，那个时候，你是日本的阔大夫，我是中国的穷工人，你我是“两股道上跑的车”，走的不是一条路啊！

鸠　山　呃！不管怎么说，我们总不是初交吧！

李玉和　（虚与周旋）那就请你多“照应”啰！

鸠　山　所以，请你到此好好地叙谈叙谈。来，请坐，请坐。老朋友，今天是私人宴会，我们只叙友情，不谈别的，好吗？

李玉和　（应对自若，探敌虚实）我是个穷工人，喜欢直来直去，你要说什么你就说什么！

鸠　山　痛快！痛快！来来来，老朋友，先干上一杯。

李玉和　鸠山先生，你太客气了。实在对不起呀，我不会喝酒！（推开酒杯，掏出烟袋，划火抽烟）

鸠　山　不会喝？唉！中国有句古语：“人生如梦”，转眼就是百年哪！正所谓：“对酒当歌，人生几何？”

李玉和　（鄙视地吹灭火柴）是啊，听听歌曲，喝点美酒，真是神仙过的日子。鸠山先生，但愿你天天如此，“长命百岁”！（讽刺地掷火柴于地）

鸠　山　呃……（尴尬一笑）老朋友，我是信佛教的人，佛经上有这样一句话，说是：“苦海无边，回头是岸”。

李玉和　（反击）我不信佛。可是我也听说有这么一句话，叫作：“道高一尺，魔高一丈！”

鸠　山　好！讲得好！老朋友，我们所讲的，只不过是一种信仰。其实呢，最高的信仰，只用两个字便可包括。

李玉和　两个字？

鸠　山　对！

李玉和　两个什么字啊？

鸠　山　“为我”。

李玉和　哦！为你？

鸠　山　不，为自己。

李玉和　（佯装不解）“为自己”？

鸠　山　对！老朋友，“人不为己，天诛地灭”呀！

李玉和　怎么？人不为己，还要天诛地灭？

鸠　山　这是做人的诀窍。

李玉和　哦！做人还要有诀窍？

鸠　山　做什么都要有诀窍！

李玉和　哎呀，鸠山先生，你这个诀窍对我来说，真好比：擀面杖吹火——一窍不通！

〔鸠山一怔。

鸠　山　老朋友，不要开玩笑了！就请你来帮帮我的忙吧！

李玉和　我是个穷工人，能帮你什么忙啊？

鸠　山　好啦，不必兜圈子了，快把那件东西交给我！

李玉和　啥东西？

鸠　山　密电码！

李玉和　哈……什么电马电驴的，我就会扳道岔，从来没玩过那个玩意儿！

鸠　山　（威胁地）老朋友，要是敬酒不吃吃罚酒的话，可别怪我不懂得交情！

李玉和　（从容地）那就随你的便吧！

〔鸠山示意，王连举上。

鸠　山　老朋友，你看看这是谁呀！

〔李玉和目光如电，王连举龟缩胆战。

〔鸠山示意王连举向前劝降。

王连举　老李，你不要……

李玉和　住口！

王连举　老李，你不要太死心眼儿了……

李玉和　（拍案而起，奋臂怒斥）无耻叛徒！（唱〔西皮快板〕）

屈膝投降真劣种，
贪生怕死可怜虫。
敌人的威胁和利诱，
我时时向你敲警钟！
你说道："既为革命不怕死"，
为什么背叛来帮凶？
敌人把你当狗用，
反把耻辱当光荣！
到头来，人民定要审判你，
变节投敌罪难容！

〔李玉和的革命正气，使叛徒心惊胆战，躲到鸠山背后。

鸠　山　（自以为得意）呃！老朋友，不要发火。呵……（挥手令王连举下）老朋友，这张王牌我本不愿意拿出来，可是你逼得我走投无路哇，所以，我是不得不这样做呀！

李玉和　（迎头痛击）哼！我料定你会这样做的！你这张王牌，不过是一条断了脊梁骨的癞皮狗！鸠山，我不会使你满意的！

鸠　山　（诡计失败，凶相毕露）李玉和，我干的这一行，你不会不知道吧？我是专给下地狱的人发放通行证的！

李玉和　（针锋相对）哼！我干的这一行，你还不知道吗？我是专去拆你们地狱的！

鸠　山　你要知道，我的刑具是从不吃素的！

李玉和　（蔑视地）哼！那些个东西，我早就领教过啦！

鸠　山　（妄图恐吓）李玉和，劝你及早把头回，免得筋骨碎！

李玉和　（压倒敌人）宁可筋骨碎，决不把头回！

鸠　山　宪兵队里刑法无情，出生入死！

李玉和　（斩钉截铁，字字千钧）共产党员钢铁意志，视死如归！鸠山！

（痛斥日寇，唱〔西皮原板〕）

日本军阀豺狼种，

本性残忍装笑容。

杀我人民侵我国土，

（唱〔快板〕）说什么“东亚共荣”不“共荣”！

共产党毛主席领导人民闹革命，

抗日救国几亿英雄。

你若想依靠叛徒起效用，

这才是水中捞月一场空！

鸠　山　来人！

〔伍长、两日寇宪兵上。

鸠　山　（唱〔西皮散板〕）

我五刑俱备叫你受用！

〔李玉和斗志昂扬，敞怀“亮相”。

李玉和 （冷笑）哼……

伍　长 走！

李玉和 （接唱）你只能把我的筋骨松一松！

伍　长 带走！

〔两日寇宪兵拉李玉和。

李玉和 不用伺候！

〔李玉和略一挥臂，两日寇宪兵踉跄后退。

〔李玉和从容扣纽，拿起帽子，掸灰，转身，背手持帽，以压倒一切敌人的气魄，阔步走下。

〔伍长、两日寇宪兵随下。

鸠　山 （精神上被完全击败，无可奈何地）好厉害呀！（念〔扑灯蛾〕）

共产党人，为什么比钢铁还要硬？

我软硬兼施全落空。

但愿得重刑之下他能招供——

〔伍长上。

伍　长 报告，李玉和宁死不讲！

鸠　山 宁死不讲？

伍　长 队长，我带人到他家再去搜！

鸠　山 算了。共产党人机警得很，恐怕早就转移了。

伍　长 是！

鸠　山 把他带上来！

伍　长 带李玉和。

〔两日寇宪兵拖李玉和上。李玉和身带伤痕，血迹殷红，英气勃勃，逼近鸠山，“翻身”，扶椅挺立。

李玉和 （唱〔西皮导板〕）

狼心狗肺贼鸠山！

鸠　山 密电码，你交出来！

李玉和 鸠山！（唱〔快板〕）

任你毒刑来摧残，

真金哪怕烈火炼，

要我低头难上难！

哈……

〔英雄气概，令群敌心胆俱裂。

〔李玉和“亮相”。

〔灯暗。

第七场　群众帮助

〔几天以后。上午。

〔李玉和家内外。

〔幕启：门外不远处坐着特务假扮的皮匠，监视李家。

〔磨刀人远处吆喝“磨剪子来戗菜刀”上。再吆喝，并机警地观察，见信号撤去，又见特务，决定待机再接线。

〔同时，李奶奶、铁梅闻声从里屋出，注视窗外。

〔磨刀人很自然地吆喝着下。特务窥视，未发现破绽。

李奶奶 铁梅，这位磨刀师傅，说不定是来接关系的！

铁　梅　奶奶，我拿着红灯找他试探试探，看是不是自己人。

李奶奶　不行，门外有狗，你出不去呀！

铁　梅　哎呀！是啊，我可怎么出去哪？（思索）奶奶，我有主意了！我从慧莲姐他们家出去！

李奶奶　孩子，你怎么过去呀？

铁　梅　前些日子，里屋床底下墙根儿的那块石头活动了，帮我爹修的时候，我还挪开钻过去玩儿过哪！

李奶奶　怎么，你还钻过去啦！

铁　梅　过去就是慧莲姐他们房子里！

李奶奶　好！让田家帮帮忙。就从那儿走！铁梅，你爹说的暗号你记清楚了没有？

铁　梅　我记清楚了！

李奶奶　好。你要是追上那位磨刀师傅，对准了暗号，接上了关系，就到西河沿老槐树旁边的石碑底下去取密电码。

铁　梅　老槐树旁边的石碑底下？

李奶奶　孩子！你不是听你爹讲过吗？可不能有一点儿马虎哇！

铁　梅　奶奶，您放心吧！

李奶奶　小心！

铁　梅　嗳。

〔铁梅拿号志灯，进里屋，下。

〔皮匠抽烟无火，扔掉空火柴盒。上前敲门。

皮　匠　开门！

李奶奶　谁呀？

皮　匠　缝鞋匠。

李奶奶　等着！（开门）

皮　匠　（进门）老太太。

李奶奶　你要干什么？

皮　匠　借火使使。

李奶奶　柜橱上有。

皮　匠　嗳。老太太，姑娘哪？（点烟）

李奶奶　病啦。

皮　匠　病了？在哪儿呢？

李奶奶　里屋躺着哪。

皮　匠　哦！好，谢谢。（出门）

李奶奶　这条狗！

〔皮匠招两特务上，耳语。李奶奶正要关门，两特务推门进屋。

李奶奶　干什么的？

特务乙　查户口！

特务甲　你孙女哪？

李奶奶　病啦。

特务乙　病了？在哪儿呢？

李奶奶　里屋躺着哪。

特务乙　叫她起来！

李奶奶　孩子病了，让她歇会儿。

特务乙　躲开！（拖开李奶奶欲掀门帘）

〔帘内声："奶奶，谁呀？"

李奶奶　查户口的！

〔两特务相对无奈，出门下。李奶奶关门，回身惊望。

〔慧莲从里屋出。

李奶奶　啊！慧莲你怎么过来啦？

慧　莲　李奶奶！（唱〔西皮流水〕）

铁梅已从我家走，

我婆婆叫我送信免您担忧。

过来时正遇特务盘问您，

骗敌人：我装作铁梅睡在床上头。

铁梅回来再从我家过，

有我掩护您就别发愁。

李奶奶　（感激地）你们帮了我们的大忙了！

〔铁梅从里屋出。

铁　梅　奶奶，慧莲姐！

慧　莲　铁梅，你可回来了！

李奶奶　要不是慧莲，事情可就闹大了。

慧　莲　你回来就好了，我也该回去看看啦。

铁　梅　谢谢你！

〔慧莲进里屋，下。

李奶奶　铁梅，快把那儿收拾好！

〔铁梅进里屋。李奶奶挂好号志灯。铁梅复出。

李奶奶　孩子，追上那位磨刀师傅了吗？

铁　梅　唉！我找了好几条街也没追上。我怕时间太长了，被特务发现，就赶快回来啦！

李奶奶　哦！

〔侯宪补上。令皮匠离去。敲门。

铁　梅　谁呀？

侯宪补　鸠山队长看你们来了。

铁　梅　奶奶！

李奶奶 铁梅，我要是被捕，你要想尽一切办法取出密电码，上柏山！

铁　梅 您放心吧，

侯宪补 开门哪！

李奶奶 开门去！

铁　梅 嗯！（开门）

〔鸠山上，进屋。侯宪补随进，侍立。

鸠　山 哦，老人家，你好哇！

李奶奶 你是鸠山先生？

鸠　山 不敢。鸠山。

李奶奶 请等一等，我收拾一下跟你走！

鸠　山 呃，我不是那个意思。老人家，李玉和讲有件东西交给你啦？

李奶奶 啥东西？

鸠　山 密电码！

李奶奶 丫头，他说的是什么？

鸠　山 就是一本书。

李奶奶 书？

鸠　山 对。

李奶奶 鸠山先生。（唱〔西皮原板〕）

我一家饥寒交迫度时光，

三代人都不识字，哪里有书在家中藏？

鸠　山 （接唱）李玉和已讲明岂能把我诳？

铁　梅 （接唱）让我爹爹自来取，何劳你空忙！

鸠　山 好啦，好啦！你们要是交出这本书，李玉和马上可以回家，给他个副科长。我保你们富贵荣华。

李奶奶 哼！（唱〔流水〕）

我看那富贵荣华如粪土，

穷苦人淡饭粗茶分外香。

你既然费尽心机来察访——

（向铁梅）给他找找看。

〔铁梅进里屋取出黄历，交李奶奶。

李奶奶 （对鸠山，唱〔原板〕）

免得你空手而回徒劳一场。

〔递“书”给鸠山。

鸠　山 不错！就是它！就是它！黄历？（翻看）要带回去研究研究它。老人家，是不是去见见你的儿子？

李奶奶 好！铁梅，好好看家！

鸠　山 不！小姑娘也一起去！

铁　梅 奶奶，咱们走！（唱〔西皮散板〕）

学爹爹浑身是胆万难不怕——

〔李奶奶、铁梅出门。

〔鸠山跟出。侯宪补令特务封门。

李奶奶 （接唱）革命人经得起地陷天塌！

第八场　刑场斗争

〔夜间。

〔日寇宪兵队监狱一角。

〔幕启：伍长、侯宪补侍立。鸠山上。

鸠　山　看来公开审讯，密电码是得不到了！窃听器？

侯宪补　安装已毕。

鸠　山　好，等他们母子见面之后，听他们讲些什么，或许可以得到一些线索。把老婆子带上来！

侯宪补　是！（向内）走！

〔李奶奶上。

鸠　山　老人家，你知道这是什么地方？

李奶奶　宪兵队！

鸠　山　你的儿子，就要在这里上西天了！老人家，当一个人犯了罪的时候，他的母亲能够救他的性命而不救，这样的母亲，未免太残忍了吧！

李奶奶　（义正词严，审判凶顽）你这是什么话！我的儿子，无缘无故地被你们抓起来了，你们还要杀害他。是你们犯罪！是你们残忍！你们杀害中国人，难道还要中国人承当，难道还要我老婆子承当吗？

鸠　山　好！请见见你的儿子去！

〔李奶奶毅然走下。鸠山示意侯宪补跟下。

鸠　山　把李玉和带到那儿去！

伍　长　带李——玉——和！

〔暗转。

〔刑场一角：围墙、高坡、劲松参天。远处峻岭入云。

李玉和　（内唱〔二黄导板〕）**狱警传似狼嗥我迈步**——（上场，“亮相”）**出监**。

〔两日寇宪兵上前推搡，李玉和大义凛然，坚韧不拔。“双腿横蹉步”，变“单腿后蹉”，停。“单腿转身”，“劈腿亮相”。无畏向前，逼退两日寇宪兵。

〔李玉和抚摸胸伤，蹬石揉膝。藐视铁链，浩气凌云。

李玉和 （唱〔回龙〕）休看我，戴铁镣，裹铁链，

锁住我双脚和双手，

锁不住我雄心壮志冲云天！

〔李玉和腿伤剧痛，“单腿后蹉”，揉腿，“劈腿亮相”。

李玉和 （唱〔原板〕）贼鸠山要密件毒刑用遍，

筋骨断体肤裂心如铁坚。

赴刑场气昂昂抬头远看：

我看到革命的红旗高举起，

抗日的烽火已燎原。

日寇，看你横行霸道能有几天！

但等那风雨过，（〔慢三眼〕）百花吐艳，

新中国如朝阳光照人间。

那时候全中国红旗插遍，

想到此信心增斗志更坚！

（唱〔原板〕）我为党做工作很少贡献，

最关心密电码未到柏山。

王连举他和我单线联系，

因此上不怕他乱咬乱攀。

我母亲我女儿和我一样肝胆，

（唱〔垛板〕）贼鸠山，要密件，

任你搜，任你查，

你就是上天入地搜查遍，也到不了你手边。

革命者顶天立地勇往直前！

〔李奶奶上。

李奶奶 玉和！

李玉和 （回望）妈！

〔李奶奶扑过去扶住李玉和。

李奶奶 （唱〔二黄散板〕）转眼间十七年旧景重现！

阶级仇民族恨涌上心间。

这这这日寇凶暴又奸险，

打得你遍体伤痕……儿啊！儿啊！

李玉和 妈，您不要心酸！

李奶奶 （接唱）有这样的好孩儿……娘不心酸！

李玉和 好妈妈！

（唱〔二黄二六〕）党教儿做一个刚强铁汉，

不屈不挠斗敌顽。

儿受刑不怕浑身的筋骨断，

儿坐牢不怕把牢底来坐穿。

山河破碎，儿的心肝碎，

人民受难，儿的怒火燃！

革命的道路再艰险，

前赴后继走向前！

孩儿虽死无遗憾，

只是那笔“账目”（以手势暗示密电码）未还，儿的心不安。

恨不得变雄鹰冲霄汉，

乘风直上飞舞到关山，

要使那几万万同胞脱苦难，

（唱〔散板〕）为革命粉身碎骨也心甘！

〔侯宪补带两日寇宪兵上。

侯宪补 老婆子，鸠山队长请你去谈谈！

李奶奶 （对李玉和）孩子，他要说什么妈都知道！

侯宪补 走吧！

〔李奶奶英勇走下。两日寇宪兵跟下。

侯宪补 带李铁梅！

〔铁梅急上。

铁　梅 爹……

〔侯宪补下。

铁　梅 （唱〔二黄散板〕）日夜盼望要见爹爹面，

你……这样浑身血满脸伤……爹爹呀！

李玉和 孩子，你不要哭！（抚爱地摸着铁梅的头发，毅然地）孩子，挺起来！（搀起铁梅，深切地）孩子！

（接唱）有件事几次欲说话又咽，

隐藏我心中十七年。

我……

铁　梅 （急拦）爹！您别说了，您就是我的亲爹！（跪）

（唱〔二黄滚板〕）爹莫说，爹莫谈，

十七年的苦水已知源……

〔李玉和扶起铁梅，心潮激荡。

李玉和 （唱〔二黄原板〕）人说道世间只有骨肉的情义重，

依我看阶级的情义重于泰山。

无产者一生奋战求解放，

四海为家，穷苦的生活几十年。

我只有红灯一盏随身带，

你把它好好保留在身边。

铁　梅　（唱〔二黄快三眼〕）爹爹给我无价宝，

光辉照儿永向前。

爹爹的品德传给我，

儿脚跟站稳如磐石坚。

爹爹的智慧传给我，

儿心明眼亮永不受欺瞒。

爹爹的胆量传给我，

儿敢与豺狼虎豹来周旋。

家传的红灯有一盏，

爹爹呀！你的财宝车儿载，船儿装，千车也载不尽，万船也装不完，铁梅我定要把它好好保留在身边。

李玉和　（唱〔二黄散板〕）万里长江波浪翻，

我家红灯有人传。

（向铁梅）

倘若你能回家转，

投亲友，度饥寒，“还清账目”（以手势暗示密电码）我无挂牵。

〔众日寇宪兵推李奶奶上。伍长上。

伍　长　鸠山队长给你们最后五分钟的考虑，不交出密电码，统统枪毙！（拉过铁梅）小姑娘，这是最后五分钟，你要交出密电码，一家大小都能活呀！明白？说！

〔铁梅坚定地走回亲人身边。

伍　长　密电码！

铁　梅　不——知——道！

伍　长　统统枪毙！

众日寇　嗨！

李玉和　别这么张牙舞爪的！铁梅，咱们搀着奶奶一块走！

〔《国际歌》乐起。三人挽臂向前，勇敢坚定，昂首登上高坡。

〔鸠山上。

鸠　山　慢！再给你们最后一分钟，请你们再想一想！

李玉和　（动地惊天的气概）鸠山！中国人民，中国共产党人，是杀不完的！我要你，仔细想一想你们的下场！

鸠　山　太可怕了！（对伍长）照计划执行！

〔鸠山下。

伍　长　枪毙！

〔在雄壮的《国际歌》乐声中，三代人视死如归，挺胸走下。

〔日寇宪兵跟下。

〔静场。幕内李玉和高呼："打倒日本帝国主义！""中国共产党万岁！"三代人振臂齐呼："毛主席万岁！"

〔排枪声。两日寇宪兵拉铁梅上。推倒。

铁　梅　（站起，回身呼唤）爹！奶奶！

〔鸠山、侯宪补、伍长上。

鸠　山　李铁梅，密电码你交出来！

侯宪补
伍　长　说！

〔铁梅怒视鸠山。

鸠　山　把她放了！

侯宪补 是。走！

〔伍长推铁梅下。日寇宪兵随下。

侯宪补 队长，怎么把她放了？

鸠　山 这叫作放长线钓大鱼！

侯宪补 是！

〔灯暗。

第九场　前赴后继

〔紧接前场。清晨。

〔李玉和家内外。

〔幕启：铁梅进屋，靠在门上。环视屋里，想到爹爹、奶奶的牺牲，悲愤满腔。

铁　梅 爹！奶奶！（扑在桌上哭。少顷，徐徐抬头，见号志灯，急奔过去擎起）奶奶，爹！你们为什么死的，我都明白了。我要继承你们的遗志，我要做红灯的继承人！密电码一定送到柏山，血海深仇一定要报！鸠山哪，鸠山！你抓，你放，虽由不得我；这要密电码，可就由不得你！

（唱〔西皮导板〕）提起敌寇心肺炸！

（唱〔快三眼〕）强忍仇恨咬碎牙。

　　贼鸠山千方百计逼取密电码，

　　将我奶奶、爹爹来枪杀！

（唱〔二六〕）咬住仇，咬住恨，

嚼碎仇恨强咽下，

仇恨入心要发芽！

不低头，不后退，

（唱〔快板〕）不许泪水腮边挂，

流入心田开火花。

万丈怒火燃烧起，

要把黑地昏天来烧塌！

铁梅我，有准备：

不怕抓，不怕放，不怕皮鞭打，不怕监牢押！

粉身碎骨不交密电码，

贼鸠山你等着吧——

（唱〔散板〕）这就是铁梅给你的好回答！

走！（拿起号志灯欲走）

〔慧莲从里屋出。

慧　莲　铁梅！

铁　梅　慧莲姐！（放灯，插门）

慧　莲　我妈看你来啦！

〔田大婶从里屋出。

田大婶　铁梅！

铁　梅　大婶……（扑在田大婶怀里）

田大婶　孩子，你爹跟你奶奶的事情，我们大家都知道啦！看那些吃人的野兽，能够横行到什么时候！铁梅，现在门口有人盯着你，你出不去，还是从我们家走吧！快把衣裳脱下来跟慧莲换换。

铁　梅　不！大婶，我不能连累你们哪！

田大婶　孩子！（唱〔西皮散板〕，同时为两人互换衣服）

穷不帮穷谁照应，

两颗苦瓜一根藤。

帮助姑娘脱险境，

逃出虎口奔前程。

铁　梅　大婶，你们要出了事可怎么办哪？

田大婶　孩子，我们两家是多年同仇共苦的工人，我不管担什么风险，也要把你送出去！

铁　梅　（感激地）大婶……

田大婶　孩子，快走！

慧　莲　铁梅，快走吧！

铁　梅　姐姐，大婶，我永远也忘不了你们！

田大婶　快走！

〔铁梅拿起号志灯进里屋，下。

田大婶　慧莲，多加小心！

〔田大婶进里屋，下。

〔慧莲围好铁梅的围巾，遮住下半脸；挎货篮出门，反手带门。下。

〔特务乙、丙从电线杆后闪出，跟踪下。

〔灯暗。

第十场　伏击歼敌

〔紧接前场。

〔通往柏山的路上。

〔幕启：磨刀人率改扮农民的两游击队员上。铁梅上，相遇。

铁　梅　磨刀叔叔！（从篮内取出号志灯，举起）

磨刀人　（向两游击队员）警戒！

铁　梅　叔叔，我可找到您了！我爹跟我奶奶……

磨刀人　知道了。铁梅，别难过，把悲痛化为力量，这个仇一定要报！密电码哪？

铁　梅　我带来了！

磨刀人　好哇！

铁　梅　叔叔，多亏邻居田慧莲姐姐假扮我的模样，把特务引走，我才能平安取出密电码来到这儿！

磨刀人　田慧莲一家必然引起敌人的注意。（向游击队员甲）老冯，你设法把田慧莲一家速速转移！

游击队员甲　是！

〔游击队员甲下。警车声响。

游击队员乙　老赵，敌人来了！

磨刀人　你护送铁梅上山。我们来对付他们！

〔游击队员乙引铁梅下。

〔王连举内喊："站住！"鸠山、王连举带日寇宪兵追上。磨刀人阻挡。鸠山喊："带走！"磨刀人夺过王连举手枪，击毙一日寇宪兵。抛出磨刀凳，砸向王连举。

〔众游击队员跃出树丛，"亮相"。

〔山岩上，一游击队员击毙一日寇宪兵。

〔鸠山、王连举逃下。磨刀人、众游击队员追下。

〔众游击队员飞下山岩，追击日寇。

〔一游击队员手持红缨枪，奋战两日寇宪兵。两日寇宪兵先后逃窜。游击队员追下。

〔磨刀人追击王连举上。两人格斗。

〔鸠山、众日寇宪兵上。一场短兵相接的搏斗。游击队尽歼日寇。处死叛徒。刀劈鸠山。

〔伏击大捷。众游击队员威武“亮相”。

〔灯暗。

第十一场　胜利前进

〔紧接前场。

〔柏山。

〔幕启：红旗飘扬，天空明朗。游击队长从山坡上走来。磨刀人引铁梅上。众游击队员齐上。铁梅把密电码庄重地交给游击队长。众挥舞刀枪，欢庆胜利。铁梅高举红灯，光芒万丈。

〔徐徐闭幕。

（中国京剧院于1964年首演）

话　剧

狗儿爷涅槃

锦　云

时　间　现代

地　点　北方，一个傍山小村

人　物　狗儿爷（陈贺祥）

祁永年（还有他的幻影）

李万江

苏连玉

冯金花

陈大虎

祁小梦

1

〔舞台上一片漆黑。在渐生的微光中，可见一个形状巍峨的旧式砖砌门楼的剪影。

〔先闻一阵窸窸窣窣的响声。一根火柴划亮了，旋又被风吹灭。在火光一现中，我们看见了他——狗儿爷。狗儿爷，这记载着他和他的父辈一段辛酸历史的不雅诨号，已经伴随着我们主人公走过七十余载的人生旅途。村中的老少爷儿们，似乎忘记了他的堂堂大名——陈贺祥。此刻他已老态龙钟，满头堆雪，但那神态，却像一只困兽，张望着，捕捉着，也伺机着。又一根火柴被他划着，又灭去。

狗儿爷 娘的！一辈子不走运，临了儿连根洋火都划不着，邪了，邪了……

〔又划一根，着了。他去引燃一个用柴草扎成的火把——

〔他身后出现了祁永年的幻影——姑且依旧称之为祁永年罢，他作吹火状，随即一阵风哨声，擎在狗儿爷手中的刚刚引着的火把又灭掉。

狗儿爷 （猛回头，始惊愕，继平缓地）是你？

祁永年 是我。

狗儿爷　你不是人。

祁永年　……不是人。

狗儿爷　你是鬼。

祁永年　……是鬼。

狗儿爷　你来干什么？

祁永年　因为你想我。

狗儿爷　我想你干吗？

祁永年　因为……你闷得慌。到了咱这岁数，想谁来谁就来。（指门楼）就这么烧了？

狗儿爷　烧。

祁永年　放火可是犯法。

狗儿爷　我烧我儿子！

祁永年　还有我闺女——你那儿媳妇一半儿呢。

狗儿爷　一块儿烧！

祁永年　烧了，烧了，你“了”啦？哈哈！

狗儿爷　你笑什么？

祁永年　我笑你。

狗儿爷　笑我啥？

祁永年　笑你不如我。

狗儿爷　（蔑视地）我会不如你，嗯？我会不如你？

祁永年　你狗儿爷就是不如我。这门楼，我住过，大荷包掌柜的我当过，死了——虽说死得不那么开心，大小算个三顷地的财主，也闭眼了。你呢，得门楼，烧门楼，这就叫狼肉贴不到狗身上。

狗儿爷　你给我滚，臭地主！

祁永年 咱俩可是儿女亲家。

狗儿爷 我压根儿不认，怕脏了我的门风。

祁永年 咱俩，一辈子鸡吵鹅斗，一辈子冤家对头，这晚儿，该讲和了。人家小两口可正商量过好日子呢——

〔门楼的另一侧，出现陈大虎、祁小梦。

祁小梦 门楼是你爹的命根子，你敢动？

陈大虎 破车碍好道，就得动动。

祁小梦 今儿下午可是闹了个人仰马翻。

陈大虎 人老了，好糊弄。

祁小梦 你爹可不好糊弄。

陈大虎 还不是照样蒙他。咱就说把门楼卖了，卖钱还账。他一病二十年，卖门楼子还了他吃药的钱。

〔狗儿爷、祁永年一直在谛听。

祁永年 听听，卖啦！

陈大虎 明天就卖，卖了就拆。

狗儿爷 明天卖，老子今天烧！烧了才痛快，烧了才足性，烧了才踏实，烧了才……

祁永年 烧吧，烧吧，又红火又热闹！

狗儿爷 你神气个啥？一个三顷地的破财主！五道庙的神仙——没受过大香火。大财主，咱当过……

祁小梦 老头子好像是睡了。

陈大虎 折腾够了，也该歇歇了。

祁小梦 偏有那老人，越老越精，越老越死性，越老越难对付，你爹就是。

陈大虎 财迷转向呗！

祁小梦 蛤蟆不长毛——天生的那道种儿！你不财迷？东拉西扯地忙活一天，上炕累得直哼哼，相儿！

陈大虎 那为谁？我是耙子，你是匣子，我的宝贝匣子……

祁小梦 行啦，快看看你爹去吧！

祁永年 嘻嘻，财主的热屁你都拾不着，还当过——

狗儿爷 当过！你狗儿爷当过大财主，你狗儿爷挂过千顷牌！

祁永年 不就是收了我那二十亩地的好芝麻？

狗儿爷 呸！那怎么是你的呢？大炮一响，你兔崽子滚蛋了，全村人跑光了。（回味而神往地，可闻枪炮声隐隐）就剩那没边儿没沿儿的一汪金水儿似的好庄稼，满洼满洼的饱盛粮食，瞅着眼宽，想着舒心，拿着顺手——谁的？咱的！你狗儿爷的！天爷呀，人活到这份儿上，才有点儿滋味，嘿嘿，哈哈……

祁永年 揣着元宝跳井——舍命不舍财的土庄稼孙，嘿嘿，哈哈……

〔陈大虎急促的喊声："爸爸，爸爸！"

〔笑声、喊声隐去。枪炮声大作。暗。

2

〔枪声时而遥远，时而响在耳畔。

〔狗儿爷身后是大片熟透了的秋粮。这会儿，他满头的白发消失，复成壮年。

狗儿爷 说咱狗儿爷上炕认得媳妇，下炕认得鞋，出门认得地——不对！这地可不像媳妇，它不吵不闹，不赶集不上庙，不闹脾气。小媳妇儿要不待见你，就蹑手蹑脚，扭扭拉拉，小脸儿一调，给你个后脊梁。地呢，又随和又绵软，谁都能种，谁都能收。大炮一响，媳妇抱着孩子，火燎屁股似的随人群儿跑了。穷的跑了，富的也跑了。地不跑，它陪着我，我陪着它。好大的粮食囤啊，就剩我，还有这个不怕死的蝈蝈儿……

〔一左一右，光环里同时出现祁永年和陈大虎的面孔。

祁永年 生死由命，富贵在天——甭你美，狼肉贴不到狗身上！

陈大虎 （同时）这大概是我爹一生中最得意的时刻。这点事，怀里抱着我的时候他就说，手里领着我的时候他还说，现在，你们有工夫，就听他说。我想，听一回也就够了。风吹票子满地滚的时候，咱各打各的主意。

〔左右隐去。

狗儿爷 怎么着，这庄稼不该收？熟掉地的粮食，眼瞅着不收，阎王爷都不饶你。——哈，好喜人儿的高粱！好长势，好品种，（指点）“歪脖黄”“打锣槌”“凤凰窝”“黑老婆儿翻白眼”，嘿，穗头挺大，秋不高——“母猪跷脚”。来吧，挑进篮儿里就是菜……呸！小家子气，高粱原本是贱粮，吃多了拉不出屎来，还是这“金皇后”老玉米……哟，芝麻！张开嘴儿的芝麻，坐角低，秸秆高，一水儿的“霸王鞭”，老祁家的，好长的地头，足有五百丈，我给他扛活的时候，半天锄不了一遭地。姓祁的跑了，谁的，你狗儿爷的，来吧！（砍芝麻）真他妈过瘾……砍完了芝麻刨花生，还有黍子呢，过年好吃黏饽饽……（炮声）“你个财黑子，连老婆孩子都不要了！”媳妇抱孩子跑的时候这么骂我。阎王爷不收就能活着回来，要收你，一个炮弹下来，我不去炸死俩，我去了饶一个。孩儿他妈呀，你要是福大命大活着回来，我的小乖乖，你就喝香油吧！（砍着，念着）舍不得孩子——套不住狼，舍不得媳妇——逮不住和尚！舍不得孩子……（渐向舞台深处）

〔炮声渐隐。

3

〔已是战后。祁永年逃难回来，打上狗儿爷门来。

祁永年 （恶狠狠地）狼肉贴不到狗身上！狗儿爷，小狗子——

〔狗儿爷上。

狗儿爷 （踌躇满志，哼着河北梆子《大登殿》）“十呀八年，才坐了西帝长安……”要说当个地主可也不易——忒累！为倒腾这十几石芝麻，腰都快累折了。（立刻纠正自己）小家子气！没吃过猪肉还没见过猪跑？那时候你就是陈大掌柜的了！瞧人家祁永年，一年到头，长袍短褂儿，干鞋净袜儿，横草不拿，竖草不拈，出门就骑驴，吃咸菜泡香油……这刚才，谁呀？叫大号成不成——陈贺祥！

祁永年 （鄙夷地）大炮一响，倒把你小子端起来了。我说，这年成不错吧？

狗儿爷 敢情！（神秘地）不瞒你说，盆里碗里，连鞋窠拉儿里都是香油，油脂麻花吃腻了不说，敢情油性忒大了跑肚拉稀。

祁永年 （不阴不阳地）说吧，工钱怎么算？

狗儿爷 工钱，啥工钱？

祁永年 你给我收芝麻，我得开给你工钱哪！

狗儿爷 噢，二十亩芝麻，穷命一条。要芝麻，拿命来。

祁永年 我告诉你，还乡团可要回来。

狗儿爷 我告诉你，区小队可离这儿不远，过河儿就是。

祁永年 这芝麻是我的，长在我地里的。

狗儿爷 这芝麻是我的，装在我口袋里的。

祁永年 还有王法没有？

狗儿爷 王法叫大炮轰啦！

祁永年 天生的无赖，贱种。

狗儿爷 你小子骂人？

祁永年 祖上无德，你爹就是贱种。

狗儿爷 你爹就是贱种！

祁永年 你爹不是贱种？跟人家打赌，活吃一条小狗儿，赢人家二亩地，搭上自个儿一条命，还给你挣了个狗名字。

狗儿爷 （不平地）那是因为我爹没有地，他喜欢地，可是没有地……你爹不是贱种？你爹一落草儿脑门子上就錾着字——大财主？呸！光绪年间发大水，满洼里沟满壕平，地里不剩一根草刺儿，偏你们家的房顶上长了二尺高的香菜——你说，那泥坏房顶上怎么会长香菜呢？

祁永年 傻小子，那是财神爷指使我爹，把一大包子香菜籽儿拉拉到抹房和泥用的麦糠里啦。

狗儿爷 我爹倒是听说了，第二年抹房，在那麦糠里拌上了香菜籽儿，倭瓜籽儿，还有西葫芦籽儿，偏巧七七四十九天没见一个雨星星儿。俺们爷儿俩也没少给财神爷上供，还不如喂狗呢！

祁永年 那是你爹命贱。

狗儿爷 你爹命也不贵，是他那香菜卖得贵。损不损？卖到大饭庄里一角钱一根！你们家这三顷地就是这么来的。

祁永年 哎，就是这么来的，发财啦！

狗儿爷 就许你发财？老子也要发发，可劲儿地发发！

祁永年 你这不是正道儿！

狗儿爷 老子土里刨食儿，敢说不是正道儿？

祁永年 少废话，赔芝麻！

狗儿爷 赔你个“坐着”，爷没工夫！

祁永年 狗性难改，那年你就把我的大辕骡掉进井里头……

狗儿爷 赖谁？我给你扛活，你不叫我歇，也不叫牲口歇，它渴急了，还不往井里扎？你把我吊在你们祁家那座高门楼上，水沾麻绳一通打，肉皮子坏了还能长起来，可惜了我那件刚上身的老寨子布的小褂儿叫你打烂了。挨打顶了你的骡子，小褂儿你得赔我，赔我！

祁永年 胡搅蛮缠！把芝麻还我，没事儿。

狗儿爷 想要芝麻，没门儿。

祁永年 别忘了，这地——我是地主！

狗儿爷 大炮一响，你滚蛋了，我就是地主！

祁永年 我是地主！

狗儿爷 我是地主！

〔一阵枪声震耳。李万江持枪跑上，他是民兵小队长。

李万江 谁是地主？

狗儿爷 （指祁永年）他是！

李万江 （训斥地）逃亡地主祁永年听着：命令你即刻回家，仔细如数地清理浮财，把土地文书匣子准备出来，听候斗争处理。

祁永年 （惶恐地）是。

李万江 老老实实，不准捣鬼！

祁永年 是。（欲下）

狗儿爷 （神气地）回来！

祁永年 是。

狗儿爷 老老实实，不准捣鬼！去吧。

祁永年 是。（下）

狗儿爷 （兴奋欣喜地）万江兄弟，咱们的队伍打回来了？

李万江 打回来了！

狗儿爷 解放了？

李万江 解放了！

狗儿爷 不受祁永年的气了？

李万江 永远不受了！

狗儿爷 咱，有地种了？

李万江 很快就平分。

狗儿爷 大恩大德，大恩大德！兄弟，你狗儿哥半辈子忍受祁家的，别的房子俺不要，求你做主，把祁家那高门楼儿，俺吊在上头挨过打的，把它分给咱吧，行呗？

李万江 行，就分给你！

狗儿爷 大恩大德，大恩大德……

〔村中乡亲苏连玉风风火火地跑来。他是个剃头匠，常赶集串乡，因而消息灵通，一个办好事不见多好，办坏事不见多坏，而又非常乐意助人办事的家伙。

苏连玉 狗儿哥……俺狗嫂没啦！

狗儿爷 （急切地）她……

苏连玉 俺们都躲在东沙岗的柳树巷里，一个炮弹下来，炸了个锅底儿坑，嫂子她就……

狗儿爷 我那大虎呢？我儿子呢？

苏连玉 孩子倒没事，好好儿的，抱回俺家去了。

狗儿爷 （大恸）芝麻有了，媳妇没了！我的亲人……我的儿子……

〔暗。

4

〔陈大虎的声音："爸爸，爸爸！"

〔灯光照亮门楼的一角，满头白发的狗儿爷偎伏在那里。

〔陈大虎找到了狗儿爷。

陈大虎 爸爸，您又晕乎什么呢？

狗儿爷 （一动不动地）我想你妈。

陈大虎 （平静地）亲妈死了，就为您那二十亩芝麻……

狗儿爷 想你后妈。

陈大虎 后妈走了，就为您死心眼，想不开……

狗儿爷 （紧紧抱住门楼的砖角）门楼，我的门楼！

陈大虎 就剩这门楼，还有我。您要哪个，说话吧！

〔祁小梦披衣上。

祁小梦 大虎，城里打来长途电话，问咱的白云石厂啥时候开工？

陈大虎 照时不误——明天。

祁小梦 明天？这门楼——

陈大虎 拆。不拆怎么走汽车？爸爸，回屋去吧！

祁小梦 折腾病了，还得俺们伺候您，都挺忙的。

狗儿爷 （无奈何）虎儿的妈，虎儿的妈，我的亲人哪……

〔暗。

5

〔光启前，先闻苏连玉的声音："狗儿哥，走吧！"

〔春日拂晓，凉风习习。路边有星星点点的花草。狗儿爷和苏连玉并肩走来。

苏连玉 我的哥哥，瞧你这三心二意的劲儿，这是娶媳妇，美差，不是上杀场！

狗儿爷 美差是美差，可这么快，不怕老少爷们儿笑话？

苏连玉 没人笑话这个。老话儿说：女人好比是墙上的泥坯，揭去一层还有一层。走了穿红的，就有挂绿的。你这二茬子光棍的罪，还没受够？种地，开油坊，里里外外，又当爷们儿，又当娘们儿，不是事儿。我担着剃头挑子走村串户，早就替你留神踅摸了。

狗儿爷 这兵荒马乱的，缓腾缓腾再说吧！

苏连玉 得了，狗儿哥，别拿捏着啦。桃村那头我可递过话儿去了，我说俺们陈大爷中年丧妻，日子足性，别的甭说，光香油家里也趁个三缸两缸的。听我这一说，那小寡妇小嘴儿乐得瓢儿似的。再说那小模样儿，就别提多俊了，我想想长得跟谁似的，咱村就没那么个人……对，就跟你们家西屋东墙上贴的那张吕布戏的那个貂蝉似的。

狗儿爷 真的？

苏连玉 去了瞧哇，这又不是隔山买老牛。说句丧良心的，见了她，恨不得头年柳树巷那一炮打的不是你媳妇，干脆是我那块“产业”——邋遢相儿！长得磨盘似的。

狗儿爷 别瞎说。人家多大？

苏连玉 十九。

狗儿爷 我都三十八啦。

苏连玉 怕啥？这年头，有您这十五石五斗芝麻戳着，黄花闺女都能娶，小寡妇算啥！咱哪，事不宜迟，说去就去，有把儿烧饼先攥到手，不能临了儿放了秃尾巴鹰，给他来个先下手为强——抢！

狗儿爷 抢？

苏连玉 听我的，没错儿。他们那儿是敌占区，还没闹“妇女解放”呢，寡妇嫁人缺多大理似的，谁要生了这个心儿，再是个漂漂亮亮的，那帮子红了眼的光棍汉就都来下家伙，谁抢到手是谁的，还有半路上让人劫走的呢。瞧，我还带根打狗棒呢！（亮出身后的棍子）

狗儿爷 （也早有准备）我还带了根绳子，万一要是……

苏连玉 （恍然）敢情你小子早有准备，还在这儿穷磨牙！走吧，趁天没亮。

狗儿爷 十八里地，一跑就到。

苏连玉 记住，到那儿，别说你三十八。

狗儿爷 知道。

〔二人隐去。随即灯光照出一树桃花。冯金花背身站在树下。狗儿爷在央求。不远处有苏连玉持棒的身影。

狗儿爷 你叫冯金花？

〔冯金花点头。

狗儿爷 “寻”我你愿意？

〔冯金花摇头。

狗儿爷 哎呀，到这时候了，来点痛快的吧！先扭过脸儿来行不行？

冯金花 （转身）给你，让你看个够。

〔狗儿爷假装吸烟，划亮一根火柴，他是要借亮瞅瞅。火光照亮两个人的脸。

狗儿爷 娘的，是挺中看。

冯金花 妈哟，你多么大啦？

狗儿爷 三十……三十一。

冯金花 比我大一轮。

狗儿爷 你也属狗？

冯金花 什么？

狗儿爷 （急数算）子丑寅卯……属蛇，都属蛇，你看我这记性。

冯金花 我嫌你大。

狗儿爷 还大？这小女婿的拳头，大女婿的馒头——大女婿知道疼，我的傻奶奶儿！我疼你……

冯金花 呸！——怎么个疼法？

苏连玉 （插话）瞧他那满脸胡楂子。

冯金花 嗯？

狗儿爷 这……（猛见苏连玉向他伸出三个指头）噢，我许给三条。

冯金花 三条，哪三条？

狗儿爷 居家过日子，男的是耙子，女的是匣子——咱可别是没底儿的匣子。进门你当家，我交钥匙，行呗？

冯金花 差不离儿。第二呢？

狗儿爷 大麦二秋，不用你下地。

冯金花 我还是肉皮子嫩，日头晒了长毒疮。

狗儿爷 我行，庄稼人有闲死的，没累死的。眼下地不多，日后地多了，咱兴许还能雇个人手儿呢！

冯金花 真的？你说还能雇人？

狗儿爷 怎么着，就许他们雇我？告诉你，咱……有存项！

冯金花 听说了。第三？

狗儿爷 第三……（见苏连玉又向他伸出三个指头）噢，许你不上三台：一不上井台，咱村南有甜水井，村北有凉水泉儿，我把大缸小缸老给你挑得满满的。二不上磨台，捅驴屁股抱碾棍，本来不是娘们儿干的，粗罗麦子细罗面，供上你吃用了。三不上锅台，我会烙饼摊鸡蛋，切细咸菜丝儿泡香油，咱见天吃这个。还有什么你说，我满应满许，行了呗？

冯金花 哼，你们男的都这样儿，这会儿急得撂蹦儿，说啥都行，过后儿就变卦！

狗儿爷 咱狗儿爷可不是那路人。

冯金花 （掩口）嘻……

狗儿爷 大名陈贺祥——我说孩儿他妈……

冯金花 去，来不来的先叫这个！

狗儿爷 我样样儿许了你个老满儿，可有一宗，你可得把咱大虎看顾好，那可是咱陈门后承啊！

冯金花 （伤神地）我死了男人，又新死了孩子，奶还没吊上去，（抚胸）老胀得疼，怀里空得慌，缺个孩子。

狗儿爷 嘿，芝麻粒儿掉进针鼻里——巧啦！连玉兄弟，成啦——

冯金花 谁说成啦？

狗儿爷 不成？不成再说，咱长长的工夫耐耐的性儿，你还要怎个儿？

冯金花 俺们这儿的老例儿，不管新人旧人，不能脚踩地走着出村，不能落下话把儿，说俺们是自个儿走来的。

狗儿爷 可眼下，哪儿去找人马车辆呢？这么办，我背你——（摆架势）

冯金花 累死你！

狗儿爷 心疼了不是？

苏连玉 还有我呢。（吓唬地）瞧，大道上可有一伙人过来啦！

狗儿爷 孩儿他妈，快——

冯金花 （扒上后背，捶他脊梁）你个狗儿爷……

狗儿爷 回家吧，我的狗儿奶奶！（小跑）

冯金花 哎哟，瞧你，硌我腰啦……（咯咯笑，被狗儿爷背下）

苏连玉 （羡嫉地）好事儿全叫他摊上啦！喝喜酒去。

6

〔舞台一片敞亮，敞亮得有些耀眼。磨砖对缝的海青门楼修饰一新。紫红紫红的大枣压颤了枝条。门楼前、枣树下，略置矮方桌、矮板凳。

〔冯金花坐在矮凳上纳鞋底儿，随着针线的走动，嘴里悠然地哼着什么小曲儿，比如说是“大轱辘车呀轱辘轱辘转哪转哪转哪转到了咱们的家……"

〔幕后传来狗儿爷的喊声："往哪儿跑……"遂上，手里攥几颗红枣。

冯金花 嚷谁呢？又是这么纸糊的驴——大嗓儿！

狗儿爷 你倒自在，我给牲口拌顿草的工夫，让人家把枣树刨了你也不管。也没见过这样的穷孩崽子，由打小枣儿刚落花胎儿就来糟害，不怕贼偷，就怕贼惦记。（又喊起来）有人养活没人管的听着，你家是过日子，人家也是过日子！

冯金花 行了，行了，火上房似的，不怕人家笑话。本来嘛，大枣大枣，谁见谁拢，一个稀罕物儿，吃个就吃个，乡里乡亲的，抬头不见低头见，莫不成谁家还能房顶上开门儿？

狗儿爷 今儿丢仨，明儿就许丢五个。（看手里的大枣）咱小虎儿呢？

冯金花 让那院他连玉大婶抱去玩啦。你过来瞅瞅……

狗儿爷 啥？

冯金花 虎儿的大鞋底子，都快赶上你啦！

狗儿爷 邪乎，四岁的孩子能有我脚大？

冯金花 我说，明儿我想赶个集去。

狗儿爷 一哭二笑，三赶集四上庙——娘们儿的能耐。

冯金花 我想找个先生瞧瞧，过门儿这几年了，我也没……

狗儿爷 就为这……嗨，年轻的时候我就算过一卦，说我命中一子，怕啥？好儿不在多，一个顶十个。

冯金花 想起这档子，就觉乎着对不住你。（抽咽起来）有个一男半女的，也是我的个依靠。

狗儿爷 你这么疼虎儿，还怕虎儿不疼你，不护你的怀？

冯金花 谁知道呢，一层肚皮一层山……

狗儿爷 咱虎儿可是有良心的，用不了几年就长大了——他大了，我也老了！

冯金花 你不老，老了，我也不嫌。

狗儿爷 是呗，小女婿的拳头……

冯金花 行了，说说又来劲了，唱曲儿似的哄我，当初你三条五条地满嘴抹蜜，过了门儿怎么样，这几年拿人当驴使，差点儿没把人累死。

狗儿爷 过日子就得抽筋扒骨。眼下好了，菊花青买了，气轱辘大车拴上了，磨扇压手的日子总算过去了，趁眼下地皮子贱，能多抓挠几亩是几亩，先把苏连玉大斜角这三亩买过来，好一好儿明年还能多置点。（仰看门楼）你老祁家吹灯拔蜡，完蛋啦！高门楼、过浆砖、小布瓦儿、磨砖对缝，十里八村儿头一份儿的体面，姓陈啦！见天见打这走几趟，不吃饭心里也舒坦。姓祁的，哪天老子也把你挂在这儿门楼上打打秋千。你狗儿爷有这么大权力？有！谁给的？咱政府！

〔苏连玉上。

苏连玉 （喊）狗儿哥！

狗儿爷 瞧，肥猪拱门来啦——

冯金花 连玉兄弟，过来坐。

苏连玉 嫂子，虎儿可真聪明，扳着手指头数数儿，一气儿能数到三百。从小看大，三岁看老，这小子大了准不是善茬儿，秀才、举人手拿把攥。（回身叫）来吧，这老地方，你还不熟？

〔祁永年神情猥琐地走来，停步，直盯着那本属自己现却已归外姓旁人的门楼，心思无限。

狗儿爷 （扯过苏连玉）你怎么把他给带来了？

苏连玉 买地卖地，这得过帖子，写文书，咱村除了他，没人会写。

狗儿爷 你就不许顺手划拉划拉？

苏连玉 我呀，贴对联儿还把个“肥猪满圈”贴屋里呢！不怕，咱斗争性儿归斗争性儿，事儿归事儿，就算咱借他的手使唤使唤，让他伺候伺候咱，还不行？

狗儿爷 对，今儿让他伺候伺候咱。……祁永年，过来坐吧！

祁永年 不不，我就站站。

苏连玉 叫你坐你就坐，站着怎么写字？

祁永年 是。（坐下，打开布包，摊开笔砚）

狗儿爷 虎他妈，咱那张高丽纸呢？

冯金花 在墙柜东头的皮匣里。

狗儿爷 快，给咱钥匙。

〔冯金花把拴有铜铃的钥匙给他。

冯金花 （得体地）祁家大哥，喝水。

祁永年 不敢不敢。看得出，日子挺发旺啊！

冯金花 托共产党的福呗。

祁永年 是，是，这眼下，又要置地……

〔狗儿爷取纸回来，让冯金花回屋里。

狗儿爷 （接道）手里头有俩糟钱儿，闲着也是闲着，就置买点儿。庄稼人地是根本，有地就有根，有地就有指望，庄稼人没了地就变成了讨饭和尚，处处挨挤对。这理儿——你在行啊！

祁永年 是，是。

狗儿爷 （卖谝地）这菊花青也是贱骨头，这两天不大拿食儿，大把大把的料豆子抓给它，闻都不闻，叫我灌了它两勺子香油才好了。连玉兄弟，这气轱辘车就是比咱那笨式花轱辘拿活，打足了气自个儿就往前蹿，邪不邪？大菊花青都坐不住坡，那天愣抻断了两根后鞧。

苏连玉 （顺口答音）那是，马是龙性。

狗儿爷 还有这门楼，这一归置，更体面了吧？

苏连玉 体面多了。

狗儿爷 老祁，你说呢？

祁永年 体面。

苏连玉 （对祁永年）还愣什么？开写吧。

祁永年 老苏，你是要卖……

苏连玉 村东大斜角，三亩。

祁永年 （感触殊深）大斜角……

苏连玉 这你门儿清，在先是你们祁家祖遗产呢。

祁永年 （落笔，随口念出）立卖契人苏连玉，因本身不便……

苏连玉 对，本身不便。娘们儿半拉身子骨，常年干不了活儿，除了生孩子没耽误，别的全误了，张嘴物儿不少，干活儿的不多。我也就会剃头，挣不上仨瓜俩枣，有点儿地也撂荒了。往下写——

祁永年 因本身不便，愿将大斜角地三亩……

苏连玉 写明内有水井一口。

祁永年 （脱口）知道。

苏连玉 对呀，狗儿哥，你忘啦？那年那头骡子……嫂子，你不知道，就在这门楼儿上，他把俺狗……

狗儿爷 （觉得有损锐气）别说啦！写——

祁永年 （写）东至……

苏连玉 东至柳树巷，西至老官道……唉，这你门儿清，我才种几年儿？

祁永年 （写）愿卖——多少？

苏连玉 三石芝麻。

祁永年 三石芝麻？（对苏连玉）便宜呀！

苏连玉 便宜就便宜，俺们哥们儿过得着。

祁永年 （对狗儿爷）太便宜啦！

狗儿爷 你还有完没完？瞅着眼儿热你买！叫怎么写你就怎么写不得了，仨鼻子眼——跟我这多出一口气儿！写，三石芝麻……

祁永年 （摇头惋惜，写）三石芝麻，卖与……

狗儿爷 写大名，陈贺祥！

祁永年 （写）永不反悔，空口无凭，立字为证。立字人：苏连玉、陈贺祥。代笔人：祁永年。二位，有印章吗？

狗儿爷 印章？（摇头）

祁永年 那就……摁个手印儿吧！（慢条斯理地打开随身携带的印盒）

〔狗儿爷和苏连玉摁手印，祁永年加盖印章。狗儿爷盯着那方神秘的印章，不觉欣欣然、怅怅然。

祁永年 这儿，还缺个“中人”呢——

狗儿爷 中人？

祁永年 买卖借当，都需有中人。

狗儿爷 我知道。

苏连玉 现成的，就他，村长——李万江。

狗儿爷 我去找他——

苏连玉 （有意拦下）先不用，咱这是“周瑜打黄盖”，两厢情愿的事——是两厢情愿吧？

狗儿爷 两厢情愿——“愿打愿挨”。

苏连玉 这就结啦，等哪天遇到他，念叨一声，让他也摁这么一家伙，齐活。先写上——李万江。

〔祁永年写毕，把他所用什物，郑重其事地包起。

狗儿爷 兄弟，到地里看看去吧！

苏连玉 你呀，比当初娶俺狗儿嫂还心急，搁不住接夜的屁，走——

狗儿爷 （支走他）你先走一步，我随后就到，我这……跟老祁说句话。

苏连玉 大斜角——我等你。（下）

狗儿爷 （一时拿不准自己的感觉）祁……祁掌柜！

祁永年 （吓坏了）别别别，我这……伺候着呢！

狗儿爷 你说这地买得值？

祁永年 （抖擞地）太值啦！那地身儿半沙半胶儿，又禁涝又禁旱，离村儿又不远，这么便宜就出手，怪啦！

狗儿爷 我也觉乎着有点怪。

祁永年 （寻思，忘形地）嗯，这位苏爷担着剃头挑子绕世界转游，走南闯北，耳目灵，会不会……会不会是要打第三次世界大战哪？

狗儿爷 什么？——你，你想变天？

祁永年 不不，我什么也没说，我可什么也没说呀！（欲走）

狗儿爷 你别走！

祁永年 我求求你，高高手儿……

狗儿爷 我什么也没听见，行啦吧？咱说旁的……你看呢，这眼下——（指门楼、院落）反正你也是用不着啦，你就把那……（比画）小匣匣，还有那小方块块儿，倒给我吧，兴许我能用上它。怎么样？祁……掌柜。

祁永年 （似乎懂了）这个，你不能用……

狗儿爷 胡说！我怎么就不能用？就许你能用？

祁永年 这上边儿刻的是我的名字——祁永年。

狗儿爷 咱把它磨磨，把“你”磨了去，重新刻上“我”——陈贺祥。

祁永年 你看呢，该“斗争”我的，你们都拿去了，这个，我还留着它，兴许，兴许我还有用着它的时候。

狗儿爷 你小子，还是贼心不死呀！

祁永年 不不，我是说，乡亲们谁要求我写个文书借帖的，对巧还得用它一下，比方说，今儿这事儿。好，请留步——（溜走）

狗儿爷 呸！让你留着，留着它做酱吧！一个小匣匣儿，一个小石块块儿，算啥？老子到集上，刻他一斗两簸箕！

〔冯金花闻声上。

冯金花 这又是跟谁嚷呢？

狗儿爷 祁永年，那老不死的！

冯金花 人哪，一时说一时，在先瞧他有多么威风啊，这会儿成落架的黄瓜啦！行啦，杀人不过头点地。

狗儿爷 这小子，还做梦呢！虎他妈，我到……（自得地）咱那三亩地上看看去。

〔一阵马嘶。

狗儿爷 别忘了给咱那菊花青添草拌料，狗儿奶奶！

冯金花 忘不了你那心尖子！

狗儿爷 俺看看地去。（扔下那串带铜铃的钥匙，当啷一响）

7

〔脚下是陈家坟地。新月投下一片朦胧。有秋虫二三鸣唧。

〔狗儿爷踉跄走来。

狗儿爷 看看地去，看看地去，看看我的地，看看我的地去！撒手不由人，这是最后一趟啦……一壶酒，满满儿一壶酒，他一杯，我一杯，我一杯，他一杯，小酒壶一打跟头，酒净了，人醉了，菊花青没了，气轱辘车没了，地没了……

〔一左一右的光环里，现出祁永年和陈大虎的面孔。

祁永年 十年河东十年河西，老阳儿不能总晌午。瞧，三天好日子没过，就乱了。乱吧，乱吧，叫你们乱成一锅粥！

陈大虎 （同时）还是这些陈芝麻、烂谷子！爸爸，您就不能说点新鲜样儿的？说吧，说说也好。说说您就知道为什么您撅着屁股拜了一辈子财神奶奶土地爷，临了儿也没发了财。谢天谢地，我没有随您——眼珠子没有长在后脑勺儿上！

〔左右二人隐去。

狗儿爷 咱的地没啦，爹！那不是我的酒。是他的——李万江的酒，他提来的，满满儿一壶。李村长是好人，是恩人，给咱这么大脸，不能不喝。他一杯，我一杯，我一杯，他一杯，小酒壶一打跟头，酒净了，人醉了，就都没了！不是没了——李村长说——乡长指示，咱村要“一片红”，人家都红了，你狗儿爷不能当“黑膏药”！不当，打仗支前，土改分田，咱没落（读

lɑ）过后——我说——可是，把那人马土地，说声归，就归了大堆堆儿，你一人浑身是铁捻多少钉？一人指挥几百条锄把子，能行？别忘了，亲哥儿俩为一垄青苗，还打出花红脑子来呢！可是行呗——他说——你就赌好儿吧，傻老爷们儿，眨眼之间，咱就楼上楼下，电灯电话，喝牛奶，吃饼干。我说：我不情愿。他说：你就是财黑子，地虫子，三斧劈不开的死榆木头，脑袋瓜子赛石头。我急了：当“黑膏药”，俺认了。他说：那就揭“膏药”！我问：怎么个“揭”法？他说：把你新买的“大斜角”，还有（指脚下）这垅地葫芦嘴儿，都拢过来，划出那边边沿沿、零零星星的来跟你换，是膏药也贴在脚指头上，不能胸脯上来块黑。——别蒙我啦，谁不知道“远女儿近地无价之宝”啊！再说那都是薄碱沙洼，种一斗，收八升，不换！——不换就得归堆儿，一片红，乡里还等着报喜哪，来，喝！——喝！这工夫，我媳妇，小金花插嘴啦：逢自庄稼主儿过日子，就得随个大溜儿，图个顺气，人家都那样，独独儿咱来个花“虎拨拉”（一种灰绿色鸟）——各色！人家万江兄弟没日没夜地跑动是为谁，还不是为咱好？丑话说前头，你要不入，咱就分家，虎儿俺们娘儿俩人，俺们可不跟着你当那个“膏药”户。听听，敢情她们老娘儿也开会了。——还是嫂子明白，狗儿哥，别二心不定啦，眼看这就楼上楼下——话攻耳朵酒攻心，家神招外鬼，内外夹攻，走投无路，我就归堆儿啦，归堆儿啦——爹！菊花青，那菊花青舍不得走啊，舍不得离开我刚给它做好的三块板儿拼成的新柳木槽啊！这地，也没了，爹，小狗儿——你白吃啦！我，对不起你……（失声伏地）

〔祁永年走来。站定，拍了拍他。

祁永年 都后半夜了，秋风可凉，紧自趴着，留神冻着。

狗儿爷 （昏沉沉地）爹，爹，我是狗儿，来了！

祁永年 狗儿兄弟……

狗儿爷 （看不清）你是谁？

祁永年 兄弟，怎么样？这把土儿还没攥热乎儿，就奶妈子抱孩儿——人家的啦！我早就说过，这狼肉贴不到狗身上，当初……

〔远处射来一束手电光，照在他二人身上。

狗儿爷 （认出）是你？臭地主！你是瞧出殡的不嫌殡大，看着火的不嫌火苗子高，地没了——你解恨，你……滚！（一巴掌打在祁永年的脸上）

〔李万江上。

李万江 打得好！狗儿哥，不能让他看咱的笑话。明天开大会，刘乡长给你戴一朵这么大的光荣花！——祁永年，你要老老实实！

祁永年 是。

李万江 你不要错打算盘。对你，我们从来没有放松警惕，一旦有风吹草动，拿你是问！

祁永年 是。

狗儿爷 （欣喜地）兄弟，就你能降伏这坏东西，你是大英雄，俺一辈子听你的。

李万江 好大哥，咱回家吧，明天开大会——

狗儿爷 （想想）可是，我不要开大会，不要光荣，俺要地，要马，要车……

李万江 老哥，不能走回头路。

狗儿爷 不能走回头路？

李万江 对。天不早了，嫂子还在家等着呢，快回家吧！

狗儿爷 回家，回家——（猛回身）地没啦……爹！（一头伏地）

〔此间，祁永年一直缩在一旁瞅着。

李万江 祁永年！

祁永年 有。

李万江 还愣着干什么？背上他——回村。

8

〔数年后的秋天，庄稼道上。一阵“嘿嘿嘿”的痴笑声。头发已见花白的狗儿爷狂跑上。冯金花手提一摞捆在一起的方方的草药包追上。这是她带他看病回来。

冯金花 虎他爸，别乱跑，听话——

狗儿爷 丧门神，扫帚星，哪来的野娘儿们？别动手动脚的，我不认识你！（奔跑）

冯金花 （扯住他）别往庄稼地里钻，刚下过雨，一陷两脚泥。听话，顺道儿回家。

狗儿爷 你这娘们儿，别拉我……

冯金花 我求求你，别瞎跑，回家吃药——

狗儿爷 别拉我……

冯金花 你的病——

狗儿爷 我要拉屎！

冯金花 （无可奈何）唉，就在这儿……

狗儿爷 多轻巧——就在这儿，败家子儿！金粪银粪，不如人粪，一泡屎三棵苗，那是随便的？“猫不脏天，狗不脏地”，我上我的“大斜角”——

冯金花 “大斜角”没了。

狗儿爷 上我的“葫芦嘴儿”。

冯金花 也没了。

狗儿爷 跑了？飞了？地还能长翅膀？你这娘们儿……（痴笑，自言自语）多好的地呀！一大片，又一大片，老天爷把地交到凡人手里头，你们就这么个种法儿，活糟哇！荒成了草山，滚成了草蛋，长疯了的草都把小苗儿给掐死了，儿子们，对不起你们的庄稼祖宗啊！瞧吧，到时候，阎王爷都不能饶你，不能饶你……

〔苏连玉背筐上。

苏连玉 狗儿哥，这程子好点吧？

狗儿爷 好着哪，锅也砸啦，树也伐了，这倒好，光屁股裹脚——干净利落！你不是说，除了媳妇和烟袋，都归大堆儿吗？

苏连玉 那是大队长李万江说的。

狗儿爷 你是谁？

苏连玉 （大声）副大队长苏连玉。

狗儿爷 （痴笑）你还要卖地？三石芝麻——便宜！不是肥猪拱门，是过路财神，三石芝麻，落了个光荣。还卖地？你先等等——俺有点急事儿……

苏连玉 （拉住他）狗儿哥，别绕世界跑，你听我说……

狗儿爷 我说你跟这娘们儿犯的可是一路病，告诉你（附苏连玉耳上）……

苏连玉　嗨！那快去——

〔狗儿爷颠颠儿跑下。

冯金花　（痛苦地摇头）见了你们还明白点儿，就是不认得我。白天是个疯子，晚上是个死人。我过的这是什么日子啊……（抽泣）

苏连玉　（无言可慰）嫂子，这是五十斤豌豆，先凑合吃。（从筐里取一布袋，递过）

冯金花　也多亏你们当干部的，还总惦着俺们。

苏连玉　这事还不能让他知道。

冯金花　谁？

苏连玉　李万江。

冯金花　为啥？

苏连玉　（诡秘地）瞒产私分。

冯金花　那咱不要。

苏连玉　嘿，真是李万江领导的好社员，他那儿一把死拿，你这穷耿直，我倒里外不是人儿。这粮食算给我病老哥哥的，行吧？

冯金花　人穷顾不得脸面，要就要。可不管怎么说，人家万江兄弟可是大好人，办事一碗水儿端得平，财帛上五指漏缝，一点儿不占便宜。你们当干部的要都像他就好啦！

苏连玉　都像他？带头儿吃苦，带头儿受苦，见社员总拉拉着个苦驴脸子，自个儿混得屋里屋外茅帘草舍，家不像家，日子不像日子，三十大几啦还没娶上媳妇，外头忙活一天，回来还得撅着眼子捅锅腔子，他倒够得上苦典型。

冯金花　（掩口）叫你褒贬得人家就没人啦！那天见他打县上开会回来，穿个四兜的制服，还真像个大干部呢！帽子底下露出一圈儿青脑瓜皮儿，大眼睛忽闪忽闪的，挺精神，怎么就……（忘情地）真是好汉无好妻，赖汉娶花枝……

苏连玉 （看着她，又意外发现地）是吗？

冯金花 （赧然，又伤神地）看我，自个儿的心还操不完呢！（指布袋）就这，也吃不到接新粮食，可怎么了！

苏连玉 嫂子，大秋头子上，不能枕着烙饼挨饿。眼瞅黍子黄梢了，棒子苍皮儿了，秋天猫猫腰，胜似春天走一遭——社员谁不趁这会儿到地里掠个斗儿八升的？大秋上骡子马还摘箍嘴，许它道边上逮一嘴呢；你就不许晚上也背个筐，出来到地里转转，小的溜儿的弄点儿？

冯金花 嫂子长这么大没偷过人家，我怕人逮。

苏连玉 这算什么偷啊！上边说了，这叫小摸小拿儿，圆乎脸儿一抹长乎脸儿，就过去了。再说挤到这肯节儿上了，除了咱那位一把死拿的李万江，碰上谁也是睁只眼儿闭只眼儿。

冯金花 你又说人家。

苏连玉 还是那话，干部要都像他那么丁是丁，卯是卯，当社员的就没法儿活。

冯金花 （一时畅快）要都像你呢？

苏连玉 都像我？干脆，穷得卖裤了！

冯金花 那倒轻省了。

苏连玉 怎么？

冯金花 都甭下地干活啦——

苏连玉 嫂子，你可真逗！

〔这工夫，“嘿嘿”的痴笑声从庄稼地里传来，苏连玉应声跑去。冯金花蹙额叹息。少顷，苏连玉跑回。

苏连玉 嫂子，快回家给俺狗儿哥洗裤子吧！

9

〔夜。风雨刚过，雷声渐隐，月露微光。有哗啦哗啦的庄稼叶子的响声，间或有掰下玉米棒子的声音："嘎巴——嘎巴——"

〔李万江大声吆喝。他紧紧抓住一个背筐人的手腕，从黑压压的青纱帐到亮处来。被抓的是她——冯金花。

冯金花 ……万江兄弟，是我！

李万江 是谁我不管，我就知道，今儿黑夜你是第七份儿。背上筐，跟我回大队部，明儿早起开大会，一律坦白交代。

冯金花 斗争？

李万江 嗯，不斗行吗？

冯金花 兄弟，你高高手，我就过去啦！

李万江 一回过去，下回照样不要脸。

冯金花 你说，谁不要脸？

李万江 谁偷谁不要脸。噢，因为干的人多了就不说"偷"，叫"摸"，叫"拿"一回事，现在叫你们摸光了，拿没了，秋后往上缴什么，社员吃什么？

冯金花 （豁出去）吃我呀——吃我，吃我这不要脸的老娘们儿！

李万江 一别来横的，二别来浑的。小鬼子横不横？还乡团浑不浑？李万江打十六岁扛枪当民兵就没怕过。

冯金花 功劳不小啊！不怕横的，不怕浑的，饿的你怕不怕？冯金花十九岁进了你们村儿，啥时候干过爱财不顾脸的事？你要“一片红”，是我帮忙替你揭了“黑膏药”。“黑膏药”揭了，没过几年，老财迷鬼疯了，除了吃喝不省人事，让我白日黑夜地这么挨着，守着，我早就够够儿的啦！你说我不要脸，我早就不要脸啦，我吃过苏连玉给的不要脸的粮食……

李万江 你？

冯金花 你别瞎疑心，老娘不是见谁都稀罕，那是瞒产私分的。

李万江 好你个老苏！

冯金花 你说我不要脸，我真错看了你！用不着你斗争，这半死不活的日子我早就够了，我这就跳井去，叫你们斗我的死尸吧……（长号）我的妈呀——

李万江 嫂子，别价，这半夜三更的，忒瘆人……

冯金花 我不要脸，我不要脸，我可没了活路啦……（先诉说，后转为传统哭调）捶板石呀，一面光呀，湛青的豆角拉了秧啊，我的妈呀——

李万江 嫂子，嫂子，是我不要脸，还不行吗？

冯金花 （抹泪起身）就是你不要脸！叫你把村里闹得这么少吃没烧的，一点不心疼，还有脸发态度，莫怪人家把你说得秃钱儿不值。

李万江 （替她背起筐）嫂子……

冯金花 别这么一口一个嫂子，叫得怪麻得慌，你比俺大……

李万江 冲着狗儿哥——

冯金花 这会儿别提他！

李万江 我说，这可下不为例。

冯金花 不，我还来——

李万江 还来?

冯金花 为了叫你逮我，为了瞅瞅你这会儿的好脸子。不价，啥时候见了，脸老阴得水儿似的，活像谁欠你二百吊，总没个笑模样儿。

李万江 (无可奈何)嘿嘿!

冯金花 瞧你那俩虎牙。

李万江 别来了！这么着，我这干部可没法儿当。

冯金花 就来!

李万江 我说你——狗儿爷有病，你这狗儿奶奶也有病啊是怎么的?

冯金花 有病。

李万江 也是疯病?

冯金花 胡说，饿病。

李万江 你?

冯金花 是饿病。饿了，更睡不着。睡不着就瞎想，想咱村里的人……你呢，三十大几的人啦，屋里连个女人都没有，你不想?

〔顿时沉默。有雨点声。

冯金花 又下起来了，淀着可受不了，我这还带条口袋呢，快来挡挡。

〔李万江沉默如一桩木头。冯金花跑过去，用口袋为他也为自己遮雨。

冯金花 我，受不了啦……(扑进李万江的怀里)

〔一条口袋严实地盖住俩人的头。

10

〔晚上。村街。狗儿爷提一只牲口料斗上。

狗儿爷 牲口、人一样，都爱吃个新儿。先刷牲口槽，槽得刷，不能有馊腥味儿。添草，草要碎，寸草铡三刀，没料也上膘。撒料，料要炒，炒了才有香味儿。澥水，水要清，不能打发要饭花子似的，给人家馊泔水。草上膘，料长劲，水提精神，匀溜溜儿地拌好了，躺在炕上，你就听吧——吭嗞，吭嗞嗞……对，马不得夜草不肥！你听，咱菊花青的槽口多好啊！红缨鞭穗一甩，菊花青翻蹄亮掌，真亚赛脚底生风……（对着某处细端详）瘦了，瘦多了，鬃也不打，毛也不梳——（向远处招呼）小子，那夹板栓儿勒得紧，吊它脖子，听见没有？活儿累，料不足，使不得法，能不瘦？没人心疼，我心疼。料，咱炒得了，口粮里攒的，细火里煨的，（尝一粒）真香，乖乖，等着，等着，我来了……

〔一座房前。屋内传出阵阵嬉闹声、喊声："……夫妻对拜，送入洞房！"

〔苏连玉从屋里出来，他已有几分醉意。

苏连玉 哎哟，我的狗儿哥，这地方，今儿你可不能来哟！

狗儿爷 不，让我来，我想它……

苏连玉 想也不行啦！

狗儿爷 让我进去看看——

苏连玉 你进去就乱套啦……

狗儿爷 看看我那菊花青。

苏连玉 菊花青？（恍然）吓死我啦——这儿没有菊花青。

狗儿爷 这不是牲口圈？

苏连玉 这是洞房，娶媳妇的洞房。走吧！

狗儿爷 是谁——谁娶媳妇？

苏连玉 （迟疑地）李万江——

狗儿爷 万江兄弟，半截子入土了才成家，真不易。他多大？

苏连玉 三十八。

狗儿爷 瞧瞧，记得不？我娶你金花嫂子的时候，就是三十八。

苏连玉 （试探地）金花嫂子呢？

狗儿爷 （尽力回想）她？不是说……赶集去啦？

苏连玉 对对，赶集去啦！

狗儿爷 快回来了。

苏连玉 对对，去吧！

狗儿爷 不，万江娶媳妇，我得扰他杯喜酒喝喝。

苏连玉 别别，你不是要去看菊花青？

狗儿爷 （小声，神秘地）——瘦了，溜儿圆的屁股蛋儿都见棱见角啦！给它送料去，可香啦——别动手，不是给你的！

苏连玉 对，不是给我的。（哄他走）老哥，饲养处在那边儿。

狗儿爷 （辨认）可不是，我的门楼子在那边儿——我的“大斜角”在那边儿——我的菊花青在那边儿，对不对？谁说我糊涂，这心里亮堂着哪！乖乖，来了，来了……（下）

苏连玉 老哥慢着点，黑灯瞎火，深一脚浅一脚的。（舒口气，对屋内喊）嗨，我说不近不离儿的就得啦，天不早了，人家也该歇着啦，散散儿吧！

〔屋里人声散去。冯金花从里面出来。看衣着打扮，她还真像个新媳妇。

冯金花 累苦你了，连玉兄弟。

苏连玉 错了不是？从今往后，得改口叫哥哥，我比狗儿哥小，可比万江大。

冯金花 唉，揪心哪！都到这晚儿了，这一步，我也不知道走得对不对。

苏连玉 蛮好。你想，要不是合情合理，人家公社里就给判“离”了？狗儿哥人已经是那样了，何必再饶上一个呢？可话又说回来了，我老苏眼里不揉沙子，这些年你对万江这点心思，我愣没瞧出来！

冯金花 去，说说就没正经的。我所不放心的就是这一老一小。（指屋内）我也跟他说了，我说我跟陈家过了十多年，实在没办法才走了这一步，今儿嫁给姓李的，姓陈的我还得伺候，一套碾子一套磨，都得拉。你呢，在村里大小担份差事，对陈家不管是老的少的，都得另眼看顾，往后过日子上有个马高镫短的，不能说是一推六二五。

苏连玉 不会，你不是说——万江兄弟可是个大好人！

冯金花 别打岔！听我这么说完了，他一句话差点没把我气个倒仰……

苏连玉 他说啥？

冯金花 （模仿）得了嘛，你就睛好儿吧，那一老一小，就当是我的一个老丈人，一个小舅子。我说——放你的狗屁！

〔屋里传出李万江的喊声：“金花，金花……”

苏连玉 瞧，等着急啦。他呀，别看三十多了，你还得慢慢儿调理调理呢！

冯金花 去你的，还是哥哥呢！

苏连玉 三天没大小嘛。得，我别尽自耽误着啦！（一笑，下）

〔冯金花欲进屋，又停住，心事重重地站在屋门口。这工夫，狗儿爷提着料斗子又转回到这里。

狗儿爷 那小子，把着一槽牲口，他不经心喂，还不让别人喂。幸好，没让他看见。可我把料往槽里一倒，忽拉伸过来八张嘴，三下两晃，料没啦，吃到菊花青嘴里没几个豆豆儿。这大锅吃饭，大槽喂料，谁也甭打算上膘，照这么着，非趴架不可。——哟，又转回来了。听这悄没声儿的，八成闹新房的也散了。喜酒没喝上，咱去听听“窗户根儿”，听听这小两口……

〔狗儿爷走到屋前，冯金花转过身来，四目相对——

冯金花 （猛然下跪）我对不起你，下辈子变牛变马，我还你，我还你……

狗儿爷 （觉得好笑）嘿，“窗户根儿”也没听上，正赶上新媳妇上拜。糟啦，没带拜钱！啧，蝎拉虎子戴帽盔儿——不露脸儿。你等等，我回家找俺那拿钥匙的，你金花嫂子，给你要拜钱。

〔冯金花起身跑进屋里，咣啷一声关上屋门。

狗儿爷 （想想）赶集去啦？嗯，赶集，上庙，烧香，祷告，一个尼姑嫁老道……

11

〔一个白天。高门楼下。

〔狗儿爷坐在台阶上细心地收拾一个水罐。

狗儿爷 风一阵，雨一阵，雷公电母耍一阵。刮风下黄土，满地铺金子，必是好年成。下雨天上掉鲤鱼，一尺长的大鱼，尾巴挨着眼的小鱼。不好，鱼是驮米的驴，吃鱼费粮食，阎王爷不答应。阎王爷厉害，说一不二。地动山摇，花子摔瓢，摔了瓢不要饭，有吃的。吃饱饭，耍浑蛋。浑的怕横的，横的怕不要命的。他们硬要拆我这门楼，非要管我这门楼叫“四舅”（“四旧”），我说是你妈的舅姥爷。我一骂，“四舅”没认下，外甥也滚蛋了。有两样东西不能横，一个是地，一个是媳妇。我就横了一回，就都不回来了。不回来，我去找。不是找媳妇，是找地。有了地，没的能有，没了地，有的也没。上哪儿找？不是天边儿，不是地沿儿，告诉你——（诡秘地）风水坡，坡上有棵橡子树，树下有个凉水泉儿，泉边儿有个窑窑儿，整好住我一个人儿。那儿有地，开出多少都归自个儿。那儿风凉，一个苍蝇都没有。你去？不行。李万江独独儿批准我一个人，说是另眼看待，邪不邪？我寻思着，是咱有能耐，有力气。不假，有这水罐子，有这把镐头，去到天边儿也是条汉子，有土就扎根。忘不了你，李万江，俺的大恩人。（仰看门楼）老伙计，我先走走，还回来，甭难受，照看你——有咱儿子。儿子呢？俺大虎呢？大虎！大虎！谁说的，他正跟一个丫头打恋恋，可不能找个瞅着喜相、不会过日子的。像俺金花那样，嘴一份手一份的，打灯笼难选，就是爱赶个闲集儿，玩儿疯心了，还不回来，不回来……去赶集，去上庙，去烧香，去祷告……（倚门框，似睡非睡）

〔祁永年出现在他眼前。

祁永年 狗儿爷，有些日子不见了，身子骨儿还结实？

狗儿爷 祁永年？你老多了……去，可恶！

祁永年 不待见，咱走。

狗儿爷 别走，说会儿话，实在闷得慌。

祁永年 你儿子呢？

狗儿爷 找女人去了。

祁永年 你女人呢？

狗儿爷 赶集没回来。

祁永年 菊花青呢？

狗儿爷 死啦！又有一匹小菊花青，它下的，也入辕儿啦！

祁永年 你的？

狗儿爷 大伙儿的。

祁永年 那句老话儿怎么说来的？忘了？

狗儿爷 没忘——爹有不如娘有，娘有不如自有，自有不如怀里揣，怀里揣不如手里攥！啊，你反动！李万江，他说反动话——

祁永年 别喊，我看——（打开布包，亮出那方印盒）

狗儿爷 小匣匣，给我！

祁永年 你用不着啦。

狗儿爷 用得着，告诉你——我上风水坡啦！

祁永年 那也不给。

狗儿爷 我明白，咱庄稼人都一路脾气，有恩的报恩，有仇的记仇，你还记着我那年打过你一巴掌。来，打我一下，两不该。

祁永年 我打不了你了，因为我……已经死了！

狗儿爷 （并不意外）你死了？……好像听说过。

祁永年 革命小将一棒子下去，我就……对，罪该万死，狗命一条。

狗儿爷 狗命，人命，总算是一条性命儿，阎王爷给张人皮披披也不容易，怪可惜了儿！

祁永年 舍不得吃，舍不得花，光知道攒钱置地，一辈子没吃过一条直溜黄瓜，完了得不到一炉香。也是心里闷，才来找你。

狗儿爷 你不是还有个闺女，叫个啥？

祁永年 叫小梦，和你们虎儿一般大，苦了她啦！

狗儿爷 本是你的种儿，活该倒霉。

祁永年 女大当嫁呀。

狗儿爷 谁敢沾惹呀？好好儿的干白净的主儿没罪找枷扛？拿来吧，小匣匣——

祁永年 不给。

狗儿爷 你是人死心不死——

祁永年 人家都那么说。

〔陈大虎引祁小梦上。

陈大虎 来吧，他疯疯癫癫的，认不出你来。

祁小梦 万一要认出来呢？

陈大虎 认出来也不怕，早晚你也得进这门楼儿啊！

〔此时，祁永年的幻影并未离去，且在以下的戏中只在狗儿爷眼中存在，大虎、小梦均“视”而不见。

陈大虎 爸爸，爸爸！

狗儿爷 （似醒非醒地）嗯，虎儿，你妈还没回来？

陈大虎 不是赶集去了？

狗儿爷 集上热闹？

陈大虎 热闹。

狗儿爷 这是谁？

陈大虎 快叫哇，叫——爸爸。

祁小梦 （腼腆地）大叔。

狗儿爷 （欣慰地）噢，好，好，就是你们俩——打恋恋？（猛然）你，你怎么像他？

祁永年 是我闺女不像我？

狗儿爷 你姓啥？

祁小梦 ……

陈大虎 说呀——

祁小梦 姓“梦”，叫“梦祁”。

狗儿爷 你不是这个祁永年的闺女？

祁小梦 （痛苦地）不是。

祁永年 是又怎么样？

狗儿爷 是我不要她。

祁永年 你不要，他要——我们祁家的大姑老爷。

狗儿爷 我宰了他！

祁永年 不能收留收留？

狗儿爷 要说咱陈、祁两家，前半辈儿没有人情也有水情，让孩子离开你这块臭地，找个吃饭安身的地方，也不为过。

祁永年 是啊，我这“帽子”也不能传辈呀！

狗儿爷 不行，说出大天来也不行！这闺女——就算她是水葱儿似的——要是你祁家人，进了陈家，这门楼儿怎么算？嗯？这门楼儿，姓陈还是姓祁？

〔陈大虎、祁小梦见其“状”，相视摇头。

祁小梦 （怯怯地）大叔，不姓祁。

狗儿爷 可我越端详、越寻思……

陈大虎 （岔开）爸爸，您又鼓捣这破罐子干啥？

狗儿爷 破罐子？就这一罐子凉水灌进肚里，是割麦子，是锄大田，一百个伙计甩下他九十九个，他祁家雇长活就爱找咱陈狗儿爷，别看我把他骡子掉井里头……噢，爸爸要走了。

陈大虎 您上哪儿？

狗儿爷 （神往地）风水坡，橡子树，凉水泉儿……

祁小梦 大虎，你不记得？咱小时候去过，那有酸枣棵子，红榴榴儿，一朵一朵的小蓝花儿，像星星……

狗儿爷 闺女你去过？

祁小梦 嗯。

狗儿爷 我就去那儿。我还是不放心，你真不是祁家的闺女？

祁小梦 真不是。

狗儿爷 你知道吗？那老家伙死啦！老天爷要收人，不，老天爷管神仙，不管他，是阎王爷，派来兵呀将的，一通儿闹哄，一棒子下去，脑浆迸裂……

陈大虎 爸爸，您说上风水坡的事，万江大叔能同意？

狗儿爷 他呀，见我就赔笑脸儿，好像欠我什么似的。

祁永年 嘻……

狗儿爷 你甭捡乐儿，咱还没完呢。——（对陈大虎）跪下！

陈大虎 爸爸……

狗儿爷 冲着咱门楼跪下，跪呀！

〔陈大虎无奈，跪在门楼下。

狗儿爷 还有你，进了陈家门儿，就随陈家人儿，也跪下。

〔陈大虎拉祁小梦跪下。

狗儿爷 跟着我说。噢，（对祁永年）你也别走，好好听着，瞅着，看看陈家人的骨气。俺陈门有后，不像你，断子绝孙！——头句话，不忘新社会的好儿，不忘大救星的恩。说！

陈大虎 ……说啦。

狗儿爷 两句话，看好家，护好院，守住门楼儿，替下老砖，揭换残瓦，看见门楼如见爹妈。说！

陈大虎 ……说啦。

狗儿爷 记住祁家仇，不见祁家人……

陈大虎 疯话！小梦，这倒不赖，就算咱俩在这儿拜天地吧！

祁小梦 让我记住祁家仇呢，你还说笑话儿。

狗儿爷 说！

〔传来急促的钟声。

陈大虎 爸爸，别说啦，万江大叔敲钟呢，催人干活去。

狗儿爷 不忙，祁永年听着——

祁永年 是。

狗儿爷 记住祁家仇，不见祁家人——闺女，说！

祁小梦 （难忍地）记住祁家仇，不见祁家人……爸爸！

狗儿爷 （满意地）哎——

〔又是一阵钟声，夹着李万江的喊声："上工喽——"

12

〔风水坡。

〔祁小梦前来给公爹送饭。

祁小梦 （喊）爸爸！

〔狗儿爷上。他的装束活脱儿一个前清的山民，差只差后脑勺上有条辫子。

狗儿爷 一瓢湃（读拔）凉，三尺树阴凉儿，就算上了金銮殿。

祁小梦 爸爸，我给您烙的金银饼，您瞧，银子裹着金子。

狗儿爷 干活要讲究，吃饭要将就，不价，损寿。阎王爷说：这半罐子油，你不能吃！我就没吃，我在那老玉米根儿起，一棵给一勺儿，数物件儿都馋，一个理儿。那小老玉米喝了油，足性啦，夜里我就听它们比着赛地拔节儿，嘎巴，嘎巴……眼瞅那玉米大喇叭口甩着，穗头半吐半咽了不是，天不下雨，掐脖儿旱，“天灵灵，地灵灵”——一祷告，登时满天跑云彩，小雨下得又细发又匀溜儿，点点入地。要不，大棒儿能结这么壮实？说归齐，那半罐油我还没舍得都使上，剩下的让老鼠喝了，喝就喝，阎王爷不饶它。好闺女，累不累？

祁小梦 爸爸说的——有闲死的，没累死的。

狗儿爷 孝顺闺女，门楼修没修？

祁小梦 修得光光亮亮。

狗儿爷 祁家的人见没见？

祁小梦　压根儿见不着他们。

狗儿爷　好，吃饭。

〔金银饼就凉水，爷儿俩吃着。苏连玉跑上。

苏连玉　狗儿哥！

祁小梦　连玉大叔。

狗儿爷　着急忙慌地找我，又想卖地？

苏连玉　好嘛，我都快卖老婆了。村里动刀子啦！

狗儿爷　见点血去火气——剃头掌柜的，带刀子没有，趁工夫给我脑袋胡噜几下，都成连毛僧了。

苏连玉　还脑袋，要……割尾巴！

狗儿爷　猪尾巴！

苏连玉　人尾巴！

狗儿爷　人长尾巴？

祁小梦　上学的时候，老师说人是猴儿变的。

狗儿爷　阎王爷呢，老虎变的？

苏连玉　别说闲篇儿啦，快掰棒子。

狗儿爷　还不熟呢！

苏连玉　落住一个是一个，等会儿就全没啦。

狗儿爷　哪一码对哪一码，你打根儿上说。

苏连玉　哪一码对哪一码我不知道，可要打根儿上说，这根儿就在她。

祁小梦　我？

苏连玉　人家说，俺狗儿哥来风水坡，本不是他的主意，是你的主意，本不是他的本性，是你的本性，其实也不是你的本性，是你爹的本性。

狗儿爷　就是我的本性。

苏连玉 糊涂！

祁小梦 我明白了，是我连累了老人，我应该跟我爹一块儿早早儿死了。

狗儿爷 我死？风水坡上这么好的庄稼，我舍得它，它还舍不得我呢！我呀，就是那摔不死的老刺儿猬。闺女，你知道刺儿猬为什么摔不死吗？你一摔，它就一骨碌。一物降一物，黄鼠狼有办法……

〔李万江同陈大虎上。

李万江 老苏，你倒先来了。

苏连玉 通个风，报个信，咱不就少办点损事吗？

陈大虎 爸爸，咱回家吧，把风水坡上的庄稼让给人家。

狗儿爷 这提灯喝号的，来红毛儿妖精了？熟透的庄稼，在还乡团的枪子儿底下爹都没让过。让？往远里说，爹指望它和祁家比个高低；近里说，这么好的闺女，仨瓜俩枣地娶了人家，爹还指望它给闺女补办一份彩礼呢！

陈大虎 爸爸，您还不明白，您要护着风水坡，人家就整治她。她可早有了身子，三个月啦！

狗儿爷 哈，谢天谢地！过路财神，你们听着，俺陈家要见下一辈人啦！老村长，到时候喝咱翻身户的满月酒！

李万江 喝，喝，可眼下这地……

狗儿爷 大兄弟，你告诉他们，说这是“另眼看待”。

李万江 （为难地）这一时一个“现在”，现在不是要割尾巴吗？你的尾巴，又不是普通的、一般的、平平常常的尾巴，而是一条很长很长的尾巴。因为你的儿媳妇，她爹，你的亲家，他不是……死了吗？

狗儿爷 你八成是吃错药了吧？

李万江 （顾不得了）她不是祁永年的闺女吗？

狗儿爷 不许你往我脑袋上扣屎盆子！你睁眼瞅瞅，那老王八羔子能有这么好的闺女？

苏连玉 老哥，麻烦就在这儿，你现在“成分”不干净了，又在这风水坡上闹“单干”，人家不狠狠儿地割你的尾巴？——千真万确，她是祁永年的闺女。

狗儿爷 （疑信参半）闺女，你真是祁家的那个……小梦？

祁小梦 爸爸，我是小梦！

狗儿爷 你们，你们起誓发愿的……蒙我？

祁小梦 爸爸，俺上没兄下没弟，孤身一人，无依无靠，看在我拙手笨脚地服侍您、伺候您三年的分上，您就收下我吧！

狗儿爷 趁着你妈不在家，你们欺负我呀！

陈大虎 爸爸，交出风水坡吧！

狗儿爷 不交。

陈大虎 要不他们就拉她走，开大会……

狗儿爷 （神情骤变）他敢！是祁永年的闺女，是又怎么样？九狗还出一獒呢，一个窝里出来的也不能都是坏蛋。告诉他们，你更名改姓了，叫陈祁氏，这也不大好……

李万江 老哥，无论如何，这尾巴也得割。因为……

狗儿爷 你别说了！我就寻思着，眼时下，还不如解放前了呢！

李万江 （骇然）你说什么？你敢……

狗儿爷 那晚儿，还乡团把咱挤对急了，咱还能找八路军去呢，这晚儿，叫俺找谁去呀？

苏连玉 嗨，这叫竹竿捅水沟，捅进一节说一节，这一节叫“割尾巴”，再说你这尾巴又不是一般的尾巴。

狗儿爷 尾巴？我早就掐头去尾光剩中当间儿啦！是谁出的这缺德主意，我×他八辈祖宗！好嘛，又要割尾巴——儿媳妇你先避一避，我让大伙儿瞧瞧，看咱狗儿爷腚上有尾巴没有？

祁小梦 （款款地）万江大叔，老人正病着，别惊动他了。这风水坡上犯了什么法，犯了什么罪，我姓祁的顶着，我跟你们走，走吧。

狗儿爷 闺女，你走了，谁还给俺送饭哪？

〔冯金花出现在人群当中。

冯金花 李万江，当初我跟你怎么说的？你又是怎么应的？你喝了迷魂汤似的要干什么？你那个小乌纱帽儿值几个大钱？不顶吃，不顶喝，还那么贪着它，二郎爷喝西北风——你有这神瘾？不干正好，少昧良心。这割尾巴的官司我打了，天大的事朝我说——还不快走？让人家一家人在这风水坡上……（悲戚地）团圆团圆吧！

狗儿爷 这位大嫂，心眼儿真快性，说话真受听，人家这是老娘们儿呢！可叹哪，你们当官儿的！

〔除狗儿爷一人外，其他人都隐去。

13

〔狗儿爷痴痴望着。

〔祁永年幻影出现。

祁永年 认得吗？

狗儿爷 有点儿眼熟。

祁永年 瞧，又来了，那两口子。

〔李万江、冯金花出现在远处，相互说着什么。

狗儿爷 还要割尾巴？

祁永年 过去几年的事就别提了。这回，兴许是美事儿。

狗儿爷 这一阵儿云彩，一阵儿雨的。

祁永年 冷够了就回暖。

狗儿爷 走。

祁永年 聊会儿。

狗儿爷 没工夫。

〔二人隐去。

冯金花 （又一遍叮咛）牵上菊花青。

李万江 忘不了——我为啥去的？

冯金花 槽头买马望母子——这匹小菊花青跟那老菊花青一模一样，脱个影似的。酒呢？

李万江 提上了。

冯金花 把那两个老腌儿鸡子儿带上，他顶爱吃这个。

李万江 带上了。

冯金花 别这么丧荡游魂的，高兴点儿。

李万江 高兴，高兴，二十多年了，我又把马给人牵回去，我都干了些个什么呀？

冯金花 我的爷爷，想开点儿吧，你可别有个好歹的，要再疯一个，我可就没法儿了。你把马送到风水坡，哥儿俩喝一顿，他心口一热，气儿一顺，阿弥陀佛，也许能明白过来呢！

李万江 那敢情好，我也省心了，连马带你，我一块儿还给他。

冯金花 我抽你！你当我也是这匹马呢——女人就这么不值钱？

〔一阵马嘶，灯光暗去。复明，狗儿爷、李万江同坐风水坡。

李万江 喝，满满儿一壶。

狗儿爷 难得，先搁一口。说吧，兄弟，你要一片红，狗儿哥决不当“黑膏药”。

李万江 不说这个。先吃——

狗儿爷 老腌儿？难得。（品味）嗯，是味儿，哪儿来的？

李万江 腌的。

狗儿爷 谁腌的？

李万江 我媳妇儿。

狗儿爷 嗯，老娘们儿都会这个，喝！

李万江 喝！老哥，你这会儿明白吗？

狗儿爷 老弟，我什么时候糊涂过？

李万江 那是我糊涂。你说，这人世上的事儿，有时候几十年一个老模样儿，可有时候呢，一个早起就变了，还越变越邪乎，越变越没边儿。

狗儿爷 都是属孙猴儿的。可阎王爷说啦，再怎么变，那高门楼也姓陈，也不能把他变回来……

〔祁永年幻影出现。

狗儿爷 哟，他还真来了。

祁永年 荒郊野外的，孤得慌，来蹭口酒喝。

狗儿爷 去！

祁永年 咱们可是儿女亲家，你陈家娶了我闺女。

狗儿爷 那不假，不光娶了，我孙子都有了。可有一宗，咱这亲戚不走动。

李万江　（愕然）狗儿哥，你怎么了？

狗儿爷　喝咱的，甭理他。

李万江　谁呀？

狗儿爷　祁永年。

李万江　我要说的就是他。

祁永年　你看看。

狗儿爷　你少插嘴！——怎么，你说？

李万江　你真要是还……嗨，这么说吧，他真要能来了，也和咱平起平坐啦！

祁永年　你看看。（一屁股坐下）

狗儿爷　去，去，我怕脏了这块土。

李万江　你这观点儿不时兴了，这不行。

狗儿爷　怎么行？把你的酒给他喝？

李万江　按眼时下的令儿，给就给。

祁永年　你看看。（伸手接杯）

狗儿爷　（接李万江手中酒杯，冲祁永年泼去）给你，我叫你喝，叫你喝！你要平起平坐，休想！你想认亲家，没门儿！

〔二人撕扯成一团。

李万江　你这是怎么了？狗儿哥，狗儿哥，（拉也拉不住，大喝）陈贺祥——我给你送马来啦！

狗儿爷　马？（痴笑）嘿嘿……你又哄我：楼上楼下，电灯电话……

李万江　不是哄你，是板上钉钉。菊花青，我给你牵来啦！

狗儿爷　我不要。等哪天，你再拿一壶酒来喝喝，又牵去了。

李万江　不会啦！

狗儿爷　要会呢？

李万江 我保险。

狗儿爷 谁保你的险？

祁永年 死榆木头！

狗儿爷 你少插嘴。

李万江 谁要再来那套浑不讲理的，我也豁啦，再就不种地了，饿死他！噢，还有地，“宝葫芦嘴儿”，也归你种了。

狗儿爷 真的？

李万江 蒙你——天打雷劈！

〔一阵马嘶。

狗儿爷 菊花青？我的菊花青，乖乖，你在哪儿？

李万江 凉水泉儿，橡子树上拴着呢。

祁永年 凉水泉儿，橡子树上拴着呢，橡子树上拴着呢……

狗儿爷 滚，一万年我也不理你！

〔祁永年隐去。

狗儿爷 我得先饮饮它，叫它美美儿喝个够，清凌凌的长流水，喝个够……（兴冲冲下）

〔山谷间回响着一声呐喊：“我有马啦——”李万江百感交集地追过去。

〔有顷。狗儿爷双手捧水罐，凝视着自己倒映在罐内清水面上的容颜，缓缓走上。李万江随其后。

狗儿爷 （低唤着）狗儿爷，陈贺祥，老伙计，一根儿黑头发也没啦！这一脑瓜子白雪花花儿，换了点儿什么呀？万江兄弟，这是你？脸像个核桃皮。你——四十几啦？

李万江 （苦笑）唉，六十整。

狗儿爷 你六十？我比你大一轮，那我就七十二？老天爷呀……

李万江 老天爷不管这个。

狗儿爷 噢，阎王爷……

李万江 收起你的阎王爷吧！那小学生的书本子上说，这是规律，大自然的。

狗儿爷 自然大老爷呀，你再让我倒退三十年，不，二十年，我要攒上全身的力气，攥断它十根锄把子，不赛倒他祁永年，不把他那小匣匣儿拿到手，不挂上千顷牌，我就在这凉水泉儿里头一头浸死！

李万江 还是不大明白。（大声）老哥，这也不晚！

狗儿爷 有你这么一说，咱还有儿子，还有孙子呢。耕、耩、锄、耪，筛、簸、扬、拿，都学到手，才算一个庄稼人。我要手把壶儿地调教他们。骡子马不调教还不能入辕儿呢。

李万江 是时候了，白露早，寒露迟——

狗儿爷 秋分种麦正当时。

李万江 早种一天——

狗儿爷 早熟十天。

李万江 牵上菊花青，驮上铺盖卷儿，儿子媳妇和孙子都等着急啦，回家吧，我的老哥。

狗儿爷 （一时自得地）走！儿子、媳妇、孙子、菊花青、高门楼……（回忆、思忖）虎儿的妈，俺虎儿的妈呢？赶集？（摇头）不对……万江兄弟！

李万江 怎么？

狗儿爷 快回村！我得找金花去，找俺的金花去，找俺的金花去！不管是死，还是活。她跟俺受苦受累半辈子，俺得好好儿补付补付她！

李万江　你……没忘了她？

狗儿爷　忘不了，那是媳妇儿。

李万江　回村——我告诉你。

14

〔随着一阵阵的马嘶声，微光照亮那座门楼——它愈显破旧了。

〔一阵刹车声。陈大虎、祁小梦上。他俩兴致很好。

陈大虎　（回身招呼）师傅，谢谢啦！

祁小梦　这趟城逛的，累死了。

陈大虎　祁家大小姐，别那么娇嫩啦！快去看看儿子吧。

祁小梦　就知道疼你那宝贝儿子。

〔苏连玉匆匆跑来。

苏连玉　这班车一到，就知道你们公母俩回来了，可把我等急啦！侄媳妇放心，你们龙龙在俺们家玩得可好啦，小子真聪明，扳着手指头数数儿，能数到五百了……

祁小梦　真麻烦大婶。

陈大虎　大叔，推土机怎么样？

苏连玉　明天就到。销货合同呢？

陈大虎　敲定了，三千吨。

苏连玉　这年头，张嘴就成千上万。三千吨，三对三，三三见九……这一炮儿下来，钱可不老少！

陈大虎　小意思，比起人家大王庄的白云石厂来，差远去了。

苏连玉　我早就说过，你小子不是善茬子，心气儿高着呢！

陈大虎　万江大叔可是还半信半疑呢。

苏连玉　他呀，怎么说呢，村里孩子都给他编成曲儿了：李万江，老一套，认准受穷一条道儿，塞他一个大元宝，他抱着元宝去上吊！连你爹都算上，你苏大叔比他们强就强在这心眼儿稍微活泛这么一点儿。

祁小梦　要不您怎么老不吃亏呢！

苏连玉　侄媳妇别寒碜我了，咱这是自私自利。这回可说出大天来也跟你们摽在一块儿，干定了，咱也弄个小万元户当当。得，我这就去乡政府，把咱白云石厂的营业执照取回来。

陈大虎　苏大叔，等您回来喝酒，咱顺便商量明天开工的事。

苏连玉　误不了。（下）

陈大虎　（温存地）歇歇吧！

祁小梦　嘻……

陈大虎　笑啥？

祁小梦　笑城里那丫头，穿的那小衣裳儿，光胳膊露腿，也不错，又省布又凉快。

陈大虎　这就叫进步，赶明儿你也来它一件穿穿。

祁小梦　在村里？妈哟，我怕吓死两口子。

陈大虎　管他们呢，我爱瞅就行呗！

祁小梦　去你的！

陈大虎　你没见人家明出大迈的，就这么拉着扯着——（搂住祁小梦的肩膀）

祁小梦　这么甜哥哥蜜姐姐儿的，俺可不惯。

陈大虎 老封建……

〔冯金花踌躇地走上。

冯金花 （怯怯地）小虎……

陈大虎 （不知如何是好）……大婶！

祁小梦 （热情地）大婶，您屋里坐。

冯金花 不啦。你们俩在家？门楼旧多了，你们——没有修修它？

陈大虎 不用了，明天就拆。

冯金花 拆？

陈大虎 砖头都酥了，不拆也得塌。

〔祁小梦给这位“稀客”端来一盘红枣。

祁小梦 大婶，您吃枣儿。

冯金花 （喃喃地）大枣大枣，谁见谁拢……

陈大虎 大婶，您来……

冯金花 我来看看你爸爸。

陈大虎 您知道，爸爸他在风水坡呢，几年不回家了。

冯金花 你万江大叔给他送马去了。

陈大虎 多余。

祁小梦 （制止）大虎！

陈大虎 本来就是多余，肚子疼上眼药，管屁用！

冯金花 怎么这么说话？马是他的家业，满盘子满碗的指望，见了马，兴许能明白过来。

陈大虎 还是别明白，明白了，我这儿不好办，您也……

冯金花 孩子，别这么说。这些年，他不容易，活过来就不容易。我愿意让他明明白白地再过几年，让他明明白白地再看看这个家，看看这座门楼，看看你们，也让他明明白白地再看我一眼……

小虎，我对不起你们爷儿俩呀！

陈大虎 您别说啦……妈！

祁小梦 （恸哭）我爸爸……要能活到这晚儿，就好啦……

陈大虎 姑奶奶，你就别凑热闹啦！

〔马嘶声。狗儿爷步履硬朗地走上。

狗儿爷 马来啦！

祁小梦 （热情向前）爸爸！

狗儿爷 （高声答应）哎，好闺女，快把东间屋拾掇出来，安上木槽，俺俩先住一块儿——

〔冯金花躲之不及，欲言又止。

狗儿爷 （一眼瞥见她，神态大变）虎儿，你妈，她赶集去，还没回来？

陈大虎 没有。

冯金花 （稍稍定心，十分尴尬地）你，身子骨好……

狗儿爷 你是……万江弟妹？多亏你呀，多亏你呀……走吧，万江兄弟回家啦。

冯金花 让我，跟小梦姑娘，给……马，再拾掇一回屋子吧！

狗儿爷 不。梦，你过来。早先，你们家这院子的格局，你还记得吗？

祁小梦 不记得。听我爸爸念叨过，说进这门楼往里是屏门，过了屏门往里走，一边是丁香树，一边是荷花缸……

狗儿爷 对，对！

祁小梦 正面是大厅，东西是配房。

狗儿爷 （神往地）对，对呀！后来分到手的户都把房子拆走另盖去了，咱落下这个门楼。门楼是脸面，有了门楼就不愁院子。虎儿，眼时手里头活泛吗？

陈大虎 您要干什么？

狗儿爷　干什么？他祁家人能盖个院子，咱陈家人就是白吃饭的？

陈大虎　没有，一个子儿也没有。大白天的说梦话！

冯金花　小虎，有话跟你爸爸好好说。

〔苏连玉抱镶入镜框的营业执照上。

苏连玉　哟，这老子回来啦！

狗儿爷　（没好气地）等着买你的地呢！

苏连玉　还不大明白。

冯金花　老苏。

苏连玉　您……也来了？

冯金花　知道他回来，过来看看。想不到还这么油糊心似的，不认人。

苏连玉　（放心了）那咱可就明说了。营业执照拿到手啦，等厂子办起来，你们小公母俩就是正副经理，你苏大叔顶损也得弄个第二副经理当当吧？等推土机一到，咱就拆门楼，破土动工。

狗儿爷　（暴跳）什么？你们要拆门楼？这乌烟瘴气的，你们——你们是要拆门楼？

苏连玉　（蒙哄）是这么回事儿，这门楼子老了，想想，你老它能不老？拆了它，等俺金花嫂子赶集回来……

狗儿爷　（神态骤变，悲怆地）她回不来了！刚才我在枣树上拴马的时候，东街坊侉二奶奶告诉我啦。老苏哇，你一辈子蒙我呀？

〔李万江上。

李万江　老哥呀，到我家去吧，咱俩心碰心地说说！（见冯金花，惊）你也来了？

狗儿爷　万江兄弟，领弟妹回家吧。俺那金花，虎儿他妈，不回来了。是神，我给她修座庙，是鬼，我给她修座坟，就在我心里头。可你们，你们不能斩尽杀绝呀，我的一村之长！你不能眼瞅着有人串通一气，拆我的门楼，摘我的心哪！

陈大虎 爸爸——

狗儿爷 谁是你爸爸？你早就忘了祖宗！

陈大虎 俺没忘。太爷爷俺没听说过；爷爷为二亩地，生吃一条狗，死了；爹想地想疯了。不就是为发家吗？这家您儿子发定了！

狗儿爷 你发家？呸！俺年轻的时候，大年五更还提着围灯去捡粪呢——你有这点出息？好好的院子，叫你糟蹋得破狼破虎，我问你，门口那块下马石呢？

陈大虎 盖厂房，垫地基了。

狗儿爷 厂房，厂房，厂房是你亲爹？你安的什么花花儿肠子，中的什么邪？不一扑纳心地种地，忘了黄土生金，抓多少钱也是打河漂儿！这个理儿，你小兔崽子懂吗？

陈大虎 （耐心开导地）爸爸，您看咱这地方有多好！前面临马路，后面贴白云坡，瞧那白花花的，一水儿的白云石。这东西是宝贝，外国人盖洋楼都用上这个，出多少都有销路。费不了多少事，加工加工，石头打滚就变钱。不能光瞅着这破门楼子，土里刨食儿啦！

祁小梦 是呀，那几亩地您手捋胡子就种了。您不种也不要紧，咱花钱请人帮工。等门楼一推，厂房盖起来，就在大门口盖间小屋，春冬两闲，您就在这儿看看传达室，养养花，养养鸟，接接电话。给您开双份工资，按月拿奖金。

狗儿爷 嘿，真是不是一家人，不进一家门，好个枣木棒槌——一对儿！你们这是要把我扫地出门哪！好儿子哎，你爹顶着枪子儿抢芝麻，外搭你妈一条命，为的谁呀？早知道你是这么个孽种，出娘儿胎我就把你摔死了！还有你，善眉善眼的闺女，敢情也这么阴毒！到了儿还是没改你们祁家的门风儿。（大声）祁永年——

〔祁永年幻影出现。

祁永年 有。

狗儿爷 这可是你闺女！

祁永年 龙生龙，凤生凤——

狗儿爷 你这坏事种！

苏连玉 得，又迷心啦。

狗儿爷 （对幻影）这是你的圈套！明的不行，你来暗的，把你的丫头派来毁我的家呀！这是我一把血一把汗挣的，是新社会给的。李万江你给做证——还有你，（对苏连玉）剃头的——还有你，（对冯金花）这位大嫂——你们都给做证，俺这份家业来得容易吗？不能叫这败家子儿们由着性儿糟践！

陈大虎 （决断地）爸爸，这门楼卖了！

狗儿爷 （愕然）卖了？

陈大虎 您病着，打针、吃药，拉下一屁股两肋的饥荒，卖钱还账。

狗儿爷 卖给谁了？

苏连玉 卖给我啦！

狗儿爷 （摇头顿足）苏连玉，你可真是俺的喝一个井里水长大的好兄弟哎！当初你卖给俺地，今儿你买我的门楼……多少钱？

苏连玉 （随口而出）三石芝麻！啊，不——价钱另议，明天一准过户儿，明天。

狗儿爷 明天？

陈大虎 明天。

狗儿爷 （求救）老村长，我问你管不管，管不管？

李万江 我管，我管，我管不了！老哥刚回村，你还不知道，眼时下的一大特点，就是谁也不听谁的。全村几百口子都是能人，就我一人是笨蛋。兄弟一百个对不起你，别的单说，唯独这拆门楼的事，我不敢管，不能管，也管不了。那什么——你找乡长去吧！

狗儿爷 你当官儿不做主？

李万江 明儿我就下台。

狗儿爷 孩子哭，给妈抱了去？

李万江 乡长比咱官儿大，想必主意高。

狗儿爷 去就去，找到大乡长，连你们大伙儿一齐告！

苏连玉 狗儿哥哎，您去也白去，我刚从乡里回来，听说来了两个日本客人，乡长正陪着喝酒呢！

狗儿爷 什么什么？乡长也当汉奸！完了，完了……

陈大虎 爸爸，您就歇歇心吧！

狗儿爷 我人死心也不能歇！

陈大虎 我们供您吃，供您喝，样样儿由您的性儿，伺候您，孝顺您，把您当老神仙供着，还不行吗？

狗儿爷 你要当孝子？

陈大虎 当孝子。

狗儿爷 孝顺我？

陈大虎 孝顺您。

狗儿爷 这门楼，不拆啦？

陈大虎 破车碍好道，挪挪窝儿，理所当然的。

狗儿爷 （狠狠一掌打过去）反叛！

〔众人各以不同的姿态愣住。

〔暗。

15

〔门楼。祁小梦的咯咯咯的笑声。陈大虎的嘀嘀嘀的笑声。

〔狗儿爷和祁永年——第一场时的情状。沉默有顷，开始动作。

狗儿爷 （收拾着，点燃火把）明天，明天，你们有你们的明天，我有我的明天……

祁永年 我可没有我的明天——好好，有我闺女的明天。

狗儿爷 （发现他还在身旁）滚，我永远不想见你！

祁永年 （叨念着）过了今天是明天，明天明天好热闹……（隐去）

狗儿爷 明天——好热闹，好热闹……（狂呼）门楼——我的门楼！（掷出火把）

〔一束强光，照着跪伏在门楼前的狗儿爷。

16

〔满台大火。巍巍门楼被火焰吞没。

〔人声、马达轰鸣声，雄浑地交织在一起，一直响到终了。

〔有人喊：

“推土机来啦！”

“快救火呀！”

〔陈大虎、祁小梦上。二人的神色像是刚刚从火里钻出来。

陈大虎 老爷子呢？

祁小梦 走了。

陈大虎 菊花青？

祁小梦 牵去了。

陈大虎 快——你和连玉大叔张罗救火，收拾利落，天亮推土机就要来了，一分钟也耽误不得。

祁小梦 你呢？

陈大虎 找爹去！（快步跑下）

祁小梦 去哪儿——

〔传来陈大虎的声音：“风水坡——”

〔火渐熄。

〔马达声大作。推土机隆隆开入。

——幕落·全剧终

1985年秋

（北京人民艺术剧院于1986年首演）

京　剧

曹操与杨修

陈亚先

人物表

曹　操——后汉丞相，字孟德，称魏侯。

杨　修——曹操的主簿，字德祖。

倩　娘——曹操的爱妾。

鹿鸣女——曹操的义女。

孔闻岱——北海太守孔融之子，曹操的仓曹属主簿从事。

蒋　干——曹操的谋士。

公孙涵——曹操麾下幕僚。

僮　儿——杨修书童。

其　他——胡马商、蜀米商、吴米商、曹洪、夏侯惇、许褚、张辽、李典、乐进、徐晃、张郃（人称曹八将）、孔融（幻象）、军士、校尉、丫鬟、刽子手、三报子、招贤者。

（注：本剧故事时间跨度为三年，而招贤者却从翩翩少年一直干到须发苍苍，这绝不是编剧的疏忽。）

〔时间：后汉建安年间。

〔地点：洛阳、斜谷等地。

第一场

〔音乐悲壮，哀鸿呼号……

〔一束追光引招贤者上。他正值年少，黑发无须。

招贤者 （夸张地）汉相曹操，兵败赤壁，招贤纳士，再图大业！招贤哪——（隐去）

〔灯亮。

〔松林墓地，皓月当空。墓碑上四字“郭嘉之墓”。

〔曹操率领鹿鸣女、蒋干、公孙涵及“曹八将”在墓前祭奠。

曹　操 大汉丞相曹操，率领都护将军曹洪、陈桥太守夏侯惇、中郎将张辽、许褚、李典、乐进、徐晃、张郃，中秋月明之夜，祭扫故参军郭嘉墓庐！

〔音乐起。

曹　操 （怆然吟诵）

明月之夜兮，短松之冈，

悲歌慷慨兮，悼我郭郎！

天丧奉孝兮，摧我栋梁。

鹿鸣女 （接诵）

从此天下兮，难觅贤良。

曹　操 （接诵）

哀哉奉孝兮，伏唯尚飨！

（白）郭嘉呀奉孝！你若不死，我岂有赤壁之败呀！（哭）

鹿鸣女 爹爹保重！

公孙涵 丞相如此礼贤下士，天下贤才必然闻风来投。

曹　操 千军易得，一将难求哇！

公孙涵 鹿鸣小姐即兴续诗，与你老人家的意韵天衣无缝！

曹　操 鹿鸣女儿虽非亲生，胜似亲生，她的才思不在蔡文姬之下。当初，老夫欲将她许配郭嘉，只恨苍天不佑，郭郎弃我而去了……

〔内马蹄声。曹操等倾听。

（杨修内唱）

半壶酒，一囊书，飘零四方——

〔曹操示意，众隐入松林。

〔杨修骑马与书童上。

杨　修 （下马，醉步，唱）

冷眼观孙曹刘三霸争强，

欲报国无明主心中惆怅，

僮　儿 相公，到了郭嘉先生的墓台了。

杨　修 （接唱）

中秋夜念故人来会郭郎。

僮　儿　相公，郭嘉先生的墓台已有人祭扫过了。

杨　修　（心领神会）噢！

僮　儿　香灰还是热的呢。

杨　修　年年今日，只有我杨修前来祭扫这冷落的坟台，今年为何这样地热闹起来了？

〔僮儿发现曹操所书祭文。

僮　儿　相公，这祭扫人名叫曹孟德。

杨　修　（故意高声地）哈哈哈，你说的是那个曹孟德么？（唱）

曹孟德他也曾东征西讨，
得荆襄灭刘表意气自豪。
赤壁兵败如山倒，
十万战船一火烧。
残兵败将逃至华容道，
幸遇着关云长，
他本是老曹的旧知交。
悲悲切切苦哀告，
刀下捡得命一条。
他若想力挽狂澜于既倒，
就看他求贤的谋略高不高。

曹　操　（更成便服上）哈哈哈……说得好，说得好！既知曹操招贤纳士，先生何不投在他的麾下，以展济世之才？

杨　修　老头儿，你晓得我是哪个？叫我去投曹操！

曹　操　先生乃当今奇才杨德祖，那曹操正愁寻你不着。

僮　儿　你怎么知道我们相公的名讳呀？

曹　操　年年中秋，只有杨修来祭扫这冷落的坟台……

杨　修　哈哈哈……老头儿，你当真叫我去投曹操？但不知曹操能封我一个什么官儿？

曹　操　以先生之才，少不得封你个长史之职。

杨　修　长史之职？忒小了。

曹　操　哦，大材小用了，封你个兵马大都督！

杨　修　荒唐！

曹　操　怎说荒唐呢？

杨　修　杨修岂是披坚执锐之人？

曹　操　但不知怎样的官儿，才称先生心意？

杨　修　我若投奔曹操，却要做他的仓曹主簿官。

曹　操　怎么，先生愿为曹操掌管军粮战马？

杨　修　掌管军粮战马有何不可？

曹　操　先生，你不嫌弃这仓曹主簿，官卑职小么？

杨　修　哈哈哈，不要小看这仓曹主簿，那曹操如今是军中缺战马，仓中少米粮，他的当务之急，乃是国库空虚！

曹　操　（大喜）哎呀呀，先生定有富国之策，来来来，老朽洗耳恭听。

杨　修　说与你听？对牛弹琴！

曹　操　（尴尬）实不相瞒，老朽便是曹操。

杨　修　哈哈哈，丞相到底自报家门了。

曹　操　怎么，先生早知是孟德到此？

杨　修　丞相不是也早知杨修到此么？

〔二人同笑。

〔公孙涵与众将上。

公孙涵　呔！曹丞相在此，还不大礼参拜！

曹　操　休要胡说，快来见过杨德祖先生。

公孙涵　是。（对杨修）公孙涵见过杨德祖先生。

杨　修　久仰！原来是公孙先生，请问……

公孙涵　（故意冷落杨修）请丞相上马回府。

曹　操　今宵月色正好，我要与德祖先生安步当车，列位先行一步。

公孙涵　遵命。

〔公孙涵与众将上马，下。

〔曹操与杨修执手登高，驰目骋怀。满月当空，清辉如水。

杨　修　（吟诵曹操的旧诗作）关东有义士，兴兵讨群凶……

曹　操　铠甲生虮虱，万姓以死亡……

杨　修　白骨露于野，

曹　操　千里无鸡鸣！

杨　修　生民百遗一，念之断人肠！

曹　操　老夫旧时诗作，先生竟然记得一字不差？

杨　修　杨修岂止敬佩丞相的诗文。

曹　操　哦？

杨　修　我更愿丞相的襟怀如诗中一般！

曹　操　快人快语，你我相见恨晚！

杨　修　相见恨晚。

曹　操　明日就请先生上任理事如何？

杨　修　杨修敢立军令状，半年之内，军粮满仓，战马充厩！

曹　操　若能如此，真乃天下之福也！

杨　修　只是还须一人相助。

曹　操　先生举荐何人，快快讲来。

杨　修　北海孔闻岱。

曹　操　孔闻岱……

杨　修　怎么？

曹　操　他，与我有杀父之仇！

杨　修　这个……

〔灯暗。

〔玉箫声渐起。

第二场

〔玉箫声延续。

〔半年后。

〔追光下，鹿鸣女吹箫，倩娘执女红，丫鬟在煎药。

倩　娘　（和着箫声，唱）

杨修进京兮，已然半载，

军粮战马兮，何曾筹来？

夙夜徘徊兮，孟德颜改，

药能医病兮，难医愁怀。

〔丫鬟捧药待命。

倩　娘　（对鹿鸣女）儿呀，且去侍候你父相用药吧。

〔灯亮。倩娘、鹿鸣女转入曹操书斋。

〔公孙涵上。

公孙涵　公孙涵有要事求见丞相。

鹿鸣女　我父相有病在身。

公孙涵 卑职觅得百年陈酿名酒，与丞相解忧。

倩　娘 嗯！这岂是你谋士幕僚分内之事？

公孙涵 这……卑职告退。

〔曹操内声："转来——"曹操上。

曹　操 （唱）慨当以慷，忧思难忘，

忧我三军，少马无粮。

德祖德祖，使我悲怆，

何以解忧，唯有杜康！

（泼去汤药，斟酒）

公孙涵 丞相，卑职有要事禀报。

〔倩娘、鹿鸣女退下。

曹　操 讲。

公孙涵 丞相，有人通敌！

曹　操 哪一个通敌？

公孙涵 就是杨修举荐来的那个孔闻岱！

曹　操 嗯！尔敢诬陷贤良！

公孙涵 （取出袖折）丞相不信请看，我这里记载得一清二楚。数月来，他乔装改扮，单人匹马，与敌国交往。去年腊月初七，他西出龙门，北转雁门，进入匈奴地界半月有余。

曹　操 匈奴？半月？

公孙涵 今年正月初八，他过长江下洞庭，辗转东吴七十余天！

曹　操 东吴？七十余天！

公孙涵 三月二十九，杨修与他执手相送。那孔闻岱绕汉中、走栈道，到了刘备的成都，如今方才回到洛阳。

曹　操 （震怒）杨修、孔闻岱今在哪里？

公孙涵 孔闻岱回到洛阳正要去见杨修，被我略施小计，诓到辕门，请丞相定夺！

曹　操 先将孔闻岱拿来见我！

公孙涵 遵命！

曹　操 （思索）且慢！不要惊动杨修，请孔闻岱到书房叙话。

公孙涵 是！（下）

曹　操 （唱）当初杀了孔北海，

孔闻岱到今日耿耿于怀！

举贤良不避仇酿成祸害，

孔门中多反骨他是孽障投胎！

七年前杀孔融旧景犹在——

〔灯光凝聚，回响曹操当年的声音："将孔融推出辕门，斩。"

〔曹操的幻觉出现。

〔刽子手架孔融上，由饰孔闻岱演员兼饰孔融。

孔　融 曹操哇奸贼！（接唱）

阿瞒竖子似狼豺！

孔融一死有何碍。

汉祚岂容你安排，

自有我的后来人——

〔大斧落下，从孔融官袍中蜕出孔闻岱。

孔闻岱 （接唱）

——孔闻岱！

〔杨修上。

杨　修 （唱）杨修举荐此贤才。（下）

〔报子（内喊）"报"——报子甲、乙（翻上）

报子甲 启禀丞相，匈奴骑兵，夺关南下！

报子乙 刘备五虎上将，东出祁山！

曹　操 啊！

报子丙 报！（翻上）

曹　操 不、不、不、不好了！孔闻岱北出雁门阴山道，西入巴蜀把敌交，南联东吴孙仲谋，三面夹攻欲灭曹。

〔曹洪、夏侯惇上。

夏侯惇 丞相！无有军粮，怎敌五虎上将！

曹　洪 无有战马，怎挡匈奴铁骑！

〔杀声震天，匈奴铁骑驰突。

〔五虎将杀上。

〔吴“水师”杀来。

〔曹操三面受敌，孔闻岱手举曹操杀孔融的大斧，追杀曹操，众人刀斧齐举向曹操头上劈来。

曹　操 （呼喊）啊！

〔幻觉消失，灯复明。

〔倩娘、鹿鸣女急上。

倩　娘 相爷、相爷……

鹿鸣女 父相，父相你怎么样了？

曹　操 唔……（回到现实中来）我安然无恙。

公孙涵 （上）孔闻岱告进。

曹　操 传！

〔曹操挥手示意，鹿鸣女、倩娘下。曹操拔剑出鞘。

孔闻岱 （内唱）

踏遍了阴山外蜀地吴邦——（孔闻岱上，唱）

孔闻岱为粮马四海奔忙。

苦匆匆，马乏人伤，

风餐露宿，褴褛了身上的衣裳回转洛阳。

拼着我七尺躯报效丞相。

巧周旋赚来了，赚来了战马与军粮。

〔公孙涵提示孔闻岱解下腰间剑，孔感激地把剑交公孙涵，而后近前行参拜礼。

孔闻岱 仓曹主簿从事孔闻岱参见丞相。

曹　操 （强压怒火）孔闻岱……

孔闻岱 在。

曹　操 我来问你，你去过匈奴？

孔闻岱 去过。

曹　操 去过西蜀？

孔闻岱 去过西蜀。

曹　操 也去过东吴？

孔闻岱 去过东吴。

曹　操 哪一个派你去的？

孔闻岱 杨主簿与我计议行事。

公孙涵 你跟杨修计议的是什么？意欲何为？

〔孔闻岱甚感意外，一时回答不出。

曹　操 自然是筹措军粮、战马，你道是也不是？

孔闻岱 正是。

曹　操 真乃劳苦功高，老夫赐你美酒一瓯。

孔闻岱 谢丞相！（接酒喝）

〔曹操挥剑刺孔，孔转身，怒指曹操，倒僵尸，死去。

〔招贤者幕内喊：“招贤啰！招贤啰——”

第三场

〔追光引招贤者上。

招贤者 大汉丞相，明察秋毫，奖功罚罪，胜似舜尧。招贤啰！

〔隐去。

〔灯亮。仓曹主簿后花园，丽日蓝天，风送鸟语。杨修在操持公务，小炉上熬着汤药。

杨　修 （唱）青天外白云闲风清日朗，

洛阳红绕回栏阵阵暗香。

处乱世遇明主欣喜过望，

酬知己哪顾得夙夜奔忙。

坐花间药当酒无事一样，

怎知我胸臆间沸水扬汤。

当初立下军令状，

到如今恰正是半载时光。

孔贤弟无消息叫人悬望，

更无有战马军粮到洛阳！

难道说稳操的胜券成虚妄？

僮　儿 （内喊）老爷——（隐上）老爷，大喜啦！

杨　修 （唱）

莫不是城外边已到了战马军粮？

僮　儿　一点儿也不错。数不清的胡马，一群一群地从北边来，千船米粮顺着洛水黄河从西南两路而来，都快到京城了。

〔内声："有客商求见！"

杨　修　送粮送马的人儿来了，快快有请。

僮　儿　知道了。

杨　修　且慢。（忙收拾案头书简，僮儿帮他收拾毕，欲去请客）

杨　修　（转而一想）转来。不见，一概不见。

僮　儿　怎么不见呢？

〔杨修向僮儿示意。

僮　儿　（笑）明白了。

〔说话间，三位客商已到。

僮　儿　（上前拦阻）嗨，主簿老爷酒醉，今儿不见客。

蜀米商　啥子？不见，我等有大事相商，不见不行！

吴米商　做生意总要碰碰头，哪好勿见面呢！

〔匈奴马商说了句任何人也听不懂的匈奴语。

蜀米商　（对马商）说汉语，说汉语。（对僮儿）他是匈奴人。

匈奴马商　（甩马鞭）卖马的来了。

杨　修　唔，何人在此喧哗？

蜀米商　听你之言，敢莫就是杨主簿、杨大人？

杨　修　三位到此何事？

吴米商　我伲三个人，全是孔闻岱的好朋友。

杨　修　怎么？你们是孔闻岱的好朋友？哎呀呀，失敬了！

三商人　好说，好说。

蜀米商　我们是诚心诚意来做生意的。

匈奴马商　我带来良马十万匹。

吴米商　我带来江南大米六万六千六百六十六石。

蜀米商　老子天府之国上等大米五千船，顺长江绕洛水一直到了洛阳。

杨　修　哎呀，你们来迟了。

三位商人　什么，来迟了？

〔三位商人乱作一团。

杨　修　三位呀。（唱）

做买卖靠的是眼明手快，

你三人为什么姗姗迟来？

半年前，我也曾散尽千金把粮马收买，

到眼下库银短缺愧对三兄台，

买卖不成仁义在，

来来来，小饮三杯叙情怀。

匈奴马商　酒我们不喝，马你要不要？

杨　修　马匹已充足了。

吴米商　这许多米，你也勿要哉？

杨　修　不是不要，怎奈库银短缺了。

蜀米商　（唱川调）

好一个巧舌如簧的孔闻岱！欺瞒好友太不该。

吴米商　（唱京调）

说什么马到洛阳重金买，

说什么米贵如珠是京街。

匈奴马商　（唱西北调）

却原来，尽是鬼话一派，

你们汉人骗人不应该！不应该！

杨　修　（唱）三仁兄休要错怪孔闻岱，

半年来行情有变你们怨谁来。

也罢，念在孔贤弟的分上，下官筹些银两买下你们的粮马。

二米商 大人功德无量，多谢多谢！

匈奴马商 好！讲义气，谢谢！

杨 修 只是这价钱……

三商人 价钱好商量。

杨 修 这样吧，石米半两银，匹马二钱金，三位意下如何？

蜀米商 啥子？一石米半两银。

匈奴马商 马一匹，金子二钱？

吴米商 哦哟大老倌，你比苏州人杀半价还要结棍（厉害）嘛！

蜀米商 这个生意做不得！

匈奴马商 不卖了！

蜀米商 勿卖哉！

〔三人下，僮儿追赶。

僮 儿 哎，你们别走，别走呀！老爷，你怎么让他们走了？

杨 修 嘿嘿，他们还要回来的。

僮 儿 还要回来的？

杨 修 （唱）速准备圈马屯粮莫迟钝。

〔幕内：“丞相驾到。”

杨 修 他的消息好快呀，僮儿看衣更换。（下）

〔卫士上，巡视毕。

众卫士 有请丞相。

〔曹操上。

曹 操 （接唱）冲冠一怒杀了人，

千思万虑难安枕。

历历往事好惊心，

在赤壁我错杀过蔡瑁、张允……

〔杨修上。

杨　修　啊丞相，你这不速之客，敢莫是寻我这仓曹主簿的弊端来了！

曹　操　啊，这个？

杨　修　哈哈哈哈……有失远迎，快快请坐。

曹　操　（接唱）问声主簿可安宁？

杨　修　你看我，坐花间饮美酒，有何不安宁呀！

曹　操　说什么花间饮酒，杨主簿终日操劳，以药当酒，难道老夫不知？

杨　修　怎么？杨修以药当酒，丞相尽知？

曹　操　巧妇难为无米之炊，德祖啊，实实地难为你了。

杨　修　丞相，你的仓曹主簿官实实地难当啊！我们确实到了家无隔宿粮的地步了，不过今日——

〔僮儿喊上。

僮　儿　老爷，老爷，那几个外国人又来了。

〔曹操一怔。

杨　修　请丞相暂避一时。

曹　操　怎么？老夫定要回避？

杨　修　丞相不知，今日这巧取豪夺的坏名声，只好由我来承担。

曹　操　（狐疑地）哦，哦……（隐入假山石后）

（三商人上）

杨　修　三位为何又回来了？

蜀米商　左思右想实无奈，且把檀香当烂柴。

匈奴马商　我情愿十万胡马当狗卖，

吴米商　唉，卖比不卖划得来。

三商人　杨大人——嘿嘿嘿……

吴米商　您啊，好把价钱再……

三商人　抬一抬。

杨　修　方才言过，匹马二钱金，石米半两银，我已是倾其所有，价钱抬不得了。

蜀米商　这龟儿，王八吃秤砣，

吴米商　铁仔心哉。

匈奴马商　不卖了，运回去！

蜀米商　运回去。

吴米商　勿卖哉，运回去。

〔三人欲走。

杨　修　且慢！你们要运回去？运往哪里去？你的十万战马运往匈奴？你们的千船米粮运往东吴、西蜀？哼！这大汉京都之地，岂容你们将军粮战马资助敌邦！此话若被曹丞相听见，你们还要不要命？嘿嘿！

〔三商人怔住。东吴米商拽过二商人。

吴米商　二位大老倌，我看还是保命要紧，便宜卖给伊算了！（对杨修）杨主簿，我伲便宜卖给你了。

杨　修　好好好，一手交钱，一手交货。你等到有司交割去罢。

〔僮儿引三商人下。

〔曹操上，激动不已。

曹　操　哈哈哈！老夫有了军粮战马，可雪赤壁之耻了！

杨　修　丞相……

曹　操　我要亲修战表一道，发往西蜀！

杨　修　丞相要向诸葛亮打战表么？

曹　操　正当扫平西蜀！

杨　修　（一惊）啊！还望三思！

曹　操　大计已定，不必多言。

杨　修　诸葛亮足智多谋，丞相不可草率行事……

曹　操　（忽然想到）杨主簿，我来问你，这三位外邦客商，是怎样到此？

杨　修　丞相容禀：就是那孔闻岱，半年之前，乔装改扮，单人匹马，西出龙门，北转雁门，走遍塞外匈奴，历尽千辛万苦，又从华容道东过长江，下洞庭，绕柴桑，入巴蜀，置生死于度外，谋大事于敌邦，才赚来这十万胡马，千船米粮，解我军国大难，立下不世之勋，丞相你要格外地升赏！

曹　操　呀！（旁唱）

闻言如听惊雷炸，

孟德做事差、差、差！

仇者快，亲者痛，贻笑天下，

怕只怕招贤大计流水落花。

杨　修　丞相为何沉吟不语？

曹　操　杨主簿，这军粮战马，解了我军国大难，真乃不世之勋，老夫升你官阶三级，为丞相主簿！

杨　修　谢丞相！

曹　操　来来来！这件锦袍，随我栉风沐雨，已有多年，赠予先生，聊表曹操寸心！（解下锦袍，授予杨）

杨　修　（接过锦袍）杨修肝脑涂地，当报知遇之恩。只是这军粮战马的首功孔闻岱，丞相如何升赏？

曹　操　这孔、闻、岱——么——老夫素有夜梦杀人之疾，昨夜，孔闻岱回到洛阳，相府回话，老夫正在书房蒙眬困睡之中，不想一剑哪……

杨　修　怎么样……

曹　操　我把他误杀了！

〔杨修惊呆。手中锦袍落地，凝视曹，似很陌生。

〔招贤者画外音：“山不厌高，海不厌深，招贤纳士，一片诚心。招贤哪！招贤哪！”

〔曹拾起锦袍，为杨修披上。

〔曹捶胸顿足，痛悔不已。

第四场

〔追光送两士兵抬一柄剑上，赫然以剑示众。

〔另一束追光引招贤者上。

招贤者　对！都怪这柄剑不好！丞相梦中杀人的时候，你不在那儿，丞相拿什么杀人？是应该拿它示众。

〔二士兵抬剑下。

招贤者　曹丞相礼贤下士，大礼祭奠孔从事，升赏主簿杨修，犒赏三军将士，再下求贤之令，招贤哪——（隐去）

〔一片肃杀的孔闻岱灵堂。夜。

〔曹操、杨修、公孙涵、将士等肃立灵前。

曹　操　（念）

梦中失手，错杀无辜，

痛悔何及，泪落如豆！

杨　修　（冷笑）嗬，嗬，……（唱）

曹孟德大英雄令人钦敬，

有过错为什么不肯担承？

夜梦杀人谁能信，

万马齐喑实堪惊。

非是我愤世嫉俗甚，

我心头悲，眼中泪，

满腹疑猜，

一腔怨愤！

我那苦命的孔贤弟呀！

可怜你做了一冤魂！

曹　操　杨主簿，人死不能复生，你不要过于悲伤。

杨　修　丞相的祭礼如此丰厚，我却只有一样。

曹　操　一样什么？

杨　修　一片真心！

曹　操　如此说来，旁人就无有真心了！

杨　修　他们自己心中明白！

曹　操　老夫要为闻岱守灵一夜。

杨　修　哦……少不得由我作陪。

曹　操　正要与先生清夜长谈。

杨　修　不可不可！倘若丞相又患夜梦杀人之疾如何是好？

曹　操　唔……杨主簿，你也知道怕死！？

杨　修　（有恃无恐，调侃地）我死事小，丞相的大业要紧。

曹　操　好，你安寝去吧。

杨　修　（略一踌躇，心生一计，旁唱）

后堂我把夫人请，

叫她来会梦中人。

料丞相梦中杀妻心不忍，

到那时水落石出见真情。

但愿他引咎自责明心境，

方见得汉丞相磊落坦诚。

〔更鼓三响，杨修下。

〔曹示意众退下。

公孙涵　（叫住众兵士）转来。丞相彻夜守灵，尔等好生侍卫，不可大意。

众　遵命。

〔公孙涵与众下。

曹　操　（唱）寂寂三更人去后，

迟迟钟鼓惹人愁。

闻岱呀！

你若能黄泉路上留一步，

我与你负荆请罪三叩头，

赐你庆功酒，

封你万户侯。

叹只叹有功未赏反遭殒首，

悔只悔错杀无辜覆水难收。

无奈何假称作梦中失手，

杨德祖咄咄逼人不罢休！

求才难啊，才难求，

只觉得遍体冷飕飕。

〔丫鬟捧锦袍引倩娘上。

倩　娘　（唱）乱世夫妻多忧患，

祸福相关共悲欢。

风餐露宿常相伴，

偕卧兵车渡关山。

千危万难终不散，（为曹披衣）

春宵风清也觉寒。

曹　操　（唱）戎马倥偬苦征战，

贤妻伴我十余年。

老夫今又遇危难，

连累贤妻夜不安。

倩　娘　（唱）相爷你误杀闻岱非本愿，

白发人彻夜守灵也堪怜。

说什么今又遇危难，

得道多助心放宽，心放宽。

曹　操　（唱）误杀了孔闻岱我肝肠悔断，

设大礼祭亡灵为把众人安。

百般担忧只一件，

倩　娘　哪一件？

曹　操　那杨修……唉！

倩　娘　那杨修，为相爷的军国大事夙夜操劳，就是相爷的起居冷暖，他也常挂在心。适才，就是他去至后堂，请我来为丞相添衣。

曹　操　（一怔）怎么？是杨修他、他、他……（唱）

他请你为我把衣添！

倩　娘　正是。

〔曹操拿锦袍看，赫然发现正是他赠给杨修的那件锦袍。转看宝剑、倩娘。

曹　操　唉！

（唱）马到临崖收缰晚，

投鼠忌器两为难！

倩　娘　相爷为何如此失惊？

〔曹操拉住倩娘手，凝视。

曹　操　（唱）牵玉手，睹芳容，

可怜贤妻懵懂人！

我在灵堂方入梦，

你不该把我的好梦惊。

我梦中杀了孔闻岱，

文官武将尽知情。

倘若容你安然去，

我枉杀无辜担罪名。

不舍贤妻难服众，

欲舍贤妻我怎能？

事到此间乱方寸，

杨修陷我两难人！

倩　娘　（唱）曹丞相握重兵天下驰骋，

难道说保一妻妾都不能？

曹　操　（唱）我的贤妻呀！

汉祚衰群凶起狼烟滚滚，

锦江山飘血腥遍野尸横。

只杀得赤地千里鸡犬殆尽，
只杀得众黎庶十室九空。
献帝初天下人丁五千万，
今只剩七百万劫后遗民。
儿郎铠甲生虮虱，
思之断肠复断魂。
曹孟德志在安天下，
赤壁折了百万兵！
招贤纳士重振奋，
误杀了孔闻岱大错铸成！
怕只怕天下贤士心寒透，
我宏图大业化烟云！（向倩娘跪拜）

倩　娘　（唱）相爷一拜如山重，
拜得倩娘梦魂惊。
为妾一死不要紧，
怎忍你白发人反送黑发人？

曹　操
倩　娘　（同唱）贤妻呀！
相爷呀！

曹　操　（唱）有朝一日狼烟尽，
我为你造一座烈女碑亭。
夫妻到此悲难忍，
英雄泪染透了翠袖红巾。

〔伴唱：“啊——啊——”
〔倩娘缓缓向曹跪下。

倩　娘　（唱）愿相爷，金戈铁马多保重，莫为我薄命女子暗销魂。

待到那海晏河清把功庆，

到坟前奠半碗剩酒残羹。

〔倩娘向曹深深三拜。

〔曹搀扶倩，倩推开曹，至灵前，取剑自刎。曹操悲恸欲绝。

曹　操　（凄厉呼喊）来人哪，来人哪！

〔鹿鸣女、杨修、丫鬟、士兵急上，见状大惊。

鹿鸣女　母——亲！

杨　修　曹丞相你……你的梦中杀人之疾，就如此沉重么！？

曹　操　杨主簿，你看今日之事，怎样处置方好？

杨　修　但凭于你！

曹　操　好！老夫做主，我女儿鹿鸣……许配杨主簿为妻！

杨　修　（意外）啊！？

第五场

〔幕前。追光引招贤者上，他已是青须飘拂。

招贤者　魏侯兵发西川，再下钧旨求贤，用人之际，品行放宽，荐贤有功者，亦可封官！招贤哪——（隐去）

〔蒋干手持战表，骑马上。

蒋　干　（念）诸葛亮批回了丞相战表，

上写着四行诗好不蹊跷，

是战是降不明了，

送与丞相瞧一瞧。（下）

〔巴山之麓，白雪茫茫。

（〔音乐曲牌〕）

罡风卷战袍，
大雪满弓刀。
看巴山蜀水涌波涛。
指山河，魏武挥鞭笑，
灭蜀吞吴，功成在吾曹！
嘶风骅骝长啸，
中原豪杰，
胆气直上云霄！

〔曹操、杨修、公孙涵、曹洪、夏侯惇、众军士，踏雪巡营，信马走来。

曹　操　（踌躇满志）茫茫大地，驰马骋怀，足慰平生也！哈哈哈哈！

蒋　干　丞相好兴致啊！

曹　操　哦，蒋先生回来了，战表可曾下达？

蒋　干　禀丞相，诸葛亮将丞相的战表批了回来。上写小诗一首，刁钻古怪，令人费解。丞相请看。（呈战表）

曹　操　列位将军。

众　丞相。

曹　操　哪个解得诗中之意，老夫有赏。

众　但不知写些什么？

蒋　干　（念战表诗）

黄花逐水飘，
二人过木桥，

好景无心爱，
须防歹徒刀。

杨　修　诸葛亮好欺人也！

蒋　干　啊呀，到底是杨主簿聪颖过人，想必已然解得了。

曹　操　你等就无人能解么？

夏侯惇　待我看来。

蒋　干　我蒋干手捧此诗，在马背上猜了十里之遥，尚未解出，夏侯将军你呢……

夏侯惇　我若猜了出来，你便怎样？

蒋　干　马行十里之内，你若猜了出来，我情愿与你牵马坠镫！

曹　洪　你若猜不出来呢？

夏侯惇　这……

曹　操　猜不出来，陈桥太守与人家牵马坠镫！

夏侯惇　我不猜了，我不猜了。

〔众笑。

杨　修　诸葛亮用心险恶，分明要激怒丞相，你要三思而行。

公孙涵　杨主簿，丞相说过，今日饮酒赋诗，不议军国大事。

曹　操　且慢，马行十里，我若猜不出诸葛亮诗中之意，老夫与杨主簿牵马坠镫！（唱）

只为错杀孔闻岱，
杨德祖到今日不释于怀。
兵出斜谷他再三阻碍，
借此诗他又要卖弄高才！

杨　修　（唱）曹丞相阿谀声中心已醉，
全不见危机四伏火燃眉。

纵然是触逆鳞无端获罪，

我也要劝他尽早把头回！（拦住曹操马头）

丞相啊，前面绝壁悬崖，无有路了！

曹　操　勒转马头，老夫再猜。

杨　修　十里已过了。

众　十里未到。

公孙涵　十里未到！

杨　修　（愠怒）呸！左营来到右营，分明二十里了，你等为何睁眼瞎说！

曹　操　好，老夫与杨主簿牵马就是！

众　（惊愕）啊……

曹　洪　且慢，丞相带马，哪个敢骑？

曹　操　（制止曹洪）嗯……休得多言。杨主簿你放开缰绳！

〔杨修松缰，曹为杨带马。

众　（唱）宰相带马世少有，

曹　操　（唱）曹孟德南征北战数十秋，

今日马前把人侍候，

宰相肚内好行舟！

〔马嘶，众担心。

众　丞相！

曹　操　不妨事……

〔圆场。曹操踉跄。

杨　修　丞相，缓缓而行吧！（下）

曹　操　缓缓而行……

蒋　干　（唱）世间只有牛吃草，

公孙涵 （唱）几曾见过草吃牛！

杨德祖不知天高和地厚，

蒋　干 （唱）不由蒋干冷汗流！

公孙涵
蒋　干 （同）丞相慢走！（二人追下）

〔曹操、杨修等上。蒋干、公孙涵随上。

杨　修 丞相，你早就猜出来了！

曹　操 不错，我早就猜出来了！

（念）黄花本是一“女”字，

公孙涵 （念）女旁有水，

曹　操 是“汝”字；

公孙涵 木上二人，

曹　操 是“来”字；

公孙涵 无心之爱，

曹　操 是“受”字，

公孙涵 歹徒持刀，

曹　操 乃是一个“死”字。诸葛亮的战表是：“汝来受死”四字！

公孙涵 丞相大智大慧，天下无敌！

曹　操 （大叹）唉！说什么大智大慧，老夫之才，不及杨修三十里！

杨　修 （冲动地）丞相啊，说什么不及杨修三十里，智者千虑，也有一失，这兵出斜谷之事——

曹　操 （断然地）今日不议军机，休要多言！

杨　修 当初我再三劝阻丞相，休要发兵西蜀，如今被困斜谷，危机四伏，眼见得又是一个赤壁惨败……

曹　操 住口！用兵作战大计已定，谁敢扰乱军心，军法无情。

杨　修　丞相……

曹　操　带马！

〔曹操拂袖上马而去。众随下。

〔杨修茕茕孑立，不胜怅然。

〔招贤者悄然而至。

招贤者　真是个书呆子，愣逼着人家说那不想说的话，人家嘴里说才华不及你三十里，可他心里怎么想的，你知道吗？

〔二道幕随即落下。

招贤者　杨修这号人，是有点讨厌，不过话又说回来了，要是没有这种讨厌的，那才讨厌呢！（例行公事地喊）讨厌喽！噢，不对，招贤喽！（下）

第六场

〔军营。

〔鹿鸣女捧一盂鸡汤上。

鹿鸣女　（唱）老父相巡营归雪满雕鞍，

熬鸡汤送予他驱散风寒。（下）

〔杨修上，蒋干追上。

蒋　干　杨主簿，杨主簿……

杨　修　蒋先生有何见教？

蒋　干　恕蒋某直言，今日之事，你又过分了！

杨　修　哦？

蒋　干　大人平日在丞相面前，常有过激之举，倒还好说，今日叫丞相为你牵马坠镫，这可非同儿戏呀！

杨　修　多承指点。无奈木已成舟，也只好听其自然。

蒋　干　依蒋某之见，杨大人去向丞相赔个不是，息事宁人为好。

杨　修　叫我去赔不是么？（冷笑）嘿嘿嘿……

〔鹿鸣女上。

鹿鸣女　老爷回来了？

杨　修　回来了。

鹿鸣女　老爷恕妾直言，今日巡营，当着满营将士，你叫我父相为你牵马坠镫，此举忒过了！

杨　修　事已至此，你们父女如何处置，但请明言！

鹿鸣女　你……

蒋　干　（见势不妙）告退，告退！（下）

鹿鸣女　（感情极为复杂地）老爷呀！（唱）

一句话说得我泪抛襟袖，
老爷你把我的苦心当成仇。
你不该门楣高过屋，
你不该海水漫船舟。
你不该凡事瞻前不顾后，
你不该聪明太过反无谋。
我父纵有沧海量，
怎容你恃才傲物强出头？
倒不如你我夫妻抽身走，

杨　修　走？

鹿鸣女　（接唱）

免教你等闲抛了少年头。

杨 修 （深为感动）夫人！（唱）

只说是夫妻们同床异梦强聚首，

万不料中原才女情意厚，

把杨修祸福安危挂心头。

夫人哪，言语不周请宽宥，

听杨修吐一吐满腹忧愁。

处乱世，寝食不安，心忧汉祚，

择明主，在那郭嘉墓前，

如同子期遇伯牙，

共求知音，相见恨晚，

肝胆相照，我把丞相来投。

感丞相知遇恩天高地厚，

无奈是事与愿违志难酬。

讨西蜀枉费我婆心苦口，

劝不得悬崖边万马回头。

危难时你我夫妻抽身走，

杨德祖仰天俯地岂不羞？

叹当年曹丞相青梅煮酒，

天下英雄汉魏侯。

今日一曲英雄误，

我岂能对水看流舟？

士为知己死亦足，

为苍生我何惜此头！

鹿鸣女 （激奋地）老爷！（唱）

妾与君生生死死相厮守，

鹿鸣女有夫如此啊复何求！

杨　修　（动情地）夫人！

鹿鸣女　老爷千万要好自为之。

杨　修　夫人宽心，歇息去罢。

〔鹿鸣女下。

〔夏侯惇、公孙涵上。

夏侯惇　奇怪奇怪，丞相传下军中口令，乃是“鸡肋”二字！这是何意呀！

公孙涵　哎呀，你怎么连鸡肋都不知道？鸡肋者，鸡之肋骨也！（学鸡）咯咯咯！

杨　修　二位说些什么？

夏侯惇　杨主簿有所不知，适才丞相饮用鸡汤，他夹起一块鸡肋，叹道：鸡肋呀鸡肋！末将正自纳闷，丞相却传下了今晚军中口令，竟是这“鸡肋”二字，你说怪也不怪？

杨　修　什么？军中口令是“鸡肋”二字？（沉吟）鸡肋……鸡肋……哈哈哈，这就好了，这就好了！

夏侯惇
公孙涵　（不解）好了什么？

杨　修　你们哪里知道丞相的心思！（唱）

鸡肋肉在骨缝中，

食之无物肚内吞。

兵陷斜谷不能进，

丞相心中忧虑深。

既以鸡肋为口令，

我料到他今晚必退兵。

哈哈哈哈！

夏侯惇
公孙涵 （恍然大悟）原来如此，

杨　修 大军一撤，诸葛亮必然趁机渔利。

夏侯惇 末将早做防范就是。

公孙涵 我备马去。（二人下）

杨　修 （略一思索）且慢，待我到许褚张辽的帐中去安排一番。（下）

〔有顷，军营中人影幢幢。

〔一校尉在营前挂起红灯。

校　尉 （似有所见，喝问）什么人？

内　声 鸡——

校　尉 肋！

〔校尉下。军营复归平静。

〔士兵掌灯引曹操上。

曹　操 （念）

入川来战局险峻，

果然是蜀道难行。

我若不下班师令，

只恐一溃不成军。

〔公孙涵上。

公孙涵 禀丞相，卑职已将诸事安排妥当。

曹　操 （不解）什么安排妥当？

公孙涵 粮草已经起运，前营改成后营，人马皆已饱食。只要丞相一声令下，大小三军便可安然退出斜谷。

曹　操　（甚喜）安排得好！（忽一转念）且慢，你怎知我要下令退兵？

公孙涵　这个……是我琢磨出来的。

曹　操　你凭什么琢磨？

公孙涵　鸡肋鸡肋，食之无味，自然是要退兵了。

曹　操　想不到你糊涂一世，竟也聪明一时！

公孙涵　多谢丞相夸奖。

曹　操　哼哼！老夫尚未下令，你敢擅自行事，难道不怕死么？

公孙涵　（大惊，跪下）丞相！这事儿与我不相干，都是杨修安排的！

曹　操　又、是、他！又是——他！

〔公孙涵溜下。

〔杨修兴冲冲上。

杨　修　丞相！

曹　操　（盯住杨修，有顷）杨主簿哪里去？

杨　修　军情紧急，整装待命。

曹　操　莫非你要上阵厮杀？

杨　修　丞相数十万大军尚且不能前进一步，我一介书生，上阵厮杀何用？

曹　操　如此说来，老夫只有退兵了？

杨　修　丞相不是已有退兵之意了么？

曹　操　老夫并未传令退兵，你自作聪明，乱我军心，该当何罪？！

杨　修　啊呀丞相……

曹　操　（勃然变色）你，怪不得老夫了！

杨　修　丞相……

〔二人争持。

〔鹿鸣女上，向曹跪求。

〔曹操拂袖而去。

〔静场。

杨　修　夫人，杨修连累你了……

鹿鸣女　我父相屈杀你了！

杨　修　夫人，拿酒来！

〔鹿鸣女取来酒醍醐。

〔杨修饮酒，鹿鸣女悲不自禁。

鹿鸣女　（扑上）老——爷！（哭）

杨　修　（唱）休流泪，莫悲哀，

饮几杯辞行酒夫妻分开。

杨修一死无挂碍，

后事拜托你安排。

我死不必把孝戴，

我死不必摆灵台，

我死不必棺木载，

我只求一抔故土把身埋。

休将我的死讯传出外，

免得世人笑我呆。

亲朋问我人何在，

你说我远游不归来。

尸首运至皇城外，

你将这酒醍醐与我同埋。

我要借酒将愁解，

做一个忘忧鬼酒醉颜开。

在生落得身名败，

到阴曹我再去放浪形骸。

〔公孙涵领四刽子手上。

公孙涵　（得意地）杨主簿，嘿嘿嘿！

杨　修　公孙先生，今日为何陡长了八面威风？

公孙涵　你扰乱军心，罪当斩首，丞相命我前来接替主簿之职，交印吧！

杨　修　（取出怀中印信）这小小的主簿印信，你垂涎已久啊！可叹哪可叹，世上多少大事，都坏在这个东西的身上！拿去吧！（掷印于地）

公孙涵　（拾起印信）侍候了！

〔刽子手给杨修上绑。

鹿鸣女　夫——啊！

〔拔公孙涵佩剑，自刎。

〔刽子手拉杨修下。

〔招贤者上。

招贤者　（高呼）招贤哪，招贤哪——

〔切光。

第七场

〔斜谷，刑场。一座斩台，有阶可上。

〔冷月如盘，宛若当年曹杨初会之处。

〔夏侯惇等众兵将簇拥曹操肃立。

〔刽子手押杨修缓缓上。

〔曹操与杨修对视无语。杨修昂然扭头，欲走向斩台。

曹　操　杨主簿，你扰乱军心，老夫处你死罪，有何话说？

杨　修　欲加之罪，何患无辞！

曹　操　（叹息）唉！（吟诵）

茫茫风雪兮，天地渺冥，

法无姑宽兮，哀君丧命！

〔报子甲急上。

报子甲　报——中军探马，十万火急军情密报！

〔曹示意报子甲近前，报子甲与曹耳语。

〔曹操大惊。报子甲下。

杨　修　嘿嘿嘿！定是诸葛亮派出奇兵，要断我运粮之道，你说是也不是？

曹　操　……

杨　修　何必惊慌，许褚、张辽二位将军已抢先一步了。

〔报子乙上。

报子乙　报！敌兵袭我运粮之道，中了许褚、张辽的埋伏，他们大败而

去！（下）

杨　修　哈哈哈，这又是杨修自作聪明，扰乱军心之故耳！

〔众议论怫然。

曹　操　呀！（唱）

杨修机谋实少有，

料事如神世无俦。

若留他为老夫运筹帷幄，

他定能妙笔写春秋。

怎将这赦免二字说出口？

（白）唉！（接唱）

有谁能解我心忧？

蒋　干　啊，丞相！杨修虽犯将令，但已将功折罪，丞相饶他一命，乃是仁者之怀，三军将士无不心悦诚服。

夏侯惇　蒋先生说得有理，末将夏侯惇愿保杨修不死。

曹　洪　末将曹洪也愿作保！

徐　晃　徐晃愿保！

李　典　李典愿保！

众　我等愿保！

〔众皆跪求，杨修感动。

曹　操　（环视众人，大惊）哦——呀！（唱）

平日里一片颂扬对曹某，

却原来众望所归是杨修！

杨　修　（连连作揖）列公啊，你们帮了倒忙了！

曹　操　老夫有话要与杨主簿讲，你等退下！

〔众下。

杨　修　丞相，你险些打错主意了！

曹　操　（由衷地）杨修哇杨修，你委实太聪明了，坐下来，坐下来，我二人谈谈心！

杨　修　（高坐斩台之上）为何要坐下来？我乃临死之人，你还怕我高你一头？

〔曹操语塞，拾级而上，与杨修同坐。

〔二人背后，衬着一轮皓月。

曹　操　德祖，你可知今天是什么日子？

杨　修　（抬头望月）哦——今日是冬月十五了，好月亮啊！

曹　操　曾记得，老夫与你相逢在郭嘉墓前，也是月圆之夜，转眼又是三年了！对酒当歌，人生几何……

杨　修　（黯然神伤）空怀壮志，岁月蹉跎啊……

〔一阵鸟鸣掠过长空。

杨　修　（吟诵）宿鸟悲鸣兮，人之将死，

曹　操　（吟诵）生死永别兮，促膝谈心。

杨　修　说什么促膝谈心，只怕你的知心话，不敢对人言讲。

曹　操　德祖哇，老夫实在是不想杀你呀！

杨　修　你实在是三次要杀杨修！

曹　操　（一怔）请问这一？

杨　修　丞相杀孔闻岱时，已经有意杀我，此乃一也。

曹　操　二呢？

杨　修　你假称梦中杀人，被我点破，你又有了诛我之心，此乃二也。

曹　操　这三！？

杨　修　踏雪巡营，你为我牵马坠镫，乃是三也！

曹　操　杨主簿啊！三次要杀你的是曹操；三次不杀你的，也是曹操，

我已费尽苦心了！今日，我也实实不想杀你，却又不得不杀！

杨　修　敢问丞相，你那内心之中，到底为何不得不杀我呢？

曹　操　……你当初对我立下誓言，肝脑涂地，以报知遇之恩。此心此志，如今安在？

杨　修　当初，群雄混战，你“思之断肠”，招贤纳士，山不厌高，海不厌深。此心此志，如今又在哪里？

曹　操　初衷不改，天地可鉴！

杨　修　我更是初衷不改，人神共知！

曹　操　可惜呀，可惜你不明白！

杨　修　可叹哪，可叹不明白的是你！

曹　操　啊？

杨　修　啊？

曹　操　（笑）哼哼哼哼！

杨　修　（笑）嘿嘿嘿嘿！

〔二人由笑变为痛哭失声。

〔夏侯惇急上。

夏侯惇　丞相！诸葛亮的大军从四面杀来了！

〔众将士齐上。

杨　修　丞相快快撤兵，免得全军覆灭！

曹　操　大敌当前，敢有扰乱军心者，以杨修为戒！

众　（痛呼）丞相——

曹　操　斩了杨修，退兵！斩！

〔刽子手斧落灯灭。

〔追光引招贤者上。他须发皆白，步履蹒跚。

招贤者　大汉丞相，斜谷兵败！招贤纳士，再图大业！（咳嗽）招贤喽……

〔招贤者隐去。他的呼声回荡在空旷的舞台。

〔有顷，大幕沉重地落下。

（上海京剧院于1988年首演）

梨园戏

董生与李氏

王仁杰

人物表

董四畏

李　氏

彭员外及其魂灵

梅　香

小鬼甲、小鬼乙

学童甲、学童乙

氤氲使者

和合二仙

彭府婢、仆若干

第一出　临终嘱托

〔梅香扶李氏上。

李　氏　（唱〔长寡·空闺恨〕）乍吟白头，

何曾到白头！

游丝悬君命，

冷月照孤舟。

虽未效孟姜哭夫、

绿珠坠楼，

但恐望夫石畔，

亦做了怨妇空自守。

〔婢扶彭员外上。

彭员外　（唱〔短滚·太子游四门〕）魂魄已到酆都游，

忽闻红粉哭声啾。

不忍骤然去，

惶惶急回头。

唉！（唱）

舍得下，

花朝月夕，

肥马轻裘；

舍不得蛾眉粉黛，

黄昏独自愁。

董秀才……董秀才为何未到？

仆　甲　禀老爷，董秀才即刻就到。

彭员外　速去……再请……（弥留介）

仆　甲　是。（下）

〔小鬼甲、乙上。

小鬼甲　（念）持牒出酆都，

小鬼乙　（念）勾魂不含糊。

小鬼甲　（念）阎王要你三更死，

小鬼乙　（念）谁人敢等四更鼓？

小鬼甲　兄弟呀，此宅哭哭啼啼，正是彭府，速速入内去捉人。

小鬼乙　走！我来动手……呀，美……美……

小鬼甲　什么美美？

小鬼乙　彭夫人真美，你看一下。

小鬼甲　都不见头面，因乜知伊美？

小鬼乙　这点我在行。你来看，小蛮腰、樊素口……

小鬼甲　臭死狗呀！叫咱来勾魂摄魄，管人家什么小蛮腰、樊素口？难怪你曾经做色中饿鬼，打入香粉地狱。闲话莫说，把他勾来！

小鬼乙　勾来！

〔彭员外魂上。

彭　魂　且慢，我有要事商量。

小鬼甲　你有乜要事？

彭　魂　二位鬼哥，事因发妻病故，前年续弦，娶得李氏青春貌美……

小鬼乙 果然，果然，此话不假。

彭　魂 因此不忍撒手而去。

小鬼乙 难怪，难怪。想我当原初……

小鬼甲 噫……阳世之人，有此艳福者多矣，人人不肯撒手，我等岂不失业？

彭　魂 哎呀，二位鬼哥，吾不忍者，实疑虑也。

小鬼甲
小鬼乙 有何疑虑？

彭　魂 二位鬼哥，可曾读过古人怨叹之词？

小鬼甲
小鬼乙 唱来相分听一下也好！兄弟啊，家伙拿过来。（整起乐器）

兄弟啊，和来呀！

彭　魂 （唱〔水车歌〕）妻妾眼前花，

死后冤家。

每是墓前草未绿，

则见她，别长了情芽。

别抱琵琶犹恨晚，

山盟海誓成虚赊。

小鬼乙 好，唱得好！真乃古今同 慨也！

小鬼甲 说得虽是，然改嫁的多，守节的少，自古皆然。否则，这阳世岂不遍地都是贞节坊了？

小鬼乙 你双眼一闭，两脚一伸直，四大皆空，管他琵琶是直抱还是横抱？

彭　魂 鬼哥你说这话，比刺我心槽第三坎还痛苦。

小鬼乙 怕她改嫁，要不，我们连她的魂一齐勾去如何？

彭　魂　且慢！此事未尝不可。只是未知到了冥司，是否依旧结成夫妻？

小鬼乙　冥司点的鸳鸯谱，你我如何得知？

小鬼甲　难说！

彭　魂　既然如此，不可，不可！

小鬼甲　既是不可，赶路要紧，走兮！

彭　魂　鬼哥且从容，吾尚有一法。

小鬼甲
小鬼乙　你有乜法？

彭　魂　吾托一人监管。

小鬼甲　你上无父母伯叔，下无昆仲子侄，谁人替你监管？

彭　魂　有秀才董四畏，蒙馆为业，与吾为邻。

小鬼乙　孔夫子只有三畏，叫作畏天命、畏大人、畏贤人之言，此君何有四畏？

彭　魂　外加一畏，畏妇人也。

〔小鬼甲、乙失笑。

彭　魂　此人虽久困场屋，然君子固穷，信而好古，好德不好色，年过四旬，尚鳏居而洁身自好……

小鬼乙　小兮，听他讲一通“山海经”，你说世上有此等人无？连咱们鬼也不信！闲话莫说，把他枷上！

小鬼甲　走兮！

彭　魂　且慢！我有纹银十两，不当作“红包”，向你们宽容一刻钟，容我将后事交代明白。

小鬼乙　大兮，明来了，你打定主意！

小鬼甲　“不吃白不吃，不收白不收”……

小鬼乙　“有权不用，过期作废”……

小鬼甲　准他乎？

小鬼乙　准他乎？

小鬼甲
小鬼乙　准你呀！限你一刻钟，速去速来！

〔小鬼甲、乙下。彭魂隐去。

〔内声：“董秀才到！”

〔董四畏上。

董四畏　（唱〔短潮〕）亦广文，亦五柳，

古人文章，

描我在前头。

今日出场缘底事？

细思量，端的无来由！

彭员外　董秀才啊——

董四畏　哎呀，员外，馆务缠身，探望来迟，恕罪恕罪！

彭员外　董兄何罪之有？董兄，今有一纸，烦兄视过。

董四畏　哎呀，此乃借据，前年葬母无资，暂向员外借银十两，至今本息共二十两。一俟束脩到手，自当奉还，望员外……

彭员外　来人！

彭员外　此纸拿下，付之一炬！

仆　甲　是。（欲下）

董四畏　不可！借贷不还，岂不陷吾于不义不信！

彭员外　此乃吾意，非关你事，拿下。

仆　甲　是。

彭员外　董兄，彭某有一事重托。

董四畏 重托？除了拟文修书诸事，尚无人对我言托，何况还是重托！未知员外……

彭员外 （一纸与董）我此处尚有一纸，烦兄视过。

董四畏 （接读）要我日探夜窥，密察夫人行止，莫使交结匪类，淫心萌起，遂生再醮之意……

彭员外 你再读，你再读下去。

董四畏 还要每月到他墓前禀告详情，夫人若有差错，可代其行家法……哎呀，不可啊不可！员外，此吾万万不能为也！

（唱〔浆水令〕过〔朝天子〕）鸡鸣狗盗所为，

煮鹤焚琴何异。

吾乃堂堂儒生，

忍教斯文扫地？

更哪堪授人笑柄，

一世清名毁于兹。（还纸与彭）

彭员外 哈……吾正喜听你这一席话，此事更非董兄莫属！董兄恩重如山，请受彭某一拜。

董四畏 员外啊，不可。此吾万万不能为也！

彭员外 董兄你若不应允，吾死不瞑目也……

董四畏 员外！

〔小鬼甲、乙内声。

小鬼甲 时辰已到，速提去冥司复命！

小鬼甲
小鬼乙 魂兮随我来！

〔小鬼甲、乙勾彭魂过场，下。

董四畏 员外……来人呀，快来人呀，员外去了！

〔众人上，李氏扑上低泣。

李　氏　老爷……老爷……

梅　香　去都去了，眼睛不愿闭！

李　氏　老爷……

梅　香　还不闭！手里还拿着一张纸。

董四畏　（无奈何）员外，我……我应允就是……（无奈接纸）

〔彭手缓缓垂下，死去。

仆　甲　眼睛闭了！

第二出　每日功课

〔学童甲、乙上。

学　童　（唱〔翁姨叠〕）读书读书，
苦乐知何如。
人生识字糊涂始，
刘项原来不读书。

学童甲　（念）人之初，性本善。
性相近，习相远。

学童乙　（念）苟不教，性乃迁，
教之道，贵以专……

学童甲　子曰，君子喻于义，小人喻于利。

学童乙　孟子曰，上下交征利，国危矣！

学童甲　此话怎说？

学童乙 王争利、官争利、士争利、民亦争利，举国上下，人人见利忘义。堕纲纪，坏礼乐，不见真善美，唯有假恶丑，国岂不危哉？

学童甲 读书无用，是数百年后的事，与我等何干？

学童乙 也是。只是先生尚未来……

学童甲 先生未来，咱到里面寻一清静所在背课文，你看如何？

学童乙 好！（与学童甲同下）

〔梅香内声："夫人走好……"与李氏同上。董四畏暗随上。

李　氏 （唱〔短相思〕）巫山云散，

霜雪折雁行，

角枕泪痕湿，

五更钟鼓独自伤。

虽每坟前细细诉，

又一语何曾到冥乡？

只落得满目萋萋芳草，

长随个迂腐秀才郎。

空对着断梗飘絮、古道夕阳。

梅　香 唉！我夫人也真是的……人说夫妻本是同林鸟，大限到来各自飞，割吊什么愁肠呀！再一说，我家员外……那个老冇头，死就死，眼睛还不愿闭，分明是买嘱那个老古董，托他来监视我夫人！夫妻到这份上，有乜恩义？！若是换作我呀，还上什么坟？连鬼也饿死他！你看，老董又来了。老董……

李　氏 （急止）梅香，快走！

梅　香 哼……

董四畏 （唱〔浆水令〕过〔福马郎〕）悔却当初受嘱托，

君子竟在妇人后。

害得我一路经书遮羞颜，

不敢抬头走。

李　氏　哎哟，我死了，我脚痛走不了……

梅　香　夫人有坐轿的命，轿不坐，偏要来磨死这双三寸金莲。来，待我给你揉一下。

李　氏　对，你来给我揉一下。

董四畏　（边走边读）“子见南子，子路不说（音：悦）。夫子矢之曰，予所否者，天厌之，”（无意中踏住李氏裙角）“天厌之……”

李　氏　（伸手牵裙，见董四畏心慌不觉）……书呆！

梅　香　（拨开着）大路通天，各走一边，没因来撞咱怎说？

董四畏　呀……我……

梅　香　你……哼，读书人不去做官，却来做跟随，好见无志气！适才我和夫人去上墓，你跟上的跟上，随下的随下，成何体统？

董四畏　这……

李　氏　荒郊野外，止是读书好去处。咱都到厝了，快开门入内去。

梅　香　是。狗跟屁！（与李氏开门入内，同下）

董四畏　唉，受人身后托，秀才狗跟屁！

（唱〔大倍·长相思〕）盯得我眼乜斜，

跟得我双足麻，

骂得我口变哑。

数月来，

未见蛛丝马迹、雪月风花，

夫人分明守节无差。

每月墓前报，

白壁应无瑕。（下）

〔李氏上。

李　氏　（唱〔中滚·杜韦娘〕）学馆隔巷相望，

尽日书声绕梁。

且听那诗三百，

九曲回肠……

（接唱）

也好见他老冬烘，

恼人痴模样。

学　童　先生！

董四畏　唔……上课。（见学童坐定）今日功课，乃《诗·卫风·硕人》篇。诗曰——手如柔荑……

学　童　手如柔荑。

董四畏　肤如凝脂。

学　童　肤如“荔枝”……

董四畏　凝脂，冻结之脂油也，非食之荔枝。

学　童　是，肤如凝脂。

董四畏　领如蝤蛴。

学　童　领如蝤蛴。

董四畏　齿如——

学　童　先生，齿如什么？

董四畏　齿如瓠犀。

学　童　齿如瓠犀。

董四畏　螓首蛾眉。

学　童　螓首蛾眉。

董四畏 巧笑倩兮，美目盼兮……（禁不住向李宅长时间注目）

学　童 巧笑倩兮，美目盼兮……（也随董四畏视线看去）

董四畏 （唱〔杜韦娘〕过〔翁姨叠〕）门儿半掩，

南风微卷珠帘。

玉影隐约识半面，

更叫书生何以堪！

虽道非礼勿视，

每日里但求一瞻。

学　童 且看先生！

（唱）岂心如止水，

风乍起忽卷微澜。

李　氏 （唱〔醉相思〕）放落珠帘，

一抹余晖入翠轩。

小巷里，琅琅书声断，

读书人，渐行已渐远。

怎奈何，

帘里人，意未阑，

倚栏独顾盼。

〔李氏内声：“梅香，将那盘榴梿，捧去给伊。”

〔梅香应声上。

梅　香 （出门）董先生，吃榴梿。老董，吃榴梿！

董四畏 是……什么连？

梅　香 榴梿！这是我夫人恐恁口渴，叫我送来的，捧去吧！

董四畏 那……

梅　香 那什么，捧去乎！（下）

学童甲 （捧走）榴梿者，“流连”也！先生，你的份额，我们会帮你留着！（与学童乙同下）吃榴梿啦！

董四畏 失态、失态，我今日实是失态呀！

（唱〔翁姨叠〕）魂似云阶叩月宫，

却为何忘了两鬓霜，

竟一时有那非分想。（下意识地摸摸袖中纸契）

且来呀，想我董四畏家徒四壁，形销骨瘦，尚有一念之差；李氏少年美艳，青春守寡，岂无非分之想？然数月观察，不见有何形迹，却是为何？哎呀，是、是了！从来男女苟合，岂在白昼？月上柳梢头，人约黄昏后……是我一时疏忽，不知奸情也未可知。我与伊乃一墙之隔，今夜……正是——

（念）一语豁然解迷津，

登墙今夕窥东邻。

第三出　登墙夜窥

〔李氏、梅香上。

梅　香 （念）一日吃三顿，

百事皆不问。

管他天子啥字姓，

日落我就爱困。

夫人，该要歇息了。

李　氏 梅香，你先去歇息，我要赏月。

梅　香　月有么好赏？也不是中秋，也不是初二、十六……

李　氏　爱困就去困，啰唆什么。

梅　香　是。（打个呵欠下）

李　氏　（唱〔双闺〕）彩云归去月满庭，

岂独对青娥翠画屏。

素手推绿窗，

为向银河窥双星。

〔董四畏上。

董四畏　（唱〔锦板·四朝〕）平生不沾酒，

今夜微醉何由？

且借杯中物，

遮得秀才满面羞。

墙高过人，如何是好？那处有一竹椅，不免拿来垫脚，尚可探得分明……这墙角有株梧桐，正好遮我身影，不致被人发现。（探头）哎呀！好景……好景啊……

（唱〔寡叠〕过〔潮叠〕）好景——

月影花影树影灯影，

更哪堪亭亭玉立佳人影。

云汉无声，

四周好寂静。

书生何幸，

如到桃源境。

方美得刘阮入天台，

不忍问归程。

哎哟！我死了！是乜物叮得我好疼？是蚊子。死蚊呀死蚊，明知我此时但恐出声，不敢拍你，你才来咬我。任你叮，任你咬……

（唱〔寡叠〕）任你肆把凶逞，

任你咬断我颈。

且慢，人说世上万物，皆有灵性，此蚊莫非彭员外所遣，见我夜窥其寡妻，故意来警戒我也未可知！死蚊呀死蚊，非是老董钻穴逾墙，我乃受人之托，不得已而为之。况且，古人有说，目欲其颜，心顾其义，扬诗守礼，终不过差，可也！这一说，果然飞去了。待我再探来……

〔李氏一声叹息。

董四畏 夫人赏月，为何长吁短叹？我好呆，尽日子曰诗云，不省人伦。夫人新寡，怨风愁雨，见月伤心，亦妇人常情。想她孤身一人，日子也大不易。彭员外啊彭员外，你撒手而去，好不自在，你看她呀……

（唱〔短潮〕）空对着朗朗窗外月，

独守那荧荧榻前灯。

谁怜她绣帏锦被，

怀抱里冷冷冰冰。

李　氏 （唱）东邻多病萧娘，

西邻清瘦刘郎……

董四畏 是元人小令“天净沙”……

李　氏 （唱〔中滚·杜韦娘〕）被一堵无端粉墙，

将人隔断，

抵多少水远山长。

董四畏 奇哉，夫人果有好才情！只是今夜为何唱出此曲？哎呀，更奇者……

（唱〔序滚〕过〔浆水令〕）乍见一身缟素，

　　刹那间春衫窄窄衬柳腰。

　　灯下对镜，

　　重把双眉仔细描。

　　虽非蜀中卓文君，

　　却比文君别样娇。

　　叫人隔墙，

　　魂儿销，心旌摇。

〔董生一时失足自椅上跌倒，发出声响。

〔梅香闻声披衣上。

梅　香　夫人夫人，有贼！

李　氏　有乜贼？

梅　香　我眠中听见一声响动，定是贼仔跳入咱墙内，待我捍灯四周巡巡咧……

李　氏　想必是猫在咬老鼠！

梅　香　是猫在咬老鼠？若是猫在咬老鼠，我要来睡续下去。要死，疯猫公！正是——

（念）一场好梦正待圆，

　　猫咬老鼠化云烟。（下）

董四畏　日间曾做狗跟屁，夜里变成猫咬鼠。李氏呀李氏！你今夕行止好跷蹊，莫非你燕约莺期。

李　氏　（唱〔叠字倍工〕）骂你个短命薄情材料，

　　小可的无福怎生难消。

　　想着咱月下星前期约，

受了些无打算凄凉烦恼。

我呀，想着记着梦着，

又被这雨打纱窗惊觉了。

董四畏 又是元人小令——

（唱〔潮叠〕）分明艳词淫调，

唱与那浪子情苗。

胸中无名火，

熊熊燃起今宵。

彭员外呀彭员外——

（唱〔前腔〕）你果然胸中有神算，

后来事早料。

彭员外你快来看，此时她必定是……

李　氏 （唱〔福马郎〕过〔沙淘金〕）提灯，我今提灯出绣闱，

掩门，我来掩门闭了双扉。

再整罗裙共云鬟，

绣弓鞋，莫得斜欹。

我恰是，私奔红拂女，

莺莺赴佳期。

莲步今夕何处移？！

堪怜墙上那一个，

望眼欲穿时！（下）

董四畏 李氏呀李氏！

（唱〔逐水流〕过〔杜韦娘〕）把你行径，

俺看了真切；

西厢房，

原是你风流穴。

此时那奸夫，正好跳墙而入、跳墙而入！他……她……

（唱〔前腔〕）一对野鸳鸯，

好欢悦。

捉奸，正大好时节。

只是呀——（唱）

此岂书生为，

我又何太绝？

不可呀不可，奸情一露，李氏有何面目存世？

李氏呀李氏，我好恨你，好恨你呀！

（唱〔短潮〕）我心郁结，

更与何人说？

煞费踌躇，

此时有计计亦拙。

罢、罢了！此时若无个彭员外有托，我也要跳墙到西厢看个明白！（唱〔中滚·杜韦娘〕）

我心也如铁，

顾不得四体不勤，

管不得手裂脚折。

学一个张君瑞，

我意已决。

（董四畏艰难地爬上墙头，跌了一跤）

第四出　“监守自盗”

〔李氏上。董四畏跟踪随上，在房门外伫步。

李　氏　（唱〔中倍·麻婆子〕）人在西厢，

心事在回廊。

他呀，但见他咫尺如天涯，

禁不住我倚门望。

虽笑他书生行藏，

为何我一时也心慌忙？

董四畏　（唱〔潮叠〕过〔翁姨叠〕）如临深渊，

如履薄冰；

瓜田李下走，

战战亦兢兢。

西厢门外，

欲进无胆，

欲退却不能。

李　氏　（一声娇柔的笑）哈哈……

董四畏　李氏呀！

（唱〔中滚·杜韦娘〕）耳听你笑语吟吟，

无名火烧心！

排闼入，

把你……淫妇奸夫双双擒。

（欲破门，又止）且慢！李氏与我非亲非故，岂不唐突？况且，若被奸夫逃脱，到时李氏反咬一口，道我夜半闯入，欲行非礼，那时黄河水岂洗得清？然我当初受人所托，虽曾推却，但一诺千金，岂能不司其责！此时顾不得许多，待我推门而入！（推门）

李　氏　（报以笑声）哈……秀才呀！

（唱〔双闺〕）早知你大驾光临，

恕贱妾有失远迎。

但恐室内昏暗，

你看不清。

待我点起灯，

好叫你仔细看分明。

董四畏　（唱〔浆水令〕过〔朝天子〕）灯火忽通明，

但见她故作无事，

处变不惊。

这房内哪有他人影？

倒叫我汗颜，

名不顺来言不正。

李氏，我问你，这房内尚有一人呢？

李　氏　（故作疑虑地）尚有一人吗……

董四畏　对，尚有一人在何处？

李　氏　在何处呀在何处？

董四畏　你莫得支吾其词，快说！

李　氏　你爱要我说乎？若爱我说，我就说！

董四畏　说！还有一人……

李　氏　还有一人，就是你！

董四畏　你……莫得乱说！

李　氏　我因乜有乱说？这房内就你我两人，都也一目了然。

董四畏　我苦！我今都没话可应她了。也对，这房里只有她和我两个人，不见有第三个。今要怎样？正是进来容易出去难。这闺房变作了白虎堂！彭员外呀，你真害人！你无因来托老董这事……此时怪死人也没乜益，我现得赶紧出去……夫人……

〔说不出口，唯脚步不住地外移。

李　氏　（厉声）董四畏，你且住！（一阵大笑）哈哈……

董四畏　你……你笑乜……你笑乜……

李　氏　我笑，我笑你！

（唱〔叠韵悲〕）笑你如蝇附膻冬到秋，

身后随去来。

笑你夜攀东墙，

失足蒙尘埃。

闯深闺，胡乱猜，

今夕你易入不易回！

董四畏　啊！天要灭我！天要灭我！

李　氏　（唱〔锦板叠〕）你，你这无用乔才，

今生投了王八羔子胎。

枉有贼心无贼胆，

心想使坏使不了坏。

阎王殿判你当男儿，

贻笑天下究可哀！

董四畏　痛哉！快哉！好痛快哉！

（唱〔慢头〕过〔锦板叠〕）一阵臭骂好快哉！

骂得我大汗淋漓，

骂得我如芒刺背，

骂得我浑身通泰。

夫人！

伴　唱　（唱〔短潮〕）但见她一团红晕上玉肌，

纤手抚弄香罗带。

眼底里半嗔半怪，

脸庞儿万千仪态。

董四畏　我好呆呀！

（唱〔序滚〕）灵魂儿飞到了天外，

一时间我万般难捺——

夫人！

李　氏　书呆！（示意门未关）

董四畏　我——（关门，与李氏熄灯，同下。）

〔击乐声渐起。鼓师与小锣师于场上演奏，惟妙惟肖。

〔激烈处，忽停鼓。

小锣师　（尚在倾情演奏，见停鼓）哎，师傅，“七邦鼓”正在兴头起，无因叫停做乜？！

鼓　师　哪里是我叫停？是里面报停。

小锣师　里面报停？我不信，此时就是电闪雷鸣，一粒雨打死一个人，也停不下来。

鼓　师　你不知道，都是为着一句话。

小锣师　一句话？一句什么话？

鼓　师　董秀才表现良好，李氏夫人十分欢喜，称赞他说：“你行他不行”！

小锣师 李氏说“你行他不行”？

鼓　师 是啊！那傻秀才反问李氏：“这个他是谁？”

小锣师 是呀，他是谁？

鼓　师 李氏说“彭员外”。这彭员外三字一出口，董秀才顿时脸红脸青，大汗淋漓，直至丢盔弃甲，落荒而逃。

小锣师 拉闸停电！师傅，咱们呢？

鼓　师 咱们跟董秀才收拾家私，报停。

小锣师 报停！

〔董四畏颓然上。

董四畏 明日又是我到他墓前禀告夫人“守节无差”的日子。真正是——

（念）无意春光春自临，

书生暗室竟欺心。

墓前怎报春消息，

蒿草萋萋鬼气森。

第五出　坟前舌争

〔梅香上。

梅　香 （念）昨夜鼾声如雷动，

醒来一片灰蒙蒙。

但见夫人满脸泪，

定是伤心哭老翁。

想当初我老翁过世，死人落土，我大哭三日，哭到天昏地暗、日月无光，从此我笑脸看人，好不自在。夫人初头不肯来，经不起我三劝二说，才备了香烛纸钱和我来。夫人……

〔李氏上。

李　氏　（唱〔倍工·玉树后庭花〕）跋涉过山坡，

素衣裙牵住了藤萝。

李氏恍如昨夜死，

重到墓前滋味多。

梅　香　墓庭我都扫干净了，就等夫人你来点香烛。

李　氏　香烛点好，今要怎样？

梅　香　傻夫人，你哭你叫呀！老爷在阴间就会来听，若听到伤心处，说不定他会和你一起哭。

李　氏　梅香……

梅　香　夫人，哭老爷因也哭梅香怎说？

李　氏　老爷，老爷呀……梅香，我不哭了！

梅　香　夫人你哭不出来是吗？梅香先来与你“引”一下。哎！“老爷啊，死人你哪怎侥幸，放我一个守孤零；死人你哪怎无良，放我一人守空房……”

〔忽然刮过一阵阴风。

梅　香　哎呀夫人，我与你“引”来了！一阵阴风吹，定是员外果然到。梅香我要别处去了……（下）

李　氏　梅香……

〔彭员外魂上。

彭　魂　李氏——

李　氏　我怕……

彭　魂　李氏，你怕什么？

李　氏　老爷……

彭　魂　李氏，还有一人呢？

李　氏　还有乜人？

彭　魂　你莫装聋作哑，今日正是此人来禀告之时。李氏，你看，他来了！

〔李氏被阴风扇到一边。董四畏上。

董四畏　（念）昔日来时快如风，

今朝顿觉路千重。

一番旧话难开口，

偏叫真言塞在胸。

彭员外……

彭　魂　嗯……

董四畏　奇哉，今日他为乜叫会应？待我再试叫一声。彭员外！

彭　魂　董先生。

董四畏　不但叫会应，还会叫我董先生？彭员外呀，尊夫人为你守……节，依旧……心……坚志……诚……无乜……差、差……池……

彭　魂　哈……董先生，你睁眼看看我是谁？

董四畏　彭员外！

彭　魂　（唱〔慢头〕）人若亏心，

雷殛天谴。

神明有眼，

偏叫我魂儿见。

董先生，当初我临终之时，曾有重托，你不受也罢，既已受了，当知一诺千金。何乃监守自盗，做出那不仁不义不智不信之事！

（唱〔锦板·南北交〕）只道你谦谦君子，

知书礼仪，

方寄你重托。

谁知你衣冠禽兽，

所为毁人亦自毁。

你可知罪否？

董四畏 知罪、知罪，我知罪呀！怎区处，全凭你决断！

彭　魂 ……岂有如此便当之事？董四畏，当初你可曾答应，李氏若有失节败名之处，当代我行家法？

董四畏 是，我曾……答应。

彭　魂 现李氏就在这墓边。

董四畏 夫人……

李　氏 先生呀！

（唱〔沙淘金〕）万十事，莫惶恐，

自有妾身能担当！

彭　魂 住口！董四畏，鬼头刀一口，这贱人就交你处治！

〔鬼头刀现于墓上。

李　氏 老爷——

董四畏 哎呀，员外，夫人无罪，罪在学生。要杀，该杀我才是！

李　氏 老爷，先生无过，过在李氏！

（唱〔前腔〕）愿甘引颈受刑，

不愿命如浮萍。

秀才快动手，

愿血溅坟庭。

董四畏　员外，刀下留人！

彭　魂　莫得多话，速速动手！

董四畏　你不肯谅情？

彭　魂　我说到做到！

董四畏　果然？

彭　魂　果然！

董四畏　当真？

彭　魂　当真！

董四畏　呀呸！逼人太甚，你逼人太甚乃尔！

（唱〔寡北〕）自古我儒生，

浊世为精英。

威武不能屈，

危难见坚贞。

董生诚不肖，

未敢污令名。

一介武夫，尚且能“冲冠一怒为红颜”，我董四畏虽无拳无勇，今日也要变成董不畏！

（唱〔前腔〕）书中百万兵，

更作不平鸣。

彭员外，我问你，你撒手西去，留下夫人为你守活寡，一旦有差池，更以刀剑相加，你仁乎？

彭　魂　这……

董四畏　我再问你，你是人还是鬼？

彭　魂　我鬼也！

李　氏　真真，你不是人！

董四畏　好哉！你不是人。孔子曰：不知生，焉知死；不事人，焉事鬼。你明知她寡，我鳏，竟以怨妇而托旷男，你智乎？

彭　魂　我……我不智，我是啊大不智。

董四畏　员外，吾与夫人，两厢情愿，礼也，义也，信也！你若知趣也罢，若不知趣，秀才吾不降其志，愿舍身求仁，与你一拼到底！员外啊——

（唱〔序滚叠〕过〔锦板〕）劝你泉下安睡，

　　莫到人间作祟。

　　烧你三炷香，

　　供你一灵位，

　　你尸位素餐可矣——

　　何必再把活人累！

彭　魂　（唱〔慢头〕）一席话，叫人心折，

　　不容我，枉费口舌。

　　再多事，但恐他，

　　掘坟挖穴。

　　倒不如，识时务，

　　回到阴间为俊杰。

罢罢了，吾归去呀！（阴风中隐去）

李　氏　先生，壮哉！

（唱〔长滚·大河蟹〕）乍以为国中无男儿，

　　谁知你凛然有正气。

　　刮目重相看，

　　正儒者雄风再继！

董四畏　若非他辱我千年道统，肆意曲谤圣贤书，更欲加害夫人你，学生一时也无言以对。夫人，我意已决，我要用红花轿，“红甲吹”，吹吹打打，明媒正娶，和你结成夫妻。未知你愿否？

李　氏　我愿不愿，你昨夜都明白了。

董四畏　夫人……

李　氏　先生……

董四畏　贤妻！

李　氏　官人！

董四畏　贤妻！

〔梅香、学童上。

梅　香　什么“现炊”啊？夫人，你真的要嫁给他？

李　氏　真的啊！

梅　香　教书人一世清贫，你甘愿？

李　氏　我甘愿！

董四畏　好啊！

梅　香　你们好，那我呢？

董四畏
李　氏　有我们的份，就有你的额。

梅　香　这句就中听。

董四畏　夫人啊——

（唱〔锦板叠〕）馆后小园屋一椽，

相如赋得白头篇。

李　氏　为君当垆效卓女，

忍叫东墙眼欲穿。

学　童　老树着花无丑枝，

风流古艳未曾迟。

梅　香　新人上花轿。

〔李氏上花轿。

梅　香　起轿。走兮！

董四畏　且慢！

众　戏都完了，又要何事？

董四畏　待我烧几张纸钱，敬奉我的老前辈——

众　老前辈？

董四畏　彭员外呀！（拿出纸契，点燃）

〔纸钱飘落，化作满天花雨。

梅　香　走兮——

（本剧部分主要情节取材于尤凤伟现代题材短篇小说《乌鸦》）

（福建省梨园戏实验剧团1993午首演）

京　剧

三个人儿两盏灯

王安祈　赵雪君

人物表

烟锁重楼中的三名女子：双月　广芝　湘琪

多情天子：唐玄宗

千里关塞外的两个男子：李文粱　陈评

〔大幕开启之前，先以杜甫「兵车行」为序幕曲。

〔纱幕后隐约透出：年轻男子被拉去从军、爹娘送别的情景。

车辚辚、马萧萧，
行人弓箭各在腰。
爷娘妻子走相送，
尘埃不见咸阳桥。
牵衣顿足拦道哭，
哭声直上干云霄。
始知反是生女好，
生男埋没随百草。

〔男子从军景象消失。

〔音乐风格转变，转为白居易《长恨歌》，音乐悠扬。

始知反是生女好，
君王重色思倾国。
吾家有女初长成，
一朝选在君王侧。
回眸一笑百媚生，
六宫粉黛无颜色。
遂令天下父母心，

唯愿生女得娇娥。

〔音乐转寂寞凄凉。

〔纱幕后众宫女，以慢动作摆出幽怨凄凉的身段pose。

又谁知、九重宫苑、春寂寞，
烟锁层楼憾事多。
天长地久泪无尽，
岂止一篇长恨歌?
今朝戏场歌遍彻，
征衣情、深宫怨，几许心事细细说。

〔大幕开启，呈现唐朝宫殿后宫宫女房景象。今天是唐明皇生日，许多宫女穿梭忙碌，有的准备寿礼，有的练习歌舞，有的忙着装扮自己。

第一景：后宫（宫女房）

〔后宫，唐玄宗生日，接连着好几天京城像个不夜城一样的庆祝。

〔一群后宫宫女打扮得花枝招展。音乐富丽堂皇又欢乐雍容。

〔广芝上。宫女围到她身边。

宫女们 广芝姐姐。

广　芝 今日乃是圣上寿诞，我们快些准备，随梅娘娘前去祝寿。闻听西域的技艺团都进京来了，飞天喷火无所不能，我们快些呀。

宫女们 都准备好了。

广　芝 梅娘娘献与圣上的寿礼呢？

宫女们 在这儿呢。

广　芝 （察看寿礼，又左右环顾） 怎么还不见双月与湘琪？

宫女甲 方才见她们还在宫房哪。广芝姐姐，咱们去祝寿，能不能见着圣上？

宫女乙 是呀，我们入宫也有一些日子啦，还没见过圣上呢。

宫女丙 岂止圣上，我连梅娘娘都没见过。

广　芝 梅娘娘深得圣上宠爱，梅林梅苑的宫女有数百之众，能见到她的也不多呀。

宫女甲 广芝姐姐，你见过娘娘，她当真如人所言，貌胜天仙么？

广　芝 那梅娘娘么——

（唱）似寒梅性高洁风清骨瘦，

倚东风一笑嫣然乃花羞。（众宫女配身段、学梅妃姿态）

后宫粉黛三千秀，

谁似她第一春独占枝头。

（双月与湘琪由左、右舞台分上。）

双　月 （接唱）堪羡她倚东风一笑嫣然，

我只得独抱馨香幽闺自怜。

但等到菊花黄把秋色点染，

当有个惜花人儿相顾相怜。

湘　琪 （唱）休道她一枝春后宫独占，

我好比素水仙幽姿早放在她先。

凡花俗蕊羞为伴，

心事何需对人言。

宫女们 双月姐姐、湘琪姐姐，等着你们呢。

宫女乙 湘琪姐姐，你这件衣裳好……别致呀。（表情怪异，因为其实是陈旧过时）

宫女们 是呀，好……特别呀。

广　芝 湘琪，怎么又是这套衣裳？前些时宫里不是才下来一批衣料？分明见你做了新衣，怎么偏又做成了旧款式？

湘　琪 你休管，我偏爱这套。

广　芝 不管就不管。

宫女乙 广芝姐姐，你瞧我这眉毛画得如何？我可是照着《眉谱》的款式画的。

广　芝 画得好呀。

宫女丁 （急忙凑到广芝跟前） 广芝姐姐，那我呢？我的头梳得可正哪？

广　芝 发簪子插得有些歪了。（广芝替宫女甲调整发簪）好了。（广芝看看众宫女的仪容，而后四处张望）双月呢？（见到双月，双月站得稍远）双月，缩在后面做什么？快过来。

双　月 广芝姐姐。

广　芝 （凝视着双月，用手轻轻扳过双月肩膀）圣上寿诞，举国同欢，你怎么清水素面、脂粉不施？

双　月 世间女子哪个不是为了心上人儿才敷粉画眉？这宫苑之中，可有人值得双月我为他容妆？

宫女乙 怎么没有？有圣上呀。

湘　琪 （小声地，类似自言自语）是呀，有圣上……除了圣上又还能有什么？

广　芝　谁道女子非为男子容妆不可？

宫女甲　（轻笑）不为男子，难道为女子吗？

广　芝　（听了有点尴尬）双月，我带你回宫房，与你梳妆。（一边说，一边抚摸双月头发）

双　月　我不要。

广　芝　不要使气性。圣寿吉日，若不歌舞献寿，罪过非小。（拉着双月的手）

〔宫女丙捉弄宫女甲，往宫女甲头上拍了一下。

宫女甲　哎呀，你做什么呀，别弄歪我的发簪子。

宫女丙　你梳的这头叫什么？

宫女甲　这呀，是目下最流行的双螺髻。

宫女丙　最流行的呀，回头你教我梳梳。

宫女甲　不成，谁让你弄歪我的发簪子。

〔宫女丙拉着宫女甲的衣袖，做出道歉赔礼的样子，又帮宫女甲调整发簪，其他宫女也互相替彼此整理仪容。

双　月　（看着那群宫女甲乙丙丁……）梳发着装分分计较、画眉点唇寸寸留心，为的是哪个？这样的日子，我过得够了。再也不等，再也不盼了。

广　芝　（微微的高兴）不等不盼，这可是你说的？既然不等不盼，随我回房去，我也替你画时新的眉形，你陪姐姐一同去看热闹。

双　月　陪姐姐看热闹，何必费心思妆扮？

广　芝　喔，陪姐姐就不必费心？你呀……（失望又无奈）

〔广芝紧挽双月下。

宫女乙　湘琪姐姐，你的发型有点旧了，小时候我姐姐也这样梳，怕是数年前流行过了。姐姐跟她（指着宫女甲）学学新发式吧，这叫双螺髻，最流行的。

宫女丁 哟，湘琪姐姐，你有根白头发了。

宫女丙 在哪儿？我看、我看……

〔一堆宫女围上来，七嘴八舌。

宫女丙 真的欸，我帮你拔掉！

湘　琪 （吓到）什么？你说什么？

宫女乙 说你有白头发啦。

湘　琪 白头发……白头发……不会的、不会。

宫女甲 姐姐别慌，我娘有个染头发的方子，胡桃跟桐木一起烧成灰，加入菰米磨碎，以黄蜡熔化，搅拌成膏状，每日涂擦，保证有效。

众宫女 真的吗？当真有效？

宫女甲 有效有效，不只我娘，连我奶奶都没有白头发。

宫女乙 我可得记下来，老了以后就不用担心了。

宫女丙
宫女丁 对，赶快背起来！　胡桃、桐木、黄蜡……

〔众宫女做默背的样子，口中念念有词。

宫女甲 湘琪姐姐，回头染了头发、换了发型，看起来可以年轻个好几岁呢。（宫女甲伸手要碰湘琪的头发）

湘　琪 你别碰……别碰我的头发……我不换，我就是要梳这个样子。怎么样都不用你们管。（湘琪很不高兴地、带着慌乱地离开）

〔湘琪下。

宫女乙 湘琪姐姐、湘………年纪大了，这么看不开！

宫女甲 别这么说，我们……都会老的。

〔灯暗。

第二景：后宫凉亭

〔后花园的凉亭里，有圣上与两个太监，凉亭圆桌上有琴以及笔墨，灯亮时圣上做出“作曲并且记录曲谱”的动作，同时吟唱着：

乘风欲访翠，
春意入深闺；
举觞不求醉，
兴至意所归。

〔圣上昏困，到凉亭旁花丛边长凳上小憩。

〔突然间吹起了一阵风，将搁在凉亭圆桌上的曲谱吹散了一地，两个太监急忙收拾飞散各地的曲谱，却有一张曲谱飞到了舞台侧边……

*如果上述的大风吹无法表演，可以取消，从下面开始演：圣上在听到双月歌声后才上场。

〔双月上场，拾起了曲谱。

双　月　怎有一张曲谱，遗落于此？（读曲谱）
（唱）紫藤藏露水，
星月伴君回。

〔圣上听到双月的歌声醒了过来。

皇　上　（温柔地）（白）何人吟唱孤的诗句？

双　月　……圣上！？奴婢斗胆，不知圣上在此，未曾接驾……

〔双月准备跪下，却被圣上阻止。

皇　上　（温柔地）孤在此抚琴休闲，接的什么驾啊？

双　月　奴婢……

〔双月又准备跪下，圣上伸手阻止。

皇　上　不必害怕，你……（打量双月）是后宫的宫女么？

双　月　奴婢是梅娘娘宫中的。

皇　上　抬起头来，让孤看看你。

〔双月百感交集，等了十五六年终于等到，她慢慢地抬起了头，圣上看了看微笑，没说什么。

幕后女声伴唱　等啊等、熬啊熬，

十五年岁月盼今朝。

该端谨？该浅笑？

该妩媚？该妖娆？

只觉得小鹿儿当胸跳，

红霞面上烧。

〔下场寻找曲谱的太监上，打断了双月的遐思。

太　监　好一阵大风啊，曲谱吹散了一地。圣上，曲谱在此。（呈上两张捡回的曲谱）

〔圣上将曲谱折好。

皇　上　内侍，将这曲谱送与杨娘娘。

〔太监准备接过曲谱，圣上忽然缩手，回头看着双月，将曲谱收回。

皇　上　方才你可是言道，是梅娘娘的宫女么？

双　月　（一点点的颤抖，这颤抖带着希望，因为圣上似乎在问有关自己的事情）是。

皇　上　你……

双　月　奴婢名唤……（但圣上根本不想知道她叫什么）

皇　上　你对梅娘娘去说，孤因……（停顿，因为在找借口）孤因近来国事繁忙，无暇去往梅林探望于她，（忽然想到，可以从双月这里打听）这些日来，你……你可曾听她说了些什么？

双　月　奴婢不知。

皇　上　近前来，近前来，不用害怕，你将这张曲谱交与梅娘娘，对她言道，过几日国务稍缓，孤便到梅林，听她吟唱这支新曲。

双　月　是。（强忍住心里的失望）

（等着圣上多说些什么，却是一阵沉默）奴婢告退。（转身离去）

皇　上　（突然想到什么似的）啊，转来。

〔双月一惊/喜，回过身来恭敬地等候。

〔圣上从怀中拿出一条巾帕。

皇　上　（拿起笔在巾帕之上题下方才吟唱的诗句）这有巾帕一方，孤将诗稿题于其上，你将它一并交与娘娘，请娘娘用丝线照孤的墨迹，仔细绣好。（将巾帕交给双月）

双　月　是。（双月犹疑了一会儿，呆立在原地）

皇　上　（依旧是口气温和）快去吧。（双月犹豫）此地无有你的事了，去吧。

双　月　是。

〔圣上继续抚琴吟唱。

〔以下的音乐：圣上是吟诗，双月是唱腔。

皇　上　（吟）

乘风欲访翠，

春意入深闺；

双　月（唱）

琴音铮铮入耳内，

吟唱声声叩心扉。

皇　上　举觞不求醉，

兴至意所归。

双　月　原想他是银河水，

此生无缘、捧玉杯。

皇　上　愁眉心忧惴，

昨夜雨折摧；

双　月　无端的近天颜心愿得遂，

却原来枉自多情枉自醉迷。

皇　上　紫藤藏露水，

星月伴君回。

双　月　意冷心灰绮梦碎，

（忽然兴奋，因为听到圣上吟诗“伴君回”，听到一个“回”字，就以为是圣上叫她回去）

恍惚间又听他将我唤回。

〔双月缓慢地转过身，想确定刚刚有没有发生幻听。

〔圣上也的确停下抚琴的动作，朝着双月的方向望来，只是不是望双月，望向双月背后更远些的天空，孤雁飞过天际。

〔双月先回望圣上，本以为圣上在看她，不一会儿就发觉：圣上看的是自己背后的天空。

〔双月转头去看，孤雁哀鸣的声音传来。

〔等到鸿雁飞走，她再看圣上，圣上已经继续抚琴了，不再看她。

〔舞台分成两个区块，圣上与双月各占一边。

〔圣上那边的灯光渐暗，但仍可看见抚琴的身影。

〔双月捧着曲谱与巾帕，情不自禁地将巾帕贴近脸庞，又回头看一看圣上，突然跌坐在地。

〔圣上那边的灯光渐暗、琴声渐低，终至消失在黑暗中。

〔双月的灯光也渐暗，孤雁哀鸣声中犹听得双月的啜泣。

第三景：边关塞外

〔孤雁哀鸣，这里是塞外。

〔陈评拖着病体，边咳边出场。

陈　评（唱）

朔风冽霜雪降病休难耐，

视茫茫路迢迢天苍地白。（跌倒）

〔李文梁上，扶起陈评。李文梁接唱：

李文梁　说什么、报国志、英雄气概，

（哀伤地）

十年征战豪气衰。

胡虏已退出北塞，

将军早登拜将台。

又谁知，边城犹有戍卒在，

长伴白骨与尸骸。

陈　评　前无山后无水玉门何在，

何日里才得见月明云开？

李文梁　贤弟！我扶你回帐内歇息。

陈　评　大哥，不妨事……今日该我当差。

李文梁　（温柔地）我这不是代你来了吗？

陈　评　我怎能再三地烦劳于你？

李文梁　你我兄弟相亲，何来劳烦之说？此处风大，快快回到营帐中去……

陈　评　不用拉我，让我留在此处。

李文梁　唉，我也曾再三往上禀明，你这病羸之身留在边城又有何用？谁知上面竟然不准，想是要凑个人头，什么十万大军、八千貔貅……不要闹了，你怎不知自己的身子？这般天候，岂是你能待得的？（硬要拉陈评回去）

陈　评　不用管我！你不明白……你不明白我是困在怎样的身子里……

李文梁　我不管你，谁来管你？难道让你死在此处不成？

陈　评　死？死了倒好，死了，就可以回去了。

〔灯暗，陈评、李文梁下场。

第四景：后宫宫女房

〔双月上，场景变成她的宫房。

〔双月对着手上的笛子发愣。

〔广芝上。

双　月　（低头看着笛子说话）姐姐，入宫以前，你心里可有过什么人？

广　芝　我心里的人……入宫之后才有的。

双　月　（抬头看广芝）十五年相交，我竟不知你也等着圣上。

广　芝　（广芝别过头，不接触双月的眼神）那人……不是圣上。

双　月　不是圣上，是哪个？……莫非是那时常与你说话的王公公？

广　芝　不要胡猜。

双　月　那王公公为人倒也正直，若是不曾入宫，与姐姐挺相适的。

广　芝　别猜了，你……猜不着的。

双　月　怎么猜不着？十数年朝夕相处，姐姐与谁来往、与谁说话，这宫里怕无人比我更明白。更何况……宫里能够交心之人，又有多少？

广　芝　（听了颇欣慰、贴近双月，拍拍她的肩膀。但又不愿明说，想换个话题）不要说我的事了，你方才一人独自在此想些什么？

双　月　（将手上的笛子，交给广芝）姐姐，你会吹笛么？

广　芝　这笛从何而来？

双　月　幼时哥哥留与我的。他晓得我爱听他吹笛，临终之时，将笛送我，说是将来找到了妹婿，便将笛子交与他，让他为我吹笛。谁想如今，却是无人可赠了……只可惜了这支玉笛……（广芝拿起笛子，轻轻地吹出了声音，双月见广芝会吹，便说）送与姐姐吧。

广　芝　（欣慰，因为自己替代了双月哥哥的“妹婿”）这……可好么？

双　月　留在我这，空就是支竹子。

〔广芝微笑，又继续吹起笛子。这段笛声以后还会出现。

〔湘琪上。静听吹笛。一个人在角落做一些缠绵又凄怨的身段。

〔宫女甲上。

宫女甲 广芝姐姐、双月姐姐，原来在这儿，我找了半天，你们倒有闲情雅兴。何公公方才传旨，圣上体恤边关战士天寒地冻，怕他们穿得不暖，要后宫赶制冬衣，送往边关。快领衣料去吧。

〔宫女甲转往舞台另一区，和宫女乙丙丁一同整理衣料。

〔湘琪开始进入广芝、双月的表演区。

双　月 缝制冬衣与边关将士，这样的事情与后宫何干？

广　芝 自然是圣上恩泽广被，体恤边关将士。

〔湘琪不知何时进入广芝、双月的表演区。

湘　琪 不如把后宫宫女尽皆发放许配给边关将士，那他的天威恩泽岂非更广？

广　芝 怎么这样说话？

湘　琪 （沉默一阵，问）你们可有听说些什么？

广　芝 听说什么？

湘　琪 有个杨娘娘……

广　芝 杨娘娘？

双　月 （想起那天在花园圣上说出的那个姓）杨娘娘……

广　芝 与我无关的事，我不想知道。

湘　琪 可与我……可与梅娘娘有关。

广　芝 那也与我无关……（看着湘琪）湘琪，这样款式的衣裳，你究竟做了几件？一年到头都是这件，怎么就穿不烦哪？

湘　琪 我爱穿是我的事。

〔双月渐渐走到宫女甲乙丙丁那一区。

广　芝 让人家看见，还说梅娘娘苛刻她的宫女，只给了一件衣裳。

湘　琪　我偏只爱这款式，偏只爱这发髻，连眉形、衣裳都是，你别管。

广　芝　我看怕是有病。

湘　琪　我是有病，我的病……你哪里明白。

广　芝　我哪里不明白？不就是想做娘娘。

湘　琪　想做娘娘又怎样？谁不想做娘娘？谁甘愿一辈子在宫里伺候人？外边奴婢丫鬟还有机会出门透口气，买个绣线啦、烧香还愿啦，说不定主人心血来潮让她嫁个庄稼汉耕种一生，哪天这户人家垮了，还能被遣放回家呢！谁像我们？一辈子困死在这儿，除了想做娘娘还有什么可想的？

广　芝　我不过劝你一句，你就这么一长串，好，想做娘娘无有什么不好，只是，做娘娘哪有像你这般陈旧过时的？

湘　琪　便是陈旧过时又何妨？我只要圣上见到我、想起我……

广　芝　你见过圣上？（湘琪沉默）每回与你说话，总是一肚子气。话说得这样不明不白，……（有点哀伤）我们以前不是这样的……湘琪，你可记得我们………你究竟是怎么样了？

〔广芝和湘琪说话时，双月已走到舞台另一边，和宫女甲乙丙丁在一起整理衣料。

〔这时此区灯亮。

宫女乙　（怯生生地问）双月姐姐，入宫几个年头了？

双　月　我么？（一点儿苦笑）记不清了，十五六年了吧，好些年前就没心思算自己的日子了。

〔宫女乙突然安静了下来，不说话了。

宫女甲　怎么了？

宫女乙　我……我想我娘，我想我娘。（低声啜泣）

〔所有人都停止了动作。

〔广芝听见，走了过来。

广　芝　好端端的，怎么哭了起来？

〔宫女甲丙丁也低下了头，似乎也想起了家人。

宫女丙　娘……

宫女丁　娘……

宫女乙　（突然一愣、高声地）娘……（惊慌）娘！我、我……

广　芝　怎么了？

宫女乙　我想不起来我娘的声音是什么样子……我娘的声音……娘，我记得我娘跟我说的话，我记得她说话的样子，可我就想不起她的声音……娘！我不要进宫，我要我娘……我要我娘……

宫女甲　娘……

宫女乙　我想回家，我想回家见娘一面……

众宫女　娘……

广　芝　不要伤心，娘会听见我们的哭声的，无论相隔多远，娘都会听见的，不要伤心，广芝姐姐在，就不会让你们伤心。（广芝四处安慰难过的宫女）

湘　琪　回家见娘一面……？等到封了贵妃、做了娘娘，要见家里的人有什么困难？是呀，有什么困难呀。（开始有点自言自语）

到时候爹要一件冬天穿了会暖的袄子，娘要一件绸缎做成的衣裳，说不准还能给弟弟买匹西域的好马……做了娘娘都不是问题了嘛。是不是？是不是？爹、娘、爹……（越来越小声，进入回忆）

第五景：湘琪回忆

〔紧连前景。湘琪的爹娘一前一后走上舞台，边走边说话。湘琪娘一开口的同时，湘琪十分惊讶地回头，看见是爹娘，初而以旁观者的角度，而后加入对话。

湘琪娘　老头子，回来了？昭儿服下大夫的汤药，不一会儿就睡着了，黄员外那里的事情怎么样了？

湘琪爹　唉，黄员外的田地说什么都不让我们种了。

湘琪娘　无有田地，我们往后怎样度日？

湘琪爹　休说往后，眼下就活不成了，再也凑不出请大夫的银钱。

湘琪娘　村长那里，你去过无有啊？

湘琪爹　去过了，能借钱的地方都去过了。村长非但不肯借贷，还说了好些……唉！

湘琪娘　说些什么？

湘琪爹　竟要我们把女儿送进宫去。

湘琪娘　老头儿，这可使不得，我们虽是贫困之家，这卖女儿的事，万万是做不出的。

湘琪爹　什么卖女儿，村长说的是服侍天子，不是卖女儿。

湘琪娘　卖到皇宫也是卖女儿，我可舍不得。

湘琪爹　只有你舍不得么？我老头儿虽然穷困，女儿，却是捧在掌心养大的，送到宫里，让她孤老终生，怎么舍得？湘琪她娘，你放心，我不会送她去的，决不送她去……只是眼下……

湘琪娘 眼下昭儿的药钱，老头儿，你要想想办法、想想办法啊。

湘琪爹 实实的无法可想了呀！

湘琪娘 难道眼睁睁看着小昭他——

湘琪爹 （喃喃自语，好像想说服自己）村长言道，湘琪进宫，说不准日子过得比现在好。（一转念，又觉得自己很不应该，大声说出反面的话否定自己刚才的念头）唉！有什么好？一辈子关在宫里、老在宫里，这叫什么好？

〔湘琪加入对话，变成回忆中的自己。

湘　琪 爹、娘，我想到宫中去。

湘琪娘 湘琪……

湘　琪 听人家说宫里金碧辉煌，房子都有好几层高，花园比整个南陵城还大，不愁吃不愁穿，还可以……见到圣上！

湘琪爹 湘琪！

湘琪娘 女儿！

湘　琪 爹、娘，您别担心嘛，整天窝在这个小村子里，女儿已经有些闷了，（开始有点哽咽，但还是硬装着笑）到宫里去可以见识大场面，看看皇帝的排场……如果真让圣上看上了，封了贵妃，还可以接爹、娘还有弟弟到京里过日子，（握住爹的手）爹年纪大了，不适合拿锄头，这双手，种种花草养养鸟倒好，（握住娘的手）娘作针黹做了一辈子，也该休息了，要是老让针扎到，女儿有多心疼哪。还有小昭，小昭年纪虽小，但做姐姐的一看就知道，这孩子以后有出息，住到京里，过着好人家的日子，像个好人家一样地教养，将来一定是状元的料。

〔湘琪的爹娘各自背过身去哭泣。

〔以下湘琪的段子是欲哭欲笑的，不用很多伴奏，类似山歌小调。

（白）三生幸呀，

（唱）三生有幸乡野女子得近龙颜睹天容，

（白）上京城呀，

（唱）欢欢喜喜地上京城，似状元赴琼林宴，花香尽入长安风。

（吟、笑、哭）封贵妃呀，做娘娘……

〔场景由回忆转回后宫，众宫女还在哭泣，广芝仍在安慰。

〔双月离开自己的宫房，走到舞台另一侧的梅苑，让我们看看做娘娘又是如何。

第六景：梅苑

〔不要间断，紧连前景。一个太监走出舞台，到花园的部分，一个女人，是梅妃，也走到舞台上，两个人只有动作没有声音，梅妃似乎叫住太监，问他些问题，太监摇摇头，离开，梅妃觉得失望，来到花园的一株梅树前。

双　月　娘娘。（这句娘娘，呼应着上一场湘琪结束时的“做娘娘”）

梅　妃　（没有转头看来人是谁）梅花……都凋残了。（沉默，转头看，是双月）是你……

双　月　奴婢双月，娘娘。

梅　妃　自那日你替圣上送来了曲谱诗稿，圣上至今还未曾来过。

双　月　……

梅　妃　巾帕上的诗句，我已绣好多时了。

双　月　……

梅　妃　（苦笑）圣上他……可曾命你拿什么与我？

双　月　……无有。

梅　妃　（沉默）

（清唱《长门赋》首句，用笛子伴奏）

夫何一佳人兮，步逍遥以自虞。

魂逾佚而不反兮，形枯槁而独居。……

〔在《长门赋》的清唱中，灯光渐暗，梅妃孤独地坐在暗处，不下场）

第七景：后宫井边

〔花园，井边。湘琪已在场上，站在井边回想事情。

湘　琪　（唱）

又想起，那一日井边情韵，

我与他，十指缠共度春情。

望仙髻、远山眉，翠袖碧领，

自此后数年不改，重待雨云。

悄然间没知晓，白了双鬓，

徘徊流连，盼一朝旧梦重温。

（白）圣上……你当真忘了吗？忘了那一夜你曾经说我像水仙一样清雅……可我还记得，记得你说要我等你、记得你手心的温度、记得你微笑着要我别害怕……你怎么就忘了……忘了我的容貌，也忘了我的名字……

（对井照影、半念半吟）

井中影，泛珠光面颊犹润，

色未衰，爱已弛华发早生。（不断地往井里面看）

〔突然灯暗。

〔湘琪掉进井里！但不要演出来。骤然暗灯。音乐惊悚。

第八景：梅苑

〔不要间断，紧连前景。灯亮时，湘琪已不在舞台上，取而代之的是梅妃。

〔梅妃坐在梅树之旁的长凳上，神情落寞。

〔何公公上，宣读圣上旨意，配合着喜庆的音乐。宫女经过梅妃面前，都没有看到梅妃。

何公公 圣上有旨，赐杨娘娘朱绮红绫、白玉冰绡、琉璃薄纱。

〔两位宫女一前一后捧着布匹上台、走过、下台。

赐杨娘娘吐谷浑麝香、南海沉香、印度龙涎香。

〔两位宫女一前一后捧着香料盒子上台、走过、下台。

赐杨娘娘碧玉环、秘色瓷、镏金铜镜。

〔两位宫女一前一后捧着宝玩上台、走过、下台。

赐杨娘娘岭南鲜荔枝。

〔两位太监一前一后捧着荔枝上台。一个下去了，后面那个被叫住。喜庆的音乐骤停。

梅　妃　转来。

太　监　娘娘……参见娘娘，奴才该死，不知娘娘在此，请娘娘恕罪。

梅　妃　你手拿何物？

太　监　回娘娘，是荔枝。

梅　妃　荔枝……？喔、喔，我知道了，你去吧。

太　监　是。

〔双月上。

双　月　娘娘，您在这里。

梅　妃　又遇着你了。今日一整天我都坐在此处，坐在梅树之旁。看了好些人，来来去去的。

〔一个太监手捧着一个盒子出现。

太　监　参见娘娘。

梅　妃　平身。

太　监　谢娘娘。

梅　妃　还有何事？

太　监　娘娘……这……这是圣上赐予娘娘的。（太监打开手上的盒子，是珍珠）

双　月　是珍珠……

梅　妃　圣上、圣上说他何时到此？

太　监　这……回娘娘，圣上没说。

〔梅妃沉寂了一会儿。一手将整盒珠子打翻在地。

梅　妃　长门自是无梳洗，何必珍珠慰寂寥？

〔太监蹲了下来，慌忙地收着散落一地的珍珠。

梅　妃　（唱）

柳叶双眉久不描，

残妆和泪污红绡。

长门自是无梳洗，

何必珍珠慰寂寥？（梅妃下）

〔此时双月也捡了一颗珍珠，拿在手上发愣。

双　月　被人深爱，又为人抛弃？那是怎样的情怀？

（唱）我羡你，曾荷恩宠得青睐，

我羡你，犹有珍珠遣悲怀。

梅苑梅林今犹在，

可供凭吊可徘徊。

纵使你，今生无复承欢爱，

已然是，悲喜历尽遍尝欢哀。

堪羡你，入梦时笑靥啼痕相偕来——

（白）不似我，不似我——

（唱）人间情、世间爱，从无一点入心怀。

爹娘恩，早随黄土尘埃葬，

手足情、儿时乐，春去秋来已忘怀。

从不解，何谓两情相关爱？

何谓情冷被抛开？

我为何人梦萦怀？

何人与我共欢哀？

回首前尘情何在？

虚渺渺空荡荡，但只有，寂寂宫苑雾锁尘埋。

（白）那是怎样的情怀？被人深爱又为人抛弃，有谁可以告诉我，那是什么？被人深爱又为人抛弃？那是怎样的情怀？

〔灯渐暗。

第九景：无确实环境 广艺心声

〔不要间断，音乐相连，紧连前景。另一区灯渐亮，广艺看着双月的方向。

广　艺　（唱）爹娘恩、天伦乐，谁人不盼？

怎奈今生已无缘。

人间情、世间爱，千种万般，

未必相思才情牵。

寂寂宫苑得相伴，

互诉寂寥，同享悲欢。

不必比妆艳，

何必盼天颜？

贴心体己问寒暖，

千载难逢今世缘。

〔灯渐暗。

第十景：后宫

〔不要间断，音乐相连，紧接前景。另一区灯渐亮，一群宫女，一同坐着缝制衣服，音乐连贯。

宫女同唱　今生缘，今生未必能相会，聚散离合，实难期。

一针一线缝密密，

不知是谁穿此衣？

有缘为何难相会？

无缘为何缝此衣？

缘起缘灭无端的，

聚散离合实难期。

宫女乙 姐姐你瞧，我只剩这一件了，袖子缝好就完工了。

宫女甲 你做得好快呀。

宫女乙 在家里的时候，娘总夸我的女红好。

宫女丁 我没给亲人做过衣服，反倒先给陌生人做了衣服。

宫女乙 穿了你亲手做的衣服，就不是陌生人了。

宫女丙丁 怎么不是陌生人？

宫女乙 你想想呀，这衣裳是我们一针一线缝出来的，里里外外都摸透了，穿上这衣裳，还是陌生人吗？

甲丙丁 你说话真不知羞。

宫女乙 本来就是如此。

〔湘琪撩着头发上。做发寒的动作，好似在冰天雪地中。走过征衣群宫女前面。

湘　琪 （唱）

湿浸浸水淋淋，长发滴沥，

冷冰冰寒透透，凉沁背脊。

甩不干梳不开，纠结难理，

取巾帕再揾拭，依旧淋漓。

宫女甲 湘琪姐姐，怎么你走过之处，尽都是水珠？

宫女乙 姐姐的头发没擦干哪。

湘　琪 怎么擦也擦不干……

宫女丙 莫不是房里的湿气太重？

宫女丁 怎么就姐姐一人如此？

湘　琪 我好冷，一阵阵的寒战，冷……

宫女甲 为了这批征衣，姐姐近来操心了，脸色苍白不少。

宫女丙丁 姐姐要多歇息、养身子。

宫女乙 可是姐姐你也做得太慢了，养身子归养身子，交差的日期可也别耽误了。你瞧，广芝姊姊的衣裳已经做完啦！

〔双月与广芝各捧着一个小衣篮上，衣篮里放着做了一半的衣裳。

〔湘琪暂下，或是进入灯光暗处。

双　月
广　芝（同唱）

捧衣篮，做针黹丝丝缕缕，
奉圣旨，万里烽烟制征衣。

宫女甲 广芝姐姐，你的征衣不是前几日就做完了吗，怎么还在缝制衣裳？（广芝指着双月，微笑）喔，是替双月姐姐做的么？听说广芝姐姐待双月好，常常替她做新衣服，真令人羡慕。

双　月（接唱）

我不是谁人的妻，
却为他裁制新衣。

广　芝（接唱）

我为她费心挂意，
乐见她开怀笑微。

〔双月与广芝分别拿起衣篮中的衣服来看。

〔广芝站在双月后面，双月拿着衣服对着前方比拟，广芝在她身后对着她的身形比拟。

双　月　　不知他，肩宽袖长几多许？

广　芝　　美人肩，细颈柳腰玉香躯。

双　月　　不知他，容颜貌身形气息？

广　芝　　亲近她，玉精神似雪冰肌。

双　月　　仿佛间，他身姿形影，在目历历，

广　芝　　难得见，她倚风凝睇，含情依依。

双　月
广　芝　（合唱）羞答答，我为他亲手披衣，
情切切，我为她亲手披衣，

〔双月做出替一个空气人披衣的动作，她披上之时、广芝为她做的衣服也恰好披在她的身上。双月一惊，将征衣揣入怀中，回头看着广芝。

〔因为靠得太近，双月只见到广芝的眼神，好像一个异性似的。

双　月　（两人似游园惊梦）（唱）是真是幻，恍惚迷离。

广　芝　（白）双月……

〔双月的幻觉被打醒，稍微躲开广芝，但不是很决绝。

〔以下的对话如梦似幻。

广　芝　双月……

双　月　姐姐若是男儿身便好。

广　芝　怎生便好？

双　月　只可惜姐姐不为男身。

广　芝　（沮丧）也只可惜王公公不为男身。

双　月　姐姐若能与王公公结为夫妇，相扶一生，岂不是好？只是……

广　芝　我与他……那妹妹便是如何？

双　月　我……

广　芝　（声音凄苦）妹妹便是如何？

双　月　我……（拿起手中的衣服）就当这征衣是为夫婿而缝，只待他自沙场征战而归。哪怕是镜花水月、见影无形，我只想要个……想要个……

〔双月不语。广芝也不再追问。双月拿着征衣走到舞台另一边，对着征衣发呆。

〔原本坐在舞台后方的湘琪站了起来。

〔双月、湘琪、广芝为等腰三角形的三个顶点。湘琪为顶角，双月、广芝为底角。

湘　琪　（呢喃地）圣上……圣上……您记得么？我还在此等候着您……我好冷……好冷……我的头发……

广　芝　双月……你想要的……我给不得么……

幕后女　（唱）（用笛子伴奏）

一颗心托何方？

一点情寄哪厢？

心扉紧掩谁启窗？

天苍地茫，总也有归乡，

归乡，归乡在何方？归乡在何方？

〔灯暗。

〔中场休息。

第十一景：边关塞外

幕后女　（笛子伴奏吟唱）（凄凉）

谁家玉笛暗飞声？

化作春风满边城。

〔塞外，仍旧是寒冬。

〔陈评先上场，他从怀中小心翼翼地拿出一张纸，反复地看。

〔而后李文梁上。

李文梁　看些什么？

陈　评　（吓了一跳）无有什么。（慌忙将纸收入怀中）

李文梁　近来贤弟气色颇佳。

陈　评　大哥此言当真？

李文梁　骗你做什么？

陈　评　大哥……（停顿）我想回去……我想回去。（激动地）大哥，求你帮我，我未曾这般想过……

李文梁　说什么求与帮？无论如何我都会与贤弟一同回去。

陈　评　（咳嗽）可我怕……怕我回不去长安……

李文梁　有我在，一定让你平安回去。

陈　评　（沉默片刻）大哥，小弟有件东西想让你看看。

李文梁　什么东西？

陈　评　是一首诗……

李文梁　诗？什么样的诗？

〔陈评从怀中取出一张纸，递给李文梁。李文梁阅读的时候配上幕后女声清唱。

幕后女　沙场征戍客，寒苦对谁言。

征袍亲手作，知落谁人边。

着意多添线，含情更絮棉。

今生已过也，相约来世缘。

〔双月上，口中念着“今生已过也，相约来世缘”，李文梁同时也忘情地望着远方，重复“今生已过也，相约来世缘”。

双　月
李文梁　（二人同时）今生已过也，相约来世缘。

〔广芝出其不意上，从双月颈子后对她说话，好像高中男生逗着高中女生那样。

广　芝　（带着点笑意）你……与哪个结来世缘？

双　月　我与……

广　芝　（仍是逗弄的情趣）与哪个？

双　月　姐姐（广芝暗喜，双月犹豫），妹妹有一事要对你说，你不要对旁人去讲啊。

广　芝　（坐近身边）我不对人说，你的心事，我只会放在我的心内。

双　月　（耳语）

广　芝　啊？

李文梁　这诗稿从何而得？

陈　评　这诗稿，便是夹在冬衣内侧棉絮之中，那缝衣写诗之人，留了一个小缝未曾密缝，只用线儿轻轻地钩了两圈。

李文梁 啊！

广　芝 （惊讶）什么？你……写了“相约来世缘”？

陈　评 （停顿）大哥，我想回去，回去见她一面。

李文梁 深宫内苑，你我一般男子如何见得？况且她是圣上的人哪。

陈　评 她是圣上的人，可这诗稿，分明是圣上不见怜于她……圣上不爱她，我会爱她，我可以爱她……只要我活着回得了长安。

李文梁 纵然回转长安，也是见不着的！

广　芝 双月呀，宫禁之严你岂不晓？宫女不许与外面互通声息，何况是、何况是定下来生之约……圣上若是知道，怕是要砍头的呀。

双　月 似这般没日没夜地关在宫里，可又强过砍头么？姐姐啊，我等着圣恩眷顾，一等便是十五年。十五年……那日花园偶然相见，他、他……竟连我的名姓，也不曾问出口。我将诗稿藏在征衣之内，任凭关山万里，终有一人得知我心。

广　芝 那人连个形儿影儿俱都无有，怎将相思、一径地托付秋风？

陈　评 我打小体弱，除了大哥无有知己朋友，更别说是个姑娘家。大哥，袍衣九千，偏是我得她诗稿，纵使此生相见，难如登天，我忘不了她，也不能忘她。

双　月 只要他得了我的诗稿，知道这烟锁重楼之内，有一女子愿委身于他，偶尔思及，便在心头猜我几分、想我几分，而我，也似那有家归不得的游子，身虽漂泊，心有所归，这也便罢了。

陈　评　她与我这般相似，换作是其他人，能比我更了解她么？大哥，我能负她吗？如若是你，你忍心负她吗？

广　芝　如若得诗之人，将这诗稿上报朝廷，负了你，怎生是好？

双　月　便是如此，也是双月命薄，死即死矣，何惧之有？

广　芝　（激动地）你可以死，我、我却见不得你死！

双　月　你不懂的。

广　芝　我哪里不懂？我……我不能么？我这样照顾于你，还不够么？

双　月　我要的不是这些。

〔广芝突然拉住双月的手，一言不发地盯着她看，双月起先不察，而后突然明白似的，想要挣脱广芝的手，广芝仍然紧握双月。

〔双月跑下场，只留广芝一人独自在场上。

幕后女　（笛子伴奏吟唱）（凄凉）

谁家玉笛暗飞声？

惜花人对落花风。

陈　评　大哥你想，这女子是何等形容？

李文梁　我哪里知道？

陈　评　她必是——（吟唱）

眉似弯月，眼如秋水，

肤若凝脂，唇胜蓓蕾。

巧笑倩兮……（咳）

〔李文粱扶陈评下。

广　芝　重楼深宫，男身女身又有何别？偏恋那水中月镜中花，怎不见，枕边明镜早已长伴红妆？

〔李文粱扶陈评下，又上。

李文粱　她必是——（陶醉的神情）

巧笑倩兮，勾人迷醉，

凌波微步，乌丝轻飞。

幕后女　（笛子伴奏吟唱）（温馨）

谁家玉笛暗飞声？

化作春风满边城。

〔广芝下，李文粱、陈评两人又上。此处试着用三个人的蹉步表演“人为的转台”，移转一圈后，陈评才又拿出双月的诗稿，小心翼翼地摊开，脸上充满着幸福地读着。

李文粱　（唱）风刀霜剑征甲透，

陈　评　（唱）万里昏尘长年秋。

李文粱　（唱）绝域苍茫何所有？

陈　评　（唱）幸有诗稿怀中收！

〔两人背对着背，仿佛两人各自沉溺在自己的幻想，却有着同样的心思。

陈　评　（唱）字字行行贴胸口，

李文粱　（唱）丝丝暖意入心头。

陈　评　（唱）凭此足以解千愁，

李文粱　（唱）凭此足挡天地秋。

〔陈评又拿出双月的诗稿，小心翼翼地摊开，脸上充满着幸福地读着。

李文梁 （踟蹰的样子，终于下定决心地说）贤弟，这诗稿可否借愚兄一观？

陈　评 大哥请看。（李文梁一样很小心地接了过去）大哥你想，这女子约莫多少年岁？

李文梁 （回答得很快、不假思索）怕有二十八九岁了。

陈　评 （一点捉弄的语气）大哥怎知？

李文梁 （发觉陈评已经察觉他也在想这女子的事情，害羞）猜、猜的，猜的。

陈　评 较之于我，还长个六七岁，与大哥相比，只略长大哥两、三春。

李文梁 只略长两三春么？

陈　评 大哥身强体壮、忠厚老实，那女子若能匹配大哥，合是天作良缘。

李文梁 贤弟胡说什么？

〔统领上，从背后与他俩说话。

统　领 你俩在看些什么？

李文梁 是……统领！（统领一开口，李文梁吓了一跳，信来不及还给陈评，赶忙藏到身后）无有什么。

统　领 还说没有，拿来。

李文梁 是……是家书，无有什么好看的。

统　领 你两个小子，方才我都听到了，什么“宫中之人”“天作良缘”，家书我是管不着的，这“宫中之人”我就非管不可，拿来。

李文梁 真的无有什么。

统　领 再不拿来，军法处置。

李文梁 无有什么就是无有什么。

统　领 李文梁，说这话，皮可要勒紧啰。我分明看见你藏了东西在身后。

李文梁 要打便打，不必多说。

统　领 打你？我知道你皮厚骨头硬，打你做什么？要打——（看着陈评，一把拉过他）我打他！来人啊。（两名军士上场）带走！（准备将陈评架走）

李文梁 且慢！

统　领 怎么？想通了么？

李文梁 我……

统　领 还不交出来么？

李文梁 我……

统　领 来人哪，带走。

李文梁 我交，我交出来。（李文梁将诗稿交给统领，交的时候再三犹豫。最后被一把抢了过去）小心些，不要扯破了。

统　领 什么宝贝东西，与宫中之人何干？

李文梁 与宫中之人无关。

统　领 李文梁，再不老实些，我打得你这兄弟叫爹叫妈。

李文梁 是……宫中之人夹在冬衣之中。

统　领 好哇，此等大事你等竟敢隐瞒？来人哪，带走，明日快马加鞭上报朝廷，看圣上怎么处置你。

陈　评 放开我大哥，得此诗稿的是我，要罚就罚我，别带我大哥走。

李文梁 不，是我！

陈　评　是我！

李文梁　是我！

统　领　好了！别吵，（指着李文梁）是你也好，（指着陈评）是他也罢，一起带走，带走。

〔统领、两名军士、陈评、李文梁下。

〔黑暗中，传来一声凄厉的尖叫声。

第十二景：后宫

〔凄厉的尖叫声中转入此景。灯亮，宫女丁站在台上尖叫，广芝匆匆忙忙冲上台。

〔湘琪也上场但步履虚飘，形态虚弱。

广　芝
湘　琪　（同时）何事惊慌？

〔宫女丁看到湘琪，又惊叫一声，指着湘琪说不出一句话，吓得跑下台了。

〔广芝也好奇地看着湘琪。

广　芝　怎么她见了你竟吓得魂飞魄散？

湘　琪　（虚弱）我不晓得。

广　芝　大清早吵嚷些什么。

湘　琪　我不晓得……我不晓得……广芝，我好冷……

广　芝　你的头发……怎么……尽皆是水？

湘　琪　这些头发、这些水，折磨得我好难受……怎么弄也弄不干……

广　芝　你究竟是怎么了？

湘　琪　我不晓得……我不晓得……我好怕……

广　芝　怕些什么？

湘　琪　这头发……这湿淋淋的头发……

广　芝　看你的面色苍白，我扶你后面歇息。

〔广芝扶着湘琪准备入内，宫女丁带着一群宫女回来。

宫女丁　（颤抖着声音）瞧！她在那儿。

〔众宫女半信半疑地看着湘琪，而后惊呼。

宫女乙　格（打战声）……格……鬼！有鬼呀！

众宫女　有鬼呀！

〔宫女们一呼而散，灯光骤暗。

广　芝　湘琪……？

〔灯光亮，舞台上只剩下广芝。

广　芝　湘琪？湘琪你在哪里？怎么都不见了？

〔广芝从后台把宫女甲乙丙丁拉出来。

宫女丁　广芝姐姐，你别拉我、别拉呀。

广　芝　怎么躲到假山后面去了？方才叫些什么？

宫女丁　鬼、鬼。

广　芝　什么鬼？

宫女丁　湘琪姐姐……

广　芝　胡说些什么？湘琪方才好端端地站在此处。

宫女丁　（结结巴巴地说）当真是鬼。今早不知哪位宫女到御花园一处凉井之边，正欲打水，只觉盛水的木桶沉重异常，便要几位宫女一同拉起，却见木桶之内……木桶之内……

广　芝　有些什么？

宫女甲 拦腰横放一具头梳望仙髻、身着翠袖碧领衣裳的女尸……何公公请来了仵作，说道这尸体已然、已然数十日之久。

广　芝 望仙髻、翠袖碧领……这……

宫女甲 便是湘琪姐姐，除了她，还有谁人作此装束？

广　芝 我不信，方才她尚在我身旁，说道发湿难耐……她的头发……那尸体当真是湘琪么？

宫女乙 双月姐姐也看到了，不信问双月姐姐……（对着后台）双月姐姐、双月姐姐……（双月上）双月姐姐，你快告诉广芝，你见到的是不是湘琪。

广　芝 双月？！

〔双月点点头。

广　芝 湘琪……（唱）

霎时间，人影消散，
空余下，水淋漓雨泪潸潸。
却原来，她今生已矣人已远，
她、她、她、她竟是脱胎弃骨，留恋人间。
一点情根难斩断，
万种痴念抛撇难。
生死大限谁能解？
欲说无言，欲说无言！

女声伴唱 春蚕到死丝难断，
蜡炬成灰泪不干。

广　芝 纵是人生终需别，
我也要亲折水仙，相送故人离尘凡。（广芝在舞台上四处寻觅）

（白）湘琪……湘琪……

（唱）芳魂何在，身儿影儿何处见？

〔湘琪“鬼步”上。

湘　琪　广芝，我在这里……广芝！〔广芝走过湘琪身边，却看不见她。

广　芝　空余下，水淋漓雨泪潸潸。

〔广芝来到双月身边，双月安慰她。

〔湘琪捧着头发。

湘　琪　原来……原来我……（“已经死了”）井畔相约，竟只有我一人当真……竟只有我一人痴心以待……圣上……不信君王无真情！只是我，我等不及了……若有来生……望仙髻、远山眉、翠袖碧领，你要记得我是湘琪……

〔湘琪“鬼步”飘荡下。

女声伴唱　　春蚕到死丝难断，

　　蜡炬成灰泪不干。

广　芝　湘琪……

〔众宫女走出舞台上来，一同哀伤。

〔笛声独奏。

〔何公公上。

何公公　哭哭啼啼地闹些什么？

广　芝　湘琪她……

何公公　别哭了别哭了，你们哪！闯了大祸了！

广　芝
双　月　（广芝、双月互相看彼此，同时说出）闯了大祸？

何公公　喏喏，圣上让你们替边关将士缝制冬衣，是哪一个在衣中藏了情诗？

广　芝　（惊慌）怎么？

何公公　怎么？圣上知道了呀。

广　芝
双　月　圣上……知道了……

何公公　知道了呀。你们是哪一个人这么糊涂？这可是要砍脑袋的呀。

广　芝　（赶在双月之前）是我。

双　月　是我。

何公公　（指着广芝与双月）是哪一个？

广　芝
双　月　（同时）是我。

何公公　是哪一个？

广　芝　是我、是我，（握住双月的手）双月，是我写的呀。

双　月　何公公，广芝姐姐是在替我担罪，不要信她。

何公公　别吵！咱家不管诗是谁写的，（看着广芝与双月，停顿）谁要去？

广　芝
双　月　（同时）我去。

何公公　孽债、冤孽债，当真想寻死，就一块去好了。

〔何公公带双月、广芝下，而后众官人随之转场。

〔转场时换为第十三景。

第十三景：后宫凉亭

〔不要间断，场景换到凉亭，皇帝背对着观众坐在凉亭内。

皇　上　孤的后宫竟出了这等奇事！（皇帝转过身来）

（打开诗稿看）见这字迹娟秀，兴许是一绝色女子。又听闻得诗的男子暗藏诗稿，不愿上报朝廷，这倒有趣，今日孤要看看，是怎样的女子与怎样的男儿。内侍，人可曾带到？

太　监　现已带到。

〔统领将李文粱、陈评，何公公将双月、广芝带上，四人跪下。

四　人　罪民李文粱、陈评，犯婢广芝、双月，参见圣上，圣上万岁万万岁。

皇　上　起来说话。

四　人　谢圣上。（四人站起）

皇　上　这诗稿何人所写？

广　芝
双　月　（同时）是我。

〔圣上看了看广芝与双月。陈评、李文粱也在偷看，圣上决定先不要问她们。

皇　上　这诗稿何人所得？

陈　评
李文粱　（同时）是我。

皇　上　大胆。这诗可同写，怎么？连衣服都可以同穿的么？还不速速招来？

〔陈评欲说话，但身体已经差到不行，只是一直咳嗽，李文梁在旁十分紧张，带着哭音想要承认是自己得到诗稿。

李文梁 圣上，诗稿千真万确是我所得，请圣上降罪，将罪民绑赴法场正法。

陈　评 （勉强地很虚弱地）是我，圣上，是我所得。

（唱）自幼体弱人憔悴，

到边塞越觉得，意冷心灰。

征衣中得诗稿，惊喜交集，

字字行行入心扉。

我念她，困重苑如花逝水，

恰似我，病身躯有翅难飞。

凭字迹，想倩影暗自描绘，

（陈评看了看双月与广芝，好像晃神似的，是李文梁偷偷拉他，他才回神。圣上都看在眼里）

描不出，玲珑心泪眼凄迷。

虽知道，这桩事理应奏启，

又怎忍，陷她于罪把婵娟折摧。

（白）罪民藏匿诗稿，罪该万死，请圣上降罪。

李文梁 圣上，别听他说，诗稿千真万确是我所得，请圣上降罪，将罪民绑赴法场正法。

陈　评 是我所得。

皇　上 （对李文梁）你说你是得诗之人，这诗，想必也是读过的了？

李文梁 回圣上，是。

皇　上 你……可也对写诗之人动了心？

李文梁 罪民不敢。

皇　上 你得了诗也未动情，却为何不将这诗稿上报朝廷？

李文梁 这……虽未动情，写诗之人情有可原，不愿她因此获罪，故而藏匿诗稿。

皇　上 喔？（结束与李文梁对话，转头对着双月、广芝）你二人抬起头来。

双　月
广　芝 是。

皇　上 （对着双月）孤可曾见过你？

双　月 回圣上，见过。

皇　上 喔？

双　月 那日在花园内凉亭边，唔，就是此处，犯婢打扰了圣上的午憩。

皇　上 （圣上还是想不起来）此地？

双　月 乘风欲访翠，春意入深闺；举觞不求醉，兴致意所归……

皇　上 是你？

双　月 是我，圣上记不得我，可还记得自己的诗作。

何公公 大胆，竟敢出言不逊。

皇　上 无妨。诗稿是何人所作？

双　月
广　芝 （同时）是我。

皇　上 可又来。

四　人 圣上，要杀就杀我吧。

皇　上 倒还都是些个有情男女。

四　人 请圣上降罪。

〔圣上走下龙椅，在四人之间走过，仔细看了他们，回想自己。

皇　上　（唱）不由得，思想起故人旧爱，

也曾夸，梅枝儿玲珑纤白，

（看着双月）

便是她，拾谱试唱凉亭外，

替孤王传情意，欲为梅妃遣愁怀。

那梅妃，一斛珍珠垂泪还，

孤这里，手捧玉匣不忍开。

珍珠似泪，泣无声，

难将旧梦，唤回来。

为梅妃，孤负尽了三千粉黛，

又为杨妃，将梅枝儿冷落抛开。

今生久已陷情海，

忍教他人愁难开？

多情天子偿情债，

人间情根，（我要）仔细栽、仔细栽！

（看着双月与广芝，有点喃喃自语地）

（白）是孤负了你们，孤今日就还你们一个公道。（走回龙椅） 诗稿何人所写、何人所得，从实招来，不论是谁，孤一概不究。

四　人　是我。

皇　上　（有点严肃，一种天子的气势，缓慢而让人无法拒绝，以至于四人有点吓到说了真话） 到底是哪个？

双　月　回圣上，诗稿为犯婢双月所写。

陈　评　回圣上，诗稿为罪民陈评所得。

皇　上　是你？

双　月　是犯婢。

皇　上　是你？

陈　评　是罪民。

皇　上　嗯！还说什么犯婢罪民，孤都说了一概不究！（停顿）男欢女爱、天经地义，何罪之有？“今生已过也，相约来世缘”，人皆言道，无情最是帝王家，孤偏要做个多情天子！我让你们今生结缘。陈评，孤今日将双月许配与你，你可愿意？

陈　评
双　月　（两人愣住）……

皇　上　还有什么犹豫的么？

陈　评
双　月　这……

何公公　还不谢恩？

陈　评　双　月　（两人跪下）谢圣上。

皇　上　传孤旨意，边关戍卒，三年一调，（对着李文梁、陈评）你二人戍边十年，不必回转边城，返乡去吧。

陈　评
李文梁　谢圣上。

〔圣上下。

〔陈评咳嗽，原本是陈评打算起身后将双月扶起，却咳得起不了身，双月扶起陈评，之后李文梁过来帮忙，双月连忙转头看着广芝，握住广芝的手，仿佛舍不得与她分离。

何公公　（对着双月与陈评）双月，这就随他去吧。

〔众人离凉亭，来到外面。

双　月　姐姐！

广　芝　双月，你保重，别挂念我，放心随他去吧。

双　月　姐姐……

（唱）分别时才惊觉，情深似海，

十五年相依偎，情种早栽。

临别一礼深深拜，

（二人相拥而泣）只留你，形孤影单相思挨。

广　芝　（唱）闻此言心潮澎湃，

难分悲喜泪满腮。

休念我，影孤单相思难耐，

喜你今生，得安排。

寄诗稿招大祸，性命危殆，

幸遇他真心护持，我别无一语，唯有这无尽的感怀。

从今后，深宫苑黄菊独栽，

但等到，帘卷西风盼有馨香入梦来。

今生相依十五载，

待来生续前缘，相依相偎共徘徊。

双　月　姐姐！（认真地、一字一字地说）今生已过也，相约来世缘。

广　芝　相约来世缘？！

双　月　（肯定地点头）来世缘！

广　芝　快去吧，别让你的夫婿久等了。

〔原本是李文梁扶着陈评，此时李文梁将陈评交到双月手中，由双月扶着陈评，李文梁看着双月。

李文梁　果真是——（唱）

眉似弯月，眼如秋水，

肤若凝脂，唇胜蓓蕾。

〔李文粱一边吟，陈评一边扶着双月边准备走下舞台。

〔快到舞台尽头的地方，陈评咳嗽，这个咳嗽程度是全出戏最严重，咳完之后陈评回过头来，对着李文粱说话。

陈　评　大哥，以后的事情拜托你了，就请你多多照顾——

〔看着双月〕请你好好待她——

〔陈评、双月下。

〔广芝与李文粱对看。

广　芝　他们都走了。

李文粱　是啊，只剩下我们了。

〔相视而笑。

〔灯暗。广芝与李文粱分两边下。

第十四景：宫外，双月家

〔紧接前景。而后灯亮，但！不要全亮，半亮就好。以下将进行无台词的表演。因为不想要唱词打扰观众观看舞台画面，本段表演请设计动听、出色的音乐烘托画面，笛子！

〔舞台的一侧，陈评一副快死掉的样子，双月在旁哭哭啼啼，陈评咽气，台上出现一个灵桌，双月在此时披上一件一面白色、一面红色的斗篷，白色的那面朝外，双月给陈评上香，李文粱缓缓地走出来，也给陈评上香。然后李文粱陪着双月走到舞台的另一侧，在两人走动的过程中，灯光照不到灵桌，在另外一侧，也就是李文梁与双月即将要走到的地方，有红蜡烛的喜桌，在喜桌面前，李文梁把双月的白色斗篷脱下，翻过来变成红色，为双月披上。两个人成了婚。

第十五景：宫墙外

〔仍然是暗场，幕后有太监宣读圣旨的声音。

幕后男 奉天承运，皇帝诏曰，自孤登基以来，年年采女，岁岁选秀，后宫宫人为数过多，于今一为宫人思乡，二为节省后宫开支，特令三千宫人，愿去者去，愿留者留，钦此、谢恩。

众宫女 吾皇万岁万万岁！

〔灯亮，从舞台后面的两个出口，跑出一堆宫女，从舞台前面的两个出口，跑出一堆家人，有老有少。

众宫人 爹、娘。

众家人 女儿！我的女儿呀！

〔在一片欢喜与哭泣声中，广芝幕后唱导板。

广　芝 （唱）耳边厢犹听得，挨不尽的声声更漏！

（广芝拿着个包包，缓缓地走了出来。走到舞台中央，回看皇宫）

（向前走了几走，环顾四周。以下唱段用仿佛重生的感觉来唱）

抬望眼竟是这，金菊满丛雨过清秋。

（白）双月，你在何处？三年了，你过得可好？姐姐我、我，终究也出了宫帷！

从今后，天宽海阔任游走，任游走——

（忽然惊觉孑然一身……无处可去！忽然惊觉她根本不认识这个世界！）

茫茫人海，何处是归舟，何处是归舟？

多少回，羡鸿飞穿山越岫，

羡粉蝶，花丛间自在悠游。

待展翅，竟惊觉欲飞无力，

才知道，不识人间乐与忧。（广芝呆在原地）

〔一对老夫妻上场，似乎在等着他们的家人。

湘琪爹 儿啊。（广芝回头）认错了、认错了，不是我的女儿。

广　芝 老人家，你的女儿叫何名字？

湘琪爹 我的女儿名唤湘琪。

广　芝 湘琪……

湘琪爹 你可曾听过？

湘琪娘 大眼高鼻，好认得很，你认得她么？

广　芝 我……

湘琪爹
湘琪娘 认得么？

广　芝 认得。

湘琪爹 认得？（回头对湘琪娘说）老太婆，她认得我们的女儿！

广　芝 我与她是好姊妹。

湘琪娘 好姊妹！老头儿，是女儿的好姊妹！湘琪可好？胖了？瘦了？

湘琪爹 湘琪可好？怎么还不出来呢？

广　芝 湘琪要我转告伯父伯母一声，她在宫中过得很好，已是圣上的人了，只得留在宫中。

湘琪爹 （喜出望外）原来湘琪女儿做了娘娘！

湘琪娘 做了娘娘？原来我们女儿在宫里享福呢！我们这十几年是白操心的了！

广　芝 （突然想起什么似的，这个“突然想起”是做给观众看，而非湘琪父母）伯父、伯母，这有一些珠宝首饰，是湘琪要我交于你们的，她说圣上还会有别的赏赐，这些就让我带出来与您收下，她只望二老能体谅她留在宫中，难尽孝道。

湘琪娘 湘琪……这孩子未曾吃苦就好，未曾吃苦就好。

湘琪爹 走吧，老太婆，我们回家去吧。

湘琪娘 只是还未见着女儿一面……

湘琪爹 做了娘娘，见不着了！

湘琪娘 做了娘娘，见不着了？

湘琪爹 见不着了！老太婆，未曾吃苦就好，别太贪心了，回家去吧，回家去吧。（湘琪爹娘下）

〔在湘琪爹娘与广芝对话的过程中，李文梁与双月悄悄地也来到宫门之外，看着广芝的一举一动。

〔广芝望着湘琪爹娘的背影，发现自己存的首饰都没了，虽然不知道该怎么走下一步，依旧露出欣慰的表情。

〔双月从广芝背后说话，广芝听到了双月的声音，高兴地转过头来。

双　月 傻姐姐，你将盘缠资物都给了人家，往后可要怎样度日？

广　芝 双月！你怎么、你怎么来了？

双　月 我闻听圣上降旨放宫人出宫，便与文梁来此等候于你。

广　芝 文梁？你与文梁……？

〔双月点头。

双　月 姐姐今后做何打算？

广　芝　走一步算一步。

双　月　身无长物，这一步，要如何走啊？

广　芝　大不了即刻回头，回转宫中便是。

双　月　姐姐说什么傻话，来与我、与文梁一同生活吧。

广　芝　与你们一同生活？

双　月
李文梁　便是。姐姐可是不愿？

广　芝　双月……

双　月　（搂住了广芝的手臂）姐姐……

（唱）

同做个绣花女，情丝穿引，

同做个卖花人，栽种情根。

更逢着卖花郎，惜花情重，（对李文梁唱）

赏秋菊怜芳菲，相顾相欣。

从今生死与君共、与君共，（第一个“与君共”对广芝唱）（第二个“与君共”对文梁唱）

一点幽欢三人同。

三　人　（同唱）

问风儿，何谓爱，何谓情？

穿关山，越宫墙，千里随行。

幕后女声　（唱）

问风儿，何谓爱，何谓情？

穿关山，越宫墙，天地共存。

天地啊——天地不曾为动容，

多亏了，痴情天子有闲情。

痴情天子有闲情，

待到了，三个人儿两盏灯。

三个人儿，两盏灯、两盏灯，

三个人儿两盏灯。

〔幕后女声伴唱的部分，广芝、双月、李文梁三人做出高高兴“行路”的动作，双月拉着广芝，文梁在前，边走边回头看，而后文梁与双月比画着家到了，文梁推开门，让双月与广芝进屋里去 / 下场，然后文梁关上门也进屋 / 下场了，灯光昏暗。

〔在昏暗的灯光中，广芝与文梁各拿着一盏灯从左、右侧舞台同上，而后双月上，双月先到文梁那边，文梁掩门，与双月同下，而后双月又上，到广芝那边，广芝掩门，与双月同下。刚好幕后曲唱完“三个人儿、两盏灯”。

——剧终

（台湾国光剧团于2005年首演）

话　剧

知　己

郭启宏

人物表

顾贞观——一个讲求传统气节的读书人。其杰作《金缕曲》光耀千古，令后人叹为观止。

吴兆骞——顾贞观的好友，丁酉科场案的罹难者。他的遭际可能引起人们的某种反思。

纳兰性德——顾贞观的好友，官拜通议大夫一等侍卫，年龄比吴、顾小得多，文学成就却在吴、顾之上。实为满族第一词人。看顾贞观的评价："以风雅为性命，以朋友为肺腑。"这位佳公子在本剧中相当完美。

纳兰明珠——当朝柄政之太傅，武英殿大学士，性德之父。一个非常高明的官僚，只是"久之，为上所觉"。观者若有兴趣，可查阅《清史稿·列传五十六》。

徐乾学——史载，"初，明珠当国，势张甚，其党布中外，乾学不能立异同。至是明珠渐失帝眷，而乾学骤拜左都御史，即劾罢江西巡抚……明珠竟罢相……时有南北党之目"。考察当年的时代背景、典章文物，这段话应当是可信的。

安　图——明珠的宠仆，相府的总管，一个生龙活虎的豪奴。主子叫他"安三儿"。

云　姬——明人谢肇淛《五杂俎》云："（维扬）女子多美丽"，"扬人习以此为奇货，市贩各处童女，加意装束，教以书、算、琴、棋之属，以徼厚直，谓之瘦马。"张岱《陶庵梦忆》更生动记述娶迎瘦马的详情。瘦马者，姬妾也！自明至清，风习依然。本剧瘦马小字素秋，年已破瓜，色艺兼优，更冰雪聪明，有一种与年龄甚不相称的成熟。

吴文柔——吴兆骞的小妹，随丈夫赴任进京，又从丈夫革职还乡。据《清词玉屑》载，其诗才“实胜阿兄”，恐怕人品也要胜几筹的。有一点不可解，她缘何管顾贞观叫“三哥”？

寒　花——明珠府上老夫人屋里的小使唤丫头，垂双鬟，曳深绿布裳，天真无邪，与归有光《寒花葬志》中那位“目眶冉冉动”的同名阿姐相仿佛。

杏花儿——杏花天茶馆女掌柜，可能还有女人的某种优势或者劣势。

佟　大——茶客中最有身份者，三分善心，三分豪气，另有四分说不清楚。

钮　二——茶客中身份、人品与佟爷略同者。

德　甲——茶客中身份、人品均低于佟、钮二位爷者。

那　乙——茶客中与德爷可称伯仲者。

阿祥伯——吴兆骞府上的老管家，没能熬到吴季子绝塞生还。

老小孩——一个过气的说唱艺人，人不坏，混个小钱儿。

以下角色身份各异，性情不一，均乏善可陈，亦无甚劣迹，所谓不好不坏、亦好亦坏的芸芸众生：

解差甲乙

大臣甲乙丙丁

文士甲乙

茶馆二闲人

第一幕

〔清康熙年间，夏日。

〔北京东直门内杏花天茶馆。

〔悠悠的，马蹄声、鞭声、行车声、流水声、划桨声飘过；隐隐的，八角鼓、什不闲或莲花落小曲飘来，依稀听到一句，高亢苍凉：“老天何苦困英雄……”

〔杏花天虽然坐落在东直门里，却像是城外的野茶馆，远岸芦荻槐柳茂盛，小船络绎如织；杏花天不似专以卖茶为主的清茶馆，也卖酒，像是兼营酒店，却又没有大酒缸，规模连小酒铺都比不上，酒菜儿还得去街上零买，不过羊头肉、羊腱子、驴肉、酱牛肉之属。但，杏花天确实在城里，斜对过不远处有一所在，上门桁以朱色招牌署班名“醉桃源”，红色布二三尺许垂于门端，门灯高挂，大书“鸿禧”二赤字，那是妓馆。就这么个杏花天吸引了各色人等，尤其到了夏日，这里人更多。

〔此际，杏花天摆开四张桌子：正中一张坐着二位茶客——佟大和钮二，是旗人；侧面一张坐着吴兆骞和两位解差，吴兆骞衣青色长袍，那是当初中举时穿的服式，故意穿着上路，以使自己不忘身份，吴兆骞家的老管家阿祥伯站着伺候；靠里一张也是二位茶客，那是改了装束的纳兰明珠和安图，边喝酒边下象棋，虽然微服，不忘旗人做派；还有一张似乎空着，两个闲人在掷骰子。时或有茶客进进出出。

〔老板是个女人，约莫三十几岁，不著名姓，熟人呼作杏花儿，一看便知久惯江湖的主儿，正隔着柜台同一位艺名老小孩的说唱艺人打情骂俏。

〔从河边转出两个人——德甲和那乙，望杏花天而来。

杏花儿 （甩开老小孩，迎了上去）二位爷，您来了！您老快请进！

德　甲 进哪儿？

杏花儿 自然是里头啰！

德　甲 （猥亵一笑）好你个杏花儿！怪不得头卖兴隆！

杏花儿 （狐媚一笑）托您的福！

〔佟大和钮二闻声站起。

佟　大 这不是德爷吗？哦，那爷！

德、那 啊，佟爷！钮爷！幸会幸会！

〔四位爷行过旗人见面礼，同入座，“爷”声不断。

老小孩 （数快板）哎，哎，如今改了年头也！高的高三爷，矮的矮三爷，不高不矮横三爷，蒙七爷，诈八爷，松蔫奸……我大爷，是人都称爷，无我不孙子！

〔众人忍俊不禁，笑了起来。

德　甲 你这老小子，指冬瓜骂葫芦！你敢说如今年头不好？

老小孩 谁敢说不好，我跟他豁（音hē）……

那　乙 豁出命去？

老小孩 喝……二两老白干！

〔众人一笑。

钮　二　真格的，如今年头是好哇！

佟　大　敢情！八旗二十四固山，按月整包领俸银，按季整车拉禄米。家有余粮，人无菜色，除去养金鱼、斗蛐蛐、狗马鹰鹘，外加骆驼，不上茶馆上哪儿消遣？

杏花儿　是这个理儿！

〔吴兆骞怪怪地咳嗽一声，众人一时注目。

吴兆骞　（瞟过一眼，指着斜对过的纱灯，冷冷地插嘴）上那儿消遣！

老小孩　窑子！（嘿嘿一笑）

〔众位爷有些尴尬。

解差甲　（也乐了）嘿！（对解差乙）这主儿还跟人逗闷子！

解差乙　吃错药了！找不自在！

佟　大　（傲然走来）我说这位爷也在旗？

吴兆骞　（昂然摇头）汉人，还是南方汉人，最贱不过，现在又是流人，流放的人……

钮　二　流放？

吴兆骞　流放关外宁古塔！

德　甲　（嘲讽）一个流放的人，还有斗嘴这份雅兴！哎呀呀，心口窝里跑得下马哟，真是剃头的摔家伙——不剪蛋（简单）！（一笑）犯什么案子？

阿祥伯　丁酉科场案！

佟　大　（一愣，对钮二）钮爷，丁酉年的科场案早就结了啊！

钮　二　是呀！那年江南科场联手作弊，是皇上钦定的案子！两个主考官，当年就押到菜市口砍头了！妻儿家产充公！二十多个举子每人四十大板……

老小孩　（化解地逗乐）成烂橘子了！那广柑呢？香蕉大鸭梨儿……

杏花儿　别打岔！

钮　二　这些人头二年全走光了，流放到宁古塔，也有到尚阳堡的，多年积攒的家财化成灰了……

吴兆骞　（仰天吟哦）……谈笑间，樯橹灰飞烟灭……哈哈！

佟　大　喂，你怎么过了这么久才走？

〔吴兆骞不理睬。

阿祥伯　我家大官人是真才实学……

〔众人哄然大笑。

阿祥伯　真的！刑部尚书徐乾学徐大人都帮着说话……

吴兆骞　（制止）你的嘴该贴封条了！

〔阿祥伯马上哑口肃立。

解差甲　这倒是真的！徐乾学是昆山人，和他是大同乡。（侃起来）哎，徐家可不得了！听江南人的口头语："上有老苍天，下有徐百万。三年不下雨，陈粮有万石。"人家有钱，有钱就能说上话！

解差乙　（不甘寂寞）徐乾学和他那帮朋友，昨天还送这主儿好多诗啊词啊！

吴兆骞　（闭目吟哦）山非山兮水非水，生非生兮死非死……

解差甲　（站起）得嘞，甭费唾沫，上路！

吴兆骞　（摆手）慢！我要等一位朋友！（少顷）他会来的，一定会来！

解差甲　你的朋友昨儿个全都见了，还等什么朋友？（一指）这城门可等不了你，再过一个时辰，关屎的喽！

吴兆骞　就等一个时辰！（对阿祥伯）一吊钱买他一个时辰！

解差甲　（转对众人）嘿！这主儿！公开行贿！

吴兆骞　（怒骂）一吊钱行个屁贿！

阿祥伯　（赔笑）只当个茶叶钱。

解差甲　甭跟我来哩格啷！

佟　大　（虽然摆谱，到底心善）得了，当差的，就给他一个时辰吧！

老小孩　是呀，过了这村儿没这店儿，有今儿没明儿了！

吴兆骞　（自语）不管是来是去，顾梁汾肯定走运河，走运河肯定过海运仓……（径自向河边走去，张望着）

解差甲　（收钱）各位爷有所不知，我们当差的分押送谁，有伺候的，有不伺候的……

佟　大　（颇有兴趣）怎么个讲究？

解差甲　降职的我们不伺候，革职的我们一定得伺候好！

佟　大　降职的还是个官儿，你们不伺候，革职的一捋到底，连个官边都不沾，你们倒伺候……（嘲讽）哎呀呀，看不出你们倒挺仁义的！

解差甲　（一乐）您谬奖了！各位爷想想，一个堂堂封疆大吏，从一二品的总督巡抚，一下子降到州县班子，他要想爬到原来的位置，得几辈子呀？

解差乙　所以我们不伺候！

佟　大　那革职的大员呢？

解差甲　那可不一样！您想，革职，一捋到底，多半赶的皇上气头。等到雨过天晴，皇上一想，太过分了，念想着他从前的好来，得，金口一开，官复原职！这家伙想起当初的解差，伺候得好的，兴许给你点甜头；伺候不好，可就要了解差的小命了！

解差乙　所以您看，革职的大官在流放路上，还是四人大轿，除了摘去一颗顶子，跟平时没什么两样。

佟　大　还真是学问！那……（指外头的吴兆骞）对这主儿呢？

解差甲　说不详细，还真拿不准，看他穿的还是那年中举的那一身儿。

佟　大　叫什么名字？

解差甲　吴兆骞。

佟　大　哎，钮爷，吴兆骞这名字听说过的！

钮　二　是呀，听说过的！

德　甲　（一惊）他就是吴兆骞！知道！江南吴江人，字汉槎，江左三凤凰之一……

阿祥伯　对对！诸位爷，我家大官人，确实真才实学，大才子呀！

佟　大　那年江南出了科场案，皇上把中举的人都召到京城，在瀛台复试，他来了没有？

阿祥伯　来了，那会儿他正生着病，瀛台就在水边，寒气逼人，这且不说；堂下是凶神恶煞一班刀斧手，墙上挂着锒铛、木枷、夹棍，亚赛刑部大牢；每一个举子都戴着刑具，和犯人一个样儿！旁边还站着两个护军，钢刀贼亮，知道的说是在瀛台复试，不知道的还以为押赴菜市口开刀问斩呢！

德　甲　听说他交了白卷？

阿祥伯　不，不，不，是没写完！

德　甲　可人家状元郎就写完了！

那　乙　这我门儿清！当时复试是写一篇赋，就叫《瀛台赋》。那状元是常熟人，他老子考贡生的时候，作过一篇《燕都赋》，他从小就能背得滚瓜烂熟，想不到还就派上了用场，掐头去尾，当间儿改几个字，齐活儿！

阿祥伯　（叹息）该着人家交上文曲星运！

德　甲　甭看着眼热，只怕你家大官人徒有虚名吧！

吴兆骞　（走了过来）要讲出身，这位爷不会是势利小人！（失笑）徒有虚名？吴兆骞十岁时候就写过一篇五千言长文——《胆赋》！

德　甲　（阴阳怪气）只怕在瀛台把胆给吓破了！

〔众人一笑，看着吴兆骞。

吴兆骞　（冷笑一声）无妨当场试试！

〔一言既出，满座骇然。明珠、安图还有掷骰子的二闲人都停手观望。

德　甲　好！（一想，顺手拾起骰子）这是什么？

吴兆骞　骰子。

德　甲　晓得来历吗？

吴兆骞　当然！相传是三国曹子建所创，本来只有两枚，叫作投子，取投掷之义。用玉石制作，又叫明琼。到了唐代，由两枚加到六枚，改用骨制或者象牙制，才叫这个骨旁的骰子。唐人温庭筠有诗："玲珑骰子安红豆，入骨相思知不知！"

〔众人不由得点头。

德　甲　京城为什么又叫色（音shǎi）子？

吴兆骞　那是因为幺四点涂红，其余皆墨，投掷之后，以所见之色赌胜负，故此又叫色子。

德　甲　如今朝廷新开博学鸿儒科，偏重作诗，就以色子为题，怎么样？

佟　大　（凑热闹）等等！（指斜对过纱灯）那儿！

老小孩　窑子！

佟　大　以青楼女子的口气咏色子，怎么样？

〔满座倍感兴趣，哄然叫好。

吴兆骞 （轻蔑地）想看笑话？（拿起骰子，把玩着，脱口而出）一片寒微骨，翻成面面心……

〔满座悄然。

吴兆骞 （高声）自从遭点染，抛掷到如今！（用力将骰子一掷）

〔众人面面相觑，叹服。

佟　大 （赞赏）妙！（感慨）其实不光青楼女子，文人何尝不是这样？好一个“自从遭点染，抛掷到如今”！吴先生不愧江左凤凰……

吴兆骞 之一。（认真地）你是在旗的，也是读书人，你去问问当今豪门权贵，封疆大吏，他们南面百城，高牙大纛，他们玩得文字吗？（狂笑不已）

〔忽然，远处三声锣响过后，有人高喊：“关城门啰！”

解差甲 得！这会儿该走了！

〔明珠目示安图。

安　图 （上前）这位！你等的是哪一个？啊，日后见到了，也好替你传话。

吴兆骞 无锡顾贞观，号梁汾。（径自走去）

阿祥伯 江南人称大官人是李白，称顾先生是杜甫！（随之而去）

〔二解差大踏步行去。

佟　大 （惋叹）这个吴兆骞还确实是个人才，可惜了！

钮　二 （亦叹息）这主儿也真难得，落到今天这份儿上了，还那么狂！

德　甲 二位爷有所不知，吴兆骞此人，在下是早有耳闻的……

佟　大 哦，对了，您好像有一位亲戚当过吴江县令……

德　甲 没错。吴某人才气是有，为人过于狂傲。他说他十岁写五千言《胆赋》不假，可他十岁还有另一个故事呢。

那　乙　什么故事？

德　甲　他把同学的新帽子当尿盆撒尿。

〔众人哗然，嗤嗤连声。

德　甲　私塾里先生训斥他，他居然强词夺理，说是好好的帽子戴在俗人头上，糟蹋了，不如当尿盆。他的蒙师早就料定他，未上青云先引祸！唉，这个人对朋友也犯狂，他当着才子汪某人的面说，江南没我，你算头号……

佟大可　他对顾贞观好像蛮有情意的……

德　甲　这就叫龙眼识珠，凤眼识宝，牛眼认的是青草！（一笑）

那　乙　（一想）吴兆骞这种狂人就是得了官，怕也办不出正事来，活该挨整！

佟　大　话也不好说死。唉！我看着科场案，说穿了，是因为江南政局不稳，读书人不服管，所以皇上借着科场舞弊的碴子整治江南的士大夫！

钮　二　扫荡江南“文星”，对江南汉官实施“党禁”。

佟　大　吴兆骞就是不狂傲，怕也逃不过！其实，开科取士是个好办法，只要科举一开，地无南北，读书人没有不奔这条独木桥的！何须扬州十日、嘉定三屠？唉，我看皇上到底不明白！（忽觉不妥）钮爷，我啥也没说啊！

钮　二　（同感）佟爷，我啥也没听见！

〔安图倏然站起，望着明珠，明珠目示其毋躁，安图缓缓坐下。

钮　二　唉，要说读书人哪，特别是江南的读书人，迷恋科举，其实是最不济的！

老小孩　（呷一口茶，忽然数起快板）哎！哎！读书人，最不济。八股文，烂如泥。国家求才行科举，谁知变作上天梯。三句承题，两句破题，摆尾摇头，便说是圣贤子弟。不晓得三通、四史，是何等文章？汉祖、唐宗，是哪朝皇帝？案上放高头讲章，店里卖新科利器。读得来背高肩膀低，读得来尿频头发稀。就教他蒙上个一官半职，也算是——百姓倒霉、朝廷晦气！

〔众人哈哈一乐。

佟　大　这老小子还真有两把刷子……

老小孩　三把！丢了一把。

〔顾贞观悄悄行来。

顾贞观　（至老小孩前，一揖）这位师傅，读书人里头也有不迷恋科举的。

老小孩　（一时语塞）呃，呃……是，是……

〔明珠目示安图，安图会意，上前。

安　图　（直呼）你就是顾贞观吧？

顾贞观　（一愣，打量着对方，颇不悦）你是什么人？

明　珠　（笑容可掬）如果您是顾先生，请坐。

〔顾贞观犹豫落座。

明　珠　哦，是这样的，适才尊友吴兆骞在此等候多时……

顾贞观　（闻言站立）汉槎？他什么时候走的？

明　珠　走的工夫不大，可是城门关了！

〔顾贞观颓然跌坐。

明　珠　顾先生想必走累了，喝点酒，就小菜。别小看这羊头肉、羊腱子，此物味中最美！您看，美字从羊，羊大为美；鲜字从羊，羊鱼配搭，其味必鲜；善字从羊，羹字从羊，即如吉祥的祥，本字就是羊！古人造字，好的物事都从羊！先生不尝尝？

〔顾贞观笑着举箸略尝些许。明珠递杯。

顾贞观 （推杯）不不，这酒我是一点不沾的。

明　珠 俗话说，爷们不喝酒，白来世上走。先生敢莫戒酒了？

顾贞观 我不会喝，从来不喝。

明　珠 （站起谢罪）冒昧了！

顾贞观 不必客气！还没有请教先生贵姓？

明　珠 免贵，姓叶。

钮　二 （走了过来）顾先生是吴兆骞的好友，既然不喝酒，就一起喝茶吧！（对杏花儿）杏花儿，换西湖龙井，加茉莉花！

杏花儿 （应声）好咧！

佟　大 等等！钮爷，您就请这个？

钮　二 咋啦？这叫“花红龙井”，暑天能败火呀！

佟　大 钮爷，人家顾先生是南边人，能不知道龙井该怎么喝？您是北方君子，茶具不厌其大，壶盛十斗，碗可盛饭，煮水大开锅，提壶浇地要听“噗”的一声脆响，以为那才算是开水……

钮　二 得！爷们露怯了！照您说？

佟　大 这品饮之道来自茶圣陆羽，讲究者五……想听吗？

钮　二 洗耳，洗耳！

佟　大 一是茶具，无论叫清风、明月还是叫松吟、竹韵，意不在解渴，所以宜小不宜大；二是蓄水，无论梅花雪水还是三伏雨水，都有讲究，京师九城，北城井水最佳；三是茶叶，是“旗”是“枪”，是“明前”是“雨前”，时令品种不同，用水马虎不得；四是煮水，一煮如蟹眼，二煮如松涛，火候一毫不爽；五是品饮工夫……

钮　二 （拦住话头，转向）顾先生一定是行家！

顾贞观　不敢当！在下曾经到过闽南粤东一带，那里的工夫茶可称茶道第一！

钮、佟　（齐声）洗耳，洗耳！

顾贞观　（书生意气）在下不说择茶、择水、择器，只说烹法，便有治器、纳茶、候汤、冲点、刮沫、淋罐、烫杯、洒茶，雅称八法。这工夫茶的工夫指的不是时间，是讲究，工夫茶讲究的是精、洁、和、思，那是茶道的境界。

〔众人频频点头。

安　图　（上前）顾先生！我家老爷……（假装结巴）叶，叶师爷说顾先生一定是好学问，刚才吴兆骞作了一首好诗，顾先生也作一首吧！

〔顾贞观不语。

安　图　（豪奴意气）顾先生不给面子？

〔顾贞观愠怒站起。

明　珠　（圆场）哎！读书人讲气节，不好勉强的！顾先生，在下听说先生的诗词在朝鲜国特别名贵，朝鲜国人得到先生的诗词，要建造神龛供奉，三面种上梅花，少说也得千百株！

顾贞观　（大惊喜）真的？（不由坐下）

明　珠　没错的！

〔佟大、钮二、德甲、那乙一起撺掇。

安　图　这会儿该作了吧？我出题，就写这茶壶！怎么样？

顾贞观　（看了安图一眼）难为我了！打油诗吧！（故作思索，口占）腰圆腹扁土沙包，才上火炉气便豪。小物不堪成大器，两三杯水作波涛！

〔众人明白顾贞观在嘲讽安图，会心地笑了起来。明珠不住地点头。安图浑然不觉，也跟着叫好。

明　珠　顾先生果然高才！啊，冒昧请问，顾先生打算出城寻找故人？

顾贞观　是的。

明　珠　在下以为不可！

顾贞观　（惊愕）为什么？

明　珠　追寻故人，于事无补，莫如暂住京城，设法营救！

顾贞观　（沉思）先生说得对，只是……贞观在京城，连个衣食生计……

明　珠　如不嫌弃，在下愿为先生谋个差事！

顾贞观　什么差事？

明　珠　作西席，教学生。不知是否辱没先生？

顾贞观　哪里话！设馆课徒，孔夫子的事业，杏坛三尺，再神圣不过了！不知是哪一家？

〔明珠就柜台上取过纸笔，写了一行字，交给顾贞观。

明　珠　（作揖）后会有期，告辞了！（径自走下）

安　图　（亦作揖）告辞了！（随下）

顾贞观　（念）“莲花泡子第一家”……是哪儿？

杏花儿　“莲花泡子”，就是什刹海呀！

〔众位爷们围了上来。

佟　大　“莲花泡子第一家”，什刹海的大宅府，如今最大的是武英殿大学士纳兰明珠……

钮　二　对，那是宰相府呀！

德　甲　这两个人，一个是相府的师爷……

那　乙　那一个八成是管家！

老小孩　顾先生，你运气不赖呀！你救姓吴的，有指望了！

顾贞观 怎么讲？

老小孩 你听说过京城的口头语吗？“要做官，问索三；要讲情，问老明。”索三是索额图，老资格的内阁大学士，老明就是纳兰明珠啊！

顾贞观 纳兰明珠？纳兰性德的父亲！（眼里闪出希望之光）这么说，吴汉槎有救了！

第二幕

〔又是夏日。

〔北京什刹海后海北岸西首，纳兰明珠府，府内自怡园。

〔舞台样式偏于写意。

〔隐隐可闻高墙外荷花市场地道京味的市声：“酸梅汤　　冰镇！”“八宝莲子粥咧，清爽斋天下第一！”“豆汁儿！焦圈儿脆麻花！”

〔自怡园是一座大园林，这里只是其中一隅。渌水阁傍水而筑，是文朋墨友雅集之所，阁中有匾，纳兰性德自题“河汉之泉”；西侧有厢房，即顾贞观设馆课徒处；房前尚有空地、小径，水边芦苇菖蒲丛生、杂草野花并茂，一二红莲玉立其间，别饶韵致。大体分三个表演区，有表演需要可拓展空间，在想象性事件中则泯去地域概念。

〔琴声响起，西厢房内，顾贞观在操琴。一曲未终，他当心一划，站起，长吁一声，走出西厢房，来到水边。

顾贞观 （喃喃自语）又是荷花盛开的季节！岁月如流哇！

〔云姬走来，她原是老夫人的使女，如今伺候顾贞观。

云　姬 顾先生，一曲未终啊！

顾贞观 （没有回身，复自语）当初我为营救汉槎而来，时至今日，几个月了？几个年头了？侯门似海，宾主两重天！中堂大人高高在上，我连个单独拜见的机会都没有！亏得纳兰公子性情相投，要不我早就离开这个地方了！啊，每逢提起汉槎的事，公子脸上总有难色。那天正说到实处，忽然传来圣旨，皇上要他这个一等侍卫扈从出巡，还要祭祀长白山。哦，或许他能见到汉槎……

云　姬 聪明人也有懵懂的时候……（低声）丁酉科场案是皇上钦定的案子，先生指望着皇上自己翻案？那不自打嘴巴吗？

顾贞观 圣贤之道，有偏必究，有错必改！

云　姬 （莞尔一笑）先生毕竟是书生！

顾贞观 （没好气）轮得着你来教训我吗？

云　姬 （含笑低头）是。

〔寒花，一个年仅十岁的小使唤丫头，一脸稚气，蹦跳着过来。

寒　花 顾先生！顾先生！好事！

顾贞观 （顿时清爽）寒花！什么好事？

寒　花 少公子身上不舒服，老夫人叫我替他告假……

顾贞观 嗤，这算什么好事？

寒　花 就是好事嘛，顾先生今儿个清闲了！

顾贞观 （笑了）这倒是！（对云姬，调侃地）占不得酒色财气，占得一个闲字！

寒　花　还有呢，有一个女的要见先生……

云　姬　（下意识一愣）女的？什么女的？

寒　花　说是秘书院典籍……杨什么典籍的娘子，姓吴……

顾贞观　哦！是汉槎的小妹吴文柔！寒花，老夫人怎么说的？

寒　花　老夫人说，吴家怪惨的，叫先生见见。

顾贞观　（黯然点头）见，见……

〔云姬、寒花下。

〔有顷，吴文柔手提包袱走来。

吴文柔　（颤声）三哥！你好吗？

顾贞观　（点头）几时到的京城？

吴文柔　快一个月了！听人说，纳兰公子和三哥是莫逆之交，纳兰公子又是个侠骨义肠的人，我哥的事……哦，案子是翻不了的，只求我哥能回来……（哽咽）

顾贞观　你不要哭。

吴文柔　哎，我丈夫听说公子要扈从出巡到关外，这些寒衣想托公子捎给我哥……

顾贞观　（叹息）消息到了杨典籍那里，已经是明日黄花了！

吴文柔　（不解）怎么讲？

顾贞观　（顿足）公子走了一个多月啦，说不定这两天就回北京！

吴文柔　那……（失望，悲从中来）三哥！听说有一个松江人死在宁古塔，连尸骨都不让运回南边，说是朝廷律法，依例不得归葬！（说着又哽咽起来）

顾贞观　我知道。（言不及义）听说那人岁数大了，身体本来有病……

吴文柔　（拭泪，放下包袱）那就等下次吧！三哥，我走了！（下）

顾贞观　（送了几步）你好好的！（立水边，愣神，猛然痛呼）汉槎！

汉槎！（回西厢房，看着寒衣）看她这些寒衣，千丝万缕，水远山长，想我这个朋友，千头万绪，纯属废物！就附上一封信吧！（提笔）不如填首词，以词代信！（挥笔）季子平安否……

〔云姬悄悄走来，为研墨，旁立观看。

〔顾贞观写着写着，不能自已，几度停笔。

〔云姬不忍看，避至一旁。

顾贞观　（掷笔）苍天！（颓然倚柱，闭目无言）

〔云姬悄悄行来，捧读《金缕曲》，少顷，抽泣起来。

顾贞观　（闻声而起）素秋！

云　姬　先生这两首《金缕曲》，字字血，行行泪，就是石佛，也会动心的！先生今后不要再写了，写这样的词会伤身的！

顾贞观　（长叹）环顾眼下，我过的是什么日子！（吟哦）半饱半饥，算个豪门清客；无枷无锁，却是监狱犯人！

云　姬　先生言重了！

顾贞观　我说的是心的监狱！

云　姬　纳兰公子何等看重先生……

顾贞观　他也一样，同监的难友罢了！

云　姬　先生，以素秋之见，（指心）这里本是方寸灵府之地，无妨看作一座城堡，只要紧闭四门，不许忧喜、荣辱、进退、沉浮、生死、得失一切杂念闯入其中，如此这般，终老一生，不亦说乎！

顾贞观　（不由一笑）监狱改城堡！你这小扬州，亏你想得出！

〔安图大模大样进来。

顾贞观　（一见不悦）安总管！你每次来都不通报！

安　图　（呵呵一乐）亏你还记得我是总管！可你忘了我是武英殿大学士明大人府上的总管，这座大宅院哪个犄角旮旯我不能去？

〔顾贞观一时无语。

安　图　顾先生，说老实话，这些年你够赚的啦！有吃有喝，（斜睨云姬）日子倍儿滋润！你本来是大才子，如今又得了好名声，合着你全占了……

顾贞观　（强忍）什么好名声？

安　图　京城早就传开了，顾贞观为国救贤，屈身坐馆，古圣人也不过如此！虽然事情没有办成，可你已经出了名啦！这还不赚？云姑娘你说呢？

云　姬　（不咸不淡）我倒是听说，京城人都夸中堂大人是礼贤下士的孟尝君！

顾贞观　（忽然作色）安总管，你这是骂我呢！我顾贞观与吴汉槎本是知己，他蒙冤流放宁古塔，我一介书生，只求乞讨些公道，已经十足的无能，哪里有一丝一毫徇私扬名！安总管这番话，未免太欺心了吧！（忽然作色，扬眉怒目）

安　图　哎！顾先生何必动肝火？我是遵命给你带信儿来的！我家小爷回京城了！

顾贞观　（回怒作喜）公子回来了？

安　图　兴许这阵子走出宫门口了！公子惦记着你哪，让我先给带个话。

顾贞观　（一改态度）素秋，给大总管沏茶！

〔云姬应声沏茶。

安　图　不用了！顾先生到底是个书生，好哄，两句半好话就乐得你屁颠儿屁颠儿的！

顾贞观　（一笑，泯了芥蒂）读书人嘛，是这样的！

安　图　（亦笑）就这个德行！得，别磨牙了，我忙着呢！（抬腿就走）

顾贞观　（有顷）素秋，你说，公子见到汉槎了没有？

云　姬　公子急着让管家带话……看来多半是见着了！

顾贞观　嗯，有理……（伫立水边，凝望）

〔隔着水面飘来老小孩的“莲花落”：“六月三伏大热天，什刹海边好赏莲。男男女女人不断，听完了大鼓书，再听那什不闲。哩格啷，哩格啷！逛河沿，果子摊儿全，西瓜香瓜杠口甜，冰镇的酸梅汤打冰盏，买了把子莲蓬转回家园。哩格啷，哩格啷……”

〔“梁汾兄！”猛然一声高喊，纳兰性德一身戎装，匆匆跑上。

顾贞观　（大欣喜）容若！你回来了！

性　德　梁汾，我给你带来了你最喜欢的……（欲取礼物）

顾贞观　等等！我猜猜！是字帖？

性　德　知我者，梁汾耳！（取出碑帖，递过）

顾贞观　（一看大悦）魏碑！好极了！

性　德　实话说吧！昨天皇上赐给我的，我这是借花献佛！

顾贞观　那我得拜谢皇上了！（当真欲拜）

性　德　哎！皇上给我了，就是我的东西了，要拜谢得拜谢我！

顾贞观　谢你？（摇头）不！

〔二人拊掌大笑。云姬上茶。

顾贞观　哎，容若，你见着汉槎没有？

性　德　（少顷）见着了！（一时失去笑容）

顾贞观 怎么？情况不好？

性　德 不不！很好，很好！吴汉槎给皇上献了一篇《长白山赋》，一篇《抗俄十策》，他主张朝廷出兵雅克萨、尼布楚，又说自己还未老迈，决心和戍边将士一起，滚一身泥巴，洒一腔热血，抗击沙俄，扬我大清国威！

顾贞观 （感动地）我能想象出来，汉槎有这股子豪气！啊，你们在哪儿见的面？

性　德 在哪儿？（编造）哦，松花江！那天，好几个人呢！还有他们的流人诗社……

顾贞观 流人诗社？

性　德 哦，就是一起流放到宁古塔的文人同好，庆典抒怀，盛世放歌！那天……（信口开河）喝的是高粱酒，吃的是大马哈鱼……

顾贞观 大马哈鱼？

性　德 对，好吃！那鱼子跟珍珠似的。

顾贞观 （寻根问底）还有呢？

性　德 （继续编造）晚上点松树明子，还生篝火，烤全羊。

顾贞观 还有？

性　德 还有，哦，他们都有诗集。（猛想起）没错，不蒙你，汉槎的叫《秋笳集》。

顾贞观 还有……

性　德 （穷于应对，忽又想起）哦，他让我捎来两盒棋子！（取出）这是汉槎用混同江石子磨成的，打磨了整整三年！青如黛，白如玉，我给起了个名儿，叫青白双丸！（松口气，总算有了交代）

顾贞观 青眼白眼，青眼对友人，白眼对苍天，妙极了！汉槎送你的？

性　德　不是。

顾贞观　送我的？

性　德　也不是。

顾贞观　那……

性　德　送我阿玛的。

顾贞观　（沉吟）有道理！中堂大人日理万机，偶来清兴，正好用青白双丸消遣！

性　德　（舒一口气）梁汾，这些日子可有新作？

〔顾贞观摇摇头。

云　姬　今天新作《金缕曲》！（引二人入西厢房）

顾贞观　啊，汉槎的小妹吴文柔托你捎去寒衣，我填了两首《金缕曲》，以词代信。（递过）

性　德　（阅词）季子平安否？便归来，平生万事，那堪回首！行路悠悠谁慰藉？母老家贫子幼！记不起、从前杯酒。魑魅搏人应见惯，总输他、覆雨翻云手。冰与雪，周旋久……（深感压抑，停顿）泪痕莫滴牛衣透。数天涯依然骨肉，几家能够？比似红颜多命薄，更不如今还有。只绝塞、苦寒难受。廿载包胥承一诺，盼乌头马角终相救。置此札，君怀袖……（哽咽，不能卒读）

顾贞观　（接过词稿）我亦飘零久。十年来，深恩负尽，死生师友。宿昔齐名非忝窃，试看杜陵消瘦。曾不减、夜郎僝僽。薄命长辞知己别，问人生、到此凄凉否？千万恨，从君剖……（泣下，同样无法卒读）

云　姬　（接过词稿，抚琴而歌）兄生辛未吾丁丑。共些时，冰霜摧折，早衰蒲柳。词赋从今须少作，留取心魂相守。但愿得、河清人寿。归日急翻行戍稿，把空名料理传身后。言不尽，观顿首。

〔云姬歌终，一座悄无声息。

性　德　（热泪盈眶）古往今来，普天下只有三篇真文字！汉朝李陵《与苏武诗》，晋代向秀《思旧赋》，（高声）当今顾贞观《金缕曲》！

〔顾贞观和云姬感动落泪。

性　德　从今往后，营救吴汉槎就是我的头等大事！梁汾，你也不用再嘱咐了，从今天起，三千六百日，纳兰性德一定让吴汉槎绝塞生还！

顾贞观　（始而感激）容若！（继而担忧）啊，十年……人生能有几个十年？五年吧？

性　德　（沉吟，有顷）来，上楼！

〔安图大咧咧走来，云姬急忙迎出。

安　图　小爷！（高声）老爷给小爷摆酒接风……

性　德　怪了！怎么回事？

安　图　皇上当着大臣们的面夸小爷您哪！所以，老爷高兴了！酒席已经摆开，听说您的恩师徐乾学徐大人也来……

性　德　知道了！你先走吧！

安　图　就在这儿，渌水阁！可别误了！（走向渌水阁）

〔渌水阁中宴席摆开。阁中匾额“河汉之皋”十分醒目。

〔纳兰明珠与几位同僚大臣正在观赏一幅飞鹰图。

明　珠　（侃侃而谈）这就是鹰中极品海东青！神俊无比，猛鸷异常！盘旋空中，俯视无微不察；栖于地面，能见云霄活物。飞时节旋风直上天际！最了得是以小制大，地上跑的麋鹿，云里飞的天鹅，都逃不脱它的钩爪！海东青，多像我们满洲八旗！

众大臣 是呀！满人打汉人，就是以小制大！海东青，神鹰！百鸟之王！

〔忽然响起带南方口音的市声，且越来越近：“石榴花，拣样挑——！”“老鸡头，才上河——！”“铁蚕豆，大把抓——！”“硬面儿——饽饽！”

明　珠 （愠怒）跑到这儿叫卖？什么人？

〔徐乾学着便服，宗师打扮，低头走来。纳兰性德换了便装，忍俊不禁，陪着走来。

徐乾学 中堂府上扫门人！（猛然抬头）

明　珠 （一见徐乾学，换了笑脸）徐大人可真是活宝！不过，你这个叫卖声带昆山味，改唱昆曲吧！

〔众人哄然一笑。

明　珠 好好，落座吧！容若呀，陪你恩师！

性　德 是！（有顷）阿玛，今天既然是为性德接风洗尘，那……我想请一位朋友入席！

明　珠 明珠思贤若渴，果能效仿孟尝君，门招天下英才，那是皇上洪福齐天！哪一位？

性　德 弟弟的师傅顾贞观顾先生！

明　珠 （一想，点头）有请西宾顾先生！

〔内声：“有请顾先生！”

〔顾贞观走出西厢房，缓缓行来，至席前，近处望着明珠，依稀想起什么。

明　珠 （笑吟吟）顾先生还记得东直门里杏花天的茶客叶师爷？

顾贞观 叶师爷……（恍然大悟）原来是中堂大人！（颇有被戏弄

之感）

徐乾学　（低声）打的什么哑谜？

〔性德略显尴尬，低声为解释。

明　珠　请！

〔一时壶觞交错。

明　珠　诸位大人！今儿前半晌，我听了一句妙语，现趸现卖，助个酒兴。

大臣甲　我等不才一饱耳福。（对大臣乙，低声）不会是荤段子吧？

大臣乙　酒席宴上，还真没准儿……

明　珠　可是，我得先提个问题！

大臣甲　您就提吧！我们要答不上，还有徐大人不是？

明　珠　（清嗓子）天下什么最肥？什么最瘦？

大臣乙　（脱口而出）牛羊最肥，豺狼最瘦！

〔纳兰明珠摇头。

大臣丙　得！褶子了！

大臣丁　还是请徐大人出马吧！

徐乾学　（不愿显露）哎呀，我可没这横窍，跟猜谜似的，还是明中堂自揭谜底吧！

明　珠　（一笑）我估摸着也难猜。（高声）天下春雨最肥，秋霜最瘦！

大臣甲　（出乎意料，击节称善）果然妙极！明中堂所思所想，总是关乎国计民生！

明　珠　不敢掠美，这是皇上说的话。

顾贞观　（忽然站起，愤然抗言）不！天下朱门酒肉客最肥，边塞流放人最瘦！

〔一座骇然，无语。纳兰明珠面有愠色。

性　德　（解释）阿玛，顾先生惦记着吴兆骞，天下奇才，却流放塞外！

徐乾学　（圆场）说起来不就是科场案的事吗？在下曾经就科场舞弊事启奏过皇上……

大臣丙　这种事你怎么说得清？

徐乾学　我说，我大清朝开国之初，用高官厚禄笼络汉人士子，那帮人硬是不领情……

大臣丙　是那样的……

徐乾学　如今科场一开，为了区区一个举人，居然送钱财通关节，可见汉人已经心归朝廷，天下从此太平了！

大臣丙　皇上听了说什么？

徐乾学　没说什么，皇上笑了！

性　德　（上前）请求阿玛搭把手，救救吴兆骞！

顾贞观　（亦上前）中堂大人，吴兆骞确实蒙冤受屈！

明　珠　（东拉西扯）我老了，可胡子还是黑的，这胡子和吴兆骞一样，蒙不白之冤！

〔众大臣大笑。

性　德　（愤愤然）您！

明　珠　坐下，好好喝酒。（斟了一大碗酒）顾先生，你要我为吴兆骞讲情？

顾贞观　是的，大人！

明　珠　那你得答应我把这大碗酒喝下去！

顾贞观　大人，您这话当真？

明　珠　没有戏言！

顾贞观　只要大人说话算数，慢说一大碗，三大碗顾贞观都喝下去！

明　珠　好！痛快！（再斟酒）

性　德　不！梁汾不会喝酒！那样要出人命的，阿玛！

〔顾贞观已经端起酒碗，喝水一般，连喝三碗。

明　珠　壮哉呀壮哉！其实，我不过跟你开个玩笑……

性　德　（愕然）啊？开玩笑？

明　珠　（不理睬性德，对顾贞观）你不喝这三碗酒，我也会替吴兆骞讲情的！虽然如此，你到底是条汉子！何其壮哉！

顾贞观　（摇摇晃晃）多谢中堂大人！（行汉礼，一揖）

明　珠　哎！我是满人，你要谢我，得行满人的跪礼！

顾贞观　（不假思索）多谢中堂大人！（行满人跪礼）

〔纳兰明珠只顾哈哈大笑，也不去扶。

〔顾贞观突然头栽地，失去知觉。纳兰性德含泪搀扶……

〔暗转。

〔白皑皑一片冰雪世界。

〔顾贞观艰难地爬着。

〔吴兆骞赶着花轱辘车，哼着昆曲《宝剑记·夜奔》："……实指望，封侯万里班超，生逼作叛国的黄巾，背主的黄巢！"

顾贞观　（惊喜）是汉槎！（高呼）汉槎兄！

吴兆骞　吁——！（停车，亦惊喜）梁汾！你怎么上这儿来了？这是松花江！

顾贞观　（一跃而起）松花江？冰天雪地，太美了！

吴兆骞　是呀！你没见过的，整个是琉璃世界！那树挂，粉雕玉琢，晶莹剔透，如珊瑚，如琼枝。就是寻常人家房檐上的冰流子冰凌锥，哦，也叫冰牙、冰筋，玉指、玉溜，银竹、银笋，也蛮好看的，这么粗，大头在上面！啊，最好看是跑冰排……

顾贞观 跑冰排？

吴兆骞 春天，松花江解冻，江面上大块大块的浮冰一路拥挤着，撞击着，铺天盖地而来，那是千百万只手合力掀开寂寞的河床！听它闷雷一般的吼声，轰隆隆隆，轰隆隆隆……又像是地表上猛然跑出千军万马，奔腾着，咆哮着，眨眼的工夫来到人跟前，那场面壮观极了！

顾贞观 （不由神往）这就叫跑冰排！

吴兆骞 嗯！夏天，松花江水深、清凉……游水，光腚游水，那才叫痛快呢！（自家笑了起来）南边的河湖港汊，跟松花江一比，小家子气啦！宁古塔，好地方！盛产东珠、灵芝、人参、貂皮、靰鞡草！美呀，宁古塔！（爽然大笑）

顾贞观 （越发神往）听说你们有一个诗社……

吴兆骞 没错！乌合诗社，过年过节写诗，有时也唱唱昆曲。我还刻了两钮闲章，朱文“长白山樵”，白文“松花江渔”，我钤拓给你。哎，我的诗兴来了！口占一首集句诗如何？（一叉手）休将文字占时名……

顾贞观 不以文字博取名声……柳宗元的诗！

吴兆骞 （二叉手）我被聪明误一生……

顾贞观 苏东坡的《洗儿》诗！

吴兆骞 （三叉手）万里关河孤枕梦……

顾贞观 陆游的！（少顷）还差一句呢！

吴兆骞 没了！你来续貂！

顾贞观 我连狗尾都没有！（亦叉手）平平仄仄仄平平！

〔二人开怀大笑。

顾贞观 （忽然生疑）汉槎兄，你真的很快活？该不是在安慰我吧？

吴兆骞 没有，没有……

顾贞观 你说实话！

吴兆骞 实话，有时想家。

顾贞观 汉槎，我知道你心里苦。

吴兆骞 不苦！啊！悬崖在前，猛虎在后，陷阱在左，深渊在右！如果我的生命值得毁灭，我甘愿面对月光下的松花江，像李白一样，带着梦幻的波光，潜入无穷！

顾贞观 不不，汉槎，你看见渌水阁中纳兰公子自题的匾额吗？那是"河汉之皋"四个大字。河汉者，天河也；皋者，近水高地也！这个高地专为迎接乘槎的人。你字汉槎，这个乘槎人就是你呀！秋水八月，你会来到这个高地，然后去天河。天河者，朝廷也！

吴兆骞 朝廷？朝廷！（爆发出一阵狂笑，驾起花轱辘车，扬鞭而去）

顾贞观 （呼喊）汉槎！汉槎！

〔笑声鞭声山鸣谷应。暗转。

〔日正午。

〔西厢房内。云姬守护着卧床的顾贞观。纳兰性德趴在桌子上睡着了。顾贞观睁开眼睛。

云　姬 （松了一口气）你可醒过来了！

顾贞观 我在哪儿？

云　姬 在你的床上。先生，你足足睡了两天两夜！

顾贞观 好像做梦一样……公子呢？

云　姬 他打熬不过，睡着了！

〔顾贞观起床，走来为纳兰性德披衣。纳兰性德遽醒。

性　德 梁汾，你醒过来了！

云　姬　（端茶）先生，喝杯热茶！

顾贞观　（饮茶）清爽多了！

性　德　梁汾，汉槎的事着急不得。这次扈从出巡，我探过皇上的口气……

顾贞观　（急切）皇上可曾松口？

性　德　那天在马兰峪，皇上看了汉槎的两篇文字，频频点头，我乘机进言，不想皇上大喝一声："不要啰唆！"吓得我不敢再说，生怕事情闹黄了！

顾贞观　（长吁一声）难道汉槎就这样老死宁古塔？酒席宴上，中堂大人当着徐乾学一帮大臣的面，答应了的呀！能言而无信吗？

性　德　（沉重地）梁汾，请原谅我不能议论我生身的阿玛！

顾贞观　我明白。

性　德　可是有些话我应该告诉你……

顾贞观　你说吧！

性　德　我的话在我阿玛那里，不占分量，倒是有个人的话，我阿玛言听计从！

顾贞观　哪个人？

性　德　安图安总管！

顾贞观　安总管……

性　德　希望你能结交安图，让安图也去说服我阿玛。嘿，你我做不到的事，安图做得到……

顾贞观　（猛然站起）别说了！我原来以为你是翩翩佳公子，想不到你如此尴尬！你不肯尽力，我不勉强；你居然叫我去巴结安图，当奴才的奴才！

性　德　（急忙解释）不是这样的，不是……

顾贞观 纳兰公子，我不是为了混一口饭，才到宰相府当差的！我一生讨厌当幕府，痛恨打秋风！读书人迂腐、不谙世故，可是读书人有读书人的骨气！（收拾包袱）

〔纳兰性德不知所措，云姬死命阻拦。

顾贞观 你不要拦我！我身我主，我行我素！

性　德 （含泪）梁汾，就算我说错了，你就不能原谅吗？

顾贞观 就算？（负气）不，是我错了，我本来就不是你们这个世界的人！我是圈外人！（提笔在粉墙上大书“偷生”二字，然后掷笔，痛苦地面壁而跪）

性　德 （愕然）偷生……（痛彻心扉，摇头）梁……汾……

云　姬 （上前）公子！（示意纳兰性德暂时回避）

性　德 （仰天太息）其实我也是一介狂生，只不过偶然落生在巍峨的京城、显赫的门第。红尘滚滚，冠盖如云，谁能知我心胸？只有你这位圈外人，一见如故，相知恨晚！（苦笑）说什么两个世界！（摇头）物以类聚，人以群分，君子之交淡如水！即便千灾万劫，今生无悔，来世有期。（悄悄退出）

〔顾贞观没有回头，后脊背却微微震颤。云姬看在眼里，悄然走来，跟着陪跪。

顾贞观 （渐渐旁顾）你跪什么？

云　姬 悔恨自己有眼无珠！

顾贞观 你？有眼无珠……

云　姬 是有眼无珠，所以看不出顾先生原来是个糊涂虫！

顾贞观 （一激灵，站起）我怎么糊涂？

云　姬 （随之站起）有一句话可是先生您说的？

顾贞观 哪句话？

云　姬　公子为人，以风雅为性命，以朋友为肝胆。

顾贞观　（转身，低头）我说过……

云　姬　吴兆骞的事，搁谁身上，都难做的！就是皇上自己，也不能轻易翻盘！公子扈从出巡，和皇上的那番对答，难道还不清楚？所以，公子三千六百日的期限不是信口胡诌。这些话，先生听得进去吗？如果听不进去，素秋即刻回老夫人屋里！

顾贞观　（气势已如强弩之末）啰唆什么？你就说吧！

云　姬　如今朝野有能为的人，还就得数明中堂了！要不怎么会有“要讲情，问老明”的口头语呢？可是一样，也得容他工夫！

顾贞观　我没敢希求他立马就办。

云　姬　你不明晰中堂大人，这人办事得有两样东西：一是皇上的口风，一是讲情的银子。

顾贞观　明白了！素秋，谢谢你！

云　姬　先生客气了！素秋只是想，人在患难中不该意气行事，对吗？

顾贞观　（点点头，忽然想起）啊，你这样冰雪聪明，怎么肯当丫鬟？

云　姬　（一笑）先生是无锡人，我是扬州人，先生总听说过扬州瘦马？

顾贞观　扬州瘦马？知道！简捷地说，是姬妾。

云　姬　素秋的先人原是世家，没落了，家境贫寒……（不由泪下）

〔顾贞观看着云姬，梨花带雨，又爱又怜，不由得一阵冲动，凝视着。

云　姬　（低头）纳兰公子看你孤单寂寞，求老夫人叫我伺候你！

顾贞观　（惊愕）真的？（上前，欲亲近）

〔寒花端着酸梅汤走来。

寒　花　顾先生！顾先生！（学市声）酸梅汤——冰镇！

〔顾贞观与云姬闻声急忙走出西厢房。

顾贞观 （赶紧接过酸梅汤）寒花！你喝一口！

寒　花 不，先生喝！败火！

顾贞观 （扑哧一笑，复喝尽）好喝好喝！

寒　花 是公子叫我送来的！

〔顾贞观顿时无语，深感内疚。

〔纳兰性德手持木牌匆匆走来。

性　德 梁汾，我给你写了一块木牌，也好给这世界的真性情留个念想！（径自入西厢房，在一隅插上木牌）

〔顾贞观、云姬、寒花随之入内。

顾贞观 （念木牌文字）顾梁汾为吴汉槎屈膝处……（大恸）容若！

性　德 不要难过。你看，这是我起草的为吴汉槎筹集赎金的帖子！（递帖子）

顾贞观 （阅帖子）很好！我来抄送徐乾学徐大人……

性　德 还有大学士宋德宜、刑部主士禛、国子监吴伟业……

云　姬 （脱下耳环、戒指）算我一份心意。

寒　花 （倾出几个铜钱）顾先生，我的！要吗？

顾贞观 （含泪）要！要！（抚摸着寒花的头，有顷，走向木牌前，长跪不起）

〔一束昏黄的光打在顾贞观后背上。

〔顾贞观画外音："季子平安否？季子平安否？季子平安否？"

第三幕

〔又若干年后。中元节，即盂兰盆节，俗称鬼节。夜昏以后。

〔北京什刹海后海北岸西首，纳兰明珠府，府中自怡园。

〔景同第二幕。舞台样式亦同第二幕。

〔粼粼的波光中多了几盏莲花灯，人们在超度孤魂。

〔画外一个粗豪的声音，略带关外口音："吴兆骞死了！吴兆骞死了！吴兆骞死了！"

〔顾贞观和寒花一大一小蹲在渌水阁旁放莲花灯。

顾贞观 （悲伤地，念念有词）汉槎，汉槎，你走好……

寒　花 （稚气地）顾先生，这莲花灯真能给吴先生引路吗？

顾贞观 能呀！今晚上北京九城所有的河灯都能给屈死的冤魂引路。

〔两盏莲花灯缓缓漂去。

〔云姬悄悄走来。

云　姬 寒花，老夫人要睡觉了，赶快回去。

〔寒花应声下。

顾贞观 素秋，有句话我不能不说了！我想明天……

云　姬 （若有预感）回南方？

顾贞观 好聪明！（叹息）汉槎死了，我不想继续待在相府了！

云　姬 （望着莲花灯）不知为什么，我总觉得，吴兆骞还活着……

顾贞观 你心善，在安慰我哪！吴文柔告诉我的，尚阳堡那边来人带的凶信。

云　姬　听说尚阳堡和宁古塔相距还有千百里路呢！前些年，一个浙江人死了，你说的，有报表送到刑部备案；后来又有两个江苏人死了，也有报表。怎么吴兆骞死了，没有报表，徐大人是刑部尚书，也不知道……

顾贞观　（叹息）衙门办事从来虎头蛇尾！开头照章行事，越往后越稀松，渐渐地，宁古塔的流人被这个世界遗忘了！

云　姬　倒也是……

顾贞观　夜深了，你去睡吧！

云　姬　（不肯挪动）再陪你一会儿！

顾贞观　能陪一时，陪不了长久……

云　姬　为什么？

顾贞观　你是扬州瘦马，迟早要归主子……

云　姬　当初，安图到扬州相中了我，原说是给明中堂当小妾的。中堂大人怕老夫人知道，编瞎话，说是买了个唱戏的女孩子，补充家里的武陵班。老夫人耳目多，很快访知了细底，将计就计，把我要到她屋里去，当个大丫头……

顾贞观　（一笑）老夫人很有心计呀！

云　姬　敢情！要照安图的话说，老夫人打年轻时候就属花虎不拉、白屎壳郎……

顾贞观　你也学会了北京的嘎杂子话！怎么讲？

云　姬　花虎不拉、白屎壳郎——各色呗！

顾贞观　怎么各色了？

云　姬　当糖不甜，当醋还挺酸！

顾贞观　（笑）看来明中堂也不是无所畏惧……

云　姬　惧内！（笑着往顾贞观怀里一倒）

顾贞观 （猛然抱住，低声）素秋……（热吻）

〔云姬闭目受吻，顾贞观宽其衣，欣赏着，复自解衣，就草地上，颠鸾倒凤……

顾贞观 （忽然一激灵，放开云姬）马车声！明珠回来了！

云　姬 （谛听，摇头）鬼声！明珠坐轿子不坐马车！

顾贞观 （复抱云姬，忽愧赧，叹息）我……（低下头来）平时好好的，今天不知怎么啦……

云　姬 （悻悻地）没事的。（意兴阑珊）你到底怕官！（缓缓穿衣）

〔顾贞观羞惭无地，亦穿衣。

云　姬 回去吧！（无意间发现水边草丛里一枚棋子，再找，又一枚，惊呼）围棋子！这是吴兆骞的“青白双丸”！明中堂把它扔了？

顾贞观 （接过围棋子，愣然，半晌，语喃喃）吴汉槎打磨了整整三年！

〔一阵风起。远处香烟弥漫，河灯闪烁，如繁星，如萤火，更有一种缥缈清幽，仿佛世外景象。

〔收光。反复飘过老小孩的歌谣：“莲花灯，莲花灯，今日点了明日扔……”

〔升光。天蒙蒙亮。晨雾中，渌水阁旁，有人在练太极拳。

〔纳兰性德匆匆行来，忽停步鹄立，犹豫着不敢上前。

〔安图从树丛里闪身而出，迎面拦住。

〔有顷，练拳人收功，一转身，是纳兰明珠。

性　德 （请安）阿玛，我昨晚一夜没睡，思来想去，有几句话要对阿玛讲……

明　珠 不讲我也知道！为吴兆骞的事！

〔纳兰性德点点头。

明　珠　你魔障了！你心里除了吴兆骞，还有什么？有纳兰家族吗？有大清朝吗？

性　德　阿玛不要生气！（捡起漂到水边的一盏业已残破的莲花灯，复送走）请恕儿子直言，您没有伤害吴兆骞，可事实上，吴兆骞因您而死……

明　珠　（一怒）放肆！

安　图　（上前）小爷！怎么能对老爷这样说话？

性　德　（不予理会）那年，顾梁汾喝了三大碗酒，差点没死过去，您不会忘记吧？人生在世，最要紧一个信字，所谓一言立信，一诺千金，一言九鼎，一言既出、驷马难追，开弓没有回头箭！您要是救不了吴兆骞，当初就不该应允；您既然承诺，就应当尽力去做！可是您，轻诺寡信，自食其言，让吴兆骞把无望当作希望，在无休止的等待中耗尽了青春年华，更耗尽了不可复得的生命！

安　图　小爷！太过分了！

明　珠　（制止）让他把话都倒出来！

性　德　再说，赎金也早就凑齐了，徐宗师为赎金还卖掉了一幢别业！

安　图　九牛拔一毛！

明　珠　你放心，赎金早就入了国库了！

性　德　阿玛，您不觉得吴兆骞是因您而死吗？七月十五，鬼节，您就不能为吴兆骞作斋醮、烧法船，请僧寺作盂兰盆法会吗？

明　珠　说完了？为什么冬去春来没有使你变得聪明些？满腹诗书偏叫你脑袋瓜一盆糨糊！你怎么断定吴兆骞已经死了？

性　德　他妹子听尚阳堡来人说的。

明　珠　（冷笑）前几天，宁古塔的副都统送来了报文，那笔迹是吴兆骞的！

性　德　（大吃一惊）您……认得吴兆骞的笔迹？

明　珠　当然！他给我写过诗词，还有奏报皇上的奏章！

性　德　（愕然）真的？（既喜且忧）那您为什么不讲出真情？又为什么一拖再拖，拖了这么多年？

明　珠　（勃然大怒）你懂个屁！（一阵咳嗽）

安　图　（上前为明珠捶背）可别气出好歹……

明　珠　那叫平冤狱！平冤狱！懂吗？你当是吹糖人儿哪？

安　图　（打圆场）嘿嘿，小爷是个热心肠的人……

明　珠　热心肠，做蠢事！（对纳兰性德）你要真的好心，就直截了当告诉吴兆骞，还有顾贞观，叫他们死了那条心吧！

安　图　话都说白了，这辈子没戏了！

明　珠　安三儿，上朝！

安　图　喳！老爷，轿子早备好了！

〔安图引路，纳兰明珠大踏步走下。

〔纳兰性德木然呆立。

〔顾贞观由西厢房走出，云姬尾随着。

〔纳兰性德回头，与顾贞观相对无言。

性　德　你都听见了？

顾贞观　（点头）容若，想不到汉槎还在人世，我们应该高兴才是啊！

性　德　是呀！哦，还要赶紧告诉汉槎的妹子！

顾贞观　好的，我一会儿就去。（忽又黯然）可是，看来，汉槎此生怕是要老死宁古塔了！刚才，我在想，他不能入关，我就该出关去看他！

性　德　（不置可否，徘徊，停步，有所思，仿佛自语）山海关那儿，一座山岭，两个名字，出关的人叫它凄惶岭，入关的人叫它欢喜岭……

云　姬　请公子恳求老夫人恩准，素秋愿陪顾先生出关。

顾贞观　不，不，不能！

性　德　梁汾思友心切，素秋情至身随！事关重大，还得好好合计。

顾贞观　（点头）我也知道，相见宁古塔，并非上策，聊慰云树之思罢了！（掏出围棋子，给纳兰性德）容若，你看看这是什么？

性　德　（接过一看）围棋子呀！

顾贞观　这就是吴兆骞为中堂大人打磨了整整三年的青白双丸！

性　德　怎么回事？

顾贞观　昨晚上，在渌水阁旁边草丛里捡到的！

性　德　阿玛把它扔了……

顾贞观　说实在话，我对令尊已经不抱希望了！

性　德　这……（无语，复黯然）

顾贞观　（抱愧）请原谅我的莽撞……

云　姬　顾先生说话没遮拦。

性　德　梁汾没有说错……

〔寂静中隐隐传来“打冰盏儿”的脆响：“嘚儿——铮！嘚儿——铮！”有顷，继起叫卖绿豆水饭的吆喝：“水饭哪！豆我儿多啊！豆我儿多啊！败心火耶！绿豆儿水饭哪！要先尝啊，我的绿豆儿水饭哪！”宛若一曲抑扬顿挫的曼歌。

〔一阵鞭声马鸣，随之是笑语喧哗……

〔顾贞观和云姬避进西厢房。纳兰性德旁立着。

〔纳兰明珠走在前头，徐乾学随后，大臣甲、乙、丙、丁又随后，安图前后左右紧跑。众人走向渌水阁。

明　珠　（兴高采烈）容若，你也入席。

性　德　（颇感意外）又吃？（无奈地）是！（陪伴着徐乾学）

明　珠　（越发兴奋）落座，落座！今天是大喜日子，诸位都知道了，皇上平了西南三藩！天下大定，太平日子到了！（举杯）干！

〔众人齐作酒囊。

明　珠　（不无得意地）当初满朝文武都怕激反西南三藩，特别害怕激反那个吴三桂，唯独鄙人坚持撤掉吴三桂他们的藩王。好家伙！三藩果真反了，索额图索三一伙请求皇上杀掉我，好安抚三藩……

大臣甲　索三是面茶！

大臣乙　索三是浑蛋！

大臣丙　索三是面茶锅里煮寿桃——

大臣丁　他浑蛋出尖了！

明　珠　刚才皇上跟我说，老明呀，嘿嘿，皇上也管我叫老明，皇上说，老明呀，当初我要听了索三的话，你可就到了枉死城了！

徐乾学　（调侃）跟中堂大人的胡子一样，蒙不白之冤了！

〔众人大笑。

明　珠　今儿个得喝个痛快！

〔众人随声附和。

大臣乙　（酒劲上来）中堂大人还记得那年在这里喝酒，大人讲起神鹰海东青，以小制大，就像满人制服汉人……（眉飞色舞）

明　珠　（打断）哎！那是说的马背上得天下的年代，如今情势不同了！话说回来，大就是大，小就是小！汉人一百兆还多，满人一百万不到，满人混在汉人堆里，跟撒胡椒面儿似的，能显出什么来？也就闻个味儿！

大臣甲 中堂大人这番话，有新意，诸位得好好领悟！

明　珠 眼下满汉官员的位置摆得不对啊！满人权重，汉人六部九卿成了满人的文书了！说句糙话，满人咳嗽一声，汉人连个屁都不敢放！

大臣乙 屁，屁憋回去了！

大臣丙 （频频点头）还真是的！

大臣丁 唔，话糙理不糙！

明　珠 （对徐乾学）原一老兄，汉人里头也大有没出息的人，分明受挤对，还鹅争鸭斗，北方汉人排斥南方汉人。我中华本来是满汉一家、南北一家嘛！

徐乾学 是呀，是呀，明中堂说得对……

性　德 （低声对徐乾学）我阿玛今天这番话听着新鲜……

徐乾学 （狡黠一笑）刚刚从皇上那里趸来的！

〔纳兰性德一时愧赧。

大臣甲 中堂大人，卑职提议，为我大清朝满汉一家干杯！

明　珠 好，好！

〔众人干杯。

明　珠 你们不知道，皇上为了满汉一家，费了多少心血！就说前不久科考那码事吧！皇上把参加会试的一百四十二人集中在体仁阁，先设宴招待，再分发试卷，跟着，全部入了翰林院。当时，有的人不肯进京，朝廷没有勉强；有的人虽然进京，不肯赴试，朝廷依然授予职衔，任凭归隐；还有的人进京了，也殿试了，却故意写错诗韵，不把文章写完，朝廷还是给了他官职……你们说皇上容易吗？皇上跟我说，老明，我受气呀，可我是为大清朝的江山社稷受气啊！瞧瞧皇上，动心忍性呀！

〔众人听罢，唏嘘不已。

性　德　（长叹一声）吴兆骞也是没有写完，怎么就四十大板流放宁古塔呢？

明　珠　（行至性德跟前，见性德颇惶惑，微微一笑）问得好！（高声）安三儿！

安　图　（应声）喳！

明　珠　有请顾先生！

安　图　喳！（行至西厢房前，躬身）有请顾先生！

〔顾贞观自西厢房出，缓缓行去。

顾贞观　（行汉礼，漠然）中堂大人！

明　珠　（严肃地）我跟顾先生通报一声，鄙人已经豁出去一品爵禄、双眼花翎，启奏皇上，放归吴兆骞！

顾贞观　（不愿相信）放归吴兆骞……

〔一座震惊，顿时无语。

顾贞观　（冷然）但愿中堂大人不是戏言！

〔满座屏声静息。

明　珠　（自斟三杯酒，饮尽）武英殿大学士纳兰明珠为满汉和好，擢拔英才，指天发誓，绝塞生还吴兆骞！倘若食言，有如此杯！（掷杯于地，嘭的一声，酒杯粉碎）

顾贞观　（大感动）中堂大人在上！请受布衣顾贞观三拜！（庄严地行满礼，三度跪拜）

明　珠　（受拜之际）顾先生，一拜足矣！何必再而三？

顾贞观　一拜是顾贞观感谢中堂大人，再拜是替吴汉槎感谢中堂大人，三拜是为天下读书人感谢中堂大人爱才惜才的博大胸怀！

性　德　（含泪）阿玛！

〔一座无不动情，唯独徐乾学漠然旁顾。

〔收光。

〔琴声悠扬。

〔云姬的歌声响起："兄生辛未吾丁丑。共些时，冰霜摧折，早衰蒲柳。词赋从今须少作，留取心魂相守……"

〔升光。

〔一二月后。已是仲秋景色。

〔内声，略带关东口音："吴兆骞回来了！吴兆骞回来了！吴兆骞回来了！"

〔西厢房内，顾贞观面对"顾梁汾为吴汉槎屈膝处"的木牌，点燃三炷高香，插在小香炉内，复跪地默祷……

〔云姬摆弄着顾贞观旧日的长袍。

〔寒花飞跑进屋。

寒　花　顾先生，大公子和徐大人陪着吴先生，快到渌水阁了！

顾贞观　我这就去！

〔云姬为顾贞观更衣、照镜子。

〔内声："徐乾学徐大人到！"

〔徐乾学、纳兰性德和文士甲乙陪着吴兆骞上。

〔吴兆骞身穿一套簇新的却又不大合体的长袍马褂，头发灰白，肩背微驼，未满五十，看上去却像是年逾花甲，仔细观察，形容举止略显猥琐，眼神里分明有一种迷茫与惶惑，时不时，流露出兔子般的怯弱、麋鹿般的警觉，还有狐狸般的狡猾、豺狼般的贪婪……

〔顾贞观急急出屋。

顾贞观　徐大人！（寻找）汉槎呢？

徐乾学　（一指）这不是汉槎吗？

顾贞观　（奔上前去，激动地）汉槎！

吴兆骞　（下意识立定，高调门应声）到！

〔众人一愣，随后友善地笑了。

徐乾学　汉槎在宁古塔，养成习惯了！

吴兆骞　（傻笑着）嗯哪！（一口颇为浓重的关外口音，尽管还不纯正）每天点名应卯，都得（音děi）大嗓门可劲儿地喊，（歉意）嘿嘿，喊惯咧！

性　德　汉槎兄，你猜他是谁？（把顾贞观一推）

吴兆骞　我瞜瞜！（辨认，摇头）瞅着眼生！

文士甲　他是梁汾，顾梁汾！

文士乙　顾贞观！

吴兆骞　拉倒吧，你可真能白话！顾贞观比我小六七岁呢，瞧他这脑门儿，都拔顶了！

顾贞观　汉槎，我是顾贞观呀！

吴兆骞　真的？不蒙我？哎哟我的妈爷子，咋整的？你也老了！（忽然想起什么）哦，对了，你也得受我一拜！

（说罢便要行满人跪礼）

顾贞观　（急忙拉住）不可，不可！

徐乾学　（上前）哎！几十年的朋友见面，俗礼免了吧！

性　德　是呀！

吴兆骞　哎，是是是……（诺诺连声）

徐乾学　（边走边说）今日乾学假座渌水阁，为汉槎接风洗尘，文友雅集，清茶一杯！可以效法柏梁台联句，可以效法兰亭曲水流觞，也可以玩玩诗钟，或者嵌字、回文、连环、离合！诸位意下如何？

众　人　大宗师高见！任凭大宗师！

徐乾学　哎，你们先看看，这个匾额就是容若的大作——“河汉之皋”！

性　德　愧煞学生了！

〔众人观看渌水阁的匾额。

吴兆骞　（忽来情绪，摇头晃脑）河汉者，天河也！皋者，近水高地也！秋水八月，当有乘槎人来也！

〔众人又友善地笑了。顾贞观则一愣，似乎想起什么。

〔内声：“中堂大人到！”

〔众人闻声鹄立一旁。

〔安图引纳兰明珠上来。

明　珠　（一派礼贤下士的劲头）哪一位是吴兆骞？

吴兆骞　（急忙出列）奴才在！（跪拜）

明　珠　（笑）不必了！这不是公堂，是私宅！

徐乾学　汉槎礼多哟！

吴兆骞　（傻笑）闹不清咋整的，我这波罗盖儿有点往下坠，像是没筋骨囊……

明　珠　吴先生，随便些吧！

吴兆骞　（受宠若惊）不敢，不敢。中堂大人，您就叫我贱名，吴兆骞！

明　珠　呃……（不置可否地一笑）你看，这自怡园风景如何？（行至水边）

吴兆骞　（马上应声）美，美呀！（跟着来到水边，赞颂地）陂陀蜿蜒，芰荷盛开，丹楼碧山，耸出水际，唐代曲江池不过如此，真是人间宰相府，天上神仙居！（不住地点头）这般洞天福地，也只有中堂大人住得，命大福大造化大！换了别人，往轻里说，也得折寿二十年！（胁肩谄笑）他命里没有不是？

〔纳兰明珠开怀大笑，众人附和着，唯顾贞观和纳兰性德笑不起来。

〔吴兆骞忽然发现纳兰明珠的长袍上带着好些苍耳草籽，先是弯腰曲背去摘，继而蹲下，最后竟跪在地上，趴下，一根一根地摘，形状十分猥琐。

〔顾贞观看着，浑身不自在，背过身去。纳兰性德也看不过去。

明　珠　（喊）安三儿！（示意替换吴兆骞）

安　图　我来摘吧！

吴兆骞　不妨事！快摘完了！哦，干净了！（站起，手搓着草籽）中堂大人，这草籽在宁古塔那嘎瘩，野地里，邪多！老乡给起了个土名，叫骚娘们……

明　珠　（一愣）骚娘们？（兴趣地）哦？荤的！

吴兆骞　（认真地解释）咋就叫骚娘们呢？就因为它逢人随人，遇牲口随牲口，逮谁沾谁！其实，它是靠这招存活下来传宗接代的。这玩意儿本来有大名的，叫苍耳，《诗经》里叫卷耳。（背诵起来）“采采卷耳，不盈顷筐。嗟我怀人，寘彼周行……”

徐乾学　（忽然技痒，炫耀）《本草》叫菜耳，《尔雅》叫苓耳，《楚辞》叫葹，巴蜀人叫羊负来，一年生草本，春夏开花。苍耳籽可以榨油，苍子油，可以入药，虽无大效，能治疥癣。宋人诗云：“秋夜苍苍秋日黄，黄蒿满田苍耳长。”说的就是这个苍耳！

吴兆骞　（立时鸡啄米似的，一个劲点头）徐大人一代宗师，道德文章冠绝古今，名不虚传！光是徐大师考据这门学问，吴兆骞再活三辈子也学不来个皮毛！

〔顾贞观忽然有些晕眩，摇摇晃晃。

性　德　梁汾，你怎么啦？

顾贞观　我有些不舒服，我到西屋歇一会儿，再去渌水阁喝茶。

性　德　也好。

〔顾贞观悄悄退入西厢房。

〔一行人步入渌水阁。收光。

〔西厢房内。升光。云姬与寒花正在玩九连环，见顾贞观步入，颇觉怪异。

云　姬　怎么回来了？

顾贞观　我有些头晕，心也像是一下子没了似的！

云　姬　（摸顾贞观额头）不热呀！这样的盛会，你盼了多少年！还是去吧！实在撑不住再回来，反正从渌水阁到西厢房，也没几步远……

顾贞观　是没几步远，可我觉着好像是两重天！（强打精神）好吧，我去！（出屋）

〔西厢房收光。

〔渌水阁升光。人声嘈嘈。

〔顾贞观向渌水阁行去。

吴兆骞　……公子，您是兆骞的大恩人！要是没有公子鼎力，兆骞这点事就不能上达中堂大人，就不能上达天聪，也就没有今日的放归！请公子在上，受兆骞再次拜谢！（欲跪拜）

性　德　不不！汉槎兄，你最该拜谢的不是我，也不是在座诸位……

吴兆骞 （茫昧的样子）那还能有谁？

性　德 你最该拜谢的是顾梁汾！

〔顾贞观听到自己的名字，一时不便入内，只好伫立阁外。

吴兆骞 顾梁汾……

性　德 难道你忘了他寄给你的两首《金缕曲》？

吴兆骞 哦！记得的，记得的……（搜寻记忆）那两首词写得蛮好！金石肝胆，慷慨悲歌，放在豪放派大家苏辛的词集里，也是上乘之作；而且，以词代信，结构上精巧新奇，不敢说天地悠悠，后无来者，可确实是前无古人啊！

性　德 （颇不满意）难道你只赏识他的文才？不是人品？

吴兆骞 （颇尴尬）呃，人也不大离儿，蛮好的……

性　德 顾梁汾所以到此地设馆课徒，当个教书先生，完全是为了你啊！

吴兆骞 （信疑参半）哦？是吗？（有顷）我想着，此地是宰相府，宰相家人七品官，顾梁汾熬的年头多了，中堂大人不会亏待他的，怕也会给他一官半职吧？兴许是个闲官……这比打秋风可是强得多咧！我瞅着，顾梁汾这些年不吃亏……

性　德 （勃然色变）你！（站起）

吴兆骞 （慌张）公子，我说错了？（狼狈地低头垂手，等着挨训）

徐乾学 （把纳兰性德按坐下）来！喝茶！（转移话题）中堂大人，这茶是武夷山的吧？

明　珠 这茶的学问数你大！

〔一阵苦涩的笑声。

〔渌水阁收光。

〔顾贞观感到空前的失落，浑身乏力，缓缓走向西厢房。

顾贞观　（喃喃自语）这个人是吴汉槎吗？（无力地倚在门旁）

〔云姬和寒花出屋。

云　姬　你还是不舒服……（与寒花一起扶顾贞观进屋）

顾贞观　素秋！还是你说得对！

云　姬　我说什么啦？

顾贞观　你说过一句话，奴才眼里无英雄！

云　姬　（心明如镜）明白了，吴兆骞已经变了一个人？

顾贞观　（点头，仰天长叹）东去水，无复向西流！（黯然泪下）

云　姬　你想想，宁古塔是个什么地方，黄金都要长锈！吴兆骞他要活着呀！

顾贞观　是呀，他要活着，要活着……

云　姬　能活着回来，就算是赢了……

顾贞观　是呀，世间万物谁个不为活着？蜘蛛结网，蚯蚓松土，为了活着；缸里金鱼摆尾，架上鹦鹉学舌，为了活着；密匝匝蚂蚁搬家，乱纷纷苍蝇争血，也是为了活着；满世界蜂忙蝶乱，牛奔马走，狗跳鸡飞，哪一样不为活着？（忽然变色）可人生在世，只是为了活着？人，万物之灵长，亿万斯年修炼的形骸，天地间无与伦比的精魂，只是为了活着？（惨笑）读书人悬梁刺股、凿壁囊萤、博古通今、学究天人，只是为了活着？（冷笑，走到“顾梁汾为吴汉槎屈膝处”的木牌前）活着，活着，顾贞观为吴汉槎屈膝……为了活着？（复狂笑）顾贞观，愚蠢哪！（猛然拔起木牌，往地上一掼，木牌折为两截，自己却因用力过猛而踉跄了几步）

云　姬　（害怕起来）你不要这样……（上前搀扶顾贞观）

顾贞观　（甩开云姬）我的事，不要你管。（脱下新衣）我真羡慕那扑

火的飞蛾，就是死了，也活得个辉煌！（换上旧服）

云　姬　（一惊）你不要走！你不要走！（情急泪下）

寒　花　（牵衣）顾先生，您别走，您别走，我给您买酸梅汤！

顾贞观　（平静下来，抚摸着寒花的头）我不走，我只是想出去散散心！

寒　花　真的？别蒙我们！

〔顾贞观点点头。

寒　花　拉钩！（用小指头去钩顾贞观的小指头）拉钩上吊，一百年不许变！（放心地笑了）

顾贞观　我走了！（临出门，又看了云姬和寒花一眼，悄悄行去）

〔云姬和寒花目送着。

〔有顷，纳兰性德引吴兆骞走来。

〔云姬与寒花请安而后侧立。

〔纳兰性德引吴兆骞步入西厢房。

性　德　（见一室狼藉，急问）梁汾呢？

云　姬　刚刚出去，散散心。

〔寒花把两截木牌重新拼好，放归原位，又把倒了的香炉扶正，高香尚未燃尽。

性　德　你自己看看吧！

吴兆骞　（猫着腰应声）哎哎！

性　德　先看墙上的字！

吴兆骞　（念）偷生！

性　德　再看木牌上的！

吴兆骞　（念）顾梁汾为吴汉槎屈膝处……（木然的脸上现出痛悔的神情）

性　德　还要看看地上！

〔吴兆骞四顾茫然。

性　德　这地上有两个坑！

吴兆骞　是有两个坑……

性　德　顾梁汾忍辱负重，屈膝偷生！他每天在这里焚香跪拜，为你祈祷！天长日久，这地面上都跪出两个坑来……（哽咽）

吴兆骞　（天良复萌，猛然大恸）梁汾！我错了！我对不住你呀！

性　德　（嘲讽地）你，吴兆骞，你的波罗盖儿没筋骨囊，你行我们满人的跪礼早已经很习惯了！顾梁汾呢，他跟你不一样，男儿膝下有黄金，他没有下跪的喜好！

吴兆骞　（痛哭流涕）梁汾！我对不住你呀！梁汾！我不是人！我是畜生！（自己掌嘴）

性　德　（忽又看着可怜）汉槎，不要这样，不要这样！（说着自己也哽咽落泪）

吴兆骞　（停了掌嘴）公子！这些年来，吴兆骞在宁古塔，埋汰呀！（低声）为了多吃半碗高粱米粥，我可以告发同伙……（黯然）

性　德　（震惊，复慨叹）我为江左凤凰可惜呀！

吴兆骞　在宁古塔的时候，我总在想，每个人都有两颗心，一颗叫主子，一颗叫奴才，平常时候是不用取舍的，到了肯节儿时候，不选择不行了！咋办？（停顿）我真希望自己能长出一颗新的心，不是主子，也不是奴才……

性　德　那是什么？

〔云姬献茶。纳兰性德默默地喝着茶。

吴兆骞　（摇摇头）不知道。（推开茶碗，站起）我这就走！

性　德　哪儿去？

吴兆骞　我找顾梁汾去，我要当面请罪！（出屋，走下）

〔冥冥中传来顾贞观的声音："……问人生、到此凄凉否？千万恨，从君剖……"

〔纳兰性德谛听着……

尾　声

〔某日下午。

〔北京东直门内杏花天茶馆。

〔舞台样式同第一幕。

〔悠悠的，马蹄声、鞭声、行车声、流水声、划桨声飘过；隐隐的，八角鼓、什不闲或莲花落小曲飘来，依稀听到一句，嘶哑苍凉："老天何苦困英雄……"

〔秋凉中的杏花天多了几许肃杀，远处岸边的芦荻槐柳泛黄了，小船也似乎少了些许。斜对过不远处，"醉桃源"仍在，依然是红色布二三尺许垂于门端，旧了，依然是门灯高挂，大书"鸿禧"二赤字，破了。

〔杏花天生意清淡，依旧摆开四张桌子，却只有一位茶客，那是正欲南归、偶然驻足的顾贞观。

〔女老板杏花儿早没了从前那一丁点水灵劲儿，此刻，她正和顾贞观闲聊。

杏花儿　（看着顾贞观的雨伞）这位先生，要去南边？

顾贞观 回老家。

杏花儿 哦！看先生这做派，像南边人。先生贵乡宝地……

顾贞观 江南无锡。

杏花儿 好地方！（眼尖见客来，急上前）您请坐！

〔一个女人头戴围巾，自外走来，她是吴文柔。

吴文柔 （怯生生）我能买碗茶吗？

杏花儿 瞧您说的！巴不得呢！

顾贞观 （耳熟，一看）是……吴家小妹！

吴文柔 （惊喜）三哥！呀，相府的人说你失踪了……

顾贞观 （微微一笑，看着对方）你这是……

吴文柔 （摘下围巾，叹息）随丈夫回常州。

顾贞观 杨典籍老家有事？

吴文柔 （复叹息）革职还乡。

顾贞观 （一惊）怎么回事？

吴文柔 这还是万幸的……

顾贞观 犯事了？杨典籍这样的老实人……

吴文柔 唉！前些日子皇太后驾崩，我丈夫糊里糊涂，在前门外剃了个头……

杏花儿 （边冲茶边插话）得！犯了国丧！

吴文柔 判了杀头罪……

顾贞观 （噌一下站起）岂有此理！

吴文柔 三哥别着急。后来央人求情，改判流放尚阳堡。还没启程，惊动了皇上，皇上说，算了，杨典籍是个书呆子，让他回老家得了！

杏花儿 皇上放了一马！嘿！没影儿的事！瘸子屁眼儿——邪（斜）

门儿！

顾贞观 （忽然想起）哦，你哥哥，汉槎……他，没来送行？

吴文柔 （半晌无语，戴好围巾，付还铜钱，端起冲好的茶，走了几步，而后回头，一脸漠然）我们没告诉他！

（复低头行去）

顾贞观 （猛然大喝）你回来！

〔吴文柔猛然止步，愕然回望。

顾贞观 你鄙视你的胞兄？（沉痛地）他是变了，变得谁都鄙视！可是，（高声）你不能！

吴文柔 我不能？（有顷，针锋相对）你是他的知己，你不是也离开纳兰相府了吗？京城人传说，顾贞观和吴兆骞割席绝交了！

顾贞观 （摇摇头）没有绝交，只是分手。

吴文柔 因为鄙视，所以分手！

顾贞观 （叹息）其实你我都没有资格鄙视他，因为你我都没有去过宁古塔。

吴文柔 （沉默良久）三哥，我先走了。（低头走下）

〔一阵喧闹声。佟大和钮二、德甲和那乙结伴而来。

杏花儿 （赶紧上前招呼）几位爷，可有日子没来小店了！

德　甲 杏花儿，我们都老了，你也没那水灵劲儿了！

杏花儿 还水灵呢？老帮子了！

〔四位爷落座。

佟　大 （看着顾贞观）这位爷有些眼熟，敢问……

顾贞观 （也看着眼熟）姓顾……

佟　大 顾梁汾顾先生！哎呀幸会！

众　人 顾先生，您老好哇！

佟　大　顾先生，有骨头的人！哦，这是，（一一介绍）钮爷，德爷，那爷……

钮　二　（介绍）佟爷！

顾贞观　好多年了！幸会，幸会！

佟　大　可不是幸会吗？命大呀！（自嘲）佟大佟大，阎王都怕！

钮　二　顾先生您不知道，就是那年，我们在这儿说了几句对皇上不恭敬的话，佟爷和我都给判了罪，关在牢里，还真有些年头！俸银禄米也给削(音xiāo)了！

顾贞观　怎么？对旗人也……

佟　大　还好，要是汉人，嘿，便宜你……也得尚阳堡、宁古塔！

德　甲　（猛然触动）哎，说起宁古塔，我倒想起当年那个吴兆骞，听说今非昔比了！

那　乙　屎壳郎变知了，一步登天！

佟　大　顾先生，您和吴兆骞的事儿，京城里有传闻，都夸先生是好样的！

钮　二　听说那吴兆骞简直就是个马屁精！

德　甲　那是对上头！遇着平头百姓，他狐假虎威，谱儿大着呢！那三孙子，整个儿势利小人！

佟　大　您说像吴兆骞这等文人，怎么跟“醉桃源”那帮窑姐儿似的？

〔众人望着斜对过，乐了。

佟　大　窑姐儿卖肉，文人卖心；窑姐儿巴结，文人奉承；窑姐儿无情，文人无行！

德　甲　还都少不了一个钱字！

钮　二　呃呃，也有不一样！

德　甲　啥不一样？

〔老小孩悄然行来，他同样老了。

老小孩 （忽然上前）哎，哎！不一样，就是不一样！（数板）打竹板，响连天，在下凑热闹，爷们听我言！一个是明码标价，一个是道貌岸然；一个盼着金盆洗手，一个惦着年年升官；一个人老珠黄不中用，一个越是古董越值钱！因此上，不一样，女是女来男是男！一个卖肉有个够，一个卖心没个完，没个完！

钮　二 老小子，把我的话全给刨了！

〔众人哄然大笑。

顾贞观 各位未必熟知吴兆骞！沧海桑田，世事难料，那层出不穷、花样翻新的谄媚、倾轧、猥琐、骄狂，既自轻自贱，又趾高气扬，岂止一个两个文人！说实在话，宁古塔是个摧毁志气的地方，是个剥夺廉耻的地方，宁古塔把人变成牛羊，变成鹰犬！如果你我都在宁古塔，谁能保证自己不是畜生？

〔众人一时无语。三声锣响。内声："关城门啰！"

〔顾贞观付钱，拿起雨伞，对众人点一点头，悄然走去。

佟　大 是不是我们把吴兆骞说得忒（音tuī）寒碜了？

〔安图与吴兆骞进来。

安　图 掌柜的，刚才有没有一位先生，四十出头，带把伞，南边口音……

杏花儿 江南无锡人？

吴兆骞 对对！

杏花儿 刚出城。

〔吴兆骞拔腿欲走。

安　图 （一把拉住）关城门了！

〔吴兆骞乖乖地站着。

〔几位茶客在低声议论。

佟　大　（猜测）这人像是安总管，那人是吴兆骞吧？

钮　二　佟爷，咱们那案子准是这奴才干的好事！

佟　大　可咱们无凭无据，也惹不起人家。

钮　爷　说也是！

佟　大　（上前）你们在找顾贞观？

安　图　没错！

佟　大　这位想必是吴兆骞吴先生？

吴兆骞　（很有身份地点点头）不错！

佟　大　（蓄意发问）还记得当年就是从这儿出城到宁古塔的吗？

吴兆骞　（在记忆中钩沉）你是……

佟　大　当年的茶客。

钮　二　佟爷！

〔安图亦打开记忆，端详着眼前几位，没有言语。

〔杏花儿和老小孩也很感意外，一旁嘀咕着。

佟　大　敢问吴先生在明中堂府里效力……

吴兆骞　（打着官腔）眼下嘛，设馆教书，往后呢……

佟　大　相爷没给先生谋个闲官？

吴兆骞　（看着安图）这……

安　图　（肯定地）这官是一定要给的！

〔这话一出口，吴兆骞立时神气起来，众位爷却顿时改了神态，变得稔熟而亲切。

德　甲　（试探）不知去哪个部？

安　图　（一笑）还没定准呢！

那　乙　（迎合地）听说过“富贵威武贫贱”六字口诀吗？

〔吴兆骞不屑地摇摇头。

那　乙　户部富，吏部贵，刑部威，兵部武，礼部贫，工部贱，合起来叫“富贵不能淫，威武不能屈，贫贱不能移”！

德　甲　（出主意）我看是户部好！

那　乙　我看是刑部强！

钮　二　我看中吏部！

佟　大　礼部也凑合！

吴兆骞　（浑身舒服）成，成，都挺打腰的……

〔一声马嘶。徐乾学与文士甲走来。

〔杏花儿又笑脸相迎。

文士甲　不要茶，要酒！

安、吴　（发现徐乾学，惊讶）徐大人，您怎么……

徐乾学　（略不加意）哦，路过，有点儿饿了！

〔文士甲打开刚刚零买的羊头肉、羊腱子。

徐乾学　汉槎，来，尝尝！

〔吴兆骞诺诺连声，坐下，略尝些许。

安　图　（凑了过来，却站着）徐大人，恭喜大人高升左都御史……

〔吴兆骞一听，颇吃惊，急起，欲行礼……

徐乾学　（按住吴兆骞，复对安图）相府总管，消息快呀！哎，你也尝尝。

安　图　那多不合适！（依然站着，却举箸夹肉，凑趣地）听我家老爷说过，这玩意儿味道最美；又说是古人造字，从羊字旁的都是好东西，美呀，善呀，祥呀……

徐乾学　（冷冷地）也未见得吧？劣等叫差，也从羊；疾病叫恙，别来无恙的恙，也从羊；羞耻的羞，寒碜，也从羊；先头说的差字，又读差（音chāi），当差的差，差役，有什么美的？当然，给明中堂当差，那是美差！（斜睨安图）

〔安图颇尴尬。

吴兆骞 （满脸堆笑）徐大宗师咳唾珠玉，考据大家，轻轻一嘘，就是半部《说文》！论起学问，唐宋以来，只有一人可以比肩……

徐乾学 （颇有兴趣）哪一位？

吴兆骞 （一脸虔诚）理学大师朱熹朱夫子！

徐乾学 （笑）汉槎，你这一说，我倒想起一桩怪事。当年我第一次到庐山，游白鹿洞书院，朱熹朱夫子讲学的地方，一进门，就有异样的感觉，唔？这地方我来过！

吴兆骞 哦！可真奇怪哎！有夙缘？

徐乾学 嗯！那样熟悉！我一一指出曲径、回廊、山水走势，无不应验！这时候，我耳边响起一个声音："晦庵先生，别来无恙！"我四下一看，没人啊！晦庵，不是朱熹的别号吗？我忽然明白了，我是朱熹转世！

吴兆骞 （一拍大腿）对呀！徐大宗师前世是朱熹朱夫子！（一揖到底）子朱子！

安　图 （讨好）徐……朱夫子，子朱子，您一定未卜先知！

徐乾学 （挑逗）怎么？你想算命？问个前程？

安　图 （点头哈腰）请大人指点！

徐乾学 （沉吟，有意作弄）你写个字吧！

安　图 （自语）写什么呢？（看见杏花儿来回走动，写了个"女"字）

徐乾学 （一看）一个"女"字……（猛然拍案）大凶！大凶！

安　图 （大惊）大人！

徐乾学　“女”，“安”字无头！你要掉脑袋了！

安　图　（木然）咋办？

徐乾学　先回莲花泡子躲起来！立马回去！

〔安图浑浑噩噩走了。

徐乾学　白云苍狗，陵迁谷变！狩猎的人掉进自家布下的罗网，明珠让他的同党给参了！

吴兆骞　（大惊失色）啊？因、因……什么？

〔众茶客都竖起耳朵，连杏花儿和老小孩也不闲聊了。

徐乾学　弹劾明珠八大罪状！其中有一条，还和你有关呢……

吴兆骞　（吓得脸白腿软）我，我，我……（一下子出溜地上）

〔文士甲把吴兆骞扶起。

徐乾学　明珠把你放归的赎金，当初几十家捐集的赎金，上万两白花花的银子，一口吞了！

吴兆骞　（喃喃低声）他说入了国库……

徐乾学　皇上震怒呀！说明珠靠讲情邀买人心，巧取贿赂，大奸似忠，祸国殃民，当场就把他的武英殿大学士给免了！嘿，横财惹祸啊！

吴兆骞　（冷汗淋漓，下跪）大，大人，您拉兆骞一把，您有力量……

徐乾学　知道真情就有力量。起来！你是回莲花泡子，还是跟我回南城？

吴兆骞　奴才跟大人回南城！（站起，卑微地）哦，大人老家昆山，奴才老家吴江，两地相距不过百十里……

徐乾学　（悲悯）毕竟是江南同乡！走吧！（走出杏花天）

吴兆骞　（躬身侧立）是，是，是……（尾随徐乾学和文士甲而行）

徐乾学　（忽停步，愣神）听！什么声音？

〔隐隐的琴声。

〔纳兰性德之声："古往今来，普天下只有三篇真文字！汉朝李陵《与苏武诗》，晋代向秀《思旧赋》，当今顾贞观《金缕曲》！"

〔云姬的歌声："……词赋从今须少作，留取心魂相守……"

吴兆骞 （茫然）没有呀！哦，是水流声，划桨声……

徐乾学 （谛听）不像……

〔天幕上，顾贞观飘然前行。一束白光追逐着顾贞观。

——剧终

1999年1月25日初稿于六部口

2003年3月27日改订于双锦园

(北京人民艺术剧院于2009年首演)

晋　剧

傅山进京

郑怀兴

时　间：清初。

地　点：阳曲、北京。

人　物：

傅　山——明末清初学者，字青主，时年七十三岁。

玄　烨——康熙皇帝，时年二十五岁。

冯　溥——清朝文华殿大学士，号易斋，时年七十岁。

张静君——傅山之妻，以幽灵的形态出现，她逝世时才二十多岁。

傅莲苏——傅山之孙，时年十七八岁。

长　老——北京崇文门外圆觉寺住持。

戴梦熊——阳曲县令。

朱　二——绰号疤二狗，阳曲无赖。

庞慈郎、庞妻、道员（按察司分巡道）、老太监、男女乡亲、众官员、众太监、众御林军、众衙役、两位轿夫，以及只闻其声，不见其人的太皇太后。

〔土屋、柴扉、小院。院落里有个葫芦瓜架，架下摆着一张桌子和两三只小方凳。

〔道员与戴梦熊由几个衙役引上。

〔衙役甲、乙、丙分头上。

衙役甲 禀太爷，傅山不在松庄。

戴梦熊 不在松庄？

衙役乙 禀太爷，傅山不在青羊庵？

戴梦熊 不在青羊庵？

衙役丙 太爷，傅山他也不在卫生堂。

戴梦熊 也不在卫生堂？唉！

（唱）傅山博学负盛名，
朝廷征召催不停。
他偏称病不从命，
上司怪罪我无能。
此番不能再迁就，
死活都要抬进京！

唉！不在这儿，也不在那儿，他躲到哪里去了？

〔朱二气喘吁吁跑上。

朱　二 太……太爷！

戴梦熊 朱二，你小子来干什么？

朱　二　太爷，我找到傅山了！

戴梦熊　你找到傅山了，他在哪里？

朱　二　在双塔寺看戏。

戴梦熊　啊，他还有闲心看戏？谢天谢地！

衙　役　太爷，我们到戏棚下把他抓——

戴梦熊　且慢！百姓正在看戏，不要前往惊扰。朱二，戏快散了吗？

朱　二　快散了，快散了。

衙役甲　（忽有所见）哎，有一群人翻过红土沟，朝这边走来了！

朱　二　（指着前面）那个穿道袍的老头就是傅山！

戴梦熊　哈哈哈，傅青主果然看戏回来了。

朱　二　（拉住戴梦熊）太爷，刚才是小的找到傅青主，求太爷——

戴梦熊　（厌恶地）少时自会赏你。

朱　二　谢太爷。不过小的还想求太爷，抓到傅青主之后，恩准小的拿一两张字画！

戴梦熊　放屁。你个巴儿狗，雁过要拔毛。你想得美！总督大人向他求字画都三年了，八字还没见一撇呢！傅青主字画，一幅千金呀。

〔傅山内声："姚大哥，叨扰了！"

戴梦熊　快，且到一边等候他。（与道员一起率众衙役下）

朱　二　嘻嘻嘻，只等傅山一抓走，朱二抢先就下手！　（躲到一边去）

〔傅山内唱：

　　转眼过了红土沟，

〔傅山拿个酒葫芦，由傅莲苏引上，庞茂郎等一群乡亲随上。

傅　山　（唱）一直朝着松庄走。

今日里姚大哥请去看戏，
板凳上坐着几个村老头。
听甚么飞龙闹勾栏，
消遣时光倒也忘了忧！
他割了二斤肉，
炖肉烧饼加馒头。
我喝了三盅汾清酒，
吃了半碗大锅粥。

傅莲苏 爷爷你慢点走。

傅　山 （唱）数月来装病避征召，

连儿孙也认乃翁真衰朽。
风声渐息方露面，
天高云淡好个秋。（欲往家里走去）

朱　一 （从角落里钻出来）傅青主，皇帝请你进京，你却不肯去，真是个书呆子！太爷在此等你好久了！

〔戴梦熊与道员、众衙役上，群众被衙役们驱散下。

戴梦熊 哈哈哈，傅老先生！

朱　二 太爷！

〔向戴梦熊讨赏，戴梦熊赏给他几枚铜钱，下。

戴梦熊 欣闻先生已康复，晚生特地来贺喜！

傅　山 贫道年过古稀，犹如风前残烛，明灭不定，再亮也挨不了几时！

道　员 先生，按司替你请辞之奏折已被皇上批驳下来了！

傅　山 啊！

戴梦熊 皇上严令各省督、抚，把被荐者作速起送来京。

道　员　按司今日又下急令——

戴梦熊　不立即送先生入京，就要把晚生就地免职！（众人闻言一愣）

傅　山　啊，贫道不入京，要免你的职？

戴梦熊　晚生免职，还是小事，朝廷拿你以叛逆论罪，还要株连先生一家呀！

傅　山　（唱）召唤不成便加罪，

对待士人甚蛮横。

昔日屠城毁文教，

如今尊儒岂是真？

我何甘俯首听命，

却不能害家人也莫累县令失前程！

且往故都寻旧梦，

了却残生目可瞑。

戴梦熊　先生答应了吧。

傅　山　知属仁人不自由，病躯岂敢少淹留！

戴梦熊　先生答应了？先生，晚生奉命差遣，万望先生见谅。（忽然向傅山跪下）

傅　山　起来，快起来。傅山一生不怕杀，就怕跪。也罢，事到如今，贫道就舍去老命赴京城吧！

傅莲苏　爷爷！（庞莨郎夫妻、朱二及男女乡亲上）到北京跋山涉水，你怎么走得动呀！

群　众　是啊，你怎么走得动呀！

戴梦熊　先生请放心。晚生已备篮舆一顶，专送先生到北京！

〔两个轿夫抬着轿子上。

众清兵　请先生上轿！

傅　山　生既须笃挚，死亦要精神。诸位乡亲，傅某拜别了！

众乡亲　傅大爷，一路平安，早去早回。

傅　山　多谢诸位！

傅莲苏　爷爷。

傅　山　（发现乡亲们在拭泪）啊，大家莫要哭，莫要哭！

老大娘　傅大哥，你走了，俺要是旧病复发，找谁看呀！

傅　山　大妹子你这是病后虚弱，每天做一碗“头脑”吃，补补身体，就好了！

老头子　先生创制的“头脑”真好，俺每天吃一碗，如今耳聪目明手脚健！

庞荩郎　傅大爷，俺家为你做了双鞋。

庞　妻　俺针线不好，大爷莫嫌弃！

庞荩郎　刚好给你送行！（奉上一双布鞋）

傅　山　（接过布鞋，唱）

手捧布鞋心头暖，

故乡热土风俗淳！

孙儿！

文房四宝快端上，

临行作画慰乡亲！

傅莲苏　哎！

（进内捧文房四宝出来，摆于桌上，并研墨）

傅　山　荩郎，你想要画什么？

庞荩郎　大爷要送画给小的？

傅　山　礼尚往来，你送我布鞋，我也该回送你一幅字画吧！

庞荩郎　多谢大爷！多谢大爷！（问其妻）老婆，你说说，画什么好？

庞　妻　听说大爷画的东西都会显灵。

庞荩郎　都会显灵？

朱　二　画个财神送元宝。

庞荩郎　大爷，小的求你画头牛，以后显灵好耕地！

傅　山　画牛？好，我就给你画头牛！

（唱）泼墨挥毫画头牛，

牛比老汉要自由。

拉犁翻地虽辛苦，

背驮牧童田野游！

画罢交与好邻里，

见牛如见我老头！

（交画与庞荩郎）

夫妻俩　多谢大爷！

〔众人围观这幅画，赞不绝口。

戴梦熊　先生，请来上轿！

傅　山　且慢！

傅莲苏　爷爷，你是不是要吩咐孙儿，别忘了带一件宝贝？

傅　山　好聪明的莲苏啊！

庞荩郎　莲苏，你家还会有什么宝贝！

傅莲苏　先祖母所绣的大士经，爷爷看得比命还要重呀！（下）

庞荩郎　大爷，大娘都过世几十年了，你还如此念念不忘！

傅　山　岁数越大越念旧呀。

戴梦熊　来呀，下面奏乐放炮。

〔内传鼓锣声、鞭炮声。

〔傅莲苏背一个包袱上。

傅　山　戴大人，你奏乐放炮，要为贫道送终？

戴梦熊　不，不，不，傅先生，你奉旨进京，乃是阳曲县的大喜事呀！

傅　山　红喜事，白喜事，都是喜事。

戴梦熊　奏乐放炮，为傅山先生——

朱　二　送终！

戴梦熊　呸！是送行。

傅　山　哈哈哈！孙儿，与爷爷更衣上路。

〔傅莲苏帮傅山换上朱衣。

群　众　傅大爷，保重！

傅　山　多谢诸位。

〔灯暗。

〔南书房。壁上挂着董其昌与傅山的书法作品。

〔玄烨练写一个“福”字后，又去观赏傅山的《草书七绝书轴》。

〔老太监侍立一旁。

玄　烨　傅山的行草，高古纯朴，直逼汉魏，胜过董太史啊！

（唱）久闻傅山善字画，

今日有缘赏奇葩。

比起那董行草古淡潇洒，

不愧是晋唐以下第一家。

大清国马上得来这天下，

今须把鸿儒们招入京华。

若能与傅山一起论书法，

教寡人更上层楼笔生花。

〔内报：“文华殿大学士冯溥宫外候旨！”

玄　烨　宣！

老太监　喳！

玄　烨　（对老太监）你到后宫去看看，太皇太后好些了吗？

老太监　喳！皇上有旨，宣冯溥冯大学士进宫。（下）

冯　溥　（内声）遵旨。（上）历事两朝岂容易，年届古稀应优哉！（拜介）臣冯溥见驾，吾皇万岁！

玄　烨　贤卿平身！

冯　溥　（看到玄烨书写的“福”字）皇上书法，已成大家，所书“福”字，别具一格，天下无不喜爱，能得一幅，如获至宝。

玄　烨　与董、赵相比，朕才登堂，尚未入室。贤卿，你看那一幅——

冯　溥　（抬头一看）啊，这是傅山的《草书七绝书轴》！

玄　烨　是呀。贤卿，听说黄道周曾称傅山的书法为“晋唐以下第一家”？

冯　溥　这只是黄道周一家之言。以臣之见，傅山书法比董太史，还差一点！

玄　烨　哈哈哈，莫非见朕喜欢董太史，你就故意压抑傅青主？

冯　溥　不是，不是，这也是臣一孔之见！皇上，今日你看到其字，不日就可以见到其人了。

玄　烨　啊！傅山应征来了？

冯　溥　是呀，傅山前日就抵达宛平，最迟明天就可进城了！

玄　烨　这么说，被荐者都快来齐了？

冯　溥　快到齐了，皇上求贤若渴，四海归心哪！

玄　烨　四海归心？未必吧，顾炎武以死拒聘，李颙行至中途，要拔刀自刎！

冯　溥　似此等性情古怪者，自甘沦落，何损圣德？

玄　烨　唉，人各有志，不好相强！朕将下诏，恩准顾、李两人所辞！

冯　溥　皇上如此宽宏，必教士大夫感激涕零！

玄　烨　哼哼！该宽则宽，该严则严。傅山要是再不肯应征的话……

冯　溥　皇上也要恩准他以疾辞？

玄　烨　不！顾、李可恩准，傅山却不行！

冯　溥　啊！

玄　烨　（唱）朕早知傅山他特立独行，

而立年率百名秀才入京。

为山西提学袁继咸叫屈，

拦首辅闹午门朝野震惊。

我大清入主中原他改字，

字青主着朱衣别有用心。

冯　溥　啊，皇上，他改字为青主，不过表白归隐青山之意！

玄　烨　归隐青山？不，他在《甲申守岁》中写道："怕眠谁与闻鸡舞，恋着崇祯十五年。"眷恋明朝之心，岂不昭然若揭？

冯　溥　秀才写诗，痴人说梦，当真不得。再说傅山七十多了，没什么指望了。

玄　烨　他虽然年事已高，也不可等闲视之，听说他熟谙兵法，精通剑术。

冯　溥　啊！莫非皇上这次要趁机捉他？

玄　烨　哈哈哈，傅山既然来了，朕就既往不咎了，还要格外优待他。他一归顺，大河以北的士大夫都入朕之彀中呀！

冯　溥　皇上圣明呀！

〔老太监匆匆上。

老太监　禀皇上，太皇太后还是觉得头昏脑涨。

玄　烨　御医怎么说？

老太监 御医们都把过脉了，就是诊断不出太皇太后所患何病。

玄　烨 （一愣）啊！

冯　溥 太皇太后前天听戏还好好的，怎么突然不豫？

玄　烨 （焦急地）是呀，朕原以为太皇太后偶感风寒，谁知御医们都诊断不了！

冯　溥 皇上莫着急，请御医们再仔细会诊！

玄　烨 朕幼失怙恃，全赖太皇太后扶养；她一不豫，朕就忧心如焚。贤卿，朕先去后宫探望，回头再与你商量，博学宏词科如何殿试。

冯　溥 是。臣遥向太皇太后请安！

〔玄烨由老太监陪着，就要走下去，突然想到什么，又转身过来。

玄　烨 唉，傅山不是擅长医道，尤其精通女科吗？

冯　溥 是呀，太原百姓都誉他为“仙医”。

玄　烨 太皇太后吉人天相呀！

（唱）灵机一动请傅山，

冯　溥 皇上的意思……

玄　烨 （唱）此乃是上天赐机缘。

冯　溥 这……

玄　烨 贤卿，你犹豫啥呀？

冯　溥 臣是怕……

玄　烨 是不是担心傅山不肯入宫诊治？（见冯溥点头，便笑了笑）中原士大夫最讲究面子，朕不计较繁文缛节，这次趁机给他一个台阶，请他进宫，他还能不来吗？

冯　溥 啊，皇上请傅山治病，是跟他在——

玄　烨　下棋。（点头微笑）

冯　溥　啊！

（旁唱）皇上要请傅山入宫诊断，

顿叫我一颗心悬在半天。

多年前曾与傅山识一面，

道不同不相与谋却暗惭。

担心他抗旨惹天怒，

一悉他奉诏我欣然。

要教野鹤朝天子，

需时日、莫仓促、怕野性、尚未改、入宫恐将乱子添！

〔灯暗。

〔宛平城外。

〔秋天的傍晚。

〔两个衙役内声："闲人闪开了，傅老先生，快走啊！"

〔两个衙役上。

〔傅山骑着驴，由傅莲苏伴随上。

傅　山　（唱）强召入京千里路，

半途篮舆换跛驴。

既不忍轿夫汗如雨，

也不愿匆匆入故都。

傅莲苏　（唱）人老何堪奔波苦，

强征岂是尊鸿儒？

傅莲苏　爷爷，应试从来都是出自士人自愿，怎能如此强迫？

傅　山　是呀！出仕隐居，各人志趣；官府当听其便，不必横加干预，清室此举，要以功名笼络士大夫，把野鹤驯化为鹦鹉。

傅莲苏 要把野鹤驯化为鹦鹉？

傅　山 是呀！

（唱）功名利禄相诱惑，

只恐鸿儒变奴儒。

傅莲苏 （唱）伴行更谙爷秉性，

一身正气耻为奴！

傅　山 （唱）落照余，好风徐，

与孙儿漫步且下驴。（下驴介）

牵跛驴，穿桑榆，

卢沟晓月画卷舒。

〔两个轿夫抬着冯溥上，四个官员骑马跟随上，与傅山公孙、两个衙役走圆场。

冯　溥 （唱）出城迎接傅青主，

未见踪影疑虑生。

纵是龟爬也该到，

永定门离此只一亭。

四官员 （唱）傅山海内皆仰慕，

与他结识沾清名。

冯　溥 （唱）不见傅山难复旨，

老夫心急如油煎。

四官员 （唱）数尽篮舆皆不是，

莫非他早已转身返太原？

傅莲苏 啊！爷爷，你看，远处来了一群人马！

傅　山 啊！孙儿，等他们到来，就说爷爷病了。

傅莲苏 爷爷放心，孙儿能应付。

〔傅山坐下，依树闭目养神介。

冯　溥 （下轿）青主老兄，易斋迎你来了。

四官员 傅老先生，晚辈迎你来了！

冯　溥 啊，青主怎么啦？（对傅莲苏）他是……

傅莲苏 禀老爷，我爷爷因长途奔波，疲惫不堪，方才昏迷过去。

众官员 啊！

冯溥来 呀，快把这位老先生背上轿，抬到万柳园去！

众官员 快快快，抬到万柳园去！

傅莲苏 且慢，爷爷说，老人昏倒动不得，要让他自己渐渐醒过来。

冯　溥 哦！青主老兄，你醒过来呀！

众官员 傅老先生，你快醒过来呀！

傅　山 （慢慢睁开眼睛）孙儿，是前村的姚大爷在喊我吗？

傅莲苏 不是姚大爷，是京城来的一位自称易斋的老爷爷。

四官员 是冯相国亲自来迎接老先生。

傅　山 哦！是山东益都的冯易斋？

冯　溥 是呀，老兄好记性！

傅　山 怎不记得，你是崇祯十二年的举人，听说如今在万人之上，一人之下？

冯　溥 哪里，哪里！

傅　山 一晃几十年，你也满头白发了！易斋呀，荣华富贵也挡不住岁月匆匆！

冯　溥 老了，老了，都老了，我七十，你七十三，都年届古稀了。青主兄，鄙人一直翘首以待，今天终于接到你了。你爷孙就在敝府万柳园下榻吧。

傅　山　多谢盛情。贫道住惯草堂土屋，何堪豪门车马纷扰？旅途劳累，就近投宿圆觉寺罢了。

冯　溥　这……

官员甲　圆觉寺十分荒凉，和尚都快跑光了，怎么能住呀。

官员乙　不如搬到山西会馆去吧，京城山西士商们早已拂榻以待。

四官员　是呀，住入山西会馆，就像在老家一样。

冯　溥　崇文门外就有一个三晋会馆，离此不远。

四官员　那就搬进三晋会馆吧！

傅　山　多谢诸位美意，贫道好静，只想住在荒村古寺。

四官员　啊！像先生这样的高士，怎能住在荒村古寺呀！

傅莲苏　请诸位不要勉强他了，我爷爷心一烦，就会旧病复发。

四官员　（面面相觑，私下嘀咕）书呆子，迂夫子，怪老头，真圪龅！

冯　溥　（唱）脾气古怪莫再逼，

　　让他荒寺暂安眠。

　　当务之急医太后，

　　青主兄！

　　鄙人有话与你谈。

傅　山　易斋，你如今身居宰辅，燮理阴阳，忙得很哪，快回城去吧，贫道也想早点安歇。

冯　溥　青主兄，鄙人想请你去看病！

傅　山　看病？哎呀呀，我自己都半死不活，还会给人看病！况且你所说的病人，绝非市井贱夫，必是达官贵人！贫道一向以为，奴人害奴病，自有奴医与奴药，高爽者不能治。贵人害贵病，自有贵医与贵药，贫贱者不能治。

冯　溥　老兄，时已不早，闲话不说。请你治者，乃是当今——

傅　山　当今什么人？

冯　溥　当今是指万岁呀！

傅　山　万岁？万岁不是在煤山殡天多年？

冯　溥　唉，是康熙皇帝请你入宫给太皇太后看病呀！

傅　山　哦，原来是指你新主。唉，可惜呀，我方外不娴新世界，心中只记旧山河。

冯　溥　青主呀，你……你一向主张爱无差等，人无贵贱，治病救人怎么能分新旧！

傅　山　治病救人？

（唱）玄烨请我医祖母，

遵循医道当应承。

进宫诊治怎行礼，

不甘俯首来称臣。

早知入京多尴尬……

情急忽有一计生！

也罢，看在治病救人的分上，贫道只得答应了！

冯　溥　老兄果然一副菩萨心肠！

四官员　是啊，菩萨心肠啊！

冯　溥　哈哈，走，立即坐轿进宫去！

傅　山　慢！看病不必进宫。

冯　溥　啊，不必进宫？这不进宫，如何为太皇太后看病？就是牵线把脉，也得入宫呀！

傅　山　哈哈哈，你只需将患者头发拔一根送来，贫道依发辨症！

冯　溥　（与四官员，惊奇）什么！依发辨症？

〔灯暗。

〔宫中。

玄　烨　啊，依发辨症？

（唱）说什么依发来辨症，

教朕满腹起疑云。

莫非他不愿入宫拜天子，

才出怪招糊弄人？

冯溥回宫可明真相，

看傅山是否在欺君。

〔冯溥拿着一包草药上。

玄　烨　贤卿，傅山依发辨明太皇太后得了什么病？

冯　溥　傅山他，他细观臣所带之银发，沉默不语，走到圆觉寺外，抓了这一把草药。

玄　烨　草药呢？

冯　溥　（呈上草药）说分三次煎服。

玄　烨　啊，这是什么草药？

冯　溥　他也没说，只说这草药务需由……

玄　烨　由什么？

冯　溥　由患者子孙亲手煎，服了才灵验。

玄　烨　这么说，草药还需由朕亲自煎之？

冯　溥　皇上亲自煎药，孝感天地，太皇太后一定会药到病除，康复如常。

玄　烨　太皇太后到底是患了什么病症，傅山又是怎样言讲？

冯　溥　这……

玄　烨　你不如实说来，朕就不敢煎药；耽误太皇太后治疗，责重如山。

冯　溥　啊！（旁白）哎呀，这回我是水豆腐掉到灰里，吹不得也拍不得！

玄　烨　尽管说来！

冯　溥　皇上……

玄　烨　还不说！

冯　溥　傅山凝视银发半晌，说了两句……

玄　烨　两句什么？

冯　溥　这病是前天下午才发的。

玄　烨　（点点头）还有一句呢？

冯　溥　臣不敢言。

玄　烨　朕让你说，你就说！

冯　溥　臣遵旨！傅山说，年纪这么大了，还患上相思病！

玄　烨　（厉声地）胡说！

冯　溥　（跪下）臣罪该万死，臣不过是照搬傅山的原话，一字不曾假！

玄　烨　傅山呀傅山！你要是不肯入宫看病，情犹可谅。你借诊断之机侮辱太皇太后，是可忍，孰不可忍！内侍！（老太监匆匆上）立即传旨刑部，到圆觉寺抓捕傅山，将之打入天牢！

老太监　喳！

〔从珠帘后面传来太皇太后的声音："且慢！"

〔太皇太后的声音："傅山神医也！"（众一愣）"哀家前天下午翻箱时，无意发现你祖父太宗皇帝的一双皮靴，不禁触动心怀，他与哀家分别已三十六年了！皇上，傅山诊断得好准呀，哀家一听，心头顿觉轻松了！"

冯　溥　（叩首）太皇太后安康，乃是大清之福！

玄　烨　傅山真奇人也，应该请入宫来！

冯　溥　唉，要是他肯入宫，何必取发辨症！

玄　烨　哈哈哈，傅山善治世上奇难杂症，朕能治中原士大夫……

〔灯暗。

〔圆觉寺大殿上。寺外雪花飘洒。

〔傅山内声："好雪呀！"

〔傅山内唱：

下了炕，步出禅房，

〔傅山上。

傅　山　（唱）大殿上，一盆炭火暖洋洋。

望野外银装素裹，

千里白茫茫。

谢上苍还我个干净世界，

半日清闲清静时光。

玄烨想借看病赚我臣服，

我依发辨症将他巧抵挡。

宁死也不愿去朝拜，

任凭众人说短长。

偷闲且把大雪赏，

雪也赏我满头霜。

一时物我皆两忘，

野茫茫兮天苍苍！

〔傅山在练拳术。

〔玄烨装扮成居士，飘然而上。

傅　山　（一愣）客官，你——

玄　烨　敢问道长，你可是太原傅青主吗？

傅　山　你我素昧平生，何以认得贫道？

玄　烨　哈哈哈，字画诗医皆称绝，天下何人不识君！

傅　山　啊，今日冰封雪盖，天寒地冻，飞鸟尽，人踪灭，客官如何而来？

玄　烨　慕名已久，神交多时；冰雪何能阻，灵犀一点通。

傅　山　哦，敢问客官是……

玄　烨　天地为逆旅，你我皆过客，何必究根底，相遇即有缘；踏雪来探访，专为论书法！

傅　山　啊！

（旁唱）不速之客器宇轩昂，

先声夺人绝非寻常。

水来土掩我沉着，

谈书论艺正气扬。

不知客官对书法有何高见，愿闻其详！

玄　烨　道长！

（唱）晚生最爱翰墨香，

宽怀只有字几行。

今日随缘挥象管，

聊书“福”字献道长！（挥笔，书一“福”字）

请道长指教！

傅　山　啊！（旁白）这个“福”字甚眼熟，多少官员曾临摹！（恍然大悟）啊，莫非是他……

（唱）纵是玄烨待怎样，

李太白视帝王如平常！

市井贱夫皆可拥天下，

任他是万乘主揄揶又何妨！

玄　烨　请道长指点吧！

傅　山　客官这一“福”字，笔势潇洒随意，可见功力匪浅。

玄　烨　哪里，哪里。晚生能得道长厚爱，不胜荣幸！

傅　山　客官笔法，是师法明太史董其昌的吧。

玄　烨　哎呀！好眼力，晚生正是师法董太史，也曾学过赵孟頫。

傅　山　董其昌称赵孟頫为五百年中之所无，可谓同气相求。

玄　烨　道长莫非不服董太史所评？

傅　山　赵孟頫身属赵宋皇族之后，而臣服于元朝，气节丧，人品低，其书巧媚；董其昌为官不正，贪得无厌，其字清媚！

玄　烨　道长，你不可因人废字呀！

傅　山　哈哈哈，作字如做人，亦恶带奴貌。试看鲁公书，心画自孤傲！

玄　烨　啊！

傅　山　客官书学董、赵两家，故此字也含俗态，未得正脉，难登逸品！

玄　烨　啊，你……

傅　山　当今推崇董、赵之字，别有用心：客官你不可上当，误入歧途。

玄　烨　噢！你说，当今推崇董、赵，用心何在？

傅　山　渐摧中原士大夫之气节，以添天下读书人之奴性！

玄　烨　（一愣，倒吸一口凉气）啊！

傅　山　（旁唱）借评书法来抒愤，

他推崇赵、董喜奴人！

玄　烨　（旁唱）欲发作，又吞忍，

驯服烈马要耐心。

傅　山　（旁唱）坦言若惹他发怒，

一死留下清白名。

玄　烨　（旁唱）容他犯颜显我量，

当教鸿儒识明君！

道长！

（唱）帝王都喜臣民俯首帖耳，

你可要设身处地体谅当今。

傅　山　客官！

（唱）帝王们求臣民俯首帖耳，

又何知俯首帖耳成奴人。

玄　烨　哈哈，道长，天下臣民，皆俯首听命于天子，乃天经地义也！

傅　山　非也，非也，天下者，非一人之天下，乃天下人之天下也，就是市井贱夫也可平治天下。

玄　烨　（震惊）啊！

傅　山　独操其权，私营神器，而令天下不敢不从者，乃独夫，非尧、舜也；若以功名利禄诱人入其彀中，其臣下必多庸奴耳！

玄　烨　（旁唱）古稀老翁，一介草民，

出语竟然，石破天惊。

傅　山　（旁唱）皇帝草民本平等，

身虽贫贱骨铮铮。

玄　烨　（旁唱）他有意出言不逊激怒朕，

傅　山　（旁唱）他不动声色涵养深。

玄　烨　（旁唱）我自信能叫他体察圣命，

傅　山　（旁唱）我偏要把定心旌不称臣！

玄　烨　道长呀！

（唱）言归正传再论字，

傅　山　好呀！

（唱）只论书法心放平。

玄　烨　　雪天古刹共炉火，

傅　山　　历代书家茗中评。（斟茶）

玄　烨　　流派众多百花艳，

傅　山　　溯源书圣序兰亭。

〔两人相视，哈哈大笑。

玄　烨　（唱）喜爱临摹兰亭序，

傅　山　（唱）勤学苦练得精神。

玄　烨　敢问道长，如何能得书法正脉？

傅　山　宁拙毋巧。

玄　烨　宁拙毋巧？

傅　山　宁丑毋媚。

玄　烨　宁丑毋媚？

傅　山　宁支离毋轻滑，宁直率毋安排，如老实汉走路，步步踏实，不左右顾，不跳跃趋！

玄　烨　好一个不左右顾，不跳跃趋。哈哈哈，听君论书一席话，胜过临摹十年帖！他日有机会，再移樽求教。告辞！

傅　山　　一任清风来又去，心如周柏远红尘。

玄　烨　（旁白）今朝踏雪来探访，要令枯木感春风！

（飘然而下）

〔傅莲苏与长老上。长老看到桌上“福”字，一愣，走到大门口张望。

傅莲苏 爷爷，方才你与谁谈天说地？

傅　山 与一不速之客！

长　老 道长，你刚才跟来访者说些什么？

傅　山 嫌其书法未得正脉，难算逸品！

长　老 啊！阿弥陀佛！你可知来者是谁吗？

傅　山 一看这“福”字，便知是康熙！

傅莲苏 啊！是康熙驾到？

傅莲苏
长　老 你明知他是皇帝，也敢批评其字？

傅　山 哈哈哈，我傅山就是要让高居九重者看到，天地间还有人敢在他面前说真话！

〔灯暗。

〔内宫。

〔冯溥上。

玄　烨 （念）博学宏词今殿试，

　　要教傅山拜尊前。

贤卿，诸位鸿儒硕学可曾到齐？

冯　溥 禀皇上，一百四十二位贤士都已聚集保和殿，恭候圣驾！

玄　烨 明明是一百四十三位，还缺少何人？

冯　溥 只缺一个傅山！

玄　烨 又是傅山！他为何拒试？

冯　溥 昨晚他突然腹泻不止，无法前来应试。

玄　烨　腹泻不止？哼，朕看他的病，不是下泻，乃是上亢！傅山呀傅山！

（唱）明知朕礼贤下士追舜尧，

你还是不肯归附立孤标！

冯　溥　傅山脾气古怪，越老越孤僻，望皇上不必与之计较！

玄　烨　（旁唱）与他论字于古庙，

朕已赏识他清高。

要揽高士入吾彀，

朕不妨再让一遭！

（对冯溥唱）相国求情朕且饶，

冯　溥　皇上恕傅山，士林更归心！

玄　烨　（唱）专为傅山下一诏！

冯　溥　皇上要放傅山回去吗？

玄　烨　不，傅山学识渊博，有胆有识，人才难得，不试也要授职于他！贤卿，你说，该授他何职？

冯　溥　这……皇上，不如授他一名八品正字！

玄　烨　只授八品正字？略嫌低些。授傅山内阁中书之职吧！

冯　溥　封他内阁中书？那是六品呀，皇上对傅山真是无比恩宠呀！

玄　烨　殿试之后，你亲自到圆觉寺宣旨，命傅山明日金殿谢恩！

冯　溥　谢恩？皇上对他如此礼遇，倘若他再不谢恩——

玄　烨　傅山若再不肯谢恩，就怪不得朕先礼而后兵！（下）

冯　溥　遵旨！（走出宫，宣读圣旨）傅山接旨。皇上念傅山有病，免其殿试，今授予傅山内阁中书之职，命傅山明日金殿谢恩。钦此。

〔深夜。

〔圆觉寺禅房里。一盏青灯，残焰如豆。墙上挂着一幅大士绣像。

〔幕后不断传来声音：“傅山明日金殿谢恩！”

〔傅山在禅房中徘徊。

傅　山（唱）寒蛩断续促更残，

残焰如豆照无眠。

托病拒试偏授职，

又逼谢恩躲避难！

众人劝我识时务，

何必独保汉衣冠？

随世沉浮做奴物，

能享厚爵做高官。

逆流而上多凶险，

一叶扁舟陷狂澜！

多少旧知成新贵，

我茕茕孑立，四顾茫然。

多少人求医、求药、求字画，

有几个背后不笑我狂癫？

我始终不臣服岂恋明室，

为的是把士人气节保全。

怕玄烨只以功名相笼络，

教士人气节丧媚骨奴颜！

士大夫能养得浩然正气，

才不使中原文脉断了源！

玄烨他对我似步步退让，
实则是步步紧逼悬崖边。
明日对弈于金殿，
再倔势必堕深渊！
志已抱定何畏死，
敢洒热血午门前。
小莲苏入睡后细写遗嘱，
训子孙世世代代代代世世好好读书与耕田。
布衣茅屋粗茶淡饭，
切不可存毫发势利富贵于心间！
提起笔恍惚见我子孙面，
与子孙相濡以沫苦亦甘。
从此后儿孙有难帮不上，
书一字双行泪泪湿素笺！
傅山我命虽孤寒情却热，
怎忍心舍下子孙赴黄泉！（望着绣像）
此幅静君生前绣，
抚之吾心又婵媛。
见此如见静君面，
夫妻一别几十年！
陪我走南又闯北，
一路相伴劲倍增。
夏日你把清凉送，
冬夜你为我驱寒。
有苦朝你来诉说，

有泪由你来揩干。

有时曾生子孙气，

一想到你，我顿生怜！

明日黄泉寻妻去，

此幅不能带身边。

留与子孙作传家宝，

盼此幅保傅家世世代代子子孙孙和和睦睦、平平安安！

（正要转身去写遗嘱）

〔张静君的幽灵从大士绣像后面飘出来。

张静君 （轻声地）夫君！

傅　山 啊！静君，你是回来接为夫到黄泉去的吗？

张静君 夫君呀！

（唱）静君我配君子三生有幸，

恨命薄我只伴夫君几春！

傅　山 贤妻呀！恨当年医术未精难救治，害得你早早饮恨于幽冥！

张静君 （唱）从此后你发愤钻研女科，

鬼门关抢回了多少妇人！

教多少幼儿免却失母痛，

教多少恩爱夫妻不两分！

傅　山 我纵然救回了千万条性命，却唤不回贤妻你呀！

张静君 （唱）夫君你念旧情誓不复娶，

阴阳隔也难阻咱生死情！

夫君呀！上天既赋你异禀，

却为何命运多舛志难伸？

领秀才救恩师你敢蹈虎尾，

恨屠城抗暴政你屡履薄冰！

儿孙们跟着你流离颠沛，

多少年尝尽艰苦无怨声。

如今已入桑榆景，

且幸天下渐息兵！

审时度势莫拗性。

颐养天年乐天伦！

傅　山　（唱）一生几次履凶险，

视死如归古稀年。

吾儿年已知天命，

两个孙孙皆弱冠。

儿孙难舍终须舍，

更何况妻在黄泉长孤单。

上苍若是怜青主，

当还我四十年前之容颜。

到黄泉也好与妻相做伴，

免却那少妇配衰翁多少难堪！

张静君　你呀，还像个顽童！

傅　山　当初你笑我当了爹，还像个顽童；如今老了，就成老顽童了！哈哈哈！

〔外面传来一声惊锣，张静君幽灵顿时消失。

〔老太监内传："傅山听宣。皇上有旨，宣内阁中书傅山金殿谢恩！"

傅　山　哈哈哈，催命符来了！

〔灯暗。

〔午门内外。

〔老太监匆匆上。

老太监 来了，来了！

玄　烨 （上）是傅山来了吗？

老太监 来了来了，连人带床都抬进皇城来啦！

玄　烨 哦，连人带床都抬进城来了？

老太监 今儿一大早，傅中书赖在床上不肯起来，冯大学士出于无奈，就命侍卫连人带床抬进城来。文武百官一路护送，快抬到午门外了！

玄　烨 好。朕要在保和殿上接受傅山朝拜谢恩！

老太监 皇上，怕到不了保和殿啦！

玄　烨 从午门到保和殿，不到一箭之遥，为何来不了？

老太监 临近午门，傅中书又哭又闹，寻死觅活的，一班大臣劝也劝不了，哄也哄不得，已闹成僵局了。

玄　烨 哈哈哈！

（唱）倔老头，爱较劲，

令人又气又好笑。

医祖母他曾将朕逗，

朕不妨与他玩一遭！

（对太监）好吧！那就让他在午门前伏阙谢恩！

老太监 遵旨！

玄　烨 （旁白）傅山呀傅山，人家都说你字不如诗，诗不如画，画不如医，医不如人。朕今天倒要试一试，你人品究竟有多高，骨头有多硬！

〔灯暗，隐下。

老太监 皇上有旨，内阁中书傅山不必上殿，就在午门前伏阙谢恩！

〔午门外表演区灯亮。

〔傅山内唱：

连人带床，强行抬到午门前——

〔御林军呐喊："伏阙谢恩！"

〔傅山坐在床上，被众御林军强行抬上。

傅　山 （唱）望午门，禁不住老泪潸潸！

四十多年前我曾在此伏阙，

泣血为袁大人来鸣冤！

午门依旧朝代换，

身边不见汉衣冠！

多少忠魂萦午门何曾消散，

与傅山泪眼相对不忍看！

苍天哪！

〔众御林军呐喊："伏阙谢恩！"

想不到玄烨已知兴文教，

欲恢复汉衣冠已难上难！

哭上天枉赋我忠肝义胆，

挽不回铺天盖地之狂澜！

〔保和殿表演区灯亮，玄烨坐在宝座，冯溥、老太监与四官员、御林军分列两边。

玄　烨 （唱）他哭明室情可悯，

大清也是敬忠臣。

傅　山 （唱）明太祖曾删《孟子》轻民本，

嗣统者把士视若猪犬般。

有多少鲠言者横遭廷杖，

当众廷杖血斑斑。

正气荡然奴物长，

白蚁猖獗大厦坍。

明亡于奴非于满，

故都啊，风雨中你见证自古奴物毁江山！

玄　烨　内侍，傅山又哭什么？

老太监　他哭明亡于奴，非亡于满！

玄　烨　啊！明亡于奴，非亡于满？

（唱）狂人哲语如雷震，

不可恃权辱斯文。

摧士气节堪亡国，

前车之鉴铭于心！

〔玄烨情不自禁从宝座上站起来，傅山从床上下来。

〔冯溥顿时紧张起来，与几个官员一起走到午门。

冯　溥　皇恩浩荡，令傅山与臣等感激涕零！

众官员　感激涕零呀！

玄　烨　傅先生，你还要怎样？

冯　溥　（低声地催促傅山）赶快下跪谢恩哪！

〔傅山与玄烨午门内外相对视。

傅　山　（唱）年过古稀怎做官，

枉食民膏甚羞惭。

当容野老返乡去，

采药行医度晚年！

玄　烨　（唱）姜太公遇文王年已八旬，

七十翁莫言老抖擞精神。

政余陪朕游郊外，

纵情山水作闲云。

傅　山　（唱）强按牛头不喝水，

岂能强迫我出山？

玄　烨　（唱）天下谁非朕臣民，

君王有旨敢不遵？

傅　山　（唱）帝王应以民为本，

草民一样有尊严。

玄　烨　（唱）你恃才孤傲多任性，

全不念朕之威严将何存？

冯　溥　唉，你，你……（低声对傅山）若不谢恩，犯大不敬，论罪要斩！

傅　山　（唱）我只拜祖先师长圣贤与天地，

玄　烨　（唱）朕天子神威岂容你怠慢侵凌！

傅　山　（唱）可杀不可辱，宁死腰不弯。

玄　烨　（唱）天子不轻怒，一怒起雷霆！

傅　山　（唱）志已抱定，

玄　烨　（唱）假戏真做，

傅　山　（唱）神气闲，

玄　烨　（唱）朕把弦绷得紧！

傅　山　（唱）相对视，

玄　烨　（唱）锋与针！

傅　山
玄　烨　（唱）熊熊烈火见/试真金！

众官员　傅中书，我的活祖宗，你就跪了吧。

〔冯溥趁傅山不备，将他猛推一把。

〔傅山跌倒在地。

冯　溥　（急中生智）傅中书伏阙谢恩了！

众官员　伏阙谢恩了！

老太监　傅中书谢恩已毕！

傅　山　（坐在地上，解下系在腰间的酒葫芦，昂起头，喝了一口酒，自言自语）未得正脉，难算逸品！

冯　溥　（不解地）你，你，说啥呀！

玄　烨　（会意地）啊！傅先生，朕要送你一个字！

（挥毫写介）

众官员　（面面相觑）一个字——“斩”？

冯　溥　（慌张地跪下）皇上，方才傅中书谢过恩了，你就饶了他吧！

众官员　（跪下）饶了傅中书吧！

〔玄烨把写好的一幅字交与老太监，并对他耳语，望着傅山一笑，下。

〔老太监把一幅字交与冯溥。

冯　溥　（展开、观看）啊！

众官员　（围观）啊，“福”！冯大人，皇上怎么赐给傅中书一个“福”字？

冯　溥　和了！

众官员　咋和了？

冯　溥　棋和了！

众官员　皇上与傅中书在下棋？

老太监　（高声地）圣旨下，皇上有旨，傅中书谢恩已毕！特赐凤阁蒲轮匾，放傅中书回归故里，颐养天年。

冯　溥　（跪下）皇上圣明，万岁！万岁！万万岁！

众官员　（跪下）万万岁！

〔冯溥把一幅字交与傅山后与众官员隐下。

傅　山　（看着“福”字，发愣，突然怪笑）哈哈哈……（转而又痛哭，金銮殿隐去，傅山独立于午门外，傅莲苏上）

傅莲苏　（望着傅山手中的“福”字）爷爷，康熙又请你品字了？

傅　山　是呀！论字才几天，书已近正脉，渐臻佳境……难做魏徵，辅佐大唐；只效扁鹊，行医村野。（脱下朱衣，交与傅莲苏）走，回太原去！

〔幕后歌声：

他坐龙廷我行医，
一场对弈却相知。
和而不同养正气，
重归故里赋新诗！

〔幕落。

——剧终

2005年5月初稿

（山西太原晋剧院青年团于2007年首演）

秦　腔

西京故事

陈　彦

人　物：

罗天福，男，50多岁，曾当过山村小学民办教师及村长。

淑　惠，女，50多岁，看上去比实际年龄大。罗的妻子。

罗甲秀，女，20多岁，罗天福的女儿，大学生。

罗甲成，男，19至23岁，罗天福的儿子，大学生。

西门锁，男，40多岁，西京城顺城巷的房东。

阳　乔，女，40岁左右，西门锁的妻子。

金　锁，男，16至20岁，西门锁的儿子。

童薇薇，女，20多岁，罗甲成的大学同学。

贺春梅，女，50多岁，街道办副主任。

东方雨，男，80多岁，一位始终守护着一棵千年老槐树的老人。

农民工房客、大学生若干。

第一场

〔西京，一个既古老而又现代的大都市。

〔故事发生在一个叫文庙巷的大杂院内。整个院子是由一个废弃的厂房改建而成，高高低低、上上下下住了数十位农民工和各色人等，总体空间十分拥挤，生活忙乱躁动。

〔一棵老唐槐，饱经沧桑地挺立在院中，庞大的树冠都用各种支架撑持着，葳蕤苍劲，如诗如画。

〔唐槐背后的古建筑群和摩天大楼依稀可见。

〔慷慨激昂的秦腔黑头演唱声传来：

我大，我爷，我老爷，我老老爷就是这一唱，
慷慨激昂，还有点苍凉。
不管日子过得顺当还是恓惶，
这一股气力从来就没塌过腔。

〔黄昏时分，房客们正陆续归来，也有女孩儿在收拾打扮准备出去的。

〔东方雨老人在一个小三角梯上给唐槐挂吊瓶，爬上爬下，忙个不停。整个故事演进中，老人可自由来去，若即若离。

〔突然，胡乱散架在天空中的蛛网电线吐起了火舌。

房客甲 着火了，电线着火了！房东，房东，快拉闸！快拉闸！

〔众急忙从房内提着桶、盆等救火器皿跑出。

〔一片混乱中，房东西门锁手里还抓着一个麻将二饼，趿拉着一只鞋跑出。只见西门锁一脚踹开一个房门，冲进去拉了电闸。

〔火舌很快消失。众议论纷纷。

房客甲 （对西门锁）该换电线了。

房客乙 老化了。

房客丙 着几回火了。

房客丁 迟早会把咱火化了。

西门锁 知道知道。哎，大家都在这儿，月底了，该交房租了。

房客甲 租金又涨了。

房客戊 一个破厂子改造的房么。

房客己 墙缝裂得能盘进蛇来。

房客庚 房顶漏得能掉下鳖来。

房客辛 房价贵得能……（悄声地嘟囔）逼死爹来。

西门锁 住了住，不住了走人，尻子后头寻房的还跟一串串哩。你没听电视里讲，西京城光流动人口几百万哩，我还愁瓜女子找不下傻娃？

〔众房客无奈地下。

〔阳乔上。

阳　乔 （向内挥手）端过来。

〔四位姑娘端着饭菜上。

西门锁 咋又不做饭了？

阳　乔 你咋不做呢？

西门锁 （无奈地）好好好，端过去端过去。哎，拿点钱出来，这电线真的得换了，刚又着火了。

阳　乔 再撑一段时间，有单位拆迁，旧电线我都说好了，全给咱，一分不要。哎，听说咱这一块地皮又翻倍地涨了，你个死鬼爹，还真给咱把福分留下了。

西门锁 你爹才是死鬼呢。

阳　乔 我爹还活着咋死鬼了？人家都骂你爹是死鬼，当了几年村干部，把城中村的村办企业，三倒腾两倒腾，全都倒腾到自家名下了，这下两腿一蹬，就好过了你这个碎色鬼。（领着几个端盘子姑娘进房）

西门锁 悄着悄着，真是个烂嘴婆娘。（看看手中的麻将）白摸了个炸弹。（进房）

〔罗甲秀领着父亲、母亲和弟弟罗甲成上，边走边介绍环境。罗天福与罗甲成抬着一个土炉子，还有面板等杂物。

罗甲秀 （唱）南城堡子状元巷，

小院紧挨古城墙。

城中村落连菜场，

背靠文庙闻书香。

罗天福 好地方，这个地方选得好。

淑　惠 就是房价贵了点。

罗甲秀 娘，城里就没有太便宜的房子。

罗天福 状元巷、古城墙、文庙，好着哩，我娃选的地方好着哩。就凭这一棵大树，爹就爱上这地方了。这棵树恐怕比咱家那两棵老紫薇树年龄还大吧！

罗甲秀 爹，咱家那两棵老紫薇才六七百年，人家这棵唐槐一千三百多年了。

〔一家人围上去合抱唐槐，粗壮得未抱住，罗甲成高兴地摇起树来。

东方雨 （突然暴跳如雷地上）嗨！嗨！（用拐棍吆喝人走开）

〔房客们陆续出现。

房客甲 动树了？

房客乙 皇上的头都敢动，可不敢动这树。

房客丙 老汉的命根子。

罗天福 树是老人家的？

房客丁 不是，市树。

房客戊 宝贝，懂不？

房客己 老汉认领了树的监护权。

房客庚 成年在这儿经管呢。

房客辛 把工资都花到树上了。

罗天福 （不解地）把钱都花到树上了？

房客甲 怪吧？

房客乙 你们才来不懂。

房客丙 老汉是西京城可大可大的知识分子。

房客丁 当初是西京城的头号右派。

房客戊 爱说直话惹的祸。

房客己 现在话没了，但写。

房客庚 连咱一顿饭用几根葱、几瓣蒜都记录呢。

房客辛 对下苦人好着呢。

房客甲 不动树，他就不会用拐棍抽你尻蛋子。（指罗甲成）

罗天福 对不起，对不起！（急忙给东方雨老人鞠躬）

〔西门锁上。

罗甲秀 西门叔，这是我爹，我娘，还有我弟。爹，我就是给西门叔的孩子做家教，才知道这儿的。

西门锁 （看着一家人的行李笑了）都拿的啥万货么，长枪短炮的？

罗天福 呵呵，打饼用的。

西门锁 噢。你老两口厉害呀，那高山垴垴上的人么，咋把两个娃教得这出息的，全都上了名牌大学，得好好把经给咱家传传。

罗天福 东家客气了。

西门锁 不客气，我那狗日金锁确实不成器，生在城里咋，让人没脾气，唉！房我收拾好了，就这儿，（介绍环境）一楼虽潮点暗点，可方便么。哎，可千万不敢乱动电表噢，上一回一个民工胡拾翻呢，差点没打日塌。电线有些漏电，可不敢乱接乱安。哎哎哎小心小心，门有点问题，不敢使劲靠，不敢靠……（正说着，门扑通倒了）看看看，叫你甭靠甭靠……

〔一家人进房，舞台格局发生变化。大槐树仍在。西门锁消失在房后。

罗甲秀 爹，娘，让你们受委屈了。

（唱）家乡虽穷房宽展，

一应俱用都周全。

罗甲成 （唱）这间破屋像牛圈，

阴暗潮湿不见天。

罗天福 （唱）别嫌房矮少光线，

出门在外百事难。

你姐弟都把名牌大学念，

是家乡最红最红的红杜鹃。

你们就是咱家爆亮的灯捻，

你们就是咱家正午的蓝天。

来，支起锅灶，过起日子。天天向往西京城，

这不，咱也来了么！

淑　惠　看把你爹高兴的。

罗天福　真是有些高兴哪！十三年前，爹到县上开了一回民办教师表彰会，作为奖赏，县上领导又把我们十几个先进，领到西京城美美逛了一回，算是见了大世面哪！从那时起我就暗暗发誓，一定要让你们走进这个城市，在这里好好活一回人。这个梦今天总算初步实现了，咱们也算是半个西京人了！来，让我们先学两条城里的规矩：不闯红灯，不随地吐痰，念。

〔一家人高高兴兴地复述："不闯红灯，不随地吐痰。"随后欢欢喜喜收拾起来。罗甲秀、罗甲成欲抬大土炉子。

罗天福　哎哎，还是爹来，爹来。（一人扛起炉子在房中哼着小调转圈圈）

罗甲秀　（心疼地）爹！

淑　惠　你爹这一辈子就活了你姐弟俩呀，你前年考上重点大学，他一回酒喝得醉了三天，今年你兄弟又考上重点大学，他叫一村人拿酒灌得把牙都跌得寻不见了。

罗天福　叫你娘把我一说，都成酒疯子了，你爹好歹还当过十几年民办教师哩么，堂堂罗老师，把酒能喝成那样，牙都跌得寻不见了。

罗甲成　就是的，假牙是我在人家厕所找见的。

〔一家人笑。

淑　惠　你们这一对有出息的娃呀，可是让你爹把脸长了。不过这回

也加了大熬煎哪，两个大学生，一年两三万块钱的费用都咋办呀？

罗甲成 爹，要叫我说，把咱家那两棵老紫薇树王一卖，啥问题都解决了。

罗天福 你倒说了个谄，人家长了六七百年了，你爷为护树，大炼钢铁那年，把命都搭上了，咱能卖了。咱有手艺么，啥钱挣不来？咱打千层饼那几下，能让城里五星级大饭店看上，就说明咱能行么。

淑　惠 可吹上了。

罗天福 嗨，不是吹哩，美国总统是没发现，要是发现了，咱就到白宫打饼去了。

〔一家人乐翻了天。

罗天福 有一句广告语叫个啥来着？

罗甲成 （变普通话）你准备好了吗？

罗天福 （郑重其事地问女儿）你准备好了吗？

罗甲秀 （笑着点点头）

罗天福 （问淑惠）你准备好了吗？

淑　惠 （看着老伴兴奋的样子只笑不说话）

罗天福 （问儿子）你准备好了吗？

罗甲成 报告老爹，我准备好了。西京城，我罗甲成来了！我就要在这里腾飞啦！

〔一家人鼓掌。

〔穿着一身名牌，发型修剪得十分时尚的金锁，拿着摄像机拍摄上。

金　锁 注意，拍爱情片了。（直接把镜头对到了罗甲秀脸上，久久

不动）

罗甲秀 好了，金锁，别闹了。爹，这就是房东家的孩子金锁。

罗天福 哦，好好，娃十几了？

金　锁 离八十岁还差六十四年，你算去。

罗天福 呵呵，那就是十六么。

金　锁 是倒是的，不过人家都说我早熟，雄性激素发达得很。（说着亮了亮肌肉块）

〔一家人有点傻眼。

罗甲秀 噢，金锁，今天我爹他们刚来，我得帮忙收拾收拾，明天再给你上课吧。

金　锁 那可不行，我本来都不上高中了，准备跟人到南非去贩珠宝呀，我爸找来个你，害得我天天头疼，这不，头刚不疼了，喜欢跟你在一起了，你又不上了，把我整失恋了你要负责任呢。

〔一家人更傻眼了。

罗甲秀 你这孩子，又瞎讲。

金　锁 不是瞎讲！

（唱）是《非诚勿扰》《坠入情网》，

是《泰坦尼克号》上《爱你没商量》。

你家《人在囧途》我家《阿凡达》，

姐姐《要嫁就嫁灰太狼》……

罗甲成 什么乱七八糟的，再唱小心舌头！

罗天福 （阻止地）甲成。

金　锁 哟，这是谁呀？哪儿钻出这么个土老帽？哟，还穿了个假名牌，这在我西京康复路就三十块钱么。

罗甲秀 金锁，他是我弟。

金　锁　呵呵，那就是未来的小舅子么。来，（从身上掏钱）我给钱，把你先好好包装包装。

〔金锁掏出一沓钱递给罗甲成。罗甲成一掌将钱打飞，又愤然把金锁的手扭到背后，金锁“哎哟——”一声痛得软在了地上。

罗天福　（急忙制止地）甲成你干啥呢！

〔罗甲成仍不松手。

金　锁　（大喊大叫起来）我胳膊断了——碎汇农民工进城杀人啦——

〔舞台格局急剧变动，大杂院复现。

〔金锁赖在地上咋都拉不起来。

〔院子立即围满了人。

金　锁　（哭腔）我胳膊让他扭断了哇！他要杀人哪！

阳　乔　谁？谁杀我娃呢？

罗天福　（急忙上前）对不起，对不起……

阳　乔　（捂了捂鼻子）你谁呀，跑到这院子干啥呢？

罗甲秀　阿姨，这是我爹，对不起，是我弟……

阳　乔　哦，是你家人闯的祸，你还说你一家人都是老实本分的山里人，就是这个老实法，刚住进来第一天就杀人哪！

〔贺春梅急上。

贺春梅　哪儿杀人了，谁杀人了？

阳　乔　西京城南城堡子状元巷北段一百八十六号西门锁家爱子金锁，被刚进城的农民工崽子心狠手辣地放倒在地，叫声凄惨，生命垂危，人证物证俱在，请注意保护现场。

贺春梅　唉，你这娃咋老挨瞎打哩吗？

阳　乔　咋的个话，你还是街道办的领导哩，人都快让杀了，你还是这句没原则的话，啥烂领导嘛。

贺春梅 哎，说话要讲文明礼貌噢。谁把金锁压倒在地的，说。

罗天福 我给娃赔礼，我给娃道歉！（给金锁鞠躬）

罗甲成 （有些愤怒地）爹！

罗天福 我们初来乍到，还望多多包涵。（又给阳乔和西门锁鞠躬）

〔罗甲秀蹲下搀扶金锁。

金　锁 （看了看罗甲秀，活动活动胳膊）姐，没断。我是跟小舅子耍哩。

阳　乔 你……你胡说啥呢？

金　锁 就是的，跟我小舅子耍哩。（一骨碌爬起来，戏弄了罗甲成一下后跑下）

〔罗甲成气得浑身颤抖，再次握紧拳头。母亲急忙把他挡在了身后。

贺春梅 （对阳乔）你看看你们这一家人，都是啥人嘛！

阳　乔 哎，你咋老护着这些烂农民工哩。

贺春梅 阳乔，你把嘴放干净些，我给你说，保护农民工可是国策，我是政府领导，维护他们的合法权益是我的职责。

阳　乔 哟哟，不就是个烂街道办的么，还是个啥子政府领导。

西门锁 （阻止阳乔）对了对了，胡谝啥呢。贺主任，对不起！

贺春梅 没啥没啥，恶水喝惯了。（对罗天福）有事来街道办找我，就说找贺主任就行。

阳　乔 哟哟，明明是个副的么，排名第三，还贺主任哩，“一把手”咱熟。

贺春梅 副的咋，第三咋，看你把个副字咬得那重能咋？

西门锁 好了好了，对不起贺主任！（低声地）就那凤人，没治。（推

阳乔下）

阳　乔　（边下边喊）哎，你们都涌到俺城里发财，做梦，想吃好的穿好的，也总得把那些臭毛病改一改吧？尤其是那些新来的听着：谁要再在俺院墙根乱尿，我可安的有电线，把你那烂玩意儿打坏了，我可概不负责。

〔众无奈地直摇头。

〔舞台格局变化，院落和大树转到了后面。

〔罗家人闷在了房中。

〔院外大槐树下的高坎上，东方雨老人在静静地拉着板胡。

〔罗甲成突然拿起行李向门外冲去。

罗天福　甲成，你要干啥？

罗甲成　这就不是人待的地方，还待在这儿干啥？

罗天福　房租你姐都给人家交了半年的，你往哪儿走？

罗甲成　问他要。

罗甲秀　合同上说，自签订之日起，咱要离开，人家不退款。

罗甲成　你咋能给这样的混账人家做家教吗？

罗甲秀　其实这个娃也并不坏。

罗甲成　这还不坏，还要咋坏？在这样一个碎㞞眼里，我们都活得跟要饭的一样，还咋在这儿往下待呀！

罗天福　娃呀！

（唱）你姐她来回比较细掂量，

才租下这便宜便利的一间房。

天底下能避寒遮风把雨挡，

那就是安居乐业的好地方。

一个巴掌拍不响，

以后遇事别逞强。

求学大业没影响，

一切都要看寻常。

梦既然有，苦就该尝，

日子迟早会过亮堂。

咬咬牙啥事都通畅，

那太阳一定会照上咱脸庞。

〔一家人被唤起希望地聚集在一起。

〔大槐树下，东方雨老人拉着板胡，围起一群自娱自乐的秦腔戏迷，秦腔黑头摇滚般的演唱声骤至：

我大，我爷，我老爷，我老老爷就是这一唱，

慷慨激昂，还有点苍凉。

不管日子过得顺当还是恓惶，

这一股气力从来就没塌过腔。

〔东方雨老人的板胡声豪迈苍健。

第二场

〔美丽的大学校园湖畔。一排紫薇树正花红欲燃。

〔三三两两的同学，或在读书，或在恋爱。

〔罗甲成用棉花塞着耳朵，在猛背英语单词，那种聚精会神的投入和旁若无人的“多动症”，让坐在不远处的童薇薇阵阵发笑。

〔童薇薇向罗甲成走来。

童薇薇 罗甲成，你怎么一边背单词，还一边又是踢腿又是打拳的？

罗甲成 （不好意思地笑了笑）嘿嘿，习惯。

童薇薇 好像是踢打什么东西？

罗甲成 嘿嘿，在家乡时，我最爱对着门前两棵老紫薇树背单词，高兴了打几拳，不高兴了也会踢几脚。

童薇薇 就是这种紫薇树吗？

罗甲成 这和我家那两棵比起来，简直就是重重重重孙子了。我家那两棵树有六七百年了，活像两个歪瓜裂枣的老顽童。

童薇薇 是吗？

罗甲成 城里可是移栽了不少这种老紫薇，听说一棵就值三四十万呢。

童薇薇 是吗？

罗甲成 都是从山里买来的，这种树耐寒耐旱，全身都是药。俗名“百日红”，也叫“痒痒树”，你无论在它身上哪里一挠，浑身都动弹。

童薇薇 真有趣，我看你都快成植物学家了。我爸爸可欣赏你了，说你是全班最用功的学生。

罗甲成 童教授夸奖了。

童薇薇 你挺不容易的，听说你姐姐也在这个学校读书，你们姐弟俩能先后考上这么有名的大学，在你们那儿，影响挺大吧。

罗甲成 嗯，挺大的，我走时，乡长都来送了，县电视台还采访过。

童薇薇 哟，山里的大名人嘛！听说你姐姐读书也很用功，还特别能吃苦，什么脏活累活都能干，连垃圾都捡，在学校可有名了。

〔罗甲成的面子迅即被剥得一干二净。

罗甲成 （极其难为情地）她……做环保，家里……挺富的，她……做公益……

童薇薇 （忙转变话题）爱做公益好哇。有什么困难需要帮助，你就说话，咱们是同学嘛。

罗甲成 没……没什么困难，挺好的，我家里……挺……挺富有的。

童薇薇 那就好。（欲走）哎，我爸让我通知你，礼拜天他要叫几个同学到家里吃饭，你可是他第一个邀请的哟。

〔罗甲成茫然地看着童薇薇，不知如何应答。

童薇薇 拜拜！（跑下）

〔罗甲成耳旁雷声轰鸣般地响起童薇薇的声音："听说你姐姐读书也很用功，还特别能吃苦，什么脏活累活都能干，连垃圾都捡，在学校可有名了，可有名了，可有名了……"

〔罗甲成痛苦地跑下。

〔罗甲秀挎着一个很大的口袋上，口袋上写着"环保"二字。她边背英语单词，边捡拾着草坪上的垃圾。

罗甲秀 （唱）走出大山已两年，
勤工俭学路渐宽。
纵然生活有千难，
积极应对天湛蓝。

〔罗甲秀向一个垃圾桶走去。当她正从垃圾桶中刨拣垃圾时，罗甲成找上，见状，愤怒地将罗甲秀推搡在地。

罗甲成 姐，我们就真的贫困到这一步了吗？我一来学校就听说，你曾经吃过别人剩下的饭菜、馒头……还说你以环保的名义……捡拾垃圾卖钱，我一直半信半疑，也没有勇气去面对这一切，可……可这一切竟然是真的……你丢尽了爹娘的脸，丢尽了山里人的脸！（愤然将垃圾口袋撕烂，垃圾滚得满地都是）你

让我还怎么在这儿走进走出，你让我还有什么脸面在这里读书哇！（哭着欲走）

〔罗甲秀一把抱住了弟弟的腿。

罗甲秀 弟弟，姐姐……对不起你，姐姐对不起你呀！

（唱）叫弟弟莫要把姐怨，

我也是想帮爹娘减轻点负担。

两个人几十年围着儿女转，

半百人还出门打饼挣工钱。

早五点晚十点终日伴炉炭，

姐不忍把爹娘身上油榨干。

这件事若是让你受轻看，

从此我不把垃圾来拣翻。

求弟弟对爹娘定要隐瞒——

〔罗天福高兴地上。

罗天福 （唱）我老罗的一儿一女就风光在这校园。

〔罗甲秀急忙捡拾散落的破烂。

罗天福 我听你宿舍的同学说你在这里，没想到你姐弟俩都在这里。今天领工钱了，甲秀，赶快给你兄弟把欠下的学费一交。（掏出一沓钱拍得啪啪响）你娘今天愣表扬我哩，说我决定全家挥师西京，算是英明决定哩！哎，你姐弟俩是咋了，闹矛盾了？

罗甲秀 （急忙掩饰地）没……没有，爹。

罗天福 这咋满地的瓶瓶罐罐，是你们弄来的？

罗甲秀 哦，捡的。

罗天福 捡的？

罗甲秀 哦，不，是别人撂在这儿，我们做环保……拾……捡呢。

〔罗天福也弯下腰帮忙捡拾。

罗天福　这可都是些能变钱的东西呀！

罗甲成　（突然愤怒地）你们都别捡了好不？都别捡了好不？（使劲用拳头捶砸着地面）

罗天福　（茫然地看着罗甲成）咋了？

罗甲秀　（继续掩饰地）噢，没咋，弟弟可能是学习……有点压力。

罗天福　娃，学习上的压力，要学会排解呀！

罗甲成　爹，姐姐她……

罗甲秀　甲成！（极力阻止）

罗甲成　爹，你还是把家里那两棵老紫薇树卖了吧，人家答应一棵给三十万，两棵一卖，咱们家就能活得像个人了。

罗天福　你怎么老惦记着我那两棵树哇！

罗甲成　人家把能变钱的东西都挖出来卖了，你还守着它有什么用，能吃？能喝？能顶学费？

罗天福　这些……爹娘还能靠双手挣哪！你看，我和你娘才来三个多月，不就挣了三千五嘛！

罗甲成　咱家明明能一夜致富，你们为啥要起早贪黑？

罗甲秀　甲成！

罗天福　不起早贪黑，就是把树卖个好价，几年也会坐吃山空啊！

罗甲成　可毕竟能改变当下的一切。

罗天福　你真是身在福中不知福哇，上这么好的学校，吃恁白的蒸馍，还想咋？

罗甲成　爹，你可能做梦都没想到吧，你女儿她……

罗甲秀　甲成！

罗甲成　她……

罗甲秀 甲成……

罗甲成 她一直在捡破烂！

罗天福 你说什么？

罗甲成 我姐不让你们给学费和生活费，一部分是做家教挣的，每月吃饭钱……都是靠在校园捡破烂……捡下的呀！（捂住脸跑下）

〔罗天福一屁股瘫坐在地上。

罗甲秀 爹，我给你……丢脸了！

罗天福 （嘴里喃喃着）闺……闺……闺女呀！

（唱）你为何要这样亏欠自己，

哄着爹瞒着娘独自饮泣。

家虽穷也不在一粟一米，

苦了根伤了秆误不得花期。

罗甲秀 爹！

罗天福 （唱）你为何要拒绝爹娘的补给？

你为何要回绝乡上的惠及？

你为何要退回亲戚的周济？

吃了苦受了罪还只字不提。

罗甲秀 （唱）儿知道爹娘累不堪压挤；

儿懂得亲戚穷都有难题；

儿不愿伸手要想靠自己；

儿有手就能够自强自立。

罗天福 （唱）女儿的手需要养最怕粗粝，

罗甲秀 （唱）爹娘的手糙如铁更需休憩。

罗天福 （唱）儿还小上学进取家里应兜底，

罗甲秀 （唱）爹娘老生活艰辛儿女该疼惜。

罗天福 （唱）你说那老紫薇该不该放弃，

罗甲秀 （唱）我相信你们祖祖辈辈护树的道理。

罗天福 （极其感动地唱）

爹看到了希望，

爹感到了荣光。

都说笑贫不笑娼，

我闺女捡拾垃圾，自立自强，谁堪笑话，

谁配中伤？

我也曾是教书匠，

盼的是学生能担当。

闺女懂事又向上，

我苦死累活都无妨。

（慢慢捡拾起垃圾口袋）

只是这口袋应该挎在爹肩膀，

你专心学习莫彷徨。

（将破烂的垃圾袋挎在自己肩上）

我真想给你们一个体面的家庭体面的爹娘，

让你们体体面面、快快乐乐、风风光光活得生命都张扬。

（落泪）

罗甲秀 爹！（紧紧抱住父亲，父女相互拭泪）

罗天福 （唱）别难过，莫悲伤，

有春绿就会有秋黄。

苦日子咱要当歌唱，

看天边晚霞正烧出火凤凰。

〔秦腔黑头声昂扬楔入：

我大，我爷，我老爷，我老老爷就是这一唱，

慷慨激昂，还有点苍凉。

不管日子过得顺当还是恓惶，

这一股气力从来就没塌过腔。

〔远处晚霞似火，湖光尽染。

第三场

〔清晨。

〔西门锁家院落。

〔东方雨老人仍在国槐下拉着板胡。

〔罗天福的租房内传来打饼声，声音很响。

〔东方雨老人放下板胡，认真倾听打饼声音，并掐表做着计算和记录。

〔阳乔上。

阳　乔　哎，老罗，罗家老汉。

〔罗天福急忙从房内出。抹了一脸面粉。

罗天福　哎哎，来了！

阳　乔　我早上晾晒在这儿的拖鞋咋不见了？

罗天福　不知道哇。

〔罗甲成上。

阳　乔　那可不是垃圾，你可不敢当垃圾拾回去了，这可是意大利真皮的，两千多块呢。

罗天福　你看东家说的，我咋会做这事呢？

阳　乔　你一家人不是都爱到处捡么，哎，你家到底是打饼的还是捡垃圾的，要捡垃圾可不能在我这院子住。

罗甲成　你说啥？

阳　乔　要捡垃圾就不能在我这儿住，不安全。

罗甲成　你……

罗天福　（急忙阻挡）你姨人家说得对着哩，我们不专门捡，有时就是顺手……

阳　乔　顺手……牵羊？

罗天福　可……可这鞋我们确实没捡呀！

阳　乔　没捡，它还能长眼睛飞了？

罗甲成　你凭什么丢了东西就要怀疑我们？

阳　乔　（极轻蔑地）凭感觉。

罗甲成　（愤怒地）你……

阳　乔　咋，莫非你还想打人咋的？

罗天福　（阻止）甲成，心里没鬼，不怕敲门。东家，不过我也想多说一句，你不要老用这种眼光看待我们，我们可能穷一点，但做人还是有下数的。

〔罗甲成还想论理，被罗天福硬拉了回去。

阳　乔　哼，谁拾了我拖鞋，穿上遭驴踢。（院子一角突然传来小狗叫声，阳乔像发现什么似的猫下腰）妞儿，虎妞儿，我的乖妞妞。（小狗叫声继续）

〔阳乔抱出小狗，小狗叼着一只皮拖鞋。阳乔偷偷拉出另一只，欲溜下。好像觉得脑后有眼睛，急转身一看，大树背后只有东方雨，老人似乎并没有发现这一切。阳乔掖了掖拖鞋急下。

〔东方雨老人用犀利的目光久久盯着阳乔消失的背影。

〔贺春梅上。

贺春梅 东方老伯，（从包里掏出一份文件）您给市上写的《关于西京城千年大树保护方案》的建议稿，领导批了，让我给您反馈一下。还有您反映的农民工应享受城市市民的几项待遇问题，我已转上去了。

〔东方雨连连点头。

〔旺春嫂领着几个妇女，拿着各种包包蛋蛋的行李上，到处东盯西瞧。

贺春梅 你们是……

旺春嫂 我们来找罗村长的。

贺春梅 （不解）罗村长？

妇女甲 罗老师。

贺春梅 （仍不解）罗老师？

旺春嫂 过去是我们娃的老师，又当过我们的村长，现在进城打饼，发了，我们来寻他的。

贺春梅 发了？发什么了？

旺春嫂 发大财了，扑哧扑哧的（形容胖）。

〔罗天福从房内出。

罗天福 啊，旺春嫂，你们怎么来了？贺主任，乡亲，都是乡亲。

旺春嫂 罗村长，听说你到西京城打饼发大财了，这手艺我们都会么，把我们也领上吧！我们保证：

众村妇 不闯红灯，不随地吐痰。

村妇甲 （唱）我能把饼擀得薄如缎，

村妇乙 （唱）我能把面揉得筋似砖。

村妇丙 （唱）我能把大料调得香三里，

村妇丁 （唱）我能把叫卖声喊得穿过一架山。

罗天福 （哭笑不得）都听谁说我发大财了？

村妇甲 都说呢。

村妇乙 城里是个大富矿。

村妇丙 谁来都能挖一筐。

村妇丁 咱的手脚都不笨。

旺春嫂 请把我们也带上！

罗天福 （无奈地）好好好，先到屋里坐，屋里坐。（让旺春嫂等进房）

贺春梅 呵呵，乡亲们挺信任你的嘛。

罗天福 不知都听谁说的，我也是泥菩萨过河哟。（猫腰观察阳乔丢鞋的地方）

贺春梅 你找什么？

罗天福 噢，不找什么。

贺春梅 你家的饼打得还有点影响了。

罗天福 嘿嘿，又有几个小馆子要哩，晚上在家加点班。（仍在找）

〔贺春梅从裤兜里掏出一把水果糖来。

贺春梅 哎，这是刚才社区里王黑蛋子结婚哩，硬塞给我一兜兜糖。

罗天福 哎不要不要，老给哩。

贺春梅 客气啥嘛，快拿上。（硬塞在了罗天福手上）不过晚上打饼的声音得小一点，隔壁邻舍有意见哩。

罗天福 一定改正，一定改正。

贺春梅 房东家是不是老赌博哩？

罗天福 嘿嘿，没有吧，我不知道。

贺春梅 没看出老罗还是个老滑头哇。

罗天福 嘿嘿，贺主任请等一下。（进房取出一塑料兜千层饼来）给，拿上。

贺春梅 哎不要不要，你这是商品，咋能随便拿呢？

罗天福 这是咱自家打下的。

贺春梅 自家打的也是商品嘛。

罗天福 见外了吧，这要在乡下，就是贺主任瞧不起我老罗哇。

贺春梅 噢，好好，我拿一个。

罗天福 都拿上。

贺春梅 不行，绝对不行。（老罗强要给）好好，再拿一个，小本生意不容易。快忙你的去吧！

〔贺春梅拿了两个千层饼，先是准备装在一起，想了想，又分别装在了两个口袋里。

〔阳乔突然拿着独凳从房里把西门锁撵了出来。

阳　乔 你个老不正经的臊公鸡呀……（一凳子砸过去，西门锁像耍杂技一样刚好接住）我不想活了，我痛苦得很，生命不能承受之重啊！

贺春梅 咋了？

阳　乔 哦，贺主任在这儿。

贺春梅 是贺副主任。

阳　乔 哎呀，你不要把那个副字咬得那重啊，反正你是政府，得给我做主哇！

贺春梅 咋了吗？（见西门锁欲溜）你先甭走。

阳　乔 你叫他自己交代。

贺春梅 咋回事吗？三天两头不和谐。

西门锁 没……没啥，她要麻迷呢。

阳　乔 还说我耍麻迷，他打麻将，我刚出去一会儿，就偷偷踩一个女人的脚，上边眉来眼去“放牌”，下面勾勾搭搭“磨电”哪！

贺春梅 哦，你们不是一直不承认赌博吗？

阳　乔 赌了，大赌徒哇，赢了还不上交。

西门锁 唉，谁摊下这婆娘，算是倒八辈子血霉了。

贺春梅 你们家的问题看来很严重啊！

阳　乔 严重得很严重得很，他过去就有前科。

贺春梅 啥前科？

阳　乔 踩脚前科。

贺春梅 踩谁的脚了？

阳　乔 你问前科犯自己。

贺春梅 （问西门锁）踩谁的脚了？

西门锁 你没问她，是她先踩我么还是我先踩她？

阳　乔 猪脚先踩我了。

西门锁 唉，把个老实本分的前妻都踩没了，还说啥呢。

阳　乔 你看看，你看看，贺政府，你要为我做主哇，他能把前妻踩没了，就能把后妻也踩没呀！我痛苦得很，痛苦得很，生命不能承受之重啊！

〔众房客偷乐。

贺春梅 你这回到底踩了没？对政府要讲老实话。

西门锁 踩……是踩了，可……可不是故意的。

阳　乔 还不是故意的，你把那娘们踩得“吱”的一声，还要咋故意？

贺春梅 你们家的问题确实很严重啊，不仅赌博，而且还有苟且之事，看来我得下茬管一管了。（见院子乱哄哄的人太多）走，屋里请！

阳　乔　（对西门锁）走！

〔西门锁和阳乔向房里走去。

房客甲　好货呀。

房客乙　瞎屃么。

房客丙　（悄声地对贺春梅）把两个赌徒一回办到局子里去。

贺春梅　你个瞎东西，就爱搞不和谐。（将一个千层饼塞进了房客甲的嘴里）

房客丁　这家里好货少，最好连窝端。

贺春梅　你更是唯恐天下不乱。（将另一个千层饼塞进了房客乙嘴里。整装进房）

〔众议论着散去。

〔金锁烂醉如泥上，一下跌在独凳旁，边唱边起《独凳舞》。

金　锁　（唱）昨夜蹦迪到今早，

出门遇条大藏獒。

逗狗碰着鹦鹉鸟，

会说周末您逍遥。

中午又是同学叫，

开心喝得有点高。

好像踢了狗肉煲，

还给桌上攮一刀。

〔金锁一屁股跌坐在独凳上，独凳倒地，金锁随着倒地。

〔罗甲秀上。

罗甲秀　哎呀金锁，你咋喝成这样了？

金　锁　我……我是回来上课的，甲秀姐来了，我要上课。（自己从凳

子底翻上来，又跌下去）

〔罗甲秀急忙搀扶。

金　锁　（一把抓住罗甲秀）姐……姐……

罗甲秀　（害怕地）你……你咋了？

金　锁　我喜欢姐……我喜欢姐。

罗甲秀　你胡说啥呢。

金　锁　就是……我可喜欢姐了，自从有了姐，我就爱学习了，你教英语，我……我爱英语，你教数学，我……我就爱数学……

罗甲秀　爱了好好学就是了。（躲避地）你赶快回去休息吧，今天我有事，不能上课了。

金　锁　（胡搅蛮缠地挡住去路）不行，非上不可，是……是你让我上……上了学习瘾了，不学……不行！坚决不行！

罗甲秀　你喝成这样咋学吗？

金　锁　就……就这样学，我看着你，你……你看着我，就这样……我给钱，很多钱……我爷留的多的是。（掏出钱，还有一沓卡）卡也行，一刷，啥都有……

罗甲秀　你才多大个娃，咋学得这坏的？

金　锁　不……不是坏，是……是爱！（一把抱住罗甲秀）

〔罗甲成上，见状恼羞成怒，顺手操起了独凳。

罗甲成　西门金锁，你个恶少！

（唱）早就想让你挂彩，

　　早就想给你教乖。

　　野地的倭瓜难做菜，

　　天生的歪树不成材。

　　我叫你坏，我叫你爱，

我叫你狗脸花开桃红腮。

〔追打中罗甲秀拼命阻挡，但最终凳子还是落在了金锁身上。

金　锁　杀……杀人了，这回是真的……杀人了……

（被凳子重重地砸倒在地）

〔罗甲秀惊呆。

〔阳乔闻讯跑上，西门锁与贺春梅跟上。

〔罗天福、淑惠和众人也纷纷从房内出。

阳　乔　天哪，真的杀人了哇！金锁，我的儿子耶！

贺春梅　怎么回事？谁打的？

罗甲成　我。

贺春梅　是失手了吧？

罗甲成　不，故意的。

众　啊！（惊呆）

贺春梅　（一摸金锁的气息）还不赶快送医院。

〔舞台急剧变动。

〔大槐树仍在，东方雨老人又在拉板胡。

〔罗天福租房中。罗天福正在教训罗甲成。

罗天福　（唱）你野性难驯不成器，

遇事躁乱似火逼。

不懂放小守大义，

莽汉挥刀把祸罹。

罗甲成　（唱）姐姐懦弱常掩泣，

逆来顺受软如泥。

罗天福　（唱）你姐以柔克刚心坚毅，

目标存远是高棋。

你心胸狭隘认死理，

争强好胜总折旗。

罗甲成 （唱）我们难道该受气？

罗天福 （唱）打人能叫啥出息？

罗甲成 （唱）忍到何处是尽地？

罗天福 （唱）大事不乱人生就未把头低。

罗甲成 （唱）阿Q就是父亲你，

罗天福 （气急败坏地）你……你……

（唱）你貌似强力，实则猴急，心地狭小，处事偏激，你是一个越活越小器的混账东西。

〔罗甲秀上。

淑　惠 （急切地问）人怎么样了？

罗甲秀 还好，没出大事，骨头也没伤着，街道办贺主任一直在帮我们说话呢。不过……人家让立马先拿一万块钱过去看病。

淑　惠 啊！（一下软瘫在凳子上）

罗甲成 不给，啥东西？

罗天福 你嘴硬，我看人家要的不多，你凭什么行凶，凭什么打人？你像不像一个大学生？像不像一个城市文明人？你这才叫丢尽了乡下人的脸。没说的，给人家拿钱，我看应该加倍赔偿。拿！

〔淑惠从暗角取出一个包袱，打开是一大包袱零钱。

〔一家人围在一起整理。

罗天福 （对罗甲成）还不过来帮忙？

〔罗甲成极不情愿地走了过来。

〔一家人起《理钱舞》。

罗天福 （唱）一点点收，一点点攒，

淑　惠　（唱）把破的交给娘一片片粘。

罗甲秀　（唱）这些钱浸透了爹娘的血汗，

罗甲成　（唱）不忍动不忍看我心如刀剜。

罗天福　（唱）一点点数，一点点验，

淑　惠　（唱）把残的挑出来别混在里边。

罗甲秀　（唱）爹娘穷志不短为人良善，

罗甲成　（唱）见屋檐就低头马善被人鞭。

〔零钱理好。淑惠数了数。

淑　惠　他爹呀，这回窟窿捅大了，恐怕也只好先卖一棵紫薇树，让眼前这关先过了哇！

罗天福　你怎么也打起紫薇树的主意了。除非我死了，那两棵紫微树谁也别想动。

罗甲秀　爹，我这还攒了一点，一起先凑凑吧，不够了，我去贷点款。

罗天福　（颤巍巍接过女儿的钱）算爹借你的！

（唱）交了钱再去给人家道个歉，（对儿子）

做错了万不能耍横蛮。

咱罗家知书达理是非明辨，

输了理充硬汉那是刁顽。

安下心扑下身子好好把书念，

有了根有了本路径自然宽。

要自尊咱先得自省自勉，

要硬气咱就需硬在骨头里边。

〔罗甲成慢慢接过钱，牙骨咬得咯嘣作响。

〔秦腔黑头声至：

我大，我爷，我老爷，我老老爷就是这一唱，

慷慨激昂，还有点苍凉。

不管日子过得顺当还是恓惶，

这一股气力从来就没塌过腔。

〔东方雨老人的板胡声旨远沧桑。

第四场

〔一年后。

〔夜色中的大学校园湖畔。

〔罗甲秀提着行李徘徊着。

罗甲秀 （唱）大学毕业情未了，

即将离校热泪抛。

绕树三匝恋枝鸟，

一朝飞去哪是巢？

〔罗天福提了些千层饼上。

罗天福 甲秀，爹不是说了，来帮你拿行李么，咋自己都背出来了？

罗甲秀 爹，我能背动。

〔罗天福欲挑行李，突感腰痛地闪了一下。

罗甲秀 爹，快放下。（给爹捶腰）爹，我咋听说……你到一个工地推销千层饼，让人家……打了！

罗天福 （故意轻描淡写地）噢，人家那工地连着丢东西，爹不知道，进去让人家误抓了，人家已经赔礼道歉了。

罗甲秀 打得重不？（掀起衣服看脊背，惊异地）啊！

罗天福 没事，都快好了。可不敢叫你弟知道，那犟脾气，知道了惹事呢。

罗甲秀 （难过地）爹！我回来帮你。

罗天福 娃呀，你能找下好工作，还是要努力找工作哇！

罗甲秀 我一边帮你一边找。

罗天福 噢，也好。你看我弄了个新包装，既卫生又好提，就叫天福牌千层饼，帮村里来的人都推销推销。我想你们学校大灶人多，能不能……

罗甲秀 爹，我去试试。

罗天福 该不伤我娃面子吧？这事我也想了好久，就是怕……

罗甲秀 这有啥？爹你先回去吧，我去试试。

罗天福 噢，好。（艰难地挑起行李下）

〔甲秀正欲走，金锁从树后蹿出。衣服被划乱，手上脸上都是伤。

金　锁 姐！

罗甲秀 你咋在这儿？你又打架了？

金　锁 噢，没有。你不是今天毕业离校吗？我是来帮忙的。看，我买了辆跑车，专门来接你呢。（将车钥匙扔给罗甲秀）给，喜欢了就是你的。

罗甲秀 嘿嘿，你真是太孩子气了。（将钥匙还给金锁）谢谢你了，我的东西已经拿走了。

金　锁 我都看见了，让岳父抢了头功。

罗甲秀 （顿生恼意地）你才多大个人，咋尽说些没头没脑的话呢？

金　锁 我都十八了，马上就过生日呀。姐，你看我给你逮了个啥。（从怀里掏出一只蝉）哦嗬，捂死了。

罗甲秀　金蝉？

金　锁　我看你老爱听树上的蝉叫，说可像回家乡的感觉，我就给你逮了一只。

罗甲秀　你是上树把身上划烂的？

金　锁　嘿嘿，没事。

罗甲秀　（心疼地给金锁整理衣服伤口）金锁你呀！你应该把全部精力放在学习上，今年没考上大学，明年继续努力嘛。

金　锁　我还努力啥呢，姐，你觉得我还缺啥吗？

罗甲秀　呵呵，知识也不缺吗？

金　锁　要那谝哪，我看把钱能数清就行。咱院子看树的老头该有知识吧，到头来就看了一棵树，我想我老了天天有钱数，总比他混得强吧。

罗甲秀　（无奈地摇摇头）金锁，你整天尽和一些街道闲人卷在一起，怎么老是不长进呢？

金　锁　我哪里不长进了，去年没车，今年有了，还没长进？姐，我可爱你了。

罗甲秀　再别瞎说了，快回去吧，我还有事。（欲走）

金　锁　姐，我知道你这一毕业，还没工作呢，放心吧，有我呢，咱家不差钱。

罗甲秀　（无可奈何地）嘿嘿，我会找到工作的，你快走吧！

金　锁　姐！（突然从怀中掏出一枝玫瑰花，学西方求爱礼节地单腿跪地，煞有介事地唱）

　　这枝玫瑰不掺假，

　　是鲜红鲜红的玫瑰花。

　　求你能把它收下，

爱你是我真心的表达。

罗甲秀　（唱）你快站起别犯傻.

小心花刺把手扎。

我也心疼小弟你，

那是一杯清纯的茶。

金　锁　（唱）你毕业不用把工打，

我端直把你接回家。

爸妈要是不同意，

我一把火将房烧垮塌。

罗甲秀　（唱）求你莫再说混话，

赶快离开别磨牙。

倘若我弟看见了，

又是雷电劈彩霞。

金　锁　（唱）他那几下我不怕，

转眼还得赔伤疤。

你若不把我接纳，

我……我就跳进湖里喂王八。

罗甲秀　你……（气恼异常地转身就走，金锁阻挡，纠缠不休）你干什么？你要干什么？

金　锁　（失控地）我爱你，我就喜欢你这种村姑型的，城里女娃都假得很，我……我就爱你……（强行拥抱罗甲秀）

〔罗甲秀终于忍无可忍地狠狠将金锁掀翻在地，然后哭着跑下。

〔金锁傻愣在那里。

金　锁　（活动活动胳膊腿，对着湖面怒吼地）野蛮女友！（然后无处发泄地狠狠踢翻一个垃圾桶，又掀翻一个座椅，再拔起一棵小

树后离去）

〔罗甲成上。

罗甲成 （唱）晚霞如酒红胜火，

湖光似烧漾金波。

爱上校园人一个，

心中红日欲喷薄。

十年寒窗风雪裹，

一朝出头要放歌。

一切机遇绝不舍，

人上人也是凡身肉胎猿猴科。

〔罗甲成心情大好地扶起被金锁掀翻的垃圾桶和座椅，并栽植着被金锁拔起的小树，一边神情迷离地向远处张望着。

〔童薇薇上。

童薇薇 （唱）甲成盛邀难藏躲，

言说有诗需雕琢。

举止怪异闪又躲，

到底相约树哪棵？

〔罗甲成从树后闪出。

罗甲成 （唱）就是相思树西侧，

童薇薇 （唱）像是抗战把敌磨。

罗甲成 （唱）晚霞如虹撩心魄，

童薇薇 （唱）今夜恐要起风波。

罗甲成 （唱）湖岸相携一对鹅，

童薇薇 （唱）让我惊飞各回窝。

罗甲成 （唱）千万别把它恫吓，

童薇薇　（唱）你要谈诗何不说？

罗甲成　（唱）满目尽诗你不唱和，

童薇薇　（唱）我是能动专业吟诗拙。

罗甲成　（唱）校花一朵你才情绝，

童薇薇　（唱）这样的夸奖像戏说。

罗甲成　对不起，我……我让你弄得没词了。薇薇，你……你难道就感觉不到我……我的……

童薇薇　你的什么？

罗甲成　我对你的……那点意思吗？

童薇薇　什么意思？

罗甲成　噢，你对我的，我全感觉到了。学生会选举，你推荐我做候选人，并且还动员那么多同学支持我。

童薇薇　这是因为我觉得你能代表一个方面。

罗甲成　恐怕还有其他……更加温暖的含意吧。

童薇薇　什么温暖的含意呀？

罗甲成　你对我的……关爱……

童薇薇　是呀，同学嘛，应该的。

罗甲成　可这里面……分明有更深的……意味（用英语单词说）……

童薇薇　关爱就是关爱，还有什么意味呀？

罗甲成　那是……是一种特殊的感情……

童薇薇　你想偏了吧？

罗甲成　（有点茫然地）薇薇，难道你……你平常对我的那些感情都……

童薇薇　罗甲成同学！

（唱）爸爸始终教育我，

要关爱弱者把雨露播。

你姐弟的故事如青果，
苦涩的经历让我把泪落。
默默为你发光又添热，
只是想帮你走出困顿的生活。

罗甲成 （深感遭侮辱地）童薇薇，你瞧不起我？

童薇薇 没有，你的学习成绩比我好，我很敬佩你呀！

罗甲成 可你在骨子里瞧不起我。我一直以为你待我很平等，原来你早已把自己放在了拯救者的位置上，你凭什么帮助我，我家是贫困户吗？我向你们申请过救助吗？

童薇薇 对不起，我是在执行学生会的“一路同行”计划，这个计划之所以秘密进行，就是害怕伤害你们的自尊。我偷偷跟随过你一次，看见过你爹娘打饼的身影……对不起，你太敏感，心理太脆弱，我的帮助也只好遮遮掩掩，让你误会太深了……今天既然说破了也好，关爱和爱情是有本质区别的，如果关爱伤害了你，我们马上撤销对你的行动计划。罗甲成同学，再次深深向你道歉，对不起！（深深鞠躬）另外，我还想告诉你，你的学生会主席团候选人资格被取消了。

罗甲成 （大惊）为什么？

童薇薇 还需要我告诉你吗？你在网上强力攻击你的竞争对手，同学们都认为你求成心切，有失风范，全部倒戈。对不起！（下）

〔罗甲成被彻底击倒在草坪上。

〔天空隐约滚过雷声，闪电。

罗甲成 （唱）一席话灵肉刺痛天地倒错，
赤裸裸尊严失尽面皮全剥。
我本想爱情事业双双结果，

谁料想西绪福斯巨石推上又滑落。
原以为走出大山天就辽阔，
挣断肠跳过龙门命越龟缩。
告别了沟壑，
告别不了我的穷窝。
走进了城郭，
走不平等我的人格。
一心想催生花朵，
不曾想招来恶魔。
我还上的什么学，
弄巧成拙的污点怎涤濯？
我第一次深刻认识我，
再努力还是一个登不上台面、进不了场面、
遭人边缘的山里哥。
满目诗意全凋落，
湖光黯淡尽混浊。
找一个无人知我根底的处所，
过一种没有侧目而过、同情施舍，人格平等的生活。

〔愤然将自己刚刚扶起的垃圾桶和座椅又掀翻在地，正欲放浪而去。

〔罗天福挑着一担用塑料布包裹着的千层饼上。

罗天福 甲成，你姐给你们学校大灶联系了一下，人家立马让先送一百个千层饼过来试试。这个路子要能开通，村里新来的这一拨人吃饭问题就解决了。

罗甲成 （愤怒异常地）让千层饼见鬼去吧！

罗天福 我娃咋了？要是嫌丢人，爹挑回去就是了。

罗甲成 （突然号啕大哭起来）爹，我们放弃吧！

罗天福 放弃什么？

罗甲成 放弃你的西京梦，放弃一切。什么奋斗都是徒劳的。（愤然踢飞垃圾桶）

罗天福 娃你咋说这话呢？这……这都是你干的？（指着被破坏的设施）

罗甲成 爹，在你眼中，我和姐姐是龙，是凤，你以为我们上了大学，就能成龙成凤，改变命运，可实际上，我们掏空家底，搭上老命，仍然是城里人眼中的下三滥。姐今天毕业，还不知啥时才能就业，再别给自己编织虚幻的梦想了，你和娘赶快回去吧，在乡下还能像人一样地活着，在这儿，你就是污水，是“牛皮癣”，是贼……

罗天福 你……你咋……

罗甲成 爹，靠打饼实现不了你的西京梦，你们赶快回家养老去吧！去你的，千层饼！（狠狠踢飞饼担子跑下）

罗天福 甲成——！

（唱）炸雷击顶梦重创，

天塌地陷抽脊梁。

十几年好学上进的读书郎，

进城变成了秉性顽劣的走火枪。

是什么让他心迷惘？

是什么将他变乖张？

日渐孤愤心志丧，

挫败了为父殷殷期望苦心浇灌

望子成龙血一腔。

我是个失败的教书匠，

把儿子教成了叛逆郎。

我是个失败的领路爹，

西京梦将夭折深感悲凉。

（罗天福慢慢扶起被罗甲成毁坏的一切，人动景移，罗天福挑着千层饼行进在雨夜中。跌倒）

真想蜷缩进家乡的热炕，

真想醉卧在故乡的荷塘。

守着我那花开如火的紫薇树，

望着我那书声琅琅的小学堂。

（慢慢爬起）

腰杆已背不动日子的细账，

精神已撑不住岁月的漏光。

日子不是苦尽甘来节节向上，

生活不是付出回报两相抵偿。

日子是天天激战无战况，

生活是年年拼命少华章。

我真想一卧不起退下场，

我真想一病不治皆了亡。

可老伴浑身病痛谁将养，

女儿她毕业尚无落脚方。

最愁儿子变态相，

一旦生恶必疯狂。

不能为社会造栋梁，

也不能给人间养毒疮。

好乡亲也指望我把路蹚，

这信任把我卑微的生命照亮堂。

一切都不能往下放，

老罗的担子还得老罗咬紧牙关往前扛。

〔西门锁家院落出现。

罗甲秀 爹，甲成他……

罗天福 他怎么了？

罗甲秀 他离家出走了！

〔罗天福大惊。

〔院子里所有人都为罗家忙活起来。

旺春嫂 罗村长，莫急呀。

房客甲 我们都在帮忙找着哩。

房客乙 这娃会走远吗？

房客丙 恐怕不会近。

房客丁 啥事能气成这样？

房客戊 我看娃不想活的心思都有哇！

房客己 东方老人问过他一句。

房客庚 他回答得可噌了。

房客辛 他说：不想再见天日！

罗天福 啊！（扔下担子）甲成——！（追下）

〔黑头的咏唱凄厉而至：

我大，我爷，我老爷，我老老爷就是这一唱，

慷慨激昂，还有点苍凉。

〔暗转。

第五场

〔西门锁家院落。

〔东方雨老人依然在古槐下拉着如泣如诉的板胡。

〔童薇薇、罗甲秀和母亲淑惠在向远处瞭望。

〔众房客围上。

旺春嫂 姨，还没消息?

淑　惠 没有。

罗甲秀 他就在网上留了一句话，说别找他，他到很远的地方打工去了。

旺春嫂 这孩子也太不懂事了。罗村长去找娃也走十几天了。唉!

房客甲 姨，我帮你打听了，我们那一片工地，没人听说甲成去过。

淑　惠 唉，都麻烦你们了。

众 （议论）会到哪儿去呢?

〔贺春梅上。

众　贺 主任！政府那边有消息吗?

贺春梅 （摇摇头）还没有，不过全市派出所都备案了。

淑　惠 谢谢大家惦记了，谢谢！谢谢!

众 姨，你还要保重身体！人一定会回来的。

童薇薇 罗阿姨，别着急，我们都在找他，相信他会回来的。

淑　惠 噢，谢谢！谢谢贺主任！谢谢同学们！（罗甲秀搀扶母亲进房）

〔童薇薇下。

〔富贵叔领着几个乡下老者，扛着大包小包的行李，探头探脑地上。

旺春嫂 富贵叔，你们怎么来了？

富贵叔 哎呀，总算找到了。罗村长也住这儿吧？

旺春嫂 你们怎么也来了？

富贵叔 奔罗村长来了。

老者甲 （唱）我能把饼擀得薄如缎，

老者乙 （唱）我能把面揉得筋似砖。

老者丙 （唱）我能把大料调得香五里，

富贵叔 （唱）我能把叫卖声喊得穿过两架山。

旺春嫂 还叫卖呢，甲成跑了一个多月不见人影，罗村长去找，到现在也没个消息。都先到我们家里歇着吧，等罗村长回来看咋弄。

贺春梅 你们就这么信任你们的罗村长？

富贵叔 嗨，罗村长你不相信你相信谁？那是绝对的。

〔众议论着进房。

〔贺春梅欲下，西门锁与阳乔从房里撕抓出。

阳　乔 （几近疯狂地）你必须老实交代！

西门锁 交……交代啥吗？

阳　乔 你到底给了那个骚货多少钱？真的要活活把我气死嘛……（撒泼地一屁股瘫在地上）

西门锁 你真格不嫌丢人丧眼吗？（欲拉阳乔）

阳　乔 （闹腾得更凶）活不成了，我活不成了哇……

贺春梅 （冷冷地）还嫌这院子不闹吗？

阳　乔 你这话啥意思？你就这样关心老百姓的痛痒啊？

贺春梅 哪儿痛，说！

〔有人给贺春梅搬来了凳子。

阳　乔　你问他。（指西门锁）

西门锁　呵呵，内部矛盾，人民内部矛盾。

阳　乔　已经转化到外部了。

贺春梅　咋回事？

西门锁　（张口结舌）哎……哎……诬陷好……好人哩。

阳　乔　你再是好人，那世上就没好人了。他，他把一大沓钱给了上一回踩脚那个骚货，让我逮了个正着哇！

贺春梅　（对西门锁）有句俗话说，六十岁尿炕——老毛病哪！

西门锁　人……人家是借哩。

阳　乔　这比猫借耗子还可怕呀！贺主任必须得给我撑腰哇。

贺春梅　是副的。

阳　乔　都已经常务了，能拿事么。你说把这号老前科犯咋办呀吗？

房客乙　凉拌。

贺春梅　去去去，起哄啥呢。钱拿走了没有？

阳　乔　让我一把给抓回来了。他把我坑苦了哇，十八年了，我原来一尺八的腰围，看看现在；我过去脸上粉嘟嘟的，看看现在……唉，真是"敌营十八年"哪！

贺春梅　那是自然现象么。

阳　乔　我这都是让他气的来，我痛苦得很哪，我一想起脸上的皱纹被他气得一天天多起来，我就不想活了哇，生命不能承受之重啊！活得太累太痛苦了哇！西门锁，我跟你这个低级动物没完。

房客甲　（故意地）人是高级动物。

阳　乔　男人这个动物不是，至少目前我还没看出来。

房客乙 你是太轻闲了。

房客丙 脑子容易搁事。

阳　乔 你们农民工懂什么，吃饱了，穿暖了，有活干了，工钱拿到了，就睡得跟猪一样。可我们有精神生活哇，你们哪懂得精神痛苦有多痛苦哇！

房客丁 你睡着的那个鼾声可不比我们美妙。

房客戊 三层楼都震动呢。

房客己 （悄声地）能跟驴PK。

房客庚 你是筋懒得痛苦。

房客辛 不是精神痛苦。

阳　乔 去去去，我的精神真的痛苦得很哪，贺主任哪！

贺春梅 （无奈地）你的确很痛苦，我都为你感到痛苦哇！

阳　乔 这下我跟政府总算坐到一条板凳上了！（挤到一条板凳上坐着）

贺春梅 （愤然站起）都是钱烧的来。（板凳翘空，阳乔一屁股蹾在地上）

〔一房客跑上。

房　客 不好了，金锁在街上醉酒飙车，把人……人卷到车轮下边了！

阳　乔 啊，天哪！都是你这个低级动物养的好货呀！（揪着西门锁急下）

贺春梅 唉！钱少了不好过，钱多了也过不好哇！

〔众议论着散去。东方雨老人仍在给唐槐挂吊瓶。

罗天福 （内唱）恨甲成不懂事一逃千里——

〔罗天福拉着罗甲成上。

（接唱）投黑矿下煤窑犟得出奇。

罗甲成 （唱）我甘愿不见天沉到井底，

再不想在世上被人看低。

罗天福 先回家再说。

罗甲成 爹，我说过了，你就是把我弄回来，我还是要走的，反正我不上学了。

罗天福 你……

〔院中房客闻讯围上。

房客甲 娃呀，你终于回来了！

房客乙 可怜天下父母心哪！

房客丙 太不懂事了！

房客丁 你爹娘撸你几棍都应该。

〔罗甲成恼羞成怒地再次夺路欲走。

〔罗甲秀与母亲急上。

淑　惠 甲成！（上前悲喜交加地狠狠打了罗甲成几拳，声泪俱下）

房客戊 你真是太不争气了，孩子。

房客己 你都快把你娘逼疯了，还不快回去。

房客庚 东方老伯，你有知识有文化，劝劝这孩子吧。

众 劝劝这孩子吧！

罗甲秀 甲成！（暗示让他搀扶母亲，罗甲成上前搀住母亲，极不情愿地慢慢向房中走去）

〔罗甲秀被东方雨老人叫到了一旁。

〔舞台变换。

〔罗家租房内。

〔罗天福一关上门，即顺手操起锅盖，向罗甲成打去。罗甲成一动不动，淑惠急忙抢锅盖。

淑　惠 他爹，你干啥呢？甲成，还不给你爹跪下。

〔罗甲成不屈服地扭扭脑袋。

〔淑惠将罗甲成压跪在地，罗甲成又站了起来。淑惠无奈，紧紧用背顶住锅盖，无意间挨了好几锅盖。

淑　惠　你个犟牛瘟哪，你就给你爹认个错吧！你爹是为你们付出太多了，把你们都想得太好了，你这样……他咋受得了哇，娃呀！

（唱）自你出走那一天，

一家人心上把刀悬。

你爹三日未进米和面，

夜夜找到五更寒。

不懂事还不听劝，

娘咋养下你这亢硬性子倔巴男。

〔罗天福深感绝望地扔下锅盖，拿起灶台上一瓶酒，仰脖灌下，老泪纵横。淑惠又急忙起身抢酒瓶。

淑　惠　他爹，别再折腾自己了。

〔罗天福突然失声痛哭，踉跄走进布帘隔出的内室。

淑　惠　甲成，看把你爹气的，你这一塌火，算是把你爹的筋骨抽了哇！你觉得咱家不行了，没指望了，可我跟你爹几十年，从来没有这种感觉哇，再遇见沟呀坎呀的，你爹都能撑得住，扛得下，迈得过去呀！

罗甲成　（嘟囔地）也活得太窝囊了。

淑　惠　你说啥？你爹活得窝囊？

罗甲成　还不窝囊？还想我们跟他那样活一辈子？无尊严，毋宁死！

淑　惠　你说啥？

罗甲成　你看看他一辈子，教民办十几年，该转正了，让人家一脚给踢了，村长当得好好的，又让人家踹了，吭都不吭一声，还要咋窝囊？

淑　惠　（生怕罗天福听见）你悄声些。娃呀，既然说到这事，你也想想你爹是咋样为人处世的。他本来再熬两年多，民办教师就够转正年限了，可上边派来了大学生……我以为你爹彻底给打趴下了，谁知新来的老师，竟然是他去山外接回来的。一村人都说他傻，可他说，人家娃是师范大学毕业的，比咱强，人得服人哩，你瞧你爹这做人……

罗甲成　哼，上边要统一给村长发工资了，他窝囊得就让人家撵了。

淑　惠　你说人家要年轻化，你爹五六十岁的人了，腰又不好使，能赖着不让？

罗甲成　哼哼，他高尚，他伟大，可我不想这样活了，太累了，压力太大了，你们放我走吧！

（唱）一切希望看不见，

还扳的什么舵，撑的什么船？

富有的咱几代难以往上赶，

尊贵的咱永远不能去比肩。

毕了业即失业投入万金随风散，

播龙种收跳蚤待到那时更觉冤。

既无果又何必挣挣巴巴去强赚，

服了输认了命浑浑噩噩也安闲。

能过了糊里糊涂过几天，

不过了登高一跳皆了然。

淑　惠　（惊呆）甲成哪！爹娘费这大的气力，把你供养出来，难道就想听你这句丧气话吗？娃呀！

（唱）娘一辈子不信神，

单信你爹这个人。

只要你爹心在跳，

咱家就能往前奔。

莫嫌你爹不富贵，

你爹寸心值万金。

莫说你痛苦压力重，

看看你爹的脊梁就懂得他的痛苦压力有几重。

〔罗甲秀上。

〔母亲双手颤抖地从一个包袱里拿出医院拍的一厚摞罗天福的脊椎片，让孩子们看。

淑　惠　（唱）这脊梁驮着你们爬山岭，

罗甲秀　（唱）这脊梁挑着我们求学进县城。

淑　惠　（唱）这脊梁几次折损几次接拢，

罗甲秀　（唱）这脊梁就是我们的银行我们的天空。

罗甲成　（唱）眼望父亲的脊梁心情更加沉重，

脊梁为我们弯曲回报的路径空蒙。

我必须下狠心把父亲的痴梦警醒，

宁愿死绝不重复这样煎熬的人生。

（再次欲走）

〔罗天福掀开布帘，出现在门口。

〔罗天福扑通跪倒在儿子面前。

罗天福　你活着吧，你好好活着吧，我投降了，彻底给你投降了，给天、给地、给世事投降了。我啥也不守了，回去先把那两棵紫薇树一卖，都交给你，让你一夜改变一切，只要钱能把这一切都改变了。我投降了，罗天福给儿子投降了！（以头叩地）

〔一家人乱成一团，急忙搀扶罗天福。

罗天福 我一辈子不窝囊，养个儿子把我养窝囊了。我一辈子教育人，到头来让儿子把我给教育了。我后悔不该没卖了那两棵紫薇树，让你拿着几十万来西京城风风光光地上大学哇！

淑　惠 他爹！

罗天福 大炼钢铁那年，你爷为保这两棵树，活活吊死在上面，今天看来真是不值得呀！他为啥能用命去护树，是这两棵树保过他父亲一家的命哪，那年发山洪，半个村子都滑走了，罗家就是因为有这两棵树，才固住了老房庄子，这两棵树于老罗家有恩情哪！罗家世世代代都是烧香供着敬着的呀！现在什么不能卖？什么不能挖？什么不能毁呀？我真后悔当村长时，有人要买村里的那片紫薇林，提了半麻袋钱来贿赂我，我竟然一口回绝，没给你把钱收下，让你好体体面面地活人哪，我真窝囊啊！苍天哪，罗天福守不住了，罗天福要放弃了——！罗天福要把一切都放弃了——！（长跪不起）

淑　惠 快，快扶你爹，你爹这脊梁一垮，这个家就彻底完了！

罗甲秀 爹！（扑跪）

〔淑惠暗示罗甲成跪，罗甲成仍不愿，淑惠扑通跪地，罗甲成无奈跪下。

罗天福 （唱）呼啦啦一家人全跪倒，

好像是祭坛把魂招。

我真的撑不住想松套，

不守了一切都轻飘。

我也会投机取巧把鬼捣，

我也能靠山吃山把钱捞。

何必要丁是丁来卯是卯，

天底下不单是聚沙成塔路一条。

恍惚间我已脊梁断裂形枯槁——

〔黑头唱声出现在画外：

我大，我爷，我老爷，我老老爷就是这一唱，

慷慨激昂，还有点苍凉。

不管日子过得顺当还是恓惶，

这一股气力从来就没塌过腔。

罗天福 （唱）抬眼望突感一家之长不可先折腰，

再锈的铁锁也得往开撬。

这盘棋谁都能走，

我这个家长不能逃。

孩子呀！

我理解你生活的苦恼，

我懂得你成才的煎熬。

城市让人生活更美好，

城市也让人活得一团糟。

眼花缭乱就会心性浮躁，

好高骛远最易根底脱锚。

心态失衡看事自然颠倒，

急于求成精神愈发浮飘。

我喜欢你追求上进渴慕美好，

我欣赏你读书用功总领风骚。

我失望你过于自尊，偏执孤藐，

缺少定力，微波惊涛，

我痛心你志气输掉，半途折夭，

懦夫溃逃，责任全抛。

有些事你改变不了，我也改变不了，

可命运的缰绳全靠自己挽紧套牢。

如能平心静气点点丰茂，

城市的大舞台定会让你台阶隆起步步走高。

可惜你放任自流心生奇巧，

家再贫贫不过你人心锈蚀精神枯凋。

我不是富爸爸难以让你尊贵显耀，

也没觉得打饼谋生就下贱害臊。

不择手段得富贵我宁可穷困潦倒，

凭劳动获取回报最是立得稳、靠得住、扎得牢。

我的孩子呀，

罗家只有这一个传家宝，

不新鲜，不时髦，遭人讥，惹人笑，

可它是千秋的根基万万不敢乱动摇。

罗甲秀 甲成，东方老爷爷给我们算了一笔账，他让我念给你听听……

〔院中大槐树下，出现东方雨老人拉板胡的身影，声音慷慨悲凉。

〔母亲和父亲开始打饼。

罗甲秀 （喃喃地念出声来，后逐渐转化成一个老者的画外音）孩子，这是我计算的一个方程式，你们自己也来解一解，你爹娘自住进这个院落，三年中，据不完全统计，共打饼一百零八万个，平均每天一千个，一个饼需要近三十个手工动作，三年中，他们为生计共劳作了三千二百四十余万次，刨掉面粉、油、芝麻、大料、木炭、房租、水电等一应成本，每个饼平均利润三分钱，三年中，共收入三万零八百元，全部用于你们的学习生活支出……三年中，你爹娘一共穿过两件新衣服，而你们平均一年三套，你爹娘穿的都是你们退下来的旧衣服……我给你们计算这个，不是想给你们忆苦思甜，只是想让你们关注你们父辈脚踏实地、诚实劳作的身影。我父亲是个铁匠，我从小就计算着他打成一件铁器的工作量，这在我以后的成长中很管用。你们的起点已经被他们用肩膀托得高过了他们许多，孩子，知道羔羊是怎么吮吸母亲乳汁的吗？那种双腿跪地的感恩接纳，才是这个世界上最美丽动人的图画……

罗甲成 爹，娘——！

〔罗甲成终于扑跪在正打饼的罗天福和母亲面前。

〔一家人喜泪交加。全家人起《打饼舞》。

罗天福 （唱）不求你们成龙成凤，

不求你们显贵尊荣。

淑　惠 （唱）只盼你们爱惜生命，

罗天福 （唱）只盼你们大道正行。

淑　惠 （唱）别怕我们起点低矮家境欠丰，

罗天福 （唱）有指望，有信心，不放弃，不害人，

我们就是最富有的人家最贵气的门庭。

〔黑头演唱声再次悲欣交集飘至。

〔暗转。

第六场

〔两年后。

〔西门锁家院落。

〔灯启时，西门锁与阳乔已扭打成一团。阳乔拿着菜刀，压住了西门锁。

阳　乔　今天是一场你死我活的斗争，说，把钱给谁了？

〔围观者越来越多，夺刀者被阳乔逼退。

阳　乔　说！

西门锁　我就实说了吧，给前妻了，她养着几十个孩子。

阳　乔　养着几十个孩子？

西门锁　她对婚姻绝望后，办了个孤儿院。

阳　乔　老跟你见面的那个骚货是谁？

西门锁　你把刀拿远些我说。她的同事。

阳乔她　怎么老来拿钱，你们打牌还踩脚？

西门锁　哎呀，你把刀拿远些嘛。前妻病了，是……是乳腺癌……她……她是好心来帮她……

阳　乔　你就一次次把钱往出偷？还打通牌？

西门锁　你……你像母老虎一样，这……这是“逼良为娼”。

阳　乔　你……你这个砍脑壳死的“娼妇”哇！（用刀美美吓了一下，把人放了）

房客甲　没吓着吧？

房客乙　（偷偷给西门锁竖起大拇指）原来是个好哥呀！

房客丙　有情有义！

房客丁　弟服你了！

阳　乔　都在这看啥热闹，滚！哎，该交房租了噢。

房客戊　你不能半年涨一回么。

房客己　发酵粉么。

阳　乔　没办法，人都往城里涌么，搭个凉棚也有人租哩。你没看绿豆、大蒜都啥价了，还别说我这货真价实的房子。

房客庚　好一个货真价实呀！

房客辛　五星级。

房客甲　二楼上洗澡一楼泡汤。

房客乙　两口子上床全楼摇晃。

房客丙　昨天电线又着火了。

房客丁　我准备搬哪，害怕火葬。

阳　乔　把你嘴夹紧，不学乌鸦叫，没人说你是哑巴。哎，我这回可是真安电线了噢，给你们那几个新来的小伙子说，再掏出来乱尿，可就真打了。

〔刮着光头的金锁被贺春梅领上。

金　锁　爸、妈！

阳　乔　（惊喜万分地）金锁，我的儿子啊！（抱住痛哭）你可把妈想坏了哇！

西门锁　你咋回来了？

贺春梅　娃在里边表现好，提前释放了。

阳　乔　政府好哇，好政府哇！祝贺贺主任哪，我们已经听说了，你都升正主任了，街道办“一把手”，牛成马了！

金　锁　爸、妈，我准备把我开车撞残疾的那个老人接来一起过哇。

阳　乔　哎哎，这个我们要商量，这个我们要商量。走，先回家吃饭。贺政府，一块到家吃饭走。

贺春梅　不了，你们好好商量一下，老人是个鳏夫，咱们得共同想想办法。

阳　乔　原来你前后忙着把娃往出弄，尻子后头还跟着这一狠招哇。

贺春梅　人被完全撞残了，可怜得很，我们都有责任把他的生活照顾好么！

西门锁　有责任，有责任。

〔阳乔急忙使眼色让西门锁和金锁走，三人下。

〔东方雨老人背着喷药桶上，明显体衰，走路不支，跌跤。

贺春梅　（急忙搀扶）东方老伯，我来吧！

〔东方雨老人坚强地登上梯子喷药。

贺春梅　你几次写的关于西京千年大树保护思路，被政府采纳了，这一块就要建文化广场呢，以唐槐为中心，把孔庙、碑廊、藏书阁，全都整合起来了。

〔东方雨老人十分欣慰地点点头。

贺春梅　你写的关于农民工应享受市民同等教育、文化、医疗待遇的报告，我已送到市长办公桌上了，他们说你是市政府年龄最大也是最尽职的参事。

〔贺春梅与东方雨老人边说边喷药下。

〔罗甲成、童薇薇上。

罗甲成　就这棵树，老头已守了三十多年。

童薇薇　（仰望着树）太让人感动了。

罗甲成　听说老头是陶行知的弟子，上世纪九十年代还在国外学术刊物发表论文呢。后来就一直守着这棵树。你看看这个记事本，老头每天都在上面记录着这棵树和这个院子所发生的一切。

〔罗甲成从树下拿起东方雨的记事本。两人虔敬地翻阅起来。

童薇薇 （念）经大量史料考证和植物学家探测，这棵树是唐朝贞观年间所植。

罗甲成 （念）有十七次雷劈记载……

童薇薇 （接着念）先后三次火灾，两次地震，造成主干东北倾斜一百零四度，生命支撑力与耐受力为世所罕见……

〔罗甲秀上。

罗甲秀 你们在看什么呢，这么津津有味的？

罗甲成 东方老人的手记。你看：（念记事本）在城市化进程中，成千上万农民工蜂拥而来，他们不仅干了这个城市由丑变美的一切脏活累活，同时还输送了以诚实劳动安身立命的人格精神……

罗甲秀 他是这个城市的大知识分子，在学术界地位很高，但他的良知始终与大地密切相连。

童薇薇 这是我们西京城最深刻动人的故事。我想给老人敬个礼。

〔东方老人不知啥时忙碌上来，在童薇薇敬礼时，又忙碌下去了。

〔罗天福与夫人淑惠上。

〔罗天福浑身挂满了儿童玩具。

罗甲秀 爹，你这是干啥呢？

罗天福 嘿嘿，接村里的娃们。你们想，我们回到村上，一沟的娃们都喊叫罗老师、罗师娘回来了，我们还能空脚吊手的嘛。

罗甲秀 爹，说走就走哇？

罗天福 你办了公司，把千层饼的生意真的给做大了。甲成大学毕业，考上了硕士博士连读，爹和娘的任务完成了，该回去了。我说

过，只供你们上完大学，下面的路全由你们自己去走。看，我还弄了个啥？（掏出一个用红布包着的绿皮本本）

众 啥？

罗天福 《省级特种大树保护证》。是东方老人帮我办下的。我也回去看树哇！城里的大树有人经管，乡里的大树也得有人看守哇！

〔大院突然有人喊："失火了，电线着火了！"

〔大火骤起，迅速铺天盖地。

〔一院子人慌忙搬抢着东西。

〔贺春梅急忙组织救火。

〔东方雨老人在用水枪喷水救人救树。

〔合唱：老房子着火呼啦啦，

眼看柱倾梁垮塌。

早上财神还理事，

转眼供桌焚如渣。

阳　乔 天哪！咋烧得这快呀！快，快，我的私房钱哪！

贺春梅 救人是第一位的，里面还有人没有？

阳　乔 不，是文物，求你们帮我抢救文物，在大立柜后面夹层木板里呀！

〔金锁反身向火中跑去。

阳　乔 儿子，你不能去呀！

〔金锁已冲进火海。

〔一根大梁垮下。

〔房客甲乙丙丁戊己庚辛冲进去救金锁。

〔罗甲成给头上浇下一桶水后，也冲进了火海。

〔大火越烧越凶，人们在做着最后的努力。

〔罗天福一家人和西门锁一家人几近绝望地向火中扑去，贺春梅与众人奋力阻拦。

〔终于，罗甲成和一群农民工们托着金锁从火海中逃了出来。

〔金锁头顶举着一个袋子。袋子开裂，里面是一摞摞人民币和金银珠宝首饰，还有一个金佛爷。

西门锁 天哪，你还攒了这多私房。

贺春梅 要不是罗甲成和这些农民工，你儿子差点把命都搭上了。

阳　乔 谢谢甲成，谢谢各位农民工大哥！

〔阳乔拿着大把的钱塞给救火的人，无一人接受。

〔唐槐烧焦一枝，东方雨老人在拭泪凭吊。众人都随着老人向大树鞠躬。

〔这时，准备离开大院的罗天福，突然从包袱中拿出一双皮拖鞋。

罗天福 （对阳乔）娃她姨，我们要走了，这是我和你嫂子特意给你买的，意大利真皮的，两千多块，就算是我们住了一场，给你留个念想吧。

阳　乔 （大惊）

〔东方老人突然把眼光慢慢移了过来。

阳　乔 （极度尴尬）这……这是……

淑　惠 你就拿上吧。

阳　乔 不明……不白的，我都没给你准备啥……咋好意思呢。

罗天福 那我就说明了吧。三年前的十月二十八号中午，你在院子丢了一双皮拖鞋，真不是我老罗拾了。可三年多来，它一直像一座山一样，压得我喘不过气呀。我今天就回去了，不想把这个难过带回家去。我和你嫂子跑了几条街，给你买了一双，不知颜色对不对，你就收下吧。

〔阳乔突然感到了背后那双犀利的眼睛。回头与东方雨老人目光相遇。

〔阳乔向室内跑去。阳乔从家中拿出了那双被烧残的皮拖鞋。

阳　乔　（扑通跪在地上）罗大哥，原谅我吧，鞋我早找到了，可没告诉你。原谅我吧！农民工兄弟们，原谅我们吧！过去有不周到的地方，都请原谅我们吧！（继而给所有救火人磕头谢恩）

罗天福　（无限欣慰地）噢。

（唱）三年心底负重驮，

今日石出水终落。

我想喊，我想歌，

洗清白了比皇帝老子都快乐。

恨你爱你的西京城，

四年的收成比半生多。

包容是你连大接地的气魄，

文明是你千载绵延的品格。

老罗走了，

舍不得这西京的壮阔，

走了老罗，

从此乡眠中多了西京城梦一样的生活。

〔一群群农民工扛着各种行李，走进院落。

〔众新来的农民工重唱：

我能把饼擀得薄如缎，

我能把面揉得筋似砖。

我能把大料调得香十里，

我能把叫卖声喊得穿过三架山。

〔一个新的农民工家庭，扛着与罗天福四年前上场时一模一样的家具上。父亲与母亲的化妆也酷似罗天福和淑惠，儿女酷似罗甲成、罗甲秀。

父　亲　罗村长，你终于完成大业了。我女子儿子也考上大学了，我一家也来西京寻梦了。我专门要租你住过的这间房，就是为了图个吉利呀！

罗天福　（紧紧握住新来父亲的手，百感交集地）好，图个吉利！

〔国槐下，东方雨老人又一次拿起板胡，拉起了慷慨激越的音调。

〔黑头咏唱声至，后景区渐变。全场人唱起：

我大，我爷，我老爷，我老老爷就是这一唱，

慷慨激昂，还有点苍凉。

不管日子过得顺当还是恓惶，

这一股气力从来就没塌过腔。

〔咏唱中，以唐槐为中心的文化广场出现。

〔人影渐成沧桑雕塑。

——剧终

（陕西省戏曲研究院于2011年首演）

豫　剧

焦裕禄

姚金成（执笔）　何中兴

人物表

焦裕禄——中共兰考县委书记。

宋铁成——兰考县林业技术员，曾被打为右派分子，后为县治“三害”办公室技术专家。

顾海顺——原为兰考县委副书记，后调到地委工作，焦裕禄的老战友。

张欣理——兰考县县长。

徐俊雅——焦裕禄的妻子。

王大荣——宋铁成的妻子，瓦窑村社员。

宋大娘——宋铁成的母亲，瓦窑村社员。

焦守凤——焦裕禄的女儿。

韩大刚——原为县劝阻办公室主任，后任瓦窑公社书记。

李腊梅——瓦窑公社妇女干部。

刘二闹——瓦窑公社青年。

妞　妞——宋铁成和王大荣的小女儿。

小　李——焦裕禄的通讯员。

众民兵、灾民、乡亲等。

一

〔光启。

〔大雪纷飞，寒风凛冽。汽笛声划过北方田野。

〔字幕：“1962年冬。兰考火车站。”

〔众多灾民肩背铺盖卷、挎着讨饭篮拥上。王大荣扯着妞妞随上。

〔韩大刚带民兵上，民兵列队。顾海顺随上。

韩大刚 （对民兵）现在请顾书记给大家做指示！（带头鼓掌）

顾海顺 同志们！县劝阻办公室承担的是一项严肃的政治任务！这么多讨饭的兰考人，要是都坐火车流窜到全国各地，那咱们兰考不就成了全国出名的讨饭县了吗？这将造成什么样的政治影响？那咱们兰考不仅丢了兰考的人，更丢了社会主义的人！丢了共产党的人！所以，一定要把所有扒车外出乞讨的人劝阻回去！大家能不能完成任务？

众民兵 坚决完成任务！

韩大刚 你们去东边！你们去西边！严把死守，不准一个讨饭的兰考人扒车出去！

〔顾海顺下。韩大刚与众民兵分下。

〔大雪飘飘，成群的灾民蜷缩在风雪里。

〔焦裕禄内唱：数九天滴水成冰大雪飘飘——上。小李随上。

焦裕禄 （接唱）火车站外流的灾民一群群如同涌潮。

看他们老老少少风雪里蹲靠，
衣单薄肚腹空怎敌这北风似刀？
灾民要外出，民兵要阻挠，
这样的局面怎开交？
情况复杂莫急躁，
要先保乡亲们少挨冻饿、少受煎熬！

〔汽笛声响，众灾民如听到号令一样纷纷起身，争先恐后往前拥。

焦裕禄 （维持秩序）乡亲们，不要乱，不要挤！小心挤着老人小孩儿！

〔刘二闹冲破堵截跑进车站，又被民兵架回来。

〔韩大刚上。

韩大刚 干什么！把带头的给我抓起来！

〔两个持棍子的民兵上前抓刘二闹。

焦裕禄 （生气，上前）不能抓人！（夺过民兵手中的棍子）住手！你们凭啥抓人！

韩大刚 （意外）同志，你是……

小　李 这是新来的焦书记。焦书记，这是县劝阻办公室主任韩大刚同志，是临时从下边公社抽调过来的。

〔火车未停，汽笛声远去，众灾民泄气地坐回原地。

焦裕禄 韩大刚同志，你觉得这样硬堵着不让群众出去，合适吗？

韩大刚 焦书记，我们执行领导命令，顾书记刚给我们做了动员……

焦裕禄 好了，不要再说了，请你帮我把顾书记请到这儿。

韩大刚 好。（下）

焦裕禄 小李，你去给车站负责同志讲一下，请他们尽快给群众提供点热茶热水。上不了车的人，都让到候车室里去，不要让乡亲们待在这风雪地里受冻。

小　李　好！（下）

焦裕禄　乡亲们！不要乱，不要挤！要听从指挥，排好队，我保证大家都能上去车！

〔小李复上。

小　李　焦书记，顾书记过来了。

〔顾海顺上，韩大刚随上。

顾海顺　老焦，你咋到这里来了？

焦裕禄　老顾，你看天寒地冻的，这么多群众要出去，咱们得改变一下思路呀！

顾海顺　老焦，刚才韩大刚同志把你的意见跟我说了，我认为你这样做那绝对不行！（唱）

兰考人外流问题很严重，
上级领导提起来就头疼！
老问题不下狠心难解决，
手一松咱兰考县逃荒要饭可又要出大名！

焦裕禄　老顾，产生外流逃荒的根本原因是乡亲们口粮不够吃，口粮问题不解决光是这样一味堵截，那是扬汤止沸，怎么能中呢？

顾海顺　老焦！（唱）

这道理说来我也懂，
可没粮食，搬来神仙也不中！
看眼下外流人员成股涌，
领导的意图咱执行不执行？

焦裕禄　当然要执行。

顾海顺　你说咋执行？

焦裕禄 既要疏导劝说，更要尊重群众意愿。我们主要是做好服务，保证群众安全。

顾海顺 （勉强一笑）照你这么说，那不是开闸放水，放任自流嘛。

焦裕禄 你咋说都中。但不能这样硬性堵截！这样搞，要出大问题的！

顾海顺 老焦！你不是不知道，咱到上边开会的时候，领导只要一提起咱兰考人要饭，脸色那是难看啊……

焦裕禄 （顿，微微叹气）咱们不能光看领导的脸色，也得看看父老乡亲们的脸色吧！饿着肚子还不让讨饭，那要出人命的！老顾，我建议，把劝阻办公室的牌子摘了，换成治理“风沙、盐碱、内涝”的治“三害”办公室！由张欣理县长兼任主任！

顾海顺 （忍不住提高音调）老焦！……我认为你这样做要犯政治错误的！

焦裕禄 （生气，不由提高了嗓门儿）饿死人才是最大的政治错误！

顾海顺 （无奈，强忍）反正我已接到调令，要去地委工作了。你是主持工作的书记，我保留意见。（下）

韩大刚 焦书记，你看我的工作……

焦裕禄 等县委研究一下，你去瓦窑公社，带领乡亲们治理“三害”！

韩大刚 好！（下）

妞　妞 娘，我饿。

王大荣 妞妞，听话，等扒上车，到郑州娘给你要个白馍吃。

焦裕禄 （叹气）大嫂，天寒地冻的，还带着小孩，出去多不方便啊，你们还是回家吧！

王大荣 唉！（直摇头）他大叔，你不知道，俺不出去不中啊！

焦裕禄 咋不中啊？

王大荣 （唱）冬小麦被风沙压坏吹翻，

秋玉米逢雨涝全叫水淹。

红高粱不长穗儿光长秸秆，

黑黄豆遭盐碱颗粒无还。

焦裕禄 大嫂，你们家里分了多少口粮？

王大荣 （唱）全家人一年粮只分了两口袋半，

不逃荒咋熬过大长春天？

焦裕禄 ……大嫂，你们是哪个公社的？

王大荣 俺是瓦窑公社的。

焦裕禄 瓦窑公社？……你们那里有个叫宋铁成的，你认识不认识？

王大荣 （面露惊惶）你问他干啥？

焦裕禄 我想打听一下，他现在情况怎么样？

王大荣 ……俺不认识。

妞　妞 那是俺爹……

焦裕禄 （意外）啥？宋铁成是恁爹？孩子！

妞　妞 （恳求）叔叔，您是好人，您给他们说说叫俺上车吧！俺讨饭时不说俺是兰考人，中不？

王大荣 他大叔，俺都是一天一夜水米没打牙了，这扒不上火车可咋办呀？（抹泪）

众灾民 是啊，让俺上车吧！

〔妞妞饿晕倒地。

王大荣 （惊惶）妞妞！妞妞……

焦裕禄 （急）小李，快！水！（拿过挎包，取出水壶给妞妞喂水）

众灾民 （纷纷议论）这孩子，是饿的啦！唉！要饿死人呀！

妞　妞 （醒来）娘，我饿……

王大荣 妞妞，来，趴到娘身上，先睡一会儿，等睡着了，你就不知道饿了。

焦裕禄 （心如刀绞，从衣袋里掏出几张粮票）大嫂，这是几斤粮票，您拿上，到郑州，给孩子买个馍吧。

王大荣 （意外地抬起头看着焦裕禄，犹疑推辞）……不！俺不能要您的粮票……

焦裕禄 （对妞妞）孩子，拿住！

妞　妞 （回头看王大荣）叔叔，俺不要。

〔焦裕禄把钱和粮票硬塞到妞妞手里。

妞　妞 （不知所措地把粮票递给王大荣）娘！

王大荣 （拿着粮票感动得不知说什么好，突然下跪）恩人哪！

焦裕禄 （急扶）大嫂！快起来！孩子，起来！

（忍泪，转对众灾民）乡亲们！我是兰考县委书记焦裕禄！

〔众灾民一阵骚动，一齐向焦裕禄围拢过来。

众灾民 啊？焦书记……

焦裕禄 站在这里，我不知道对你们怎么说才好……（难过得说不出话来）我代表兰考县委，向乡亲们道歉了……（深深鞠躬）

〔所有的人都意外、惊愕。一时鸦雀无声。

众灾民 （感动地）焦书记！

焦裕禄 （唱）我这里向大家说声对不起，这一声对不起——

说不尽我心中的愧疚和焦急！
风雪天乡亲们本应该在家团聚，
现在却让大家背井离乡受委屈。
面对着乡亲们我心中千言万语，
多少话也难表达我此时的心迹。

〔灾民中有人抽泣，有人默默拭泪。

〔车站职工抬着茶水桶过来，焦裕禄接过开水壶往大家茶缸里倒开水。

焦裕禄 （唱）出门难靠的是乡情乡谊，

有急难要互帮衬不弃不离。

三九天衣单薄难避寒气，

到夜晚背风处挤上一挤。

虽讨饭咱也要遵法守纪，

兰考人眼前穷，咱心气不低。

为救急逃荒是权宜之计，

咱有志气靠双手开出新局！

咱不怨天，不怨地，

靠我们自己救自己！

春耕时我一定到各村去，

盼你们平安出平安回无病无疾。

盼你们给我提建议，

盼你们与我同分析；

除“三害”咱们要共甘苦发奋争气，

不改变穷面貌我决不把兰考离！

刘二闹 焦书记，俺一定回来！俺一定回来！

众灾民 俺一定回来！

焦裕禄 乡亲们，乡亲们！大家保重啊！大家保重啊……（哽咽，拭泪）

〔喧嚣杂乱的火车站一霎时变得寂静而有序。

〔灾民们主动排队，让老人、小孩、妇女先进站。

〔刚才堵截灾民的民兵也开始帮助灾民进站上车。

〔王大荣拉着孩子，排队随下。

〔风在呼啸，雪在飞舞。一声汽笛声响，火车启动……

〔焦裕禄向远去的乡亲们挥手送别。

〔幕后伴唱：

　　风雪夜行人去远，

　　万千挂牵心熬煎……

〔暗转。

二

〔幕后伴唱：

　　雪压荒村路桥断，

　　夜送冬衣车行难……

〔伴唱声中，景转风雪路上。

〔焦裕禄和干部们拉着救灾物资的架子车走入了风雪中……

〔景转瓦窑村，宋铁成家。家徒四壁，穷愁潦倒。

〔内屋传出二胡曲《江河水》如泣如诉的声音。

宋大娘　（到门外观望）唉，天这么冷，也不知道大荣带着孩子在外边到底怎么样了……（对内屋）铁成！铁成！别拉了！锅里给你留的菜团子，你把它吃了吧！

〔内屋传出宋铁成的声音：“娘，你吃吧。我胃有点疼，不吃了。”

宋大娘　娘知道你有胃病不敢吃这个。唉，要不，我去隔壁你刘婶家看能不能借点玉米面……

〔宋铁成掂着一把二胡从内屋走出。他带着病容，但仍有几分倔强。

宋铁成 娘，别再去了。

〔宋大娘叹气。宋铁成掂旧挎包，欲出行。

宋大娘 铁成，这天寒地冻的，你要去哪儿？

宋铁成 （稍顿）听说县里新来了个书记，我想去找他反映反映兰考的情况……

宋大娘 啊？！还反映？你吃亏还没吃够呀？五八年大炼钢铁砍树毁林那阵儿，不就是因为你写信反映情况，叫人家把你打成了“右派分子”？这几年遭多大的罪！连救济粮都不给咱家发。孩子，你可不敢再惹事了啊！

宋铁成 娘！我心里憋屈得慌啊！兰考沙害这么严重，说到底不还是砍树毁林造成的恶果吗？

宋大娘 孩子，你不要命了？！说不定你到不了县城，就叫人家抓回来了！（唱）

铁成儿你可不敢再揭人家干部的短，

难道你忘了五八年你咋翻船？

刮“五风”炼钢铁乱把树砍，

一棵棵、一片片，砍得人心寒。

挡也挡不住，劝也劝不转，

无奈何你写信反映到上边。

谁知道为这戴上了右派帽，

批斗会撤了你林业技术员。

工资停，口粮断，

监督劳改去烧砖。

说实话惹出一场难，

差点把性命搭里边。

到如今罪名压得气难喘，

再惹事咱家可塌了天，

咱宁可当哑巴你莫再多言！

宋铁成 （痛心疾首）唉！（垂泪，蹲下）

〔生产队敲钟通知开会的声音传来。

宋大娘 是村里要开会吧？（不放心地推宋铁成进内屋）

〔内屋里传出了二胡曲《光明行》激越的声音。

〔焦裕禄背着半袋粮食上，驻足谛听二胡声。韩大刚随上。

韩大刚 这就是宋铁成家。焦书记，他可是五八年补划的右派……

焦裕禄 （摆手）你去吧！需要时再通知你。

〔韩大刚下。

焦裕禄 （敲了两下院门）家里有人吗？

〔二胡声戛然而止。宋大娘疑惑地开门。

焦裕禄 大娘，你好！这是宋铁成同志家吗？

宋大娘 （困惑地）是啊。您是……

焦裕禄 我是老焦，是县里来的，是党和政府派我们来给乡亲们送救灾物资的。这是棉衣，这是救济粮……

宋大娘 （意外）啊？还有粮食？！（下意识地上前看粮袋）太谢谢您了！快进屋来暖和暖和！（上下打量焦裕禄）怎么？您是……拉架子车来的？

焦裕禄 对对，是拉架子车来的。

宋大娘 我说呢，弄得这浑身泥水浑身雪的！您是县运输队的吧？

焦裕禄 运输队？呵，对对，是运输队……大娘，宋铁成同志在家吗？

宋大娘 （提防）你、你找他干啥？

焦裕禄 我想了解一下他前几年写信反映砍树毁林的事……

宋大娘 （惊惶）啊？铁成他……他不在家……

〔宋铁成从内屋走出来。

焦裕禄 （发现宋铁成）噢，他是……

宋大娘 （猛醒，连忙挡住宋铁成）啊啊，他是铁成他兄弟……

焦裕禄 兄弟？兄弟也好啊，刚才那《光明行》曲子拉得不错嘛！来来，咱们聊聊……

宋大娘 （急忙把宋铁成挡在身后）啊……他、他、他是个哑巴……

焦裕禄 （意外）啊？哑巴？！

宋大娘 （忍泪，语气更加肯定）是……他……他是哑巴，是哑巴！

〔宋铁成无奈地蹲缩床后。

焦裕禄 （震动）啊？哑巴……（欲言又止，唱）

宋大娘语慌乱惊恐不定，
看起来这“哑巴”就是宋铁成。
他本是造林人把绿荫播种，
至如今却装哑人沉默无声。
说真话他付出代价惨痛，
看眼前他破屋冷灶、冻饿交加、孤独无助，我的心阵阵刺疼！
自然风沙灾害重，
人心的风沙伤在深层。
治“三害”挖病根纠错扶正，
聚人心靠科学众志成城。

疗内伤必须要下药对症，

盼铁成走出阴霾重振雄风。

（转对宋大娘）大娘，你们受委屈了！

宋大娘 （意外，疑惑地）焦师傅，您……

焦裕禄 （稍顿）大娘，我是兰考县委书记焦裕禄……

〔宋铁成一震。

宋大娘 啊？您是焦……书记？

焦裕禄 我今天来的主要任务，就是为宋铁成同志平反……

〔宋铁成急欲上前，宋大娘急挡住儿子。

宋大娘 啊？您、您说啥？您……再说一遍。

焦裕禄 （取出文件）我代表兰考县委，为宋铁成等同志平反……

宋铁成 啊？平反？！（挣开阻拦，冲上前）焦书记！我，我就是宋铁成呀！

焦裕禄 铁成同志！这是县委的文件。（把文件郑重交与宋铁成）

宋铁成 （双手颤抖，接过文件细看，念）“为宋铁成等同志平反……”平反，平反……（忍不住蹲下大哭）

焦裕禄 铁成同志，你……受委屈了！（扶起宋铁成）我代表县委向你道歉！

宋铁成 （泣不成声）焦书记……

焦裕禄 铁成同志，县委认真研究了你关于植树造林治理风沙的建议，认为非常有价值，决定聘请你参加治“三害”规划小组。希望你尽快养好身体，为治理兰考沙害再立新功！

宋铁成 （激动）焦书记！（唱）

一番话如同是春雷电闪，

我胸中冰雪化、乌云散，

止不住心潮汹涌多心酸，热泪涟涟！
自古来兰考风沙多祸患，
这风沙吞没多少好庄田！
为治沙多少年日想夜盼，
为治沙多少回走村访贤；
为治沙说真话反遭批判，
为治沙我跌进了黑暗泥潭……
今日里党组织纠错平反，
明是非得公正重见春天！
为治沙遭难无悔怨，
闻战鼓驽马也争先！
治“三害”兰考宏图展，
为改变穷面貌我累死也心甘！

宋大娘 焦书记！您就是俺家的救命恩人哪！（欲下跪）

焦裕禄 （急扶）大娘！这是我应该做的。您把我当成您的儿子就行了！来！咱们为铁成庆祝庆祝！

〔焦裕禄拿过那把二胡，坐到床上，拉起了《光明行》。

〔铿锵激越的《光明行》旋律响起。宋铁成振奋。

〔暗转。

三

〔起伏的沙丘，呼啸的风沙。

〔幕后合唱：

　　春回兰考冰雪化，

　　千军万马战风沙！

〔雄壮的《光明行》交响旋律中，焦裕禄、张欣理、李腊梅等和群众一道挖胶泥压沙的舞蹈。徐俊雅和焦守凤也出现在治沙栽树的行列里。

〔灯光变化，劳动群众隐去。

〔高高的沙丘上，满是刚栽上的泡桐树苗。

焦裕禄　（拄着铁锨瞩望远方，唱）

　　春打六九冰河开，

　　三月雁归报春来。

　　以工代赈治“三害”，

　　聚起人心火添柴。

　　村村队队来比赛，

　　翻淤封沙把阵排。

　　困难压头气莫殆，

　　有志脚下路自开！

　　幸福不会从天降，

　　要吃桃子把树栽。

苦战三年把面貌改，

定要让新兰考粮丰林茂幸福来！

〔张欣理上。

张欣理 老焦！

焦裕禄 哎，固阳、仪封那几个公社情况怎么样？

张欣理 以工代赈这个办法好啊！那几个公社的情况都不错，许多外流人员都自愿回乡参加治“三害”呢！

焦裕禄 这是好现象。不过，随着回乡人员的增加，粮食不足的问题已经越来越突出了……

张欣理 是呀，口粮标准低，劳动量大，不少人得了浮肿病……

焦裕禄 唉，这是个大问题。咱们得想办法呀！

张欣理 （迟疑地）办法倒是有。就是……（欲说又咽）

焦裕禄 （急切地）啥办法？你说！

张欣理 （低声地）登封是丰收县，市场上粮价比较便宜，咱们可以打个擦边球，筹集点钱，到那里采购一批议价粮！

焦裕禄 （思忖，摇头）这不合适。咱说是擦边球，可到时候你浑身是口也说不清楚呀！要弄成个违犯粮食政策，事儿可就大了！

张欣理 这……唉！（点头）

〔宋铁成抱着泡桐苗走上。

焦裕禄 哎，铁成！不是让你在家休息的吗，你怎么又跑出来了？

宋铁成 焦书记，张县长，我又选育了一种泡桐苗，很适合在沙丘上种植，今天想过来实地试验一下。

〔王大荣内喊：“他爹！”急上。她手里粗布手巾包着什么东西。

宋铁成 （意外，不高兴地）大荣，你、你咋来了？

王大荣　（埋怨）他爹！你……（把手里的东西往宋铁成手里塞）

宋铁成　（把东西又推回王大荣手里，掩饰地）我跟焦书记和张县长有事。咱有事回家再说，你先回家去吧！啊！（推王大荣）

焦裕禄　嫂子！你有什么事？

王大荣　焦书记！铁成他……

宋铁成　（打断）大荣！咱有事回家说，别打搅焦书记！

焦裕禄　铁成！你说这是啥话？嫂子，啥事？你说吧！

王大荣　焦书记，铁成他……

宋铁成　大荣！你……

焦裕禄　（用手制止宋铁成，对王大荣）嫂子，你说，铁成他怎么了？

王大荣　（忍不住哭出声来）焦书记！

（唱）您让俺照顾好铁成身体，

俺再操心再忙活也是白费力。

补助粮小锅饭俺用心用意，

他上顾老下顾小从不顾自己。

给他留半个花卷馍，

他可怜女儿肚里饥。

把馍塞到妞手里，

他饿着肚子上工急。

两腿肿恁粗，

久病身子虚。

干活不顾命，

劝他又不依。

孩子们糠糠菜菜能熬得起，

俺真怕他梁柱一倒悔不及！

宋铁成 （责备）大荣，你、你说这些干啥？

焦裕禄 （心情沉重地）铁成！嫂子说得对！你可不能大意啊！

〔王大荣趁势把花卷馍往宋铁成手里塞。

宋铁成 你甭瞎操心，我身体没事！快给咱妞妞拿回去……

焦裕禄 唉！老张，待会儿咱研究一下，对技术骨干中的病号，再提高些补助标准吧！

张欣理 （点头）好。哎，（从挎包里取出糖票）嫂子，这是焦书记专门给老宋弄的红糖票，用红糖配上黄豆，炖成汤给老宋补补身体！

王大荣 （感激地）焦书记！张县长！

宋铁成 这、这、这怎么行？大家都缺粮……

焦裕禄 铁成，你今天不要出工了，赶快跟嫂子一块儿回去休息！

宋铁成 焦书记！你就让我把这几棵树苗栽上吧！

焦裕禄 唉！好吧，咱们一块儿干！

〔王大荣下。焦裕禄、宋铁成与张欣理三个人分别扛着树苗、提着水桶走上台后区高高的沙丘，焦裕禄亲手栽树浇水。

〔灯光勾勒出泡桐苗充满生机的形象。深情的音乐起。

〔字幕："这株1963年春天沙丘上栽下的泡桐苗，历经岁月风霜，终于长成了一棵高大葱郁的泡桐树，成为几十年后兰考大地上最引人瞩目的亮点，人们亲切地称其为'焦桐'。"

焦裕禄 铁成，咱们给沙丘贴上膏药，再给它扎上针，一定能把它的病根治好！

宋铁成 走！咱再到六号风口看看去！（刚走两步，突然趔趄晕倒）

焦裕禄 （惊，急上前扶）老宋！

宋铁成 （气息微弱地）焦书记，俺没事……

焦裕禄 小李！快送医院！

〔小李跑上，焦裕禄、张欣理帮着把宋铁成扶起。小李背宋铁成下。

〔李腊梅上。韩大刚随上。

李腊梅 焦书记，我们队请病假的快到三分之一了！这样下去任务肯定完不成。

韩大刚 李腊梅！你——

（唱）谁让你乱准假人心涣散？

再这样突击队就要散摊！

张欣理 腊梅，是咋回事？

李腊梅 （唱）有问题他不解决光会瞪眼，

下边挤上边压俺实在太冤！

焦裕禄 具体点，到底啥问题？

李腊梅 焦书记！张县长！（唱）

口粮缺浮肿病不断蔓延，

怎忍心让病号再把任务担？

韩大刚 （唱）这好比关键时刻上火线，

饿肚子拼着命也得上前！

李腊梅 （赌气地）我……干不了了！你撤我职吧！（转身哭）

〔刘二闹急上。

刘二闹 （结结巴巴地）李队长！……三队又有几个人饿晕倒了！这得赶快想办法呀！

众　人 焦书记！

焦裕禄 （反复思忖）腊梅，先把病号送到医院，告诉乡亲们，粮食问题我们一定想办法解决！

〔李腊梅、韩大刚、刘二闹下。

焦裕禄 （稍顿）老张，刚才你说的那个事……（咬咬牙）就办吧！

张欣理 （意外，复又赞许）好！老焦，这个事你不用管了，我来弄！（下）

焦裕禄 老张！记住，别张扬。（走上沙丘，目送张欣理下）

〔暗转。

四

〔字幕："十天后。"

〔工地旁的茅屋。茅屋外沙丘上一面红旗在风中飘舞。

〔李腊梅领顾海顺上，拿茶缸为顾海顺倒水。

李腊梅 顾主任，您坐！您稍等会儿，我去找焦书记！（下）

顾海顺 （唱）检举信爆出惊天案，

汽车贩粮胆包天。

盘问案情有疑点，

兰考县领导有牵连。

前台是张欣理指挥把事办，

后台是焦裕禄点头暗成全。

地委的专案组已到县，

严追严查不容宽！

下乡来找老焦汇报见面，

要结案需要他亲把字签！

〔焦裕禄上。

焦裕禄 老顾！我的老伙计，不在开封享福，怎么跑到我们工地来啃沙子来了？

顾海顺 看你说的！没事我就不能来看看你了？我虽然调离兰考了，可我对兰考还是有感情的！

焦裕禄 哦，对对！

顾海顺 （掏烟给焦裕禄）来一支吧？

焦裕禄 不啦。医生不让我吸……

顾海顺 那我也不吸了。你那肝病最近咋样？

焦裕禄 （笑笑）没事。

顾海顺 我听说你那肝一疼，就拿茶缸盖压在肝上，使劲顶住藤椅止疼……唉，那怎么行呢？得住院治疗才成！

焦裕禄 是呀。唉，等等再说吧……

顾海顺 哎，那可不能等啊！老焦，最近回咱山东老家看了没有？

焦裕禄 光想回去看看，可就是没时间啊。老伙计，你这纪委的主任，急着跑这儿来见我，肯定有事。说吧。

顾海顺 老焦！有个重要的事情要给你通报。

焦裕禄 啥事情？这么严肃？

顾海顺 我带地委调查组来兰考，要查处一桩案件……

焦裕禄 噢？啥案件？

顾海顺 有党员领导干部公然长途贩运倒卖粮食，情节非常严重！

焦裕禄 （一愣，一时有点无法应对）啊？是吗？情况……情况查清楚了吗？

顾海顺 （顿）基本查清楚了，干这事的就是县长张欣理！

焦裕禄 （一震，顿，斟酌字句）老顾啊，这涉及一个同志的政治生命，我们可要慎之又慎呀！

顾海顺 老焦！

（唱）运粮车在登封已被挡住，

检举信证据确凿不含糊。

地委领导有批示严肃查处，

专案组到县里行动迅速！

刘专员亲告诫决不能包庇错误。

老焦啊！（接唱）

事态严重绝不可糊里糊涂！

焦裕禄 老顾，如果这事有错误，第一个要担责任的应该是我焦裕禄！怎么能叫张欣理同志负责呢？

顾海顺 老焦！不让你牵涉进这个案件，是地委领导的意见！（取出一张纸）你签个字吧，便于地委专案组写结案报告。

焦裕禄 （看）这个字我不能签。

顾海顺 老焦，这可是政治问题呀！（无奈，复又坚决地）老焦，这是地委的决定，你可以保留意见，但必须要执行！

焦裕禄 嗨！（气，坐）

顾海顺 与此案有关的善后处理，都由我负责！你就不要管了！

焦裕禄 （急，拉顾海顺）老顾！咱们一块儿走，我去找地委领导申诉！

顾海顺 （甩开焦裕禄的手）老焦！你申诉啥？长途贩运，这是违纪，这是犯法！这是破坏国家统购统销粮食政策！谁敢为你担这样大的风险？谁愿意拿自己的政治生命开玩笑？老焦！

焦裕禄 老顾，你……（尽量缓和口气）老伙计，你看，现在春荒缺粮，植树造林又节令赶紧，乡亲们饿着肚子还在拼命地干活！

浮肿病一天天在增多，你说我该怎么办？我能不闻不问，我能坐视不管吗？

顾海顺 （有所触动）老焦，你说这些我都明白……可涉及到具体政策，咱能说得清，咱能担当得起吗？

〔幕后传来喊声："焦书记！"韩大刚和刘二闹上，部分乡亲随上。

韩大刚 焦书记！粮食……（忽然看见顾海顺，意外）啊？顾书记！您、您……回来了？

顾海顺 （板着脸）韩大刚！粮食怎么了？怎么不说了？

韩大刚 （看阵势不对，嗫嚅）粮食，粮食……

顾海顺 （看韩大刚和刘二闹的神色，有所明白）怎么，是不是粮食拉回来了？

韩大刚 （稍顿，点头）拉回来了……

顾海顺 不是在登封路上被挡住了吗？

韩大刚 是被挡住了……

顾海顺 那怎么又拉回来了？

韩大刚 我拿出了县政府的证明信。后来……后来他们把电话打到了县里。县领导给他们说明了情况……后来，就拉回来了……

顾海顺 拉回来了也不能分！马上封存！等候处理！

刘二闹 （错愕，忍不住）啊？封存？为、为、为……为啥？

众乡亲 是呀！为啥不能分？

顾海顺 （顿）你们问问焦书记吧！

众乡亲 焦书记！

焦裕禄 （欲言难言）……

刘二闹 （不满地）是哪、哪、哪……个龟孙歪嘴，告告……告咱黑状了？

顾海顺 什么告黑状！这违反国家粮食政策！涉嫌长途贩运，投机倒把！这是阶级斗争！这是一桩严重的政治事件！调查组已经到县里调查了！

众乡亲 啊？！

〔李腊梅上。

李腊梅 顾主任，得浮肿病需要营养补贴的人，名单都列好了，大家都盼着这些救命粮哩呀！

众乡亲 是啊，是啊！

顾海顺 把花名册给我！

李腊梅 不，不！

顾海顺 你想干什么？

李腊梅 顾主任，这可是乡亲们的救命粮啊！

顾海顺 你们想干什么？

众乡亲 领导，俺求求您了！

顾海顺 你们想干什么？你们想看着焦书记被撤职被处理吗？你们愿意焦书记被开除党籍开除公职吗？你们愿意看着焦书记被公检法带走吗？

〔众低头无语。空气凝固般沉重。

老太太 啊？这都恁厉害？

顾海顺 我说的都是实情！

老大爷 咱不能叫焦书记他受处分呀！这粮食咱不分了！

〔刘二闹有点不服气，想争辩，刚要开口，就被老大爷狠狠打了一下，刘二闹不情愿地把话噎了回去，低头……

众乡亲 不分了，不分了……

李腊梅 顾主任，这是名册，给……

顾海顺 这粮食不能分……

〔顾海顺接名册下，韩大刚随下。

〔众人眼光齐刷刷地投向焦裕禄，那是心痛，那是牵挂……

众乡亲 焦书记！您保重啊！保重啊！

焦裕禄 乡亲们！

众乡亲 焦书记，保重啊！（分头下）

〔一阵风沙呼啸而过。焦裕禄焦灼地思虑着，内心矛盾激烈。

焦裕禄 （唱）风沙滚滚心如焚，

粮荒急，愁煞人，

浮肿病，揪我心；

冒险违规把粮运，

粮未到口罪上身……

乡亲们忍饥饿苦干硬拼，

为的是治“三害”、夺丰收挖掉穷根。

浮肿病如瘟疫蔓延日甚，

不忍看乡亲们一个个病弱的身体、祈盼的眼神！

眼看着运回的粮食被查禁，

摔跟头受处分百口难申。

国家救济力用尽，

干菜代食已无存。

麦收还得两月整，

六十天饿倒多少人？

若不设法救急困，

岂不失职成罪人？

买粮分粮及时雨，
饥口夺粮怎忍心！
乡亲们为护我饥饿苦忍，
更让我心愧疚纷乱如云！
这局面怎应对百遍思忖，
救命粮难煞我掌舵之人！

〔一阵狂风猛袭过来，焦裕禄不由一震。

焦裕禄 （唱）一阵狂风心头震，
乍看到饥肠辘辘众乡亲。
党派我兰考担重任，
为群众造福是根本！
既然是应急只有这一条路，
我为何不敢推开这扇门？
让群众吃上饭错不到哪里去，
真有错我负责，纵受处分也甘心！

〔顾海顺复上。

顾海顺 老焦，粮车我已派人封存好了。

焦裕禄 老顾……

顾海顺 老焦，政治高压线碰不得！

焦裕禄 （尽量控制着情绪）饿死人绝不是共产党的政策！让老百姓吃上饭错不到哪里去！老顾啊，这事你就不用为我担心了，我焦裕禄一个人负责！（拿过花名册欲下，忽然肝痛跌倒）

顾海顺 （急扶）老焦，老焦！快来人呀，快送焦书记去医院！

〔李腊梅等急上，扶焦裕禄。

焦裕禄 腊梅，按照花名册马上发放补贴粮！

腊　梅　焦书记！

焦裕禄　快去！

顾海顺　（犹豫，突然大声地）慢！（走到焦裕禄身边，恳切地）慢！老焦！你要冷静，你要冷静啊！

焦裕禄　老顾……

〔王大荣、妞妞戴孝巾上。部分乡亲跟上。

王大荣　焦书记！

焦裕禄　嫂子？

王大荣　（捧着一摞材料）焦书记！这是铁成留下的材料，他让俺交给您……

焦裕禄　铁成他……

王大荣　今天，他倒在了苗圃里，再也没有起来……铁成他……（悲呼）走了！（痛哭瘫倒）

焦裕禄　啊？！

妞　妞　（大哭）娘！我不吃花卷馍了！我要爹！我要爹呀！

王大荣　（哭抱妞妞）孩子！

〔一片抽泣声。

焦裕禄　（悲痛欲绝，突然大声地）都还愣着干啥？赶快去分粮食！等饿死人了再去送救命粮，一切都晚了！

顾海顺　老焦……

焦裕禄　（大声地）分！

（唱）人是铁来饭是钢，

　　这是前线救急粮！

　　救命粮要保证群众先吃上，

　　天大错全由俺一人承当！

〔顾海顺动容，转念，走过来紧紧握住了焦裕禄的手。

顾海顺 就按焦书记说的办！

〔音乐大起。

〔暗转。

五

〔电闪雷鸣，大雨倾盆。

〔字幕："半年后。"

〔景转焦裕禄办公室。墙上一幅兰考地图，地图前一把旧藤椅倒在地上。

〔徐俊雅夹着被褥，焦守凤捧着一个大瓶子上。

焦守凤 （高兴地连跑带跳先进屋来）爸爸！爸爸！（失望地）妈妈！爸爸他又不在。

徐俊雅 老焦！……唉，这又去哪儿了？守凤，把这拆洗过的被褥给你爸换上！

焦守凤 唉！（把瓶子放桌上，从妈妈手里接过被褥进内屋）

〔徐俊雅收拾屋子，她扶起旧藤椅，发现藤椅上的破洞，心中揪痛。

徐俊雅 （唱）看见了藤椅上破洞根根断茬，

似看到老焦他茶缸抵肝咬着牙。

老焦啊！（接唱）

肝疼病最怕劳累压力大，

多少次劝你休息都白搭！

叫你吃药你总忘记，

犯病时你就知道顶住肝疼桌上趴。

抚藤椅似看见你日夜忙和累，

抚藤椅似看见你忍疼痛汗流面颊。

抚藤椅怎诉说亲人的心疼牵挂，

抚藤椅忍不住泪流如麻。

为你忧、为你愁，心难放下，

恨不能替你病、替你疼，替你挡住这兰考的暴雨和风沙！

〔焦裕禄披雨衣从外面进来。

焦裕禄 俊雅，下这么大雨，你们咋来了？

徐俊雅 半个多月都没见你面，听说你今天回县委，我们过来给你送点药。老焦，你的病可不能再大意了啊！

焦裕禄 没事。今年兰考洪涝灾害严重，好多村子都被水淹了。县委的同志都在下边哩。

焦守凤 （从内屋出来，看见爸爸，惊喜）爸爸！

焦裕禄 （高兴地）守凤！

徐俊雅 孩子给你送土蜂糖来了！

焦守凤 爸爸！

（唱）中医说土蜂糖养肝效果好，

俺与同学到乡下跑了几遭。

枣花蜜把春天精华酿造，

定能够驱病痛雾散云消。

愿爸爸早康复全家欢笑，

女儿我天天过节歌声飘！

（捧糖瓶递给焦裕禄）

焦裕禄 （高兴地接糖瓶）好哇，我焦裕禄享到女儿的福了！

焦守凤 爸爸，我要去县委办公室当打字员了！

焦裕禄 哦，这事我知道。

徐俊雅 这都是张县长一手安排的，为的是让孩子更好地照顾你。

焦裕禄 （稍顿）守凤，我正想跟你商量这事哩。咱县食品厂扩建招工，爸准备让你到食品厂去当工人。

焦守凤 （意外）啊？！

徐俊雅 老焦，孩子做梦都想当这个打字员。

焦裕禄 我知道，可是，这个事我不能答应。

焦守凤 啊？你为啥不答应？

焦裕禄 因为你是我县委书记的女儿。

焦守凤 （气恼）照您这么说，因为是您的女儿，俺就应该永远永远吃亏倒霉吗？

徐俊雅 守凤！怎么跟爸爸说话呢？

焦守凤 咱县食品厂算啥厂！不就是腌咸菜、做酱油嘛！又脏又累！我不去！我就是不去！

焦裕禄 （严厉地）守凤！（生气地拍桌子）守凤，怎么越大越不懂事了？

焦守凤 （委屈）摊上您这样一个爸爸，我算倒霉到底了！（哭下）

焦裕禄 （追了两步）守凤……（忽觉肝疼，按住了肝部）

徐俊雅 守凤……（急又回头扶焦裕禄）唉，闺女急，你也急！你是急啥哩？

焦裕禄 （懊悔地）唉！快去找孩子吧！

〔徐俊雅心情矛盾，叹气下。

焦裕禄 守凤……（追到门口，看着外边的大雨，懊悔万分）唉！

〔电话铃突响。焦裕禄欲接电话，忽觉肝疼，步履艰难，跌倒，挣扎……

焦裕禄 （挣扎站起，接电话）你大声点……听不见！听不见！我是焦裕禄！你再大声点！啊？……是南李河东段？噢，噢！（在地图上找）……洪水已经把村庄包围了？什么？几户？有没有人员伤亡？……首先要保证人的安全。噢，噢！我知道了，我马上去。马上……（昏倒）

〔焦裕禄昏迷。无歌词伴唱起。

〔一声炸雷，焦裕禄缓缓醒来。外边雨声如注。

〔焦裕禄挣扎站起，放好电话，倒开水吃药。

〔张欣理急上。

张欣理 老焦，张君墓大王庄、崔园子一带，洪水已经包围了所有村庄！

焦裕禄 我知道了，咱们快去！

张欣理 你身体不好，还是在家听汇报吧，我去！

焦裕禄 别说了！吃别人嚼过的馍没有味道。快走！（急下）

张欣理 老焦，老焦！（追下）

〔暗转。景转旷野，狂风暴雨，洪水肆虐。

〔焦裕禄带领群众在暴雨和洪水中扛沙包、堵缺口、排险情的舞蹈。

〔一个扛沙包的青年跌倒，焦裕禄和小李忙上前扶起，小李背青年下。

〔焦裕禄奋力扛起沙包，忍着肝疼，顽强前行。

〔在扛沙包堵缺口的群舞烘托下，焦裕禄扛沙包步履踉跄……

〔焦裕禄跌倒，几番挣扎，终于不支，晕倒在洪水中。

众　人　（惊呼）焦书记！

〔众人围上，抬起焦裕禄。定格。

〔暗转。

六

〔幕后伴唱：

一声声唤亲人，亲人不语……

风雨路倒下了我们的焦书记。

老焦啊，乡亲们颗颗心牵挂着你，

盼望你驱病魔、早痊愈，重走在兰考春风里……

〔合唱声中，群众走在去看望焦裕禄的途中。

〔景转病房。焦裕禄躺在病床上。

徐俊雅　老焦，地委决定让你转院去省人民医院，今天就来车接你……老顾还在瓦窑蹲点，小李已经打过电话了，他一会儿就来医院……

〔顾海顺提中药包上。

顾海顺　嫂子！

徐俊雅　老顾……

焦裕禄　（醒来）噢，是老顾啊……

顾海顺　老焦！（走到床前）这是我请一个老中医给你开的药，据说对你这病很管用。

〔徐俊雅接过中药。

焦裕禄 谢谢！谢谢老伙计……

〔徐俊雅搀扶焦裕禄慢慢坐起来。

焦裕禄 俊雅，小李，我要跟顾主任谈点工作上的事。

〔徐俊雅、小李下。

焦裕禄 老伙计，你们地委工作组在兰考蹲点抓典型，辛苦了！

顾海顺 哎，这都是应该的。地委领导对瓦窑这个典型很重视呀！

焦裕禄 这个我知道。唉，不过我心里有个疙瘩，想跟你聊聊……

顾海顺 什么疙瘩？你说。

焦裕禄 （拿床头报纸）你看，“大灾之年大丰收，瓦窑奇迹振人心”，消息都上报纸了，可据我了解，瓦窑还有很多人逃荒。这到底是啥原因呢？

顾海顺 这个原因很复杂。兰考历史上灾多，外出逃荒成了传统习惯……

焦裕禄 恐怕不是这么简单！

顾海顺 那您的意思是……

焦裕禄 （稍顿）虚夸。瓦窑公社上报的粮食产量数据有虚夸。

顾海顺 噢，这个情况我知道，我已经在底下批评过韩大刚了。不过，整体上说，他们的工作确实有成绩，韩大刚已经被地区选上模范，材料都报到省里了。这个事要传出去，我们可就被动了。

焦裕禄 唉！老顾，这是个大事，我们不能将错就错呀！

顾海顺 老焦，我知道你的犟脾气又上来了！你知道不知道这个事是谁抓的？

焦裕禄 我知道，刘专员。

顾海顺 去年买议价粮的事，最后要不是刘专员力保，你和张欣理肯定要受处分！这次，再弄出这个事来，咱俩怎么交代呀？再说，刘专员用心良苦，也是为了兰考的工作嘛！

焦裕禄 这个我都明白。

顾海顺 老焦，我不能同意你这个意见！

焦裕禄 老顾！我就要离开兰考了，很可能是再也回不来了……这件事如果不能妥善解决，我死不瞑目啊！

顾海顺 老焦！你……你这是何苦呢？

焦裕禄 （稍顿）老顾，让老百姓过上好生活，是咱们党的根本宗旨。在粮食产量这件事上咱们要将错就错、装聋作哑，这意味着什么？这意味着，一个共产党的县委书记，向上级政府提供了虚假的数据，而因为这虚假的数据，将导致上级政府错误的决策——过量征购！那就是减少老百姓的口粮！在口粮标准本来就不高的老灾区，这将给老百姓再次降临一场灾难。这不是天灾，是人祸呀！老顾，五八年浮夸风的教训，难道我们都忘了吗？

顾海顺 （动容）老焦，我……唉！

焦裕禄 老顾，兰考的百姓好啊！逃荒、要饭、挨饿，吃多少苦，连一句埋怨的话都没有，还是一心一意跟着我们走，跟着我们干，我们不能再亏了老百姓啊！

（唱）老百姓心里有杆秤，

知道你是重还是轻；

老百姓心里有面镜，

知道你是浊还是清。

老百姓是天，老百姓是地，

老百姓是千万条树根把大树撑。

老百姓日子过不好，

你当什么先进也不光荣！
莫以为百姓善良好欺哄，
欺百姓如欺父母天理难容。
咱自己也都是老百姓，
怎能忘了百姓的苦与疼？
咱多担点责任不算啥，
为的是百姓脸上少愁容。
咱吃的是百姓饭，穿的是百姓衣，
咱就该为百姓分忧解难报恩情！
心中想着老百姓，
就不会只为脸面争虚名；
心中想着老百姓，
就不会贪图私利把百姓坑！
心中想着老百姓，
就不怕吃亏受屈不提升。
心中想着老百姓，老百姓才与你
同心同德同船行，
共担风雨把船撑！

顾海顺　（感动）老焦，你说得对。唉！这些年我……惭愧呀……老焦！我这就把原先上报的材料撤回来。

焦裕禄　（点头）最重要的是把虚高的数字落实下来，征购过头的村子，要赶快落实返销！

顾海顺　好，我这就去落实。

焦裕禄　（感动）谢谢你，老伙计！（与顾海顺紧紧握手告别，深情地）拜托了！

顾海顺 （扶焦裕禄坐床上，郑重地）……放心吧！（转身，忍泪下）

〔焦裕禄肝部又剧疼，徐俊雅急上，扶焦裕禄坐床上。

徐俊雅 老焦！老焦！（哭求）老焦！你都病成这样了，别再谈工作了！啊！

焦裕禄 （缓缓醒来，尽量装出轻松的样子）哎，哭啥哩？挺一挺就过去了。没事……

〔徐俊雅忍泣……

焦裕禄 俊雅，扶我到窗户那里看看……

〔徐俊雅搬凳子到前台，扶焦裕禄坐。

焦裕禄 守凤呢？孩子是不是还在生我的气呀？

徐俊雅 你别乱想了！守凤去乡下给你找土蜂糖了。

〔焦守凤一身泥水，捧着蜂糖瓶上，站门外听。

焦裕禄 唉，孩子大了，可我没有尽到父亲的责任呀。我对不起孩子。我不能带着遗憾走。叫守凤来，我要给孩子道歉……

焦守凤 （忍泪）爸爸……（走过来，把蜂糖瓶捧到焦裕禄手上）

焦裕禄 孩子！你又去给爸爸找土蜂糖了？我的乖女儿……爸爸谢谢你……（用手指狠劲顶住肝区，汗如雨下）

〔徐俊雅急忙上前扶住丈夫。

焦守凤 （紧紧抱住焦裕禄）爸！爸！

焦裕禄 （抚摸着女儿的头发）守凤，爸爸对不起你……

焦守凤 （哭）爸，你别说了……我听话，我不去县委办公室当打字员了！我去食品厂，我去腌咸菜、做酱油……爸！爸！我啥也不要，我就要爸爸！我就要爸爸！（抱焦裕禄大哭）

焦裕禄 （唱）一声爸叫得爸爸心头暖，

女儿的理解比金子珍贵比蜜甜。

我知道我这个爸爸没当好，

亲人们多受拖累多为难。

你弟弟妹妹年龄都还小，

为长姐你要关心弟妹们学习进步和吃穿。

这些年你妈妈持家不容易，

从此后你要帮妈妈多分担。

离兰考留下了无限遗憾，

这支笔留给女儿续写新篇。

俊雅呀，我贤惠的妻啊，

对亲人几句话要记在心间；

如果是病难医我此去无返，

定要把我埋在兰考沙丘前。

我要看战友们锁黄龙巧手奋战，

我要看盐碱地水洼窝变成良田。

我要看泡桐苗成大树花开灿烂，

我要看兰考县林盛粮丰美好的明天！

焦守凤　爸爸！

〔乡亲们拥上，呈现出宏大的群众送别场面。

〔焦裕禄被医护人员搀扶着缓缓而行。张欣理等干部也在送行队伍中。

众乡亲　（拥上前）焦书记，你一定要回来呀！

焦裕禄　（动情地）乡亲们，我一定会回来的！……

〔画外音：“我一定会回来的！”

众乡亲　焦书记！

〔灯渐暗。悠长的呼唤声渐弱。

〔灯复亮，遍野泡桐，一片葱绿，泡桐花簇簇盛开，如云如霞，如诗如画。

〔焦裕禄迈着从容的脚步，从远方向观众席走来……

〔幕后男声独唱：

兰考县不见了漫漫黄沙，

兰考县不见了内涝水洼。

遍地的小树苗已长大，

泡桐花年年开香飘天涯！

〔焦裕禄形象定格，如塑像般耸立在泡桐林中。

〔字幕："1964年5月14日，焦裕禄逝世，终年42岁。焦裕禄的精神滋养了兰考的大地，焦裕禄的遗愿在兰考大地上已经化成了最动人的画图。如今的兰考，已是腾飞的中原大地上一颗璀璨的明珠。饥饿已是遥远的记忆，富足与和谐是人们热议的话题……"

——剧终

（河南省豫剧三团于2011年首演）

图书在版编目 (CIP) 数据

中华人民共和国成立 70 周年优秀文学作品精选　戏剧卷 / 傅谨主编 . — 北京 : 北京十月文艺出版社，2019.9

ISBN 978-7-5302-1961-4

Ⅰ . ①中… Ⅱ . ①傅… Ⅲ . ①中国文学—当代文学—作品综合集②剧本—作品综合集—中国—当代 Ⅳ . ① I217.1

中国版本图书馆 CIP 数据核字 (2019) 第 115305 号

中华人民共和国成立 70 周年优秀文学作品精选　戏剧卷
ZHONGHUA RENMIN GONGHEGUO CHENGLI 70 ZHOUNIAN YOUXIU WENXUE ZUOPIN JINGXUAN　XIJU JUAN
傅谨　主编

出　版　北京出版集团公司
　　　　北京十月文艺出版社
地　址　北京北三环中路 6 号
邮　编　100120
网　址　www.bph.com.cn
发　行　新经典发行有限公司
　　　　电话（010）68423599
经　销　新华书店
印　刷　固安县铭成印刷有限公司
版　次　2019 年 9 月第 1 版
　　　　2019 年 9 月第 1 次印刷
开　本　880 毫米 ×1230 毫米　1/32
印　张　22.75
字　数　564 千字
书　号　ISBN 978-7-5302-1961-4
定　价　88.00 元
质量监督电话　010-58572393
如有印装质量问题，由本社负责调换。